Les Flibustiers de la Sonore

DU MÊME AUTEUR

L'Homme aux semelles de vent, Paris, Grasset, 1977 ; rééd. Payot, coll. « Petite Bibliothèque Payot/Documents », 1992.
Le Paradis perdu, Paris, Grasset, 1981.
Le Journal du romantisme, Genève, Skira, 1981 (Grand Prix de la Société des gens de lettres).
Ys, dans la rumeur des vagues, Artus, 1985.
La Porte d'Or, Paris, Grasset, 1986.
Dublin, Paris, Autrement, 1986 ; nouvelle éd. 1997.
Une amitié littéraire : Henry James-Robert Louis Stevenson (correspondance et textes), Paris, Verdier, 1987 ; nouvelle éd. revue et augmentée Payot, coll. « Petite Bibliothèque Payot/Documents », 1994.
La Fièvre de l'or, Paris, Gallimard, 1988 ; rééd. 1995 et 1998.
Au vent des royaumes, Artus, 1991.
Pour une littérature voyageuse (collectif), Bruxelles, Complexe, 1992.
Le Grand Dehors, Payot, 1992.
Robert Louis Stevenson : les années bohémiennes (biographie, t. I) Paris, NiL éditions, 1994.
Robert Louis Stevenson (dir.), Cahiers de l'Herne, 1995.
Fragments du Royaume (entretiens avec Yvon Le Men), Paroles d'Aube, 1995.
Bretagne, entre vents et amers (sur des photographies de Jean Hervoche), Apogée, 1996.
Un hiver en Bretagne, NiL éditions, 1996 ; rééd. Points-Seuil 1997.
Écosse, Highlands & Islands (sur des photographies de Jean Hervoche et Hervé Glot), Artus, 1998.

Michel Le Bris

Les Flibustiers de la Sonore

roman

Flammarion

ISBN : 2-08-067529-X

Cartes

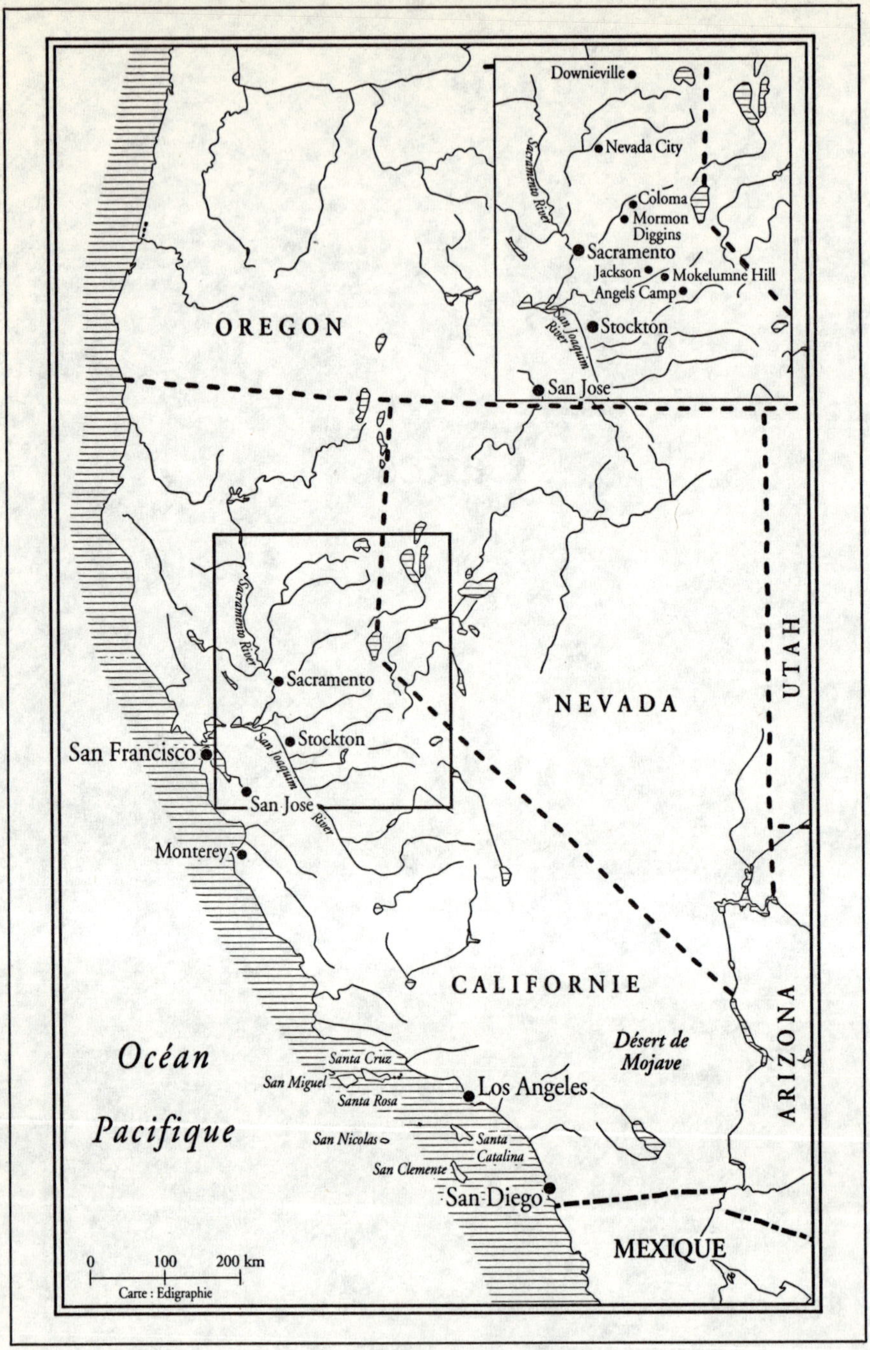

La Californie

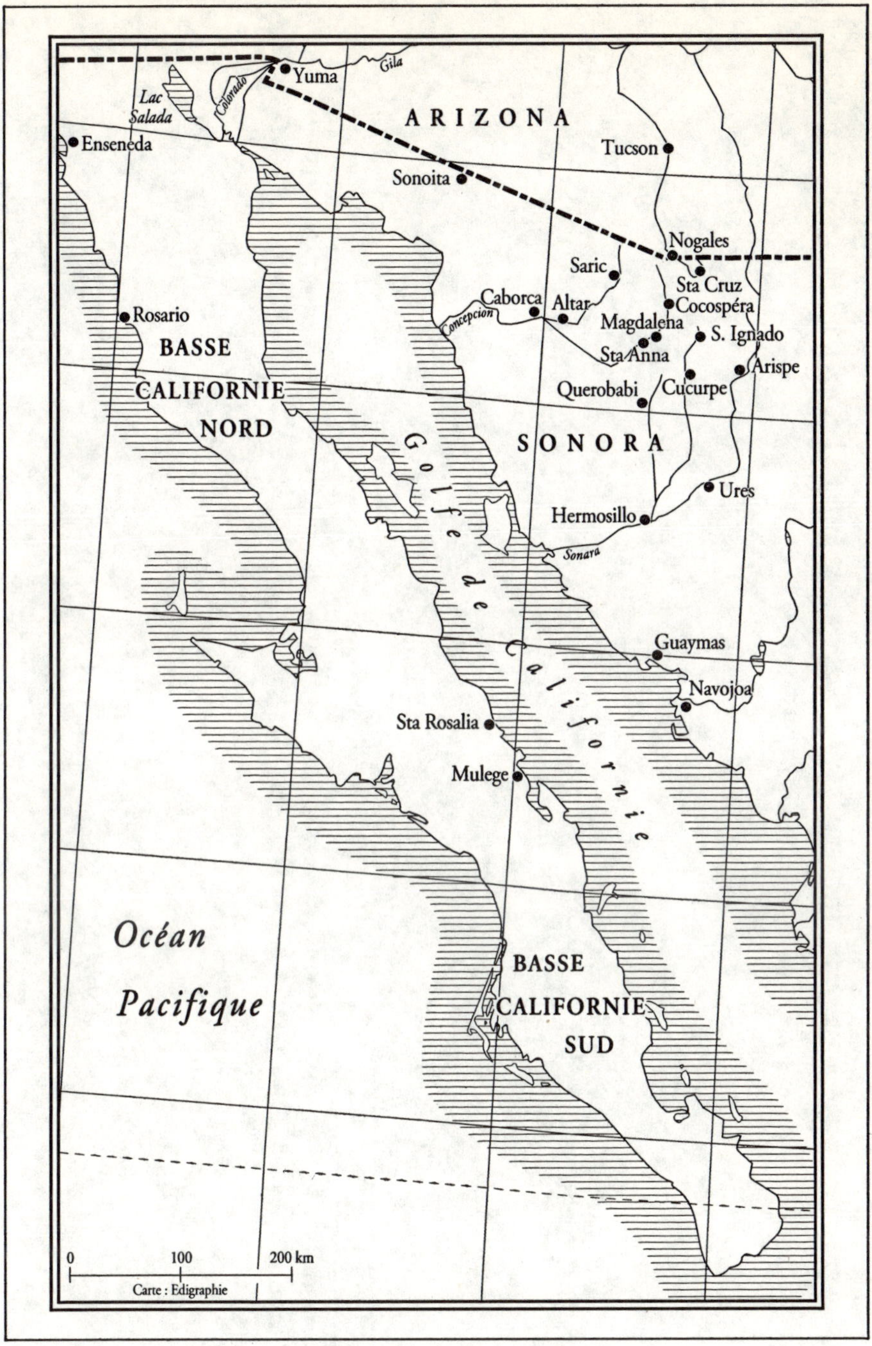
Yuma
Gila
Lac
Salada
Colorado
ARIZONA
Enseneda
Tucson
Sonoita
Nogales
Saric
Sta Cruz
Caborca
Altar
Cocospéra
Concepcion
Magdalena
S. Ignado
Rosario
Sta Anna
Arispe
BASSE
CALIFORNIE
NORD
Querobabi
Cucurpe
SONORA
Golfe de Californie
Ures
Hermosillo
Sonara
Guaymas
Navojoa
Sta Rosalia
Mulege
Océan
Pacifique
BASSE
CALIFORNIE
SUD
0
100
200 km
Carte : Edigraphie

Le Sonora

Inquiets de la poussée des Russes, au Nord, et des trappeurs franco-canadiens qui franchissaient de plus en plus les Rocheuses pour installer des camps dans la Sierra Nevada, les Espagnols entreprirent de coloniser véritablement la Californie à partir de 1769. Faute de troupes pour l'occuper, ce furent les franciscains qui y établirent des missions, vingt et une entre 1769 et 1823. Peu à peu s'installa une population qui devait développer, dans le Sud, une civilisation que l'on pare encore aujourd'hui des attraits de l'âge d'or.

En 1821, le Mexique se sépara de l'Espagne.

En 1825, les Californios *(les Californiens d'origine espagnole) acceptèrent de rattacher leur province à la nouvelle république mexicaine. Progressivement des Américains et des Européens vinrent s'installer dans les espaces vierges et obtinrent des terrains considérables en concession. Le Badois Johann Sutter, notamment, se tailla un domaine immense sur l'American River, la* Nueva Helvetia, *dit encore Fort Sutter.*

En 1836, sous la direction d'Alvarado, les Californios, *exaspérés par la tutelle mexicaine, reprirent leur indépendance. S'en suivit un tel chaos qu'Alvarado revint dans le giron mexicain.*

En 1846, l'Américain John Fremont, chargé officiellement par son gouvernement d'une mission topographique et guidé par Kit Carson, fomenta peu ou prou une rébellion que l'on devait appeler la révolte du drapeau de l'Ours. Et le 2 février 1848, par le traité de Guadalupe-Hildalgo, le Mexique cédait officiellement la Californie aux États-Unis contre quinze millions de dollars (par le même traité, Mexico renonçait à ses prétentions sur le Texas, cédait tout le territoire compris entre le Texas et la Californie et reconnaissait comme frontière le Río Grande).

Après une période de confusion totale, où les lois espagnoles, américaines et militaires se superposèrent, une Constitution fut adoptée, un gouvernement provisoire élu. Le 9 septembre 1850 la Californie était enfin admise comme le trente et unième État de l'Union.

Entre-temps, le 24 janvier 1848, un certain James Marshall découvrait de l'or sur l'American River, à Coloma, dans la propriété de John Sutter. Et en 1849 commençait réellement la ruée vers l'or (d'où l'expression forty-niners*).*

...Tandis que les regards de certains commençaient à se tourner vers cette autre province mexicaine travaillée par un fort sentiment indépendantiste, que l'on appelait alors en France indifféremment le Sonora ou la Sonore...

L'action du livre débute le 29 octobre 1850, à San Francisco, la nuit où fut célébrée l'entrée de la Californie dans l'Union.

I

Autour du volcan

1

La voix du visiteur s'estompait, comme absorbée par la pénombre. Dehors, les clameurs de la foule refluaient vers les wharfs et les *bagnios* de Clark's Point, les salves de mousquets se faisaient sporadiques. Ne restaient plus, autour de Portsmouth Square vidé de ses irréductibles, que des corps effondrés aux portes des salles de jeux, une odeur âcre de poudre et de poussière mêlées. Dans la rue déserte, en contrebas, des banderoles chinoises pendaient, abandonnées. Seul, quelque part vers Telegraph Hill, s'obstinait, lancinant, le *degüello* d'une trompette mexicaine. Tout se déroulait, en fin de compte, selon les plans du gouverneur : d'où lui venait, alors, cette torpeur qui le retenait, fasciné, auprès de sa fenêtre, cette sensation de s'engluer, inexorablement, dans quelque mauvais rêve, prisonnier de l'inéluctable ? Mais l'ombre, déjà, glissait sur les eaux de la baie, effaçait une à une les collines alentour, et la forêt de mâts, jusqu'à l'île des Chèvres, les derniers feux du soleil crêtaient de rouge sang les hauteurs du mont Tamalpais qui dominaient, sévères, la Porte d'Or – et l'on aurait dit, en cet instant, que la ville tout entière, saoulée de cris, de fatigue et d'alcool, retenait son souffle au bord de l'inconnu. Un volcan avant l'explosion, songea Colton, fugacement – et cette idée, curieusement, le remplit d'une sourde excitation, mêlée d'inquiétude. Pour lui aussi, la journée avait été rude.

« Une page se tourne, n'est-ce pas ? »

Il sursauta. Voilà maintenant qu'il oubliait son hôte ! Paredes. Le héros du Sonora. L'homme qui avait osé se dresser contre le général Bustamante et les autorités de Mexico. L'ironie de la question le surprit. Que pouvait bien lui vouloir un aussi encombrant personnage – et en si grand secret ? La lettre d'introduction de Levasseur, l'ambassadeur de France à Mexico, elle aussi l'intriguait, par son tour sibyllin. Officiellement, la France était dans les meilleurs termes avec le président Herrera. Mais la situation, là-bas, était si incertaine ! L'angoisse diffuse qui l'avait accompagné tout le jour le reprit, oppressante. Voulait-on l'impliquer dans quelque combinaison politique, dont il ignorait les tenants et les aboutissants ? Dans sa position, et en un pareil jour, cette entrevue pouvait se révéler dangereuse. Un piège ? Il tenta d'observer son interlocuteur, à la dérobée. Serré dans son *serape*, droit, le regard sombre, Paredes restait impénétrable – seule la crispation de sa main sur son ceinturon trahissait quelque nervosité. Mais tant de récits, épiques et invraisemblables, couraient de camp en camp, colportés par les *gambusinos*, sur sa folle équipée de Guanajuato, en compagnie du guérillero Cenobio Jarauta ! Sous les tentes pourries de Clark's Point, dans la boue des *diggins* de la Sierra, des hommes brisés, humiliés, affamés, se redressaient encore à son seul nom en l'appelant *El Libertadore*, quand d'autres serraient les poings en le maudissant à jamais. Voyons, se dit Colton en essayant de reprendre ses esprits, comment se comporterait un vrai consul, en cette situation ? La trompette, au-dehors, jouait de plus en plus vite, dans une course désespérée contre la fuite du jour – comme si elle voulait, jusqu'au bout, refuser l'inéluctable. Pourvu, pourvu qu'elle ne s'arrête pas maintenant ! se surprit-il à prier, le cœur serré. La lumière, bientôt, ne fut plus qu'un trait rouge, au loin, un bref flamboiement dans le tumulte des nuages, derrière le Tamalpais. La dernière note de la trompette s'éteignit dans un soupir, suspendue sur la mer des ténèbres.

« Plus rien ne sera pareil, désormais... »

Paredes, sans qu'il y prît garde, l'avait rejoint près de la fenêtre. Colton hésita :

« Oui, pour une fête c'était...

– Une fête ? »

Paredes le regarda, avec un bref sourire.

« Savez-vous ce que jouait la trompette ? »

Et devant l'incompréhension de son interlocuteur :

« Le *degüello* ! Le coupe-gorge... Les Mexicains l'ont joué pendant qu'ils encerclaient El Alamo. Joué jusqu'à ce que tout soit fini. Voilà ce que ça signifie : pas de pitié pour les vaincus ! »

Les lumières s'allumaient une à une aux flancs des collines. Les tentes de Rincon Point, de Sydney Town, du Petit Chili, découpaient dans le noir des rectangles de lumière qui se reflétaient dans les eaux de la baie. Comme si toutes les étoiles du ciel, saisies à leur tour par la fièvre de l'or, se rassemblaient pour nous faire fête, songea Colton. L'impression était extraordinaire. Fallait-il donc que même un pareil soir il y eût des vaincus ?

L'arrivée du vieil Hito portant un chandelier lui fit prendre conscience du silence dans la pièce, et de l'obscurité. Décidément, voilà qu'aujourd'hui je manque à tous mes devoirs, se dit-il, confus. Hito alluma les lampes en bougonnant, comme à son habitude, et la ville disparut derrière les vitres, il n'y eut plus rien, tout à coup, devant lui, qu'un mur de ténèbres qui le ramena vers le décor fatigué de son petit salon. Il s'ébroua pour tenter de s'arracher à sa torpeur inquiète, fit asseoir Paredes. En plus, songea-t-il, il a noté mon trouble – et il s'en voulut de sa gaucherie. La classe des *caballeros* ! L'habit noir de son visiteur, sa chemise à jabot piquetée de diamants étaient évidemment superbes, mais eût-il été vêtu de haillons qu'il n'en aurait pas moins gardé cette aisance insolente – quand lui-même hésitait comme un mauvais acteur, jeté sans crier gare dans une pièce dont il ignorait tout, du texte et de l'auteur. Voyons, se morigéna-t-il, comporte-toi en consul ! Et il se raidit.

« J'avoue, señor Paredes, que je ne...

– La naissance d'un pays.

– Pardon ? »

Paredes se tourna vers la fenêtre.

« Jusqu'à présent la Californie était... Enfin, ces derniers temps. Une zone franche, n'est-ce pas ? Le carrefour du monde. Une parenthèse. Eh bien ! Elle se referme ce soir.

– N'était-ce pas ce dont nous avions le plus grand besoin – d'un peu d'ordre ? »

Mais Paredes poursuivit, comme s'il n'entendait pas :

« Demain, quand ils se réveilleront... Vous verrez. Comme si dans la nuit la Californie avait changé. Changé de mémoire. Changé d'héritage. »

Il balaya l'air, d'un revers de la main :

« Fini le Mexique, et finie l'Espagne ! Finis les *Californios* !

Demain, toute l'histoire des États-Unis sera derrière la Californie ! »

C'est l'amertume de la défaite qui le fait parler, songea Colton, soulagé. L'honneur mexicain bafoué par ces rustres d'Américains ! Et il se sentit, du coup, un peu plus sûr de lui :

« Cela, mon cher Paredes, je crains que nous n'y puissions rien. »

Paredes esquissa un sourire, comme s'il avait deviné ses pensées :

« Le levier qui leur manquait, simplement. »

Il fixa tout à coup Colton droit dans les yeux :

« Vous le savez, n'est-ce pas, que le mot d'ordre, demain, sera : " Les étrangers dehors ! " »

Une série, brève, de déflagrations les fit sursauter. Puis leur parvinrent, lointains, les hourras de la foule. Et une rafale, encore, après un court silence. Quelques secondes, la pièce se trouva éclairée comme en plein jour. Le répit avait été de courte durée.

« Cela a déjà commencé, n'est-ce pas ? La taxe sur les mineurs... »

Depuis que l'Assemblée législative avait voté, au printemps, une taxe de vingt dollars par mois sur les mineurs étrangers, la tension montait partout sur les placers. Dans le nord de la Sierra Nevada des groupes d'Américains élisaient des *alcades* pour faire « également » déguerpir les étrangers. Chiliens, Péruviens, Mexicains, avaient fui par centaines vers la San Joaquin. Là, tout l'été, s'étaient tenus des meetings monstres, pour refuser toute taxe, fût-ce au prix du sang. À San Pedro Bar, sur la Tuolumne, une fusillade avait déjà fait plusieurs morts, en août. Et le *degüello* de cette trompette, là, dehors... Mon Dieu, se dit Colton, il doit bien y avoir en ville, ce soir, un millier de Mexicains chassés de leurs *claims*, et prêts à se venger ! Oui, l'harmonie des premiers temps semblait bien envolée.

« Les Français ont pris les armes, à ce que l'on dit ? Sur la San Joaquin... »

Colton retint sa respiration. Paredes savait-il quelque chose ? Dès que Burnett, le gouverneur, l'avait averti des premiers troubles, au début du mois, il avait dépêché à Murphys un agent, Jules Lombard. Avec mission de calmer les esprits. À n'importe quel prix. Car ils étaient là-bas un bon millier de têtes brûlées, anciens gardes mobiles ou gardes nationaux, qui clamaient haut et fort qu'ils n'avaient pas fait trembler un gouvernement, à Paris, pour se coucher aujourd'hui devant un shérif ! Il tenta de déchiffrer le visage impassible de son interlocuteur. L'irréparable avait-il été commis ? Déjà, au printemps, un journaliste de passage lui avait remis un rapport inquiétant : « Ce qui a fait jusqu'à présent la sécurité des Français de Murphys, écrivait cet homme, c'est leur supériorité numérique. Ils sont armés tout aussi bien que les Américains et on les sait résolus à se faire tuer jusqu'au dernier, avant d'abandonner leurs trous à or. Mais aux regards qu'échangent Américains et Français, aux propos qui circulent, il est évident que l'explosion éclatera tôt ou tard. » Chaque mot était resté gravé dans sa mémoire, avec sa charge d'angoisse. Et Lombard qui ne revenait pas !

Soudain, l'évidence le transperça comme un coup de poignard. Oui, se dit-il, il sait. Le drame a éclaté. Demain la Sierra sera à feu et à sang. Mexicains revanchards, Français en mal de révolutions, mineurs spoliés – qu'avaient-ils à perdre dans l'affaire ? Mais ce qui aurait pu passer, hier encore, pour des incidents fâcheux entre particuliers, demain serait tenu pour actes de rébellion contre l'autorité légale. Et les Français, par milliers, qui affluaient toujours, par Chagres, par le Horn, par la Prairie, privés de tout, sans moyens de retour ! Une bombe, qui s'était amorcée là, devant lui, au fil des mois, sans qu'il y prît garde, trop occupé qu'il était à son stupide dévouement envers les démunis ! C'était donc cela, se dit-il, cette ombre qui l'avait suivi tout le jour : le pressentiment d'une catastrophe. Et Burnett qu'il devait rencontrer ce soir ! Était-il, lui aussi, au courant ? En tous les cas, la présence de Paredes au consulat de France devenait un danger.

Il réprima les battements de son cœur, se força au détachement :

«... Mais je ne désespère pas de faire revenir l'Assemblée sur cette affaire de taxe. Nous entrons dans un État de droit, et de toute évidence... »

Paredes le coupa, d'un geste agacé :

« Ne vous inquiétez pas : force restera à la loi. Mais, dites-moi, *qui va donner, ici, sa force à la loi* ? »

Les crépitements se rapprochaient, et les cris de la foule. Les *grog-shops* de Front Street, les cantines et les mélodéons de Battery devaient dégorger à cette heure leurs hordes de fêtards, gavés de chili, de porc rance et de mauvais alcool. Un piétinement sourd, pressé, comme le grondement d'une vague déferlante, montait à l'assaut de la haute ville. La grosse caisse d'une fanfare se mit à battre, tout près, vers Portsmouth Square.

« Et vous-même, que feriez-vous à leur place ? »

Paredes s'était levé, et marchait nerveusement dans la pièce.

« Un pays est en train de naître, qui a besoin de toutes ses forces ! »

Il rit, d'un petit rire sec, amer :

« Vous admettriez, vous, que le monde entier éventre vos montagnes, pille vos richesses, et reparte en ne laissant que ruines ? Le moindre grain d'or, dès aujourd'hui, est nécessaire pour réussir ! »

Le regard flamboyant, la parole brève, et cet élan, impérieux, de tout le corps – oui, se dit Colton, cet homme est capable de soulever les foules. À commencer par celle des Mexicains, là, dehors, s'il le veut.

« Mais vous le savez bien, que la plupart resteront – de ceux qui rêvent de partir, fortune faite ! Et la Californie finira bien par naître de ce brassage...

– Un brassage ? »

Paredes, le front contre la fenêtre, parut s'absorber dans la contemplation de la rue. Puis, après un silence, il reprit d'une voix sourde :

« Nous, les Mexicains, sommes des témoins un peu trop gênants, vous ne trouvez pas ? Pour les *gringos*, nous serons toujours les “ graisseux ”. Et des voleurs, puisqu'ils nous volent. Quant à vous... »

Il se tourna vers Colton, narquois :

« Comment vous appellent-ils, déjà ? Ah oui... les *kezkidiz* ! »

Colton, vexé, se sentit rougir. « Qu'est-ce qu'ils disent ? » – la question rituelle du Français abordé dans la rue. Devenue un sobriquet pour leur reprocher, aussi, de former un groupe à part, de plus en plus nombreux. Un clan. Une colonie. Combien de Français faisaient seulement l'effort d'apprendre l'anglais ?

« Les *kezkidiz* », gloussa encore une fois Paredes, comme pour lui seul. Puis, levant les yeux vers Colton :

« Vous verrez, vous et moi, nous sommes déjà exclus de l'histoire qui commence ce soir. »

Et le flot des Français qui ne cessait de croître ! Si Paredes avait raison, alors les mois à venir allaient être terribles. Colton, à la dérobée, tenta de déchiffrer l'expression de son hôte. Peut-être, après tout, ne savait-il rien de plus que lui sur le camp de Murphys ? Peut-être était-ce là, dans la rue, que se trouvait le vrai danger ? Et il sut dans l'instant, au battement de son pouls, que c'était bien cela qu'il refusait de s'avouer depuis ce matin. Qu'une époque aujourd'hui s'achevait – et un pan de sa vie.

Il avait crié de joie avec la foule, pourtant, quand l'*Oregon* avait contourné Clark's Point, onze jours auparavant, couvert de drapeaux jusqu'au sommet des mâts, tirant de tous ses canons pour annoncer que, oui, cette fois c'était gagné, le Congrès venait d'admettre la Californie dans l'Union – une clameur immense, interminable, jaillie des wharfs, des rues, des collines, des maisons, de plus de vingt mille gosiers à la fois, à donner le frisson, chavirer de bonheur. Les tribunaux avaient levé séance, les boutiques, les bureaux avaient fermé leurs portes, les gens s'embrassaient dans la rue en pleurant, des bals s'improvisaient un peu partout, lui-même avait dansé toute la nuit, jusqu'à l'ivresse. Et comment oublier cette douceur étrange, cet abandon émerveillé au bonheur très simple de se toucher, de se parler, de se sourire ? Les gens se regardaient, quelque chose d'oublié venait au bord des lèvres, et plus personne ne pouvait se quitter, cette journée, cette nuit ne pouvaient pas finir ! Aussi le maire et le gouverneur avaient-ils décidé de tout recommencer, ce 29 octobre, en plus grandiose, et officiel, dans toutes les villes de la Californie, afin que l'événement restât dans les mémoires : la naissance du trente et unième État de l'Union ! Et voilà qu'après tant d'efforts, tant de préparatifs, il se découvrait seul, désespérément seul, exclu, sans qu'il comprît pourquoi, de la liesse commune.

« C'était comme si chacun, ce soir-là, retrouvait une identité, comprenez-vous ? Tant de pauvres gens, et puis tant de misère. C'était... oui, un rayon de lumière dans le cloaque où ils tentaient de vivre. Le chaos qui prenait forme. Une promesse... »

Mais parlait-il encore à Paredes, tandis qu'il arpentait nerveusement son salon – ou bien poursuivait-il une autre conversation, un long monologue commencé bien plus tôt ?

Que n'aurait-il pas donné, pourtant, les premiers jours, pour fuir ce bourbier, et retrouver Hawaii ! Mais il était cloué là, sans recours, prisonnier de la faute qui lui avait valu le courroux du ministre, et la perte de son poste. Seul, sans plus de passé désormais et guère plus d'avenir, plongé dans un cauchemar sanglant et dérisoire, qui n'aurait pas d'issue. Comment avait-il pu seulement réussir à survivre ? Consul de France – quelle ironie, dans un pareil cratère, quand il n'y avait plus ni règle ni morale, aucune autorité ! Un démon rapace et sans merci avait ouvert cette plaie au flanc du Pacifique où se précipitaient, aveugles, des hordes de forcenés. Et l'abcès, mois après mois, n'avait cessé de croître. Il l'avait vu, impassible, formidable, engloutir les vies, dissoudre les âmes, dans l'expansion sans frein de sa puissance. Parfois il lui semblait qu'il allait, demain, engloutir toute la Californie, et les cinq continents – d'ailleurs, n'était-ce pas la terre entière, vague après vague, qui accourait ici, pour se perdre plus vite ? Une force noire, stupide, impénétrable, avait fait irruption en ce lieu, par effraction, capable d'éteindre le jour lui-même. Et rien, il le savait, ne pourrait l'arrêter. D'ailleurs, quelle importance ? Qui, sur le Vieux Continent, se souvenait de lui ? Jusqu'à ses rêves, qui se faisaient plus rares, peu à peu le quittaient : les douceurs de Hawaii, les plages blondes de Honolulu, les cavalcades dans les matins aux transparences d'opale, le grondement profond des grands rouleaux du Pacifique – tout cela avait-il seulement existé ? Et pourtant il vivait. Et ce cancer, ce défi lancé à la face du Créateur était devenu mois après mois une ville, tyrannique et jalouse, à nulle autre pareille – sa ville. Et tout cela pouvait se trouver effacé, du jour au lendemain, par un décret humain ? Allons donc ! La ville serait toujours plus forte, qui les tenait tous dans ses griffes, pantins désemparés, fascinés, par avance vaincus, jetés vivant dans la gueule du Moloch ! Mais quels mots trouver pour dire ce qu'il ne devinait lui-même que confusément, dans un mélange d'exaltation et de dégoût, cette connivence tissée au plus noir de l'horreur – plus impérieuse, il en était certain, que toutes les lois, toutes les constitutions, toutes les protestations humaines ? Non personne, jamais, soupira-t-il, ne pourrait comprendre San Francisco.

« Le premier jour, quand j'ai vu cette forêt de mâts, ces milliers de bateaux dans le port, éventrés, échoués, sans plus d'équipages... Il n'y avait pas de quai, savez-vous ? Ni de jetée. J'ai dû patauger, comme tout le monde, dans l'eau, et la vase, avec mon bagage sur le dos ! Que dites-vous de ça – le consul de France ! Pas de logement. À l'Union Hotel, on entassait les arrivants à vingt par chambres, sans drap ni couverture. Des hangars, on faisait des dortoirs. Ou bien on découpait des toiles de tentes dans les voiles des navires. D'autres récupéraient les caisses d'emballage pour s'en faire des chambres – enfin, des niches. Et rien, rien à manger. Pas d'eau à boire. Un dollar pour un œuf. Trois francs, une pomme de terre. Des milliers de forcenés, monsieur, emportés dans un tourbillon d'épouvante ! Des nappes de puces, qui couvraient les murs, les lits, les tables. Les poux. Les moustiques. Et ces malheureux qui arrivaient toujours, épuisés, sans ressources, les yeux brillant de fièvre, par centaines, par milliers, comme les vagues de la mer. Et combien de morts en chemin, de faim, de malaria, mangés par les caïmans dans les marais de Chagres, ou bien à Panamá, ou noyés vers le Horn ! L'or ! L'or ! L'or ! Ah ! qui n'a pas vu ça, les premiers mois de l'or... »

Il resta un moment immobile, le corps penché en avant, comme très loin en lui-même – ou bien écoutait-il le grondement de la ville, au-dehors ? Il reprit d'une voix sourde :

« Et puis, l'hiver... Quand les premiers mineurs sont descendus des camps de la Sierra. Tandis que les bateaux, dans la baie, continuaient leur ronde. La pluie. Le froid. Les rues transformées en lac de boue. Où l'on jetait n'importe quoi, des caisses, des barils, des ballots de coton, de tabac, des meubles, des troncs d'arbre et des pianos, pour s'en faire des trottoirs, et ne pas se noyer ! Dans Montgomery Street... Oui, monsieur, j'ai vu là-bas une mule et son cavalier se noyer en pleine rue, s'engloutir, disparaître tout entiers sans que l'on puisse rien faire ! Et plus de place nulle part. Les gens dormaient n'importe où – quand ils pouvaient dormir. À même le plancher. Sur des chaises. Dans les mangeoires des chevaux, à trois dollars la nuit. Sur les tables des bars – dix dollars les huit heures ! Et tous ces pauvres hères, à bout de force dans leurs loques humides, malades, affamés, qui ne se réveillaient même plus quand les rats... Oui, les rats, des milliers de rats qui attaquaient les dormeurs, leur mangeaient les joues, le nez, les oreilles, dans l'indifférence générale ! »

Il se tourna vers Paredes, les yeux vagues, perdus, comme s'il quêtait en cet instant une réponse – un secours ?

« Est-ce que vous comprenez cela, vous, que l'on puisse choisir, en toute connaissance de cause, de devenir l'esclave de... de cet enfer ? Et pourtant, regardez-les tous, là, dans la rue, mangés par la vermine, à demi fous d'excitation, incapables de fermer l'œil : qui changerait sa place contre tout l'or du monde ? L'or du monde – la belle affaire ! Il est ici. Une montagne d'or, sous des monceaux d'ordure. Tous ! Ils sont tous là. Voleurs, clochards, putains, meurtriers, abrutis d'alcool, rendus au dernier degré de l'abjection. Et la débauche, la souillure, la démence, la misère et la mort sont là, elles aussi. Et l'Enfer, qui bâille pour engloutir cette masse putride ! Et pourtant... Ah ! ah ! Une ville de fous, n'est-ce pas ? Mais cette force que vous sentez vibrer autour de vous, en vous, cette énergie... Ah ! C'est comme une drogue. Ailleurs, ailleurs vous avez un nom, je ne sais pas, une famille, des habitudes, bref, votre vie est tracée, non ? Moi aussi, autrefois... enfin, je croyais. Mais ici ? Ah ! Ici. L'enfer. Oui. Mais Dieu, aussi, ou le Diable, qui chaque matin relance les dés. Pour chacun. Clochard ou millionnaire. Et ça, dites-moi, qui renoncerait à ça ? »

Il éclata d'un rire convulsif, strident, qui résonna dans le silence. Paredes, pensif, l'observait sans mot dire. Était-ce bien là le consul un peu gauche, guindé, qui l'avait accueilli tout à l'heure ? Tambours et clameurs s'étaient tus sur les wharfs ; la nuit, au-dehors, paraissait en attente.

« Avez-vous vu déjà un volcan en éruption ? Quand la lave s'arrache au ventre de la Terre, comme un géant aveugle... La naissance du monde ! Il faudrait fuir. Et puis on reste. Effaré. Comme si l'on assistait, par privilège, au commencement des temps. C'était à Hawaii. Mon premier poste. Avant que... Eh bien !... J'ai retrouvé cela, ici. Mais la lave, cette fois, était des êtres humains. San Francisco !

– Vous la regrettez déjà, n'est-ce pas ? »

Paredes avait parlé d'une voix si basse que Colton, désarçonné, se tut. Mon Dieu, se dit-il, qu'est-ce donc qui me prend, de me livrer ainsi ? Une scène de ménage ! À la ville, là, dehors, qui s'éloignait de lui. Ce trouble qui l'avait saisi dès le réveil, peut-être n'était-il après tout que cela : l'ombre portée qui accompagne dans un couple les prémices d'une rupture.

2

Derrière les tentures, à quelques pas de lui, la salle du Jenny Lind grondait, pleine à craquer. Cette fois, c'est quitte ou double, se répétait le vicomte, pas plus rassuré que cela, en serrant dans sa poche son dernier dollar. Effondré sur un tas de cordage, toute superbe envolée, le digne Henri Herz, le maestro parisien, l'incomparable *virtuoso*, essayait en vain de prendre à témoin une âme charitable. « C'est que j'ai joué devant les cours d'Europe, moi, monsieur, oui, devant des rois ! » insistait-il, navré, mais les ouvriers allaient et venaient, le poussaient, l'enjambaient sans même un regard, et le brave Fayolle avait bien trop à faire, entre sa troupe en débandade et les accessoiristes toujours disparus, pour compatir à ses malheurs ; aussi l'admirable pianiste, le favori des cours, en était-il réduit à répéter dans le vide, ce qui lui donnait un air quelque peu égaré : « Devant des rois, oui, devant des rois ! »

Une vague d'applaudissements déferla des galeries, fit trembler les cloisons. Bientôt ce sera mon tour, soupira le vicomte, et son cœur un instant s'arrêta de battre, les mêmes qui tout à l'heure exécutaient ce malheureux m'attendent là, derrière. Pour la première fois, il dut s'avouer qu'il avait peur. De cette bouche d'ombre, hurlante, qui allait l'engloutir dès le rideau levé – de la ville rassemblée ce soir, notables et voyous, millionnaires et clochards, par la fantaisie du maître des lieux : qu'avait-il fait, au fond, depuis son arrivée, deux ans auparavant, sinon ruser, composer avec elle, tricher au jour le jour, tenter de la séduire ? Mais ses projets s'étaient effondrés les uns après les autres, et ses petits mensonges, jusqu'à la conduire là, sans plus d'échappatoire. Son dernier dollar ! Et le pauvre Pépin, son complice de toujours, ne valait guère mieux, qui depuis le midi ne desserrait pas les dents, sinon pour répéter de loin en loin, morose, que foutrebleu ! ce n'était pas son jour. Le plus ficelle des loustics de la porte Saint-Martin s'était fait délester en chemin de la menue monnaie qu'il venait lui-même d'emprunter à un Allemand, trouvé ivre mort au petit matin dans une ruelle sombre et dont il avait, il est vrai, quelque peu encouragé la somnolence par un solide coup de gourdin derrière les oreilles. En d'autres circonstances, il aurait ri lui-même de sa mésaventure, et il ne lui aurait pas fallu dix minutes pour imaginer quelque autre tour pendable qui l'aurait renfloué au moins pour la journée. D'où venait que cette fois il se laissait aller ? Comme si un ressort s'était soudainement brisé, songea fugacement le vicomte, et tout à coup l'idée de retrouver leur cabane de planches, et l'infâme brouet de navets et de couennes bouilli depuis des jours par Jourdain, lui souleva le cœur. Ce soir, il lui fallait du champagne, et des huîtres, et des poulardes grasses, sinon... Ce soir était sa dernière chance. Et les tiraillements qui lui serraient l'estomac n'étaient pas seulement de famine.

Solidement appuyée à sa canne d'argent, Mme Éléonore, les mâchoires serrées, trônait au premier rang, avec à ses côtés Mlles Adalbert et Racine, ruisselantes de bijoux, et derrière elles il reconnut, faiblement éclairés par les feux de la rampe, Alexina, Bréa, Richer, Sasportas, Léon, Yamini, Nitzel, la troupe du French Vaudeville au grand complet, et quelques autres encore, aux airs affectés de dandys parisiens, toujours prompts à se gausser de la lourdeur pataude des yankees. Même au théâtre, les Français formaient un bloc à part – ceux-là seraient les premiers à se réjouir de son échec.

Il écarta d'un geste le maestro déconfit, se pencha vers la salle, mais les quelques visages qu'il parvint à distinguer au-delà n'étaient pas précisément pour le rassurer. À croire, décidément, que tous ses créanciers s'étaient donné le mot, tous les gogos roulés par lui depuis deux ans, tous ceux qu'il avait, du temps de sa splendeur, criblé de ses bons mots... Mais le vrai danger, ce soir, avait-il un visage ? Passé les premiers rangs, tout se perdait dans la pénombre, jusqu'au grand trou noir des galeries d'où lui parvenait, menaçante, sous les rires et les lazzis, une rumeur d'orage. Quelque chose grondait là-haut, la respiration d'une bête monstrueuse, tapie, prête à bondir : le cœur noir de la ville. Oui, c'était bien avec lui qu'il avait rendez-vous, ce soir. Et il lui sembla, tout à coup, que la terrible Éléonore et ses deux bayadères, en leurs atours criards, n'étaient là que pour lui, nouvelles Parques immobiles, aux rives de la mer des Ténèbres, avec entre leurs doigts les fils prêts à se rompre de sa dérisoire destinée...

Il avait été un des princes de la ville, pourtant, et même le plus canaille, agile comme un chat, la griffe acérée et un culot d'enfer, habile à deviner le pouls capricieux de la rue. Chaque jour avait été un jeu, chaque matin un défi pour survivre. Que lui baillait-on avec la Rome antique et ses jeux du cirque ? Ici, l'on avait trouvé mieux : la ville transformée tout entière en arène, sans plus de gradins pour les prudents, ou les puissants, chacun devenu pour les autres le chasseur et la proie. Deux années durant, il avait dansé sur la lave du cratère – et il s'y était brûlé, sans qu'il s'en rendît compte. Ici, l'on vivait plus vite, plus fort qu'en toute autre contrée, mais l'on vieillissait tout autant. Se pouvait-il que la farandole s'achevât déjà pour lui ? Mais non, il allait leur montrer, à tous, qu'il les tenait encore dans le creux de sa main. Jules de France ! Le plus rusé mandrin de la Californie. Ah ! L'on avait bien tort de le croire à bout !

Ce soir, le Jenny Lind, le temple du goût, brillant de tous ses feux, se donnait à la ville. Et la ville se bousculait, sous les lambris dorés, ironique et canaille, prompte à porter aux nues comme à piétiner ceux-là qui s'en croyaient les maîtres. La magnificence insolente de Thomas Maguire ne lui avait pas fait que des amis, mais sa bourse paraissait inépuisable, et quand il avait proposé aux saloons de la place que chacune de leurs vedettes fît ce soir-là une apparition sur sa nouvelle scène, ses plus féroces concurrents avaient fini par se laisser convaincre. Avait-on jamais offert pareil programme à San Francisco ? Sarah Kirby et James Stark, encore auréolés de leur triomphe à Sacramento dans *La Maja de Sevilla*, Stephen Bassett, dit « le colonel Jeems Pipes de Pipesville », élu par les madames de Portsmouth Square « le plus bel organe des deux hémisphères », MacKorkel, « premier pianiste et harpiste de l'empereur de Russie », Zoraya l'hermaphrodite et le docteur Robinson pour une nouvelle version de *L'Alcoolique repenti ou Tiens, sers-m'en un petit dernier !*, Planel et son Quadrille du cap Horn... « De la classe, messieurs, surtout je veux de la classe ! » répétait le nouveau maître de Portsmouth Square en bousculant sans ménagement les numéros prévus par les artistes. Depuis que, sur la foi d'un portrait de magazine, il était tombé amoureux de Jenny Lind, le rossignol suédois, l'impétueux Maguire avait voué sa vie au seul culte des arts, mais il n'avait du goût que l'idée qu'il s'en était faite dans les bas fonds de New York, aussi, quand il avait entrepris de « dépoussiérer » un peu *Roméo et Juliette* – « M'est avis que ce gars-là n'a jamais eu à remplir une salle à Portsmouth Square ! » – , la troupe du Verandah avait-elle quelque peu cédé à la panique, et l'austère Edwin Booth, la star shakespearienne, dès la première lecture des changements suggérés, s'était retiré sous sa tente, outragé, bientôt suivi par Évangéline, la nymphe poitrinaire. Pouvait-on leur donner tort, après le sort réservé au superbe Henri Herz ? Alfred Roncovieri, la basse chantante de Bordeaux, devait regretter amèrement de ne pas avoir suivi leur exemple, lui qui avait eu l'inconscience de succéder au pianiste des cours, pour connaître le même sort. Ce que voyant, Maguire, jamais à bout de ressource, avait fait donner Roaring Gimlet – « la seule femme au monde capable de chanter dans deux tonalités en même temps », à en croire les affiches du Delmonico –, et les bêlements égarés de la pauvresse, scandés par les entrechats de Waddling Duck, la danseuse si fière de ses deux quintaux, avaient bien vite ramené la bonne humeur. Pour l'heure, la salle paraissait mieux goûter les ingrédients robustes de la farce que les joies éthérées de l'esprit.

Un tumulte de rires, ponctués de vivats, secoua les galeries. Shakespeare, revu par l'inventif Irlandais, pimenté de quadrilles, d'intermèdes comiques et de tours de magie, se taillait un triomphe qui aurait peut-être surpris le maître d'Old Stratford. Et ce coup de folie, d'avoir remplacé au débotté les artistes défaillants du Verandah par Galloping Cow et Doc Robinson, les vedettes crapuleuses du Devil's Acre, tournait au coup de génie. Galloping Cow n'avait rien à envier, pour les rondeurs, à Waddling Duck, et les qualités qui l'avaient rendue célèbre n'évoquaient que d'assez loin celles de la frêle Juliette ; Doc « Yankee » Robinson, le bavard irascible, avait depuis longtemps passé l'âge des émois juvéniles, mais leur duo s'avérait irrésistible – d'autant plus sûrement que le poids excessif de la donzelle avait contraint le metteur en scène à quelques adaptations, et c'est ainsi que, pour éviter un effondrement fatal, le rugueux Robinson, qui avait refusé de quitter son chapeau melon et son cigare, « ses images de marque », s'était trouvé devoir déclarer sa flamme depuis le sommet de la tour, tandis que le mammifère galopant se pâmait à ses pieds.

« Ah ! Juliette, que ne suis-je ton oiseau !

– Mon doux cœur, je te tuerais par trop de caresses... »

Mangeurs de cacahuètes du poulailler, traîne-patins du parterre, madames en toilettes, la salle toute entière se tenait les côtes. Seule Mme Éléonore et sa troupe restaient de marbre, et cette immobilité glacée, au fil des répliques, prenait une allure inquiétante.

« Allons, Jules, ne fais pas cette tête ! Écoute-les ! Ils rient... »

Fayolle, tout en nerfs et en os, soufflait d'un air comique en s'épongeant le front, assis sans plus de façon sur les genoux du pianiste des cours. La troupe du grand Munié ne lui avait guère laissé de répit, ces derniers jours. Mais il était dit que le vicomte aurait l'humeur lugubre.

« C'est à quitte ou double, j'en ai bien peur, mon bon Fayolle... »

Puis, à mi-voix, entre les dents :

« Foutrebleu, ça t'arracherait la gueule de me donner du vicomte quand il y a du monde ?

– Et pourquoi pas sire, tant que tu y es ? »

Le titi écarta à son tour la tenture et sifflota doucement :

« Dis donc, l'Éléonore, j'espère qu'elle n'est pas là pour toi... »

Le vicomte, crucifié, poussa un râle d'effroi, mais déjà Fayolle disparaissait dans un tourbillon affairé.

« Bah ! On n'en meurt pas ! Pense plutôt à ton gamin ! »

Le bébé ! Il l'avait oublié, tout cet après-midi. Mais d'abord, où était Artémise, qui avait accepté la garde du landau ? Quand, son journal en faillite et sans plus de ressources, sa presse autographique reprise par ses créanciers furieux, il avait eu l'idée de se louer comme nourrice, un vaste éclat de rire avait secoué la ville. Voilà qui était digne de l'excentrique de France ! Et une foule hilare s'était pressée sur les trottoirs, pour ne rien perdre du spectacle du grand escogriffe en habit élimé et grosses bottes d'égoutier, qui poussait son landau avec des airs de prince. Un chapeau, fixé sur la capote, invitait les passants à collaborer, par quelques piécettes, à l'achat de douceurs pour l'innocent bambin, et les badauds avaient volontiers répondu à l'invite. Putes et poivrots, flambeurs et durs à cuire, tous fondaient devant les fossettes des petits anges – n'étaient-ils pas comme la figure même de la ville à venir ? Qui sait, demain peut-être leur porteraient-ils chance ! Mais les dons s'étaient taris quand un chagrin, ou un jaloux, avait remarqué que le landau faisait des stations de plus en plus prolongées aux portes des saloons et que, en fait de douceurs, le vicomte en prenait plus que sa part... « Le problème, avec toi, Jules, c'est que tu manques de constance, avait soupiré Jourdain. Bon sang ! C'était une idée géniale ! Un filon ! Tu te tenais à carreau... » « Tu as raison, avait répondu le vicomte en secouant piteusement sa chevelure mérovingienne qui lui donnait l'air d'un vieux rapin du Quartier latin, j'ai pas la constance... » Et tout de suite après, incorrigible : « Mais l'idée... Avoue, hein ! c'était une belle idée ? »

La pratique elle-même s'était clairsemée, après quelques épisodes malheureux qui avaient fait la joie des échotiers, de mères affolées courant la nuit par les ruelles, de fureurs paternelles ponctuées de coups de pistolets, de nourrissons retrouvés au fin fond de Clark's Point, serrés dans les bras d'un vicomte effondré ivre mort parmi les immondices. La matrone qui lui avait confié son bébé ce matin, en grommelant des propos menaçants, n'était pas du genre à lui laisser une seconde chance. Et s'il n'y prenait garde, le dollar qui battait dans sa poche risquait fort d'être le dernier, du moins dans le métier.

Il retrouva Artémise sur un tas de ballots, dans un recoin discret des coulisses. La soubrette au cœur innombrable, les yeux pâmés, avait de toute évidence d'autres soucis en tête, entre les bras de son galant, que la garde d'un enfant, et le landau abandonné tanguait, roulait dans le couloir, rebondissait contre les cloisons, poussé et repoussé sans ménagement par les accessoiristes affairés. Mais le bambin, transformé en boule de billard, dormait d'un sommeil sans nuage – d'avoir suivi le conseil de Pépin, de tremper sa tétine dans un peu de whisky « pour tuer le ver », n'était peut-être pas étranger à cette placidité.

Penché au-dessus de la belle, il allait récupérer son précieux chargement quand tout s'écroula autour de lui. Un cyclone balayait les coulisses, ébranlait les cloisons, dans un concert affolé de cris, de coups, de piétinements. Un panneau de décor s'effondra bruyamment, et il distingua une mêlée confuse, à travers le nuage de poussière, un tourbillon de cotillons, de corsages déchirés, de perruques en charpie. Il finit par reconnaître Mme Lucienne, rouge de fureur et toutes griffes dehors, qui étranglait proprement la jolie Julie, dont les seins dénudés et les jupons troussés résumaient suffisamment les causes du conflit. Charlet, handicapé il est vrai par un pantalon dénoué, essayait gauchement de protéger l'objet de ses ardeurs, et l'on comprit que l'ancienne vedette des Variétés venait de découvrir la câline aux yeux de velours dans les bras de *son amant à elle*, tandis que Munié, le grand Alexandre en personne, descendu de son Olympe, ceinturait son frère Hector, qui hurlait fou de rage que, amant ou pas, il était, *lui*, le mari. Seul, indifférent au monde qui s'écroulait autour de lui, Bossanges allait et venait, en répétant son texte à grand renfort de gestes pathétiques. Bon sang, ils vont me le réveiller, s'affola le vicomte en agrippant à la volée le landau voltigeur. La salle, derrière les tentures, s'était faite silencieuse, pour ne rien perdre de l'algarade. Sur la scène, Galloping-Juliette et Robinson-Roméo redoublaient d'efforts pour couvrir les voix aiguës des étoiles déchues de la scène parisienne, et Maguire, arrivé en courant, son cigare au vent, se préparait à lancer le quadrille dévêtu des filles du Verandah au beau milieu de la scène des amants séparés pour faire diversion, mais ce fut encore Fayolle qui ramena le calme, d'un gigantesque coup de savate qui culbuta la digne Lucienne cul par-dessus tête, suivi d'un soufflet retentissant au bellâtre du boulevard du Crime. Suant, grondant, les vêtements en désordre, chacun défiait l'autre avec des airs furieux. Et c'est avec cette bande de ratés que je vais tout à l'heure affronter la foule, se désespérait le vicomte...

Leur arrivée, au printemps, avait mis la ville sens dessus dessous. Après les souffrances de l'hiver, dans la boue et le froid, où chacun avait cru toucher le fond, ils avaient paru comme une promesse. Alexandre Munié, premier acteur du théâtre de la porte Saint-Martin pour lequel Lamartine avait tout exprès créé un rôle dans son fameux *Toussaint Louverture*, et avec lui sa troupe au grand complet. Allez ! San Francisco ne serait pas seulement le rendez-vous des miséreux et des songe-creux ; demain, les beaux jours revenus, elle brillerait de mille feux, devenue le Paris du Pacifique ! Leur première prestation, dans *Le Mari de la Veuve* d'Alexandre Dumas, avait drainé les foules. Enfin, applaudissaient les critiques du *Standard*, des « artistes pour de vrai » ! Mais il n'avait pas fallu longtemps pour que la façade se lézardât. Ragots et jalousies avaient fait leur œuvre. Et Mme Éléonore, qui entendait bien garder la prééminence pour son French Vaudeville, avait su souffler sur les braises. « Pourquoi voulez-vous que les causes de leur échecs, déjà en France, ne produisent pas ici les même effets ? » avait soupiré Colton, un jour que le vicomte s'inquiétait devant lui des zizanies qui travaillaient le clan français – et son expression avait paru si amère que le vicomte, surpris, avait eu l'impression que le consul s'englobait dans cette cargaison de faillis. « Après tout, avait répété celui-ci tandis qu'il le reconduisait, nous sommes bien en enfer, n'est-ce pas ? »

Et pourtant, c'était vers lui, Jules de France, le roi de l'esbroufe, que Maguire s'était tourné pour sa soirée du Jenny Lind. « Toutes les communautés rassemblées pour un soir », s'échauffait l'Irlandais en arpentant son bureau à grandes enjambées, son cigare projeté en avant, « les vedettes de tous les saloons, de la danse, des chansons, du théâtre ! » Et c'est à lui, oui, qu'il avait pensé pour écrire une grande pièce sur San Francisco.

« Mince ! Vous descendez bien des rois de France, non ? » répétait Maguire, épaté, en mâchant son cigare.

Et, reprenant sa marche frénétique, le doigt pointé vers lui :

« Y a pas mieux, non, question tradition ? Et vous êtes ici depuis le début, non ? Ah ! ah ! vous devez en connaître un bout, des histoires du patelin ! Eh bien ! moi, je vous le dis, l'histoire du monde, avec un grand H, elle s'écrit ici. Finie l'Europe ! On ne va pas passer sa vie à pleurer le Vieux Monde, hein ? Et pourquoi que l'art ne serait pas ça aussi : dire ce qui est en train de naître ? Ah ! ah ! dans le fond de la marmite, là où ça bout le plus fort ! »

Il s'était arrêté, comme étonné lui-même par sa faconde. Puis, s'échauffant de nouveau :

« Je vous le dis, moi, Maguire : rien à battre, de toutes ces vieilleries. L'Europe ! Ah ! ah ! cette blague. Fils de roi ? Fils de rien. Pas de doute, vous êtes l'homme qu'il me faut. Qu'est-ce que vous en dites, hein ? Le Nouveau Monde, au cœur du cratère. Et n'ayez pas peur d'y aller : du Shakespeare ! »

Cette pièce, il l'avait écrite dans la fièvre. Tout y était, l'arrivée des premiers émigrants, les rats et les poux, le déluge de l'hiver quand les collines dénudées glissaient par pans soudains, les fleuves de boue, dans les rues, et les équipages noyés sous les yeux de la foule, le grand incendie, les raids des « petits canards de Sydney », la débauche et la démesure, la grandeur et la bassesse de la ville. Dans le grand genre des classiques de la scène, cela allait sans dire, en vers de douze pieds. La ville ne méritait-elle pas cet hommage ? Il la tenait enfin, là, sous sa plume. Jamais, non, jamais on n'avait osé la dire ainsi. Quelles nuits exaltées il avait passées dans sa cahute, réveillant tour à tour ses compagnons pour les prendre à témoin de son génie ! Et quand Éléonore, fâchée de ne plus recevoir les hommages de son « chéri », l'avait fait demander, il l'avait éconduite en le prenant de haut : « Femme, que me veux-tu ? Je ne fraie plus avec les créatures ! » Don César de Bazan dans toute sa splendeur ! Demain, la ville se reconnaîtrait dans sa vaste épopée, le public, debout, le porterait en triomphe, et il ne vivrait plus que dans l'or, ne tringlerait plus que dans la soie. L'or, le cul, la dentelle, comme il sied à un prince : ne descendait-il pas de Robert le Fort ? Et voilà qu'à l'instant de soumettre son chef-d'œuvre, il tremblait en coulisse comme un enfant penaud...

Son chef-d'œuvre – ou ce qu'il en restait. Car Munié, le grand Alexandre Munié, que l'on pouvait malgré tout tenir pour un professionnel averti, avait fait grise mine à la lecture de l'épais manuscrit. Fayolle lui-même, si prompt d'ordinaire à applaudir ses envolées, s'était fait évasif, jusqu'à finir par approuver le comédien quand celui-ci avait entrepris d'élaguer le ténébreux massif, rajoutant mimes, ballets et chansons. Et c'est ainsi, par petits déchirements successifs, que *Dans la nuit du monde* était devenu, un petit matin blême de défaite, *Monsieur Gogo en Californie*. Eh bien ! Va pour *Monsieur Gogo*, avait soupiré le vicomte, bonne pâte. Sans songer que bien des spectateurs risquaient de se reconnaître, sans plaisir excessif, dans ce Gogo-là...

Roméo, d'un formidable coup de gourdin, venait d'étendre le pauvre Pâris sur la tombe fraîchement ouverte de Juliette, avant de s'écrouler à son tour, empoisonné. Juliette, accourue les cheveux en désordre – « Qu'est-ce là ? Une coupe est serrée dans la main de mon amour... Avare ! Tu as tout bu ! » – , lui arrachait le fatal flacon, de toute évidence une excellente bouteille de bourbon, qu'elle tétait goulûment malgré les protestations de son amant défunt, avant de s'effondrer de tout son poids sur l'infortuné – « Poignard chéri ! Je serai ton fourreau ». La salle en délire sifflait, criait, trépignait, les dignes messieurs du premier rang, toute réserve oubliée, martelaient le parquet en cadence, en hoquetant de rire ; les femmes, les joues rouges, jetaient gants et voilettes vers la scène. L'enthousiasme atteignit son paroxysme quand Maguire, coupant court à la sobre grandeur de la scène des aïeux réconciliés, lâcha sans plus attendre les filles du Verandah pour un quadrille endiablé. Le triomphe du Jenny Lind ! Et la ville qui explosait, ivre de se donner à elle-même en spectacle.

Le vicomte, frissonnant de dégoût, s'ébroua comme au sortir d'un mauvais rêve. Tous, autour de lui, acteurs et machinistes, s'étaient figés, saisis par la violence de l'instant. Le maestro, sorti de sa torpeur, lui agrippait convulsivement le bras. Et la troupe tout à l'heure en débandade se resserrait, comme pour faire front. C'est alors seulement qu'il réalisa que le gamin le regardait, les yeux écarquillés, la bouche grande ouverte – il lui fallut quelques secondes, tel était le vacarme, pour comprendre qu'il hurlait depuis déjà un moment, hurlait à perdre haleine...

Doc, pour ne pas périr étouffé, venait de se libérer après force bourrades, Galloping Cow, en habituée des soirées crapuleuses, avait répliqué à coups de genoux dans l'entrejambe, et les deux monstres sacrés se défiaient maintenant, les poings levés. Les gardes affolés, laissant là leurs hallebardes, pesaient de tout leur poids sur la tour en train de s'effondrer, les Capulet et les Montaigu, les restes hagards de la troupe shakespearienne, dépassés par les événements, se blottissaient dans un recoin, mais il était dit que tout, ce soir, devait finir par des chansons et déjà Waddling Duck, remontée sur la scène, emportait les héros dans la ronde, sous un tonnerre de vivats – jusqu'à ce que Galloping Cow, énorme, ruisselante, le poitrail dénudé, dans un état second, se porte vers l'avant-scène et, se tournant tout à coup, les jupes relevées, offre sa croupe monstrueuse à la foule en délire, aussitôt imitée par l'ensemble des filles.

Alexandre Munié, Charlet, Julie, près de lui, étaient d'une pâleur de mort. C'est à peine s'il entendit Bassett prendre le relais des comédiens, sur l'avant-scène, par des rengaines canailles, tandis que, derrière le rideau, Fayolle dirigeait la manœuvre des décors. À peine s'il prit conscience que la troupe, les visages creusés par l'angoisse, préparait son entrée. Le théâtre était un bateau ivre errant à l'abandon sur une mer inconnue, le plancher tanguait sous ses pieds, les cloisons faseyaient telles des voiles, les trois coups retentirent très loin dans un brouillard cotonneux – ne restait plus que cet enfant qu'il serrait dans ses bras, un enfant aux yeux fous, hallucinés, la bouche ouverte, immense, sur un hurlement qui n'en finissait pas, jailli d'un gouffre noir où lui-même s'engloutissait, effaré, un hurlement de solitude sans remède, qui montait, emplissait les coulisses, couvrait les clameurs de la salle, submergeait la ville pour dire la protestation des innocents devant l'épouvante tapie au cœur du monde.

Fayolle le prit par l'épaule, et tout bascula dans un tournoiement affolé :

« Eh bien ! vicomte, cette fois, c'est à nous... »

3

Songeur, il s'était approché de la fenêtre, sans trop y prendre garde – et resta bouche bée devant le spectacle, au-dehors.

Un fleuve de lumière ruisselait des collines, courait le long des wharfs, embrasait toute la baie jusqu'à la Porte d'Or et les îles, au loin. Des lanternes, des lampions brillaient au fronton des maisons, des tentes, des hôtels. Plus de mille vaisseaux, venus de tous les ports du monde, cap-horniers, schooners, jonques de Shanghai, simples cotres de pêcheurs, goélettes, felouques et steamers, étincelaient jusqu'au sommet des mâts, comme une forêt de légende sortie droit de la mer. Des fanaux brûlaient aux espars des bateaux échoués à l'écart, dans les vasières de Rincon Point. Et Portsmouth Square, bondé, crachait en rugissant des flammèches vers le ciel. Passé la Porte d'Or, dans les ténèbres hostiles, le Pacifique tonnait contre les récifs de Land's End, de Point Lobos, des Farallones, des bateaux erraient dans l'inconnu immense – mais ce soir, sur cette langue de terre âpre et nue, dans cette baie perdue entre les deux solitudes de la mer et de la Sierra, toutes les étoiles de la création, prises à leur tour par la fièvre de l'or, semblaient s'être donné rendez-vous. « Un feu Saint-Elme », murmura Colton, ébloui – un feu Saint-Elme, dans la grande nuit du monde...

Une fusillade éclata, quelque part sur un wharf, couverte aussitôt par les vivats. Une boule de feu montait, rouge vif, dans le ciel, puis une autre, verte, et une autre encore, en une immense corolle qui retombait en longs cheveux, en pluie d'or, sur la baie, éclairant brièvement les flancs du Tamalpais et les collines de Tiburón, une énorme clameur jaillit des entrailles de la ville, un rugissement de joie à faire trembler les vitres, rythmé par des explosions sourdes, en succession rapide : une salve de canons, depuis le Presidio. Et aussitôt le ciel se remplit de bouquets d'étoiles, de diadèmes, de fleurs de feu, pépites éphémères, poussières d'or comme tombées de la voûte céleste. Une grande roue se mit à tourner, au-dessus de Goat Island, de plus en plus vite, et ses gerbes d'étincelles éclairaient par à-coups des rocs gluants de guano, les carcasses éventrées de bateaux naufragés, les mâts brisés sortant de l'eau. Vers Angel Island, une fanfare, serrée sur une barge en équilibre instable, ponctuait de ses cuivres chaque nouvel embrasement. Et telle était la profusion des lumières que Colton, depuis sa fenêtre, pouvait distinguer chaque détail de la foule, sur les quais. Des chasseurs de baleine sibériens, engoncés dans leurs grosses vareuses, titubaient ivres morts devant le Niantic. À l'angle de Jackson et de Battery, une troupe de Noirs multipliait les acrobaties à la clarté des torches. Un Écossais en kilt, debout sur un tonneau, jouait du *bag-pipe* pour le plus grand plaisir d'un groupe de Malais. Des *diggers* en chemises rouges, la barbe roulée sous le menton, déchargeaient leurs pistolets vers le ciel. Des milliers d'hommes de toutes races, de tous pays, dansaient bras dessus, bras dessous, sur tout le front de mer, mais les propos de Paredes avaient brisé le charme – le réveil pour beaucoup risquait fort d'être amer.

Colton se força à prendre un ton indifférent, en consultant sa montre :

« Cher monsieur Paredes, je saisis toujours mal... »

Paredes, en souriant, se détourna de la fenêtre :

« Connaissez-vous le Sonora, señor Colton ?

– Mon Dieu, pas directement, mais...

– Et pourtant, señor, c'est... Oui, ce pourrait être le plus beau pays du monde ! »

Sa voix vibrait de passion, tout à coup.

« Des forêts de cactus hauts de plus de vingt mètres ! Un désert comme vous n'en avez sans doute jamais vu. Et des vallées fertiles. Et puis de l'or, señor, de l'or, de l'argent dans les montagnes. Plus peut-être qu'en Californie ! Oui, des hommes courageux pourraient bâtir un monde, là-bas. Et... »

Il esquissa de la main un geste navré :

« Malgré cela, señor, le Sonora se meurt... »

Où voulait-il en venir ? Et qu'avait-il à faire en cette heure, lui,

Colton, d'une lointaine province du Mexique ? Les fanfares de Clark's Point commençaient à remonter Broadway et Pacific Street, dans moins d'une heure débuterait le bal de Portsmouth Square, il était invité à la réception du gouverneur, toute cette affaire absurde le mettait en retard. Mais Paredes insistait, d'une voix si intense que Colton, malgré lui, revint à la conversation.

« Vous êtes-vous jamais demandé pourquoi le Mexique est si faible, face aux États-Unis ? Parce que toute l'énergie de son gouvernement se concentre sur un seul but : se maintenir. En affaiblissant autant qu'il est possible les provinces du Nord... »

Il rit, d'un petit rire sec, sans joie :

« Pour empêcher bien sûr que celles-ci ne se détachent de lui. Et c'est ainsi que le Sonora, Chihuahua, Durango, ne peuvent même plus résister à ceux qui, au-dehors, les convoitent ! »

Les émigrants qui descendaient la Gila depuis Santa Fe rapportaient en effet depuis quelque temps des scènes de désolation, de fermes incendiées, de forts à l'abandon. Les Apaches, les Comanches, les Navajos ravageaient la frontière, disaient-ils, enlevaient le bétail, réduisaient femmes et enfants en esclavage. Le bruit courait depuis peu à San Francisco que l'État de Chihuahua, pour chasser les Comanches, n'avait pas hésité à passer contrat avec James Kircher, l'Irlandais assassin devenu le chef des Pawnees. Mais en quoi cela pouvait-il concerner un consul de France – et qui plus est en Californie ?

« Certains remèdes peuvent s'avérer pire que le mal, gronda Paredes, amer, comme s'il devinait les pensées de Colton. Les Outlaws texans de John Glanton, appelés au secours par Durango, terrorisent à leur tour la frontière, scalpent indistinctement amis et ennemis, Mexicains et Indiens. Pourquoi se gêneraient-ils ? Quant au Chihuahua... Il en est à distribuer des vivres, des chevaux et même des munitions aux Comanches pour qu'ils l'épargnent et poussent leur raid plus loin, jusqu'au Sonora ! »

Et maintenant, les Sonorans de la frontière, désespérés, fuyaient en masse, abandonnant leurs terres. Combien de milliers d'entre eux creusaient aujourd'hui les placers de la Sierra Nevada – ou bien s'entassaient, sans ressource, à San Francisco ?

Tous ceux-là n'avaient plus rien à perdre, réalisa tout à coup Colton, et aucun lieu de repli si les choses venaient à tourner mal. Cette taxe sur les mineurs étrangers, pour eux aussi, valait une déclaration de guerre ! La situation était pire encore qu'il ne l'imaginait. À cette heure, la Californie était comme un baril de poudre. Et mieux valait ne pas penser à ce qui se passerait s'il venait à l'esprit de quelques irresponsables d'allumer la mèche... Paredes ? Non. Cet homme-là poursuivait d'autres buts. À moins qu'un tel malheur ne le servît ? Car il avait déjà montré qu'il n'était pas homme à reculer.

En juin 1848, à peine achevée la guerre du Texas entre les États-Unis et le Mexique, il n'avait pas hésité à soulever les régions du Nord, pour tenter de leur arracher un statut d'autonomie. Les « vieilles provinces internes » de la Nouvelle-Espagne produisaient encore une race d'hommes des frontières, rude et ombrageuse, qui supportait mal de se plier au gouvernement central. Il avait dû fuir en Europe, après sa défaite face à Bustamante. Amnistié, redevenu député du Sonora, on le disait en bons termes avec Herrera, le nouveau président. Mais tout changeait si vite, à Mexico ! L'étoile d'Arista, le ministre de la Guerre, ne cessait de monter. La présence de Paredes à San Francisco signifiait-elle l'imminence d'une nouvelle donne ? Si seulement la lettre de Levasseur avait été plus explicite !

« Le Presidio de Tubac abandonné, demain ceux de Fronteras et de Cocospera : imaginez la catastrophe s'il vient aux Yaquis l'idée de s'allier aux Apaches ! poursuivait Paredes, sans paraître percevoir la perplexité de son interlocuteur. Deux ans ! Deux ans de démarches, de pétitions, d'appels à l'aide. Pour rien. Pas d'argent pour payer les troupes régulières. Pas d'argent pour monter des expéditions punitives contre les Indiens. Et les Apaches, en mai dernier, aux portes d'Urès. Le fils de mon ami De la Rosa retrouvé découpé... oui, découpé en lanières pour nourrir les coyotes ! Señor Colton, aucun pays ne peut accepter de se laisser mourir ainsi ! »

Tout à coup, Colton eut l'intuition de ce qu'était son plan. Si audacieux, et en même temps si simple, qu'en un réflexe de défense il voulut l'interrompre :

« Cher monsieur, je ne vois vraiment pas en quoi... »

Mais Paredes, encore pâle d'émotion, l'arrêta d'un geste de la main :

« Avez-vous songé, señor Colton, que nous avons peut-être des intérêts communs ? »

Ça y est, se dit Colton, voilà ce que je craignais depuis que cet homme est entré dans la pièce. Et si je l'écoute plus avant, si, à l'instant, je ne l'éconduis pas, je vais me retrouver impliqué dans un complot. Quel jeu pouvait donc bien jouer Levasseur dans cette affaire ? Sa lettre signifiait-elle que le gouvernement français, sans vouloir s'engager, n'était pas indifférent à son initiative ? Dehors, la clameur de la ville remplissait toute la baie, Portsmouth Square surchauffé battait comme un énorme tambour, le sol vibrait sous le piétinement de la foule en transe, et le vacarme montait comme un fleuve en crue, qui s'engouffrait dans Mason Street, emportant tout sur son passage, les vitres tremblaient, il arrivait à son secours, pour couvrir ce qu'allait dire cet homme...

« Demain, vous serez des milliers, désespérés, sans plus de place dans ce pays ! Des malheureux qui ont quitté la France, après l'échec de leur révolution ! Des artisans, des ouvriers, formés aux idéaux de la liberté. Tout ce qui manque au Sonora ! »

Paredes se pencha vers Colton, presque à le toucher :

« Et nous... nous avons un pays ! Lassé de supporter un gouvernement incapable. Un pays qui attend, et espère. Ah ! ensemble, que ne ferions-nous pas ! »

Et, se tournant vers le tumulte de la ville, comme s'il le défiait :

« Le Paris du Pacifique ! C'est bien ainsi qu'on l'appelle, n'est-ce pas ? Et vous croyez qu'*ils* vous le pardonneront ? Que demain, là, dehors, il ne se trouvera pas quelqu'un pour entraîner les autres, en hurlant que c'est assez, que cette ville est la leur ? »

Que répondre à cela ? Les cris dans la rue déjà se retiraient, le cortège des fêtards avait dû bifurquer dans Kearny, ou Dupont, le laissant seul face à son visiteur – il toussa discrètement, pour raffermir sa voix, prit un ton détaché :

« Vous n'êtes pas sans savoir, cher monsieur, que nos gouvernements entretiennent les meilleures relations. Aussi, je comprends mal...

– Señor Colton, répliqua Paredes avec une gravité pompeuse où son interlocuteur crut distinguer une pointe d'ironie, vous serez informé dans les jours à venir, par notre consul Del Valle, d'un projet officiel d'implantation de colonies de peuplement sur la frontière du Sonora. À des conditions qui retiendront, j'espère, votre attention. Et celle de vos compatriotes. »

Il hésita un bref instant, sourit :

« Le président Herrera a fini par admettre que c'était la seule solution. Pour contenir les Apaches, et les Américains.

– Dès lors, je saisis mal, monsieur, la raison de tous ces mystères ? »

Paredes le fixa droit dans les yeux :

« Je tenais simplement à vous faire savoir, señor, avant sa visite, que vos compatriotes ne seraient pas nécessairement reçus chez moi comme des intrus, des mercenaires à la solde de Mexico, mais comme des amis, s'ils le désirent. Qu'ils pourraient y refaire leur vie, contribuer à bâtir un monde neuf, bien plus sûrement qu'ici... »

Nous y voilà, se dit-il, le cœur battant. Un complot. Et de taille ! Rien de moins que de rejouer, là-bas, l'histoire récente de la Californie. Aux yeux de Paredes, la protection de la frontière n'était bien évidemment qu'un prétexte pour faire entrer au Sonora des troupes armées en guerre. Avec, suprême ironie, la bénédiction de Mexico. Cet homme-là, au moins, savait jouer gros jeu ! Trois ans auparavant, il n'avait pas hésité à sacrifier deux mille de ses partisans en les lançant contre Bustamante, sans espoir de vaincre, simplement pour prendre date, et briser un tabou. S'il parvenait cette fois à se rallier l'émigration française, qui pourrait l'empêcher de soulever le Sonora, et de proclamer son indépendance ? Il y avait en Californie assez de songe-creux, républicains ou socialistes, toujours insatisfaits, nostalgiques incurables des barricades parisiennes, prêts à s'enflammer à de semblables chimères, pour peu que l'avenir, ici, leur parût bouché. Cette affaire de la taxe était pour Paredes une chance inespérée, si elle s'envenimait. Restait une inconnue : à quelle folie, à quelle provocation était-il prêt, pour les gagner à lui ? Il fallait protester, se répétait Colton, couper court, mettre en garde son visiteur par quelques propos péremptoires – pourquoi restait-il ainsi, sans voix ni réaction, les pensées en désordre ? Le plan de Paredes se déployait devant lui avec la précision et l'inéluctabilité d'un mauvais rêve, et rien, rien, lui semblait-il, ne pourrait l'arrêter, la Californie, demain, serait à feu et à sang. Cet homme-là, décidément, était plus dangereux qu'une bombe – mieux valait, se dit-il dans un premier mouvement, l'éconduire sans délai.

À moins, corrigea-t-il aussitôt – et il s'accrocha à cette idée comme à une bouée surnageant du tourbillon où il se perdait –, à moins qu'il ne fût un recours ? Peut-être même était-ce là son talent, qui lui avait permis de survivre tant d'années – d'être à la fois la menace, et le recours. Après tout, lui chuchotait à l'oreille un démon tentateur qu'il ne connaissait que trop bien, ce pouvait être une solution commode que de confier aux Apaches de la frontière les fortes têtes qui viendraient à l'embarrasser – à commencer par les francs voyous regroupés depuis peu sur les hauteurs de la ville, autour de cette canaille de Blanchot, qui prétendaient justifier leurs exactions par les principes sacrés de la philanthropie universelle. Et même – qui sait ? –, cela pouvait se révéler une planche de salut pour tous les Français de Californie, si les choses venaient à tourner mal. D'ailleurs, insistait la voix familière qu'il avait crue à jamais en allée, continuer à traiter avec Paredes n'était-il pas le seul moyen de le contrôler peu ou prou ? À supposer, bien sûr, qu'il en fût capable...

En tout cas, c'en était bien fini de sa tranquillité, soupira-t-il – et il réalisa brusquement à quel point son activisme des derniers mois, son dévouement, son obstination à secourir les démunis, maintenir vaille que vaille un semblant de communauté française, n'avaient été qu'autant de manières d'oublier l'humiliation qui l'avait conduit là, consul dérisoire dans une ville de planches perdue au bout du monde. Jamais, s'était-il juré, jamais plus ! Et voilà qu'à la première crise... Mais une conduite adroite de cette affaire n'était-elle pas sa seule chance de revenir en grâce ? Le poison insidieux de Paredes fait déjà son œuvre, se dit-il, amer – et il eut envie, tout à coup, de la ville, là, dehors, envie de retrouver au plus vite sa fièvre, son tumulte, envie de s'étourdir en elle, d'oublier cette ombre, cet écart qui s'était, sans qu'il comprît pourquoi, silencieusement creusé...

Un gong lent et grave se mit à battre le rappel, un peu plus haut, dans Mason Street, auquel répondit aussitôt un tintamarre de casseroles, sorti des échoppes alentour, des froissements clairs de cymbales et des trilles de hautbois. Le défilé des Chinois autour de Portsmouth Square marquait en principe l'ouverture des réjouissances de la nuit, et dans les restaurants discrets de la colline les troupes de l'Empire céleste se préparaient activement. Des frôlements furtifs se firent entendre dans la rue, des appels, des rires étouffés, si légers qu'on eût dit qu'un peuple de fantômes murmurait autour d'eux, dans la pénombre de la pièce.

Paredes devait être aux abois, pour avoir remis ainsi son sort entre mes mains, essayait de se rassurer Colton – mais n'était-ce pas plutôt lui-même qui se retrouvait l'otage des demi-confidences de son interlocuteur ? La lumière de la lampe creusait les traits du Mexicain, soulignait son regard impérieux, ses pommettes hautes, la crispation nerveuse de ses mâchoires – une lame d'acier, ne put s'empêcher d'admirer Colton : la lame d'une épée déjà pointée sur sa cible, et qui ne dévierait pas.

Groupe après groupe, le cortège se rassemblait devant le consulat, retrouvait en riant ses banderoles, ses masques, ses lampions. Fifres, crécelles et casseroles mêlaient leur vacarme aux cris de la foule, sans autre souci apparent que d'ajouter au bruit autant qu'il se pouvait. La pièce se mit à trembler sous le martèlement des grands gongs de cuivre. Comment diable ces damnés Chinois pouvaient-ils appeler cela de la musique ? Le tintamarre était assourdissant, presque insupportable, l'air vibrait autour des deux hommes, et pourtant ces dissonances restaient douces aux oreilles de Colton – comme une promesse, ou un défi. Le pire n'était pas encore sûr, cette énergie folle qui pulsait, là, dans la rue, pouvait mettre Paredes en échec. Ne criait-elle pas, à ceux qui pouvaient l'entendre, que le brassage de toutes les races était encore possible ? Il pourrait y avoir des troubles, des difficultés, des crises graves. Mais la vie serait plus forte, il leur faudrait apprendre, bon gré, mal gré, à faire un monde ensemble. Ici, dans sa ville, dans ce cloaque perdu au bout de l'Amérique, devenu sa demeure. Et qu'importe sous quelle loi...

« Je crains que l'on ne puisse détourner aussi aisément le cours d'une émigration, s'entendit-il soupirer d'un air désabusé en raccompagnant Paredes. Que je sache, il n'est pas de traitement connu, à la fièvre de l'or ! Autant vouloir arrêter avec ses seules mains la course d'un torrent... »

Et, sur le pas de la porte, tandis que les Chinois redoublaient d'ardeur sur leurs instruments de cuisine :

« Vous avez pris de bien grands risques, cher monsieur, en me venant voir... »

Paredes resta silencieux un moment, comme s'il interrogeait, lui aussi, les clameurs de la ville.

« J'ai fait ce pari, señor Colton, que lorsque vous vous trouverez au bord de l'abîme – non, non, ne hochez pas la tête –, lorsque vos compatriotes reflueront par milliers des camps de la Sierra et que vous désespérerez de tout, alors, vous vous souviendrez de moi... »

Il sourit, d'un air las :

« Et l'on fait d'autant plus volontiers ce genre de pari, savez-vous, quand on n'a pas le choix. »

Des pétards explosèrent dans la rue – ou des coups de feu ? Derrière les stridences et les cris, derrière le vacarme, grondait la rumeur énorme de la ville en liesse, comme le ressac d'un océan capable de fondre en lui tous les sons de la terre. Et plus elle montait, triomphante, envahissait la pièce, plus elle semblait éloigner de lui Paredes. Il frissonna pourtant quand il le vit disparaître dans les ténèbres discrètes de l'arrière-cour. Cet homme-là – comment dire ? Il avait fait, il y a longtemps, le sacrifice de sa vie, et depuis il se mouvait dans la parenthèse de cette mort suspendue. Oui, cet homme-là est totalement désespéré, songea Colton, navré – et donc totalement sincère. Et c'est pour cela qu'il était dangereux.

En se retournant, il poussa un cri : un masque, une tête hideuse, sanglante, brandie au bout d'une pique, le regardait par la fenêtre.

4

Les hommes, penchés vers lui, le pressaient de questions. « *As pas pur !* soufflait Porthos en lui serrant le bras, ne crains rien, petit, je suis là ! », et Nicolas, bravement, opinait de la tête, devant la houle des visages maigres, aux yeux brûlants, qui menaçait de l'emporter. Trop de bruits, trop de cris – qu'avaient-ils tous, ainsi, à vociférer ? À croire que quelque démon malin l'avait précipité, ce soir, avec ses compagnons, dans un asile de forcenés... La rue, dehors, roulait comme un torrent furieux, la salle tanguait sous ses pieds – il se raidit, tenta de s'arracher à ce carrousel de démons dépenaillés qui le harcelaient de leurs cris. Des mots, de loin en loin, surmontaient le vacarme, des lambeaux de phrases se bousculaient, se mêlaient, ricochaient, aussitôt engloutis dans la confusion générale – s'écoutaient-ils seulement ? Ceux qui s'étaient risqués par le Horn voulaient en avoir le cœur net, sur les dangers de Panamá, les autres les coupaient, agacés, pressés de livrer leur propre histoire. Cette canaille d'Américain, à la *toldería* de Catun, était-il encore en vie ? Et Jules, le Marseillais de Cruces ? Les filles de Panamá, à l'hôtel de Louisiane... Mais toujours ils revenaient vers la France, cette patrie ingrate qui les avait abandonnés, et dont ils ne se consolaient pas. « Eugène Sue avait-il vraiment été élu en avril ? » s'inquiétait un voyou sorti droit des *Mystères de Paris*, emplâtre sur l'œil et redingote rapiécée. Le bruit courait, depuis l'arrivée du *Cérès*, que les militants ouvriers étaient arrêtés, à Lyon. Et que cette « crevure » de Louis-Philippe avait passé l'arme à gauche...

« Tu vas voir, grondait un géant hirsute en agitant des battoirs gigantesques au-dessus de la cohue, les Bourbons et les Orléans vont s'entendre, et on sera bons pour un roi !

– Penses-tu, ricanait son voisin, le cou tendu en avant comme s'il se préparait déjà à la bagarre, le Napoléon, il saura y faire ! »

La foule oscillait, secouée de lazzis. Un escarpe du boulevard du Crime, casquette de Chourineur et pantalon à vis de pressoir, entonnait *Poléon, nous l'aurons*, la ritournelle des Montagnards, avec sur les lèvres un rictus de défi ; un blasé, resté jusque-là silencieux, ronchonnait en haussant les épaules que, cause toujours, il le voudrait qu'il ne pourrait pas se représenter, mais le partisan malgré tout de l'extincteur du paupérisme s'obstinait :

« Ça ! Qu'est-ce que tu paries, il trouvera un moyen ! »

En juillet, le prince président avait commencé une tournée dans l'Est qui ressemblait fort à une mobilisation de ses partisans. Et les conseils généraux bruissaient de rumeurs, d'une possible révision de la Constitution.

« Une saloperie d'assassin, oui ! Ah ! ne me cause pas du Bonaparte, vociférait un grand maigre en s'ouvrant un passage à coups de coude pour clore le bec du trublion, celui-là, il n'aime pas l'ouvrier ! »

Déjà ils se faisaient face, prêts à en découdre, dans un tumulte d'insultes et de quolibets, leurs voisins repoussaient tables et chaises avec la célérité que seule donne l'habitude, et chaque camp se resserrait, farouche, en défiant tous les autres. Les plus hargneux portaient déjà la main à leur ceinture, où se devinait le brillant d'une lame.

Ces corps maigres, tendus, ces peaux blafardes, ces regards fous – où étaient les belles leçons de ses compagnons de voyage sur la Cité d'Harmonie et les vertus de l'association, où les discours de Porthos et d'Aramis sur le peuple souverain ? Des bêtes fauves, oui, prêtes à se déchirer ! Les passions qui les avaient chassés de leur pays brûlaient toujours aussi vives – ceux-là n'étaient jamais descendus de leurs barricades... Les prêches lui revenaient, du curé du quartier Saint-Vincent, à la messe du dimanche, contre les « partageux » livrés à l'animalité de leurs instincts, quelques conversations enflammées, chez lui, sur les émeutes de Rouen, en avril 1848. Et soudain il comprit. Comment avait-il pu être à ce point aveugle ? Les forcenés qui se bousculaient autour de lui, il les avait déjà croisés sur les quais du Havre, pâles et défaits à l'instant du départ, il les avait retrouvés, prêts à s'entre-tuer, dans le cloaque de Panamá, ils accompagneraient jusqu'au bout son voyage. Il la voyait, maintenant, avec une précision qui faisait battre son cœur plus vite, cette marée qui était montée autour de lui sans qu'il y prît garde, trop occupé qu'il était par son propre départ, chaque jour plus puissante, charriant en tumulte artisans ruinés, ouvriers sans travail, républicains persécutés, arsouilles et grisettes, grinches, escarpes, goualeux – les hordes furieuses des crève-misère, parties à la conquête de l'or. Elles sortaient des caves, en rangs serrés, des bas-fonds, des ruelles, des tapis-francs, hâves, maigres, les yeux fous, où il reconnaissait au passage le tartan rouge de La Chouette, le rictus affreux du Maître d'école, puis le Gringalet, Coupe-en-Deux, Le Squelette, Le Chourineur, tous les sombres héros des *Mystères de Paris*. Les sociétés d'émigration, à peine formées, s'effondraient, les journaux étaient pleins de rumeurs de scandale, mais qu'importe ? L'or ! L'or de Californie, demain, ferait rouler pour chacun, de nouveau, les dés de la fortune. Et le flot montait toujours, envahissait les rues, les quais, les bateaux, indifférent au malheur des pauvres hères qu'il emportait dans son ressac – une seule chose comptait, à n'importe quel prix : partir ! Comme si un souffle passait sur cette masse obscure – ou un appel...

Le curé se frottait les mains : « C'est la vermine ! la peste rouge ! bon débarras ! c'est 48 tout entier qui s'en va ! bon débarras ! » Son père, lui, restait sur la réserve : quelque chose de grave se passait dans les profondeurs du pays pour que tant de gens choisissent de s'enfuir, répétait-il, soucieux ; un divorce, une cassure, qui n'annonçait rien de bon – la France ne faisait plus rêver... Le curé, pourtant, avait raison, au moins sur un point : c'était bien la révolution de 48 qui avait émigré en masse vers la Californie. C'étaient les débris de ces journées sanglantes qui poursuivaient devant lui leurs querelles et leurs rêves, comme si rien, ni l'appât de l'or, ni les épreuves du voyage, ni même un demi-globe terrestre de distance, un nouveau continent, ne pouvait les changer. Et Nicolas restait un peu plus sans voix, spectateur incertain de cette comédie brutale et dérisoire à laquelle il se sentait, quoi qu'il fît, désespérément étranger. Une angoisse sourde lui serrait la gorge. Que leur dire, à eux tous ? La France, ce soir, était si loin de lui...

La salle puait l'aigre et le suint. Quelques peaux de grizzly déchirées pendaient, clouées aux parois de bois brut. Qu'étaient-ils venus faire, dans cette tanière sordide ? Tapie au fond d'une ruelle sale, seulement éclairée par un fanal jaunâtre, la bâtisse de grosses planches avait tout du fortin, avaient-ils songé en la découvrant. Des rires, des invectives, des râles étouffés et brutaux filtraient par bouffées des épais volets clos. Un rat avait filé entre leurs jambes en couinant. Déjà ils s'apprêtaient à rebrousser chemin quand Porthos, bravache, avait montré du doigt le drapeau tricolore planté sur la façade. Eh ! Ne voulaient-ils pas retrouver au plus vite des compatriotes ? Sur Clay Street, un marchand ambulant avait donné le cabaret de Paul Niquet comme le rendez-vous obligé des « vrais patriotes ». Et patriotes, ils l'étaient, sacrebleu ! avait tranché d'Artagnan en poussant la porte. Une houle de chemises rouges, de faciès blafards, s'agitait dans un brouillard âcre de fumée. Dans un recoin, des formes prostrées, effondrées sur des tables, disparaissaient dans la pénombre. Les conversations s'étaient tues à l'instant qu'ils posaient la main sur le loquet, les regards s'étaient tournés vers eux, aux aguets. De vrais têtes de coupe-jarrets, avait songé Nicolas en esquissant un mouvement de recul. Derrière le comptoir trônait le maître des lieux, massif, les yeux mi-clos, mais sous les paupières lourdes glissait par éclair un regard vif. Et la batte posée près de son poing droit rappelait qu'ici rien ne servait de jouer au plus fin. Un garçon maigre aux yeux battus, les épaules voûtées, passait en silence entre les tables, les poings ornés de pichets en étain. Mais quand Aramis s'était écrié qu'ils arrivaient à l'instant même de Panamá, sur la *Susan Drew*, après un mois de mer, ils s'étaient retrouvés entourés de buveurs surexcités, bourrés de tapes amicales. D'Artagnan, théâtral comme à son habitude, avait commandé du vin pour tout le monde, « et du meilleur ! ». Un concert de ricanements avait secoué la cambuse.

« Chez Niquet, il n'y a qu'un vin, un seul, avait hoqueté un gringalet en haillons, et il est pire que tout !

– T'oublies l'alcool, avait soufflé quelqu'un dans son dos. Cognac ou whisky, ici, c'est du pareil au même. Et du brutal...

– Les écoute pas ! Ça aide aussi, des fois... »

Une brute aux yeux vagues lui tendait un verre.

« Alors, petit, dis-nous, la France... »

La France ? Il secoua la tête, désemparé. Elle s'en était allée, lui semblait-il, pan après pan, au long du río Chagres, et une part de lui-même avec elle. Ne lui restait plus, assis à cette table crasseuse, qu'une grande fatigue, et cette stupeur qu'il ne comprenait pas.

« Moi, je suis de Paris, insistait l'autre, avec dans la voix des douceurs surprenantes. Au 18 de la rue Tiquetonne. Écorcheur, oui. Des fois je me demande... »

La voix de l'homme lui parvenait, lointaine, comme au travers d'un rideau de brouillard. Tout ceci n'avait aucun sens. Avait-il vraiment posé pied à terre, tout à l'heure, avec ses compagnons ? La chaloupe avait glissé entre les murs de bois des mastodontes abandonnés, des noms avaient défilé à leurs proues, qui lui auraient tiré jadis des cris d'admiration : *Xipanghu*, *Seminole*, *El Morro*, *Morgensterre*, *Samarkand*, *Rezanoff*, puis tout à coup la ville était montée devant lui, écrasante, au flanc des collines sombres. Ils l'avaient tous tellement attendu, ce moment ! Des mois de souffrances allaient trouver leur récompense, une vie nouvelle commencer – et voilà qu'à l'instant d'aborder les visages s'étaient creusés, chacun s'isolait, très loin en lui-même. Son voisin serrait sur son cœur une brochure achetée à Paris qui lui détaillait les merveilles qu'il allait découvrir, un autre, timidement, égrenait un chapelet. Promesse ou menace ? La clameur de la ville les avait submergés, d'un coup, passé le dernier rang des navires immobiles, avec la violence d'une déferlante. Et c'est en silence qu'ils avaient quitté la chaloupe, comme s'ils brisaient le dernier fil qui les retenait à leur passé, en silence qu'ils avaient pataugé sur une plage de sable noir hérissée de débris de machines, de meubles défoncés, de ballots éventrés, d'espars, dressés vers eux dans des gestes de désolation. Un fleuve de lumière rugissait un peu plus haut, des gens étrangement accoutrés couraient dans tous les sens en hurlant – tel était le vacarme, dans la lumière vacillante des torches et des lanternes, qu'il avait d'abord cru, une fraction de seconde, que des centaines de forcenés, devant lui, en venaient aux mains. Ils étaient restés un moment, serrés les uns contre les autres, sans oser avancer. Vingt pas, à peine, les séparaient de la lumière, vingt pas pour s'engloutir à leur tour dans la cohue des chercheurs d'or et être enfin des leurs, avait-il songé, vingt pas pour changer de monde et de peau – en laissant là ce qu'ils avaient été, sans plus de valeur désormais que les détritus échoués sur le sable.

Ils s'étaient lancés, comme on se jette à l'eau.

« Tu comprends, j'étais à la manif du 13 juin, l'année dernière, avec ma luronne », poursuivait l'homme, en fixant son verre. Lui aussi, en cet instant, paraissait très loin du tumulte alentour. « Ah ! si t'avais vu, sur les boulevards ! Dix mille, vingt mille ? Dame ! Fallait bien donner un coup de main aux camarades, hein ? Ledru-Rollin, tout ça ? Et puis ce salopard de Changarnier... Où c'est qu'elle est, maintenant, ma luronne ? »

Un cirque, à l'angle d'une rue, rameutait les chalands à grands roulements de tambours. Un clown ivre jouait de la trompette au milieu de la rue, au risque de rouler sous les roues des voitures, un clochard tendait une batte aux passants en répétant : « *Two bobs, sir, two bobs !* » – et il avait poussé un cri lorsqu'il avait vu un homme, en échange de ses deux dollars, saisir la batte et en assener un coup, de toutes de ses forces, sur l'échine du malheureux, en riant...

Ils avaient traversé la ville dans un état second. Une poussière épaisse montait sous le piétinement pressé de la populace, violons, guitares, accordéons se mêlaient, se heurtaient, des gens s'apostrophaient dans des langues inconnues, ponchos, *serapes*, vareuses de marins, chemises rouges de mineurs tournoyaient autour de lui comme les déguisements de quelque carnaval fantastique – c'est alors qu'ils avaient trouvé l'adresse de Niquet. Des Français, enfin, dans cette folie !

« Il lui a suffi d'une demi-journée, à Changarnier, pour tout nettoyer. Ah ! elle est belle, la République ! Mince, on est français, tout de même ! » marmonnait l'autre comme s'il se parlait à lui même, en remplissant son verre.

Puis, d'une voix rauque, étranglée par l'angoisse :

« Si seulement elle m'envoyait un mot ! Elle a jamais été forte sur l'écriture, mais... Dix mois. Oui, au 18 de la rue Tiquetonne... »

Tiquetonne, Changarnier – de quoi parlait-il ? Les yeux qu'il leva vers l'écorcheur devaient être à ce point égarés que le géant, surpris, se pencha vers lui, en saisissant le pichet de tord-boyaux.

« Alors, toi aussi, petit ? »

Et, remplissant un deuxième verre :

« Faut boire un coup, mon gars. Y a que ça, ici. Qu'est-ce que tu crois ? Trois, quatre verres, et ça s'en va. Oui, ça s'en va. Des fois... »

La traversée de Chagres à Panamá l'avait brisé, bredouilla-t-il vaguement en direction du brave géant – ou bien était-ce le voyage, interminable, sur la *Susan Drew* ? Trop d'images tournoyaient en lui, qui le tenaient captif, comme suspendu dans une parenthèse irréelle, entre deux mondes. La course sur le río Chagres, les caïmans glissant sur les eaux noires, les cris des singes hurleurs dans les arbres cathédrales, et ces mourants agrippés à leur roulette, dans un hôtel de Cruces, jouant leurs dernières piastres, Panamá ivre de sang et d'or... La France ! Que voulait-il qu'il lui dise, de la France ? Le dixième jour en mer, s'entendit-il murmurer, hésitant, le jeune garçon qui chantait si doucement des airs de Savannah était mort, et le capitaine, après une prière, avait fait glisser son cercueil à la mer – mais le soir, il était encore là, derrière eux, pris sans doute dans le sillage, et le lendemain pareillement, comme s'il les poursuivait. Et chaque nuit depuis, quand le sommeil se faisait rare, il était là, près de lui, comme une menace, ou une supplication, tandis que la *Susan*, épouvantée, fuyait, fuyait toutes voiles dehors. « Il ne voulait pas couler, vous comprenez ? » cria-t-il presque. Mais personne ne paraissait l'écouter. Le géant nostalgique s'était replongé dans son verre. Encore quelques rasades, et il aurait retrouvé sa luronne perdue... Il chercha du regard l'homme qui s'était inquiété tout à l'heure de l'Américain de Catun, le retrouva à la table voisine, en grande conversation avec un groupe d'Apaches à la mine patibulaire.

Des phrases passaient au-dessus de lui, noyées dans le brouhaha. « À Chagres, moi j'avais dû dormir à Crescent City. Un hôtel, ça ? que j'avais dit au patron. Pas de plancher ni de lit, rien qu'une couverture ! » « Le seul moyen, disait le capitaine, c'est de louer une pirogue jusqu'à Cruces. Après... Ah ! Après... » « Alors, je lui ai répondu, cinq piastres pour un canot, et c'est mon dernier mot... » Peut-être, après tout, n'était-il pas le seul qui avait dû laisser là-bas une part de lui-même, pour prix de son passage. Chagres ! Il voulut parler, hésita. Chagres n'était pas une ville, mais un abcès, une tumeur, un dépotoir, sur la côte Atlantique, où venaient échouer ceux qui avaient choisi de se risquer par l'isthme de Panamá plutôt que par le Horn. Des huttes de bambou s'entassaient sur la rive droite du fleuve, des enfants nus, au ventre énorme, jouaient dans la vase, des hommes, des femmes à peine vêtues, effondrées au pied de leurs cahutes, fumaient le cigare d'un air morne, des restes de poisson, des têtes entières de bétail pourrissaient çà et là. Derrière le village commençaient la jungle, et les marais. Ils s'étaient précipités vers les pirogues, prêts à se piétiner les uns les autres.

« Tu t'en souviens, La Chouette, de l'Indienne cholo ? ricanait l'homme de Catun. Bon sang, je ne sais pas comment elle avait échoué là, mais... Ah ! c'était une gagneuse ! »

Un rire gras secoua l'assemblée. Voilà donc tout ce dont ils veulent se souvenir, se dit-il, et il se sentit encore un peu plus étranger à ceux qui l'entouraient, muré dans sa stupeur : une malheureuse Indienne enlevée Dieu sait où, livrée sans défense aux brutes de passage...

5

La foule le happa dès le pas de la porte, l'emporta, l'engloutit dans son ressac énorme. À peine Colton eut-il le temps de penser qu'il allait arriver en retard à la réception du gouverneur que déjà la vague passait sur lui, brûlante – il lui fallait ce contact, d'abord, cette immersion dans l'allégresse commune pour chasser ses ténèbres et ses songes, ce soir. Le sol tremblait sous le piétinement pressé de la cohue, toutes les langues de la terre se croisaient au-dessus de sa tête dans le fracas des cuivres, des tambours, des cymbales, il lui semblait distinguer ici et là quelques mots de français – mais où ? et de qui ? Tout allait trop vite, les gens autour de lui poussaient, trépignaient, se heurtaient en hurlant, fêtards en queue-de-pie crottés jusqu'aux genoux, trappeurs vêtus de daim, le regard aux aguets, pêcheurs liguriens puant le vieux poisson, Esquimaux aux cheveux graisseux, Kanaks aux yeux sombres, *diggers* bardés de pistolets, toutes les races, toutes les couleurs de la création, comme brassées dans un kaléidoscope par une main de géant ! Drossé contre les uns, ricochant sur les autres, il se retrouva de l'autre côté de la rue, les vêtements en désordre, aussi épuisé que s'il avait traversé un torrent à la nage.

Le cortège chinois déjà disparaissait dans la marée humaine, à l'angle de Washington. Mais le courant qui poussait la cohue vers Portsmouth Square soudain vacilla, hésita, se creusa en tourbillon : une masse sombre sortait de la nuit de Telegraph Hill, dans un crépitement de pétards, précédé par un tonnerre de vivats, de sifflets, de clameurs. D'abord, il ne vit rien, que le tumulte des corps, les bras dressés de la foule enthousiaste. Puis la stridence des fifres et des trompettes domina le vacarme – et enfin le char apparut dans la lumière, tiré par des chevaux, poussé par une grappe de jeunes gens, s'enfonçant dans la masse humaine comme une étrave. Les cris redoublèrent, un mineur ivre mort agrippé à son épaule déchargea en l'air son pistolet, au risque de brûler la cervelle d'un Mexicain juché dans l'encoignure d'une fenêtre, mais personne ne parut s'en offusquer : sur l'immense char décoré grossièrement de toiles peintes, hurlaient, sifflaient, grognaient en se contorsionnant des femmes, des hommes aux faciès de gorets, de taureaux, de singes, d'ours, d'éléphants, de gargouilles qui semblaient sorties d'un bestiaire médiéval. Sur les côtés, des filles aux visages de truies, vêtues seulement de chemises, dansaient la *zambacueca* au son des fifres, des violons, des tambourins d'un orchestre de gorilles. La foule chavira de plaisir : sur un fauteuil décoré de branchages, un trident à la main, trônait le roi-taureau, vêtu de pourpre et d'or. Un gourdin peint en rouge sortait de son manteau, tel un sexe énorme, raidi, que de jeunes femmes-panthères caressaient lascivement. Un verrat tenu en laisse par un homme-éléphant grognait d'un air furieux en défiant la foule de ses yeux clignotants – et chacun reconnut Billy, le célèbre animal livré chaque soir, sur la scène du Boar's Head de Hell Haggerty, aux fantaisies sexuelles de femmes déchaînées. La cohue autour d'eux montait toujours, débordait sur les fenêtres, s'agrippait aux becs de gaz, escaladait les échelles, grimpait sur les toitures basses, les mains se tendaient vers les filles dévêtues, chacun voulait voir, toucher, caresser les déesses, le rythme de la *zambacueca* s'accélérait encore, et la rue explosa de bonheur lorsque, au paroxysme de la danse, les filles, d'un même mouvement, retroussèrent leurs chemises, dévoilant leurs fesses nues et leur toison peinte en rouge, en vert ou en jaune. Les prostituées du Petit Chili ! Aux côtés de Colton, un couple de vieux Chinois édentés martelait ses chaudrons avec allégresse. Eux aussi paraissaient apprécier le spectacle.

Et c'étaient les mêmes, pourtant, qui toute la journée avaient suivi, bonhommes, les réjouissances officielles, défilé derrière leurs bannières, leurs enseignes, leurs drapeaux, applaudi le rutilant cortège des pompes à incendie et pleuré au passage, sur son char décoré, de la petite fille première-née à San Francisco, qui symbolisait le nouvel État de Californie – les mêmes, rouges, les yeux exorbités, suant de convoitise, qui trépignaient, sifflaient, se battaient pour approcher les femmes demi-nues qui, les reins cambrés, leur offraient leur toison : la ville, désormais, appartenait tout entière à la nuit.

Portsmouth Square bondé craquait, tanguait, grondait au bord de l'explosion, tandis que Kearny, Dupont, Clay, Washington dégorgeaient sans répit leurs flots de nouveaux arrivants. Le Jenny Lind, l'Eldorado, le Verandah, l'Aguila de Oro, l'Empire, le Bella Union, tous les hôtels, saloons, maisons de jeux de la place, et même le grand bâtiment des Douanes, ruisselaient de lumière. Une poussière épaisse s'élevait au-dessus de la foule, comme une poudre d'or en suspension dans l'air surchauffé – la fumée de quelque forge infernale où vociféraient des hordes de déments, songea Colton, effaré, devant la splendeur sauvage de l'instant. Sa chemise trempée lui collait à la peau, l'odeur âcre, lourde, de la foule en sueur était irrespirable, le cirque de Kearny rameutait les clients par un vacarme de tous les diables, un clown ivre, qui jouait de la trompette au milieu de la place, disparut devant lui, englouti, piétiné, un Noir gigantesque et son ours en laisse, à l'angle de Clay et de Dupont, luttaient avec l'énergie du désespoir pour n'être pas écrasés : sur un tréteau, devant le Verandah, un homme-orchestre s'époumonait, la grosse caisse sur le dos, qu'il actionnait avec les pieds, une cymbale dans chaque main et une trompe fixée devant la bouche ; les Ethiopian Singers s'égosillaient à l'entrée de l'Aguila de Oro, plus de vingt orchestres, sur toute la place, rivalisaient d'ardeur, le vacarme était tel que plus rien ne se distinguait, violons, accordéons, guitares et tambours se mêlaient, se heurtaient en une seule vibration, une seule clameur qui martelait les tympans, vrillait les nerfs et emportait les corps dans son ressac, les gens autour de lui poussaient, tiraient pour ne pas finir écrasés, il allait manquer d'air – un dernier effort l'arracha à la cohue.

Il reprit son souffle à grand-peine, adossé à une caisse branlante. La ruelle était étroite et noire – si tant est que l'on pût appeler ruelle ce terrain bosselé, raviné, creusé de fondrières, qui descendait presque à pic vers la mer. Dans l'obscurité, on devinait, accrochés à la pente, des entrepôts aux portes battantes, un amas de baraques délabrées. Les ordures s'entassaient jusqu'aux fenêtres, des trous s'ouvraient sous ses pieds où des os à demi rongés, des linges sales et puants émergeaient d'une eau noire, croupie. À quelques pas de lui la foule s'agitait en pleine lumière. C'était cela aussi, San Francisco, cette succession brutale d'ombre et de lumière : la ville avait organisé sa vie le long des rues parallèles au rivage, jusqu'en haut des collines, rejetant ses ordures, sa misère, dans les ruelles en pente inaccessibles aux voitures. Des frôlements, dans son dos, des bruits légers de respiration le firent sursauter – les rats, serrés sur les tas d'ordures, regardaient eux aussi San Francisco en fête.

Des soldats, massés armes au poing devant l'Union Hotel, s'efforçaient tant bien que mal d'en préserver l'accès aux invités du gouverneur. Mais on aurait dit que les ténèbres de la ruelle avaient tracé devant lui quelque invisible frontière. Cette foule suante, essoufflée, les yeux exorbités, dans la lumière crue, voilà qu'elle lui paraissait maintenant vaguement menaçante – étrangère. Avec en elle, grondante, la fureur, la puissance aveugle et imbécile d'un torrent. Capable de tout détruire, sans même s'en rendre compte. « Une parenthèse, qui se referme ce soir » : les mots de Paredes résonnaient dans sa tête – ou bien était-ce le souvenir d'une trompette triste, dans le déclin du jour ? Décidément, je deviens aussi impressionnable que le vieil Hito, essaya-t-il de se raisonner. En vain. Une torpeur inquiète pesait sur lui, l'empêchant d'avancer. Au diable le gouverneur ! décida-t-il d'un coup, il fallait d'abord qu'il en eût le cœur net. Il tourna les talons et s'enfonça dans l'obscurité nauséabonde de la ruelle.

Il traversa en trébuchant l'arrière-cour du Delmonico, piétina sans les voir quelques ivrognes effondrés parmi les détritus pour gagner au plus vite Commercial Street et le front de mer. Le camp de toile au sud de Market, sur la plage, était trop éloigné et celui de Bush Street, tout en haut de la colline, trop bien gardé par les voyous aux ordres de Blanchot pour être inquiétés, se répétait-il, tandis que les rats filaient sous ses pieds en couinant : si quelque mauvais coup se tramait, ce ne pouvait être que là-bas, près des wharfs, où depuis plus d'un an prospéraient les commerçants français...

Il déboucha en pleine lumière, devant le magasin d'Ernest Chauviteau. Sur de grands lits de braise, des Mexicains faisaient griller des pièces de viande que des gamins maigres, aux yeux profonds, effilochaient pour les marchandes de *tacos*. Près d'eux, des Chinois pépiaient comme des oiseaux en proposant des nems, des boules de pâtes gluantes, des beignets de crevette. Un peu plus haut, coincé entre les entrepôts d'Aimé Masson et la pâtisserie de Louis Deluc, Marco le Sicilien chantait à pleins poumons en sortant de son four de grandes pizzas fumantes. Et partout les boutiques débordaient sur la rue, des éventaires multicolores, dans chaque encoignure, attiraient le chaland. Les tintements frénétiques des cloches, les roulements de tambour des encanteurs dominaient à grand-peine les rires, les cris, les apostrophes dans toutes les langues de la terre. La foule hétéroclite, colorée, turbulente, roulait dans les avenues, se faufilait entre les étals avec l'enthousiasme bon enfant d'un grand défilé de carnaval où chacun trouvait encore à s'émerveiller de l'étrangeté des autres. Et au-dessus des têtes claquaient, dans le vent, les drapeaux par centaines, les banderoles, les lampions, les guirlandes, qui proclamaient tout à la fois la grandeur de ce jour et l'orgueilleuse puissance des Pioche, Gardet, Lazard, Chauviteau, Belloc, Dellesert ou Rothschild – les nouveaux maîtres du commerce de Californie. Émile Verdier et Victor Levy n'avaient pas hésité à puiser dans leurs stocks de papier et de calicot pour bien faire les choses : le quartier français, jusqu'au front de mer, bruissait à l'égal d'un bazar d'Orient.

Devant le magasin de nouveautés de Charles Bertrand, Jopic ar Louarn et ses forbans de Saint-Malo s'époumonaient dans leurs binious près d'une Négresse hilare, en coiffe et habits bretons, qui retournait prestement des crêpes sur des plaques de fonte. Ils avaient déserté, six mois auparavant, le trois-mâts *La Preneuse* et, depuis, chaque matin, se promettaient de partir le lendemain dans les mines, mais chaque soir les retrouvait dans les *bagnios*, les *grog-shops*, les tavernes borgnes de la Côte. Autant dire qu'ils connaissaient la ville comme leur poche – qu'ils avaient d'ailleurs fort accueillante pour les bourses des passants. Las ! À en juger par la manière dont ils s'appuyaient les uns contre les autres en jouant, les lascars étaient déjà fin saouls. Quant au Chourineur, l'ami crapuleux des petits canards de Sydney, il devait à cette heure exhiber ses charmes au Billy Goat, déguisé en bayadère. Restait le brave Covillard : ancien peintre sur soie, lyonnais et socialiste, devenu gargotier ambulant, celui-là n'avait pas son pareil pour deviner les moindres frémissements de la ville en notant, mine de rien, les confidences des ivrognes. Il finit par le dénicher près des wharfs, le poitrail en broussaille, la trogne enluminée, à la barre de son Étoile des Mers – le roof d'un navire échoué dans la vase qu'il avait consciencieusement scié, transporté à terre, hissé sur des tonneaux, et qui lui servait de buvette depuis que des voyous avaient brûlé la Grosse Germaine, son restaurant sur Kearny Street. La foule des assoiffés serrés autour de lui prouvait que, dans l'affaire, il n'avait pas perdu sa clientèle. Covillard, de loin, l'appela à grands gestes.

« Un verre ! Un verre avec nous, monsieur le consul ! »

Le vin, aigre, était abominable. Mais Colton, stoïque, but son verre sans grimacer.

« Tout ira bien ce soir, mon bon Ferdinand ? »

Le timbre de sa voix avait dû trahir son inquiétude. Covillard, surpris, leva les yeux de son comptoir :

« Hé ! Personne ne veut autre chose que la fête, ce soir ! Tenez, vous n'entendez pas le bruit de la ville, là ? Elle est heureuse ! »

Des vagues de clameurs, lointaines, traversaient la nuit moite. Les gens vaquaient, paisibles, devant les portes ouvertes du Niantic, d'où sortait par bouffées une musique criarde, ponctuée de hourras. Abandonné par son équipage, échoué dans la vase, le navire s'était trouvé peu à peu enserré par la ville, qui gagnait chaque jour sur la mer. Et il se dressait aujourd'hui comme une fantastique apparition en pleine rue, sa proue tournée vers le grand large, devenu un hôtel. Les rabatteurs des lieux discrets, à ses pieds, repéraient d'un œil sûr les pigeons, les naïfs ou les nouveaux venus. Des hommes-sandwichs allaient et venaient parmi les joueurs de bonneteau, les putes et les revendeurs de drogue, vantant à coups de trompes les spectacles de la nuit. Allez ! se dit Colton. Il avait dû rêver, ou prendre trop à cœur cette affaire de Murphys : la nuit promettait d'être calme. Et tandis qu'il s'éloignait, il entendit la voix de Covillard, au milieu des applaudissements : « La fête, les gars ! Allez, c'est ma tournée ! Ce soir, la France régale ! »

Il longea quelque temps le front de mer, vers les bouges de Broadway et du Petit Chili – moins pour se rassurer, sans doute, que pour se retrouver. Depuis septembre, le rivage n'était plus qu'un immense chantier où s'entassaient les barges, les piles de rondins, les planches et les échafaudages. Bientôt, se dit-il avec une pointe de nostalgie, le temps où il fallait, pour débarquer, s'engager dans la vase jusqu'à la taille appartiendrait à la légende de la Ruée : depuis Washington jusqu'à Broadway, les rues, les unes après les autres, se prolongeaient dans la mer par des débuts de wharfs. En contrebas se dressaient, à demi enfouis dans le sable, jetés sur des galets, des roues, des axes brisés, des tamis éventrés, les restes dérisoires de fabuleux mécanismes à extraire de l'or, amenés depuis l'ancienne Europe au prix de souffrances inouïes et abandonnés là dès le deuxième jour, inutiles. Et parmi eux encore, des bibelots, des miroirs, des malles par centaines, des armoires défoncées, aux tiroirs brisés, les pieds pris dans la terre, des ballots défaits de calicots et de soieries qu'enjambaient les fêtards sans même un regard. Tant et tant de cicatrices, songeait-il, tant de rêves échoués dans le sable du port ! Comme s'il avait fallu, avant de se plonger dans la gueule du Moloch, se dépouiller de tout, de ses maigres possessions, de ses souvenirs – de soi-même...

Un vent léger, venu du Pacifique, frissonnait au ras des eaux noires. La ville en gésine grondait au loin, furieuse, le vacarme de la rue était assourdissant, pourtant il distinguait, toute proche, la musique des haubans claquant contre les mâts, les poulies qui grinçaient, le clapot sous la coque des trois-mâts immobiles – et c'était comme si, à chaque pas, s'éloignaient un peu plus les fantômes qui l'avaient tourmenté tout le jour.

Puis les lumières pâlirent, passé le dernier wharf, une odeur pestilentielle de carcasses pourries et de poissons morts monta du sol crevé : la masse aveugle de Clark's Point se dressait devant lui, menaçante. Un monstre, recroquevillé au cœur des ténèbres, qui attend, se dit-il en frissonnant. Il hésita un instant avant de s'engager. Le quartier, de loin, paraissait étrangement calme, presque vide. Mais il avait appris à se méfier de ses humeurs changeantes. Depuis que les Bowery Boys du lieutenant Roberts, massés au bar des Ténèbres, un peu plus haut, sur Kearny, avaient été mis en déroute par Sam Brannan, cet amas de tentes, de baraques en planches, de cabanes délabrées, en bas de Pacific et de Broadway, était devenu le carrefour de tous les dangers – sous la poigne de fer des convicts australiens arrivés par centaines des bagnes de Van Diemen's Land. Les petits canards de Sydney, en quelques mois, en avaient fait un bastion inexpugnable – et le plus épouvantable cloaque, assurément, de toute la création. Humide, froid, silencieux, le quartier somnolait tout le jour, portes et fenêtres closes, dans les odeurs de crasse et de vin aigre, mais aux premières ombres du soir un long frisson passait dans cet entrelacs de ruelles poisseuses, d'escaliers dérobés, de caveaux, de culs-de-sac aux noms inquiétants, Murder Point, Deadman's Alley, serrés contre le front de mer ; un grondement montait des entrailles de la ville, le piétinement pressé d'une populace en marche, sournoise et brutale, que l'on aurait dite sortie droit des égouts. Là, à quelques pas de lui, tapis dans des *bagnios* sordides, des tavernes crasseuses puant la vomissure, des hôtels à demi effondrés où des malheureux dormaient à vingt par chambre, les pires crapules de la ville, maquereaux, assassins, ivrognes, incendiaires, voleurs à la tire, hommes de main, déserteurs, coupe-jarrets, tous armés jusqu'aux dents, guettaient chaque soir leurs proies. Et rares étaient les imprudents qui ne s'y trouvaient pas promptement drogués à la morphine ou au jus de tabac, assommés, détroussés...

Et pourtant chaque jour, les morts de la veille oubliés, une foule hébétée déferlait sur le port, joueurs, affairistes, marins en bordée, *diggers* pressés de perdre leur poudre d'or pour des filles et du gin, tous fascinés, appelés par ce gouffre ouvert, là, sous leurs pas, impatients d'en finir avec ce qui restait en eux d'humanité. Au Goat and Compass, pour quelques cents, Dirty Tom McAlear acceptait d'avaler n'importe quelle ordure proposée par la clientèle. Au Boar's Head de Hell Haggerty, des femmes se faisaient saillir à même le sol par un verrat. Le Fierce Grizzly proposait quant à lui une femelle grizzly aux fantaisies sexuelles de ses clients. Plus loin encore, dans les *bagnios* du Devil's Acre, où les policiers ne s'aventuraient qu'en groupes, armés de longs couteaux, des crétins affreux se pressaient en hurlant, accrochés aux grillages derrière lesquels se déchiraient des terriers et des rats achetés vingt-cinq cents aux gamins de la rue. Et dans les profondeurs de Battle Row, devant le Slaughterhouse, des *hoppies* faméliques mendiaient quelques sous en montrant aux passants leurs bras déchirés par les injections de morphine – faites au compte-gouttes et non à la seringue, par manque d'argent. Partout, dans chaque bar, des brutes féroces et sournoises, rendues au dernier degré de l'animalité, déployaient un génie proprement effrayant dans l'invention de nouveaux vices. Un soir, songea Colton tandis que la masse sombre se rapprochait de lui, c'est la ville tout entière qui s'engouffrera dans cette plaie béante, comme les rats, jadis, derrière le flûtiste de Hamelin, et nul, au matin, n'en ressortirait, le Pacifique, enfin, serait lavé de cette souillure...

Il traversa rapidement Pacific Street, prêt à passer au large à la moindre alerte. Quelques rares lampadaires rougeoyaient, sinistres, à l'entrée des ruelles défoncées, encombrées d'ordures. Des miaulements de violon sortaient par bouffées des portes battantes du Tom O'Shanter. Plus haut, il reconnut les lanternes discrètes du Hilo Johnny et du Magpie. Mais personne ne se pressait aux fenêtres du Standard pour admirer les danses très dévêtues des filles de Mabel Ranz. Des hommes, de loin en loin, glissaient, furtifs, dans la lumière, pour s'enfoncer aussitôt dans les ténèbres. Où diable était passé le flot bruyant, désordonné, qui bouillonnait d'ordinaire dans les rues ? Où, les cris, les rires obscènes et les rumeurs d'émeute qui tant faisaient trembler, chaque soir, les puissants de la ville ?

Il eut bientôt la clé du mystère. Le Goat, le Boar's Head, le Golden Rule, les tavernes de Hell Haggerty étaient toutes fermées, lumières éteintes, barricadées derrière leurs lourds volets. L'ourse enchaînée à la porte du Fierce Grizzly avait disparu. Les petits canards de Sydney, ce soir, étaient sortis de leurs tanières. Pour quel mauvais coup ? Il ralentit le pas, tous ses sens en alerte, comme s'il attendait une réponse du silence alentour. L'inquiétude, de nouveau, lui sciait bras et jambes. Puis il se souvint du char grotesque de Portsmouth Square, des hommes aux faciès d'animaux. Allez ! Même les voyous avaient le droit, ce soir, de faire la fête !

Quelque peu rassuré, il coupa au plus court, entre les entrepôts et les baraques en ruine accrochées au flanc de la colline, pour rejoindre Portsmouth Square. La cohue devait être telle, là-haut, qu'avec un peu de chance personne n'avait encore remarqué son absence. Et quand bien même ! se dit-il en enjambant avec une ardeur nouvelle les caisses et les barriques jetées là au hasard, il trouverait toujours une excuse plausible. Les buissons maigres rescapés du dernier incendie s'accrochaient à ses bottes. Bientôt la pente devint si raide qu'il dut faire halte, le souffle court. Les eaux de la baie, tout en bas, luisaient comme des lames de plomb. Il n'y avait plus d'étoiles. Seules les lumières de la ville trouaient le grand manteau noir étendu sur le monde. Et il lui sembla, tout à coup, suspendu entre ciel et mer, dans cette immensité de ténèbres, que la colline elle-même flottait, invisible, sous ses pieds. Les drapeaux claquaient au-dessus de sa tête, comme autant de grandes voiles dans la nuit sans limite. Une nef, se dit-il, étrangement ému, une nef s'enfonçant droit dans l'inconnu...

Des vagues de cris, de rires, d'applaudissements montaient vers lui depuis les contreforts de Telegraph Hill. Les tentes du Petit Chili, serrées les unes contre les autres au-dessus de Clark's Point, rougeoyaient comme nuée de lucioles. Là-bas, des créoles péruviennes aux regards de nuit noire, aux corps de feu, dansaient des *fandangos* d'une incroyable obscénité, leurs lèvres méprisantes barrées d'un mince cigare, tandis que leurs souteneurs, impassibles, jouaient un jeu d'enfer sur les tables de *monte*, leur fouet de *gaucho* passé à la ceinture. Plus bas, sur des matelas jetés dans la poussière, des Chiliennes noiraudes et indolentes d'à peine quatorze ans, des Métisses *cholos* vendues à Callao, des Mexicaines arrivées par bateaux de Mazatlán ou de San Blas, officiaient à la chaîne, jusqu'à six par tentes, sous le regard de tous. Et leurs futurs clients, à deux pas d'elles, commentaient bruyamment les performances des premiers arrivés, quand ils ne rythmaient pas de claquements de main le rythme de leurs ébats, pour en presser le terme. Mais leur vacarme à tous, en cet instant de solitude, au flanc de la colline, l'emplissait d'une paix bienfaisante. Il respira à pleins poumons, les yeux mi-clos. Sa ville ! Il lui semblait la retrouver enfin, et son rythme, sa musique, le battement de son pouls. Sous les crépitements des guitares, les clameurs, les roulements de *bongós*, quelque chose, là-bas, battait au cœur de la nuit, une force mystérieuse, brutale et généreuse, capable de tout brasser dans son élan. Très loin, il crut entendre gronder le ressac de la mer.

Il retrouva la ville à hauteur de Jones Alley. La ruelle, vide, était étroite et sombre, et puait le vin aigre. Les longues traînées jaunâtres d'un lampadaire sale, au carrefour, éclairaient les monceaux d'ordures et de sanies abandonnés sous les fenêtres. Des cris étouffés, des éclats de voix sortaient d'un recoin sombre. Il reconnut en s'approchant l'enseigne bancale du cabaret de Paul Niquet. La baraque tanguait, portes et fenêtres closes, aux mâles accents d'un chant des barricades repris à l'unisson par des voix avinées. Les fous ! s'irrita-t-il en pressant le pas. Quand donc comprendraient-ils que cette histoire-là n'était plus la leur ? La Californie, ce soir, fêtait une ère nouvelle, et ils en étaient encore à rejouer les événements de 48, à Paris ! Mais son agacement bien vite s'évanouit. Un fleuve brûlant roulait tout le long de Clay Street, qui déjà l'appelait. Là-bas, tout en haut de la rue, dominant la houle des badauds, le restaurant de Mme Rosalie ruisselait de lumières. La Poule d'Or, à deux pas, que les Américains s'obstinaient à appeler le Poddle Dog, disparaissait sous les drapeaux. Et à l'angle de Kearny, une foule bigarrée se pressait devant les nouveaux bâtiments des Frères provençaux. Un an auparavant, Auguste et André, tout juste arrivés de Marseille, faisaient au même endroit la cuisine en plein air, avec deux tables bancales seulement pour les clients – leur réussite, au moins, avait été rapide. Allez ! se dit-il, la vraie France était là, qui saurait relever le défi : tous ceux-là n'étaient-ils pas entrés de plain-pied dans la ville naissante ? Tout était bien. La fureur qui avait secoué Portsmouth Square elle-même s'en était allée, comme une lame soudaine avant l'étale de pleine mer. Ne restait plus que l'effervescence de la fête. Il se sentit tout à coup d'une légèreté extrême, et c'est presque en dansant qu'il se faufila entre les groupes de badauds. Il était prêt, maintenant, à affronter si nécessaire le gouverneur.

Tout au plus nota-t-il, avec quelque surprise, à l'instant de se lancer dans Portsmouth Square, que les locaux du journal de Sam Brannan étaient fermés, sans lampions ni drapeaux, protégés par de lourds panneaux de chêne brut. Une douzaine de gaillards armés jusqu'aux dents, vêtus de longs manteaux de peaux, patrouillaient à l'entrée, en défiant la foule du regard. Un instant, il crut reconnaître parmi eux deux ou trois des Bowery Boys qui avaient terrorisé la ville l'hiver précédent. Puis il haussa les épaules, en se moquant de ses frayeurs de vieille fille : tout cela n'avait pas de sens – n'était-ce pas Brannan lui-même qui avait débarrassé la ville de ces brigands ? Et il entra dans l'Union Hotel, le cœur léger.

[illegible]

[illegible]

6

Du champagne. Ah ! Il fallait qu'il coule, ce soir, qu'il pétille, qu'il déborde. Du foutre et du vin ! Jamais, non, jamais il ne pourrait éteindre ce brasier – du champagne pour tout le monde ! La foule, étonnée, oscilla, se creusa devant lui, vivats et quolibets mêlés, c'était bien de Jules de France, cela, le plus fauché des loustics de la Côte ! La troupe s'enfonça comme un coin dans la cohue narquoise, derrière le bar de la Polka, déjà les garçons saisissaient leurs battes en prévision de la bagarre, mais Jules, indifférent aux rires et aux lazzis, dressé sur les épaules de Pépin vacillant, tendait le bras avec la superbe d'un empereur bénissant les multitudes, et quand Maguire, en nage, les joues en feu, le cigare en bataille, confirma l'invite d'un cri à faire trembler les murs, ce fut la ruée, dans un fracas de chaises et de tables renversées. Avec Jules de France aux commandes, gare devant et souquez sur les drisses ! Cette nuit, on allait mettre la Polka à sec. Et le Café des Artistes. Et le Bella Union. Et l'Aguila de Oro. L'Eldorado. Le Societad. La ville entière. Et qu'elle pète, nom de Dieu ! comme bouchons de champagne ! Ernestine, la garce au cœur d'airain, déjà lançait ses filles sur la scène, Pablo le bellâtre martelait son piano avec une ardeur retrouvée. Et Jules de France, debout sur le comptoir, avec dans ses bras Maguire extasié, reçut l'ovation avec une noble simplicité. Robert le Brave lui-même, au soir d'une bataille, ou du sac d'une ville, avait-il eu pareil hommage ?

Ils étaient tous là, autour de lui, rayonnants et défaits, Alexandre Munié, redevenu ce soir Alexandre le Grand, le Talma des tréteaux, le Lion du Boulevard ; Fayolle, arborant son coquard comme une décoration ; Lucienne, tous ses appas au vent, et Jules Munié, enfin réconciliés ; Charlet et Julie, furieusement enlacés ; Bossanges, Artémise aux yeux plus humides que jamais – et derrière eux, emportés dans le tourbillon, poussés, tirés, le maestro incomparable, Henri Herz lui-même, le frac déchiré, Roncovieri, la basse chantante, gonflé comme paon en basse-cour : ses compagnons, rassemblés dans la victoire. Tous levaient vers lui des regards chavirés, extasiés, incrédules encore, les vagues de clameurs passaient à travers eux, du Jenny Lind debout délirant d'enthousiasme, réclamant qu'ils reviennent, et qu'ils reviennent encore, et reprennent la pièce, pourquoi pas à l'instant, et le vicomte vibrait à l'unisson, transporté, soulevé, royal en cet instant – demain, bah ! qui pouvait savoir ce que serait demain ? Mais cette nuit, oui, elle était à lui, il allait en goûter chaque seconde, cette nuit, juré, ne finirait pas ! Du Hailly, Auger, Lapeyrouse, André, Ernest de Massey, et plus loin Villatelle, Segondis, La Madelène, Dommartin, comtes, marquis, ducs, vicomtes ruinés, bannis, oubliés comme lui par la mère patrie, devenus porteurs d'eau, décrotteurs, garçons de course, repasseurs, tireurs de diable par la queue, maigres, en haillons, mais toujours portant beau, levaient leurs verres vers lui, en hommage. Et derrière eux il devinait la houle confuse des traîne-patins, arsouilles et pauvres hères, si prompts à le railler hier, aujourd'hui à ses pieds. Ce soir, c'était un peu de la France, épatée, qui se rendait à lui.

Ah ! il ne pouvait plus tenir ! Fayolle, debout sur une table, apostrophait la salle, aussitôt imité par le grand Alexandre. Il fallait qu'ils sachent, tous, quelle légende ce soir s'était écrite au Jenny Lind ! Ou, bon Dieu ! ils allaient éclater, tous autant qu'ils étaient, de la troupe. Cette garce d'Éléonore et son French Vaudeville, les sifflets, les injures, les voyous des balcons en déroute, l'émeute dans la salle, et Duane le tueur proprement étalé, le coup de génie de Jules de France. Oui, il fallait qu'on sache ! Tout de suite. Et chacun des acteurs, comme s'ils s'étaient donné le mot, de monter sur une table pour improviser céans devant la salle stupéfaite la geste héroïque du vicomte, le dompteur du Jenny Lind. L'émotion était indescriptible. Les filles d'Ernestine, oubliant leur ballet, se serraient près des tables ; seul, dans le silence revenu, Pedro soulignait de quelques accords les temps forts de la scène.

Fayolle, les bras levés, en transe :

« Premier tableau : *l'Alchimiste ou le train de plaisir pour la Californie...* »

VOIX D'UN RABATTEUR. – Vaudeville-panorama en trois actes... De Clairville et Vaulabelle !

DEUXIÈME RABATTEUR. – La glorieuse épopée du colonel Fremont, qui ouvrit la Californie aux chercheurs d'or ! Au théâtre des Variétés ! Allez m'sieurs dames, venez voir le colonel...

PREMIER RABATTEUR. – Le départ du convoi...

DEUXIÈME RABATTEUR – Les Indiens, les buffles pris au lasso, la Prairie en flammes...

PREMIER RABATTEUR. – Les Rocheuses, la neige, les hordes de loups, l'attaque des Indiens, la Sierra, la soif... Arriveront-ils à temps ?

DEUXIÈME RABATTEUR. – Comme si vous y étiez, le placer de Sacramento ! La tente du mineur ! Les laveurs d'or !

UN BADAUD, *dans la foule*. – Si, si, je t'assure ! C'est dans le journal !

SA FEMME, *qui soupire*. – Mais qu'est-ce que vous avez tous ? En mars c'était *Les Chercheurs d'or*. En mai...

UN TITI, *gouailleur*. – *Les chercheurs d'or de Sacramento* !

LA FEMME. – En juin...

LE TITI. – *Le Voyage en Californie* !

LA FEMME, *boudeuse*. – J'en ai assez, moi, de votre Californie !

LE MARI, *entêté*. – Mais regarde, c'est dans le journal. (*Il lit.*) « Le *Californie* est arrivé à Valparaíso le 2 mars avec dix millions de poudre d'or ! » Eh ! tiens, dans *La Presse*, regarde : « Il n'y a pas un mètre de terrain, là-bas, qui ne contienne pas d'or ! » Mais lis, lis donc ! « Quoi qu'on fasse, on ne peut pas recueillir moins de vingt piastres par jour. » Mince, vingt piastres !

UNE AUTRE VOIX. – Paraît qu'il y a tellement de poussière d'or dans l'air, les gars, qu'il suffit de brosser sa veste tous les soirs pour faire fortune !

LA FOULE, *incrédule*. – Oooooooohhhhh !

LE TITI. – Du flanc, bonhommes ! Pour les gogos ! Tous des escrocs ! (*Plus fort, à l'intention des rabatteurs.*) Hou ! Escrocs !

UN HOMME DANS LA FOULE. – Qu'est-ce que vous racontez ? Le *Georges* et l'*Anna* sont partis du Havre fin juillet avec trois cent cinquante passagers ! Et le *Malouin* va partir ces jours-ci avec deux cents autres !

Le titi. – Des escrocs, tous ! Où c'est qu'ils sont, hein ? les dirlos de la *Toison d'or* ? Partis avec la caisse ! Et le gérant du *Globe* ? En Belgique ! Les autres vont suivre !

Premier rabatteur. – Allez m'sieurs dames, vous voyez bien qu'il se moque ! Montez, montez tous dans le train de plaisir pour la Californie !

La foule de la Polka hoquetait de rire. N'était-ce pas *Monsieur Gogo en Californie* qu'ils leur rejouaient là, impromptu ? Et chacun se souvenait, en se tenant les côtes, y allait de son anecdote. Ah ! Ça avait été quelque chose, à Paris, que l'annonce de l'or ! Tout le Boulevard du Crime ne jurant plus que par les piastres et les pépites. L'aérostat lancé dans le ciel de Paris au nom de la Californie. Et les compagnies, par dizaines, coopératives, mutuelles, sociétés par actions, montées pour l'émigration, les publicités, pages après pages dans les journaux, les brochures, les libelles, les affiches, à vous tourner la tête. *L'Or*, *La Fraternelle*, *L'Aurifère*, *Le Mineur*, *La Californie française*. Ah ! celle-là, pour cinq cents francs ne vous proposait-elle pas le passage gratuit, la nourriture, l'équipement, quatre hectares, douze têtes de bétail ? Et *La Californienne*, soutenue par rien de moins que Jules Favre, le héros de 48 ! Mais non, il y avait mieux encore, hoquetait un grand échalas : *La Française de Sacramento*, fondée par le soi-disant abbé Gaubert, « ex-vicaire des colonies anglaises ». Ah ! le rude coquin ! Et l'*Avenir franco-anglo-russe*, protestait un autre – c'est qu'il en fallait, un solide toupet, à son créateur, pour se prétendre... Christophe Colomb lui-même, « ingénieur naturaliste, membre de la Société zoologique de France ! » Banqueroutes, faillites, caisses envolées, qu'importe, le flot montait toujours, et tous se précipitaient, tous filous, tous gogos. Et ce Paganelli de Zivaco ? Celui-là s'était vite retrouvé avec Christophe Colomb et l'abbé Gaubert, pour lancer *Le Nouveau Monde*... Quarante-six millions de francs de capital, oui, fallait oser ! Allons, tous autant qu'ils étaient, échoués là ce soir, n'avaient-ils pas été M. Gogo en Californie ? Roulés, ruinés, grugés, et grugeant à leur tour pour se refaire. Et partir, partir à l'appel de l'or – moitié filous, moitié gogos. Et Christophe Colomb, Paganelli, Gaubert, les premiers, se tordaient de rire dans la salle, bras dessus, bras dessous avec leurs victimes. Vrai, c'était d'un farce !

« Deuxième tableau ! La traversée... »

La voix de bronze d'Alexandre ramena le silence. C'était dit, on allait leur donner *Gogo* en son entier ! Pedro, transporté, fit gronder son piano. Les plus assoiffés en oubliaient de renouveler leurs commandes.

PREMIER RABATTEUR. – Le Havre ! Tempête au large ! Attente des émigrants, à quai. Qui va les nourrir ? Disparition de l'armateur. Où sont les vivres et l'équipement promis ? Fonte des pécules. Que leur restera-t-il, à tous, pour l'Amérique ?

DEUXIÈME RABATTEUR. – Au large, enfin... Joies de la traversée ! Vin aigre. Charançons. Calme des tropiques. Poissons volants. Chaleur. Passage de la ligne !

PREMIER RABATTEUR. – Les plaisirs et les jeux ! Les madames de Paris, ou l'art de voyager à l'œil. Sont-elles parties pour se faire religieuses ? Suspense insoutenable...

DEUXIÈME RABATTEUR. – M. Gogo marié ! Divorce à l'amiable. Lui restera-t-il une chemise ?

La foule trépignait d'aise. Qui n'avait pas connu l'ennui et les petits plaisirs de l'entrepont, qui n'avait pas été victime, à bord, des dames trop galantes, et du jeu du mariage, imaginé Dieu sait par qui pour assurer une rotation équitable des donzelles, avec à chaque fois témoins, parents et prêtres, suivi peu après d'un divorce ? Les acteurs, de table en table, se lançaient les répliques, sans cesse interrompus. C'est que chacun en avait, à raconter ! Ce capitaine du *Cachalot* qui s'en était gardé trois dans sa cabine jusqu'à Frisco. Et puis... Comment s'appelait-elle, déjà, cette rousse flamboyante, oui, c'est ça, Cydalise, qui avait voyagé en chemise, après que son premier amant, abandonné, eut décidé, en rétorsion, de lui reprendre son trousseau ? Les filles d'Ernestine protestaient depuis la scène. Ça leur allait bien, à ces flandrins, de se gausser ! N'en auraient-ils pas fait autant, si on avait voulu d'eux ? Ah ! ils faisaient moins les fiers, à l'époque !

« Traîtrise et déroute d'Éléonore et du French Vaudeville ! »

La Polka fit silence, étonnée. Que venait faire dans cette histoire l'irascible théâtreuse ? Mais Fayolle, dressé sur ses ergots, la voix vibrante, reprenait déjà Munié au vol, pour entonner la gloire de Jules de France, et comme il sut mener la terrible bataille, et Maguire ruisselant, la chemise défaite, étreignait son héros. Bon Dieu ! On n'avait jamais vu ça, sur aucun théâtre !

Et l'on n'était jamais passé aussi près du désastre. La salle du Jenny Lind avait vibré, bonhomme, au premier tableau. Le Boulevard du Crime, les titis, les chalands, c'était bien Paris, cela! Mais pourquoi ces huées, à l'entrée du second? Puis des rires, des soupirs avaient fusé de la pénombre, à demi étouffés. À chaque réplique de Munié répondait un « Hum ! » de plus en plus appuyé. Pas de doute, le théâtre craquait, tel un navire encalminé à l'annonce de vents changeants... Jules s'était penché pardessus l'épaule de Fayolle, inquiet. Éléonore, Adalbert, Racine, pourtant, demeuraient impassibles. Mais il reconnut, quelques rangs plus loin, Jacquart, cette petite canaille de Jacquart, qui ricanait, avec force coups de coude à ses voisins. Et Patichard, près de l'allée, qui se gaussait ouvertement. Petiot, sur la gauche, qui se raclait la gorge. Bernache, qui se levait à l'instant pour couper Charlet d'un retentissant : « À la ramasse, les perruques ! »

Julie, interloquée, avala sa réplique. Les garces ! Elles avaient dû payer toutes les escarpes de French Camp pour lui régler son compte. La salle, étonnée, hésitait, mais Jules savait, mieux que personne, qu'elle ne se refuserait pas longtemps l'occasion d'un chahut. Il surprit le regard perdu de Munié. Les rires fusaient, de plus en plus nombreux, mêlés de quolibets. Comment disaient-ils donc, ces Français ? « À la ramasse, les perruques ! » Va donc pour les perruques... Julie rata sa réplique, une fois de plus. Lucienne roulait des yeux épouvantés, la troupe perdait pied, et la salle le sentait, prête maintenant à la curée. Les voyous des galeries se penchaient, ricanants. Une sueur glacée coula dans le dos du vicomte. Tout perdre, si près du but ! Plus rien, désormais, ne pouvait éviter le naufrage. Et dans le tourbillon des faciès grimaçants qu'il devinait dans la pénombre, il y avait les yeux fixes d'Éléonore qui le transperçaient, le réduisaient à sa merci. Rien ? Il avait bondi sur la scène, sans réfléchir.

« Éléonore, mon doux zoiseau ! »

Munié, coupé en pleine tirade, le regardait, bouche bée. Éléonore avait pâli. Ah ! elle voulait sa peau, la garce ! Eh bien ! elle allait voir ! Et lui, main sur le cœur, genoux à terre, vers elle :

« Mon amour, ma tourterelle, c'était pour toi, ma surprise, mon cadeau ! »

Puis, se tournant vers Munié, grandiose :

« Quatrième tableau ! Gloire et vertu d'Éléonore, la nymphe du pavé ! »

Et marchant de long en large, à grandes enjambées, regard furieux, la voix tonnante :

« Horrible accusation : a-t-elle empoisonné Nisard, le banquier, rue de Lappe, pour lui voler sa bourse ? Fuite éperdue. Pleurez, bonnes gens, la vertu bafouée, la pauvre jouvencelle contrainte de se vendre pour payer son passage. Saura-t-elle se défendre ? Ah ! pleurez l'enfant naïve livrée aux brutes lubriques ! »

Éléonore, suffoquée, cherchait, en vain, de l'air. Les spectateurs se regardaient, troublés : à quoi jouaient donc ces damnés Français ? Munié, reprenant la balle au bond, en vieux briscard du Boulevard du Crime :

« Vendue ! Oui, vendue à Panamá ! Déchéance. Pauvre corps virginal, souillé et souillé sans relâche sur une pauvre paillasse. Mais son cœur reste pur ! Qui la délivrera de ce sort funeste ? »

Et Jules de France, le bras tendu, si grand qu'il paraissait occuper tout l'espace :

« Lui ! »

La salle se tourna d'un bloc vers Bernache, interdit :

« Applaudissez Bernache, qui arracha au cloaque putride ce pauvre corps déchiré, couvert de stupre et de sanies ! Bernache, l'assassin de la rentière de la porte Saint-Martin, touché par la grâce d'une âme pure ! »

Et la salle, bonne fille, d'applaudir...

« Lui ! Et lui ! Et lui ! »

Patichard, interdit, se tassa sur son siège, Petiot regardait autour de lui, d'un air traqué, Jacquart essayait de se faire invisible.

« Et ne croyez plus les malfaisants quand ils vous diront que Patichard, le roi des pickpockets, se glisse dans les théâtres pour délester ses voisins de leur trop-plein ! Haussez les épaules si l'on vient vous tenir que c'est Petiot, pas plus tard qu'hier, avec Jacquart, qui a dévalisé le magasin de Tom O'Reilly ! Entôleurs, pickpockets, assassins, maquereaux, c'était hier, autrefois, avant qu'ils ne rencontrent la blanche Éléonore, et ne s'amendent ! Allez, messieurs, mesdames, applaudissez Éléonore, le rayon de soleil de San Francisco ! »

L'homme près de Patichard porta la main à sa poche, poussa un cri, furieux. Volé ! Patichard bondit de son siège, mais trop tard, l'homme, déjà, le saisissait à la gorge, le renversait dans la travée. Bernache, Petiot, Jacquart s'esquivaient sans demander leur reste, suivis par Alexina, Bréa, Richer, Sasportas, Léon,

Yamini, Nitzel, la troupe du French Vaudeville au complet qui entraînait avec elle Éléonore hagarde, les yeux révulsés. La salle, debout, hurlait de joie, trépignait, applaudissait. C'était bien d'un Français, cette idée de placer des acteurs dans la salle ! Avait-on jamais vu ça ? Et cet homme qui avait feint d'être volé... Génial, tout simplement !

Sur la scène, Munié et ses comédiens, éberlués, dévoraient des yeux Jules de France, leur sauveur...

Un rire énorme secoua la Polka. Sacré vicomte ! Et pauvre Éléonore – la vieille carne avait trouvé son maître !

L'annonce de Munié prit tout le monde par surprise :

« Cinquième tableau : l'arrivée ! »

Comment, ce n'était pas fini ?

Ce n'était pas fini.

« Descente du bateau. Premiers contacts, humides. Glissades dans la vase. Visite de la douane. Au secours, aux voleurs ! Ça, un hôtel, un lit ? Dites plutôt une mangeoire ! Discussions avec un rat. Mérites comparés des cafards et des poux ! »

Tout y était, comme annoncé. La troupe, transfigurée par sa victoire, ressuscitait la ville des premiers mois, sa fièvre, sa démesure, les ruelles emportées par la boue, les arrivants tassés à vingt par chambres, le manque de nourriture, les fortunes scandaleuses, les faillites brutales, les incendies. La salle du Jenny Lind grondait, ravie de se reconnaître. Oui, c'était bien ça ! Jim Brown, devenu millionnaire en revendant des chats achetés à Los Angeles, ce coquin d'O'Connell, le *collector* des douanes, coquin entre les coquins, le conseil municipal corrompu, canailles et songe-creux tous unis dans la danse. Ah ! San Francisco était bien la plus folle, la plus extravagante, la plus belle des villes !

Les premières huées les prirent de court. La salle, surprise, leva les yeux vers les galeries. Que lui préparait-on, encore ? Puis un murmure se fit, des gloussements entendus. Ça, c'était d'un culot ! Tout de même, engager les voyous de la Barbary Coast...

D'abord, revenu en coulisses, encore étourdi par son triomphe, il ne distingua rien qu'un roulement de bottes sur le parquet, un tumulte de quolibets d'où se détachèrent des : « *Kezkidiz, kezkidiz !* », et, de plus en plus distincts : « À la mer, à la mer les *kezkidiz* ! » Bon sang ! Cette garce d'Éléonore n'était tout de même pas allée jusqu'à... Maguire, près de lui, avait pâli, Munié, depuis la scène, le cherchait du regard, mais lui ne voyait plus que cette bouche d'ombre d'où montaient ces grondements furieux, c'était donc cela, le rendez-vous promis, la gueule de la bête avançait, monstrueuse, qui allait l'engloutir, et avec lui la troupe, le théâtre tout entier, il n'y aurait pas de rémission... Il prit conscience que Maguire le secouait.

« Ils vont tout démolir, bon Dieu ! Jules, faites quelque chose ! »

Oui, mais quoi ? La troupe sur scène faisait front vaillamment, mais ne résisterait pas longtemps. Ces lascars-là n'étaient pas Bernache ou Petiot. Leur seule loi ? Le gourdin et les crocs. Ah ! La fichue garce ! Comment avait-elle pu ? Ce n'était plus lui, c'étaient ses compagnons de misère et d'exil qu'on insultait, c'était la France qu'on rejetait à la mer ! Il s'ébroua. Foutu pour foutu, au moins il ferait une belle fin. Çà ! On allait s'en souvenir, de Jules de France ! Combien d'hommes, combien d'armes ? Maguire sursauta. Des armes ? Il y avait bien une douzaine de gourdins, à côté, des fois que... Et l'on pouvait compter, oui, sur les machinistes. Plus les gardiens, à l'entrée. Huit hommes, au total. Plus Fayolle, et Pépin. Mais Jules insistait. Des armes, nom de Dieu ! À feu ? Il n'y pensait pas ! Et Jules ricanant, féroce :

« Eh ! Vous croyez qu'on arrête un torrent avec une cuiller à thé ? »

Maguire revint, tremblant, avec deux pistolets que Jules lui arracha des mains. Munié, là-bas, appelait au secours :

« Vicomte ! À mon aide, vicomte ! »

La salle rit. C'était donc bien combiné, cela – les voyous vociférant, les œufs, les légumes qui volaient jusqu'à la scène ! Et Jules parut enfin, terrible, sous un tonnerre de hurlements, un pistolet dans chaque poing, qu'il déchargea froidement, l'un après l'autre, en plein dans la gueule noire ouverte devant lui. Des cris de douleur montèrent des galeries, un tumulte d'effroi, et dans le silence revenu comme par miracle sa voix tonna, énorme :

« Sixième tableau : naissance de la Barbary Coast, ou comment s'en débarrasser ! »

Et, à voix basse, tandis qu'il distribuait les gourdins de Maguire :

« Rappelle-toi de Lemaître ! »

Munié sursauta, l'œil tout à coup allumé. *L'Auberge des Adrets*, le triomphe de Frédérick Lemaître dans le rôle de Macaire ! Quel acteur n'en avait pas rêvé ? Ou comment Lemaître, prévenant les sarcasmes de la foule, avait lui-même mis en lambeaux la pièce qu'il jouait, rampant, rugissant, sautant dans la salle, canaille sublime, cynique et gouailleuse, repoussant les gendarmes dans les travées à coups de pistolets... Eh bien ! va pour Lemaître ! Il chuchota, avant de se lancer :

« Vos pistolets... Ils étaient à blanc, au moins ? »

Le vicomte éclata de rire, sauvage :

« À blanc ? Eh ! où c'est que tu te crois ? »

Il sauta la rampe, suivit par Munié et Charlet, et campé sur un dossier du premier rang :

« Arrivée des canards de Sydney ! Naissance des Hounds, au bar des Ténèbres ! San Francisco en coupe réglée ! La police impuissante, mise à sac du Petit Chili... »

Munié, à l'autre bout de la salle, lui répondait déjà, en brandissant sa massue, Charlet, transporté par la folie du moment, bondissait de siège en siège par-dessus les spectateurs médusés et ravis, les répliques fusaient, dans un concert de cris. Jouer la pièce dans la salle, il n'y avait que des Français pour oser cette folie ! Et pourquoi pas faire de chacun un acteur ? Jules, du coin de l'œil, vit les hommes de Maguire se faufiler vers les escaliers des galeries. Trois bonds encore, et il se retrouva face à un des meneurs du parterre :

« Colère des citoyens ! Va-t-on les laisser faire ? Un seul moyen, s'unir ! S'unir et se battre ! »

Le voyou, regard torve, bouche tordue, plongea sa main dans sa veste, sortit un coutelas, mais déjà le vicomte, à toute volée, lui écrasait sa batte sur la figure. La légende, plus tard, devait assurer que la cervelle du voyou jaillit par ses oreilles, mais toujours est-il que la brute s'effondra, d'un bloc, sur son siège. Et aux cris étouffés, non loin, Jules comprit que Munié puis Charlet venaient de l'imiter sans trembler.

Un corps dégringola des galeries, s'écrasa dans l'allée, où il resta inerte.

Des spectateurs, troublés, se regardaient : question bagarres, c'était rudement bien imité. D'autres hurlaient d'enthousiasme : ça, au moins, c'était du théâtre ! La mêlée, là-haut, devenait générale, des bouts de sièges volaient, des râles de douleur répondaient au bruit mat des gourdins, et Jules de France en transe, dominant le tumulte, poursuivait la geste sinistre des voyous, les meurtres impunis, l'hypocrisie des politiques – et ce jour béni où Sam Brannan et l'alcade Leavenworth brandirent enfin l'étendard de la révolte : « À la curée ! Tous ! Tous avec moi, et à bas les voyous ! »

Théâtre ou pas, bon Dieu, quelle belle bagarre ! Les plus ardents tombaient déjà la veste pour se joindre à la fête, les femmes s'y mettaient à coup d'ombrelles et de sacs, dans un bouillonnement de jupons envolés, ce n'était plus des cris, mais la clameur montante d'une vague déferlant vers les planches qui salua le vicomte à son retour sur scène. Balayées les crapules de la Bowery, nettoyés les petits canards de Sydney, liquidés les assassins du bar des Ténèbres !

Pas tout à fait, pourtant. Un mouvement brutal, à ses pieds, secoua la foule, un colosse furieux se frayait un passage à coups de coude, agrippait la rampe :

« *Frenchie*, tu ne vas pas t'en tirer comme ça ! »

La salle retint son souffle. C'était donc cela, le clou de la soirée : Charles Duane contre Jules de France ! Le vicomte pâlit. Combien de morts, déjà, avait-il sur la conscience, celui-là ? Depuis son arrivée de La Nouvelle-Orléans, au printemps, la ville tremblait à ses sinistres exploits. Tricheur, tortionnaire et assassin – pas plus tard que la semaine précédente, il s'était acharné dans la rue sur un malheureux, à coups de botte, avant de l'abattre d'une balle dans la nuque. Et personne jusqu'ici n'avait osé l'arrêter. Ne le disait-on pas protégé ? Vêtu de cuir noir, le visage balafré, il était à faire peur. Il ricana, en sortant son six-coups :

« Eh bien ! tu perds ta voix ? »

La suite se déroula comme dans un songe, Fayolle bondissant devant lui, en garde, le regard étonné du tueur, son revers agacé de la main pour écarter le freluquet, et la réplique foudroyante du titi parisien : Hé ! C'est qu'il lui restait encore à découvrir l'art de la savate, à ce gros dadais ! Duane secoua la tête, sonné, déjà Fayolle redoublait d'une rotation imparable – la brute s'effondra lentement, et tandis que la salle explosait de bonheur, Jules, toujours pratique, prolongea son sommeil d'un énorme coup de batte.

Ah ! c'était trop beau, c'était trop grand, digne de l'antique !

Les filles, comme grisées, les joues rouges, se lancèrent dans une ronde frénétique, en criant à tue-tête la ritournelle de Macaire – qu'on ne pouvait pourtant pas dire exactement adaptée, sinon par antiphrase. mais ne venait-on pas de vivre un moment aussi rare que celui qui valut son triomphe à Lemaître ?

Tuer les mouchards et les gendarmes
Ça n'empêche pas les sentiments

Et il n'y eut plus de théâtre, alors, il n'y eut plus de scène, mais une foule en délire, unie dans la même démesure, qui tournoyait dans la salle dévastée en bousculant ce qu'il restait des sièges, et chantant à tue-tête le refrain de Macaire, sans même le comprendre.

Tuer les mouchards et les gendarmes...

Ah ! si Frédérick Lemaître avait vu ça !

La salle de la Polka resta longuement silencieuse. C'est qu'on n'était plus dans l'anecdote, là, mais déjà dans la légende ! Les plus blasés frissonnaient, d'émotion. Ce fut Ernestine, la voix tremblante, qui rompit la première le silence, par les premiers mots de Macaire. Et ce fut comme si l'émotion trop longtemps contenue explosait d'un seul coup, une voix puis une autre reprit la ritournelle, et elles montèrent dans la nuit de la ville, pour dire la gloire désormais immortelle de Jules de France, dernier descendant de Robert le Brave...

Jules, debout sur le comptoir, qui hurlait :

« Maintenant, mes bons, on va *vraiment* pouvoir se saouler ! »

C'est seulement alors qu'il s'avisa que, tout à son affaire, il avait oublié le bébé dans les coulisses du Jenny Lind.

7

« Alors, toi aussi, petit, à Chagres... »

Le géant le fixait de nouveau, l'œil hagard. Il prit conscience que la salle se taisait, intriguée. Il avait dû crier, parler trop fort. Chagres ! D'Artagnan lui serrait doucement le bras. Oui, Chagres, pour eux tous, avait été l'antichambre de l'enfer. Et il se replongea dans son verre, tandis que les mots se bousculaient, comme s'il fallait tout à coup que tout sorte, enfin, qu'il se vide, se purge de cette eau noire qui l'emplissait depuis, depuis... Les hommes, autour de lui, hochaient la tête, pensifs. Il y avait là quelques belles canailles, aux faciès épouvantables, qui auraient tué père et mère sans frémir pour une pièce d'or, mais tous écoutaient, émus, comme si quelque chose leur revenait, à eux aussi – le souvenir de ce qu'ils avaient été avant, avant de poser pied sur cette terre maudite, avant de passer la porte des ténèbres...

Ils avaient fui Chagres aussi vite que possible, lui et ses compagnons, balbutia-t-il. Ambrosio, le patron, un Noir aux épaules de lutteur, les avait assis dos à dos avec les rameurs, sur un matelas posé en travers des malles, tandis que lui-même pagayait à l'arrière. Un toit de palmes les protégeait du soleil ; d'Artagnan, ravi, chantait à plein gosier. Le fleuve s'étendait devant eux, majestueux et calme. Puis, d'un coup, un silence de tombeau les avait enveloppé, et chacun avait retenu son souffle : ils entraient dans la forêt vierge. Les arbres, enrobés de bave végétale, s'ouvraient comme les rideaux d'un théâtre sur des cryptes aux profondeurs insondables où tremblait de loin en loin, comme une flamme de bougie, la tache rouge, stridente, d'un oiseau. Des racines géantes émergeaient, luisantes, de la boue. Des mimosas aux feuilles argentées, des goyaviers chargés de pommes vertes, des daturas, des fougères arborescentes de plusieurs mètres de haut, de mahoganys noueux, des acacias et des frangipaniers qu'Ambrosio leur nommait au passage foisonnaient sur la rive, dans un tumulte confus de lianes, de branches, de feuillages troués çà et là par les pointes élancées de bambous gigantesques. Des fleurs rouges, jaunes, blanches comme neige pendaient au-dessus de leurs têtes, et pas un bruit, rien, sinon celui des pagaies sous la voûte obscure – ou un craquement, au loin. « Le cœur du monde ! » avait murmuré Athos. Une vie primitive, foisonnante, monstrueuse, palpitait autour d'eux – mais pourquoi cette orgie végétale, cette germination hallucinée, paroxysmique, suggéraient-elles une égale présence de la mort ? Les *matopolos*, les figuiers banians tueurs d'arbres, les *pinnelas* barbelés d'épines tranchantes, les *huras* dont la sève pouvait rendre aveugle quand la pluie la faisait tomber sur les visages, s'enchevêtraient, se pénétraient, s'enlaçaient furieusement pour survivre, en tuant : chaque arbre, ici, était déjà une guerre. Et ils avançaient toujours plus loin, effarés, dans la houle immobile des arbres cathédrales...

En étaient-ils jamais sortis, depuis – ou bien chaque jour de ce voyage, jusqu'à son arrivée, n'avait-il été que la découverte de ce qu'il avait pressenti dans ces profondeurs sombres, sur le río Chagres ? Il leva la tête vers la mer de visages. L'homme de Catun, entouré de lascars hirsutes, avait repris le récit de ses aventures. Et promettait, quand il repasserait par là-bas, les poches pleines, de faire cracher au *damné yankee* l'argent qui lui avait été dérobé pendant son sommeil. D'Artagnan et Aramis l'écoutaient en hochant la tête, avec un sourire entendu. Oui, certes, ils l'avaient croisé, eux aussi, en chemin – mais ils doutaient fort qu'il pût encore en tirer vengeance. Sa *toldería*, à leur arrivée, était vide, les bancs et les tables brisés. Une bougie, sur le comptoir, achevait de brûler. Ils avaient fini par découvrir l'hôtelier ivre mort, inconscient, sur un grabat, dans une soupente. Et ils avaient trouvé refuge pour la nuit au fond d'une ruelle, dans la cabane branlante d'une Négresse centenaire qui trônait toute nue, monstrueuse, au milieu d'un immense lit à baldaquin... « Vous voulez dormir ? Eh ! il y a toujours place pour de beaux jeunes hommes dans mon lit ! » avait-elle roucoulé en se grattant vigoureusement le ventre – les genoux de Porthos s'entrechoquaient encore, rien que d'y penser, mais elle avait éclaté de rire devant ses airs penauds et s'était levée, sans plus de façons, pour aller leur chercher des peaux de bœufs en guise de matelas. C'est seulement le lendemain, à l'instant de partir, qu'Ambrosio leur avait confié, en ricanant, que l'Américain de l'hôtel n'était pas ivre mort : il agonisait, simplement, depuis deux jours. Un coup de couteau dans le ventre, pour une histoire de cartes...

Il avait revu ces visages froids, indifférents, à leur arrivée, les hommes décharnés, en guenilles, qui jouaient devant leurs huttes, sous des lanternes couvertes de moustiques et de puces, ou somnolaient dans des hamacs – personne ne s'était donc inquiété de lui porter secours ? Ambrosio avait haussé les épaules : à un Américain ? et en plus un tricheur ? « D'ailleurs, avait-il conclu en crachant dans la rivière, il est mort, cette nuit. »

Le jour était triste et sale, il avait plu, une odeur âcre montait de la végétation, tout, autour d'eux, disait l'abandon et le découragement. Le voyage s'était poursuivi dans un silence pesant, troublé seulement de loin en loin par les grands singes hurleurs. Les pluies avaient grossi le flot de la rivière, le courant charriait des troncs d'arbres, bientôt il avait fallu progresser en poussant sur des perches. La chaleur était devenue accablante, une vapeur bleuâtre montait des eaux boueuses, les caïmans les observaient, immobiles, depuis la rive. Décidément, ils étaient bien entrés en terre étrangère...

La salle de Paul Niquet resta un moment silencieuse. On entendit, au loin, monter une clameur, exploser des pétards. La fête allait commencer, vers Portsmouth Square. Oui, c'était bien ça qu'ils avaient tous vécu...

« Tu te souviens, Petit Jean, des caïmans de San Pablo ? Ah ! j'avais bien cru, ce coup-là, que t'allais y rester !

– Moi, c'était la forêt... Oui, ces cris, à te rendre fou, la nuit. Elle nous étouffe, je me disais, elle rentre en nous !

– Manger ou être mangés. Eh ! c'est pas ce qui nous arrive ?

– Des fois, je me dis qu'elle ne nous a jamais quittés, depuis... »

La deuxième nuit, ils l'avaient passée au bord du fleuve, dans une ferme tenue par un Espagnol titubant, aux yeux injectés de sang. Les animaux domestiques, veaux, vaches, chiens, cochons, terrorisés, se serraient dans la cour, sur le pas de la porte et jusque dans la salle à manger, autour de leurs hamacs, tandis que le fermier, au-dehors, répondait à coups de fusils aux rugissements d'un tigre, en hurlant que, sacré bon Dieu ! il finirait bien par lui en loger une, de balle, dans le trou du cul, à cette foutue bestiole – du moins est-ce la traduction qu'en fit Aramis. La nuit suivante, à San Pablo, avait failli tourner à la catastrophe : une crue soudaine avait emporté une des barques, mais par miracle ils l'avaient retrouvée, un kilomètre plus bas, dans les branches d'un arbre. Et c'est le quatrième jour seulement qu'ils avaient atteint Cruces, vers 5 heures, sales, amaigris, la peau couverte de cloques, mais à peu près vivants. Quatre jours ! Il leur semblait à tous revenir de si loin que la traversée de l'Atlantique, en regard, paraissait peu de chose. « Le plus dur est passé », répétait d'Artagnan, tandis que les premières cahutes de la ville, les entrepôts, les hangars, défilaient devant eux : une journée à dos de mulet, et ils seraient à Panamá.

Une tour de pierres sombres, épaisses, se dressait devant l'embarcadère, percée de meurtrières, fermée par une porte de métal : le dépôt des lingots d'or en transit vers l'Europe, avait expliqué Ambrosio. L'or de Californie ! Pour la première fois ils le rencontraient, et c'était comme si le terme de leur voyage se rapprochait, tout à coup : tous, malgré la fatigue, ils avaient frissonné.

Et tous frissonnaient encore, à ce seul souvenir, dans le bouge de Niquet. L'or de Cruces ! Tous voulaient parler en même temps. L'or, bien sûr – n'était-ce pas la première fois qu'ils l'avaient senti, humé, deviné, tels des chiens de chasse mis enfin sur la piste ?

« Moi c'était... oui, juste après Cruces. Et la belle Antonia pleurait, Dieu m'est témoin, sur son balcon. Qui était avec moi ? Toi, Pierre, de la rue Montorgueil, dis un peu si je mens ! Quand on était tombés dans une clairière sur des muletiers qui se disputaient dans la boue avec leurs bêtes, qui ne voulaient plus avancer. " Mince ! que t'avais dit, elles n'ont que deux petites caisses sur le dos, ces carnes ! " " Dites, les gars, vous portez quoi, comme ça ? " " De l'or ", qu'avait répondu un des hommes. Juré ! Du ton qu'il aurait dit du cuivre, ou de la farine. Vingt mules, pour deux cents livres de lingots ! Et ils n'étaient même pas armés.

– Et on les a laissés là. Dans un pays sans loi... »

Mais d'Artagnan, d'un geste, réclama le silence. Non, Nicolas n'en avait pas fini, avec Cruces !

« Le vent, léger, avait porté les notes claires d'un carillon », reprit-il, la gorge serrée, soudain submergé par ses souvenirs – et en baissant les yeux il vit qu'il tremblait. Une rumeur de fête montait à leur rencontre, où l'on distinguait de plus en plus nettement des fifres, un violon, des tambours. « La *zambacueca* ! » s'étaient écriés les hommes d'Ambrosio en esquissant quelques pas. Les musiciens avaient débouché dans la rue, entourés de danseurs. Des gamins, à l'entrée d'une église, frappaient à coups de bâtons les fragments d'une cloche, suspendus à un porche. Aramis avait battu des mains : enfin, à Cruces, ils retrouvaient la vie !

Puis le cortège, devant eux, s'était ouvert. Ce n'était pas une noce, non : deux hommes portaient sur une civière un jeune enfant noir habillé, les cheveux décorés de faveurs roses. Ambrosio et ses marins s'étaient reculés, en se signant : « Le choléra... »

À Cruces, on célébrait la mort sur des musiques de carnaval.

L'hôtel, déserté, ressemblait à un champ de bataille. Son tenancier, M. Jules, un Marseillais, avait échoué là après bien des malheurs, sur lesquels il restait évasif. Ses clients s'étaient enfuis, à peine débarqués, en abandonnant leurs malades derrière eux – une Américaine avec ses deux enfants. La femme était morte presque aussitôt, un des enfants avait suivi, quant au second... « Il faut espérer qu'il va y passer aussi, répétait l'excellent Jules, parce que sinon, eh ! qu'est-ce que je vais en faire, moi ? »

Ils avaient fui sans demander leur reste, sur de pauvres haridelles achetées à prix d'or.

Devant la porte de l'hôtel, des hommes déjà condamnés se bousculaient autour d'une roulette, prêts à s'entre-tuer pour jouer leurs dernières piastres...

La salle, autour d'eux, faisait silence, pensive. Non, ce n'était pas ce qu'ils avaient connu, de Cruces... Là-bas, l'alcade avait même donné un bal en leur honneur, protestait l'un. Les jardins, il s'en souvenait comme si c'était hier, embaumaient le jasmin et le magnolia, dans le soir tiède. Et une jeune fille, d'un balcon, lui avait jeté une fleur de *suchil*. Un autre se rappelait son premier chocolat, au réveil – versé par une femme couleur de terre cuite, dont le corps souple et lisse jouait librement sous la robe, sans corset ni jupon. Un autre monde, oui, plus sauvage et plus libre. Et tout cela aurait disparu d'un seul coup ?

Cruces... Qu'auraient-ils dit alors de Valparaíso, soupiraient d'autres, arrivés par le Horn. Leurs premiers pas à terre, après quatre mois de mer ! La Locanda del Sol, sur les quais, était un bouge infâme, et dans les recoins sombres des *léperos* vous coupaient sans hésiter pour une pièce d'or, mais comment oublier le quartier de San Francisco, la nuit, ses *medianoches*, ses guitaristes et ses *manolas*, et le *mate* bu, dans les *ventorillos*, par un long tube de paille passé à la ronde ? Manuelita, après s'être déshabillée, avait tourné vers le mur les images pieuses qui ornaient sa chambre. Dame ! N'était-on pas un vendredi saint ? Heureux hommes, songeait Nicolas, qui trouvent encore à soupirer au souvenir de leur voyage ! À croire que le malheur, à force d'habitude, glissait sur eux sans plus de prise, pour ne leur laisser que les moments heureux. Pourtant, il les sentait tous mal à l'aise, inquiets, depuis l'annonce de Cruces rayée de la carte – comme si du même coup se trouvait rompu un des derniers fils auxquels ils se tenaient : le souvenir tremblé, aux portes du Nouveau Monde, d'une possible promesse...

N'y avait-il pas cru, lui aussi, comme ses compagnons ? Les *tortillas* rôties devant le feu, le lendemain matin, l'odeur du café frais, les avaient réconciliés avec l'existence. Des oiseaux moqueurs, les petits *guardabarancas*, carillonnaient du haut en bas de la montagne, l'air était vif et frais. Devant eux se déployaient un tumulte de pierre, une succession de pics, que le soleil teintait de rose sur les crêtes, de gorges mystérieuses, encore plongées dans la nuit ; la piste serpentait à flanc de colline – et parce qu'ils pouvaient voir de nouveau l'horizon, il leur avait semblé, confusément, qu'ils avaient aussi un avenir. Jusqu'à leurs guides, qui soulignaient ce changement de monde : car ils étaient indiens, à la peau cuivrée, aux pommettes hautes, vêtus de vestes et de *calzones* de cuir, coiffés de grands chapeaux, et non plus noirs, comme ces gaillards aux corps lourds, aux regards insondables, qui les effrayaient un peu, sur le río

Chagres. Allez ! Toutes ces journées n'avaient été qu'un mauvais rêve. Il y aurait d'autres matins clairs, sur les chemins du Nouveau Monde. Là-bas les attendaient la terre promise, et les pépites innombrables...

Passé un premier ravin, la piste avait traversé des clairières fleuries de liserons, des bois d'acacias et de frangipaniers, des marécages couverts de laitues d'eau où glissaient, silencieux, des hérons porte-bœufs – ainsi nommés parce qu'ils aimaient vaquer négligemment posés sur le dos de ce noble ruminant. Puis ils s'étaient enfoncés dans des gorges étroites, comme taillées à la hache dans la montagne sombre, pour déboucher plus loin sur l'étendue immense, la houle pétrifiée des basaltes et du gneiss, avant d'escalader des crêtes abruptes, presque suspendues audessus de l'abîme, où les pierres roulaient, sous le pas des mules. Ravinée par les eaux de pluie, encombrée d'éboulements, creusée de fondrières, si étroite qu'ils devaient avancer en file indienne, la piste était abominable. Mais qu'importe ? Ils étaient à l'air libre !

Oui, il y avait cru, lui aussi – une journée. Le temps d'atteindre Panamá.

« Ah ! Panamá... », soupira une brute hirsute. Et il vit les visages se fermer devant lui, comme si, des mois après, personne ne voulait plus se souvenir de ce qu'il avait, là-bas, deviné de lui-même. « Allez, petit, dis-nous plutôt la France... » Et la salle applaudit quand d'Artagnan s'écria que, oui, Eugène Sue avait été élu haut la main par le peuple de Paris. Ah ! c'est qu'il en donnerait du fil à retordre, celui-là, aux suppôts de la réaction !

Mais le géant insista. Non, il fallait qu'il dise, pour Panamá. Que tous entendent !

« Parce que Panamá... Ah ! Panamá... »

Et Nicolas reprit, la voix sourde. Avait-il conscience seulement de tout ce qu'il disait ? Ces images, elles étaient revenues si souvent le hanter : n'étaient-elles pas simplement un cauchemar ? Non, il n'avait pas pu vivre ça...

Plus de mille émigrants, pris au piège, s'entassaient dans la ville. Le choléra qu'ils avaient fui à Cruces les attendait à Panamá, où il faisait chaque jour des ravages parmi les arrivants. Des bruits couraient, de meurtres, de disparitions, de complots visant à raser la ville par le feu. Des moines extatiques s'en allaient par les rues, prophétisant le Jugement de Dieu. Deux jours auparavant on avait retrouvé, dans la citerne d'un hôtelier, vingt cadavres d'émigrants en décomposition, et leurs malles dans la cave, les serrures fracturées. Le matin même, une foule hurlante de Noirs et de Métis avait déferlé sur le quartier du port, pillant, brûlant, tuant, détruisant tout sur son passage, pour se venger d'un groupe d'Américains qui lui avait tiré dessus du haut des remparts, sous le prétexte qu'un esclave assassin de son maître avait trouvé refuge parmi eux. Et depuis, les Noirs paradaient dans les rues en faisant tournoyer leurs machettes sous le nez des passants. Les quelques soldats de la garnison, prudents, s'étaient éclipsés. À l'Union Hotel barricadé, des Américains armés jusqu'aux dents préparaient des représailles sanglantes – Panamá vacillait, au bord de l'explosion.

Un morne abattement pesait sur l'hôtel de Louisiane, où les avaient conduits les muletiers. Des groupes d'émigrants chuchotaient, l'air inquiet, dans l'ombre de la salle. D'autres, effondrés dans les escaliers ou prostrés sur des bancs, ne semblaient même plus avoir la force de parler. C'est qu'ils se trouvaient là, pour la plupart, depuis trois semaines, avait expliqué le tenancier en les mettant en garde : bientôt ils n'auraient même plus l'argent de leur passage pour la Californie. Le steamer *Tennessee* avait quatre jours de retard, il serait là probablement demain, ou après-demain. Mais il n'emporterait jamais que quatre cents personnes. D'ailleurs, toutes ses places avaient déjà été vendues, par la compagnie Aspinwall, à plus de cinq mille francs chacune – soit cinq fois le tarif affiché. Et les prix grimpaient d'autant plus vite que des spéculateurs achetaient les billets par lots pour les revendre à la hausse. « Qui a cinq mille francs, dans cette salle ? avait soupiré l'hôtelier. Pourtant il faudra bien qu'ils partent ! Par n'importe quel moyen... »

Auraient-ils été moins las qu'ils se seraient sans doute cherché un havre plus paisible : ces yeux hagards, fiévreux, qui se tournaient vers eux, étaient ceux d'ennemis – ne voyant dans le nouveau groupe que des concurrents, peut-être même déjà des victimes, à dépouiller au plus vite, pour survivre. D'Artagnan, machinalement, avait posé la main sur ses pistolets. La vraie jungle commençait ici...

La ville avait frémi, à l'arrivée du *Tennessee*, comme un animal guettant sa proie. Les bars, les tripots, les hôtels, les maisons de passe s'étaient couverts d'enseignes peintes, criardes, les orchestres avaient pris position à chaque carrefour, des charlatans, sur les trottoirs, proposaient leurs remèdes miracles contre les fièvres – cette vieille catin de ville, malade, à demi morte, pourrie, se fardait à la hâte pour une dernière passe. Car ils débarquaient déjà des chaloupes, en rangs serrés, ceux qui s'en retournaient au pays, fortune faite, dans une cohue indescriptible de toutes les races, de toutes les langues de la terre, hâlés, maigres, le regard aigu, dans les accoutrements les plus étranges, hérissés de poignards, de pistolets, de carabines, certains la barbe roulée sous le menton, d'autres en longues tuniques de daim bordées de longues franges, d'autres encore en grandes blouses de toile, ou drapés dans leur *serape*, le poing fièrement posé sur la hanche. D'autres se glissaient dans l'ombre, furtifs et coléreux, et l'on devinait à leurs tuniques élimées que la guerre, pour eux, avait été trop rude – mais les regardait-on, seulement ? L'or ! Ils portaient tous la marque de la fièvre de l'or, tous avaient vu le soleil se lever sur les *claims* de la Sierra, les collines de San Francisco, les camps de toiles de la San Joaquin et de la Mokelumne, tous avaient connu l'émoi de la première pépite au fond de la batée ! Et c'était comme si l'air vibrait autour d'eux d'une clameur sauvage, comme si leur peau gardait encore sur elle l'odeur violente de l'aventure – comme s'ils marchaient, glorieux, sur la piste même de leurs rêves à tous. La ville chavirait, saoule, offerte à ses vainqueurs.

« Et maintenant, gardez vos armes prêtes, avait commandé d'Artagnan, soucieux. La guerre commence ! »

L'orgie avait duré trois jours et trois nuits, jusqu'au départ du *Tennessee*. Le flot des chercheurs d'or débordait des tripots, déferlait sur la rue comme une écume sale, à chaque pas l'on butait sur les corps effondrés – étaient-ils ivres seulement, malades, ou déjà morts ? Nul ne s'en souciait. Des enfants de dix ans faisaient les rabatteurs pour leurs mères, ou leurs sœurs, des bagarres éclataient, sous le moindre prétexte, les cortèges de fêtards croisant les enterrements buvaient sur les cercueils à la santé du choléra, le sol lui-même tremblait sous le grondement furieux de la populace déchaînée, les rires, les cris, les coups de feu et le bruit des pétards – que rythmait, obsédant, le martèlement du glas. Un cyclone avait secoué l'hôtel de Louisiane jusque-là silencieux. Les nouveaux arrivants avaient occupé à grands cris les chambres vides et se faisaient livrer de l'alcool et des filles, et les cloisons tremblaient, le jour comme la nuit, de leurs hurlements.

Oui, cette fête était une guerre. Et la pire de toutes, où il n'est plus d'ami, de frère, ou de famille : la guerre pour la survie. Devant lui s'opérait une régulation aussi monstrueuse que celle qui gouvernait, sur le río Chagres, la prolifération de la forêt : les émigrants échoués ici avaient-ils d'autres moyens pour poursuivre leur route que d'arracher leur or, et à n'importe quel prix, à ceux qui s'en revenaient ? Un coup de poignard pouvait à chaque instant jaillir de l'ombre, un coup de feu vous foudroyer : l'or arraché aux entrailles de la Californie allait y retourner – avait-il jamais eu d'autre fin que de précipiter toujours plus de malheureux dans la gueule ouverte du Moloch ? Car il brûlait littéralement les mains de ceux qui débarquaient, fortune faite – au point qu'il leur fallait une dernière fois tout risquer, ici, sur les tables de jeu. Oui, l'hôtelier avait raison : ils partiraient de Panamá, d'une manière ou d'une autre. Certains de leurs voisins, qui n'avaient plus le sou, hier, bouclaient soudain leurs malles pour se précipiter sur le *Tennessee* – avaient-ils eu de la chance au jeu ? Ou bien leur avait-il fallu voler, peut-être même tuer ?

Était-ce vraiment cela qu'il avait désiré, lorsque la vie, au Havre, lui paraissait absente, était-ce à cela qu'il rêvait dans son refuge, avec à ses côtés les œuvres de Fenimore Cooper et de Gabriel Ferry ? Voilà que cette ville, devant lui, devenait forêt, lianes, taillis, où rôdaient des ombres formidables et brutales, territoire d'une immense chasse à l'homme, d'une chasse à l'or, les arbres se tordaient, les lianes serraient, la ville se refermait en piège, la lumière vacillait, les visages se creusaient, chaque sourire se muait en grimace, derrière chacun des masques qui tournoyaient autour de lui il y avait une bête fauve, un démon âpre et sans merci – et quelque chose, confusément, lui disait que c'était de son âme qu'il s'agissait aussi. Non, certes, il n'avait pas voulu cela ! Et il avait sombré dans une morne hébétude traversée de crises brutales de désespoir, que ne soulageait pas la sollicitude de ses amis...

Le lendemain du départ du *Tennessee*, trois voiliers, coup sur coup, avaient jeté l'ancre dans la baie – des francs-tireurs, venus tenter leur chance. Athos avait réagi promptement : le soir même ils avaient leur passage à bon prix sur la *Susan Drew*, un ancien baleinier de trois cents tonneaux, capitaine Ferguson.

La Californie était là, devant eux, sans plus de terre désormais pour faire obstacle. Qu'allaient-ils y découvrir ? Une question ne laissait pas de l'inquiéter : y avait-il une seule raison pour que San Francisco, ou les camps de mineurs, diffèrent de Panamá ?

Dans ce cabaret, sans qu'il voulût trop se l'avouer, il tenait déjà une part de la réponse.

8

Le chœur, sous les vivats, reprit *Ô Californie*, l'ode qui avait fait pleurer la ville, au petit matin, tandis que sur la Plaza montait le nouveau drapeau augmenté d'une étoile, mais le bel élan qui les avait soulevés alors donnait quelques signes de ratés, et la pauvre Mlle Wyllis, le chignon vacillant et les dentelles froissées, malgré ses moulinets, ne parvenait plus à ramener à elle ses brebis égarées. Le brillant de leurs yeux ne devait probablement pas qu'à l'exaltation artistique, et le désordre des vêtements disait assez que la journée, à bien des titres, avait été rude. Plantés sur une estrade, sous la garde furibonde d'un pasteur éméché, les trente États de l'Union avaient eux aussi grand-peine à tenir en place. Le Texas, la tignasse en bataille, bâillait comme un malheureux, la Virginie avait perdu une chaussure en route et quelques boutons de sa culotte, la Louisiane arborait un magnifique coquard, et leurs chemises blanches, maculées de poussière, n'étaient plus qu'un souvenir. Quant à la Californie, toute menue dans ses habits blancs, elle dormait, roulée en boule sur une banquette et superbement indifférente au cours de l'Histoire, en suçant son pouce. Seuls, à l'écart, et aussi impeccables qu'aux premières heures du jour, les Chinois saluaient d'un sourire les nouveaux arrivants. La splendeur de leurs costumes, une fois encore, frappa Colton. Face à eux, nous devons avoir l'air d'ivrognes illettrés, songea-t-il en se glissant dans la cohue – et il les connaissait assez pour deviner que c'était exactement ce qu'ils pensaient, derrière leurs masques impénétrables.

« Californiiiiii-e », couina un grand échalas, à contretemps, et la salle éclata de rire.

Tout ce que la ville comptait de notables se pressait sous les lambris de l'Union Hotel, dans un tourbillon de toilettes chamarrées, d'uniformes rutilants, où tranchaient de loin en loin une rude chemise de pionnier, un bonnet de fourrure ou la vareuse luisante d'un chasseur de phoque, et telle était la profusion des lustres de cristal rajoutés pour l'occasion qu'un fleuve de lumière ruisselait depuis le grand escalier jusque dans les salons surchargés de stucs, de marbres et de glaces, où les garçons en livrée avaient fort à faire pour entretenir les flots impétueux des bourbons et des champagnes. Chacun, tout le jour, s'était obligé à la retenue requise par l'événement, mais une sourde excitation, mêlée de fatigue, gagnait peu à peu l'assemblée, les cravates, çà et là, se dénouaient, les chemises s'ouvraient. Onze jours auparavant, le propriétaire du Delmonico, pour célébrer dignement l'arrivée de l'*Oregon*, porteur de la nouvelle de l'entrée dans l'Union, avait voulu rester lui aussi dans l'Histoire, en offrant le champagne à la ville tout entière, et la ville l'avait pris au mot, organisée en escadrons qui s'abreuvaient chacun à leur tour avant de reprendre place dans l'immense file, et ce jusqu'au petit matin : comment MacGrath, si fier de son Union Hotel, aurait-il pu faire moins en cette journée de liesse ? Et les bouchons sautaient, dans des crépitements de feux d'artifice, tandis que montait toujours plus haut le flot mousseux. Bientôt l'hôtel allait rompre ses amarres, prophétisaient les plus exaltés, et partir à la dérive sur une mer de bulles – à moins, objectaient les plus prudents, ou les plus assoiffés, que la foule ne se dévoue pour faire baisser le niveau fatal... Des rires de femmes montaient, stridents. Quelques sénateurs fraîchement élus, n'y tenant plus, avaient récupéré leur chique dans la doublure de leur chapeau et, *bowie-knives* au poing, passaient leurs nerfs sur quelque bout de bois qu'ils s'activaient à réduire en copeaux. Une luronne, près du consul, claqua vigoureusement les fesses de son voisin, et il reconnut Mabel Ranz, la sublime maquerelle, que contenait de plus en plus difficilement la stricte élégance de sa tenue. La nuit reprend possession de la ville, se dit-il, amusé, en cherchant des yeux Burnett, le gouverneur – personne dans ce tumulte n'avait dû prêter attention à son absence.

Il le retrouva dans un petit salon, la trogne enluminée et quelque peu hagard, qui reprenait sans doute pour la dixième fois le récit de sa course épique du 18 octobre. Et Jared Crandall, qui ne le quittait plus depuis, pour mieux partager sa gloire, opinait à chaque phrase, en crachant sur le tapis, que, bordel de Dieu ! c'était la vérité vraie ! Dès son discours fini à Portsmouth Square et ses devoirs rendus au capitaine de l'*Oregon*, Burnett avait bondi dans la diligence de Crandall pour porter la nouvelle jusqu'à San José. Ce que voyant, Dirty Tom O'Neil, le propriétaire de la ligne concurrente, avait lui aussi harnaché ses chevaux, et Jared Crandall, mis ainsi au défi, plaçant le gouverneur à ses côtés, n'avait laissé à personne le soin de mener ses six meilleurs mustangs. Les deux diligences avaient démarré dans un concert de cris, de hennissements, de claquements de fouets, déjà elles n'étaient plus qu'un point à l'horizon. « Ah mes aïeux, pleurait de rire le digne gouverneur, à vous défoncer le cul, mesdames, dans les cahots, ouais, à vous défoncer le cul – sauf votre respect ! » Mais les dames ne paraissaient pas autrement offusquées par ces mâles propos. La piste de sable, de Portsmouth Square à la mission Dolores, avait été avalée en un éclair, puis les deux équipages, roue contre roue, avaient attaqué les contreforts de la San Bruno Mountain, sur des pistes d'effroyables caillasses, frôlé mille fois la chute dans un ravin, traversé San Mateo, Mayfield, Santa Clara dans un nuage de poussière, avant d'emprunter la célèbre *alameda* jusqu'au vieux *pueblo* ; sur leur passage, les gens se pressaient, effarés, en se demandant bien la raison de ce tumulte, tandis que Burnett, debout malgré les cahots, agitait son chapeau en hurlant : « La Californie est admise dans l'Union ! », sans que jamais Crandall consente à ralentir – et derrière eux, ils pouvaient entendre l'énorme rugissement de la foule, les cris, les vivats, les coups de feu.

« Ah ! le plus beau jour de ma vie, sûr, cette clameur, soupirait le gouverneur, encore incrédule. Vous vous rendez compte ? Sur cinquante miles de distance !

– Et en plus, bordel de Dieu ! en battant O'Neil de douze minutes ! » ajoutait Crandall entre deux jets de jus de chique.

Dès qu'il le vit, Burnett l'appela à grands gestes. Petit, rond, le cheveu rare, il jouait à merveille de sa bonhomie, mais Colton savait quel rude jouteur il pouvait être, à l'occasion.

« Où étiez-vous donc passé ? Ah ! si vous aviez entendu mon discours ! Eh ! vous savez que je vous ai cité ? »

Le gouverneur parlait à toute vitesse, en agitant les mains. Et comme Colton bredouillait une vague excuse, se penchant vers lui, complice :

« C'est Hortense, hein ? »

Colton se sentir rougir jusqu'aux oreilles. Autant dire que la ville entière était au courant – ah ! ce qu'ils avaient dû rire de ses mille précautions ! Décidément, je ne m'y ferai jamais, soupira-t-il, tandis que Burnett le prenait par le bras – cette manière de vivre, pour chaque chose, sous le regard de tous. Mais le gouverneur, ce soir, était d'humeur badine.

« Bah ! Vous êtes jeune ! Et vous avez bien le droit, aujourd'hui, de tirer un... Bon, d'accord, je ne dis plus rien. »

Il rit, de ce petit rire malicieux qui le faisait croire inoffensif :

« Mais quelle fête, bon Dieu ! Et encore, vous ne... »

Un trépignement soudain lui coupa la parole, un grondement de bottes qui fit trembler les lustres. Le chœur, ou ce qu'il en restait, transporté d'allégresse, se risquait à un crescendo vertigineux ; dans un tumulte de vociférations, Mlle Wyllis, écumante, cheveux au vent, les bras dressés, telle une prêtresse furieuse sur quelque Walhalla, rassemblait à cris stridents ses troupes pour un dernier élan – la salle, déjà, croulait sous les applaudissements, tandis que la vedette du jour saluait, victorieuse et brisée par cette apothéose. L'unique vieille fille de San Francisco rentrait, ce soir, dans l'Histoire – et avec elle son ode, composée tout exprès.

« Ah ! sacrée vieille carne ! »

Burnett gloussa :

« Vous savez que j'ai essayé ? Mais, non, un vrai coffre-fort... »

Puis après un silence, à mi-voix :

« Mais demain... Fini de rire, demain ! Ah ! s'ils savaient tous... »

Le changement de ton fit tressaillir le consul.

« Un nouveau monde, vous le savez, n'est-ce pas ? Un nouveau monde, oui. À bâtir avec... »

Il balaya les salons, d'un geste, en soupirant :

« Avec ça ! »

Et l'on aurait dit qu'il ne parvenait pas à y croire tout à fait.

« N'est-ce pas ce que vous attendiez, tous ? Ce vote du Congrès... »

Burnett se voûta, comme d'avance écrasé par l'ampleur de la tâche.

« Oui, oui. Un levier. Bien sûr. Et tellement de... Bon Dieu ! Tout va exploser. Et on danse, et on joue et... Vous ne comprenez pas ? La course est lancée. Contre la guerre civile ! »

Il soupira :

« Mais personne ne le sait. Ou tout le monde s'en fout. Ou tout le monde l'espère... »

La salle éclata de rire. Le Texas, sur l'estrade, venait de donner le signe de la rébellion. New York, d'un coup de semelle bien placé, se dégageait de la poigne incertaine de son garde-chiourme, suivi par Washington. Et le Kentucky, profitant de la cohue, plongeait son museau dans une coupe. Après tout, s'attendrissaient leurs parents, les États de l'Union, mobilisés depuis l'aurore, avaient bien gagné un moment de répit ! Un brusque tourbillon masqua la Californie, et Colton distingua, porté à bouts de bras, un fouillis de jupons d'où sortaient des cris perçants. Des bouchons crépitèrent en rafale, des jets de mousse montèrent jusqu'aux lustres, allumant des cataractes de perles précieuses. Mlle Wyllis, ruisselante sous l'hommage, découvrait les vertiges de la gloire...

« Si ce soir, quelqu'un n'y arrive pas, c'est à désespérer... Enfin, pour elle. »

Qu'avaient-ils tous, aujourd'hui, à le prendre pour confident ? Les démêlés de Burnett avec les nouveaux délégués, depuis la convention de Monterey, faisaient les gorges chaudes de la ville – au point qu'un journaliste avait parlé de « législature des mille coups » (à boire...). Et certes, les gaillards réunis pour l'occasion n'avaient des us de la politique que des idées assez brouillonnes, le bourbon, disait-on, coulait à flots pendant les séances, les coups de feu n'étaient pas rares, et chacun gardait son *bowie-knife* à portée de main, au cas où lui viendrait quelque contradicteur. Sans parler du vice-gouverneur, McDougal, ramassé chaque jour ivre mort dans la rue...

« Des sales gosses ! Qui dansent avec des allumettes sur un baril de poudre. Et le pire... Le pire, c'est qu'ils le savent. Et qu'ils aiment ça. »

Il se pencha vers lui, et d'une voix tendue, en lui serrant le bras :

« Demain, je vais avoir besoin de vous. N'oubliez pas : quoi qu'il arrive. »

Qu'avait-il voulu dire ? La rumeur de la salle passa sur lui telle une vague, le laissant étourdi, et il y avait en elle comme une menace. Mais l'autre poursuivait, sans lui lâcher le bras :

« Qu'est-ce que vous croyez ? Qu'ils s'amusent ? Regardez-les, tous ! Ils se guettent... Prêts à se déchirer. Et advienne que pourra, après eux. »

Il soupira :

« Des fois, je me demande... S'il ne faut pas ça, au début, cette inconscience. Le cœur du cratère... Qui peut savoir ? »

Ils étaient tous là, oui. Geary, le maire de San Francisco, entouré de sa cour, et près de lui Bigelow, son homologue de Sacramento, appuyé sur ses béquilles, le visage couvert de pansements, Nathaniel Bennett, le juge, le général Winn, un peu plus loin Thomas Larkin, que l'on disait sur le départ, en grande conversation avec le général Vallejo, puis Carrillo, et Folsom, et Wilson – les maîtres de la Californie, âpres, brutaux et fous. Certains, comme Vallejo, avec seulement soixante-quinze hommes armés de vieux mousquets, lassés de l'incurie du gouvernement mexicain, avaient osé décréter l'indépendance de la Californie, quinze ans auparavant, tandis que Larkin, depuis Monterey, appelait à lui l'émigration américaine. Combien d'autres, dans ces salons, avaient été aux côtés de Fremont, ce jour où, après avoir traversé la Prairie, au bout de son voyage, il écrivit un poème pour dire la splendeur de la Porte d'Or – trente-trois d'entre eux auraient pu raconter comment, un jour de juin 46, vêtus de peaux de daim et coiffés de bonnets de castors, les yeux brûlants de fièvre, maigres comme des chats sauvages, ils brandirent le drapeau de l'Ours avant de jeter Vallejo en prison, et ce furent les débuts de la Californie américaine, deux ans avant que Sam Brannan n'annonçât au monde entier la découverte de l'or sur les terres de Sutter. Pas un de tous ceux-là qui n'aurait pu être dix fois fusillé ou pendu haut et court comme brigand, rebelle, ou félon, s'il avait failli. Mais ils avaient gagné, et l'Histoire, désormais, passait à travers eux. Oui, ils étaient l'Histoire en train de se faire, se répéta Colton, fasciné, et sous les rires trop forts, les éclats de voix, l'exubérance feinte, il pouvait sentir, presque palpable, pulser quelque chose encore de sa violence sauvage. Cet énervement, ces voix haut perchées, cette excitation, ce n'était pas la fatigue, non – juste de la tension, portée à son extrême. Comme si chacun, sur ses gardes, gardait un œil sur tous les autres. À moins, songea fugacement Colton, qu'ils n'attendent quelque chose – une explosion ? Les chevaliers de William Gwinn, regroupés à l'entrée du grand salon, exagéraient à plaisir leurs manières de gentilshommes sudistes en narguant la foule du regard, les Californios rassemblés autour d'Antonio Carrillo, superbe dans son costume castillan, masquaient mal leur mépris pour ces rustres de yankees, la toute nouvelle Société des pionniers de Californie menait grand tapage au fond de la salle où leur bannière, qui représentait un pionnier américain faisant face à un Californien portant *serape* et lasso, occupait tout le mur – et Colton sursauta lorsque, tournant la tête, il surprit le regard de Brannan posé sur lui. Celui-là, sans qu'il sût pourquoi, ne lui voulait pas de bien. Fallait-il s'en inquiéter ? Après tout, ceux qui avaient choisi de faire la fête ce soir auraient pu aussi bien s'égorger ! Près de lui, un groupe de gaillards chuchotait en lançant à Geary des regards furieux – et il reconnut le conseil municipal au grand complet. Burnett gloussa :

« À la place de Geary, j'éviterais de leur tourner le dos... »

En mai dernier, les conseillers, à peine élus, s'étaient empressés de voter pour chacun d'entre eux des honoraires de six mille dollars, mais Geary y avait mis son veto et, depuis, la mairie prenait des airs de champ de bataille.

« Et celui-là ! »

Un groupe de gens pauvrement vêtus, à l'écart, soutenaient un échalas visiblement mal en point.

« Je l'ai sorti de prison hier. Oui. C'est Robinson, le leader des squatters de Sacramento. Enfermé ou pas, il a été élu, non, il y a trois semaines ? Qu'est-ce que vous vouliez que je fasse ?

– Vous ne craignez pas que... »

Burnett haussa les épaules et, sur le ton que l'on prend avec les enfants attardés :

« Vous voulez quoi ? Rien que la loi ? Autrement dit la guerre ? Mais j'espère bien, moi, qu'il va siéger à l'Assemblée ! Si ça peut désamorcer la bombe... »

Colton les dévisagea avec curiosité. Ainsi, c'étaient donc là les terribles brigands qui faisaient trembler les propriétaires de l'État ? Maigres, mal nourris, les regards qu'ils jetaient sur la foule étaient plus de gêne que de défi. Des pauvres, se dit-il, et il eut un peu honte de cette pensée, des malheureux qui regardaient, timides, les puissants se donner en spectacle. Mais ils avaient tenu à être présents. Et c'était peut-être la première victoire de Burnett.

Bigelow et Geary étaient les héros de la soirée, que l'on pressait de questions sur les émeutes, ces derniers jours, à Sacramento. Feu de paille, ou prémices d'une guerre ? Des chiffres couraient, invérifiables : il y aurait eu vingt morts, ou trente, une centaine de blessés. Le shérif McKinney avait été abattu, on tirait encore dans les rues, les squatters menaçaient de brûler la ville, le vapeur *Senator* venait de rentrer à San Francisco avec, à son bord, les cent cinquante volontaires qui, à l'appel de Geary, s'étaient portés au secours de Bigelow, et leurs récits, depuis, couraient de bar en bar ; demain, peut-être, San Francisco serait à feu et à sang. Depuis quelques mois, la question des titres de propriété devenait explosive. Vague après vague déferlaient des immigrants en quête de terre promise – pour la découvrir déjà prise, protégée par des titres. Les plus violents, ou les plus désespérés, faisaient valoir la rude loi des pionniers de l'Oregon : la terre à ceux qui l'occupent. Et que les États-Unis aient garanti dans l'acte de cession la reconnaissance des titres mexicains ne les ébranlait pas : était-il plus longtemps supportable, et moral, que des barons spéculateurs règnent sur des territoires immenses quand le plus grand nombre ne disposait de rien ?

« Oui, messieurs, je l'ai entendu clairement dire, en me fixant dans les yeux : " Descendez le maire... " »

La foule, autour de lui, grondait en glissant des regards obliques vers le groupe de squatters. La voix de Bigelow tremblait, d'émotion rétrospective :

« Eh bien ! croyez-moi, je sais ce que c'est, maintenant, que d'être devant un peloton d'exécution ! »

Les gens qui les entouraient, ce jour-là, poursuivit-il, riaient, blaguaient, lançaient même des paris – rien qu'un acte de plus dans l'interminable querelle des squatters, croyaient-ils, l'occasion d'un bon spectacle. Et c'est alors qu'un des squatters, Maloney, l'avait fixé droit dans les yeux et... Les mains de Bigelow se crispaient sur ses béquilles. Chaque nuit, depuis, il revoyait la scène, les yeux de Maloney qui se rétrécissaient, durs et froids, les doigts de ses hommes, blancs sur leurs gâchettes...

« Fusillé ! Il n'y a pas d'autre mot... »

Mais qu'aurait-il pu faire d'autre ? répétait-il en prenant

l'assemblée à témoin. La cabane saisie le matin même par le shérif avait été reprise par les squatters ; Maloney, à cheval, le sabre au poing et deux pistolets passés dans la ceinture, marchait sur la prison avec ses partisans pour libérer deux des leurs, il fallait bien qu'il se porte à sa rencontre, l'arrête !

« Quatre balles, oui ! »

Il détaillait ses blessures : à la joue, dans la cuisse, à la main, à deux doigts du foie, et Colton pour la première fois nota son extrême pâleur, la sueur qui perlait sur son front. Cet homme-là était plus gravement blessé qu'il ne le laissait croire...

« Un miracle, oui... »

Près de lui, son adjoint Woodland s'était effondré, mort, et un autre de ses hommes. En une seconde, la fusillade était devenue générale. Maloney avait été tué net par Washington, un autre de ses adjoints, Robinson avait été blessé et les autres rebelles s'étaient éparpillés comme volée de moineaux sous les balles de la foule devenue folle furieuse. Mais le lendemain une nouvelle fusillade, dans un saloon près du fort de Sutter, avait laissé quatre hommes sur le carreau, dont le shérif McKinney, et Burnett, prévenu dans la nuit, avait ordonné au général Winn de faire donner la troupe, tandis que Geary, le maire de San Francisco, appelait la population à prendre les armes pour voler au secours de Sacramento menacée. Le départ des miliciens, arme à l'épaule, avait rassemblé la foule des grands jours sur le wharf de Market Street, et Geary avait improvisé un de ces discours dont il avait le secret – ils étaient, depuis, les gloires de la ville. Même si, grommela Burnett dans le dos de Colton, ils étaient arrivés après la bataille pour parader en ville.

« Deux jours et deux nuits à se saouler aux frais de la princesse, et ça joue aux héros ! »

Il entraîna le consul hors de la pièce, en jetant des coups d'œil par-dessus son épaule, comme s'il craignait d'être vu. Et dans son regard, nota Colton, surpris, il y avait plus que de la simple prudence ou du souci : sous ses airs enjoués, Burnett, ce soir, tremblait de peur.

9

Ces murs crasseux, ces regards fous, oui, il avait déjà connu cela, à Panamá. Avait-il seulement posé pied à terre ? Tout à l'heure, il allait se réveiller, se dit-il, le matin serait clair et l'avenir ouvert, il partirait pour les mines avec de joyeux compagnons avant de rentrer au Havre, fortune faite. L'or ! Personne, ici, ne parlait de l'or, des pépites, des placers, c'est donc bien qu'il rêvait. Chaque jour de ce voyage avait été comme s'il devait, pour survivre, se dépouiller d'un peu plus de lui-même. Qu'en restait-il au terme de la course ? La France... Elle s'était éloignée jusqu'à ne plus être qu'une ligne d'ombre posée sur l'horizon. Et quand elle avait disparu, à la poupe du bateau qui l'emportait sans retour, c'était comme si une porte se fermait derrière lui. Avait-il jamais été ce gamin insouciant qui rêvait de partance, sur les quais du Havre – ou bien, réfugié dans sa chambre, sous les toits, le nez dans les livres, qui se voyait trappeur, Indien, chercheur de piste ? Ils étaient tous des naufragés, dérivant sur une mer inconnue, sans plus d'espoir de terre promise, et bientôt il serait comme eux, cramponné à ses lambeaux de souvenirs, pour ne pas se noyer tout à fait, se dire que jadis lui aussi avait été quelqu'un... Peut-être n'était-ce qu'une question de jour. Et de quelques verres.

Nicolas avala d'un trait le gobelet posé devant lui, et une boule de feu explosa dans sa poitrine.

D'Artagnan, à la table voisine, racontait à grands gestes comme il s'était trouvé dans les souterrains des Tuileries, pendant les journées de juin, et par quel miracle il avait échappé au massacre, en « crevant la paillasse » d'un des bouchers de Cavaignac, sa course dans les ruelles du faubourg Saint-Antoine pour échapper aux escouades de tueurs, la concierge de la rue des Tournelles qui l'avait caché, sous son lit d'abord – et dedans ensuite – jusqu'au petit matin...

« La pauvre vieille, elle n'avait plus de dents, mais, bah ! Je l'ai embrassée de bon cœur ! »

L'assemblée grondait d'aise, le lascar aux mains d'étrangleur essuyait une larme. Il en avait été, lui aussi, de ces journées, sur la grande barricade de la rue Bellefond, balbutia-t-il, et il avait vu son meilleur ami cloué à une porte, proprement étripé. Des noms passaient, Cavaignac, Bréa, comme des nuées d'orage.

« Eh bien ! ça fait un drôle de choc, le premier jour, hein ? »

Un jeune homme se penchait vers lui, en souriant. La tignasse carotte, les joues rouges, avec dans les yeux une étincelle de malice – son visage, dès l'abord, lui plut. Le premier visage humain, se dit Nicolas, depuis son arrivée...

« *Caraï* ! On s'habitue, après. Dame, bien obligé ! Et puis mes vieux auraient été trop contents de me voir revenir, la queue basse... »

L'accent chantant disait des origines méridionales. Barnabé Fortunat – de Bordeaux, précisa le garçon en s'asseyant à ses côtés, sans plus de façons. Après une jeunesse qu'il laissait entendre turbulente, lassé de faire le désespoir de son père, négociant estimé sur la place, il avait décidé « d'offrir ses talents à un monde neuf ». Mais à ses mimiques on devinait que rien ne s'était passé comme il l'avait imaginé.

« J'avais bien une lettre de mon père pour Chauviteau. Un des rois de la ville, à ce qu'il m'avait dit. Tu parles ! Mais... Bah ! Tu verras par toi-même. Des loups. N'empêche : on se débrouille. »

Puis, après un silence, à mi-voix :

« On se débrouille... »

Des rires montaient de la table voisine. Porthos, lancé, était impossible à arrêter. Et particulièrement sur la manifestation de soutien à Garibaldi, en juin 49, contre l'intervention française au secours de Pie IX – n'était-ce pas à cette occasion qu'il avait failli perdre la vie, et retrouvé ses compagnons, perdus depuis l'Afrique ?

« Mes trois mousquetaires ! expliqua Nicolas à Barnabé, qui l'interrogeait du regard. Sans eux je ne sais trop si... »

Et comme l'autre s'étonnait :

« D'Artagnan, Athos, Porthos et Aramis, oui. D'anciens officiers de l'armée d'Afrique. Du moins, à ce qu'ils disent. Gagnés au socialisme en 48. À nouvelle vie, nouveaux noms ! Quand ils ont décidé de gagner la Californie, pour faire bonne mesure ils se sont voulu des habits à la dimension d'Alexandre Dumas. Et ma foi, jusqu'ici... »

Ils avaient embarqué comme lui sur le *Dee* parce que, disaient-ils, l'Europe était décidément trop vieille. Ne ressemblaient-ils pas étrangement aux héros de Dumas ? Porthos, doux géant volubile ; d'Artagnan, l'esprit d'à-propos incarné, maigre, le poil brun ; Aramis, le séducteur prudent, moustache fine et œil de velours ; Athos, le taciturne. Leur entrain n'avait pas peu contribué à rendre supportable la traversée de l'Atlantique. Et dans les heures chaudes de Panamá ils avaient su faire front. Officiers ? Oui, c'était possible.

« Ils ne jurent que par les systèmes de messieurs Fourier et Cabet, mais... »

Barnabé l'avait coupé d'un geste de la main :

« Oh ! Alors ils sont bien tombés. Tiens, regarde ! »

Debout sur un banc, les quatre compères, légèrement titubants, entonnaient un chant des barricades, repris en chœur par l'assemblée. Ainsi donc, songea Nicolas, il ne leur avait pas fallu dix minutes, eux si pressés de trouver des compatriotes et de gagner en leur compagnie les placers, eux qui croyaient brûler de la fièvre de l'or, pour revenir en arrière, sur les barricades parisiennes. Près de lui, Barnabé, pratique, continuait de détailler l'assemblée avec une gravité pompeuse d'affranchi. N'était-il pas là depuis deux mois déjà ? Le taciturne, à deux pas, avait été tailleur dans une autre existence, et conspirateur, aussi, pendant les journées de juin. Républicain ? Ça oui, sûrement. Ou mouchard, vu le nombre de prisons dont il était sorti on ne savait comment. Et décrotteur, surtout, depuis son arrivée. Le petit chauve au foulard rouge et aux bottes crevées, si on l'écoutait, avait égorgé à lui seul la moitié de la garde nationale, avant de céder sous le nombre. Mais il faisait moins le fier quand il fallait se faire respecter des yankees. Quant au gros penché sur sa table, il relisait pour la millième fois les *Confessions d'un révolutionnaire* de Proudhon. Pour comprendre ce qui avait raté, quel engrenage subtil s'était grippé, sur la voie de la révolution.

« Lacordaire, Louis Blanc, Lamennais... Ça, il te les récite par cœur, mais pour ce qui est de se trouver à manger tous les jours... »

Les hommes serrés dans un coin de la salle, la mine farouche, avec dans les regards des airs de défi, étaient des gardes mobiles arrivés deux mois plus tôt. Et comme Nicolas ne semblait pas comprendre :

« Les égorgeurs de Cavaignac... Des républicains, soi-disant, embrigadés en février. Eh ! C'est à eux qu'on a laissé le sale boulot, en juin ! Si ça se trouve, ils étaient rue Bellefond, faubourg Saint-Antoine, ou aux Tuileries, à étriper les copains ! Au nom du progrès, bien sûr... »

Et, fronçant les sourcils, sévère, sans doute pour se donner un air philosophique :

« J'ai au moins compris ça : les socialistes, quand ils causent de l'union et de la philanthropie universelle, c'est qu'ils se préparent à s'étriper... »

Nicolas allait protester, au nom de ses amis, mais Barnabé le tirait déjà par la manche :

« Celui-là, tu t'en méfies comme de la peste. Baisse seulement ta garde, et tu te retrouves avec un couteau entre les omoplates. L'autre, là-bas, y a pas plus mauvais joueur aux cartes. Et le grand, là, avec une balafre, il te soulage de ta bourse sans même que tu t'en aperçoives.

– Des socialistes, aussi ?

– Qu'est-ce que tu crois ? Ici, il y a les grands principes. Et puis le quotidien. Dame ! Faut vivre ! »

Et Barnabé, si on l'écoutait, avait appris à vivre...

« Ici, faut piger vite. Le grand jeu ? Oui. Mais une seule règle : gagner. Pas de titres qui valent ! Ah ! ah ! Frisco a vite fait de remettre les compteurs à zéro, crois-moi ! »

Volubile :

« T'arrives ici la tête dans les nuages, t'imagines que... Je t'en fous ! La grande claque, oui ! Je t'en montrerai, moi... Un marquis devenu le commis de son coiffeur, qui lui est passé banquier. Un vicomte serveur dans un saloon. Un autre, laveur de vaisselle. Et un autre... oui, bonne d'enfant ! Ou bien tu préfères un agent de change livreur de charbon ? Un notaire débardeur ? Un sous-préfet cireur d'oranges ? Ah ah ! Le sauve-qui-peut général ! La vraie révolution, c'est ici, en Californie ! »

Il balaya la salle d'un geste du bras :

« Et ils ne s'en sont même pas encore aperçus... »

Curieux, tout de même, comme personne depuis son arrivée ne paraissait se soucier du plus important, qui leur avait fait tout quitter, traverser la moitié de la planète. Nicolas hésita – et se sentit ridicule à l'instant où il ouvrait la bouche :

« Et... l'or ? »

Barnabé, d'un air entendu :

« Oh ! L'or... »

Puis, après un silence :

« Il faudrait qu'ils quittent San Francisco, non ? Pour ça, il faudrait qu'ils aient quitté Paris, d'abord. Et... »

Il secoua sa tignasse flamboyante d'un air comiquement sentencieux :

« Regardes-les ! Relieurs, botteurs, artisans... tous des citadins. Les yankees, les Mexicains, les Irlandais, ils sont paysans, eux. Ils savent ce que c'est, crois-moi, de travailler la terre, de creuser des trous dans une montagne. Mais ceux-ci... Non. Ils resteront. »

Puis, se penchant vers Nicolas, l'air grave, comme s'il lui confiait son grand secret :

« De toute manière, l'or..., il est *ici* ! »

Et devant l'air ahuri de son compagnon :

« Mais si ! Le *mother lode*, qu'ils disent, les yankees – le filon mère, celui de la fortune. Eh bien ! Le vrai *mother lode*, c'est San Francisco ! Çà ! J'ai failli partir, moi aussi. Et puis j'ai vu. Tous ces gars qui revenaient de la Sierra, les poches pleines. Des fleuves d'or, qui coulaient des flancs de la montagne, pour s'engouffrer ici ! Dans les coffres des banques, des hôtels, des saloons, des théâtres, des commerces ! »

Y avait-il seulement un exemple, dans l'Histoire, de chercheurs d'or ayant fait fortune ? Un démon rapace et sans pitié leur fouaillait les flancs, précipitait leur marche, pour les lancer à l'aventure, creuser les montagnes, barrer les fleuves, puis les ramenait à lui, travail fait. Rien de plus que des esclaves, des soutiers, comme d'autres dans les cales des navires chargent les chaudières.

« Mais qui touche à l'arrivée ? L'armateur ! »

Quelle différence, insistait le garçon, et ses joues s'embrasaient d'enthousiasme à convaincre, quelle différence avec ces chercheurs d'or ? Esclaves... oui, ils l'étaient. De leurs passions.

Sinon, pourquoi ce besoin de tout jouer, aussitôt, sur les tables de jeux ? Non, c'était bien réfléchi. Il resterait ici. Le commerce, il n'y avait que ça de vrai. C'étaient les commerçants qui allaient faire fortune. Comme toujours...

Tout à sa tirade, il ne vit pas la grimace de Nicolas. Ce périple, ces dangers, pour revenir à son point de départ ? Non, certes, il n'avait pas fui le commerce de son père, au Havre, pour en ouvrir un autre – fût-ce à San Francisco !

La vraie vie, ce devait être autre chose.

Il n'eut pas le temps d'exprimer ses réserves à l'impétueux philosophe. Une bousculade, brutale, un fracas de chaises brisées, de vociférations – le silence, dans la salle, fut si soudain que Nicolas tressaillit. Et dans la pénombre d'un recoin isolé il vit l'homme, debout devant une table qui hurlait, les yeux exorbités :

« Ah ! crevure ! Tu as triché, hein ? Triché ! »

La peau blafarde, mal rasé, en haillons, le malheureux tremblait de tous ses membres – de terreur ou de rage ? L'assemblée s'était figée, d'un coup, Barnabé, très pâle, serrait le bras de son voisin. « Surtout, tu ne bouges pas ! » Et dans un souffle : « Personne ne s'y frotte, à Blanchot... » La voix montait, au bord de l'hystérie, répétait, convulsive : « Triché ! Triché, je te dis ! » Il se pencha, découvrit celui que l'homme interpellait. Impassible, la bouche déformée par un pli de mépris, le tricheur supposé rangeait devant lui les gains de la partie. Le cœur de Nicolas fit un bond : il était couvert d'or. Colliers, bagues, bracelets, épingles, boucles d'oreilles – d'or était l'épingle qui tenait son jabot, d'or les chaînes qui pendaient à son gousset. L'extravagante profusion, sur ses habits noirs, serrés, avait quelque chose d'incongru, presque de monstrueux.

Le joueur spolié refusait de lâcher prise.

« Salaud ! Tout le monde le sait, ici, que tu triches !... Ah ! tu vas me les rendre, ce coup-ci ! Tu t'en tireras pas comme ça. Hé ! Je te parle, Blanchot ! »

Blanchot leva les yeux vers lui. Des yeux pâles, et vides, jusqu'au malaise. Un serpent à sonnette, songea Nicolas, fasciné. Chacun de ses gestes suggérait le danger.

« Tu me parles, mon bon Théo ? »

La voix était lisse et froide, sans expression. L'homme se

cabra, comme sous un coup de fouet, esquissa un geste vers sa ceinture – deux hommes à longs manteaux de cuir, restés jusque-là immobiles, déjà le saisissaient. Blanchot ne se déplaçait jamais sans ses gardes du corps.

« Fallait pas jouer, crétin, si t'avais pas le sou... »

Blanchot se levait, avec une lenteur étudiée, contournait la table d'un air absent. Submergé d'épouvante, Théodore avait cessé de se débattre, sous la poigne de fer des deux tueurs. Sa voix se brisa sur un sanglot :

« Charrie pas, c'étaient mes derniers... »

Blanchot le frappa au ventre, avec une vitesse incroyable. Deux crochets courts, qui lui arrachèrent un hoquet étranglé. Les hommes, à sa table, éclatèrent de rire.

« C'est pas fichu de payer son loyer, et ça se mêle de jouer... »

Et de la même voix glacée, en empoignant par les cheveux le malheureux écroulé à genoux :

« Tu ne remets pas les pieds au camp, compris ? Et pas la peine de venir chercher tes affaires. Elles paieront ton dû. »

L'autre, un filet de sang au coin des lèvres, trouva encore la force de râler, entre deux hoquets :

« Qu'est-ce que tu attends ? T'as qu'à me crever tout de suite, alors ! »

Un des gardes le gifla à la volée.

« Et maintenant, connard, ça suffit ! »

Puis, le courbant vers le sol, en lui tordant le bras :

« Tu vas demander pardon à Blanchot... Hein ? Que tu vas lui demander pardon ? »

Mais Théodore, les yeux fous, refusait de céder. Des gouttes de sueur coulaient sur son front. Il se cabra une dernière fois sous la douleur de la torsion, les muscles de son cou tendus telles des cordes, hurla comme si, à bout de souffrance et d'humiliation, il préférait en finir : «... Tricheur ! »

Un bruit sec, suivi d'un hurlement épouvanté – Nicolas, les cheveux dressés sur la tête, comprit que la brute venait de lui briser le bras. Personne dans la salle n'avait seulement esquissé un geste de secours. Il allait crier, protester, de dégoût et de peur, mais Barnabé le cloua à sa chaise avec une telle violence qu'il se contint. Devant lui Athos, livide, retenait d'une main de fer Porthos et d'Artagnan...

Oui, il se trompait. Il avait bien mis pied à terre. Et ce n'était pas comme Panamá : c'était pire.

« Un tueur, souffla Barnabé, le front rouge de honte... Qu'est-ce que tu veux faire, contre un tueur ? »

Un ancien des barricades, à ce qu'il prétendait. Et le maître de French Camp, sur les hauteurs de la ville, un village de toile où, contre rétribution, il offrait sa protection aux nouveaux arrivants – au nom, bien entendu, des vertus de l'association, face à l'adversité. « Tu y mets seulement un pied, grondait Barnabé, et tu es son prisonnier. » Qui oserait affronter ses hommes de main ? On disait même qu'il avait partie liée avec les Hounds de Nell Haggerty, les petits canards de Sydney, les pires crapules de la Barbary Coast. Un jour, oui, tous ceux-là régneraient en patrons sur la ville. Et c'étaient des centaines de malheureux qui travaillaient pour lui, maintenant, en échange de quoi vivre – ou survivre...

« Le marquis serait là, tu ferais moins le fier... »

Blanchot se retourna à une vitesse qui, une fois encore, sidéra Nicolas, passa en revue les visages baissés de l'assemblée. Cette souplesse, cette exactitude de chaque geste – c'est donc cela un tueur ! se dit-il, lui dont l'expérience, malgré Panamá, ne dépassait pas les lectures de Fenimore Cooper. Mais l'homme qui avait parlé au milieu de la foule se garda bien de se manifester.

« Le marquis, hein ? Ça fait les barricades, ça danse la carmagnole, et au premier courant d'air ça se précipite dans les bras de l'aristo ! Parce que vous croyez qu'il ne s'en fout pas, de vous, le marquis ? Qui vous a tiré d'affaire, l'hiver dernier, hein ? D'accord, il fallait un peu de discipline, mais... Entre Français, on doit se serrer les coudes, non ? »

Il rit d'un rire étrange, sans joie.

« Le consul, le toubib, où c'est qu'ils sont, hein ? Des secours ? Foutaises ! Ah ! ils vous ont tous bien laissés tomber, oui ! Si je n'étais pas là... »

Il cracha par terre, en ricanant :

« Le marquis ? Il est où, à cette heure ? Avec ses graisseux, je parie ! Ou avec une Indienne, dans les bois.

– Tu parles trop, Blanchot... »

La voix, railleuse, cingla Blanchot comme une gifle. Un homme, un géant, le visage comme une lame, l'œil impérieux, la peau hâlée, se découpait dans l'embrasure de la porte. La salle, d'un seul mouvement, se porta vers lui. Blanchot, livide, chercha du regard la protection de ses gardes. Le feutre de vison rejeté sur l'épaule, vêtu de peau et botté de cuir souple, l'homme dégageait une extraordinaire impression de puissance. Son long *serape* noir, brodé d'argent, laissait voir deux pistolets passés à sa ceinture, et un long *bowie-knife*. Les gardes de Blanchot, sans trop de conviction, esquissèrent un mouvement, qu'arrêta net une moue narquoise de l'arrivant. Et deux autres hommes pareillement vêtus apparurent à ses côtés, les mains posées sur leurs armes.

« La paix, mes drôles !

– Ah ! prends garde, Pindray ! Un jour... »

Le reste de sa phrase se perdit dans les cris de la foule, tandis qu'avec ses hommes le maître de French Camp refluait vers la porte, en écumant de rage. Nicolas et ses compagnons, sans qu'ils s'en rendent compte, s'étaient dressés de leurs chaises. Cette apparition, cette scène, brutale : n'étaient-ils pas projetés, tout à coup, dans quelque page de Cooper, parmi les coureurs de prairie, dans l'Ouest sauvage, enfin ?

Barnabé, près d'eux, sifflait entre ses dents :

« Le marquis ! Eh bien ! on peut dire qu'au moins, lui, il soigne ses entrées... »

Si Blanchot est un serpent, ce Pindray-là est un tigre, songea Nicolas. Et il sut dans l'instant, avec une certitude qui fit battre son cœur plus vite, que cet homme-là, par des voies qu'il ne soupçonnait pas encore, déciderait de la suite de sa vie.

La foule s'ouvrit sur son passage, jusqu'à une table où Niquet déjà faisait place nette, tandis qu'un garçon apportait du pâté et du vin. Ses deux compagnons s'assirent à ses côtés sans mot dire. Les avait-on vus seulement se déplacer ? Nicolas, impressionné, nota qu'ils gardaient leur rifle à portée de la main.

« Les frères La Chapelle, chuchota Barnabé. Pas du genre causeurs, ceux-là... Mais je ne voudrais pas être de leurs ennemis ! D'ailleurs, des ennemis, on ne leur en connaît pas. Du moins, encore en vie... »

Et d'un geste éloquent il se passa un doigt sur la gorge. Ils étaient maigres, secs, tannés, les yeux toujours en alerte – de vrais chats sauvages. La balafre qui barrait la joue du plus âgé n'était pas précisément pour rassurer, et moins encore, probablement, ce que Barnabé marmonnait à son oreille sur les circonstances qui lui avaient valu cet ornement, mais la rumeur alentour couvrait la voix de son ami, et puis qu'importait, après tout ? Nicolas n'avait d'yeux que pour leur chef, ses traits aigus, ses mains nerveuses, et cette puissance contenue qui émanait du moindre de ses gestes. Les hommes se pressaient à deux pas de lui, le couvaient de regards admiratifs, mais – comment dire ? il y avait dans cette force même quelque chose de froid, de menaçant presque, qui suffisait à les tenir en respect, à distance.

« Celui-là... Ah ! C'est un prince ! »

Il était arrivé dès les débuts de la ruée, lui glissa Barnabé, avec dans la voix des frissons admiratifs. D'où venait-il ? Mystère. Certains le disaient d'une grande famille du Poitou, qu'il avait dû fuir après un terrible scandale. Peut-être une histoire d'amour ? imaginait le brave garçon, qui avait l'âme fleur bleue sous ses dehors moqueurs.

« Sauf que, quand il te regarde... *Caraï!* T'as pas envie de lui poser des questions... »

Tout ce que l'on savait, c'est qu'il avait traîné ses guêtres dans la Prairie, puis dans l'Oregon, avant d'arriver à San Francisco, dans les premiers mois de 1849. Çà ! Il n'avait pas tardé à devenir une des gloires de la ville ! Barnabé s'animait, les joues rouges d'enthousiasme. C'est qu'il avait aussitôt entrepris de fournir San Francisco en gibier. Où vivait-il ? On n'en savait trop rien. De l'autre côté de la baie. Parmi les Mexicains. Ou les Indiens. Sous la tente, avec un harem de jeunes Indiennes, assurait un chasseur qui disait l'avoir vu vers le Monte Diablo. Toujours est-il que, deux fois par semaine, il livrait à la ville une chaloupe pleine de gibier.

« Le plus fin tireur du pays ! On l'a déjà vu tirer en plein vol un moineau franc. D'un seul coup de pistolet ! Et ses grizzlys... Tous abattus d'une balle, d'une seule balle, entre les deux yeux ! Tu te rends compte ? Des grizzlys ! »

Quel âge pouvait-il avoir – trente-cinq, quarante ans ? En tout cas, il n'était plus de la première jeunesse. Et cette formidable puissance qu'il dégageait n'en était que plus troublante. Quelles circonstances, quel malheur ou quelle faute avaient pu conduire pareil homme dans ce cloaque ? Peut-être était-ce la raison de cette froideur : même présent, une part de lui restait absente – cet homme-là, un jour, avait mis un mur infranchissable entre le monde et lui...

Il repoussa les reliefs du repas, alluma un *pajillo*. Son regard passa sur l'assemblée, et le silence se fit, comme par miracle ; Barnabé s'arrêta au milieu d'une phrase. Le cœur de Nicolas fit un bond : une fraction de seconde, il en aurait juré, il l'avait regardé.

« Eh bien, mes drôles ! Toujours agenouillés devant ce pauvre Blanchot ? »

Il maniait sa voix comme d'autres le fouet. Les hommes, embarrassés, fixaient le bout de leurs chaussures, l'un d'eux, plus hardi, grommela que, n'empêche, certains avaient été bien contents de le trouver, l'hiver dernier. Pindray eut un petit rire :

« C'est vrai, j'oubliais. Les agneaux cherchent toujours un berger pour les tondre. Ou un loup pour les manger... »

Et il sifflota, narquois, les premières mesures de *La Marseillaise*, « contre nous de la tyrannie », avant d'éclater de rire :

« Ah ! quels beaux enfants des barricades ! »

Il y eut des grincements de dents, la salle tangua sous l'insulte, mais Pindray, d'un regard, la ramena à sa botte.

« Juste un coupe-jarret... Qui le protège, dites-moi ? Qui le paie ? Et quel projet sert-il ? Car lorsqu'il ne sera plus utile... couic ! Et ça sera plus tôt que vous ne croyez... »

La salle s'agita. Il savait quelque chose ? Qu'il parle, dans ce cas ! Pindray haussa les épaules, railleur :

« Qui sait ? Le vent porte bien des bruits, dans la Sierra. Et on parle trop, parfois, dans les saloons... »

Et comme on insistait, devenant tout à coup sérieux :

« Quelque chose, oui... D'énorme. Qui peut changer la Californie, à ce qui se chuchote. Ah ! si je savais ! »

Les deux La Chapelle ricanèrent, d'un air entendu. Peut-être même que cette nuit... Cette nuit ? Ils n'y pensaient pas ! Cette nuit, c'était la fête, partout !

« La fête ? Ce soir, les Bowery Boys sont en ville. Je viens d'en voir ! Et il y avait avec eux des hommes de Blanchot... »

Les clients de Niquet se regardèrent, incrédules. Perdait-il l'esprit ? Les Bowery Boys n'étaient plus qu'un mauvais souvenir, tous chassés par Sam Brannan, avec pertes et fracas. Eux en ville, cette nuit, avec Blanchot ? Mais il n'y avait pas de pires ennemis des Français !

Pindray se leva, en haussant les épaules, jeta négligemment quelques piastres sur la table.

« Qui les protège ? Qui les paie ? Ah ! prenez garde à vous, les amis ! Disparaissez, faites-vous discrets, fondez-vous dans la foule ! Oui... Croyez-en le chasseur ! Il y a quelqu'un, là, dehors, qui tisse sa toile, tire les ficelles, pose ses pièges. Et le gibier... Oui, prenez garde à vous ! »

Et jetant son sac plat de cuir sur l'épaule, il sortit de la pièce, suivi de ses deux ombres. La porte se referma derrière lui avec un bruit sourd. La salle resta un moment silencieuse, pensive, puis éclata, d'un coup, en cris, en quolibets, en apostrophes guerrières. Mieux valait rester ici, s'écriaient les uns : le cabaret pouvait soutenir un siège ! On fit le compte des armes. Niquet sortit son artillerie de dessous le bar. N'avait-on pas de quoi bien recevoir les chercheurs de bagarre ? D'autres ricanaient : Pindray les avaient eus, une fois de plus ! Tout n'était que fadaises. D'Artagnan, redevenu soldat, postait déjà ses mousquetaires aux étroites meurtrières, de chaque côté des volets clos. Barnabé tira Nicolas par la manche.

« Viens ! Pindray a raison. Pas de meilleure protection que la foule ! Et puis... Cette nuit, il faut que ce soit ton baptême. Le baptême de l'or, à Portsmouth Square ! »

La cour était vide, Pindray avait disparu. Derrière le feu jaunâtre du fanal s'ouvrait le trou noir d'une ruelle. Une rumeur énorme venait vers eux, le ciel, au-dessus des maisons, rougeoyait, rugissait tel un cratère furieux.

C'est alors qu'il réalisa que, pas plus lui que les autres, personne n'avait eu, tout ce temps, un regard pour le pauvre Théodore...

Il était décidément bien en terre étrangère.

10

Colton n'était pas sans savoir que Burnett faisait tout, depuis l'émeute – lui qui avant d'être élu gouverneur vendait si allègrement les terrains de Sutter –, pour calmer les esprits, empêcher que soient lynchés les meneurs, et même, disaient les médisants, pour différer leur mise en jugement...

« Vous avez pensé à ce qui se prépare ? »

Burnett l'entraîna vers une pièce à l'écart, repoussa la porte derrière eux. La rumeur de la foule s'éloigna, les laissant face à face. « Mon salon privé, sourit le gouverneur en clignant de l'œil. Je paie l'hôtel assez cher, ce soir, pour qu'ils m'offrent ça ! » Depuis un moment, il cherche à me dire quelque chose, songea Colton, tout à coup en alerte – que pouvait-il y avoir de si urgent, un pareil soir ? Il nota du coin de l'œil le bureau en désordre, les sièges fatigués, les vêtements jetés sur un sofa : Burnett ne s'encombrait pas de luxe superflu. Mais déjà celui-ci cherchait à le mettre à l'aise, l'installait dans le meilleur fauteuil, débouchait une bouteille. Il répéta sa question, en s'asseyant sans façon sur son bureau.

« Oui, vous y avez réfléchi ? Écoutez ! Ils sont combien, croyez-vous, qui arrivent par la Prairie ? Quatre-vingt mille ? cent mille ? Fort Laramie, à la mi-juin, en avait déjà enregistré trente-neuf mille. Et les quarante premiers arrivés en juin, à Weaverville, disaient avoir dépassé en route six cents chariots, partis avant eux. Je suis optimiste si je dis qu'à peine vingt mille sont arrivés depuis. Les autres ? Quinze ou vingt mille sont peut-être morts à l'heure qu'il est. De faim. De maladie. Sans plus d'herbe sur la piste pour leurs bêtes. Les chariots brisés, incapables de poursuivre. Et le reste va connaître le même sort, si l'on ne fait rien. Deux dollars la livre de farine, à Carson River ! Ils vont tous crever, si l'on ne part pas à leur rencontre avec des vivres ! »

Il comptait sur ses doigts, tout en parlant, la tête penchée sur le côté comme s'il écoutait le brouhaha, dehors.

« Mais quand ils vont arriver ici, sans argent, sans vêtements, sans plus rien ? Et je ne parle même pas de ceux qui viennent par la mer ! Il faudrait les garder, les fixer dans les villes. Ou leur donner des terres à cultiver. Comment faire, si tout est déjà pris ? Chasser les squatters ? Les laisser mourir ? Les jeter en prison ? Ils iront grossir le flot vers les placers. Et là-bas... »

Il soupira, les épaules voûtées par la fatigue :

« Vous croyez que je ne sais pas ce qui se dit, ici, sous les tentes du Petit Chili ? Ce que répètent les *Californios*, sur les placers – ces bruits sur le libérateur qui va bientôt se dresser ? *El Libertadore* ! Vous l'avez entendu sonner comme moi, ce soir, n'est-ce pas ? Le... Comment l'appelle-t-il ? Le *degüello*. Les *Californios* rêvent encore de nous repousser à la mer ! C'est de bonne guerre – si nous ne savons pas leur faire une place. Si seulement je savais qui est derrière tout ça... Del Valle ? Non, il n'a pas le coffre. Carrillo ? Son destin est lié au nôtre, maintenant... Il y a bien Paredes... »

Colton, de surprise, faillit renverser sa coupe. Burnett, penché vers lui, le fixait, comme s'il voulait lire au plus profond de son âme :

« Vous connaissez Paredes ? »

Ainsi donc, nous y voilà, se dit Colton en retenant son souffle. Se doutait-il de quelque chose ? Mais l'autre déjà reprenait sa déambulation.

« Ah ! celui-là ! C'est la pointure au-dessus... Un rude joueur, sûr. Mais pour quel jeu ? »

Puis, avec un soupir, en se parlant à lui même :

« Mais non... Son seul souci est le Sonora. Oui, mais alors, qu'est-ce qu'il est venu faire ici ? »

Il secoua la tête, comme s'il voulait chasser des idées noires, revint vers Colton :

« Et vos gaillards, à Murphys ? Bon sang, ce ne sont pas des *gambusinos* que vous nous avez envoyés là, c'est une armée ! Si par malheur ils se soulèvent... »

Il leva la main pour prévenir ses objections :

« Je sais, je sais, nous n'avions qu'à ne pas voter la taxe sur les mineurs étrangers... Mais vous êtes-vous jamais dit que ce serait peut-être *pire* sans elle – les règlements de comptes, les étrangers lynchés ? Et qu'à tout prendre elle est un moyen terme ? Un... Oui, un cadre. Pour contenir l'explosion ? »

Et comme Colton ne paraissait pas comprendre :

« Mais non ! Pas celle de *vos* hommes : des miens ! Votre agent, Lombard, est-il rentré ? Non ? Ah ! il en aura des choses à vous raconter, toutes ces sociétés plus ou moins secrètes, les Know Nothing, et j'en passe, qui appellent à chasser les mineurs étrangers ! »

Puis à voix basse, tendue, en revenant vers lui :

« Je vous parle ce soir d'homme à homme, sans détour – demain, je nierai vous avoir dit cela... Votre histoire de taxe... Bien sûr, qu'elle est injuste ! Mais... Vous, les Français, vous aimez les jardins taillés à la règle, les lignes au cordeau... Ici, c'est un pays qui naît. Et c'est énorme, et c'est monstrueux, un monde qui naît ! Un cataclysme. Plus terrible qu'un raz de marée, un tremblement de terre, un volcan en éruption. Création, destruction, qui peut savoir ? Le chaos ? Ah ! c'est vite dit – un ventre en gésine, aussi bien. Oui, vous me faites rire, tous, avec vos lois, vos conventions. Vous demanderiez de respecter son manuel d'équitation à qui chevauche un *bronco* sauvage ? »

Il s'arrêta, comme surpris lui-même par son emportement, hésita, puis, se penchant en avant, en martelant chaque mot :

« Écoutez ! J'ai compris une chose, et c'est affolant, si l'on y pense : *ce sont les forces qui peuvent détruire la Californie qui sont en train de la créer*. Plus tard, quand la mer se sera calmée, quand le fleuve sera rentré dans son lit, quand le volcan se sera tu, je ne dis pas – c'est dans les alluvions qu'on trace les champs fertiles, non ? Il y aura des lois, un monde un peu meilleur – peut-être. Mais il faut la crue, d'abord, le torrent, le cratère. Et c'est là que nous en sommes. Vous et moi. Au cœur du cratère... »

Burnett se servit une énorme rasade de whisky, et Colton nota que ses mains tremblaient. Mon Dieu, se dit-il, cet homme-là est à bout de nerfs – comme s'il se battait seul, depuis trop longtemps, contre l'irréparable. Et lui, pendant tous ces mois, si occupé de lui, sous le prétexte de l'urgence, qui n'avait rien vu venir... Il est seul, se dit-il, désespérément seul, ce soir – et désespéré. Et il se sentit vaguement honteux de rester impuissant.

« Alors je vais vous dire, moi, ce que j'essaie de faire : éviter la catastrophe. Je compose. Je ruse. J'accompagne le mouvement, en essayant de l'infléchir dans la bonne direction. Avec pour seule boussole... Eh bien, oui, le sens de mon devoir. Mon devoir ! Ça doit vous faire sourire, non ? Alors, la taxe... »

Il haussa les épaules, le fixa droit dans les yeux :

« Vous le savez, n'est-ce pas ? Que le mot d'ordre, demain, risque d'être : " Les étrangers dehors... " »

Colton sursauta : n'étaient-ce pas les mots mêmes de Paredes ?

« Oui, je compose. Et si tout n'explose pas cet hiver, eh bien, vous verrez qu'elle sera abrogée, votre taxe. Mais si, à cause d'elle, quelques Français devaient quitter les mines... Nous avons tellement besoin d'eux, ici ! »

Besoin, quand ils étaient déjà des milliers à s'entasser en ville, sans la moindre ressource ? Ah ! on voyait bien qu'il n'avait pas eu à s'en occuper, lui, pendant cet hiver de cauchemar ! Mais l'autre insistait, tout à son idée :

« Besoin, oui ! Et pas dans les mines... Regardez, ici, autour de nous : nous manquons de tout. Mais il y a l'énergie. Ah ! l'énergie – ce sera une des plus belles villes du monde. Peut-être. Vous, les Français, vous êtes ouvriers, artisans, artistes, journalistes – des citadins. Pas nous. Ou si peu. Ah ! si vous compreniez ça – le rôle que vous pourriez jouer... »

Et comme Colton faisait la moue, sceptique :

« Sauf que vous faites bande à part. Les *kezkidiz* ! Ah ! quelle misère... Dites-moi, vos compatriotes, ils sont où, ce soir – tous ceux que j'ai invités ? »

Il avait raison, bien sûr. Pioche, Chauviteau, Lazard, Dellessert tenaient ce soir banquet au Poddle Dog. Aussi inconscients dans leur insolente réussite que les révolutionnaires qui poursuivaient leurs querelles chez Paul Niquet. Sourds, par avance, aux avis d'un petit consul envoyé ici en pénitence...

« Vous pourriez les convaincre, vous ! Hier, bon, c'était la ruée, chacun pour soi. Mais aujourd'hui... Le trente et unième État de l'Union ! Vous croyez sérieusement que les gens supporteront longtemps de voir le pays pillé ? L'or, nous en avons besoin ici ! »

Colton, depuis un moment, se débattait contre le sentiment de revenir à une conversation commencée plus tôt dans la soirée. Paredes, décidément, avait vu juste. Plus encore, peut-être, qu'il ne le croyait.

« Combien repartiront, selon vous ? Une poignée... Ah ! s'ils comprenaient que leur avenir est ici ! S'ils apprenaient l'américain... Bon sang, qu'ils deviennent donc californiens ! Est-ce que c'est une folie, d'imaginer cela ? Voyez Vallejo. Il pourrait être amer : nous lui avons volé sa victoire. Il rêvait d'une Californie indépendante, nous l'avons faite américaine ! Eh bien, il joue le jeu, parie sur l'avenir. Alors, pourquoi pas vous ? Votez, soyez élus, devenez californiens. Ah ! si vous leur faisiez passer le message ! »

Burnett but son verre d'un trait et, à mi-voix, comme pour lui-même :

« Peur, oui... Ça fait drôle, de l'avouer, hein ? Mais... Oui, j'ai peur ! »

Jamais il ne l'avait vu ainsi – où voulait-il en venir ? Tout à coup, l'évidence le transperça, si brutale que la respiration faillit lui manquer. Ce n'était pas pour le plaisir d'un exposé de la situation, non, qu'il l'avait fait appeler, ni pour le souhait d'une collaboration plus étroite : s'il tenait tant à lui parler ce soir, avec une telle urgence, c'était pour prendre date. Qu'il y repense demain. *Après*. Après quoi ? Paredes, puis Burnett... Quelque chose se tramait, dont il ignorait tout. Une vague de panique le submergea. Comment avait-il pu être à ce point aveugle, ces derniers mois ? Il faillit interrompre son interlocuteur, se ravisa – Burnett ne dirait rien de plus que ce qu'il avait décidé de lui livrer.

« Ils dansent tous, ce soir. Comme si tout était réglé. S'ils savaient ! Pourquoi cela a-t-il été si difficile, selon vous, d'arracher au Congrès l'entrée de la Californie dans l'Union ? Parce que c'est un équilibre qui se trouve menacé. Quinze États du Nord contre quinze États du Sud. Et d'un seul coup un petit nouveau se déclare antiesclavagiste. Si ça ne met pas le feu aux poudres... »

Sa voix lui parvenait, lointaine, dans un brouillard d'angoisse. C'était la rumeur de la foule, là, dehors, la voix grondante de la ville, qu'il tentait de capter, comme si elle pouvait lui livrer la clé de cette énigme. Mais Burnett poursuivait, perdu dans ses pensées :

« Vous croyez, vous, que les forces qui divisaient la Californie vont baisser les bras ? Les esclavagistes, autour du sénateur Gwinn, vont chercher des alliés pour nous faire basculer du côté du Sud. Son ordre des Chevaliers... Vous les avez vus, tout à l'heure ? Leur morgue ? Il y a tous ceux qui voulaient une Californie jusqu'aux Rocheuses, pour mieux la partager en deux ou trois, plus tard. Et puis les *Californios* du Sud, prêts à s'allier avec Gwinn, ou à n'importe qui d'autre, pour se séparer de nous. Mais le vrai danger... »

Colton revint vers lui, tout à coup attentif. Allait-il enfin lui en dire plus ?

« Le vrai danger... Ah ! c'est Brannan ! Celui-là, c'est l'homme du chaos. De la tempête. L'homme de la foule ! Qui trahit aujourd'hui son allié d'hier. Une éponge. Qui devine comme pas un ce qui agite les gens, l'absorbe, s'en empare. Malheur à nous s'il venait à être le maître de la Californie ! Pourquoi tient-il tant à son journal, d'après vous ? »

N'était-ce pas Brannan qui avait osé se rebeller contre les exactions des petits canards de Sydney, protesta Colton – mis au pas les Molosses, les Régulateurs, les Bowery Boys et autres voyous qui menaçaient de rançonner la ville ? Tout San Francisco bruissait de leurs tristes exploits, à son arrivée : comme ils dévalisaient les commerçants qu'ils prétendaient protéger, avant de sortir, le soir, armés de gourdins et de revolvers, pour quelque expédition punitive contre les Péruviens et les Chiliens, quand ils ne partaient pas en groupe piller les *ranchos* des alentours. Et leur insolence, chaque dimanche, tandis qu'ils défilaient avec fifres et violons, leur sinistre quartier général, près du bar des Ténèbres, d'où ils appelaient à chasser sans pitié tous les étrangers... N'était-ce pas Brannan, monté sur un tonneau, au coin d'une rue, l'été dernier, qui avait ameuté la population pour qu'on en finisse, après que ces canailles eurent tué une Chilienne, tenté de violer sa fille ? S'en était suivi un meeting monstre à Portsmouth Square, et Brannan, grimpé sur le toit d'une cabane, avait soulevé la foule de colère lorsque, les Molosses présents menaçant de brûler sa maison, il avait découvert sa poitrine, en les mettant au défi de tirer...

S'il s'en souvenait ? soupira Burnett, comme s'il le regrettait déjà : il avait même été le premier à applaudir, tandis que Brannan, la voix tonnante, rassemblait les citoyens en centuries, obligeait l'*alcade* Leavenworth à se mettre à leur tête, lançait une collecte pour les victimes des voyous, organisait à chaud un tribunal populaire – dix voyous renvoyés séance tenante en Australie, les neuf chefs jetés en prison, dans le brick *Euphemia* réquisitionné pour l'occasion... Ah ! l'affaire avait été menée à un train d'enfer !

« Bien sûr qu'il fallait le faire ! Mais depuis il y a pris goût... La puissance de la foule ! Il aurait fallu profiter de l'élan de ce jour-là, renforcer la justice, la police, voter des lois – lui veut jouer la foule à chaque pas, la soulever, la lancer comme un bélier contre tous les obstacles. Meetings monstres, tribunaux populaires, milices, Vigilants : il ne rêve plus que de ça. La loi de la foule. Avec Sam Brannan à leur tête, chevauchant la tempête : la colère de Dieu ! Ah ! méfiez-vous, méfiez-vous de lui ! N'oubliez jamais qu'il est mormon. Et prédicateur... »

En quoi cela pouvait-il le concerner directement ? Il se souvint d'un regard surpris dans la foule, peu avant, mélange de défi et de colère – décidément, ce soir, il croisait un peu trop souvent l'ombre de Brannan. Son problème, aujourd'hui, ce sont les squatters, insistait Burnett :

« Ils menacent ses terrains, à Sacramento. Vous ne trouvez pas que vous feriez de parfaits boucs émissaires ? »

Et devant la surprise de son interlocuteur :

« Hé ! Qui sera tenu pour responsable du manque de place ? Les gros propriétaires, comme lui, ou le trop-plein d'étrangers ? N'oubliez pas : le danger, c'est Brannan... »

Dehors, la rumeur de la foule enflait, remplissait le couloir, secouait les cloisons, où Colton distingua les mâles accents de Geary, puis tout explosa en une frénésie de hourras. Cette respiration de la ville, qu'il avait appris à aimer, faudrait-il désormais la prendre comme une menace ? Les jours à venir seraient de tous les dangers. Et il était seul, plus encore que Burnett, et sans guère de moyens, dans la partie qui allait se jouer... Il se leva, les pensées en désordre. L'entretien était terminé. « Vous entendez ? C'est le soir de Geary ! » gloussa le gouverneur en poussant la porte, redevenu en un instant le jovial Burnett. Il se devait maintenant à ses invités, s'esclaffa-t-il, avant ce foutu bal. Et cette vieille carne de Mlle Wyllis n'avait qu'à bien se tenir...

[illegible]

11

Il bouillonnait, furieux, au cœur du cratère, avec des ébranlements sourds dans les tréfonds, des craquements, des explosions brèves, qui faisaient trembler le sol alentour, crevait par secousses en cloques lourdes, visqueuses, dont l'écume venait battre les portes des saloons, fusait vers le ciel en gerbes d'étincelles, pour retomber en nappes de pluie fauve ondoyant dans l'air âcre, s'accrochait aux drapeaux, aux banderoles, aux tentures, allumait des brasiers aux façades des hôtels, puis un souffle passait sur la foule serrée, une clameur triomphale, tandis que, ruisselant des toitures, des balcons, des murailles, il dévalait les ruelles dans des flamboiements sauvages avant de rouler en pépites, en piastres, en doublons, en octogones, brûlant encore, sur les tables de jeu : d'or étaient les lumières aux portes des tavernes, d'or le brillant des colonnes, le rehaut des moulures et des stucs, les éclairs des prismes et des globes tournoyant aux plafonds, d'or s'irisaient les bouchons des carafes dans les jeux des miroirs et des glaces, sous les embrasements des candélabres, c'étaient ses éclats fauves qui brûlaient, au fond des prunelles des possédés qui le bousculaient sans le voir, sa voix qui les appelait à venir l'adorer, à s'engloutir en lui, à se plier à sa loi, à le toucher, à le palper, à le sentir, et chacun pressentait que ce voyage-là serait sans retour, comme ces rois indiens de l'Eldorado qui s'immergeaient, disait-on, couverts de poudre d'or dans leur lac sacré pour honorer un dieu cruel, c'était son désir, sa douleur, que lisait Nicolas dans les regards creusés, le tremblement des mains, la pâleur des visages, quand les cartes tombaient, roulaient les dés, se figeait la roulette...

Le *mother lode*, avait dit Barnabé – le filon mère ! Il était né à l'origine des temps, éclat d'éternité enclos dans la matière obscure, en quête de délivrance, et, siècle après siècle, il avait poursuivi sa lente migration à travers les granits et les quartz, tremblant de longue attente au pli des roches hostiles, devenu rivière, fleuve, torrent au fil des séismes et des crues, roulant dans les ténèbres froides vers la lumière promise, et sa voix avait été assez forte, un jour, pour attirer à lui des servants par milliers, bravant privations et misères, déserts, jungles, océans, ils ne savaient pourquoi, et maintenant il grondait, délivré de sa gangue, au centre de la ville, devenu brasier, volcan en éruption, exigeant chaque jour toujours plus... Le *mother lode* ! Il fallait le découvrir ce soir, avait décrété Barnabé – et ce serait un peu comme son baptême. Dans la marmite même de San Francisco, en plein cœur du cratère, à Portsmouth Square, bien sûr...

Il s'était enfoncé comme un coin dans la mêlée, tirant, poussant, piétinant sans pitié les badauds, et Nicolas, agrippé à ses basques, l'avait suivi tant bien que mal. L'air autour d'eux était irrespirable, une vapeur d'étuve, de poussière et de transpiration mêlées, montait de la foule, un orchestre, à l'angle de chaque rue, martelait ses tambours, ses cymbales, ses grosses caisses, s'époumonait dans ses tubas, ses trombones, ses trompettes, quand une poussée plus violente ne l'engloutissait pas, d'un coup ; le vacarme était insoutenable, fondu en une seule vibration qui vrillait le cerveau et les nerfs, chaque pas devenait une bataille, et Nicolas finit par comprendre des badauds devant lui que c'était inutile, qu'ils n'iraient pas plus loin, que la troupe vidait une partie de la place pour le grand bal du gouverneur – cinq cents hommes et trois cents femmes en tenue d'apparat, le bal le plus chic depuis la création de la ville ! Raison de plus pour ne pas manquer ça, avait hurlé Barnabé, redoublant de bourrades et de coups de pied, écrasant les orteils, enfonçant les poumons, indifférent aux cris des malheureux piétinés. Un dernier effort les avait précipités à l'angle de Kearny et de Washington, sur la place, enfin. Au-dessus de leur tête brillaient en lettres d'or les mots magiques : Eldorado, puis, plus loin, de l'autre côté du fleuve de feu, d'autres noms encore, dans des gerbes de lumière qui trouaient d'éclairs pourpres les nuées de poussière, Verandah, Polka, Bella Union, Societad, Aguila de Oro. Va pour l'Eldorado ! avait décidé Barnabé. Ils n'iraient pas plus loin. Il aurait voulu lui montrer la Polka, le rendez-vous des Français, où officiait Mme Simone, et les maisons françaises, sur Commercial Street, le Café des Artistes, les bars des mineurs sur Jackson, mais, bah ! ce serait pour une autre fois – l'Eldorado était la plus belle des maisons de la place, et le temple du jeu...

D'abord, il ne vit rien que le tourbillon des corps dans les embrasements de la lumière, l'agitation affairée autour des tables et des comptoirs, la mêlée désordonnée des *serapes*, des ponchos, des vareuses – et il s'aperçut que, encore étourdi par la violence de la tempête qui l'avait drossé là, il serrait toujours le bras de Barnabé. La salle se perdait au loin dans un halo doré, et partout c'était la même débauche de lustres, de miroirs, de candélabres, les mêmes flamboiements d'or et de cuivre, comme si quelqu'un y avait voulu jeter, en désordre, les signes les plus insolents de la richesse. Sur une scène suspendue, décorée de drapeaux et d'oriflammes, un orchestre de violons s'agitait, frénétique. Derrière les comptoirs d'acajou et de cuivre, des jeunes femmes élégantes, vêtues de soies sombres, les épaules dégagées, les avant-bras couverts de longs gants noirs, servaient chocolats et cafés avec des grâces de jouvencelles, mais, lorsqu'il leva les yeux au-dessus d'elles, il ne put retenir un sursaut : sur les murs s'étalaient, sous la lumière crue, des corps de femmes nus, dans des postures obscènes, des croupes offertes, des sexes ouverts, béants, et il rougit jusqu'à la racine des cheveux lorsqu'il surprit le regard d'une des filles posé sur lui, narquois. Mais déjà Barnabé le tirait à l'écart, c'étaient là des boissons de gamins, et les jeunes damoiselles – « des nymphes du pavé », grimaçait le loustic avec des airs d'affranchi – auraient tôt fait de lui vider les poches – et même autre chose, s'il n'y prenait pas garde – dans les petites cabines derrière, seulement isolées par une mousseline. Non, il leur fallait du rude, pour se remettre de leurs efforts ! Et il l'entraîna vers le bar, massif, à l'autre extrémité de la pièce, où, derrière une foule débraillée et volubile, officiait en veston blanc, un énorme diamant piqué sur son plastron, le professeur Jeremy Thomas lui-même, le Michel-Ange des *bartenders*, l'inventeur du Blue Blazer, du Tom and Jerry et de quelques autres cocktails, dont certains, disait-on, vous menaient droit au paradis dès la première lampée – parfois même les pieds devant, ajoutaient les envieux. En deux coups de coude, trois jurons et un sourire, Barnabé s'ouvrit une voie jusqu'à la terre promise et, contre une pièce négligemment jetée sur la table luisante, deux verres glissèrent jusqu'à lui, pleins d'un liquide ambré. Barnabé avait ici ses habitudes et tenait à le montrer.

Il était arrivé. Le bouge de Niquet n'avait été qu'un mauvais rêve. Il était là, à l'Eldorado, lui, le petit Nicolas, le fils trop rêveur du *shipchandler* du quai du Havre, un verre à la main et le coude posé sur le rail de cuivre du plus long bar de San Francisco, dans les décors mêmes des articles qu'il dévorait six mois plus tôt, dans sa chambre sous les toits. Des commandes fusaient de toutes parts, roulaient en rocaille des gosiers assoiffés, *cobblers*, *slings*, *juleps*, *sours*, *sangarees*, *stone fences*, Queen Charlotte, *toddies*, le maestro impassible agitait ses mélanges avec des gestes de danseur, faisait passer ses liquides d'un verre à l'autre, tendus à bout de bras, en un arc parfait, sans une goutte versée, des Chinois aux chapeaux pointus, devant lui, côtoyaient des mineurs à grandes barbes roulées et chapeaux cabossés, des fêtards titubaient, l'œil vitreux, en hauts-de-forme et queues-de-pie, les pantalons enfoncés dans des bottes de marin, les Mexicains à sombreros, la ceinture bardée de pistolets et de poignards, toisaient la foule avec des airs de prince, jetaient quelques doublons sur les tables et passaient, sans un tressaillement, les Péruviens à ponchos, les yeux brûlant de fièvre, se bousculaient aux tables de *monte*, des Canaques à la peau cuivrée, couverts d'étranges tatouages, roulaient des yeux étonnés et timides, des Noirs en culottes et vestes blanches se pavanaient avec des airs de dandys, une écharpe aux couleurs éclatantes serrée à la ceinture, et Barnabé, ravi, comme transporté par l'exubérance générale, lui détaillait au passage les petites redingotes boutonnées des Allemands et leurs casquettes d'étudiants, les pantalons de coutil et les blouses de laine des Français, les justaucorps de buffle et les bonnets de fourrure des trappeurs, qui gardaient leur rifle à la main, et c'était comme s'il retrouvait pied, dans cette effervescence, comme si s'estompaient les nuages qui l'avaient oppressé jusque-là. Il était arrivé. Et l'or ruisselait autour de lui.

Des vagues d'excitation passaient dans le brouhaha, des hourras, des cris de dépit et de rage qui précipitaient l'assemblée, d'un bloc, vers la table où une fortune, sans doute, venait de changer de main, des joueurs exaspérés jouaient des coudes pour être les premiers, se faisaient face, furieux, la main sur leur couteau, prêts à en découdre, puis une clameur à l'autre bout de la salle faisait tourner les têtes, et ils recommençaient leur course dans le vain espoir d'effleurer eux aussi cette déesse Chance qui s'obstinait à leur échapper. Un brusque basculement déchira devant lui le rideau des joueurs : la table, à deux pas, était couverte d'or. Un frémissement lui parcourut l'échine : des pièces entassées, de toutes tailles, des sacs d'où coulaient la poudre d'or, des pépites aux reflets fauves, profonds – une fortune, là, à portée de main ! Il se jeta dans la mêlée, suivi de Barnabé, narquois.

12

La vague des vivats reflua devant eux en un long bruissement. Il y eut une bousculade, brève, aux portes du grand salon, des « Chut ! » agacés, et dans le silence revenu retentit une voix qu'il ne connaissait pas. Prenante, sarcastique et brutale – une voix de dompteur. Burnett ne l'avait pas trompé : Sam Brannan jouait de sa voix en virtuose. La foule, captive, épousait chacun de ses accents. Et il aurait lui-même applaudi si l'avertissement de Burnett n'avait encore résonné à son oreille, tandis que l'orateur en appelait à la mémoire, à l'Histoire en train de s'accomplir, aux souffrances partagées qui scellent une destinée. Avec quelle rudesse simple il évoquait son arrivée à ce qui n'était encore que Yerba Buena, et ses deux cents compagnons, mormons comme lui, en quête d'une terre où vivre libre, loin des persécutions, le dénuement des premiers jours, le tour pendable qu'on lui avait joué en guise de baptême, quand il s'était retrouvé plongé jusqu'au cou dans une mare de boue ! Avec quelle émotion il revivait la construction de sa première cabane en planches de *redwood*, derrière la douane, le lancement de son journal, le *Californian Star*, sur du papier emprunté au révérend Walter Colton, l'*alcade* de Monterey, et ce jour où il eut l'honneur, lui, le chef des Mormons, de célébrer le premier mariage américain du village ; avec quel lyrisme sombre, les bras étendus sur l'assemblée, comme si le traversait une vision divine, il appelait à lui la mémoire des années héroïques, la révolte du drapeau de l'Ours, la découverte de l'or et San Francisco désertée en une journée, la misère et la démesure – n'était-ce pas le plus grand mouvement de population depuis les croisades, qu'ils avaient déclenché ? Ah ! il fallait bien que tout cela eût un sens, et la Californie une destinée ! Ils avaient pu s'opposer, parfois, mais ensemble ils avaient bâti un monde, comme d'autres, jadis, bâtissaient des cathédrales. Et cela, ils avaient le devoir sacré d'en perpétuer la mémoire. D'autres viendraient, demain, mais ils ne seraient jamais que les locataires d'un rêve qui leur appartenait en propre, à eux tous, réunis là ce soir ! Et c'était avec ce sentiment d'un devoir de mémoire qu'avait été créée la Société des pionniers de Californie. Qu'ils se comptent, qu'ils se reconnaissent, et qu'ils n'oublient jamais qu'ils avaient été, souvent, plus grands qu'eux-mêmes !

L'assemblée, muette, frissonnait d'émotion. Certains se serraient la main, en silence, d'autres essuyaient une larme. Colton, fasciné, dévorait des yeux l'homme qui les tenait tous captifs, ainsi, par sa seule voix de bronze. Avait-il déjà entendu dire aussi exactement ce qui les rassemblait tous ? Il l'avait croisé, de loin en loin, quand il quittait son fief de Sacramento, et il avait entendu sur lui bien des choses, mais il lui semblait le découvrir, ce soir. Les attaches fortes, le cou de taureau, les yeux impérieux sous les sourcils épais : cet homme-là, sous son élégance affectée de dandy, rayonnait de puissance. Un médium, songea-t-il – seul, près de lui, Burnett ricanait, exaspéré, entre chaque respiration de l'orateur. Lui, patriote ? Allons donc ! Quand Marshall l'avait prévenu qu'il avait trouvé de l'or sur les terres de Sutter, il s'était porté au-devant de ses frères mormons, qui traversaient la Prairie derrière Brigham Young, leur prophète, et il les avait retrouvés vers la Green River, sur le plateau du Colorado. Pour leur proposer le plus formidable des paris : foncer, gagner à marche forcée la Californie. Ensemble, ils seraient assez forts pour jeter dehors les Américains. Et avec la puissance de l'or, ils bâtiraient en quelques années un bastion inexpugnable. Mais Young cherchait l'enfer, pas le paradis – et que les pires difficultés soudent à jamais les Saints des Derniers Jours ! Brannan était rentré, fou de colère, pour annoncer au monde entier la découverte de l'or – pendant que Young, lui, choisissait le lac Salé. « S'il n'avait tenu qu'à lui, il nous fichait tous dehors ! » grinça Burnett. Et tandis que Brannan en appelait à la solidarité nécessaire, dans cet instant de liesse :

« Vous savez comment il a bâti sa puissance ? En prélevant sa dîme auprès de tous les mormons de Californie. Au nom de Brigham Young, bien sûr. Mais quand celui-ci lui a réclamé l'argent du Seigneur, Brannan lui a fait répondre qu'il paierait dès qu'il obtiendrait un reçu signé du Seigneur – ce qui ne devrait pas être difficile à obtenir, si Young discutait vraiment tous les soirs avec Lui ! »

N'était-ce pas le dépit, songea Colton, qui le faisait grincer ainsi ? Mais la voix s'enfla encore, charmeuse, emportant comme fétus les sarcasmes chuchotés de Burnett, et il n'y eut plus que Brannan, le maestro, sur l'avant de la scène, fouaillant chacun au plus secret de son âme, tandis qu'il appelait à saluer maintenant le plus grand de tous, le hardi visionnaire et le cœur généreux sans lequel tant et tant d'entre eux auraient péri : combien de pionniers arrivés démunis, à bout de forces, qui trouvèrent chez lui un toit et un travail ? Combien d'expéditions, organisées par ses soins, qui sauvèrent des convois bloqués dans la montagne ? Et combien, parmi les compagnons ici ce soir, qui mirent le pied à l'étrier grâce à lui, par un prêt ? Ah ! la Californie, sans son génie, aurait été un rêve vain – et jamais, non jamais la Californie n'oublierait ! Sa voix roulait dans des fracas d'airain, et c'était la voix de la foule unanime :

« Le capitaine John Sutter, le père de notre État, et notre père à tous ! »

La foule, stupéfaite, oscilla, se creusa en tourbillon et, dans un long murmure, s'ouvrit pour une haie d'honneur, tandis qu'apparaissait à l'entrée de la pièce, clignant des yeux de surprise et d'embarras, la légende vivante de la Californie, le patriarche de Hock Farm, John Augustus Sutter lui-même, avec à son bras sa fille Eliza...

La surprise était totale. Depuis son élection manquée au poste de gouverneur, Sutter n'avait plus mis les pieds à San Francisco, sinon pour un passage éclair en janvier, le temps de transborder sur le *Senator*, direction Sacramento, sa famille arrivée de Suisse, et les bruits les plus fantastiques couraient sur sa situation. Il était ruiné, ses propriétés désertées par ses employés, dévastées par les squatters ; pour fuir ses créanciers, il aurait cédé fictivement ses titres à John Augustus Jr, son fils, avec qui, désormais, il était en guerre ; Junior s'était enfui à Mexico après avoir mis le feu à Hock Farm – et quand on disait le capitaine perdu, abandonné de tous, réduit au dernier degré de l'alcoolisme, mendiant un crédit au comptoir des saloons, passait dans la ville un équipage somptueux, et l'on apprenait que Sutter recevait en grand apparat, à Hock Farm, le prince de Wurtenberg ou l'ambassadeur de Russie. Qui croire ? Il était une légende, capable de toutes les démesures...

D'abord, il ne vit qu'un bouillonnement de mousselines, les yeux butés de la jeune fille, ses mâchoires crispées. Tout le monde voulait approcher le héros, le saluer, se rappeler à lui, et Colton joua des coudes, comme tout le monde, vers le premier rang – pour rester stupéfait quand une brusque poussée le porta jusqu'à lui.

Le père de la Nation avançait à petits pas, le poing sur le pommeau de son sabre de parade, distribuant à la ronde des hochements de tête amicaux, mais les regards affolés qu'il jetait alentour démentaient ses airs de majesté bonhomme, et Colton, que la cohue déjà emportait, nota qu'il guidait moins sa fille que celle-ci ne le soutenait, à grand-peine : petit, grassouillet, le front dégarni et les favoris abondants, engoncé dans un uniforme de son invention, aux épaulettes monstrueuses, l'homme qui avait, dix ans auparavant, arraché aux Mexicains un royaume de trois cent cinquante kilomètres carrés sur les rives du Sacramento et de l'American River, le roi de la Californie du Nord qui avait pu racheter aux Russes, sans trembler, toutes leurs possessions sur la Côte, Fort Ross, Fort Bodega, qui avait régné sur un millier d'ouvriers, indiens et canaques, dans ses champs, ses vergers, ses mines, et même, disait-on, qui avait battu un temps sa propre monnaie, le titan porté ce soir en triomphe était parfaitement ridicule. Un capitaine d'opérette dans des habits trop grands pour lui – que Brannan, tonitruant, appelait à ses côtés en rythmant la cadence des vivats. « Ah la canaille ! » admirait malgré lui Burnett, estomaqué par le culot du bateleur.

« Un jour je vous dirai comment il l'a volé, roulé, pillé, pour bâtir Sacramento ! »

Colton en avait une vague idée, si les dires de Lombard étaient exacts – comment Brannan, d'abord, avait obtenu d'installer un magasin dans le fort de Sutter, près du Sacramento, bientôt devenu le passage obligé de tous les chercheurs d'or, puis comment, un hiver, profitant de l'absence du père, il avait contraint le fils à lui céder assez de lots, sur la rive du fleuve, pour construire Sacramento City, et comment enfin, ses concurrents ayant réussi à obtenir du père ivre mort un autre site pour bâtir Sutterville, il réussit par un coup de bluff formidable, jouant le fils contre le père, puis le père contre le fils, à arracher deux cents lots supplémentaires pour *son* Sacramento, chacun valant au bas mot cinq cents dollars, qu'il avait refusés de payer – et si les rumeurs étaient fondées, il avait fait mieux encore, au dernier printemps, profitant de la maladie du fils, ou des effets d'une drogue puissante administrée par un docteur de ses amis, pour lui « acheter » deux mille deux cents lots supplémentaires évalués à cent vingt-cinq mille dollars, évidemment jamais versés... C'était même, soutenait Lombard, les raisons de la fuite du fils à Mexico, terrifié par ce qu'il avait fait, à l'insu de son père – et lorsque, à bout de ressources, le malheureux Junior était revenu discrètement réclamer son argent, Brannan avait attendu qu'il fût aux dernières extrémités pour lui faire signer, en échange d'une reconnaissance de dette de quarante mille dollars dont on pouvait deviner quel serait le destin, un reçu des cent mille dollars dont le pauvre benêt n'avait jamais vu la couleur.

Et c'était vers cet homme que Sutter avançait, rougissant, c'était cet homme qui lui tendait la main pour le hisser près de lui, cet homme qui le serrait tendrement dans ses bras, sous un tonnerre de vivats...

Mais était-il le seul à avoir abusé de sa crédulité ? Tous ses associés, ou presque, l'avaient grugé, ses hommes de loi n'avaient généralement rien de plus pressé que de s'entendre avec ses adversaires pour mieux le dépouiller, John McDougal, le vice-gouverneur, et son frère Georges, qui, près de Geary, poussaient à l'instant de vigoureux hourras, ne se vantaient-ils pas depuis des mois de l'avoir saoulé à l'*aguardiente* pendant deux jours et deux nuits dans un hôtel de passe de San Francisco, au printemps 1849, pour lui arracher le demi-mille de rivage du Sacramento où construire l'embarcadère de leur compagnie de navigation ? Et le général Albert Winn, la respectabilité incarnée, dans son bel uniforme, qui bombait le torse près du consul Larkin, n'avait-il pas construit sa fortune en le pillant, de concert avec son gendre Gillespie, idéalement placé à la commission appelée à juger de la légalité des titres de propriété – au point de tenter un jour de faire saisir Hock Farm à son profit ? La somptueuse demeure de Winn était pleine, disait-on, de tableaux de chacun des membres de sa famille, payés aux artistes de passage par des terrains dont Sutter lui avait naïvement confié la vente... Lansford Hastings, l'associé crapuleux qui le volait dans leur magasin de Coloma, le digne Archibald Percy, l'attorney en vue de Sacramento, qui avait empoché quatre-vingt mille dollars sur une seule transaction en vendant subrepticement le coin de la rue Montgomery, et Sam Hensley, le faux ami, et Louis Sanders, et William Mesick, les avocats marrons – ils étaient tous là, tirés à quatre épingles, grands seigneurs en diable quand ils n'avaient, deux ans auparavant, que guenilles sur le dos, les premiers à réclamer silence pour le maître, à grand renfort de gestes, tandis que Sutter, titubant, remerciait ses amis fidèles de l'honorer ainsi – en s'excusant, avec un accent tudesque effroyable, de parler encore si mal la langue de son pays d'accueil. Colton regarda autour de lui. Qui, dans cette assemblée, n'avait pas profité quelque jour de ses largesses ? Qui l'avait, un jour, seulement remboursé d'un dollar ? Et l'autre, le bras de Sam Brannan toujours posé sur son épaule, bredouillait, s'empêtrait, pathétique, dans ses remerciements à tous ceux qui l'avaient aidé si généreusement à construire la Californie américaine, évoquait, dans un mélange chaotique d'anglais, d'espagnol et d'allemand, son arrivée à New York, seize ans auparavant, sa naturalisation, ses aventures sur la piste de Santa Fe, puis sur celle de l'Oregon, sa rencontre avec Kit Carson, son séjour à Hawaii – et le rêve de sa vie, la création enfin de la Nouvelle-Helvétie, sur les rives du Sacramento...

Mon Dieu ! faites qu'il se taise, priait Colton, submergé tout à coup de honte et de dégoût – honte pour le pauvre homme, géant tombé devenu pitoyable, dégoût de tous ceux, ici, qui se jouaient à eux-mêmes, à grand renfort d'yeux humides et de gorges serrées, cette farce cruelle et hypocrite. Comment un pareil homme avait-il pu bâtir un tel empire – pour finir en une si dérisoire débâcle ? Le simple fait des circonstances ? Sûrement pas. Car il avait surmonté mille périls, déployé un génie sans faille pour organiser sa Nouvelle-Helvétie, su se gagner le soutien des Indiens au point, disaient les jaloux, de les avoir transformés en parfaits paysans suisses, et, mieux encore, passé sans dommages à travers *pronunciamientos* et révolutions. Ou bien fallait-il voir, au fil de ses aventures, la grâce d'une totale inconscience – comme lorsqu'à ses débuts il sillonnait la piste de Santa Fe avec un chariot rempli de marchandises, sans protection aucune,

« pied tendre » s'il en fut ? Burnett, qui avait géré un temps ses affaires avant d'être élu gouverneur – et ce furent les seuls mois où Sutter put se croire sauvé du gouffre –, avait un jour soupiré que c'était véritablement un mystère de l'âme humaine comme dans le même être pouvaient se côtoyer le plus pur génie et l'imbécillité la plus totale. Et sans doute ce jour-là pensait-il au patriarche de Hock Farm...

« Ah ! la canaille ! répétait Burnett, partagé entre l'admiration et la fureur. Adoubé par Sutter en personne ! »

Et comme le consul restait sans réaction :

« Mais vous ne comprenez pas ? Le nouveau maître de la Californie qui fait acclamer le vaincu ! Ah ! Craignez Brannan, maintenant ! »

Un lynchage, à tout prendre, lui aurait paru moins odieux que cette comédie. Derrière ces sourires, il y avait des bêtes fauves, prêtes à se dévorer, tout à l'heure les masques tomberaient et ce serait la curée, le danger était partout autour de lui – n'était-ce pas cela dont Burnett voulait le prévenir ? Il aurait voulu parler, crier, que s'arrêtât ce tumulte, ce tourbillon de masques grimaçants, mais aucun son ne sortit de sa gorge. Il bouscula ses voisins en bredouillant de vagues excuses pour gagner au large, en quête d'un peu d'air frais. Dans son dos montait une clameur, mêlée de sanglots d'émotion. Tous ceux qui l'avaient volé – et demain, sans doute, partageraient ses dépouilles – versaient ce soir une larme sur l'excellence de ce bon monsieur Sutter.

épidermique serait en un moment [illegible] affaires [illegible] été [illegible] [illegible] en faire entre [illegible] sans [illegible] que d'[illegible] au système de l'[illegible] comme dans le [illegible] l'impossible [illegible] total. [illegible] de [illegible] Flock [illegible]

A [illegible] partage entre l'admiration et la [illegible] par [illegible]

[illegible]

Mais vous ne comprenez pas ? [illegible] de la Californie du [illegible] ! [illegible] même [illegible]

[illegible] tout [illegible] pour [illegible] que [illegible]. Derrière ces [illegible] [illegible] sont [illegible] le [illegible] pouvoir [illegible] de [illegible]

13

Deux hommes, à la table, se faisaient face. L'un, maigre, pâle, fixait les cartes, l'air absent, derrière ses piles de doublons et de piastres, l'autre, vêtu avec une extravagance toute mexicaine, dolman brodé d'argent, ceinture à franges d'or galonnées, feutre de vison, jetait ses piastres sur le tapis d'un air indifférent. La foule, serrée autour d'eux, grondait d'excitation. Le Mexicain puisait à poignée dans une énorme sacoche, attachée à ses deux cuisses par des lanières de cuir pour la tenir ouverte, et il perdait sans trembler des sommes colossales, en doublant sa mise à chaque coup.

« Cinq cents onces sur ce coup, *hombre*... »

Et l'homme jeta négligemment un sac de poudre d'or sur la table. Le croupier le vida sur une balance, pesa la mise.

« Tenu. »

Le *monte* ! chuchota Barnabé, la voix tendue. Le jeu préféré des *diggers*. Pas de stratégie, pas de calculs subtils : sa vie, sa fortune, sur une carte. Le croupier battait les cartes, en retournait deux sur le tapis, et le joueur pariait sur la troisième – qu'elle égalerait l'une des deux.

« *Seis de copas*... »

Perdu ! La foule soupira. Le Mexicain, impassible, lança un deuxième sac.

« Mille onces, cette fois ?

– Tenu. »

Une voix d'ours furieux, derrière eux, domina le tumulte : « Mille gourdes sur parole, à la noire ! »

À la table voisine, un géant irlandais, roux comme un chêne d'automne, menait grand train au trente et quarante.

« Qui ne connaît pas Tim O'Connor, ici ? D'or est ta parole, ami... », roucoulait une rousse créature en falbalas, la poitrine crémeuse, à la droite du banquier. Et tirant les cartes :

« Trente-six ! Rouge gagne !

– Goddam !... La banque tient ?

– La banque tient la doublure. Couleur ?

– Noire, toujours. Comme le joli cul de Fanny Sweet, ah ! ah !

– Trente-neuf ! »

La foule retint son souffle. Mais Tim n'était pas d'humeur, ce soir, à gagner petit.

« Beau jeu, non, pour ma couleur ? Masse avant de mille onces, si tu oses...

– Va pour mille ! Quarante ! Rouge gagne. »

Le géant lâcha une bordée de jurons, piétina son béret, puis, éclatant de rire, fataliste :

« Ah ! Malheureux au jeu... Fanny Sweet ! Où es-tu, Fanny Sweet, ma douce colombe, mon amour. Fanny ! Foutue pute, viens que je te bourre ! »

Et il fendit la foule en rugissant, après avoir jeté sur la table un bon sur sa banque, griffonné au crayon sur un papier à cigarette.

« Quatre mille onces, *hombre* ?

– Tenu. »

La foule reflua vers la table de *monte*. Et le silence se fit : la mise, là aussi, devenait formidable.

« *Caballo de bastos.* »

Le Mexicain plongea la main dans sa sacoche, hésita, puis étala d'un coup ses réserves. La salle gronda.

« Le reste sur cette carte ?

– Tenu. »

Un murmure passa sur la foule. Le croupier restait froid, les yeux vides. Tout juste Nicolas nota-t-il une crispation de ses doigts, tandis qu'il rebattait les cartes – les probabilités, à chaque nouveau coup, menaçaient de se retourner contre lui...

« *Diez de espadas.*

– C'est la vie, *hombre...* »

Le Mexicain décavé se leva tranquillement, renoua les cordons de sa sacoche, la glissa dans sa ceinture.

« La vie... ou la mort ! »

Et sortant un poignard, vif comme la pensée, il plongea vers le croupier. La suite laissa Nicolas sans réaction : le cri de la foule, le tressaillement de l'homme, tandis qu'il pivotait sur sa chaise à une vitesse incroyable, le derringer qui jaillissait au bout de ses doigts, les deux coups de feu, presque simultanés, le Mexicain qui s'effondrait lentement – déjà deux videurs à gueules de bouledogues évacuaient le cadavre, le croupier s'époussetait, comme si de rien n'était, dans le brouhaha revenu. La vie ne valait pas cher, à l'Eldorado – moins qu'une carte retournée...

« Le fou ! Il n'avait aucune chance... »

Barnabé haussa les épaules, méprisant. Et comme Nicolas le fixait d'un air quelque peu hébété :

« On ne s'amuse pas à ça contre Soapy Smith ! »

Tous les banquiers étaient des virtuoses de la gâchette, expliqua-t-il, et plus encore les joueurs professionnels, comme Soapy, qui louait sa table une fortune à McCabe, le propriétaire.

« Ils ont tous un derringer à deux coups dans la manche. Plus un colt à cinq coups à la ceinture. Et un autre sous la table. Plus un poignard comme un rasoir... »

Nicolas fixait Soapy Smith, fasciné. Le tueur avait repris le jeu, sans la moindre émotion. Pas un muscle de son visage n'avait frémi. Combien, déjà, étaient morts, qui l'avaient soupçonné d'avoir triché ? Et il continuait d'empiler ses doublons, de couper les cartes, prêt à recommencer... S'il trichait ? Barnabé avait éclaté de rire. Bien sûr, qu'ils trichaient tous ! À leurs risques et périls. Il avait l'air de considérer que cela faisait partie du jeu – et tant pis pour le pigeon assez naïf pour se laisser rouler.

« T'inquiète pas, on s'y fait vite ! » sifflota Barnabé, l'humeur décidément enjouée, comme s'il avait deviné les pensées qui agitaient son ami, et revenu au bar il entreprit de l'affranchir un peu, « pour lui corser le cœur ».

Et d'abord, la salle. Un coupe-gorge, dit-il en balayant l'espace d'un geste plein d'emphase. Organisé pour « désosser » le pigeon. La musique, l'or partout, les alcools, les tableaux, les femmes ? Qu'il oublie tout ça : tout était calculé pour faire perdre ses esprits au joueur, le mettre en condition. Oh ! Ici on ne droguait pas les boissons au jus de tabac comme dans les bouges de la Barbary Coast, mais le résultat était le même – et le niais se réveillait au petit matin dans la rue, pareillement plumé ! Les femmes... Ah ! il fallait tout craindre des femmes, insistait le gamin, sentencieux. Pourquoi croyait-il qu'à chaque table trônait près du croupier une créature dépoitraillée ?

« Elle se penche, te montre sa poitrine jusqu'au nombril, ou un coin de jambe par le pli de sa robe et hop ! son compère tripote les cartes, ni vu ni connu... »

Les cartes... Il gloussa, comme s'il se racontait à lui-même une bonne blague. Ah ! les cartes ! Savait-il qu'on pouvait en acheter marquées au dos tout exprès pour les tricheurs, fabriquées à New York par Grantine, ou par le docteur Cross à La Nouvelle-Orléans – vendues sur catalogue, avec force publicité dans les journaux ? Un dollar le paquet, dix dollars la douzaine ! Cartes biseautées, cartes décorées au dos d'étoiles, de fleurs, d'entrelacs de vrilles de vigne apparemment semblables, toujours différents par un léger détail connu du seul croupier, caches extra-plates pour dissimuler les cartes sous les tables, manches, poches, vestes truquées – tout s'étalait au grand jour, il y en avait pour tous les goûts. Et le large sourire du loustic montrait qu'il trouvait l'affaire du plus haut comique. Dame ! jouer, tricher, où était la différence ? Et roulant négligemment deux dés sur le comptoir, il sortit coup sur coup deux as, puis deux six. Grantine garantissait la qualité de ses produits.

« Tous les gars à la redresse en ont dans leur poche, ça égalise les chances... »

Le jeu avait repris à la table de Soapy Smith, et la ronde des pépites, les coulées de poudre d'or. Les impatients se bousculaient, comme grisés par l'odeur de la mort, ou l'intuition confuse qu'elle pouvait leur porter chance, le tueur battait les cartes, sans la moindre expression, et son tas d'or continuait de prospérer. Tout à l'heure, quelqu'un se cabrerait de nouveau, le derringer aboierait, et le corps du malheureux serait jeté dans la rue, comme les autres. Rien qu'une nuit ordinaire, à l'Eldorado.

« Dix dollars sur ce coup !

– Cinquante onces...

– Trente dollars pour moi.

– Tenu.

– *Seis de copas...* »

L'Américain, devant lui, frappa la table de dépit. Soapy allait rafler la mise, mais l'autre, rouge de colère, lui saisit le bras – et le relâcha à la seconde, effrayé. Soapy, immobile, le fixait, les yeux vides, et dans ces yeux-là il y avait sa mort. L'Américain se leva en enfonçant son feutre d'un coup de poing rageur, et se perdit dans la foule.

« Et encore, ce n'est rien ! C'est plutôt calme, ce soir... »

Calme ? Barnabé éclata de rire devant l'air ahuri de Nicolas. C'est qu'il n'avait encore rien vu ! Les bagarres qui éclataient, dans la surexcitation générale, les tabourets qui volaient dans les piles de verres, les coups de pistolets qui vous sifflaient à l'oreille, pendant que tout le monde plongeait à terre ou derrière le bar, le temps que les furieux s'expliquent. Dame ! philosophait le jeune homme, quelques heures dans ce bouillon, et on devient tous fous ! Quant aux morts... Bah ! On les retrouvait le lendemain matin, dans la rue, jusqu'à ce qu'on veuille bien les ramasser. Gagner, dans cette folie, supposait des nerfs d'acier...

Et la connaissance, bien sûr, des ficelles du métier. Ah ! Elle était inépuisable, l'invention des joueurs, gloussait Barnabé, ravi : les trous dans le plafond, à travers les lustres ou dans les cloisons, pour lire les cartes adverses, les ficelles sous le tapis pour communiquer avec le complice, les intérieurs de pots à pipe brillants comme des miroirs, au-dessus desquels le joueur distribuait les cartes, les montres posées sur la table, au même effet – on racontait même d'un certain docteur John qu'il était capable de lire les cartes qu'il distribuait dans une simple goutte de cognac opportunément versée près d'un chandelier... Sans parler des roulettes, qui toutes avaient un frein caché sous une lame de parquet, chacun savait cela, ou des boîtes qui donnaient au croupier deux cartes collées pour une. Ou... Nicolas secouait la tête, saoulé : à quoi bon jouer, si tous trichaient ? Pour jouer ! rétorquait Barnabé, surpris : vivre, jouer, c'était pareil ! Ici, il fallait oser. Et miser rude...

« Regarde-les... Ils sont tous là : notaires, pasteurs, curés, maquereaux, médecins, juges, hommes d'affaires, employés, fermiers. Tous, sans exception. Et tous égaux, devant la chance ! »

Le rougeaud qui s'agitait là-bas, les yeux brillants – eh bien ! c'était Parker, le pasteur.

« Quand il aura perdu ses derniers dollars, il ira prêcher dans la rue contre le jeu et l'alcool. Le temps de se refaire une petite quête, pour ses œuvres. Et tout le monde le sait, et tout le monde rit... »

Le juge Carver, lui, mieux valait s'en méfier – le pire tricheur, assurément, de la place.

« Tous, je te dis ! Qu'est-ce que tu crois ? Demain, ce sera la légende de la Californie ! Tu verras – oui, on écrit une légende... »

Et il lui détaillait les tables : devant eux, les Mexicains silencieux et graves comme à l'office du dimanche, autour des tables de *monte* ; les Américains débraillés et brutaux vociférant autour des tables de *faro* et de lansquenet ; les Français volubiles devant les tables de trente et quarante ou à la roulette ; les Chinois, dans un coin enfumé, lancés dans une partie de *craps* ; et tous les autres jeux qui avaient la faveur du moment, le vingt-et-un, le *rondo*, le loto, le baccara. Le poker ? Foutaises ! Personne n'avait de temps pour les jeux compliqués. Il fallait aller vite : une boule qui roule, une carte retournée, et que s'emballe le tourbillon. Jusqu'à... Bah ! demain était un autre jour. Une folie. Et l'or roulait par millions sur les tables, d'autres maisons de jeu sortaient de terre, plus rutilantes encore, comme autant de bouches nouvelles, grandes ouvertes, où enfourner les pépites arrachées au ventre des montagnes. Toujours, toujours plus – ah ! il fallait que ça brûle !

Et il lui montra les tables où devant chaque joueur s'alignaient des verres de toutes les tailles, du verre à vin au verre à liqueur, que chacun remplissait de poudre d'or à hauteur de ce qu'il voulait risquer, en faisant le niveau avec une carte – qu'il perde, et il le versait devant le banquier, qu'il gagne, et le banquier en faisait pareillement devant lui. Tout, pour ne pas perdre de temps. Et ceux qui arrivaient des placers étaient les plus terribles. Sales à faire peur, l'air égaré, clignant des yeux dans la lumière crue, comme saoulés par la foule, rendus fous par le luxe, qui jetaient leurs sacs d'or devant eux sur la table, annonçaient sans l'ouvrir le poids d'or qu'ils misaient, jusqu'à ce qu'ils arrivent au bout de leur réserve – que pesait alors le croupier, sur ses balances. Pressés – oui, pressés, aurait-on dit, de repartir dans la montagne s'enfouir dans leur mine et revenir encore.

Mais à quoi bon tout ça ? protestait Nicolas, malgré le sang qui battait dans sa poitrine, tandis que roulaient les pépites devant lui, que les joueurs quittaient les tables, lessivés, ou se précipitaient au bar pour fêter un coup heureux.

« Pour... Ah ! Pour le *big gold* ! s'embrasa Barnabé. Le perdre le lendemain. Et le regagner encore. Sentir son cœur prêt à éclater, le sang rugir dans ses veines, son souffle s'arrêter. Chevaucher l'univers entier, le temps d'une carte, d'un dé. Et tout dépenser. Tout, dans l'instant ! La vraie vie... »

Pour un commerçant avisé, c'étaient là des propos bien étranges, songea Nicolas...

Barnabé reprit sa respiration, secoua la tête, comme soudain effaré par la vision qui le soulevait, répéta à voix basse :

« Le big gold... »

Mais Nicolas l'écoutait-il encore ? Soapy Smith battait et rebattait les cartes – derrière son masque impénétrable, malgré la cohue et le bruit, il devait calculer à toute vitesse ses chances de gain, sur chaque coup, les cartes déjà sorties. S'il trichait, ce ne devait être que de loin en loin, quand les probabilités se retournaient contre lui. Mais comment faisait-il, surveillé de toutes parts ? L'attention de Nicolas devait être insistante, car entre deux parties le tueur tourna légèrement la tête vers lui, intrigué. Son regard était aussi froid que celui d'un serpent. Froid et fascinant – comme s'il l'appelait. Comme si cette table était le point de passage obligé d'une mystérieuse initiation. N'était-il pas depuis trop longtemps tel un gamin hésitant au bord de l'eau ? Barnabé lui avait parlé de baptême. Eh bien, va pour le baptême ! Il était trop tard pour reculer : s'il voulait survivre, il lui faudrait plonger à son tour. Le plus vite serait le mieux. Et si tous étaient damnés, si ces flammes étaient celles de l'enfer, eh bien ! qu'il se damne à son tour ! À quoi bon barguigner ? Tôt ou tard il deviendrait comme eux...

Il se leva, marcha vers Soapy Smith, s'engloutit en frissonnant dans ce regard vide. Comment jouait-on au *monte* ? Il ne s'en souvenait même plus. La foule s'ouvrit sans qu'il comprît pourquoi. La tête lui tournait, les visages dansaient autour de lui. Il jeta une pièce sur la table.

« Dix de trèfle... »

Aux pièces que Soapy Smith poussait vers lui, il comprit qu'il avait gagné. Gagné ! Il repoussa le total vers le centre de la table. L'autre hocha la tête, comme s'il s'y attendait, et approuvait.

« Dame de cœur... »

Il remisa une fois encore le total. Et gagna. Et regagna encore. Combien de fois ? Il entendait le brouhaha autour de lui dans un brouillard. Le sang lui battait furieusement les tempes, ce tas d'or devant lui avait quelque chose d'irréel, seul comptait ce regard qui ne le quittait pas, fouaillait, lui semblait-il, jusqu'aux tréfonds de son âme. Se pouvait-il que quelqu'un puisse ainsi entrer en vous ? Il gagnait – et il se sentait aspiré, pourtant, au fond d'un gouffre noir. Quelque chose en lui tressaillait d'horreur, malgré l'exultation sauvage qui le soulevait de son siège tandis qu'il saisissait son or, le poussait à chaque fois vers le centre de la table – tout à coup il eut l'impression qu'il ne misait pas, non, qu'il ne gagnait pas, mais qu'il repoussait encore et encore les monceaux d'or qu'un démon tentateur empilait devant lui pour le tenir à sa merci, il fallait qu'il perde pour se délivrer – mais il gagnait toujours. Gagnait ? Il prit conscience que Barnabé, derrière lui, le secouait.

« Mille dollars ! Bon Dieu, c'est de la folie. Arrête ! »

Il gagnait... Brusquement lui vint un calme étrange, chaque geste, chaque bruit lui parvenait avec une netteté extraordinaire. Son pouls se calma. Il regarda autour de lui, comme s'il découvrait les visages des spectateurs, suspendus à ses gestes, le murmure de la foule. Il gagnait. Rien ne pouvait plus lui arriver. Il rejoua sa fortune – et avant que la carte tombât, il sut qu'il avait gagné. Les yeux de Soapy Smith s'étaient rétrécis. Lui aussi maintenant était aux aguets. Il m'a appâté, se dit-il, et maintenant, il va me ferrer. Au coup prochain. Ou au suivant. Il rejoua ses gains, toute la masse étalée devant lui, comme en défi, et l'air parut se solidifier autour de la table. Barnabé, dans son dos, poussa un gémissement.

Il gagna. Avait-il rêvé, ou Soapy Smith avait-il eu comme un tressaillement de surprise ? Barnabé le secouait :

« Arrête ! Mais arrête, je te dis ! »

Il avait gagné. Il avait vaincu Soapy Smith. Il pouvait rentrer au Havre, demain, s'il le souhaitait, vivre un temps, qui sait ? de ses rentes. Il lui suffisait de se lever, là, de saluer Soapy Smith, et bonjour la compagnie. Qu'avait-il à prouver ? Mais lui resterait toute sa vie cette question – de savoir ce qu'aurait été le coup suivant. Si la chance aurait continué de lui sourire. À quel coup elle se serait retournée. Barnabé avait raison, c'était de la folie – il hésita. Se retint. Ne joua que la moitié de sa fortune. La foule, déçue, soupira.

Il lui sembla que Soapy Smith le narguait, tandis qu'il rebattait les cartes – ou bien était-ce l'extrême tension ? Il nota que ses doigts, cette fois encore, se crispaient, à l'instant de couper. Il a peur, se dit-il, sûr de lui.

Ce n'est que lorsque le tueur attira à lui sa pile de piastres et de dollars qu'il comprit qu'il avait perdu. Perdu ? Il repoussa avec colère la main de Barnabé, posée sur son épaule. C'était de sa faute, aussi. Ses conseils de prudence ! Il aurait dû miser sans barguigner. Faire confiance à la chance. Et puis, bah ! Il avait encore de quoi vivre un moment, s'il quittait la table. Il fallait, oui, il fallait qu'il se lève, qu'il s'en aille, qu'il s'enfuie ! Il rejoua. La moitié de ses gains. Reperdit. Rejoua. Reperdit. Son cœur battait la chamade, ses yeux se brouillaient. Non, ce n'était pas possible ! La chance ne pouvait pas se détourner ainsi. Elle allait revenir. Il suffisait qu'il s'abandonne à elle, une fois encore, sans réserve. Le silence se fit de nouveau.

« Dix de carreau. »

Perdu. Il resta un instant incrédule, abasourdi, devant la table vide. « Viens, suppliait Barnabé, tu n'as plus rien à faire ici ! » Lessivé, il avait été proprement lessivé. Deux minutes plus tôt, il était riche. Il repoussa Barnabé, violemment, prêt à le frapper. Non, ce n'était pas possible ! Ah ! c'était lui et ses conseils qui lui avaient porté la poisse ! Il fouilla ses poches. Jeta sa dernière pièce sur la table. Soapy Smith haussa les épaules, battit ses cartes comme une simple formalité. Et gagna. Non, tout ne pouvait pas finir ainsi ! Il agrippa Barnabé, supplia, il avait de l'argent, encore, resté dans le coffre du capitaine, à bord de la *Susan Drew*, il le rembourserait demain. Et tout à coup il se sentit fatigué. Simplement fatigué, au bord des larmes, tandis que Barnabé le prenait par les épaules pour l'éloigner du jeu...

« Ce cher Soapy Smith et ses doigts de fées ! »

La voix, cinglante, était reconnaissable entre toutes. Depuis combien de temps Pindray était-il là ? Il dominait la foule, encadré de ses deux acolytes, toujours silencieux, et le rifle à la main.

« Si l'on intéressait un peu la partie ? Cinq cents dollars pour l'entame... »

Et il jeta négligemment un sac d'or sur la table.

« Tenu. »

Soapy battit les cartes.

« Dame de trèfle.

– Tu es en veine, ce soir, marquis. Ne la tente pas trop !

– En veine, tu dis ? Alors, le tout sur ce coup...

– Tenu. »

Pindray gagna de nouveau. Et aussi froid que Soapy Smith

rejoua le tout. Nicolas, comme en un état second, revit les yeux de Soapy se rétrécir, ses doigts se crisper – mais Pindray, d'une moue railleuse, l'arrêta alors qu'il coupait, posa tranquillement son colt sur la table :

« Tu ne verras sûrement pas d'inconvénient à ce qu'une main innocente fasse la coupe, cette fois ? »

Soapy tressaillit, grimaça un sourire. Un *lépero* mexicain s'avança, les yeux brillants, tailla les cartes maladroitement.

« *Caballo de copas*. Señor, vous avez perdu... »

Pindray, silencieux, s'alluma un *pajillo*.

« Tu ne joues plus ? grinça Soapy Smith.

– Au contraire. Je double.

– Hein ?

– Oui. Deux mille dollars. »

Le *lépero* tremblait comme une feuille tandis qu'il saisissait les cartes.

« Eh bien ! mon ami ? Retournes-en une !

– *Nueve de oros*. »

Un grondement d'excitation passa sur la foule. Puis le silence se fit, tandis que le *lépero*, la gorge sèche et la main tremblante, taillait les cartes, de nouveau.

« Eh bien ! va donc, ami ! » railla le marquis.

L'homme tenait la carte entre le pouce et l'index, indécis. Il la lança sur la table, en fermant les yeux.

« *Nueve de oros* ! »

Pindray se leva, tandis que ses deux acolytes empochaient les gains :

« Eh bien ! On ne dira plus que personne, jamais, ne gagne à la table de Soapy Smith ! »

L'autre blêmit, se ramassa une seconde sur lui même, puis baissa la tête, dompté. Et Nicolas, toujours effondré au bar, vit Pindray s'avancer vers lui. Dressé dans ce halo doré, il était encore plus grand qu'il ne l'avait cru.

« Ah ! je voulais voir de plus près notre joueur. Foutrebleu ! Vous au moins, vous jouez raide ! »

Puis, le dévisageant avec curiosité :

« Vous ne vous étiez pas rendu compte qu'il trichait ? »

Trichait ? Si, balbutia-t-il, il avait bien vu ses doigts se crisper sur les cartes, un certain moment, mais...

Pindray secoua la tête, étonné :

« Et vous l'avez laissé faire ? »

Puis, le détaillant rapidement :

« Oh ! Je vois... »

Nicolas, humilié, se tassa sur son siège. Comment disait-on, déjà – pied tendre ? Mais l'autre, adoucissant sa voix, comme s'il se reprochait de l'avoir ainsi raillé :

« Vous arrivez de France, n'est-ce pas ? Eh bien ! vous aurez eu au moins un baptême dont vous vous souviendrez ! »

Nicolas avala machinalement la mixture que lui tendait Barnabé. Une coulée de feu lui ravagea l'œsophage. Le Tom and Jerry méritait sa réputation de « secouer le gésier des plus coriaces ». Et il était trop abattu pour réagir. Pied tendre... Oui, c'était exactement cela. Les joues en feu, il observa Pindray à la dérobée. Mais le marquis, adossé au bar, ne lui prêtait déjà plus attention. L'œil aigu, les narines frémissantes, il scrutait la salle, aux aguets, comme s'il tentait d'y deviner quelque message secret, et il y avait en lui une telle violence contenue que le gamin frissonna. Cet homme-là était dangereux, plus encore que Blanchot. Et ce que Barnabé lui avait chuchoté à l'oreille, chez Niquet, redoublait son mystère. Un tigre, oui, ou un oiseau de proie. Qui pour l'heure se tenait sur ses gardes.

« Eh bien, pour une fête..., s'écria Barnabé, en levant son verre.

– Une fête ? »

Pindray leva un sourcil, sans quitter la salle des yeux.

« Reste sur tes gardes, petit. Quelque chose me dit que la nuit... Oui, la nuit sera longue. »

Ses acolytes opinèrent, bourrus. Eux aussi gardaient la main sur leur rifle. Savaient-ils quelque chose ? Le plus jeune des deux grommela :

« Vous n'avez pas vu, dehors ? Les Bowery Boys sont de retour. Et ils protègent Brannan !

– Brannan ? Mais c'est lui qui les a...

– Justement ! S'ils se montrent, ce soir, c'est qu'il se trame quelque chose.

– Et pas un chat dans la Barbary Coast. »

D'un claquement de langue, Pindray fit taire ses compagnons. Le marquis, décidément, n'appréciait pas les confidences.

De quoi parlaient-ils ? À ces seuls noms, déjà, chez Niquet, les visages s'étaient figés, inquiets. Il se tourna vers Barnabé, qui lui fit signe que, plus tard... mais le loustic bordelais, lui aussi, paraissait troublé. Il tenta de s'arracher à sa torpeur, leva les yeux vers la salle. Les visages tournoyaient devant lui comme un carnaval de masques grimaçants et brutaux, les stridences des violons par à-coups dominaient le vacarme, la salle baignait dans un brouillard diffus. Un martèlement sourd, au-dehors, faisait trembler les murs. Des rires, fous, fusaient de la mêlée, des cris, des menaces. Il se raccrocha à la barre pour ne pas tomber. Une brusque nausée lui tordit l'estomac. Non, il s'était trompé, une fois de plus. C'était bel et bien la suite de Panamá.

En pire.

14

D'abord, se dit-il, prévenir Chauviteau, Pioche et leurs convives du Poddle Dog. Puis il hésita : de quoi, exactement ? D'impressions vagues, d'allusions générales ? Ils savaient tous ce qui l'avait conduit ici, consul en disgrâce, après le désastre de Hawaii, et le crédit qu'il fallait accorder à ses intuitions politiques. Il sursauta quand il vit son visage, hagard, dans une glace du couloir, se força à retrouver une contenance. Si quelque chose se tramait, nul n'y pouvait plus rien, essaya-t-il de se raisonner. Au moins se devait-il d'aller les saluer, et de leur suggérer combien un acte de présence, même rapide, à la réception du gouverneur serait le bienvenu : le restaurant français était à deux pas. Il repensa au regard de Sam Brannan posé sur lui, aux hommes qui gardaient son journal – cet homme-là était capable de s'allier à ses ennemis d'hier, avait dit Burnett... Que fallait-il craindre ? Cette ville qu'il croyait bien connaître, voilà qu'elle lui paraissait ce soir redevenir étrangère...

Les États de l'Union, dans le couloir, en étaient venus aux mains. Le Nord, rassemblé derrière un rideau de chaises, criblait d'œufs et de légumes les cavaliers du Sud, qui chargeaient sabre au clair, ce qui ne laissait rien augurer de bon pour l'avenir, et il ne dut qu'à quelques sauts de côté de n'être pas à son tour pris pour cible. Que faisait donc le personnel, pour laisser gagner ainsi le désordre ?

Il eut la réponse quelques pas plus loin. Les hommes de troupe, à l'entrée, les garçons de l'hôtel, au coude à coude, tentaient de plus en plus difficilement de contenir la foule, mais les badauds, pressés, bousculés, étouffés, protestaient que dehors c'était pire, qu'on dégageait le centre de la place pour le bal du gouverneur, qu'il fallait bien qu'ils aillent quelque part, et que le champagne de l'Union était bon, à ce que l'on disait. Il recula, découragé – il ne sortirait pas ce soir.

« En somme, nous voilà pris au piège, n'est-ce pas ? »

La voix de don Luis Del Valle, consul du Mexique à San Francisco, avait ce ton fait d'obséquiosité et d'ironie qu'apprécient tant les diplomates mais qui avait le don, lui, de l'exaspérer. Décidément, il était dit qu'il n'échapperait à personne, ce soir, soupira-t-il intérieurement – et il se força à un sourire poli. Jusqu'ici, il avait réussi à éviter ce vieillard fielleux, que l'on disait capable de toutes les trahisons tant il était cupide. Mais l'autre ne paraissait pas vouloir le lâcher et, le prenant familièrement par le bras :

« Vous savez que je vous cherchais ? »

Et comme Colton restait silencieux :

« Hé ! C'est que la donne change ce soir, pour vous comme pour moi ! La paix américaine... Enfin, espérons que les larmes, pour nous, ne succéderont pas aux vivats ! » Il soupira : « Ah ! ce pays aurait pu avoir une autre destinée ! Mais non – nous jouons le jeu. Reste à en tirer les leçons, pour l'avenir... »

Puis se penchant vers lui, la voix basse, tendue, après avoir jeté un regard à la ronde :

« Demain, aux premières heures. Il faut absolument que nous nous retrouvions. J'ai une proposition à vous faire, de la part de mon gouvernement. Urgente, croyez-moi. Aux conséquences... Ah ! Mais vous verrez... »

Et avant que Colton ait pu répondre, reprenant son ton mondain, volubile :

« Venez ! Je tiens absolument, si, si, – ah ! vous ne sortez pas assez de votre consulat, mon cher. Je connais votre labeur, mais... – vous ne prenez pas le temps, croyez-moi, de découvrir vos vrais amis. Qui pourraient vous aider – si, si ! »

Les *Californios*, pendant le prêche de Brannan, avaient trouvé refuge dans un petit salon, et cette réunion, à l'écart, d'hommes au teint mat, en habits mexicains, prenait du même coup des airs de conspiration. Si Brannan ou l'un des siens me voit ici, mon compte est bon, pensa Colton en esquissant un geste de recul, mais déjà le général Vallejo, le cigare à la main, tonitruant comme à son habitude, venait à sa rencontre, lui présentait son

« excellent ami » – et beau-père – Antonio Carrillo, l'entraînait vers quelques autres dont les noms lui échappèrent tant il était troublé de s'être ainsi laissé piéger. Il bredouilla quelques mondanités, crut habile de féliciter Vallejo pour son geste prodigieux, qui avait stupéfié toute la Californie, d'offrir les terrains du détroit de Carquinez afin d'y bâtir la future capitale de l'État, mais le géant débonnaire balaya ses éloges d'un revers négligent – n'était-il pas, avec Sutter, le plus gros propriétaire du pays ? L'important était de marquer solennellement l'alliance des anciens et des nouveaux Californiens, et que la nouvelle ville s'appelât Vallejo, pour le rappeler à tous. Le vote de quatre mille sept cents délégués, trois semaines auparavant, contre trois cents seulement à sa concurrente au titre de capitale, San José, était sa plus grande fierté !

Qu'est-ce donc qui pouvait réunir cette vieille ganache de Del Valle, représentant de Mexico, Vallejo, qui pariait sur la Californie nouvelle, et Carrillo, le leader des indépendantistes du Sud ? Mais ils avaient si souvent changé d'alliance, tous – qui pouvait prévoir ce qu'ils feraient demain, ou s'ils n'avaient pas, chacun, plusieurs fers au feu ? Lui revenait, obsédante, cette sensation qui l'avait accompagné tout le jour, d'être pris, quoi qu'il fît, dans un jeu dont il ignorait tout. Il entendit la voix de Del Valle, dans son dos, des mots en tourbillon évoquant « le héros du Sonora » et « sa gracieuse fille, dona Angela », et resta interdit lorsqu'il leva les yeux : devant lui, toujours aussi superbe, se tenait Paredes.

Ainsi donc, voilà pourquoi il tenait à me voir à tout prix avant Del Valle, se dit-il, et son pouls battit plus fort, tandis que Paredes inclinait la tête, avec une suprême élégance – et nul, en vérité, n'aurait pu deviner à son attitude qu'ils se connaissaient déjà.

« Messieurs, allons ! Vous étourdissez le señor Colton... »

La voix rauque, un peu grave, gardait des fraîcheurs d'enfant, et il n'y eut plus rien, tout à coup, dans la pièce, que la jeune femme qu'il saluait gauchement, ses yeux sombres, profonds, que semblait contredire le pli malicieux des lèvres, la courbe fragile de la nuque – dona Angela était à ce moment miraculeux, infiniment troublant, où se mêlent encore la femme et l'enfant, et c'est avec une grâce extrême, faite d'ingénuité et d'audace, que, posant sa main sur son bras, elle l'attira au-dehors.

« Ah ! délivrez-moi de tous ces vieux messieurs ! C'est à devenir folle : depuis deux jours je n'entends parler que de politique ! Mon père m'avait promis un bal et... voyez-vous même ! Dites, vous parlez d'autres choses que de politique, vous ? Ah ! vous allez tout me dire de Paris ! La mode, les toilettes... C'est que j'étouffe, moi ! »

Paris ? Que s'imaginait-elle donc ? Noyé sous son babil moqueur, il cherchait en vain quelque trait d'esprit par lequel se sauver, de ces mots qui signent votre appartenance à la bonne société – ces mois de quasi-retraite, à San Francisco, l'avaient-ils donc rendu à ce point empoté ?

« Savez-vous que j'ai passé six mois à Paris ? Ah ! les boutiques de Paris, les rues de Paris ! Mais pas de théâtre, non, ni de bal... Trop jeune, disait mon père. Mais tous les pères veulent cloîtrer leurs filles, non ? Vous me trouvez trop jeune, vous ? »

Elle eut un rire de gorge pour lequel il se serait damné.

« Mais je vous taquine. Vous arrivez de Hawaii, m'a dit mon père. Hawaii ! ce doit être merveilleux, si... exotique, non ? »

Il rassembla quelques phrases sur Hawaii, d'une banalité qui l'écrasa de honte. Savait-il seulement ce qu'il disait ? Il respirait le parfum de la jeune femme, sentait la pression de ses doigts sur son avant-bras, devinait la soie de sa peau, à la courbure de la nuque ; s'il avait osé, il l'aurait prise, là, dans ses bras – et un trouble profond lui venait, de deviner qu'elle ne se serait peut-être pas refusée.

Ce fut Sutter, à sa surprise, qui vint le tirer d'embarras. Suant, soufflant, toujours soutenu par sa fille Eliza, il se précipitait vers lui en agitant le bras :

« Ah ! Monsieur Colton ! Je vous trouve ! La France... »

Son haleine était à faire fuir. Les rumeurs qui le décrivaient s'écroulant chaque jour dans les bars crapuleux de Sacramento ne devaient pas être sans fondement : superbement saoul, Sutter ne tenait debout que grâce à sa fille, et les regards de la malheureuse disaient assez sa détresse. Colton, honteux pour elle, dont il percevait l'embarras, voulut l'interrompre, lui présenter au moins Angela. Mais l'autre, tout à son idée, poursuivait à tue-tête :

« Vive la France ! Si, si ! Ah ! il faut que vous veniez me voir, à Hock Farm. Vous savez que j'ai été soldat, en France ? Capitaine de la garde suisse de Charles X, parfaitement ! Pendant les émeutes de Grenoble... »

C'était faux, évidemment, mais cela faisait aujourd'hui partie de sa légende. Au consulat, une note de son prédécesseur précisait que le Suisse John Augustus Sutter, pour fuir une banqueroute infâmante, avait abandonné femme et enfants en 1834, avec cinquante mille francs de dettes, pour gagner Le Havre et l'Amérique, échappant de justesse à un mandat d'arrêt – et que ses seuls titres militaires étaient de premier sous-lieutenant dans le bataillon d'infanterie de réserve du canton de Berne.

« À Grenoble, parfaitement ! J'ai même été blessé à une jambe, d'un coup de baïonnette. Ah ! ah ! le major voulait me faire évacuer, mais j'ai dégainé mon sabre, pour mener l'assaut. Oui, monsieur ! Moi, le capitaine Sutter. Et... »

Un couinement strident, venu du grand salon, lui coupa la parole et, passé le premier moment de la surprise, ils reconnurent l'archet péremptoire de Mme Paris, la vedette de l'Eldorado. Le gouverneur Burnett n'avait pas les mêmes talents que Sam Brannan, mais savait lui aussi attirer l'attention, et c'est sous une cascade de rires que, appuyé sur l'épaule de la redoutable virtuose, il prit la parole pour rappeler ses invités à leurs devoirs et annoncer qu'après le délicieux morceau interprété par l'artiste incomparable invitée tout exprès débuterait sur Portsmouth Square le grand bal auquel nul ne pourrait se dérober, qu'il sût danser ou pas – et quant à ceux qui hésiteraient, qu'ils songent que Mme Paris n'avait pas eu de ces timidités, elle, quand elle s'était emparée de son violoncelle ! D'ailleurs, ajouta-t-il, bonhomme, il donnerait lui-même l'exemple en prenant la tête du cortège, qui sortirait de l'Union dès que la troupe leur aurait ouvert un chemin dans la cohue, dehors – à la condition, bien sûr, que Mlle Wyllis lui accorde la première danse, ce qui était la moindre des choses, compte tenu de ses multiples tentatives, restées vaines, pour la séduire.

C'était là un langage propre à réjouir de rudes pionniers, et un tourbillon de jupons traversa à nouveau le salon, porté à bout de bras, mais les cris de détresse qui en sortaient à l'aller avaient fait place à des gloussements énervés, et c'est une Mlle Wyllis fort rouge, les yeux brillants, et pour tout dire pompette, qui se retrouva en un éclair déposée sur la scène aux côtés du jovial gouverneur. S'il ne parvenait pas à ses fins ce soir, c'était en effet à désespérer, et c'est probablement ce que Burnett, hilare, lançait à la foule, mais sa voix fut couverte par les raclements vigoureux de la violoncelliste, qui attaquait son morceau en roulant des yeux furieux.

« Ah ! Si j'étais resté en France ! Mais vous savez ce que c'est : l'appel de l'aventure. Sinon, je serais... oui, général. Et croyez-moi – oui, je ne suis pas un homme ordinaire, monsieur. Je suis un homme extraordinaire. Oui. Extraordinaire. Je mérite d'être honoré. Je... »

Sutter titubait, la voix pâteuse, en s'agrippant à lui. Dona Angela l'écarta, d'un geste du bras charmant, mais sans réplique :

« Vous me devez au moins cette danse, señor Colton, n'oubliez pas... »

Et laissant là Sutter désarçonné, elle entraîna Colton, qui bredouillait la promesse d'une visite prochaine.

« Vous savez que mon père est jaloux comme un tigre ? Il fait découper en lanières, tout vifs, ceux qui m'invitent à danser. Vous voulez bien, vous, m'inviter à danser, n'est-ce pas ? Avec vous, je crois qu'il n'osera pas... »

Non, songea-t-il, s'il joue de tous les moyens pour me tenir. Elle rit de nouveau, à le faire frissonner. Et dans ces yeux sans fond où il se perdait, il y avait l'oubli des fantômes qui l'avaient traqué tout le jour...

Ils traversaient le grand salon comme des voleurs lorsque éclata la fusillade. D'abord, il crut à un feu d'artifice tiré depuis la place, mais les cris d'épouvante, au-dehors, les invectives, le reflux affolé de la foule – pas de doute, on se battait, à quelques mètres de l'hôtel. La salle se figea d'un coup, puis ce fut la ruée, dans un concert de vociférations, les hommes, déjà, sortaient leurs pistolets, les plus ardents, ou les plus éméchés, déchargeaient leurs armes vers le plafond, tandis que d'autres, pour couper au plus court, enfonçaient les fenêtres à coups de chaises. Un lustre s'effondra sur les tapis, dans un fracas de verre brisé, et nul ne prêta attention aux flammèches qui couraient déjà sur le sol. Il allait suivre le mouvement lorsqu'une main de fer le retint par l'épaule. Paredes, furieux, l'apostrophait :

« Êtes-vous fou ? Ce n'est pas un jeu ! Et pas la place de ma fille... »

Et tandis qu'il la retenait, désignant la porte d'un mouvement de tête, comme si son devoir à lui, consul, était dehors :

« Maintenant, les dés roulent ! Ah ! n'oubliez pas ce que je vous ai dit ! »

Une nouvelle fusillade éclata, toute proche. Le tumulte de la débandade fit trembler les lustres, une odeur âcre de poudre envahit la pièce par les vitres brisées, et il lui sembla, une seconde, que les yeux d'Angela brillaient d'excitation. Il voulut lui parler, mais un tourbillon furieux les sépara. Le Kentucky gisait, effondré, parmi les coupes et les bouteilles, Mme Paris, imperturbable, poursuivait le massacre de sa sonate – la dernière image qu'il emporta du salon dévasté fut celle d'un Sutter, perdu, qui serrait dans ses bras la Californie en larmes...

15

Les voix, bien qu'avinées, gardaient de mâles accents. Pas de doute, là, dehors, une horde de fêtards en appelait à tue-tête aux sillons abreuvés et aux enfants de la patrie. *La Marseillaise* à Portsmouth Square ! Les voix se rapprochèrent, dans un tohu-bohu de cris, de bousculades, la porte s'ouvrit à la volée. « Allons, enfants de la patrie... » La salle fit silence, effarée : échevelée, ruisselante, le corsage froissé, une femme s'avançait avec des airs de reine en poussant un landau et, derrière elle, en rangs serrés, quelque peu titubants, clignant des yeux dans la lumière crue, une cohorte sortie droit de la cour des Miracles, qui portait en triomphe deux escogriffes hagards. « Contre nous de la tyrannie... » Les voix déraillaient, se heurtaient, se couvraient, mais qu'importe ? Chemises à l'air, dépenaillés, les lascars étaient somptueusement, magnifiquement, hyperboliquement saouls, et c'est soutenus, poussés, portés par la foule hilare, qu'ils convergèrent à tâtons vers le bar où les attendait de pied ferme maître Jeremy Thomas.

« Contre nous de la tyrannie... » Les deux héros s'écroulèrent sur le bar en gloussant, hébétés, tandis qu'une cohue de joueurs entourait le landau. Hé ! ce n'était pas tous les jours qu'un bébé venait prendre son biberon à l'Eldorado ! Et le lardon, ravi d'être ainsi au centre de l'attention, riait aux éclats, pas plus effrayé que cela par les faciès qui se penchaient vers lui. C'était à qui le toucherait pour apprivoiser, qui sait ? la déesse Chance ; les plus hargneux, déjà, mettaient la main à leur coutelas pour s'ouvrir un passage, les entraîneuses protestaient, écartaient les fâcheux à coups de coude, se faisaient maternelles – mais c'est qu'elles étaient capables de l'étouffer, ces grosses brutasses ! Avait-il eu seulement son biberon, le chéri ? En vain, un jeune homme maigre, debout sur le bar, essayait-il d'attirer l'attention – l'Eldorado, ce soir, n'avait d'yeux que pour son petit prince.

« Bon Dieu, ça, c'est tout le vicomte ! »

Barnabé secouait la tête, estomaqué. Et dans le brouhaha, il livra à Nicolas le fin mot de l'affaire, *Monsieur Gogo* que l'on avait donné ce soir, Maguire, l'homme au cigare, les yeux présentement révulsés, Fayolle, le petit maigre qui agitait les bras, et la douce Artémise, Munié, sa troupe et tous les autres – les aristos de la Polka, ricana-t-il, clochards, décavés, filous, mais toujours aristos, même dans le caniveau. Puis Jules de France – et à son ton, Nicolas comprit que, celui-là, il le rangeait à part. De France ? Eh oui ! Un vrai vicomte. De lignée quasi royale, à ce que l'on disait, mais, bon, que sa famille avait dû chasser, probablement. Ce qui n'était pas pour étonner quand on connaissait le lascar. La crème des garçons, ça oui ! mais un sacré filou, aussi. Surtout, insistait Barnabé, n'entre jamais dans ses combines ! Son malheur, conclut-il, sentencieux, c'est son sens de l'humour.

« Il se fout de tout, il ne prend rien au sérieux, et surtout pas lui. C'est ça qui le perdra... »

Il hésita, sourit.

« Mais c'est ça qui le sauve aussi. Alors va savoir, la balance, comment elle penchera, au final... »

Il siffla entre ses dents, admiratif :

« Bon Dieu ! qu'est-ce qu'ils tiennent comme muflée !

– Et comment ! balbutia un échalas effondré à leurs pieds. À sec, qu'on l'a mise, la Polka ! C'est Maguire... Hein, Maguire, que c'est toi ? »

Mais Maguire, assommé, ne réagissait plus.

« Ouais, c'est Maguire qui paie. Putain ! demain, il va tirer une de ces tronches !... À sec, qu'on l'a mis ! »

Il compta sur ses doigts.

« Et le Café des Artistes. Et l'Aguila de Oro. Puis on s'est fait foutre dehors au Poddle Dog. Des Français, ceux-là ? Tu parles ! Culs pincés et compagnie, oui ! Pas moyen d'rentrer à l'Union. J'sais pas ce qu'ils foutent, y a des soldats partout, devant. Alors, hé ! hé ! on est là. À sec, l'Eldorado ! Allez, Maguire, bouge-toi, nom de Dieu ! »

Et d'une voix raffermie, comme s'il appelait les siens à la bataille :

« Jeremy, on va te le vider, ton bar ! »

Pindray, resté jusque-là silencieux, salua Jules de France, qui retrouvait un peu de ses esprits.

« Eh bien ! vicomte, c'est ton jour, on dirait ?

– Ma nuit, marquis, ma nuit... »

Et se penchant vers lui, au risque de tomber, à voix basse :

« Mais, bon Dieu ! à toi je peux le dire, le boulet est passé rudement près ! »

Pindray haussa un sourcil, étonné. Mais déjà Fayolle et Munié, accrochés l'un à l'autre et debout sur le bar, reprenaient à deux voix la geste du Jenny Lind. La foule, médusée, se massait autour d'eux. Avait-on jamais entendu pareilles extravagances ? Barnabé s'étouffa de rire, au moment de l'improvisation géniale du vicomte, Nicolas restait silencieux, étourdi.

Une houle de rires salua le départ d'Éléonore et du French Vaudeville. Chapeau, l'artiste ! Çà ! au moins, il n'avait pas eu froid aux yeux ! Maguire, arraché à sa torpeur par les acclamations, voulait à toute force mettre son héros debout et qu'on lui rendît hommage, Pindray lui-même regardait fixement le vicomte, comme s'il le découvrait, et quand arriva le récit des coups de feu, ou comment il avait tiré à balles réelles, droit dans la foule, pour mater les voyous, il hocha la tête, appréciateur, et le salua en levant son verre. La salle, restée silencieuse pendant l'épisode de Charles Duane, explosa en vivats. Chapeaux, toques et jarretelles volèrent dans les airs, on voulait toucher, porter en triomphe Fayolle et le vicomte, faire avec eux au moins le tour de la place et que tous sachent, à l'instant ! C'est que c'était une page de légende que cette affaire-là – oui, une page de plus dans la légende du Gold Rush, dans un siècle on en parlerait encore ! Jeremy, oubliant ses airs de grand seigneur, se proposa céans d'improviser un Two Shot Guns, un nouveau cocktail à la hauteur de l'événement – « Et s'il ne vous troue pas le boyau, celui-là, je ne suis plus Jeremy ! Ah ! bon sang de bon sang, quelle histoire ! » – , un des fidèles de la Polka, réveillé en sursaut, entonna un couplet du chant de Rouget de Lisle, et la salle, bonne fille, reprit plus ou moins en chœur, en écorchant les mots français. Un *digger* à l'âme trop sensible déchargea son rifle vers le plafond. Ça, c'était d'un gaillard ! Un autre, pris d'une soudaine inspiration, se hissa sur une table. Il fallait qu'on le baptise, ce gosse, pas plus tard que tout de suite ! Le bambin fut amené au comptoir, et Artémise ivre morte, que l'on croyait sa mère. Un pasteur ! Il fallait un pasteur. Et un juge, tant qu'à faire. Pourquoi ça, un juge ? Bah ! Va pour un juge. On retrouva Parker, l'héroïque pasteur, le contempteur du jeu et de l'intempérance, effondré fin saoul dans un coin, Carver, le juge, qui ne valait guère mieux, fut poussé vers le bar, Jeremy insistait pour tenir l'enfant dans ses bras, après tout, c'était un peu son autel à lui qui allait servir ! L'enfant, ravi, battait des mains.

La salle gronda. Ce soir, n'était-ce pas la Californie qu'on baptisait, à l'Eldorado ? C'était décidé, si la mère voulait bien, on rajouterait Californie à ses prénoms ! Un joueur proposa, sous les acclamations, une collecte, et une vraie – mince, Californie, fallait qu'il sorte d'ici avec de quoi démarrer dans la vie ! L'orchestre se risqua à une improvisation sur *Il est né, le divin enfant*. Pour toutes ces brutes aux douceurs d'anges, l'Eldorado, ce soir, était l'étable de Bethléem.

Seuls Pindray et le vicomte paraissaient étrangers à la liesse générale. Nicolas tendit l'oreille. « Tu crois vraiment qu'Éléonore a pu manigancer tout ça ? » interrogeait Pindray, dubitatif. Enrôler Patichard et Petiot, d'accord, c'était de son niveau. Mais se frotter aux canailles de la Barbary Coast, non, la pauvresse n'était pas de taille. Quant à se payer Duane en personne...

« Mais alors, qui ? » s'étonnait Jules, troublé.

Puis après un silence :

« Moi aussi, je me suis dit, à un moment... Me faire la peau, d'accord. Mais lancer une chasse aux Français ? Ce n'est pas d'elle, ça. Mais alors, qui ? »

Le marquis haussa les épaules, l'air sombre :

« Si je le savais ! Mais quelque chose se trame. Çà ! Les Bowery Boys sont revenus ! Et eux, ce n'est pas Éléonore qui les paie – pas elle non plus qui les protège ! Et s'ils rôdent, là, dehors, ce n'est pas pour la fête. Non, la nuit n'est pas encore finie... »

L'orchestre s'arrêta d'un coup, dans un couinement de cordes. La foule hésita, reflua dans un long murmure. Pindray et le vicomte levèrent les yeux, surpris. Dans l'entrée s'encadrait un colosse titubant, l'air obtus et féroce. « Duane ! » chuchota Barnabé d'une voix blanche. Duane, le visage meurtri, une arcade enflée, qui écumait de rage, avec derrière lui les éclopés du Jenny Lind, du moins ceux qui tenaient debout, et d'autres encore, aux longs manteaux de cuir, qui faisaient jouer leurs colts dans leurs gaines, en ricanant. « Cette fois, on y est », gronda Pindray, et ses hommes se rapprochèrent de lui, en vérifiant leurs rifles : « La chasse est ouverte ! »

L'air s'était comme solidifié autour des arrivants. Et certes, elles avaient quelque chose de formidable, ces brutes balafrées qui s'avançaient en faisant sonner leurs bottes, et la foule, prudemment, s'ouvrait devant eux, jusqu'au groupe de soiffards de la Polka, adossé au bar. Jeremy restait figé, la bouche ouverte, avec le bambin dans les bras.

Duane se campa devant Fayolle, les poings sur les hanches.

« Tu croyais que j'allais t'oublier, Frenchie ? On ne me prend pas en traître deux fois... »

Fayolle n'était certes plus très frais, mais fit face crânement :

« Eh quoi ? Je ne suis même pas armé ! Tu veux me tuer devant tout le monde – comme tu as descendu ce pauvre type, l'autre jour, dans la rue ? »

Duane se ramassa sur lui-même en soufflant bruyamment. Ses petits yeux roulaient, furieux, en défiant la foule. Un sanglier à l'instant de charger, songea Nicolas, tremblant.

« Ou bien tu veux que je t'apprenne la savate ? »

Et Fayolle éclata de rire, en lui tournant le dos.

« Duane la grande... »

Il ne termina pas sa phrase. Le coup de feu, le sursaut de la foule, se confondirent avec le cri de Barnabé, tandis que Fayolle s'écroulait dans les bras de Munié. Duane venait de l'abattre, d'une balle dans le dos. Et maintenant il affrontait la salle, le front bas :

« Il l'avait cherché, non ? Eh ! les gars, c'est rien qu'un Français de moins ! Un Français, merde ! Ceux-là, on les laisse faire, et ils se croient les maîtres ! »

Il ricana, en toisant les Français désarmés. Dommartin, très pâle, serrait les poings. La Madelène, Villatelle, Ségondis imploraient de l'aide. Munié, à genoux, épongeait le sang de Fayolle, inconscient.

« Faudrait commencer à comprendre, les gars : la Californie aux Américains ! Et les autres – ah ! ah ! dehors ! La taxe ? Je t'en fous ! Une balle, et c'est réglé. Et ça ne fait que commencer, moi je vous le dis. Demain – ah ! demain, vous allez voir. Vous allez valser, tous... Demain... »

Et comme la foule demeurait silencieuse :

« Il n'y a pas de vrais Américains, ici ? Des patriotes ?

– C'est toi qui est de trop sur terre, mon pauvre Duane... »

Le tueur se retourna, d'un bloc. Et blêmit en découvrant Pindray.

« Ça ne t'a pas suffi, d'être chassé de La Nouvelle-Orléans ? Tricheur, tireur dans le dos... Peste, quelle gloire ! »

Il était plus insolent, plus grand, plus formidable encore que chez Niquet, songea Nicolas, effaré, tandis qu'il s'avançait, seul, face à la meute. Duane, du regard, chercha l'appui de ses hommes, mais les acolytes du marquis, déjà, les tenaient en respect, le rifle à la main. La salle, fascinée, retenait son souffle. Tel était le silence que la rumeur de la place pénétra dans la salle, les flonflons assourdis des fanfares, le piétinement de la populace. Un bruit métallique résonna derrière un pilier, longuement, et chacun sursauta – un homme, d'émotion, avait laissé tomber une pièce. Et le silence parut plus écrasant encore, pendant que la foule s'écartait, laissant les deux hommes face à face.

« Alors, mon bon, tu trembles ? »

Il y avait de la peur, maintenant, dans les yeux du tueur, une peur abjecte, qui le disputait à une colère butée. Et Pindray, impérieux, la lèvre méprisante :

« Faudra-t-il que je te gifle ? »

Duane tressaillit, leva son colt, hésitant. Pindray n'esquissa pas un geste. Nicolas, dressé sur son siège, aurait voulu crier, en vain. Le tueur fit feu. Tira encore. Et encore. Pindray ne bougeait toujours pas. Duane le regardait, incrédule. Et l'autre, doucement :

« C'est plus difficile, n'est-ce pas, que de tirer dans le dos ? »

Et dégainant à la vitesse de l'éclair, il lui logea une balle dans l'épaule droite. Duane s'effondra d'un bloc, à genoux.

« Assez de sang pour aujourd'hui ! Mais c'est la dernière fois, Duane, que je te laisse la vie... Et maintenant, couchés, les chiens, et dehors ! »

Chaque mot du marquis était comme un coup de fouet. Les brutes, matées, refluèrent. Duane gémissait comme un enfant pleurard. Les portes battirent, longuement, derrière eux. On aurait entendu une mouche voler – comme si chacun avait voulu prolonger pour lui seul cet instant, en prendre la mesure. Légende pour légende, celle-là aussi, demain, allait courir de *claim* en *claim* ! Puis on entendit des soupirs soulagés, ici et là, des raclements de gorge. Et c'est alors que monta le rire clair de l'enfant, toujours dans les bras de l'auguste Jeremy. Celui-là, au moins, montrait un rude caractère ! Une femme applaudit, timide, puis une autre. Et ce fut un tumulte de cris, de bourrades, de rires, on voulait saluer, embrasser le héros – mais lui, écartant d'un geste les importuns, se penchait vers Fayolle, qui reprenait conscience. Rien de trop grave, assura Munié : la balle était ressortie, en déchirant les chairs.

« Foutrebleu, marquis, j'y regarderai à deux fois avant de me battre en duel avec toi ! » souffla Jules en lui tendant un gobelet.

Maguire, près de lui, restait immobile, sonné. Nicolas, sans y prendre garde, avala d'un trait le verre de son voisin.

« Tu crois toujours que c'est Éléonore ? » rétorqua Pindray, aussi calme que s'il revenait d'une promenade.

Et après un silence :

« Reste à savoir qui les paie... Parce que sinon – ah ! tout cela finira mal si... »

Les vitres explosèrent, sur la rue, et les glaces, les bouteilles, au-dessus du bar, en gerbes multicolores. Une bourrade violente jeta Nicolas à terre, souffle coupé, et, levant les yeux, il reconnut Barnabé qui le clouait au sol d'une poigne solide. La pièce, enfumée, sentait la poudre, les lampadaires s'effondraient les uns après les autres, on courait en tous sens au-dessus de lui, dans le crépitement des coups de feu, des hommes jetaient les tables à terre pour se protéger, piastres, doublons et pépites roulaient sur le parquet. Plusieurs corps déjà gisaient, inertes. Les tireurs de Duane, depuis la rue, prenaient la salle en enfilade. « Des armes, des armes, nom de Dieu ! » hurlait Pindray, debout, et Jeremy, déposant le bambin dans l'évier, passa son armurerie de réserve aux hommes de la Polka. Un genou à terre, derrière le bar, les deux acolytes du marquis tenaient un feu nourri en direction des fenêtres.

Était-ce la poudre, le sang versé ? Des hommes, comme fous, en venaient aux mains dans la pièce, en quelques secondes la mêlée devint générale. Jules, sans perdre de temps, assomma un *caballero* d'un coup de bouteille, se saisit de ses armes, Barnabé, en rampant, récupéra le rifle d'un trappeur et ses munitions.

Nicolas se releva, égaré, pour se retrouver nez à nez avec un yankee aux yeux fous qui lui écrasa une chaise sur la tête. Il tomba à genoux. Et c'est dans un brouillard de sang qu'il le vit pour la première fois...

Un homme jeune encore, de taille moyenne, mince, les cheveux blonds, qui s'ouvrait un chemin vers Pindray à coups de crosse.

« Marquis de Pindray ? Je suis le comte de Raousset-Boulbon... »

On se serait cru dans quelque réception mondaine.

« Eh bien ! comte, vous tombez bien ! »

Il les vit côte à côte, avec Jules de France, qui fonçaient vers la porte. La salle tournoya, des éclats de bois volaient en tous sens sous l'impact des balles. « Qu'un sang impur... » Près de lui, Artémise, effondrée, riait à perdre haleine. Il perdit connaissance.

16

La lame passa sur le consul, le drossa, le roula jusqu'à l'angle de Kearny, vers les Frères provençaux. Des hommes, des femmes tombaient autour de lui, aussitôt piétinés, d'autres hurlaient, les yeux fous, ou tiraient dans le tas, des cris se croisaient au-dessus d'eux, on se battait vers l'Eldorado, la troupe avait donné l'assaut, non, c'étaient des bandits, et le flot montait toujours, dans un bouillonnement inexorable, des soldats affolés, emportés à leur tour, distribuaient des coups de crosse au hasard, du coin de l'œil il vit l'auvent du *Californie Exchange* craquer, plier, disparaître, englouti par la marée humaine, une poussée brutale le plaqua contre un mur, et il se crut perdu, il allait périr étouffé, écrasé – la vague se retira, dans un grondement énorme de ressac, le flot dévia, aveugle, s'engouffra dans Dupont, et il put se dégager, à coups de pied, à coups de poing, remonter vers l'Eldorado.

D'abord, il ne vit que les corps, étendus sur la place, les charrettes renversées, les empilements de coffres, de tables, d'armoires éventrées, d'où partaient des coups de feu. Puis une mêlée confuse, sous l'enseigne rougeâtre du Verandah, l'éclat bref des canons de rifles et de pistolets, dans un fracas de verre brisé, de cloisons et de portes effondrées. On se battait furieusement, à l'angle de Washington et de Kearny, et dans les ruelles adjacentes. Un mousquet tournoya au-dessus des têtes et, dans une trouée, il reconnut Pindray, le terrible Pindray, qui rameutait ses troupes pour une charge, avec à ses côtés Jules de France écarlate et un jeune lion, crinière blonde au vent, qu'il ne connaissait pas. Il y eut un tourbillon brutal, des vociférations, un cri : « À moi, la France ! », et, dans un élan sauvage, le groupe balaya le coin de la place, tandis que les assaillants en débandade se réfugiaient derrière un abri de fortune – le char brisé, renversé, des voyous de la Barbary Coast. Des hourras enthousiastes saluèrent la charge victorieuse et, debout, sur leur position libérée, il vit Dommartin, Ségondis, La Madelène, en bras de chemise, les jeunes chiens fous du Café des Artistes et de la Polka qui brandissaient leurs armes. Colton blêmit. Les imbéciles ! Où se croyaient-ils donc – en 48, à Paris, à rejouer aux barricades ? Une grêle de balles s'abattit sur eux, et il lui sembla reconnaître, dissimulés dans les encoignures discrètes des *grog-shops* et des mélodéons, vers la Bella Union, quelques-uns des longs manteaux qui tout à l'heure gardaient le journal de Brannan. Il fallait arrêter cette folie – s'il n'était pas trop tard. Il se lança de toute sa vitesse dans la place vidée, des balles sifflèrent à ses oreilles, un choc, sourd, dans un pan de sa veste précipita sa course, il roula sur lui-même, enfin à l'abri de la barricade. Les jeunes gens applaudirent en riant :

« Le consul avec nous ! »

Ils étaient fous, et magnifiques. Dommartin, le poitrail ensanglanté, rechargeait son mousquet avec des airs de vieux briscard, La Madelène déchargeait sans discontinuer les armes que lui passait Bossange, Ségondis, debout sur un fourneau renversé, indifférent aux balles, défiait ses adversaires, la place tout entière, et la ville, au-delà. Et dans leurs yeux à tous brillait une lumière nouvelle. Combien de fois les avait-il croisés, effondrés, ivres morts, réduits aux expédients, prêts au pire pour survivre ? À croire que tous ceux-là, chassés par la mère patrie, se retrouvaient, ce soir, de lutter en son nom... Comment leur faire comprendre ? Ils se battent, tous, songea-t-il, pour beaucoup plus que le prétexte de cette querelle. Il se redressa, se força à prendre un ton cassant.

« Mais arrêtez ! Arrêtez, vous dis-je ! C'est un ordre... »

Les jeunes gens le regardèrent, interloqués :

« Eh quoi ? Ils nous attaquent !

– Qui ?

– Ça... »

Pindray haussa les épaules, Jules de France prit un air bravache :

« Mais ils vont le regretter, foutrebleu ! »

Autant vouloir arrêter une horde de mustangs lancée à plein galop. Il hurla :

« Bande de fous ! Mais c'est contre l'Amérique que vous prenez les armes !

– Eux, l'Amérique ?

– Des canailles, oui ! »

Les cris indignés fusaient autour de lui. Reculer ? Jamais ! Ils étaient prêts à tout – cette folie les vengeait de tant de déboires ! Mourir ? Ce n'était rien. Ils vivaient, au contraire, et pour la première fois depuis longtemps. Ah ! jamais je ne me suis senti aussi bien ! s'étonnait un jeune homme. Colton les regarda, les uns après les autres. Que leur dire qu'ils puissent seulement entendre ? Il se tourna vers Pindray, qui paraissait le chef – le marquis, la voix brève, lui rendit compte de la situation, le Jenny Lind, l'Eldorado, Duane, la fusillade. L'évidence du désastre, au fil de son récit, le laissa anéanti. C'était donc pire que tout. Un plan. Mûrement réfléchi. Mais par Brannan, vraiment ? Il ne pouvait être seul, en une pareille affaire – les chevaliers de Gwinn, la Société des pionniers, ces mystérieux Know Nothing ? Ah ! si seulement il s'était méfié... L'avertissement de Burnett lui martelait les tempes – et dans l'instant il imagina la ville parcourue de bandes de voyous harcelant des Français.

« Mais eux, ils ne comptent pas ! Des hommes de main ! Quelqu'un les paie. Et celui-là, il n'attend que ça... Vous ne comprenez pas ? C'est un piège ! Un prétexte... »

Il avait dû crier. Ou sa voix vibrer de trop d'angoisse. Les jeunes hommes le regardaient, troublés, tout à coup indécis. Même Pindray, devant lui, paraissait songeur.

« Les tirs ralentissent, gronda Jules de France.

– Ils ont leur compte ! se rengorgèrent d'autres.

– Ou bien quelques-uns nous fixent ici, pendant que les autres décampent », murmura l'homme aux cheveux blonds qui jusqu'alors n'avait pas dit mot.

Colton se tourna vers lui, qui paraissait plus calme :

« Ils vident la place, oui – et tout à l'heure ce sera la troupe ! Qui se souviendra, alors, de l'Eldorado ? On dira – oui, on dira que les Français ont tiré sur la foule. Ah ! Priez que ça n'arrive pas. Sinon... Malheur à tous, autant que nous sommes !

– Et pendant ce temps, grommela Pindray, ils font ailleurs leurs mauvais coups... »

Le groupe fit silence. Il y avait là quelques-unes des plus belles têtes brûlées de la ville, mais une soudaine gravité les resserrait les uns contre les autres. Chacun tendit l'oreille. Les orchestres s'étaient tus, sans doute balayés par la foule en panique. Ne restait plus qu'un grondement sourd, comme une respiration, venue des entrailles de la nuit. Très loin, vers la mer, on entendit des crépitements. Puis d'autres encore, au nord. Des fusillades ? Il faut rompre, acquiesça Pindray, pendant qu'il est encore temps.

Colton avisa alors Fayolle étendu, à l'abri d'un piano. Le malheureux était d'une pâleur de cire. Munié lui tenait la tête, soucieux : il lui fallait un docteur, et le plus vite possible.

C'est alors que lui vint l'idée qui pouvait tout sauver.

Le consulat.

Là-bas, au moins, c'était un bout de France, s'écria-t-il. Attaqués, ils y seraient en droit de se défendre. Et la clinique du docteur Pigné-Dupuytren se trouvait à deux pas – au pire, ils pourraient en extraire les malades. Puis, le groupe à l'abri, le bâtiment gardé, il leur serait possible d'envoyer par la ville des patrouilles pour récupérer, s'il y en avait, des Français en péril. Tous acquiescèrent sans murmure. Un grand gaillard, aux bras comme des poutres, se saisit de Fayolle avec des douceurs de sage-femme. Comme Pindray se tournait vers la barricade, Dommartin et Ségondis s'interposèrent : il serait plus utile avec les autres, devant, qu'on leur laisse au moins la gloire de l'arrière-garde ! Et tandis qu'ils prenaient position avec assez de poudre et de balles pour tenir un quart d'heure s'il fallait, le groupe s'ébranla en silence. Pindray et Raousset-Boulbon ouvraient la marche, Jules de France et les hommes du marquis protégeaient les arrières. Colton se retourna, à l'instant de les suivre. Le martèlement des tambours avait repris, menaçant, on entendait de toutes parts monter le piétinement de la foule, les nuages de poussière, au-dessus de la place, tournoyaient dans le ciel embrasé, comme les flammes d'une forge maléfique – ou les fumerolles d'un volcan, songea-t-il, juste avant l'explosion. Et les ténèbres se refermèrent sur lui.

Quelque part, très loin, un enfant hurlait. Puis les cris se rapprochèrent, et il ouvrit les yeux : Barnabé, penché vers lui, le secouait d'importance. « Il faut filer, vite ! » Filer ? Où étaient les autres ? Il voulut se redresser, s'agrippa à son ami pour ne pas tomber, et la douleur peu à peu s'estompa, qui lui battait les tempes. La salle était vide. Près de lui, adossée au bar, Artémise, hébétée, berçait l'enfant effrayé en chantonnant d'un air absent. Du dehors parvenaient, sporadiques, des claquements secs de coups de feu. Où suis-je ? s'entendit-il balbutier, lamentable.

Si je le savais ! soupira Barnabé, soucieux, en l'aidant à se lever. Une seule chose était sûre : il fallait fuir. Il avait eu le temps de réfléchir pendant que Nicolas s'offrait un petit somme : quelqu'un cherchait noise aux Français, ce soir.

« Alors, prie le ciel que les premiers à arriver par cette porte ne viennent pas avec une corde, pour nous pendre ! »

Les pendre ? Qu'avaient-ils à voir dans cette affaire ? Il balaya la salle du regard, à la recherche d'un signe, d'une protection, de quelque chose à quoi se raccrocher. Tout ceci était pure folie...

« Mais... le marquis, les autres ?

– Tu ne les entends pas ? Ils se battent, là, dehors. »

Et comme Nicolas esquissait un geste pour les rejoindre :

« Ah ! non ! Ce n'est pas notre guerre, ça ! S'ils veulent jouer aux soldats, les aristos... Sauf que demain – ah ! Va savoir ce qui va se dire demain, de cette affaire ! " Les Français attaquent ! " On se tire, je te dis ! »

Ainsi, malgré le danger, il était resté tout ce temps près de lui ? Nicolas lui étreignit le bras, ému. Barnabé, bougon, se racla la gorge. Eh ! quoi ? ils n'étaient pas amis ? Nicolas se risqua à quelques pas, un peu plus assuré. Une dizaine de corps gisaient toujours au sol, parmi les tables effondrées, les chaises brisées. La fumée, âcre, piquait les yeux. Derrière le bar, il découvrit Jeremy Thomas qui gémissait, à demi inconscient, parmi les bouteilles brisées, et il resta un moment, fasciné, à fixer les traînées vertes, jaunes, roses, qui dégoulinaient sur son plastron blanc. Qu'avait-il dit, au juste ? Le Two Shot Guns, le chef-d'œuvre des chefs-d'œuvre – eh bien, n'était-ce pas le Michel-Ange des *bartenders* qui se trouvait cette fois transformé en cocktail ? Il lut dans le regard surpris de Barnabé qu'il avait dû sourire. Il s'ébroua. Fuir ? Bien sûr, il fallait fuir. Et pas seulement l'Eldorado, mais cette nuit, ce cauchemar où il se perdait, et que revienne le jour, qu'il reprenne pied – ailleurs... Fuir, oui. Eh bien ! qu'attendait-on ? Barnabé lui tendit un pistolet. Mais non, pas à la main ! À la ceinture, discrètement. On ne savait jamais... Le silence, soudain, leur fit prendre conscience que le bébé s'était tu, apaisé. Ils se regardèrent, hésitants. Voilà qui allait encore leur faciliter les choses, soupira Barnabé, fataliste. Artémise, les yeux vides, se laissa entraîner.

L'Union Hotel, dévasté, semblait désert. Des gens couraient en tous sens, à l'angle de la place, se heurtaient, se poussaient, sans se voir. Personne ne paraissait s'intéresser à eux. Clay Street, bondée, ruisselante de lumières, était là, à deux pas – des détonations, derrière eux, leur firent presser l'allure. Et en se retournant, à l'instant de plonger dans la foule, il vit les barricades, à l'autre extrémité, devant le Verandah. Auréolées de fumée, dans le rougeoiement des lampadaires, elles avaient, d'où il se trouvait, quelque chose d'irréel. C'est fini, se dit-il, soulagé, en s'enfonçant dans la coulée brûlante de la foule, il était de retour dans le monde normal.

Le bruit de verre brisé, tout proche, le prit par surprise. Et il distingua comme une mêlée à l'angle de Clay et de Kearny – un simple mouvement de foule ou une bagarre devant le magasin des Frères provençaux ? Leur vitrine, en tout cas, venait de voler en éclats. La porte du restaurant de Mme Rosalie, à côté, paraissait enfoncée elle aussi. Ils n'étaient pas encore tirés d'affaire, souffla Barnabé, en le poussant dans les ténèbres fétides d'une ruelle. Où aller ? Pour l'heure, suite à une gêne momentanée, il n'avait pas de domicile bien défini. Si seulement ils pouvaient ramener Artémise chez elle, et l'enfant... Mais Artémise, les yeux dans le vague, paraissait ne rien entendre. Barnabé hésita. C'était peut-être la pire des solutions, mais... Oui, il y avait Niquet. Son cabaret était aussi solide qu'un fortin. Avec, à l'intérieur, assez de durs à cuire pour que nul ne s'y frotte. À moins qu'il ne se referme sur eux en piège ? La clameur de la rue monta vers eux, sauvage, un coup de feu, encore. Va pour Niquet ! chuchota Nicolas. Là-bas, qui sait ? il retrouverait peut-être ses mousquetaires. Avec eux à ses côtés, il ne craindrait plus rien.

Ils se glissèrent en trébuchant de ruelle en ruelle, piétinant dans les ténèbres des corps mous, indistincts, des ballots éventrés – derrière ses façades de lumière, la ville était d'abord un cloaque, songea-t-il, un amas d'ordures et de sanies. Des bruits, furtifs, entre les caisses et les détritus, accompagnaient leur course, et il frissonna, au bord de la nausée, quand un rat détala sous ses pas. Il reconnut enfin le fanal jaunâtre de Jones Alley, et il allait crier de joie quand Barnabé vivement le poussa dans l'ombre, avec Artémise.

Un groupe d'hommes en armes surveillait l'entrée du cabaret, depuis un renfoncement.

« Ceux-là, mieux vaut les éviter », chuchota Barnabé.

Et devant la mine interrogative de Nicolas, il hocha la tête – oui, il lui semblait bien en avoir reconnu deux ou trois. Qui n'étaient pas précisément des anges...

Artémise ne tiendrait pas longtemps, avec son bébé dans les bras. On pouvait peut-être se glisser par l'arrière du cabaret, hésita Barnabé – ce n'était pas un grand détour. Et ils reprirent leur course par les allées discrètes. Mais des formes remuaient pareillement dans les ténèbres, à l'autre bout de Jones Alley. Ils entendirent des chuchotements, tout près d'eux, un homme toussa à moins de vingt pas, un autre ricana : « Bon Dieu, attends un peu qu'ils sortent, ils vont avoir une de ces surprises ! » Barnabé, un doigt sur les lèvres, amorçait un repli sur la pointe des pieds, quelques pas encore et ils seraient dans Jackson...

Le bébé hurla.

Il y eut des exclamations au-dessus d'eux, des bruits de bottes, des hommes furieux qui battaient les fourrés, déjà ils dévalaient la pente, les cheveux dressés sur la tête d'épouvante. Ils couraient toujours quand ils débouchèrent sur les wharfs, hors d'haleine.

Tout était calme. La foule roulait, paisible, sous les lumières crues, s'épandait entre les étals et les échoppes, s'émerveillait, bonhomme, aux tours des saltimbanques. Des groupes riaient aux apostrophes canailles des encanteurs, des chœurs s'improvisaient à chaque coin de rue, et comme un souffle passait, dans la nuit moite, venu de la mer. Ainsi, me voilà revenu à mon point de départ, songea Nicolas, tandis qu'ils reprenaient tous trois leur respiration, écroulés sur une caisse de tabac de Virginie oubliée en pleine rue. Combien de nuits, de semaines, d'années s'étaient écoulées depuis qu'il avait sauté de la chaloupe, un peu plus bas ? La *Susan Drew* était là, quelque part, dans les profondeurs de la nuit, derrière la forêt des mâts illuminés. Qu'imaginaient-ils tous, ses compagnons restés à bord, devant ces collines embrasées, ces cris, ces explosions de fureur et de joie ? Peut-être simplement pensaient-ils une dernière fois à ceux qu'ils avaient laissés et ne reverraient plus. Ou bien ils ne pensaient à rien, de trop longue fatigue... Il leva les yeux. Le Niantic se dressait devant lui, fantastique vaisseau cathédrale pris un jour par surprise dans les terres, que l'on aurait dit prêt à cingler vers le large – n'était-il pas à l'image de la ville ? Sa coque ouverte dégorgeait de fêtards titubants, réduits par contraste à la taille de nabots. Mais la frénésie qui l'avait effrayé à son premier contact s'était comme en allée, des douceurs étonnées passaient dans la cohue. Nul ici, ce soir, n'était en guerre. Et si les traits paraissaient tirés, çà et là, c'était de seule fatigue. D'ailleurs, les musiques s'essoufflaient, lui sembla-t-il, déraillaient, reprenaient, avec de brusques ralentis – et il nota, sur le front de mer, des corps effondrés parmi les ballots et les meubles à l'abandon. Des bras, des jambes sortaient des coffres, des buffets, des caisses éventrées. Deux mineurs à longue barbe dormaient la bouche ouverte, tendrement blottis dans une armoire à la renverse. Un chasseur de baleine ronflait, accroché à son harpon fiché en terre. Et il comprit aux mouvements chaloupés de la foule, que tous, autour de lui, étaient déjà fin saouls.

Seules les grappes de fêtards massés sur le wharf central, autour d'un vapeur flambant neuf, paraissaient garder des réserves d'énergie. Un coup de sifflet, strident, fit lever les têtes, et le vapeur cracha un long jet de fumée sous les applaudissements, suivi d'un autre sifflet, puis d'un autre encore. Le *Sagamore*, dit Barnabé, d'un air absent – le chouchou de Stockton, lancé il y avait seulement cinq mois, le plus rapide des bateaux de la baie. Certes il avait fière allure avec sa longue cheminée, penchée vers l'arrière, ses formes élancées, sa coque peinte en blanc – mais pourquoi ces hourras ? Ils avaient pour l'heure d'autres chats à fouetter, maugréa Barnabé en montrant Artémise épuisée, qui serrait le bébé par miracle endormi. La pauvre fille était sonnée – qui sait ? peut-être devenue folle, on ne pouvait continuer de la sorte. Ici, les Français étaient chez eux, assura-t-il d'un ton raffermi, c'était bien le diable s'il ne trouvait pas de l'aide, ou un conseil ! Grimbert le grincheux, Mme Thérèse, Covillard le bon Lyonnais, quelques autres lui avaient été secourables déjà. Mais Mme Thérèse avait déserté la cahute branlante où elle disait la bonne aventure, il n'y avait plus rien à tirer de Jopic ar Louarn, assis dans la poussière sur sa cornemuse, qui fixait, hébété, ses deux complices endormis devant lui sur la vaste poitrine de leur commune Négresse, la porte de Fernand était barricadée, Covillard gisait ivre mort, entre les tonneaux de son Étoile des Mers, ils ricochaient de porte en porte, épuisés. Grimbert, déniché sous les tréteaux d'un encanteur, balbutia, piteux, que ces temps-ci, ça tombait assez mal vu qu'il était à la rue, suite à certaine partie de cartes pour laquelle il gardait un chien de sa chienne envers certains qu'il préférait ne pas nommer... Ils rebroussèrent chemin, découragés. Artémise, toujours silencieuse, vacillait.

Le front de mer commençait à se vider. Ceux qui restaient encore debout se massaient sur le wharf, autour du *Sagamore* en éruption, s'agrippaient aux bastingages, se serraient sur le pont, et le capitaine, écarlate, dépoitraillé, faisait cracher, siffler son monstre de métal, et plus les vivats montaient, plus il vociférait, furieux, comme s'il voulait pousser, pousser toujours ses feux, pour plus de vapeur encore, et que son navire ne fût plus qu'une clameur de sirène sur les eaux de la baie, jusqu'à Sacramento. Le *Sagamore*, bourré jusqu'à la gueule, tremblait de toutes ses membrures, dans les nuages de vapeur – un cheval sauvage, songea Nicolas, fasciné, malgré la fatigue qui lui sciait les jambes, un cheval, les naseaux écumants, qui lançait des ruades, pressé de prendre le large. Et il s'assit par terre. Il n'irait pas plus loin. Qu'on lui trouve une caisse, un carton, n'importe quoi, il dormirait là d'une traite, et advienne que pourra !

Il y a bien le Niantic, dit alors Barnabé. Ce n'était pas précisément un lieu de tout repos, et certainement pas pour les jeunes filles, surtout accompagnées de leur lardon, mais c'était un hôtel, après tout, et assez bien gardé, vu ce qui s'y passait. Disant cela, il sortit de sa poche des pièces d'or qu'il fit sauter dans le creux de sa main. Eh ! quoi ? s'écria-t-il devant l'air médusé de son compagnon, n'était-ce pas de bonne guerre ? Pendant que Nicolas gisait sur le parquet de l'Eldorado, lui n'était pas resté tout à fait insensible aux pièces qui roulaient alentour. Qui pouvait dire à qui elles appartenaient ? Il en enfourna la moitié dans la poche de Nicolas. Voilà qui lui ferait un peu oublier Soapy Smith, sifflota-t-il. Nicolas se laissa faire. Le Niantic ou autre chose – cette nuit, il aurait dormi même en enfer...

Des silhouettes s'étaient fondues, furtives, dans l'ombre des ruelles tandis qu'ils s'approchaient – et Colton avait dû donner de la voix pour que le vieil Hito daigne glisser par l'huis un œil soupçonneux. Depuis une heure au moins, des brutes patibulaires rôdaient aux alentours en proférant des menaces, les plus hardis avaient même tenté d'ébranler la porte à coups d'épaule, mais, hé ! hé ! il avait de quoi les recevoir, avait gloussé le majordome en exhibant une vieille pétoire, capable à cinq pas de vous faucher un peloton, et il avait suivi en ronchonnant la horde débraillée qui s'engouffrait sur les pas du consul. C'était à chaque fois la même chose, on ne lui disait rien, on le laissait tout seul, mais qui sait ce qui serait advenu s'il n'avait pas été là ? Il se tut en découvrant Fayolle ensanglanté, dégagea un canapé pour le faire allonger. En quelques secondes, son havre de paix, à l'ordonnancement si réglé, avait pris des allures de fortin assiégé, des hommes couverts de poussière, les chemises déchirées, se postaient aux fenêtres, d'autres balayaient les tables pour y compter leurs munitions, parlaient haut, s'apostrophaient avec des airs de matamores, et Hito, courroucé, se glissait entre eux, ôtait les vases des tables basses, poussait chaises et guéridons, comme s'il tentait de contenir une invasion de barbares pillards – et aux regards qu'il leur lançait tandis qu'il sauvait ici un vase, là un bibelot, nul doute qu'il ne les tenait pas en meilleure estime que les voyous tout juste mis en fuite. Mais nul ne semblait seulement se soucier de son manège et, quand le consul le pria de servir à tous ces braves de quoi se restaurer, il disparut dans sa cuisine en roulant des yeux furieux. Parce qu'en plus ils allaient rester ? semblait lui dire l'excellent homme – s'il tenait tellement à voir sa maison dévastée, pourquoi n'avoir pas laissé faire les malotrus de tout à l'heure ?

De l'autre côté de la rue, l'hôpital paraissait endormi, derrière ses volets clos. Mais la porte s'ouvrit dès qu'il s'approcha et, quand le docteur Germain donna de la lumière, après avoir repoussé l'huis, il découvrit un groupe de visages inquiets, tournés vers lui. Que se passait-il ? D'abord, il y avait eu ces coups de feu, au loin – si, si, il s'agissait bien de coups de feu –, puis ils avaient entendu des bruits dans la rue, des hommes avaient secoué la porte, par la fente d'un volet, à l'étage, ils avaient deviné qu'il s'agissait de malandrins, et maintenant... Un hôpital ! Qui pouvait en vouloir à un hôpital ? Colton balaya du regard la pénombre de la pièce. Les malades encore valides étaient là, en chemise, serrés les uns contre les autres. Marie et Claire, les deux filles du docteur, soutenaient leur mère, qui le fixait, hagarde. Il prit conscience, tout à coup, de sa mine, de ses habits froissés, maculés de poussière et de boue. Belle allure pour les rassurer ! Une simple bagarre à Portsmouth Square, bredouilla-t-il, mais rien de grave. Il lui fallait juste un docteur, en face. Un docteur ? Il y avait donc des blessés ? Mme Germain éclata en sanglots, des sanglots secs qui se muèrent en un long gémissement, elle le savait bien, que cet enfer n'aurait jamais de fin ! D'un geste du bras, il tenta de ramener le calme. Si cela pouvait les rassurer, il leur enverrait deux hommes armés qui monteraient la garde, mais il n'y avait en vérité aucune raison de s'agiter ainsi.

« Ils ont peur, murmura Marie, la fille aînée, tandis qu'avec son père et sa jeune sœur ils traversaient la rue.

– Mais de quoi, grand Dieu ?

– Il y a des bruits... Oui, des hommes, dans la salle, soutiennent que certains, en ville, ont juré de jeter les Français à la mer. »

Il fit mine de s'en moquer, mais son rire sonnait faux. Et il vit la soudaine pâleur du docteur, son regard qui s'agrandissait, quand il poussa la porte du consulat. La pièce, bourrée de soudards en armes, sentant la poudre et le sang, avait des airs de redoute assiégée.

« Bon Dieu ! docteur, vous tombez bien ! clama Jules de France, toujours théâtral. De la charpie et une bonne scie, comme à la guerre ! D'ici à demain, vous en aurez besoin... »

Celui-là ne manquait jamais ses effets... On montra Fayolle, gisant les yeux clos. Rien de grave, balbutia le docteur après l'avoir pansé. La balle était ressortie sans toucher d'organes vitaux. Si une forte fièvre ne se déclarait pas dans les heures à venir, il serait vite tiré d'affaire. Le mieux serait de le transférer en face, où on le surveillerait. Mais Fayolle, faiblement, refusa : cette nuit, il voulait la finir avec ses amis, comme promis, et devant son insistance on l'installa à l'étage, où Claire le veillerait.

Mieux vaut leur dire la vérité, se décida Colton quand Claire fut montée. Marie, grave et sereine, resta impassible, mais il vit que les mains de son père étaient agitées de soubresauts. Il a peur, réalisa-t-il soudain, ces mois de tensions, à Paris, le choc de la traversée, l'excès de travail depuis son arrivée – le malheureux était au bord de la rupture. Mon Dieu ! faites qu'il tienne, se surprit-il à prier : les prochains mois risquaient d'être terribles. Hôpital était peut-être un bien grand mot pour ce refuge qu'avec le docteur Pigné-Dupuytren il avait créé neuf mois plus tôt, au pire de l'hiver, après avoir rançonné les Pioche, Chauviteau, Gardet et autres riches marchands de la communauté : deux salles pour quarante lits, ce n'était certes pas grand-chose au regard des besoins, mais n'était-ce pas le premier signe d'une solidarité ? L'arrivée du docteur Germain avait été un coup de chance. Maire du XIIe arrondissement à Paris, il s'était mis du côté des émeutiers de juin 48, et il avait dû fuir – mais qu'importaient, ici, les opinions d'hier ? Germain s'était révélé un excellent médecin, et ses deux filles des aides précieuses...

« Ma femme, soupira le brave homme. Surtout, qu'elle ne sache pas ! Elle ne va pas bien, elle est... fatiguée, comprenez-vous ? Ces mois de malheur, à Paris, le voyage... Elle est... oui, un peu perdue. »

Comme une plante sans plus de terre. Coupée de ses amis, de sa famille, de sa maison, de tout ce qui avait fait l'ordinaire des jours, la trame de sa vie – jetée dans ce cratère furieux qu'elle ne comprenait pas, où seuls les fauves survivaient. Et maintenant, c'était le docteur qui la suivait dans son désarroi.

« Tellement fatiguée, oui... »

Mais parlait-il pour elle encore, ou pour lui ? Sa voix était montée, aiguë, avant de se briser sur un silence, tandis que Marie, doucement, le prenait par le bras. Colton écouta leurs pas décroître au-dehors. Hito époussetait les miettes qu'éparpillaient les hommes, les débarrassait des flacons vidés avec des mines exaspérées, comme s'il avait voulu effacer un à un les signes de leur présence. Il poussa un volet, et la rumeur de la ville monta vers lui, sur laquelle se détachaient, joyeuses, des stridences de violons. Le bal. On dansait à Portsmouth Square ! Le gouverneur devait donner le bras à Mlle Wyllis en extase. Il sentit les hommes qui se resserraient derrière lui. Peut-être, après tout, la fête avait-elle tout balayé, déjà – plus personne, demain, ne se souviendrait. Mais dans ce cas, où diable étaient les frères La Chapelle ? Il chercha Pindray du regard. Lui aussi était soucieux.

« Ils ne reviennent pas... »

Au moment de s'engager dans Jackson pour reprendre plus

haut, par Dupont, et contourner la foule, alors que Dommartin et Ségondis les rejoignaient, ils avaient entendu des coups de feu, plus bas, qui semblaient venir de chez Niquet – et Pindray avait envoyé ses deux hommes aux nouvelles. Pas de zèle, surtout ! avait insisté Colton. La taverne de Niquet était à peu près imprenable. Qu'ils reviennent au plus vite, sauf si c'était grave. Surtout si c'est grave, avait coupé l'homme aux cheveux blonds que Pindray lui avait présenté comme le comte de Raousset-Boulbon – et qu'on avise alors de l'action nécessaire. Le marquis, nota-t-il, avait froncé les sourcils à ce ton de commandement. Pourquoi n'étaient-ils pas là, quand tout paraissait calme ? La musique montait vers eux, de plus en plus forte, et il y avait en elle comme une moquerie. Dommartin soupira, Pépin se raclait la gorge, une brusque mélancolie pesa sur l'assemblée. Ils étaient là, en armes, tandis que la ville, au-dehors, s'étourdissait, en fête. Que s'était-il passé, qui avait pu les placer ainsi à l'écart ? Une distance s'était creusée, qui les faisait spectateurs de la liesse collective. Était-ce seulement Duane – ou une faille plus ancienne, qu'il avait révélée ? Voilà qu'en cet instant ils se sentaient tous peu ou prou étrangers. D'une certaine manière, Brannan, si c'était lui, avait déjà gagné.

Dommartin fit un geste : des bruits de botte montaient dans la ruelle. Ségondis et La Madelène sortirent leurs pistolets : c'était toute une troupe qui venait là ! Et les deux frères parurent, avec quatre gaillards derrière eux qui bombaient le torse, l'air martial.

« D'Artagnan... et Porthos, annoncèrent les deux frères, en clignant de l'œil.

– Athos et Aramis ! » complétèrent les deux autres.

On rit, bruyamment. C'est qu'ils avaient tout l'air de fières recrues, ceux-là ! Des soldats, reconnut tout de suite Colton, qui frémissent de sentir l'odeur de la poudre. Les deux frères saisirent deux flacons qui traînaient, burent à la régalade. Porthos, sans façon, retint par le bras Hito qui s'éclipsait avec les restes d'un pâté. On se pressa autour d'eux :

« Alors ?

– Alors rien, affaire réglée. »

Les deux frères gloussaient, d'un air plus qu'entendu.

« Comment ça réglée ? s'inquiéta Colton.

– Eh bien, ils étaient dix en tout, qui attaquaient Niquet, et...

– Avec l'idée d'y foutre le feu, m'est avis, vu les torches et les fagots.

– Pris à revers, ça n'a pas traîné. »

Et comme le consul ne paraissait pas plus enchanté que cela : « Du coup, plus de témoins !

– Dix à vous deux ? s'émerveillait déjà Ségondis.

– Eh bien... deux fois deux. Le temps que les camarades, là, poussent une sortie.

– Quatre de plus, du coup. »

On se tourna vers les créatures d'Alexandre Dumas. Ah ! ils étaient bien des leurs ! On leur chercha des verres, on appela Hito pour un nouveau flacon.

« Et les deux derniers ?

– Détalés sans demander leur reste ! »

Tête du consul. Mais non, ils n'étaient pas chasseurs pour rien, ricanèrent les deux frères... Les voyous avaient été vite rattrapés, et couic ! Leur geste ne laissait pas de place au doute : égorgés, proprement, à l'arme blanche.

« Vous êtes fous, décidément ! Dix cadavres... Vous vous rendez compte ?

– Aucune inquiétude, monsieur le consul. C'est tout vu avec Niquet ! Pas vus, pas pris. Ils sont déjà évacués, vos macchabées. Plus de trace ! »

Et ça les faisait rire... Colton, consterné, se chercha un fauteuil. La fatigue, tout à coup, lui sciait bras et jambes. Paredes, Burnett... leurs mots tournaient dans sa tête. Jamais, non, jamais il ne serait de taille. Avec des fous pareils, il ne faudrait pas une semaine pour déclencher une guerre civile ! Et ces mousquetaires, qui parlaient haut, n'avaient pas l'air les moins ardents...

La violence de l'explosion les plaqua au sol. Là où le *Sagamore* fulminait, une seconde auparavant, il n'y avait plus qu'une boule de feu, qui balayait le wharf, engloutissait la foule dans un rugissement de fin du monde. Des morceaux de métal enflammés, des corps désarticulés descendaient lentement du ciel comme les pépites d'or d'un gigantesque feu d'artifice. Et sur le quai de bois qui déjà s'effondrait, les malheureux se piétinaient, affolés, se bousculaient, se jetaient à l'eau, s'embrasaient comme des torches, leurs silhouettes se découpaient en ombres chinoises sur le brasier, puis elles disparaissaient, aspirées dans le tourbillon furieux – sous les cris enthousiastes de la foule serrée sur le front de mer.

Les cheveux de Nicolas se dressèrent sur sa tête. Les fêtards ivres morts, inconscients, lançaient vers le ciel chapeaux, toques et bouteilles, déchargeaient leurs pétoires pour saluer comme il convenait le clou de la soirée, le plus fabuleux, le plus extravagant des feux de joie, pour la plus folle des soirées, et les corps des ivrognes endormis parmi les débris du rivage ne tressaillirent même pas quand ils s'embrasèrent à leur tour. Un rugissement monta, sauvage, triomphant, une langue de feu balaya les badauds rassemblés, enflammés comme bois sec – criaient-ils seulement, tandis qu'ils s'effondraient ou, dégrisés tout à coup, tentaient de s'échapper ? Le ronflement des flammes remplissait tout l'espace dans un écroulement de cataracte, le bruit d'un océan dans lequel tout devait se fondre, s'anéantir...

La poigne de Barnabé l'arracha à sa stupeur. Voulait-il griller comme tous ces fous ? Ils refluèrent en hâte vers la rue qui montait devant eux, traînant, poussant, tirant la pauvre Artémise, qui riait, les yeux vagues, en s'accrochant à son bambin. Plus vite ! hurlait Barnabé, plus vite ! Et il vit des langues de feu sauter pardessus la rue en front de mer, s'envoler telles des voiles dans le vent ou des oiseaux, les drapeaux et les calicots s'embraser aux frontons des boutiques. Une fumée déjà montait, de plus en plus épaisse, du Kremlin Restaurant, à l'angle de Clay Street, il y eut un bruit sourd, à l'intérieur, comme un coup de bélier, et des flammes jaillirent par toutes ses fenêtres. Une minute à peine, lui sembla-t-il, et déjà les premières maisons sur Clay, Commercial et Sacramento brûlaient, malgré leur course il pouvait sentir gagner sur eux, brûlant, le souffle de l'incendie. Plus vite ! martelait Barnabé – ah ! il fallait avoir déjà vu un incendie à San Francisco pour y croire ! La gueule ouverte du brasier s'ouvrait sur leurs talons, prête à les engloutir. Son visage, son cou, le dos de ses mains cuisaient. Comment un incendie pouvait-il foncer à cette vitesse ? Des explosions se succédaient, qui faisaient trembler le sol, des barils de poudre, probablement, ou des bidons de produits inflammables, dans des gerbes de flammes bleues, rouges, blanches, qui redoublaient à chaque fois la fureur de l'incendie, les charpentes craquaient, pleuraient, les vitres éclataient sur les façades. À bout de souffle, ils s'arrêtèrent à hauteur de Leidesdorf.

Il cria, de surprise, quand il se retourna. Le spectacle était grandiose. Tout le bas de la ville brûlait – et le brasier, se reflétant sur les nuages, éclairait la baie jusqu'à l'île des Chèvres et Tiburón, au loin, le ciel prenait des couleurs violâtres, irréelles, comme s'il était lui-même en flammes – comme si le feu descendait des nuages, du fin fond des ténèbres, se déversait des cieux ouverts pour quelque punition. Des gens couraient, s'agitaient sur le front de l'incendie, jusqu'à s'y fondre, et disparaître.

« Les pompiers, hoqueta Barnabé, s'ils n'arrivent pas... Ah ! C'est la catastrophe ! Mais ils sont saouls, comme tous les autres... »

Ils reprirent leur ascension. La pente, plus raide, leur coupait les jambes. Des grappes humaines s'éparpillaient, se croisaient, se heurtaient, revenaient affolées sur leurs pas. Certains, déjà épuisés, visages inertes, s'écroulaient dans la rue. Une hébétude lourde, traversée de brusques effrois, écrasait le plus grand nombre. Et toujours ce souffle, ce rugissement traversé d'explosions qui montait, derrière eux... Des bâtiments, une seconde, se découpaient, tout noirs, sur les flammes, puis disparaissaient, engloutis. Des charrettes lancées à toute allure s'enfonçaient dans la cohue, chaviraient, aussitôt disloquées, s'embrasaient à leur tour, avec leurs chevaux, prisonniers de leurs harnais, les toitures, les charpentes s'effondraient d'un bloc dans des gerbes de feu qui giclaient jusqu'au ciel. La fumée piquait les yeux comme des pelotes d'épingles. Un brusque grondement d'orage les rejeta contre une porte – et une horde de chevaux passa, dans un galop aveugle, brisant, écrasant tout sur son passage, sans doute échappée de quelque grange en flammes. Des malheureux essayaient de jeter par les fenêtres quelques objets à sauver, puis sautaient à leur tour, pour échapper à l'incendie qui déjà déferlait. Des tourbillons de fumée noire, pestilentielle, sortaient des ruelles adjacentes. Une nappe noire ondula sur le sol, dans un froissement effaré, couvrant tout à coup les trottoirs, s'engouffra dans une rue étroite – des rats, des rats qui fuyaient par milliers ! Barnabé lui montra du doigt des magasins pillés, portes et vitrines enfoncées. Et ils distingua leurs enseignes, Guillet, Masson, Courret, Dussol, Bertrand, Gardet, Chauviteau – tous français. Les autres, américains, paraissaient intacts.

« Je ne rêve pas ! Ce n'est pas l'incendie, ça ! »

Un bruit de vitres brisées, plus haut, leur fit tourner la tête, et ils virent des ombres qui s'enfuyaient du magasin Guisard, Vigneaux et Cie en rasant les murs. Ils obliquèrent par une ruelle qui paraissait dégagée pour gagner plus vite les hauteurs – Colliard, Delluc, Belloc, Godillot, dans Sacramento, étaient pareillement dévastés. Nicolas, poumons en feu, cria grâce. Ils gagnaient sur l'incendie, il lui fallait une pause. Une minute, rien qu'une minute !

Il roula dans la rue, en lâchant Artémise.

Ses chaussures, un instant, avaient pris feu. Et il comprit que les trottoirs de bois, construits à trente bons centimètres du sol, formaient comme des chalumeaux dont le formidable appel d'air aspirait des rivières de flammes, les portant aux quatre coins des blocs, sous les pas de la foule. Une bâtisse s'embrasa, loin devant eux, à l'angle de Montgomery. En quelques instants la rue tout entière fut une muraille de feu. À genoux au milieu de la rue, sonné, il regarda les flammes monter vers eux de tous côtés.

Ils étaient perdus.

Le vicomte commençait à désespérer quand ils les retrouvèrent. Deux silhouettes, dans une ruelle, se découpant sur des flammes gigantesques, qui faisaient face à un groupe menaçant. Le *pitchoun* ! avait hurlé Porthos, en chargeant comme un aurochs furieux. Le temps d'arriver sur ses pas, les malandrins s'étaient déjà éparpillés. Le géant, fou de joie, étreignait les gamins. Artémise, derrière eux, gisait à terre, recroquevillée dans une encoignure. Jules voulut la relever, mais elle le fixa d'un regard à ce point vide qu'il recula, effrayé. La malheureuse n'était plus là, songea-t-il, mais toujours au milieu des flammes. Puis une idée affreuse le fit vaciller, et il revint vers elle, la prit par les épaules – mais non, le bébé vivait. Le bébé vivait ! Il s'appuya au mur pour ne pas tomber. Artémise était couverte de suie, de cendres, de poussière, les cheveux et les sourcils roussis, les vêtements déchirés, mais elle avait sauvé l'enfant. Il en bégayait, lui le cynique entre les cyniques, prenait ses compagnons à témoin. Ah ! jamais il n'aurait pu se le pardonner. C'était – oui, c'était un miracle, l'enfant de la Californie nouvelle, comme né de l'incendie. Celui-là ne craindrait plus rien ! Il allait le couvrir de trésors. C'était son filleul, désormais. Et Artémise ! Sans elle, sans elle... Sa voix se brisa. Ses compagnons, surpris, levèrent les yeux : le grand escogriffe, le fort en gueule, l'increvable matamore pleurait.

D'Artagnan se racla la gorge :

« Mais d'où tu sors comme ça, petit ?

– De l'enfer, je crois bien », balbutia Nicolas, en laissant tomber à terre son pistolet.

Et c'est alors qu'ils virent, sous la suie et la poussière, que sa chemise était poisseuse de sang. Ce n'est rien, les rassura Barnabé, juste un coup sur la tête, le cuir déchiré :

« Ça pisse le sang, mais c'est pas grave. Enfin, à ce qu'il paraît... »

Et à mots hachés il essaya de dire les rivières de feu, autour d'eux, la bâtisse qui s'était effondrée, la seconde où ils avaient vu une ouverture – puis ces hommes qui voulaient emporter Artémise. Il trébuchait sur des silences, comme très loin en lui-même. L'incendie ? Ah oui. Niquet. Le *Sagamore*. Il secouait la tête – quels mots pour dire... Dire quoi ? Ils avaient cru, ils avaient cru que – puis il revint à eux, comme s'il avait trouvé enfin ce qu'il cherchait depuis le début :

« Mais qu'est-ce que vous foutez là ?... »

Ils se récrièrent, voulaient parler tous en même temps. C'était Porthos, d'abord, chez le consul, qui s'était inquiété du *pitchoun*. Pindray se souvenait de l'avoir vu, avec Barnabé, à l'Eldorado. Mais ils n'en étaient pas sortis. Ni avec lui, ni plus tard. De cela, il était sûr. Pas plus que la jeune femme, d'ailleurs, avec son enfant... Jules avait poussé alors un cri de désespoir. Artémise ! Son bébé ! Il avait oublié son bébé ! Et d'expliquer, la voix tremblante, comme il l'avait déjà perdu une fois au Jenny Lind, puis retrouvé dormant à poings fermés dans le théâtre en ruine, et porté en triomphe avec Artémise, ensuite, de bar en bar. Il fallait repartir, et au trot, avant qu'un malheur – le consul avait dû donner de la voix pour calmer ses chiens fous : les mousquetaires et Jules de France, avec monsieur de Raousset-Boulbon s'il voulait bien prendre la tête du groupe, ce serait suffisant. Et pas d'extravagance, par pitié !

Ils avaient dévalé la pente jusqu'aux abords de Portsmouth Square, poursuivit d'Artagnan, ignorant les *Pécaïre !* et *Troun de l'air !* du brave Porthos, qui trépignait. On aurait dit que là-bas rien ne s'était passé. La foule en liesse se massait, dans les rues adjacentes, que la troupe contenait à grand-peine, le bal battait son plein. Jules s'était glissé dans le dos des soldats, jusqu'à l'Eldorado – où Jeremy, mélancolique, assis au milieu de ses bouteilles brisées, avait soupiré qu'il lui semblait bien les avoir vus sortir, tous les trois, avec le petit, il y avait une bonne heure, mais que vu son état... Sortis. Où étaient-ils allés ? Chez Niquet ? Ils en arrivaient juste, tous les quatre. Ou alors sur Front Street, vers le quartier français...

C'est en descendant vers Leidesdorf, coupa Jules de France, qu'ils avaient découvert le front de mer en feu. L'incendie montait vers eux à toute vitesse. Ils avaient tout fait pour tenter de passer, insista-t-il, comme s'il s'excusait, Porthos hurlait que le petit était peut-être là, derrière, au milieu du brasier, mais Sacramento, Commercial, Clay et Washington étaient déjà en feu, ils avaient ricoché de ruelles en ruelles, et rebroussaient chemin, repoussés par les flammes, quand Porthos...

« Il ne faut pas rester là », les pressa Raousset, soucieux.

Des silhouettes inquiétantes se montraient, de plus en plus nombreuses, à l'entrée de la ruelle. Le grondement des flammes se rapprochait, et les explosions des charpentes, les cris affolés de la foule. La troupe s'ébranla en silence. Jules portait Artémise, Porthos à lui seul soutenait Barnabé et Nicolas.

La musique les prit de plein fouet à hauteur de Kearny. Stridente, frénétique, sauvage, venue de Portsmouth Square, où elle emportait tout dans un tourbillon de dentelles et de crinolines, montait, montait toujours, dominant le rugissement de l'incendie, ivre de sons, d'alcool, de fureur de vivre. Ils s'arrêtèrent, fascinés. Se pouvait-il qu'ils n'aient encore rien vu, là-bas, des flammes qui montaient vers eux, rien même du ciel en feu ? Mais non, ils étaient ivres...

Raousset tendit le bras :

« Les flammes ! Elles montent droit ! »

Et comme ils ne paraissaient pas comprendre :

« La brise de mer tombe ! On dirait que l'incendie se stabilise... »

Un autre danger les guettait. Sans pompiers, sans plus d'ordre, c'était chacun pour soi : devant eux, autour d'eux s'opérait sans discours une monstrueuse régulation. Portes, fenêtres, vitrines volaient en éclats sous l'assaut des pillards. Des charrettes passaient en cahotant, poussées par des jeunes gens aux regards fous, que d'autres attaquaient aussitôt à coups de revolvers, de pioches, de poignards. Parfois, derrière les tourbillons de suie, on devinait des groupes d'hommes, visages fermés, qui regardaient la foule couler, puis la fumée se retirait, et ils n'étaient plus là – partis vers quels crimes, quelles rapines ? La bataille peu à peu devenait générale, chacun, l'arme au poing, défiait tous les autres, prêt au meurtre, pour survivre. Et toujours cette musique, brutale, stridente, qui emplissait la nuit comme si la ville maudite voulait crier sa joie...

« Et maintenant, personne n'approche ! » s'écria Raousset, en sortant ses pistolets.

Et il devait avoir l'air formidable, avec Jules de France et ses mousquetaires encadrant les jeunes gens, car la foule des voyous s'écarta sur son passage...

Ils sortirent des ténèbres comme des rescapés de l'enfer. Et il n'y eut ni cris ni vivats pour les accueillir au consulat. L'heure était passée des rodomontades. Ceux-là ont vu leur mort, murmura simplement Raousset, tandis qu'on leur venait en aide. Dans la lumière plus vive du salon, ils avaient quelque chose d'effrayant – comme si un peu de la fureur des flammes était entrée dans la pièce avec eux. Une jeune femme à l'air grave s'inquiéta de l'état de l'enfant. Et comme Artémise, laissant Jules de France, s'agrippait à Nicolas, on les monta tous deux à l'étage avec le nourrisson, où Claire leur fit les premiers soins, rejointe bientôt par le docteur. On parvint à séparer Artémise du bambin et, bercée par Claire, la pauvre fille reprit son chantonnement.

Nicolas quitta la chambre sur la pointe des pieds. Il allait emprunter l'escalier quand il vit un rougeoiement sur un mur. Ils étaient tous là, dans la pénombre d'un salon, Pindray, Jules de France, ses mousquetaires et ce jeune homme blond qui l'avait conduit là, tous autour du consul, qui regardaient sans dire mot la ville déployée devant eux.

Le spectacle, par la grande baie vitrée, était prodigieux. Les flammes dévoraient la ville dans un rugissement féroce, triomphant, la mer brillait comme un lac de feu sur lequel chaque mât, chaque bateau, se détachait, le ciel lui-même brûlait – et l'on entendait, comme portés par le souffle du séisme, les rires, les cris, le tourbillon de la musique. Bienvenue en enfer, lui dit à mi-voix Pindray. L'enfer, oui, se dit Nicolas, effaré, la gueule ouverte de l'enfer, où se perdait la ville, en dansant – mais par-delà l'horreur, quelle était cette exultation sauvage qui s'emparait de lui devant pareil spectacle ? Il regarda ses compagnons.

Tous restaient sans voix, pensifs, comme s'ils touchaient là, ce soir, au mystère même du monde.

« Paredes avait raison, entendit-il le consul murmurer, les dés roulent, cette nuit ! »

Il frissonna. Les dés roulaient, oui. Mais pour quelle partie ?

II

Les portes du désert

1

Une rumeur joyeuse montait des rues en contrebas. Des cloches tintaient dans l'air gris et vif, des bruits de marteaux, des grincements de scies vers le wharf signalaient que les charpentiers, déjà, se trouvaient au travail : la ville, autour de lui, s'éveillait peu à peu. Il pressa le pas vers les hauteurs. Ce Del Valle, décidément, ne lui revenait pas. Ou bien c'était de l'avoir reçu au saut du lit, comme un conspirateur – mais n'était-ce pas ce qu'ils étaient devenus, songea-t-il, et son souffle se fit plus court : des conspirateurs ? Les circonstances, il est vrai, ne lui laissaient guère le choix. Paredes avait bien mené son affaire : quoi qu'il fît, désormais, il était pris dans cette partie de billard à trois bandes. Mais comme joueur, vraiment, ou simple enjeu ? Bien malin qui pouvait deviner le maître de la partie. Paredes ? Pas si sûr... Sa force était aussi sa faiblesse, d'être porté par une vision. Del Valle avait l'avantage d'être sans scrupules. Qu'avait-il, lui, Colton, à leur opposer ? Il soupira. Décidément, il avait besoin d'air, que cesse ce tourbillon qui lui mettait les nerfs à vif.

Mason Street, dans le petit jour, sans le mystère de la nuit pour se dissimuler, était des plus banales, un peu triste, et sale. Quelques ânes mélancoliques erraient çà et là. Des mouettes, sur les tas d'ordures, disputaient âprement leur pitance aux rats. Un peu plus haut sur la colline, des tentes et des cabanes très provisoires, couvertes de branchages, de grosse toile ou de calicot, résistaient vaille que vaille à la poussée de la ville. Ici, un original avait dressé les restes d'une cabine de bateau pour s'en faire un logement, là un autre, roulé en boule, dormait sur de la paille, tel un chien, dans une grande caisse d'emballage renversée. Un autre encore, non loin, avait même installé son sac de couchage en plein air, dans une mangeoire. Ceux-là seraient les premiers à souffrir, dès l'automne venu. Et s'il n'y avait qu'eux... Combien à cette heure crevaient de fièvres dans les pestilences du río Chagres, ou s'entr'égorgeaient à Cruces et Panamá pour le prix d'un billet ? Combien d'autres erraient pris au piège des Rocheuses, traqués par les Indiens, à demi morts de faim, de soif, bientôt de froid ? Et combien de navires, sur toutes les mers du monde, cinglaient vers le nouvel Éden ? Le mouvement, en vérité, n'aurait pas de fin, c'était la terre entière qui partout se vidait, pour s'abîmer dans ce puits grand ouvert... Dans quelques semaines, pour tout arranger, les mineurs du nord de la Sierra, chassés par les crues des torrents, déferleraient sur la ville, le fragile équilibre si durement gagné au fil des mois d'été volerait en éclats. Et pour peu que le mouvement des squatters de Sacramento trouve en ville un écho... Un baril de poudre, oui. Le problème, c'est que la mèche était allumée, et que personne, pas même Burnett, ne pouvait dire comment l'éteindre.

La pente se fit plus raide, la rue sous ses pas se couvrit d'herbe rase, roussie par la sécheresse. Un air plus froid, salé, chassait l'odeur âcre des ordures, les bruits de la ville s'éloignèrent, dominés par un grondement lointain : la voix du Pacifique ! Quelques pas encore, jusqu'à une petite église en planches, et l'horizon se découvrit à perte de vue, immense : Benicia, Monte Diablo très loin vers l'est, mauve et gris, le Tamalpais à l'entrée de la baie et les brisants de Point Lobos à l'ouest, avant les Farallones, que martelaient sans fin les grands rouleaux du Pacifique. Des trois-mâts glissaient, solennels, dans le goulet, tels des Rois mages en procession, des voiles blanche et rouge, plus petites, s'éloignaient dans la baie, sans doute des pêcheurs : le spectacle était tout simplement prodigieux. La ville se déployait à ses pieds, déferlant des collines alentour vers la mer, où elle se perdait dans un bouillonnement confus, parmi la forêt des mâts ondulant dans la brise sur des milles et des milles, et les détails sordides qui l'avaient frappé tout à l'heure s'estompèrent. Ne restait plus de cette énorme coulée qu'une sensation extraordinaire de puissance.

Il s'arrêta, saisi. N'aurait-on pas dit qu'elle allait tout emporter, en cet instant, envahir la baie ? Un grand rectangle noir creusait le front de mer, d'où montaient un crépitement de marteaux, des cris de manœuvres et de charretiers. C'était un miracle que l'incendie n'ait pas ravagé toute la ville. Les quelques bâtisses de briques, les maisons en métal avaient-elle joué le rôle de coupe-feu ? Le flanc des collines, cette fois, avait été préservé, mais entre California et Washington, jusqu'à hauteur de Montgomery, il ne restait rien de ce qui faisait hier la gloire des marchands, plus rien que ruines, suie, charpentes décharnées. Après « l'incendie des croupiers », en décembre, qui avait vu partir en fumées un bon million de dollars de marchandises et l'essentiel des maisons de jeux, celui de mai où trois blocs entre Clay et Jackson, à l'ouest de Portsmouth Square, avaient disparu dans les flammes avec quatre millions de marchandises, et celui de juin où l'autre côté de la place avait subi le même sort, pour les mêmes dégâts, le coup était sévère. Quelle autre ville aurait supporté de brûler quatre fois en dix mois ? Et pourtant elle renaissait déjà. Cinq jours à peine, et les premiers hangars se dressaient au milieu des ruines, terrassiers et charpentiers s'activaient sur les restes du wharf, les bateaux dégorgeaient leur fret dans un va-et-vient de chalands, comme si de rien n'était. Dans trois semaines il n'y paraîtrait plus. Non, rien, ni famine, ni choléra, ni incendie ne pourraient arrêter cet élan – à croire qu'il se multipliait des épreuves surmontées...

Il s'assit dans l'herbe maigre. Un rat, étonné, leva la tête pardessus une touffe de graminées et, sans doute rassuré, reprit sa mastication. Dans le fond, cet incendie était une chance pour les Français. Sans lui, à son réveil, la ville aurait bruissé des seuls exploits de Jules de France et de Pindray – et il imagina les voyous qui, cette nuit-là, attaquaient les magasins français, attisant les rumeurs, les orateurs à chaque coin de rue appelant à chasser l'étranger au nom de l'Amérique, et d'abord ces Français qui avaient pris les armes le jour de la Californie ! Une chance, oui – même s'il aurait du mal à en convaincre Pioche, Chauviteau, Gardet, Dellessert et les autres, qui tous se déclaraient ruinés, mais se relèveraient, on pouvait le parier, comme ils l'avaient déjà fait par trois fois. Une chance, et tant pis s'il ne fallait plus trop compter sur eux pour jouer cet hiver aux mécènes...

Une risée, plus fraîche, le fit frissonner. Sur qui pouvait-il compter, désormais ? La proposition de Del Valle était bien telle que suggérée par Paredes : la création de colonies de peuplement dans le nord du Sonora, avec passeports mexicains, vivres, fournitures, munitions pour six mois, le droit de s'administrer soi-même, dans le cadre des lois mexicaines... Il fallait que la situation fût difficile pour que le gouvernement fédéral en vienne à ces extrémités ! Mais étaient-ce les Indiens qu'il craignait à ce point, ou les Américains, qui franchissaient de plus en plus souvent le río Gila ? Restait à savoir ce que taisait Del Valle – car celui-ci n'imaginait sûrement pas, pour contenir les loups qui rôdaient au-dehors, d'en introduire d'autres dans la bergerie. Sauf à leur limer les dents, d'une manière ou d'une autre... Les sourires de Del Valle, entre insulte et révérence, n'étaient pas précisément pour inspirer confiance. Et il savait qu'il n'aurait aucun droit à l'erreur.

Un froissement léger lui fit lever la tête. Le rat, intrigué, s'était rapproché et le fixait d'un air pensif, comme s'il lui demandait : « Ça va, mon vieux ? » Il lui jeta un petit caillou, sans violence, manière de signifier qu'il l'avait vu et d'amorcer la conversation. Eh non ! ça n'allait pas très fort, mon très cher rat. Il se sentait tellement seul, en cet instant ! Depuis la nuit des barricades, ses compagnons avaient pris l'habitude de se retrouver chez lui, le soir venu, et cette familiarité lui était déjà devenue nécessaire – mais qu'ils viennent à savoir ses projets, ces têtes brûlées, et tout serait perdu. Plus tard, quand il faudrait un chef... Il hésita. Pindray ? Il y avait une puissance, en lui, une violence quelque peu effrayante – mais un chef, ou un fauve ? Dans le défi qui sans cesse le cabrait, on sentait comme une volonté de suicide. Raousset-Boulbon, le comte fraîchement arrivé ? Celui-là restait une énigme. Des histoires lui étaient revenues aux oreilles, de fortune dilapidée, d'aventures extravagantes en Algérie, et, certes, il avait belle prestance, mais – comment dire ? Il ne paraissait pas d'ici. Et la ville risquait fort d'ébranler très vite son assurance. Cela lui allait bien, se reprocha-t-il aussitôt, de juger ainsi les autres ! Qui était-il, pour cela ? Un consul en disgrâce, jouant à l'aveuglette un jeu trop complexe pour lui...

Les collines se teintaient de rose, à l'est, la mer brillait comme un miroir, sans une ride, chaque chose semblait retenir son souffle, comme en attente. Puis une tache d'or apparut, fragile, au sommet du Monte Diablo, glissa sur ses flancs, gagna la baie, et l'air s'éveilla dans un long frisson. La ville, plus bas, s'illuminait sous la caresse de l'aube. Si seulement Paredes n'était pas venu frapper à sa porte ! Paredes et la très sibylline lettre d'introduction de Levasseur... Son projet avait-il vraiment les faveurs de l'ambassadeur de France à Mexico ? Il fallait qu'il le trouve, et vite, en sache un peu plus long. Mais était-il encore en ville ? Il eut comme un pincement, vers la région du cœur – c'était le visage d'Angela, quoi qu'il fît, qui s'imposait à lui, le pli de ses lèvres, la soie de sa peau mate, à la courbure du cou. Au diable son père, ses intrigues, il voulait la revoir ! Et que Del Valle, surtout, ne se doute de rien. Il avait rougi comme un coquelicot quand le vieux renard, brusquement, l'avait interrogé sur le « héros du Sonora » – et c'est peut-être ce qui l'avait sauvé, cette réaction de benêt pris en faute : l'autre, narquois, n'avait dû lire dans cet émoi que le souvenir de la belle Angela. Eh bien, songea-t-il, va pour l'amoureux transi, va pour le benêt ! Après tout, n'était-ce pas la vérité ? Et ce pourrait toujours être un paravent commode, se dit-il, un peu honteux à pareille pensée, derrière lequel traiter avec son père... Il hésita. Del Valle, un jour ou l'autre, soupçonnerait bien ce qui se tramait. Ou une indiscrétion filtrerait, depuis le Sonora – et quel jeu, alors, devrait-il jouer ? À moins qu'ils ne fussent de mèche, et depuis le début...

Il se releva, s'épousseta machinalement. Le rat, dérangé, prit congé en se dandinant, après un long regard furieux. Bien futiles, dans cet éveil du jour, devaient lui paraître les soucis des humains...

Sur le wharf, tout en bas, s'agitaient de minuscules silhouettes. Des chalands, des chaloupes, déjà, se détachaient du rivage. Un soleil blond envahissait la rue, chassait les dernières ombres de la nuit, s'accrochait aux moindres particules de poussière en suspension dans l'air. Des cloches tintaient de tous côtés, le grondement des voitures, le piétinement pressé de la grande fourmilière montaient à sa rencontre – un autre jour commençait, vif et clair. Il eut envie, soudain, de cette fraîcheur, de cette insouciance-là. Combien de fois était-il venu ici surprendre le jour naissant ? Mais quelque chose, désormais, avait changé – le sentiment diffus d'une distance creusée. Et il en voulut un peu plus à Del Valle, à Paredes et aux autres de lui avoir volé cet instant de beauté.

Ils étaient de la ville, tous, en bas, affairés à vivre, et à la faire vivre. Comme il comprenait Burnett, comme il l'enviait d'être des leurs ! Et voilà qu'il allait devoir jouer avec lui double jeu... Surtout, avait insisté Del Valle à l'instant de s'éclipser, que rien ne vienne aux oreilles des Américains ! À l'en croire, certain article de la convention de neutralité de 1818 interdisait l'enrôlement sur le sol américain de soldats pour le compte d'une puissance étrangère. Mais, convention ou pas, même les plus conciliants à l'endroit des étrangers risquaient de toute façon d'y voir, de la part du Mexique, une manifestation de défiance, sinon d'hostilité : la menace – dont la crainte tournait chez certains à l'obsession – d'un front des peuples latins et catholiques, mexicains et français, contre l'expansion des Américains protestants. Pour ceux-là, le destin du Sonora n'était-il pas, suivant l'exemple du Texas, d'être un jour annexé ? En somme, maugréa-t-il, il s'abouchait avec une canaille, et trompait un ami...

La plupart des tentes étaient maintenant ouvertes, quelques figures ébouriffées s'encadraient dans l'entrée des cabanes, le locataire de la caisse d'emballage, un grand gaillard édenté aux cheveux hérissés de brins de paille, réchauffait une gamelle de haricots devant la porte de son palace en se grattant vigoureusement l'entrejambe – se gratter, au réveil, était une occupation quasi générale. À l'exception notable des Chinois, toujours nets dans leurs longues blouses bleues, qui trottaient dans Dupont Street pour disparaître dans Sacramento ou California, un bambou en travers des épaules, ployant sous d'énormes baquets remplis d'eau. Il descendit la colline à grandes enjambées, en remuant des pensées amères. Le paysage, pour la première fois, lui parut sinistre.

2

Nicolas se réveilla en sursaut. Tout son corps lui cuisait, comme s'il avait roulé dans un buisson d'orties. Une lumière pâle filtrait par la lucarne sale, Barnabé et Ernest de Massey ronflaient consciencieusement. Une grande tache noire glissa devant lui, le long du mur, couvrit le parquet, ondula sur ses couvertures. Il bondit hors du lit, épouvanté. Des puces ! Une armée de puces ! Il arracha sa chemise, enfila à la hâte son pantalon, saisit sa valise et ses bottes. Des hommes dormaient à même le sol, dans le couloir, d'autres encore sur les tables, dans la grande salle du rez-de-chaussée, ou dans des rocking-chairs, qu'il bouscula sans ménagement. Ces puces ! Il les sentait courir sur lui, elles grouillaient dans ses cheveux, se logeaient dans chaque articulation, le criblaient de piqûres – s'il avait pu, en cet instant, il se serait arraché la peau sans hésiter.

Raousset, dans l'entrée, se grattait furieusement en discutant avec le garçon de l'urgence d'un bain. Un bain ? gloussait l'autre, et puis quoi, encore ? Chez le barbier, peut-être, dans Clay Street, vers 10 heures, s'il avait de l'eau chaude. Pour six ou sept dollars. Mais... Il se pencha vers eux, comme on confie un secret :

« M'est avis qu'ça n'vaut trop rien, d'se laver, hein ? Une bonne couche de crasse, moi j'dis toujours aux nouveaux, quand elle est bien sèche, eh bien, y a que ça qui protège ! »

Tout en distillant ses conseils d'une voix traînante, il surveillait leur agitation d'un œil calculateur – pour risquer, au moment où ils touchaient à la folie, que, peut-être bien, après tout...

« S'pourrait qu'il reste un seau, quelque part par là. Enfin, on n'sait jamais, hein ? Deux dollars, c'est O.K. ? »

C'était surtout du vol. Mais ils n'étaient pas en position de discuter. Ils se précipitèrent dans l'arrière-cour pour faire seau commun, en veillant à ne pas gaspiller la moindre goutte, et ils devaient donner un spectacle curieux, tous les deux, sautant sur place dans le plus simple appareil, en se savonnant avec l'énergie du désespoir ! Des rats luisants avaient sorti la tête de leurs tas d'ordures, sans doute irrités d'être dérangés si tôt.

Ils retrouvèrent leurs compagnons dans l'entrée. L'hôtel, déjà, bourdonnait comme une ruche. Deux Noirs herculéens déchargeaient leur cargaison de bois au beau milieu de la rue. Sur le pas de porte, quelques gaillards aux barbes tressées taillaient des bouts de bois à l'aide d'énormes coutelas, tout en gardant un œil sur ce qui se passait à l'intérieur. Porthos, dont l'appétit réclamait des mesures urgentes, trépignait d'impatience, Aramis, lui, s'attardait à lisser sa moustache, tout ce petit monde paraissait toiletté, changé, rasé de frais – mais les piqûres sur les visages montraient qu'eux non plus n'avaient pas été épargnés. Où diable avaient-ils trouvé de l'eau ? Barnabé le regarda, étonné.

« Oh ! Le garçon, là, en bas, devait nous prendre pour des imbéciles. Figure-toi qu'il prétendait me vendre un seau d'eau un dollar !

– Et ?...

– Eh bien, je suis sorti dans la rue, évidemment. Et j'ai appelé un Chinois qui passait. Non seulement il s'est fait un plaisir, contre dix cents, de me donner le contenu de ses deux baquets, mais il m'en a apporté deux autres cinq minutes après ! Un dollar ! Pour un seau d'eau ! Il y en a vraiment qui ne doutent de rien ! »

Le comte éclata de rire. Décidément, ils avaient tout à apprendre du digne Barnabé...

Des hommes taillés comme des troncs d'arbre, à la porte des restaurants, battaient le rappel des clients en agitant d'énormes cloches. L'air vif résonnait du concert des marteaux sur les toits. De partout arrivaient en se grattant des hommes pressés, mal réveillés et qui, d'évidence, avaient renoncé depuis longtemps à toute toilette. Autour de Portsmouth Square, des francs-tireurs proposaient sur des tréteaux, pour un dollar, café et *pancakes* –

l'un d'eux avait, comme Covillard, hissé une cabine de bateau sur des barriques, et sa gargote improvisée se taillait un assez joli succès. Mais ils n'en étaient pas encore à manger debout, protesta Porthos. Et ils suivirent la foule jusqu'au restaurant de Mme Rosalie, sur Kearny Street.

La porte n'avait pas été réparée depuis le soir de l'incendie, mais la salle était déjà aux trois quarts pleine, et passablement enfumée. Une foule compacte, dans le fond, se pressait devant des marmites fumantes. Un Malais ruisselant de sueur retournait de grosses tranches de viande à même ses fourneaux. En fait de restaurant, il s'agissait plutôt d'un grand hangar, où l'on avait serré de longues tables et des bancs. Ils allaient prendre la file, une gamelle à la main, quand les hommes devant eux s'écartèrent ; comme Nicolas hésitait, ceux-ci insistèrent avec force bourrades et de larges sourires qui en d'autres circonstances lui auraient fait prendre ses jambes à son cou. D'une louche péremptoire, un géant blond à la voix rocailleuse, préposé aux marmites, remplit son assiette d'une montagne de pommes de terre rissolées qu'il recouvrit d'un steak épais en chuchotant : « Pas prendre haricots, eux, dégueulasses ! » Un échalas en haillons nettoya d'un revers de manche un coin de table dont il leur fit les honneurs avec une aisance de grand seigneur. On se bousculait autour d'eux, les pressait de questions : d'où venaient-ils ? sur quel bateau ? Et ils comprirent que leurs habits frais et leur bonne mine les avaient désignés comme nouveaux arrivants. La scène avait quelque chose d'extraordinaire : tous ces gaillards hirsutes, capables, on en aurait juré, d'étrangler leur voisin sans trembler, qui se dandinaient d'un pied sur l'autre, devant eux, avec dans le regard des douceurs d'enfants. Ils seraient restés là toute la matinée si le garçon n'avait pas protesté, en posant un broc de café, que le déjeuner de ses clients allait refroidir, et ils s'étaient éloignés en se confondant en excuses. C'était cela, San Francisco, s'écria Barnabé, la bouche déjà pleine – ces brusques passages de l'indifférence à l'enthousiasme...

Ils dévorèrent leur déjeuner avec un bel appétit. Le café était chaud et les pommes de terre excellentes, seule la viande avait une consistance bizarre, qui faisait un peu penser à du gibier. Nicolas allait s'en étonner lorsqu'en levant la tête il lut, tracé à la craie sur de grands tableaux : « Aujourd'hui porc et haricots : 1,5 $; steak de grizzly et pommes de terre de Hawaii : 2,5 $. »

Du grizzly ! Comme les trappeurs dans les romans de Fenimore Cooper. Ils étaient donc bien en Amérique.

Nicolas, flanqué de Barnabé et plein d'une ardeur nouvelle, retrouva ses tréteaux sur le front de mer. Le bas de Commercial Street, jusqu'au sable noir de la grève, bourdonnait déjà tel un souk d'Orient. Portes d'armoires, caisses, débris de barcasses, brouettes, et même un piano, tout était bon qui pouvait servir d'étal, des éventaires branlants, couronnés d'oriflammes, s'improvisaient sur les ruines de l'incendie, les charpentes noircies dressaient leurs bras vers le ciel, des ouvriers hissaient planches et madriers, clouaient, sciaient à dix mètres du sol, mais nul n'en avait cure, un cri, parfois, éparpillait la cohue dans un brusque sauve-qui-peut : « Gare dessous ! », et une poutre dégringolait, mais déjà la foule revenait, telle une vague, enveloppait les étals, sans un regard pour le benêt trop lent qui gisait assommé. C'était, sur plus d'un demi-mille, un amoncellement délirant de ballots, de sacs, et de caisses. Légumes et fruits aux formes étranges, venus du lointain Orient, barriques d'alcool, vins fins, caisses de champagne, foulards de soie de Chine, épices de Bombay, barils de saumure, poissons aux yeux hagards séchés sur les côtes du Siam, sacs de café vert, cartes truquées, dés pipés, miroirs et chapeaux pour les dames, potions, élixirs, onguents miraculeux, carcasses de daims tout juste abattus que des trappeurs farouches débitaient sur des planches – la foule compacte courait en tous sens, criait, s'époumonait, ivre d'acheter et de vendre, de vendre et d'acheter, et de vendre encore. Quoi ? À peine le savait-elle. Et le flot montait, montait toujours, des chalands débarquaient caisses et ballots sur le rivage, des charrettes fonçaient droit dans la foule, chargeaient en toute hâte et repartaient, dans un vacarme de hennissements, de cris, de claquements de fouet, vers les entrepôts encore debout, les vapeurs déversaient sur ce qui restait du wharf leurs hordes de mineurs descendus de la Yuba River et de la Stanislaus. Le temps d'embarquer les songe-creux qui les remplaceraient là-haut, dans la Sierra, et déjà ils repartaient dans un bouillonnement d'écume, en s'ouvrant un chemin à grands coups de trompe vers Sacramento, Stockton, Marysville, Trinidad, Humbolt – rien qu'une matinée ordinaire, à San Francisco...

Ils disposèrent devant eux leurs petits paquets, chacun orné d'une faveur rouge. Un gazouillis joyeux les salua, venu d'un amas de caisses et de sacs aux parfums entêtants, et ils surent ainsi que leur voisin chinois était déjà en place. Le Canaque à demi nu sur leur droite ne leur jeta pas un regard – depuis deux jours, assis dans la poussière, il proposait, sans dire mot, des statuettes et des colifichets à peu près aussi terrifiants que les tatouages qu'il avait sur le torse, et la foule, devant ses airs farouches, s'écartait prudemment. Qu'espérait-il ainsi ? Eh, ce n'est pas le moment de bayer aux corneilles ! s'écria Barnabé : n'était-ce pas ce matin qu'ils allaient faire fortune ?

Indifférents aux railleries des mousquetaires, ils avaient passé une partie de la soirée, à genoux sur leur paillasse, à diviser en deux la marchandise dont ils espéraient tant ce matin. D'Artagnan les avait regardés faire en se tenant les côtes. Des cure-dents ? Des paquets de *douze* cure-dents ? Et ils comptaient en tirer combien, de leurs merveilles ? Au chiffre énoncé par Barnabé, ils s'étaient tous regardés, interloqués : ce garçon était devenu fou. Qui pourrait bien acheter *douze* cure-dents pour un demi-dollar ? Porthos s'était fait traduire : oui, deux francs cinquante, le prix d'un souper fin à Paris. Cinquante cents ou rien, s'était obstiné Barnabé. Et d'expliquer que Nicolas et lui se désespéraient, le matin même, devant leurs marchandises invendues quand un gaillard osseux, à la barbe roulée sous le menton, avait pointé le doigt sur un emballage de papier. Qu'est-ce qu'ils cachaient là ? Des cure-dents, avait bredouillé Nicolas en s'excusant presque. Il les avait posés machinalement en vidant son coffre. Quelle idée avait eue sa mère de lui en mettre deux boîtes pleines au moment du départ !... Et comme l'autre insistait, il avait ouvert une des boîtes. Combien ? Il allait répondre, mais Barnabé, plus prompt, lui avait coupé la parole. Cinquante cents. L'homme avait éclaté de rire. Quoi ? Cinquante cents *seulement* ? Et il avait jeté sa pièce sur l'étal. Nicolas allait lui donner la boîte entière quand Barnabé avait bondi, pour en extraire précautionneusement un paquet de vingt-quatre. L'autre s'était éloigné, ravi, en levant son chapeau. Cinquante cents pour... Oui, vingt-quatre malheureux cure-dents en bois, plus minces qu'une allumette. À peine étaient-ils revenus de leur surprise qu'un deuxième mineur arrivait. Où étaient-ils, ces fameux cure-dents ? Et pour deux dollars il était reparti avec quatre paquets. Quand un troisième était accouru, Barnabé, à la surprise de son ami, avait posé la main sur l'emballage ouvert en se confondant en excuses. Eh ! c'est qu'il n'en avait plus ! Mais demain, oui, à la première heure... Nicolas l'avait regardé, sans comprendre.

« Tu as combien de boîtes, là ?

– Deux.

– Et de paquets par boîte ?

– Eh bien... deux cent quarante-huit, je crois bien.

– Ce qui fait...

– Quatre cent quatre-vingt-seize paquets.

– Ou deux cent quarante-huit dollars, non ? Tu as vu à quelle vitesse ils partent ? Quel idiot, mais quel idiot je fais ! J'aurais dû deviner... »

Et comme Nicolas songeait surtout à la vente perdue :

« Tu ne comprends pas ? On divise tous les paquets par deux. À cinquante cents. Et on se fait cinq cents dollars ! Qu'est-ce que tu paries ? »

C'était de la folie. Des cure-dents qui valaient à peine un sou. Mais tout n'était-il pas fou, ici ?

Tout vaut, rien ne vaut, répétait Barnabé depuis le premier soir. N'avait-il pas vu, devant lui, un homme pressé de monter sa maison échanger une pleine poignée de poudre d'or contre une boîte de clous ? Un arrivage de pommes de terre, et les cours s'effondraient. Quinze jours sans bateau de Hawaii pour cause de tempête, et chaque tubercule valait son poids de métal jaune ! On manquait de tout, on débordait de tout. Du tabac à chiquer pour un siècle au moins, échoué dans la vase. Des centaines de fourneaux dont personne n'usait. Des milliers de chapeaux de femmes, quand la ville ne comptait pas cinq cents madames. Des caisses et des caisses de rasoirs, alors qu'à peu près personne ne se rasait. Et pas de quoi manger, souvent. Sans parler de logement...

« Sais-tu combien le patron de l'hôtel loue son terrain ? Soixante mille dollars l'année. Et son frère qui tient une maison de jeu sous une tente, à deux blocs de là ? Quarante mille dollars ! Pour y mettre une simple tente ! Et encore, ce n'est pas trop cher. Tiens, le Jenny Lind... eh bien, cette année, Maguire paie deux cent mille dollars de loyer. Juste pour l'emplacement ! »

Rien ne valait, tout valait. La ville n'était qu'une immense roulette, où tout était remis en jeu chaque jour. Alors, oui, pourquoi pas cinquante cents leurs cure-dents ?

Un cri joyeux leur fit lever la tête. Dommartin, chemise ouverte, cheveux au vent, les saluait, debout à l'avant de sa charrette, les rênes à la main, tel un cocher de char romain. Au lendemain de l'incendie, il avait trouvé une place de charretier pour le compte de McPherson, et il n'était que temps, car les yeux de braise de certaine actrice sur laquelle il restait mystérieux l'avaient mis sur la paille. Il disparut dans un tourbillon de poussière, chargé de ballots ramassés sur la grève.

Mais il était dit que rien ne parviendrait, ce matin, à distraire Barnabé. Ce n'était pas tous les jours qu'on pouvait faire fortune ! Debout sur un tonneau, il rameutait déjà la foule avec force bons mots, et un accent proprement impayable, mais les rires cette fois tournaient aux quolibets. « Tu te fous de nous ? Des cure-dents ! » Barnabé, sans se décourager, passa aux autres articles proposés à la vente, le temps que s'éloigne le loustic qui s'était amusé à le narguer, mais rien de ce que le père de Nicolas avait sélectionné, au Havre, ne trouvait preneur. Le moyen de doubler ou de tripler sa mise pour un meilleur départ, avait insisté celui-ci, en bon shipchandler, inspiré dans son choix par les reportages si fournis en détails du *Journal des Débats*. Las, leurs journalistes n'avaient sans doute jamais mis les pieds à San Francisco et, si rien ne changeait, il était fort probable que tout ce bric-à-brac finirait lui aussi dans la vase du port... Le regard de Barnabé, une seconde, croisa le sien. Même avec du bagout, le pauvre ne tiendrait pas une heure ! D'ailleurs, les badauds, lassés, commençaient à refluer quand un gaillard fendit la foule en hurlant. Où étaient-ils, ces fameux cure-dents ? Et il saisit dix paquets d'un coup. Cinq dollars, c'était au moins ça de pris ! Les curieux, étonnés, puis pensifs, basculèrent d'un seul coup. Des cure-dents ? Mais oui, bien sûr, des cure-dents ! Ce fut la ruée. Les impatients hurlaient : « Un dollar ! un dollar ! », pour être servis les premiers, Barnabé, impavide, montait les enchères en vieux briscard. Quand la vague se retira, les laissant effondrés, ils comptèrent et recomptèrent leur butin, incrédules : cinq cent soixante dollars. Deux cent quatre-vingts chacun ! De quoi tenir au moins quinze jours. Trois semaines, au besoin. Ah, soupirait

Barnabé, si seulement la mère de Nicolas avait eu l'idée d'en mettre quatre boîtes ! Quatre, dix, cent boîtes, une cargaison entière, ils auraient été millionnaires !

L'arrivée bruyante d'Ernest de Massey les arracha à leurs spéculations. Le fouet à la main et le sarcasme aux lèvres, il menait sa charrette avec un air de prince, mais entre les brancards, en guise de cheval, c'était son homme de peine qui tirait, l'irascible Pidaucet, occupé à promettre les aristos à la lanterne en appelant la foule à lui venir en aide.

« Attends un peu, marquis, et tu vas voir ton dos ! Eh ! Tu te crois où ? Finis les privilèges ! »

Il faut dire qu'Ernest, noble de belle famille, avait été des barricades, et même socialiste enragé, ce qui lui avait valu ce qu'il disait son « exil doré » – et, pour « expier les crimes de la noblesse », il avait donc imaginé que ce serait lui, une fois sur deux, qui mettrait le harnais, tandis que Pidaucet donnerait vigoureusement du fouet... Ernest, aux mines défaites de ses amis, tira sur les rênes et stoppa Pidaucet. Nicolas, encore tremblant, ses pièces étalées devant lui, raconta toute l'histoire. Barnabé redoublait de soupirs. Des cure-dents ! Où trouver d'autres cure-dents ? Ernest le regarda, pensif, comme s'il le découvrait. Ce garçon, décidément, avait de la ressource. Plus que lui, en tout cas.

« Plaignez-vous ! Ah, si j'avais autant de chance dans mon commerce ! »

Chaque matin, Pidaucet ramassait dans la rue les bouteilles vides laissées par les ivrognes, qu'Ernest remplissait de kirsch, de cognac, de whisky – entendez, coupé d'eau, un certain brandy à 36° dont il avait transporté un tonneau avec lui. Ils les revendaient ensuite de bar en bar, en tirant tour à tour leur charrette. La soif, certes, était ici inextinguible, et les gosiers indifférents aux nuances gustatives, mais la concurrence se faisait rude...

« De toute façon, d'ici quinze jours le tonneau sera à sec. Il me faudra trouver autre chose. Tailleur de cure-dents ! Ça vous irait ? »

D'un claquement de langue, il relança son équipage. Barnabé s'ébroua, de nouveau plein d'ardeur. Allez ! c'était leur jour de chance, qui sait ? Il arriverait peut-être à vendre leur fichu bric-à-brac ! Et, hissé sur son tonneau, il reprit son numéro de bateleur.

Décidément, il était increvable, soupira Nicolas dont les regards déviaient, quoi qu'il fît, vers le spectacle de la rue. Des odeurs de pain chaud et de lard grillé montaient dans l'air marin, une douce chaleur se faufilait sous la fraîcheur du matin calme. La marée était à son plus haut, l'eau venait lécher la route du front de mer, et c'était comme si les bateaux, suspendus dans les airs, s'étaient approchés d'eux. Non, aucun port au monde, aucune guerre, aucune croisade, jamais, n'avaient rassemblé pareille flotte ! Les coques, énormes, craquaient doucement en tirant sur leurs chaînes, les risées portaient par bouffées des odeurs de coaltar chaud. Des cotres, des canots à misaine, des gabares se faufilaient entre les mastodontes, et il reconnut la crinière blonde de Raousset, à l'avant d'un chaland. Puis d'Artagnan, tout droit à la barre, Athos, Porthos et Aramis qui poussaient l'aviron. La barge était chargée à couler, au point que caisses et ballots paraissaient glisser sur les eaux lisses. Dès son arrivée, le comte s'était porté acquéreur d'un chaland. Fouiller le sol comme porc cherchant sa truffe, très peu pour moi, avait-il décrété – et larbin, moins encore. Ce chaland lui serait l'occasion de se « briser un peu les muscles », le temps de voir venir. Et au lendemain de l'incendie, ne retrouvant plus ses hommes, il avait engagé les mousquetaires. Juste pour se remettre en fonds, avait prévenu d'Artagnan, toujours pressé de se faire millionnaire sur les placers de la Sierra. L'or... Comme il paraissait loin, dans la splendeur nacrée de ce matin d'automne ! Nicolas se dressa, agita la main en direction de ses compères, et eut la surprise de les voir répondre. Se pouvait-il qu'ils l'aient distingué, au milieu de la cohue ? Puis il vit sur la berge Ernest qui agitait lui aussi les bras dans leur direction, pendant que Pidaucet ouvrait une bouteille. Sans doute était-il impatient de leur narrer la bonne fortune de Barnabé...

Il revint à son ami. L'intrépide loustic avait entrepris de vendre une brosse à dents à un chasseur de phoque dont l'éclatant sourire n'avait jusque-là pas eu besoin de travaux d'entretien, et la foule, bonhomme – était-ce son bagout ou son impayable accent ? –, se tordait de rire à ses blagues et saillies, mais le brave Esquimau ne parvenait toujours pas à saisir l'usage de l'objet. Nicolas envia son ami, tout à coup. Il était tellement à son affaire ! Pas de doute, Barnabé avait le commerce dans le sang... Un roi nègre en boubou s'éloignait, hilare, en brandissant une paire de bretelles payée royalement dix dollars. L'Esquimau, enfin convaincu de la nécessité d'une brosse à dents, seul talisman pour s'attirer les grâces des madames, se la passait autour du cou, au bout d'une ficelle.

« Tu lui frottes les dents, comme ça, pour faire ami-ami, et elle ne te refusera rien ! »

La foule hurlait de rire, le harponneur aussi, qui jeta sur la table une poignée de pièces jaunes avant de s'éloigner, fier comme Artaban.

Barnabé, épuisé, sauta à terre. C'était dit, il arrêtait pour ce matin. D'ailleurs, les badauds refluaient, avides d'autres spectacles.

« J'ai réfléchi, décida Barnabé après un court silence. Ces dollars – oui, c'est notre chance ! Savoir investir, il n'y a que ça de vrai. Trouver de la marchandise. Sinon... »

Et fébrile, soudain, il lui expliqua le grand jeu de la ville, chaque midi, à Portsmouth Square, l'*auction*, la grande mise aux enchères, où se fournir si l'on était malin – et si l'on avait un peu de chance... Ah ! qui n'avait pas vu ça ne pouvait pas comprendre San Francisco ! Nicolas, fugacement, songea à certaines « spéculations malheureuses » qui avaient déjà mis son ami sur la paille, mais il n'osa pas briser son euphorie. Barnabé, c'était clair, avait pour eux des projets d'avenir, qu'il n'imaginait pas autrement que grandioses.

Une seule question hantait Nicolas. Était-il vraiment venu à San Francisco pour s'y retrouver commerçant, comme au Havre ?

Laissant là leur étal, ils gagnèrent le front de mer en jouant les flâneurs. Nulle part mieux que vers le wharf, dans le va-et-vient frénétique des denrées et des gens, on ne sentait gronder l'énergie de la ville. Partie du rivage, elle débordait de tous côtés, escaladait le flanc des collines, dans un épais nuage de poussière, pour se déployer au-dessus d'eux comme un amphithéâtre, sur plusieurs kilomètres...

« Et dire, s'écria Barnabé, qu'il y a deux ans de ça, les Indiens chassaient encore le buffle au lasso, là, dans les collines... ! »

Lorsque le premier bateau d'émigrants, parti de New York, avait jeté l'ancre dans la baie, Yerba Buena n'était encore qu'un village triste, battu par les vents – tout juste quelques cabanes en bois où végétaient deux cents personnes autour d'un bâtiment des douanes à demi effondré. Par quelle folie des hommes avaient-ils choisi cet endroit – le pire mouillage de la baie, sans cesse menacé par les récifs et les courants – pour en faire un port ? Bah ! c'était sans importance, demain toute la côte se hérisserait de wharfs où accoster à l'aise. On racontait même qu'une machine prodigieuse, œuvre d'un Irlandais, allait permettre d'effondrer le sommet des collines dans la mer. Les navires échoués dans la vase depuis les premiers mois de la ruée, abandonnés par les équipages partis sur les placers, se retrouveraient alors pris dans la ville nouvelle, et ce serait un épisode de plus de la légende.

Barnabé acheta un cigare à un passant, toussa en l'allumant, cracha, s'étouffa, devint vert, se força malgré tout à le fumer. Un air prospère, expliqua-t-il en bombant le torse, n'est-il pas la clé de la réussite ? Barnabé était la sagesse même. Mais, à la lueur qui brillait dans ses yeux, on devinait qu'il n'aurait pas hésité, ce matin, à acheter la ville entière. À crédit, cela allait sans dire.

Les caisses dégringolaient des chalands à même la rue. Les charretiers les chargeaient en jurant, partaient à fond de train, aussitôt remplacés. Où diable pouvaient-ils entasser pareilles quantités ? Ils cherchèrent du regard leurs mousquetaires et Raousset, mais ne les trouvèrent pas : sans doute étaient-ils déjà repartis vers une autre cargaison. Le soleil allumait des brasiers aux flancs des collines, l'eau claire frissonnait sur le sable à deux pas. Allez ! la vie pouvait être belle parfois ! s'extasiait Barnabé en respirant à pleins poumons. Rien de tel, pour goûter le paysage, que des poches bien remplies !

De brusques mouvements agitaient la foule, des cris, des vivats la précipitaient tout d'un bloc dans un sens, puis dans l'autre, avec les piétinements furieux d'un troupeau en *stampede*. Ici, c'étaient des jeunes filles enlevées sur les côtes du Chili – l'œil brûlant d'une flamme sombre et le défi aux lèvres malgré les *vaqueros* qui les tenaient en laisse en découvrant à la demande un sein ou une cuisse – que mettaient aux enchères des hommes basanés, debout sur des tonneaux et le fouet à la main, devant des patrons de bar prêts à faire le coup de poing. Là, des marins facétieux qui s'amusaient à débarquer leurs passagers à tel endroit choisi, et les malheureux devaient patauger sous les lazzis, pris dans la vase jusqu'à la taille. Ou bien un prince russe s'avançait dans la rue, engoncé dans ses fourrures avec, derrière lui, ses moujiks qui clignaient des yeux, éberlués, au spectacle de la ville, et les deux amis suivaient le mouvement, riaient, applaudissaient comme tous les autres. Rien qu'une matinée ordinaire à San Francisco...

Puis il y eut des hourras, vers l'ancien Central Wharf, des cris, des appels surexcités, et, jouant des coudes, ils découvrirent une chaloupe qui accostait, chargée à couler de gibier. Assis sur la dépouille d'un grizzly, la pipe à la main et les yeux dans le vague, le marquis de Pindray paraissait indifférent à l'agitation de la foule. Son *capataz* mexicain, bardé de coutelas et de pistolets, sauta à terre, suivi des inévitables frères La Chapelle, toujours taciturnes, et ce fut à qui aurait l'honneur de saisir l'amarre, de tirer l'ancre. On se bousculait dans l'eau pour toucher le plat-bord, détailler la chasse du marquis, tandis que le *capataz* se frayait un chemin avec force bourrades, à la recherche d'une charrette. Avait-on jamais vu pareils chasseurs ? Ah, c'était bien du marquis !

Dans l'eau jusqu'à mi-cuisse, les deux frères commençaient à décharger la barque. Chevreuils, élans, lièvres, lapins, écureuils gris, ramiers, oies, canards sauvages, perdreaux, c'était en vérité un butin formidable. La foule, ravie, applaudissait, les plus hardis se proposèrent quand il s'agit de débarquer le grizzly, on alla chercher des planches pour le faire glisser. Ne pesait-il pas huit cents livres au bas mot ? Le silence se fit quand le géant roula sur la chaussée. Même mort, il restait formidable. Puis un homme montra sa tête ensanglantée. Une balle, une seule balle, en plein front ! Le marquis restait fidèle à sa légende... Ce soir, les restaurants de Portsmouth Square tresseraient ses louanges, le roi de la Sierra serait pendu à la porte du Poddle Dog ou de l'Union Hotel. Il y en avait pour au moins mille dollars, souffla Barnabé, impressionné.

Le marquis se déplia enfin, secoua la cendre de sa pipe et sauta à l'eau. Son regard gris-bleu passa, dédaigneux, sur la foule, mais s'adoucit quand il vit Nicolas et Barnabé, qu'il salua d'un mouvement de tête, et il s'éloigna, tout droit, derrière la charrette qui affrontait la pente en gémissant. La foule, silencieuse, suivait en procession.

Nicolas resta longtemps immobile. La ville, tout à coup, lui paraissait plus petite. Au-delà, il y avait les montagnes bleues, comme des vagues de pierre dressées vers le ciel, en attente. Et des précipices sans fond, des canyons inaccessibles, des forêts sombres – et d'autres montagnes encore. Derrière ces crêtes qui barraient l'horizon, comme un appel ou une menace, il y avait des pays inconnus. Le marquis avait disparu au lendemain de l'incendie. On l'avait dit chez ses amis indiens ou bien jouant au *monte* dans quelque hacienda mexicaine, entre Petaluma, Tamascal et San Antonio, ou chassant sur les pentes du Monte Diablo. Depuis son arrivée en Californie, il menait cette vie de chasseur, livrant à San Francisco des quantités prodigieuses de gibier, et la ville, jusque-là au régime bœuf salé et conserves, lui avait fait fête. Il dépensait son argent en quelques jours, en orgies sauvages, puis disparaissait, et nul, au fond, ne savait rien de lui. Il était comme la mer, songea Nicolas, comme la montagne ou le vent : une figure du dehors. Qui apportait avec elle le frisson brutal de l'aventure...

Lapeyrouse, chez le consul, avait raconté un soir comme il avait fait sa connaissance, dans une taverne de Petaluma. Il venait de passer la journée à chasser avec un ami, de l'autre côté de la baie, et, recru de fatigue, il avait poussé la porte, en quête d'un bon dîner. Las ! tout était sens dessus dessous, le tenancier affolé levait les bras au ciel, et il n'avait vu d'abord qu'un énorme gourdin au-dessus de la mêlée confuse, puis un homme s'était dégagé, terrible, en jurant d'abondance. Un Français ! Son ami et lui n'avaient pas hésité une seconde et, en quelques instants, les agresseurs, surpris par ce secours, s'étaient enfuis en claudiquant. C'était notre marquis, blanc de fureur. Un de ces damnés yankees n'avait-il pas prétendu leur interdire, à lui et à son *capataz*, de jouer au billard parce qu'il était français ? L'insolent avait roulé à trois pas, assommé d'un coup de poing, et ses acolytes s'étaient précipités en braillant. « Tudieu ! je leur servais une partie de billard de ma façon quand vous êtes arrivés ! » Lapeyrouse avait hoché la tête. Même sans leur aide, avait-il conclu, le marquis aurait eu raison de ces drôles.

Pindray et son cortège disparurent dans les hauteurs de Commercial Street. Nicolas frissonna. La solitude des bois, les feux de camp, le soir... N'était-ce pas cela, la vraie vie, la vie libre et sauvage, à la manière du *Tueur de daims* de Fenimore Cooper ? Autre chose, en tous les cas, que de vendre des cure-dents...

3

De pareilles chaînes ne pouvaient que protéger un trésor, décida Jules de France, ou, sinon, le coquin qui les avait posées avant de décéder se mentait à lui-même. Et laissant là Artémise qui pouponnait Californie, il fila à grandes enjambées, suivi par Barnabé, en quête d'une masse ou de solides tenailles. Le coffre, il est vrai, avait un air formidable. Dommartin venait d'y laisser la lame de son couteau et Ségondis presque son épaule, à force de coups de marteaux. La foule, autour d'eux, se perdait en supputations. Il fallait que le contenu réponde au contenant, songea Nicolas en pensant à la fortune versée par Barnabé...

Cinquante dollars... N'aurait-il pas mieux fait de les jouer à la roulette ? D'ailleurs, n'étaient-elles pas cela, les enchères de Portsmouth Square : une roulette géante ? Une foule impatiente déjà se bousculait au pied du mât de la Liberté quand ils avaient débouché sur la place. Des hommes hirsutes en chemises rouges finissaient d'empiler caisses, ballots et coffres, d'autres jetaient dans la poussière pelles, pioches, socs de charrues, pianos, tout un bric-à-brac étrangement semblable à celui qui rouillait dans la vase, sur le front de mer. Un homme monté sur une estrade rameutait les chalands d'une voix de stentor. Il n'y avait pas assez d'entrepôts en ville pour stocker les marchandises débarquées chaque jour des navires, avait expliqué Barnabé ; aussi le nerf du commerce était-il de les vendre au plus vite, et de les revendre sans cesse, un peu comme on se repasse une patate brûlante. Tout valait, rien ne valait, une caisse cédée une fortune se négociait pour une bouchée de pain l'instant d'après. Tel était le grand jeu qui passionnait toute la ville.

Le crieur, un Irlandais rougeaud, aux bretelles écarlates, avait lancé l'*auction* comme on lance une course, dans un tumulte de vociférations, d'insultes, de plaisanteries. Des hommes s'agitaient en tous sens, multipliaient les signes mystérieux, des chiffres volaient de tous côtés, des caisses, des sacs partaient, d'autres arrivaient – d'abord, Nicolas n'y comprit trop rien, comme emporté dans un cyclone. Puis il remarqua au premier rang des hommes en redingote, impassibles, qui faisaient leurs affaires d'un simple mouvement de cils et raflaient tous les lots. « Ce n'est pas pour nous, ça ! » avait crié Barnabé : les gros négociants écrémaient le marché, chaque jour, et s'entendaient entre eux pour tenir les enchères. Qu'un naïf se mêle de les contrarier, et ils le prenaient en tenaille aussitôt, faisaient grimper l'encan jusqu'à le laisser en chemise. Pour jouer ce jeu-là, il fallait avoir du capital, avait soupiré son ami, assez pour acheter au plus bas et revendre au plus haut, assez pour entrer dans le cartel qui se partageait les bons coups. Pour les autres, c'est sûr, il fallait un peu de chance...

Le tumulte était monté d'un cran quand les redingotes, affaires faites, s'étaient retirées. On vendait tout et le reste, des maisons, des lots de terrains dans des villes qu'on ne connaissait pas, des concessions minières dont on ne savait rien – qu'importe, puisque l'acheteur ne s'y rendrait jamais et remettrait en jeu ses titres le lendemain ? Barnabé avait d'abord jeté son dévolu sur un ballot de soieries de Chine, puis sur des cornes de rhinocéros censées, une fois réduites en poudre, soutenir les ardeurs défaillantes, mais s'était vite trouvé éjecté du tourbillon. Bientôt ne resta plus à vendre que les coffres. « Va pour les coffres ! » avait hurlé Barnabé, prêt à tout – ces coffres, saisis par la douane ou récupérés dans les hôtels, étaient mis à l'encan soigneusement fermés ; nul, pas même le crieur, n'en savait le contenu. Et c'est ainsi, après des surenchères féroces, qu'ils s'étaient retrouvés tous deux propriétaires d'une malle au trésor si lourde qu'il avait fallu aller chercher Dommartin pour qu'avec sa charrette il la descende jusqu'au bas de Commercial Street. Les compétiteurs malheureux avaient suivi, curieux de savoir s'ils devaient maudire leur reculade ou se tordre de rire au spectacle du benêt qui s'était montré encore plus nigaud qu'eux en emportant le lot !

Les pinces trouvées par Jules auraient pu sectionner les câbles d'un navire. Il se fit un grand silence autour de lui, tandis que sautaient les cadenas. Le coffre s'ouvrit dans un long grincement, on se perdait déjà, le souffle court, en supputations sur la fortune qu'on allait découvrir. D'abord, on ne vit que le dos de Barnabé, penché sur les entrailles du monstre. Puis des hardes volèrent, dont n'aurait pas voulu un clochard. Et un murmure passa dans l'assistance quand le jeune homme se figea, avant de se relever, très pâle. Des cris fusèrent. Alors ? On n'a pas que ça à faire ! Alors rien, balbutia le Génie du commerce. Comment ça, rien ? Elle pesait un bon poids, la vache, quand il avait fallu la descendre ! Non, rien. Rien que des vieux papiers. Des piles de journaux. Français. Des journaux ? Quel était l'imbécile qui avait pu trimbaler depuis la France un coffre plein de journaux – avec ce luxe de cadenas ? Pris d'un doute subit, Barnabé replongea dans la malle. Mais non, il n'y avait rien. Les badauds se regardèrent, incrédules, avant de partir d'un vaste éclat de rire. Des journaux ! Vrai, c'était une bonne blague ! Barnabé, effondré, quêtait du regard le pardon de Nicolas, tandis qu'on défilait devant le coffre ouvert en se tenant les côtes. Seule Artémise, indifférente, chantonnait en pouponnant son bébé. Déjà la foule refluait, pressée de colporter l'histoire par toute la ville, et chaque éclat de rire, le long du front de mer, lui était comme une gifle. C'était dit, il était un bélître, un benêt, un imbécile, jamais plus, non, jamais plus on ne l'y reprendrait !

Passer pour un imbécile n'avait jamais fait mourir personne, sifflotait Dommartin, suave. Sauf de honte, bien sûr, ajoutait Ségondis, compatissant : car ce coup-ci, tout de même, c'était du raide ! Ernest de Massey, arrivé entre-temps, le harnais encore sur les épaules, se faisait répéter en détail la cause de tant d'hilarité. Vrai, la blague était fameuse ! Seul Jules de France, pensif, continuait d'explorer la malle, sortait les journaux un à un. Il y avait là *Le Journal des Débats*, *Le Moniteur, L'Estafette*, *La Presse*, et bien d'autres encore. Et même, en entier, *L'Orgueil, ou la Duchesse*, le premier des *Sept Péchés capitaux* de M. Eugène Sue, publié en feuilleton en 1847, dans *Le Constitutionnel*. Il fouilla encore un moment, se mit à lire, à haute voix :

« On écrit de San Francisco que, dans la vaste étendue des gisements aurifères, il y a à peine un mètre de terrain qui ne renferme de l'or... » C'était *La Presse* datée du 8 juin 1849. Les têtes se tournèrent vers lui. Et *Le Constitutionnel* du 15 mai : « À en croire l'opinion générale, la terre est mélangée d'or sur une étendue de plusieurs centaines de milles. Il faudra des siècles et des millions de travailleurs pour épuiser les gisements... » Ségondis voulut voir. Mais oui, c'était bien l'article qui lui avait mis l'esprit en feu, à l'époque, au dam de ses parents ! Dommartin piocha à son tour dans le coffre, brandit *L'Estafette* du 16 juin : « Le lieutenant Beale certifie avoir vu, à San Francisco, une masse d'or pesant vingt-cinq livres ! » Moi, risqua timidement un géant édenté, c'est un article de *La Presse* qui m'a fait partir. On le chercha, on le tendit à l'homme, qui vacilla presque, sous le choc. Bientôt le groupe entier se retrouva assis dans la poussière, entouré de journaux. Comme si chacun y recherchait des fragments de lui-même, de ce qu'il avait été avant, là-bas, avant que... Des souvenirs revenaient, de tant de rêves brisés, meurtris, certains s'abîmaient dans leurs songes, silencieux, d'autres riaient à grand bruit à telle annonce délirante, telle exagération hyperbolique – celui-là, tout de même, quel robuste escroc ! Mais aussi, comment avait-on pu avaler pareilles sornettes ? Seul Barnabé restait à l'écart de cette agitation – qu'on ne vienne jamais plus lui parler de journaux ! C'est alors que Jules se pencha vers lui, d'un air faussement indifférent :

« Dis-moi, garçon, si je réussissais à en placer... disons, quelques-uns... Part à deux ? »

Cette fois, Nicolas fut le plus prompt. Part à deux, c'était dit. Barnabé, étonné, leva les yeux. Déjà Jules déployait sa carcasse, debout sur le tonneau, brandissant un journal, et c'était comme si d'un seul coup il avait doublé de taille. Sa voix roula comme le tonnerre, résonna sur le front de mer.

« À moi, la France ! »

Des visages se tournèrent, étonnés. Des passants s'arrêtèrent, accoururent, qu'à leur accoutrement on devinait français. Déjà Jules faisait l'article. Une collection exceptionnelle, oui, de journaux de la vieille France ! Des nouvelles du pays ! Qui avaient affronté le Horn, le Chagres et Panamá pour arriver ici ! Des feuilletons d'Eugène Sue ! Et des archives, des pièces rares, du temps où ils vivaient encore là-bas, tous autant qu'ils étaient ! Un homme fendit la cohue. Depuis le temps qu'il voulait lire *Les Sept Péchés* de M. Sue ! Il jeta un sac de poudre d'or sur l'étal et repartit, triomphant, son paquet sous le bras. Barnabé, tout à coup réveillé, soupesa le sac. Eh ! c'est qu'il y en avait bien pour trente piastres ! Trente dollars ? Jules redoubla d'efforts, la foule partagée entre les larmes et le rire se serrait à ses pieds, c'était à qui repartirait avec son morceau de France. Jules, tel qu'en lui-même, superbe – Ah, songea Nicolas, il aurait bien voulu le voir, à la première de *Monsieur Gogo* !

Il eut un geste de recul, et aussitôt eut honte de sa réaction – Artémise, doucement, lui avait pris la main. Il l'avait fait asseoir à ses côtés, sur une caisse retournée, mais, pris par Jules de France, il l'avait oubliée. Il se pencha vers elle, l'observa à la dérobée. Cette pâleur du visage, ces traits de fatigue autour des yeux, mon Dieu, se dit-il, comme elle paraissait fragile, en cet instant, abandonnée ! Il lui serra doucement la main, et il lui sembla qu'elle répondait à sa pression. La pauvre fille, depuis la nuit de l'incendie, se rapprochait de lui dès qu'elle l'apercevait – sans doute se souvenait-elle confusément, malgré son hébétude, de celui qui l'avait soutenue, cette nuit-là, portée, peut-être même sauvée. Depuis la fusillade de l'Eldorado, elle était restée ainsi, absente et douce, accrochée à « son » bébé – perdue, aurait-on dit, dans l'écoute d'une musique entendue par elle seule. Et comme les parents du bébé avaient disparu, sans que personne se préoccupe seulement de retrouver leur nom, qu'il ne restait que cendres de leur maison et des blocs alentour, il avait paru à tous plus simple de lui laisser la garde de l'enfant. Que voulez-vous de plus ? s'était étonné un vague employé de la municipalité lorsque le consul Colton avait voulu donner un tour un peu plus régulier à la situation. Si jamais ils réapparaissent, les parents, on saura toujours le récupérer ! Depuis, installée à l'hôpital, Artémise aidait Claire et Marie aux travaux de salle tout en pouponnant son bébé, et chaque après-midi Jules de France passait la prendre pour une promenade, elle et celui qu'il n'appelait plus que Joe Californie. À croire, décidément, qu'il s'était acheté une conduite. « Mon fils », disait-il fièrement quand on se penchait sur le landau, et il prenait le bras d'Artémise, comme s'il défiait quiconque d'oser une remarque.

Oui, on l'avait changé, soupiraient ses amis du café des

Artistes et de la Polka. À peine si Pépin et Jourdain osaient encore évoquer devant lui les quelques tours pendables qui leur permettaient d'assurer leur maigre quotidien. Il n'avait l'esprit qu'au Jenny Lind, où se préparait dans la fièvre la reprise de son *Monsieur Gogo*. Maguire avait failli en avaler son cigare lorsque, enfin dégrisé, il avait découvert les notes laissées par lui de bar en bar, le soir de l'incendie – et depuis il se consolait en refaisant plus belle encore la salle de son théâtre. La nouvelle première de *Monsieur Gogo* était annoncée pour le samedi suivant, et Jules était sur des charbons ardents, d'autant que Fayolle, toujours convalescent, n'était plus là pour tout régler, à commencer par les orages sentimentaux qui agitaient la troupe du bon Munié.

Une vague de rires le ramena au vicomte. Ses derniers journaux vendus, le lascar mettait maintenant aux enchères les quelques pages découpées trouvées au fond du coffre – des caricatures de chercheurs d'or par Cham – et chacun s'esclaffait de bon cœur. Ces deux hommes, bras et jambes mêlées, qui se filaient sur le crâne de furieux coups de pioche : « Travaux préparatoires pour arriver à la libre exploitation d'une mine. » Ou cet autre, passant de l'exultation au dépit : « Une pomme de terre, quel bonheur ! Mais non, je suis volé : elle est en or. » Et cet autre encore, courbé dans la bourrasque : « La poussière de ce pays est insupportable ! J'ai au moins quatre-vingts francs d'or dans chaque œil ! » Ah ! c'était bien vu – un autre *Monsieur Gogo en Californie* ! Les enchères montaient, les gagnants s'éloignaient en brandissant leur trophée et Jules, vociférant, radieux, tendait les bras comme s'il avait voulu embrasser dans sa ferveur la ville tout entière...

Le cœur de Nicolas fit un bond soudain : Artémise, se blottissant contre lui avec un total naturel, venait de poser sa tête au creux de son épaule. Ses cheveux caressaient sa joue, il respirait sa tiédeur, et il y avait dans son élan un tel abandon qu'il restait figé, sans oser seulement respirer. Elle ne pouvait pas ne pas entendre les battements de son cœur, songea-t-il, épouvanté : ne sentait-il pas, lui, la tiédeur de son sein pressé tout contre lui ? Ses genoux tremblaient, il lui semblait que tous, en cet instant, avaient les yeux tournés vers lui, pourvu, pourvu que Jules surtout – et pourtant il restait là, immobile, l'air passablement stupide...

« Et dix qui font cinquante. Eh bien, mon garçon, encore une belle journée, on dirait ? »

Barnabé, dépité, empocha sa part. Mais il avait gardé le sens de l'humour et soupira d'un air comique :

« Sûr ! Jouer deux fois les imbéciles le même jour, ce n'est pas donné à tout le monde ! Sacrebleu ! Des journaux... »

Jules lui tapota l'épaule, jovial, après avoir enfourné dans sa vaste poche son coquet bénéfice.

« Eh bien ! Bienvenue au club, mon garçon ! »

Et, jetant un regard un peu surpris sur Nicolas, il prit doucement Artémise dans ses bras.

Il fallait fêter ça, insistaient Dommartin, Ségondis et les autres. Par un petit tour au Café des Artistes. Aux frais, évidemment, des deux chanceux de la journée. On chercha dans la foule les figures amies. La Madelène arrivait, la canne sous le bras, un mince cigare aux lèvres – qui aurait pu, en cet instant, l'imaginer cirant des chaussures à l'entrée du Verandah ? Il était inutile d'espérer Villatelle, annonça-t-il d'emblée : depuis deux jours on ne le voyait plus, devenu le maître d'hôtel très affairé de Mme Irma, la tireuse de cartes. On héla Lapeyrouse, qui bayait aux corneilles sur le front de mer, sans doute à leur recherche. Une ombre bleue s'allongeait vers les hauts de la ville, une douceur étonnée venait avec la fin du jour, la mer, plus sombre, était sans une ride. Tout à l'heure, une autre ville s'éveillerait à d'autres rythmes, d'autres visages, le cratère rugirait au milieu des ténèbres, le temps de changer de masques, de changer de décors – comme si chacun, avant de basculer, voulait reprendre son souffle. Près du wharf, Pindray et son *capataz* tiraient au sec leur chaloupe. Ceux-là, les poches pleines d'or, passeraient leur nuit en ville. Puis des voix joyeuses résonnèrent à la surface de l'eau : Athos et Aramis agitaient les bras à l'avant de leur barge. Le temps de décharger les dernières caisses, et ils étaient à eux ! Le groupe se porta à leur rencontre pour leur donner un coup de main. Mais, avant d'arriver, ils virent Raousset sauter à terre et, laissant là ses compagnons, se diriger vivement vers le marquis. Les deux hommes, en grande discussion, disparurent aussitôt en direction de Portsmouth Square.

« Eh bien, m'est avis que celui-là ne jouera pas longtemps les débardeurs... », sifflota Barnabé.

À ces paroles, quelque chose se glissa en Nicolas de triste et de froid, qui lui serra le cœur. La nuit de l'incendie les avait soudés – mais pour combien de temps ? L'ombre gagnait les lointains de la baie, éteignait une à une les crêtes des montagnes, les îles devant eux disparurent dans la grisaille. Barnabé soupira. Cette douceur entre nous ne reviendra jamais, songea Nicolas. Ses mousquetaires, dès que remis à flot, partiraient dans les mines, Raousset, bientôt, saurait sa destinée, Barnabé, avec un peu de chance, finirait commerçant, Jules de France, qui sait ? triompherait au théâtre. Il hésita. Et lui – y avait-il seulement un rôle écrit pour lui dans cette pièce dont l'auteur lui restait inconnu ?

4

Elle revenait vers lui, virevoltait à le frôler, esquivait, repartait dans un galop soudain, et ses éclats de rire, à chaque fois, le mettaient au supplice. Comment son père pouvait-il ignorer son manège ? Celui-ci poursuivait, pourtant, comme si de rien n'était, au pas souple de son cheval, égrenant ses souvenirs de touriste parisien, et le malheureux Colton, la gorge sèche, l'esprit en tumulte, avait toutes les peines à conserver le fil. Vallejo les avait quittés depuis un moment déjà. Les préparatifs du dîner le réclamaient, avait-il bougonné derrière ses favoris – et chacun avait compris que leur entretien, désormais, exigeait qu'ils soient seuls. Vallejo était un ami de Paredes, certes, mais aussi un allié fidèle des Américains, et il tenait à le montrer. Où qu'ils aillent, ils étaient chez lui, avait-il ajouté en tournant bride, et ils trouveraient toujours un de ses gens pour les ramener à Sonoma.

« C'était... au Français, oui. Et la distribution, ma foi, était des plus brillantes. »

Il sursauta. Le Français ? Oui, certainement. Mais il n'avait passé que quelques semaines à Paris, avant de prendre ses fonctions à San Francisco – et pour tout dire, il n'avait guère eu le loisir d'y goûter, à la vie parisienne.

« Et vos petites femmes ? Comment dites-vous, les " grisettes " ? Allez, avouez ! Tous les hommes ne parlent que de ça, quand les enfants sont au lit... »

Elle avait surgi à ses côtés, la moue boudeuse, et un feu sombre au fond des yeux. Son père fronça les sourcils, puis sourit. Était-ce là des propos dignes d'une jeune fille ? Ne voyait-elle pas qu'elle embarrassait monsieur le consul ? Elle rit, d'un rire de gorge un peu rauque, avant de disparaître dans un martèlement de sabots.

« Savez-vous que j'ai eu le plaisir de rencontrer Mme George Sand ? Un personnage peu commun, n'est-ce pas ? Et de bien étranges théories. Le socialisme... Je me demande ce qu'il en resterait, à l'épreuve du désert ? »

George Sand, socialisme... De quoi lui parlait-il, au juste ? Là-bas, Angela galopait à perdre haleine, penchée sur l'encolure de sa monture, et il l'imaginait, épousant de tout son corps la masse puissante du cheval, le commandant d'une pression des jambes – ce mouvement de reins quand elle avait enlevé l'animal, cette crispation des cuisses devinée sous l'étoffe... George Sand ! Il se força à retrouver une contenance.

« Mais, j'y pense, nous aurions pu nous croiser à Paris ? »

Il se sentit rougir de nouveau. Paris ? Ça avait été pour lui la honte des longues attentes, dans les couloirs du ministère, les lettres inutiles, les réponses évasives – si seulement quelqu'un lui avait fait en face quelques reproches, qu'il pût s'expliquer ! Mais non, rien que la muraille des silences, et des sourires polis. Paris ! Il était à jamais le fauteur de troubles de Hawaii, qui avait mis là-bas la France en piteuse posture – à moins qu'une action d'éclat, un jour, ne le remette en grâce et qu'on s'avise alors qu'on l'avait mal jugé... Avec quelle ironie élégante un vague sous-secrétaire lui avait proposé un jour San Francisco ! Pour tous ces beaux esprits, c'était le bout du monde, très exactement nulle part, un trou où se débarrasser du gêneur – et il avait fait aussitôt ses bagages. Un trou, enfin, où disparaître sous terre ! Et Paredes, badin, qui lui détaillait les charmes de Paris...

« C'est là que j'ai compris ce qu'il nous manquait ici pour réussir... »

Le changement de ton de Paredes, plus grave tout à coup, lui fit lever la tête. L'homme du Sonora, mains nerveuses, profil d'aigle, fixait l'horizon, perdu dans ses pensées.

« Je fuyais le Mexique, désespéré, mes biens saisis. Non, jamais le Sonora, seul, ne parviendrait à se délivrer de ses chaînes ! J'en étais venu à penser comme mon ami Vallejo – que seule l'aide des Américains... Recommencer, en somme, l'histoire de la Californie ! Et puis j'ai vu Paris... »

Il rit.

« Vous savez, on peut s'étourdir de la vie parisienne quelques semaines, mais... Je suis un homme du désert, moi ! Loin de lui, j'étouffe vite, je m'étiole ! »

Colton poussa un cri. Angela, là-bas, reprenait son cheval, devant une haute barrière. Il s'était dérobé une première fois, et elle le relançait de nouveau, avec un cri sauvage.

« Elle est née sur un cheval, señor... »

Paredes ne paraissait pas autrement anxieux. Étaient-ils fous, tous deux ? Personne ne pouvait franchir pareille hauteur... Ah ! c'était un miracle. Déjà elle se redressait, cabrait son cheval en agitant le bras et repartait à fond de train. Paredes applaudit.

« Ah ! c'est du feu, cette enfant ! »

Et enthousiaste tout à coup :

« Vous avez vu ? C'est cela, être sonoran. L'espace, la vie sauvage, le galop des chevaux ! »

Où voulait-il en venir ? Paredes ne parlait jamais au hasard...

« C'est à Paris que j'ai compris ce qui nous manquait... Cette effervescence dans les cafés, ces clubs, ces journaux. Quelques mois avant mon arrivée, Paris était à feu et à sang, la répression avait été brutale, et pourtant... On la sentait si vivante, cette ville ! Ces artisans, ces ouvriers, ces artistes, ces journalistes... La vraie vie parisienne, celle qui permet les révolutions, c'était celle-là ! »

Il parlait avec une violence contenue, le visage tendu, les yeux brûlants. Cet homme-là est une torche, songea Colton. Pour la lumière comme pour l'incendie. Qu'il trouve seulement le levier qu'il recherche, et il renversera tous les obstacles...

« Cela restera la grande erreur de la France, comme de l'Europe... C'est leur part de jeunesse, c'est leur avenir qu'ils ont refusé en 48 ! Et ce sont les enfants de cette révolution qui sont en train de faire la Californie – au moins pour une part. Comme ils peuvent faire, demain, le Sonora ! »

Après tout, pourquoi pas ? se dit Colton. Les *Californios* n'étaient qu'une poignée quand ils s'étaient débarrassés de la tutelle de Mexico.

« Vous nous apporteriez le surcroît de forces qui nous manque pour rompre avec Mexico. Et ce qu'il nous manque pour faire du Sonora autre chose qu'un groupe d'haciendas : un pays. Avec vous, nous gagnerions cinquante années. Au moins ! Des ouvriers, des artisans, des artistes – des citadins ! Oui, voilà ce dont nous avons besoin ! »

Il sourit.

« Et pour être franc, les moyens aussi de contenir les Américains dans le Nord. Tout ce que les *gringos* ont apporté à la Californie – mais sans que nous ayons à craindre d'être envahis ensuite. La France est loin ! Et les Mexicains si accueillants... Ah ! je regrette que vous ne connaissiez pas Los Angeles. À l'occasion, prenez vos renseignements auprès des vôtres, là-bas ! Prud'homme, Vigne, Sainsevain. Ils vous diront... De vrais *Californios* aujourd'hui. Pour rien au monde ils ne renonceraient à leur mode de vie. Oui, chez nous, vos compatriotes trouveraient à refaire leur vie. Une vie... tellement plus large ! »

Un troupeau de *novillos* s'égailla tout à coup au flanc d'une colline, et Angela apparut parmi eux, poursuivant l'un, poursuivant l'autre, en poussant des cris aigus – un vrai *vaquero*, aussi sauvage et libre qu'eux. Elle piqua des deux à leur rencontre.

« Et vous-même ? Quand nous serons sortis de ce maelström ? Avez-vous songé à votre avenir ? Ce serait une belle aventure : aider un pays à se construire ! Il nous faut des législateurs, des politiques, il nous faut imaginer une Constitution, bâtir des institutions ! Qui ne rêverait pas devant pareille page blanche ? »

Colton, troublé, resta silencieux. Déjà elle était là, à le toucher, essoufflée, ardente, et une fine transpiration perlait au pli de son cou, qui le mit en émoi.

« Mon Dieu ! comme vous êtes graves, tous les deux ! Dites-moi, les messieurs sont toujours comme cela ? Papa ! C'est à mon tour ! Laisse-moi un peu le señor Colton ! »

Elle le tirait par la bride, faussement implorante. Paredes sourit, acquiesça d'un geste de la main. C'est vrai, les messieurs étaient toujours trop sérieux. Et il était temps de rentrer.

« Ah ! señor Colton, vous êtes à moi maintenant ! »

Elle l'entraîna dans une galopade éperdue. Le soleil ras incendiait les collines devant eux, les ombres s'accusaient aux plis de la rivière, des sources jaillissaient des talus en broussaille, l'air sentait la sauge et le laurier. Ils coupèrent à travers les prairies. L'herbe dans le vallon s'enfonçait sous les sabots des chevaux avec un bruit d'éponge, des cailles dans les fourrés appelaient leurs petits et, partout, aux flancs des collines fauves, passaient des hardes de *novillos* ou des chevaux aux longues crinières qui s'écartaient à leur approche avec des hennissements de colère.

Elle courait à quelques mètres de lui, avec une grâce animale, et une griserie lui venait, une exultation sauvage, comme si c'était elle qu'il poursuivait, qu'il traquait, qu'il allait prendre. Toujours au galop, ils retrouvèrent la piste un peu plus loin, passèrent devant les vignes qui faisaient la fierté du maître des lieux, traversèrent un hameau en éparpillant sous leurs sabots poulets, canards, dindons, s'engouffrèrent dans la grande cour, droit sur les écuries.

Elle eut un petit rire quand il lui tendit la main pour l'aider à descendre. Avait-elle besoin d'aide ? Elle la prit pourtant, s'appuya contre lui comme si elle trébuchait, lourde soudain de trop de chair, et il sentit sa poitrine contre lui qui battait, l'entendit souffler, la voix sourde : « Ce soir, après le dîner, dans le jardin... »

Le général Mariano de Guadalupe Vallejo était un seigneur. « L'autocrate de Sonoma », disaient ses détracteurs. Et certes, il avait su tout plier à sa loi sur son immense domaine, qui courait de la vallée de Sonoma jusqu'à Petaluma et le détroit de Carquinez. Cent vingt-cinq mille hectares, sur lesquels vaquaient cinquante mille têtes de bétail, huit mille chevaux, vingt-quatre mille moutons – mais les squatters de Sacramento, les voleurs de bétail qui se servaient sans vergogne chez Sutter ne se risquaient pas à l'affronter, car le général entretenait une armée privée de quarante hommes qui ne connaissaient d'autres lois que celle de la frontière : la corde, ou une balle. Sa formidable maison, aux allures de palais, avait des murs de forteresse, des canons aux créneaux et une tour de guet qui rappelaient la violence de temps pas si anciens... Pourtant, à le voir trônant à la tête de son immense table, entouré de sa femme et de ses quatorze enfants, bon géant au regard doux, au faciès encore élargi par ses généreux favoris, il paraissait la clémence même, patriarche des temps bibliques, régnant sur les siens.

Le général Vallejo était une légende. Les plats se succédaient dans une abondance digne d'un festin antique, quartiers de bœuf, de venaison, mouton, poulets dégorgeant de farces où brillaient le vert et le rouge vif des piments, et cette profusion, sous les étincellements des cristaux et des glaces, avait quelque chose d'irréel. Dona Francisca, son épouse, picorait, la tête penchée sur le côté, les yeux mi-clos, en écoutant la voix tonnante de son mari. Combien de fois avait-il brossé l'épopée des *Californios* devant ses visiteurs ? Mais elle aimait sa voix, sa rondeur sans apprêt – et de prévoir chacun de ses mots, chacune de ses intonations, l'apaisait, comme si le monde ainsi se trouvait mis en ordre, stable à jamais, après tant d'aventures. Ses fils, maigres, la peau sombre, ne disaient mot, mais mangeaient avec voracité : que pouvaient-ils penser, tous, de ces histoires rabâchées ? se demanda Colton en essayant, en vain, de saisir leur regard.

Son combat de la San Joaquin quand il n'avait pas vingt et un ans, et comme il réussit à mater la révolte des quarante mille Indiens mariposas rassemblés par le chef Estanislao. Son installation comme gouverneur des marches du Nord, pour repousser les Russes, implanter des colonies de peuplement, laïciser les terres des missions. Le coup d'État de son beau-frère Alvarado qui le fit, un temps, général en chef des armées de Californie, l'arrivée des premiers Américains... Colton l'observait, fasciné. Combien y avait-il alors de *Californios* ? Six mille tout au plus, dont deux mille hommes. Ce géant, devant lui, était un conquérant, un homme d'un temps qui ne reviendrait pas. Et il avait eu, un jour, à faire le plus terrible des choix...

Il surprit le regard de Paredes posé sur lui. Ce n'était pas par hasard qu'il avait organisé cette rencontre à Sonoma : il tenait à ce que j'entende Vallejo, songea-t-il, pour me convaincre que la même aventure pouvait recommencer...

« Pendant quatre ans, señor, j'ai quémandé, supplié, pleuré. Les Américains commençaient à arriver, s'installaient, sans même de passeport, comme s'ils étaient chez eux. Il aurait suffi... oui, d'une armée de deux cents hommes. Et d'une immigration massive de paysans mexicains. Et puis j'ai compris un jour que c'était inutile, que je n'obtiendrais rien... »

Burnett lui avait déjà raconté cette réunion historique à Monterey, où Vallejo avait plaidé la cause du rattachement aux États-Unis : « Pourquoi devrions-nous craindre le pays le plus libre de la planète ? En unissant notre sort au sien, nous ne serions pas des sujets, mais des citoyens, avec tous les droits du peuple des États-Unis... » L'ironie de l'Histoire avait voulu que le premier homme arrêté par la rébellion qui avait suivi et devait aboutir à l'annexion fût Vallejo lui-même, emprisonné six semaines à Fort Sutter, tandis que flottait sur son domaine le drapeau des insurgés américains – le fameux drapeau de l'Ours, orné en son centre d'un grizzly. Vallejo ne leur en avait pas tenu rigueur – et il était aujourd'hui un des grands personnages du nouvel État.

On apporta les vins. Il fallut qu'il les goûte. Les rouges n'étaient-ils pas de pieds français, offerts par le señor Vigne ? Un jour, affirma le général, ce sera ici un grand, un très grand vignoble ! Et il n'y avait pas de meilleures caves que celles creusées dans la roche volcanique, du fait de sa teneur en soufre. Le général riait, comme un gamin heureux : la vigne, au fil des ans, était devenue sa passion, et il projetait d'envoyer un de ses fils en Europe pour étudier auprès des meilleurs vignerons de France.

« ... Puis d'Italie, d'Espagne, d'Allemagne. Parce que si chaque vin exprime l'âme d'un terroir, nous avons à inventer ici un vin nouveau, pas seulement à imiter ! »

Les vins étaient lourds, un peu âcres, le rouge trop jeune sans doute, mais riche d'arômes, sentait encore le bois. Oui, pourquoi ce pays qui avait tout, la terre, le soleil, ne ferait-il pas un jour de grands vins ?

« Le señor Vigne a de l'avance sur moi, mais... rendez-vous dans dix ans ! »

Il lui narra l'aventure de Jean-Louis Vigne, arrivé dans les années trente avec quelques pieds de vigne et devenu un des grands *hacienderos* du Sud – et des Français si heureusement intégrés là-bas. Ah, c'est qu'il y en avait beaucoup ! Et tous étaient devenus *Californios* de cœur.

« Vous êtes latins, comme nous, et catholiques, c'est tellement plus simple ! Vous verrez, un jour... le charme du Sud. Un parfum de paradis. Même les *gringos* installés avant l'annexion... Vous savez ce que l'on raconte ? Qu'à l'annonce du drapeau de l'Ours flottant sur Monterey, Abel Stearns, Juan Largo Warner, William Wolfskill, trois *gringos* implantés là depuis des années, avaient fondu en larmes : “ *Gentlemen*, ceci est la fin de nos années heureuses ! ” Oui, c'était à la Pico House de Los Angeles, et il y avait là Antonio Carrillo. »

Vallejo leva son verre et toute la table l'imita.

« Allez, buvez, señor Colton, puis dites-moi si ce vin annonce d'autres années heureuses ! »

« Et aujourd'hui, mon oncle, après toutes ces années, vous ne regrettez rien ? Quand les nôtres courbent partout l'échine... De savoir que les *gringos* nous appellent les “ graisseux ”. Vous rêviez de “ citoyens ”... Eh bien ! où sont-ils ? »

Il se fit un silence de mort. Angela, cabrée, vibrait de colère.

Un nuage passa sur le front de Vallejo. Nul, jamais, à sa table... Puis il éclata d'un gros rire.

« Mais c'est un *bronco* que vous nous avez amené là, cher Paredes ! Il aura besoin de solides éperons, celui qui voudra le dompter ! »

Les yeux d'Angela lancèrent des éclairs, tandis que les fils de Vallejo éclataient de rire. Non, celle-là, personne ne la dompterait jamais, se dit Colton – elle était magnifique d'insolence et de force. Le caractère de son père dans un corps à damner tous les hommes.

« Les temps changent, mon ami, et nous n'y pouvons rien... À mon époque, un homme faisait sa cour pendant au moins deux ans sans rencontrer jamais sa fiancée en tête à tête. »

Le géant se tourna vers Colton.

« Savez-vous comment j'ai rencontré dona Francisca, mon épouse ? »

Envoyé à San Diego après la mutinerie de ses hommes, à Monterey, il y avait aperçu cette jeune fille de quinze ans, « dissimulée derrière un *rebozo* de soie, glousse-t-il en clignant de l'œil, et dans le seconde, señor, mon cœur était à elle ! ».

Il lui avait fallu envoyer un homme à dos de mulet à Mexico pour arracher au ministère de la Guerre l'autorisation de se marier : dix-huit mois d'attente !

« Mais quand je suis revenu à San Diego, la belle señorita m'attendait toujours... »

Dona Francisca, au bout de la table, baissa les yeux en rosissant.

« Jeunesse ! Ils pleurent le temps des sérénades, des *fandangos*, du *farniente* des haciendas, ils le sentent s'enfuir, leur filer entre les doigts, ah, ils voudraient tant qu'il revienne ! Mais ils ne voient pas qu'ils sont déjà de ce nouveau monde qu'ils refusent. Señor Paredes, mon ami, vous devriez dire à votre fille... mais non, il n'y a rien à dire. Les temps changent... »

Et se penchant vers Angela, doucement :

« Qui peut savoir, ma fille ? C'était le meilleur choix – parce qu'il n'y en avait pas d'autre. Ou alors la guerre, sans espoir de vaincre, et la certitude de tout perdre... »

Il baissa encore la voix, et peut-être en cet instant se parlait-il surtout à lui-même :

« Vois-tu, je crois en une chose : il y a les hommes, ni meilleurs ni pires ici plutôt que là, et puis il y a les idées, qui les portent, les dépassent – les idées qui mènent le monde. Et les pires de ces hommes qui déferlent aujourd'hui ne le savent pas, mais avec eux vient aussi le meilleur : les États-Unis sont une grande démocratie. Ah, jeunesse ! Vous croyez que vous battre, ne jamais céder, suffit pour faire le monde ! Se battre ! c'est si pratique, ça évite de penser, de douter. Si j'ai raison, si nous trouvons à nous entendre, alors oui, quelque chose d'unique naîtra dans ce pays...

– C'est pour cela, général, que vous offrez les terres de Carquinez pour y construire la capitale de l'État ? »

Vallejo se redressa, avec un petit rire.

« Mon cher consul, mieux vaut toujours offrir ce que l'on risque de vous prendre ! Je le sais bien, que je ne conserverai pas tout entier mon domaine : personne ne l'acceptera quand l'espace, ailleurs, viendra à manquer. Mais... Ah ! ce serait un tel symbole pour l'avenir : Vallejo, capitale de la Californie ! »

Colton hocha la tête. Il repensa aux mots de son père, qu'en certaines circonstances – et ce sont en ces moments, ajoutait-il, que se juge un homme – « il ne reste plus rien, pour se guider, agir, que sa propre force intérieure et sa capacité de fidélité ». Et certes il avait dû en connaître, de ces situations, lui l'Irlandais qui avait choisi la France, devenu général de Napoléon Ier... Oui, Vallejo avait eu un jour à faire un choix terrible. Et l'Histoire seule dirait s'il avait été le plus grand traître de son pays ou son plus grand homme...

Il leva les yeux : Paredes le fixait avec une intensité extraordinaire. Ils étaient l'un comme l'autre à l'heure du même choix. Avec comme seule boussole, eux aussi, leur fidélité intérieure.

« Vous avez déjà vu Del Valle, n'est-ce pas ? »

Vallejo les avait installés dans sa bibliothèque. Personne d'autre que lui n'y mettait jamais les pieds, avait-il prévenu en allumant la lampe – au point qu'on en était venu, dans la maisonnée, à soupçonner qu'il y cachait quelque formidable secret, ou des ouvrages indécents. Il avait caressé le dos des lourds volumes, leur cuir sombre, luisant, avant de s'éclipser – Shakespeare, Platon, Plutarque, Voltaire, les philosophes, c'est qu'il fallait cacher ce genre de livres quand les Pères régnaient sur les consciences ! Paredes et Colton avaient souri : voilà donc pourquoi il avait donné à ses enfants leurs si curieux prénoms, Andronico, Plutarco, Platon, Napoléon ! La pièce sentait le cuir et le tabac. Un feu brûlait doucement dans la cheminée. La pénombre qui convient à des conspirateurs, songea Colton en s'adossant à la bibliothèque.

Il hésita.

« Oui, señor Paredes. Et sa proposition est en effet séduisante. À ce point que je me demande pourquoi aller au-delà...

– Pourquoi ? »

Paredes secoua la tête. Ah ! ce n'était plus le moment de se payer de mots ! La machine infernale était en marche. Combien lui faudrait-il de nuits comme celle qu'ils avaient vécue, en octobre, pour admettre l'évidence ? Et c'était pire encore, de mois en mois, dans les camps de la Sierra. Non, il n'y avait plus d'issue. Et il le savait – sinon, il ne serait pas là.

« Nous sommes seuls ce soir, señor Colton. Seuls avec notre conscience... Et de ce qui sortira de cette pièce dépendra le sort de milliers de gens qui souffrent et espèrent... »

Il poursuivit, grinçant :

« Pourquoi ne pas s'en tenir à l'offre de Del Valle ? Parce qu'il n'entrouvrira les portes que pour trois ou quatre cents des vôtres. En s'en méfiant comme de la peste. En leur rognant sans cesse les ailes. Tandis que moi... moi ! C'est le Sonora que je vous offre. Ces détachements, ce sera l'avant-garde. Avec elle, nous pouvons vaincre – et moi, les portes, je les ouvrirai alors toutes grandes. Car ce seront des milliers de vos compatriotes qui seront dans la détresse, en quête d'une issue. Et maintenant, j'ai besoin de savoir. Êtes-vous avec ou contre moi ? »

Colton le fixa longuement – et dans ces yeux qui brûlaient, si semblables à ceux d'Angela, il y avait des ténèbres insondables. Puis il lui tendit la main. Si tout venait à tourner mal, c'était, oui, la seule issue à la hauteur du drame qui se nouerait.

« Vous avez ma parole, señor Paredes. Si les choses tournent mal. Mais je ferai tout, entendez-moi, je ferai tout, ici, pour éviter le pire... »

Paredes eut un geste de la main, comme s'il considérait, dans ce cas, l'affaire faite, et il déroula une carte sur le bureau, lui indiqua où se situeraient les colonies de peuplement. Les hommes débarqueraient à Guaymas. Del Valle lui proposerait sûrement de former des groupes de cent à deux cents personnes au maximum, à intervalles suffisants pour les expédier dans les sites du Nord sans qu'ils se rencontrent jamais – c'était leur hantise, à Mexico : qu'une force s'agrégeât dans le Sonora, qui les mettrait un jour en péril. Il faudrait faire en sorte qu'un de ces groupes soit fort de deux ou trois cents hommes...

« Et il vous faut trouver des chefs. Un chef, plutôt, qui puisse entraîner avec lui les autres détachements. Vous y avez songé ? »

Au nom de Pindray, il s'assombrit.

« Méfiez-vous de Pindray ! Un chef de bande, oui, mais qui ne connaît que sa loi. »

Et levant la main pour prévenir ses objections :

« Vous savez son histoire ? Ah ! c'est très édifiant ! Des voyous de bonnes familles menant grand train à Paris et à Londres – pris un jour sur le fait alors qu'ils fabriquaient de la fausse monnaie. Une bataille rangée avec la police, des morts de part et d'autre, et un jeune homme, d'une force herculéenne, qui parvient à s'enfuir, se réfugie au Nouveau Monde et réapparaît un jour en Californie, après avoir traîné ses guêtres dans la Prairie. Non, pareille affaire ne peut pas tenir sur les seules épaules d'un faux-monnayeur... »

Ainsi, songea Colton, c'était là le secret du très étrange marquis – la raison de cette violence amère, tournée d'abord contre lui-même. Mais qu'avait-il encore à voir avec ce jeune délinquant ? Il eut envie de prendre sa défense : en cet homme, il y avait autre chose, une sorte de grandeur sombre qu'il avait vue à l'œuvre. Mais ce n'était pas le moment. Au nom de Raousset, Paredes approuva de la tête.

« J'ai entendu parler de lui – cette nuit d'octobre, pendant l'incendie. Un homme de décision, n'est-ce pas ? À Paris, si je me souviens bien, on disait qu'il avait vécu en Algérie, avant de se jeter à corps perdu dans la Révolution. Il a même perdu, je crois, les restes de sa fortune dans un journal. C'est donc aussi un homme de convictions... »

La voix brève, il lui détailla alors son plan. Simple. Lumineux. Lui fit le détail des forces dont lui, Paredes, disposait, les oppositions qu'il faudrait prévenir, l'état exact des forces mexicaines. Oui, se dit Colton, cela pouvait réussir. Il avait tout prévu. Du moins, tout ce qu'on pouvait prévoir.

« À partir de maintenant, señor Colton, vous n'avez plus

d'amis. Méfiez-vous de tout le monde. Méfiez-vous de vous-même. Ne mettez dans la confidence que celui que vous aurez choisi – ce monsieur Raousset ? –, et le plus tard possible. Que lui-même ne dévoile notre but à ses hommes que passé Hermosillo. Avant... Tout au long du voyage ils seront épiés, surveillés, écoutés. Les marins qui les transporteront, les cabaretiers à San Francisco ou à Guaymas, les hommes de peine, les Indiens sur la route – tous seront des espions. Le silence est notre loi désormais. Et méfiez-vous par-dessus tout de Del Valle. Celui-là... Quand le moment sera venu, je vous retrouverai. Sinon – il ôta une bague de sa main gauche – mon envoyé portera la même bague que celle-ci. Si vous voulez me joindre... vous aurez une adresse sûre. Et maintenant, señor Colton, prions Dieu ! »

Il se tourna une dernière fois vers les livres au mur, tandis qu'il repoussait la porte. Vallejo avait passé là toute la nuit qui avait précédé sa décision – à relire les textes des pères fondateurs des États-Unis. Parce qu'il croyait que les idées, toujours, dépassent les hommes et, en fin de compte, les portent au-delà d'eux-mêmes – au petit matin il avait su qu'il faisait le bon choix.

Lui revinrent les paroles de son père. Ce n'était plus le souci du rachat, ou d'une action d'éclat, se dit-il. Non, cette cause était honorable. Et il faisait ce qu'il devait. Simplement. Qu'il gagne ou qu'il perde. D'où lui venait alors cette ombre que ne le quittait pas ?

C'était moins de lui-même, de sa propre faiblesse, ou des ruses de Del Valle qu'il avait peur, dut-il s'avouer, que de Paredes. Non qu'il craignît de sa part quelque traîtrise. C'était autre chose, de plus mystérieux et troublant : il y avait en cet homme, comme il y avait en sa fille, un gouffre, un vertige...

Du fond de la nuit venait une respiration lente, paisible. Des bovins, tout proches, se mouvaient doucement, des coyotes s'agitaient dans les lointains. Les bruits de la maison s'étaient tus un à un. Il ferma les yeux, laissa le silence l'envahir.

Elle était là.

Un souffle léger, un glissement presque imperceptible et, sans ouvrir les yeux, il la sentit toute proche. Il lui prit la main et elle ne se déroba pas, se laissa conduire jusqu'à la balancelle.

« Vous allez nous aider, n'est-ce pas ? »

La règle de silence du señor Paredes se trouvait déjà mise en péril, songea-t-il. Et comme il se taisait, il l'entendit soupirer.

« Mon père dit qu'à Hawaii vous n'avez fait que votre devoir... »

Il tressaillit. Que pouvait savoir Paredes de l'affaire d'Hawaii ? Il eut un geste d'agacement qu'elle devina, et elle ajouta, en lui tenant plus fort la main :

« Il dit aussi que vous vous punissez injustement... »

Hawaii ? Tout à coup, il réalisa que son amertume s'en était allée, ce soir – et l'ombre de sa faute. Et c'était comme si quelqu'un d'autre que lui commençait son histoire. « La plus brève carrière de consul à Honolulu », ricana-t-il. Il avait été envoyé là pour veiller à l'exécution d'un traité qui venait d'être signé entre la France et Hawaii. Mais son prédécesseur tirait les ficelles en sous-main, de connivence avec un ministre hawaïen. Ah ! ils s'y étaient entendus pour le manipuler, tandis qu'il se démenait, exigeait l'application des termes du traité. Et tout n'était que chiffons rouges, opération montée pour le précipiter tête baissée, lui, le jeune benêt qui, sûr de son bon droit, en avait appelé à l'amiral de Tromelin. Il en riait presque, étonné de découvrir que pour la première fois il pouvait évoquer tout cela sans rougir – comment Tromelin, accouru avec deux vaisseaux de guerre, avait canonné la ville, occupé les bâtiments officiels, pour découvrir que tout cela reposait sur du vent, sur de fausses informations distillées par son prédécesseur. Le piège s'était refermé sur lui – et Tromelin, au bout de dix jours, était reparti en se confondant en excuses, avec à son bord un consul en disgrâce...

« Le plus étrange, voyez-vous... Je ne l'avais jamais confié à quiconque. Et voilà tout à coup... Ça me paraît si loin ! »

Il voulut reprendre sa main. Mais elle :

« Vous nous aiderez, n'est-ce pas ? »

Elle insista. Et il eut l'impression de revivre la scène dans son salon, le premier soir, avec son père. La même fièvre, le même élan...

« C'est un si beau pays, señor Colton. L'odeur du désert, au matin, et le vent du désert, au galop des chevaux, avec l'espace ouvert. Ah ! vous verrez, on se sent... plus vaste, là-bas, plus fort – comme le paysage ! Et nous avons besoin de vous, tellement besoin de vous... »

D'émotion, elle s'était dressée, puis elle se rassit, et elle était de nouveau l'Angela haletante, sauvage, de l'après-midi.

« Besoin de vous... »

Elle se fit plus lourde contre lui. Il la prit dans ses bras, et elle se renversa aussitôt, l'étreignit avec une violence où il y avait comme du désespoir. Il sentit ses doigts impatients se glisser sous sa chemise, ses ongles le griffer et, tandis qu'il la prenait, là, dans la nuit immense, il sut qu'en même temps il la perdait, que cette femme ne serait jamais à personne qu'à ses passions – et qu'avec elle, en cet instant, il se perdait...

5

L'homme, adossé à la cloison, disparaissait à demi dans la pénombre. Maigre, les yeux creusés, il était vêtu de peaux, comme un trappeur, et taillait un bout de bois d'un air indifférent – mais sa pâleur, sous le hâle, trahissait la fatigue. Ou l'angoisse, songea Nicolas, intrigué, en pénétrant dans le salon. Pourquoi diable le consul l'avait-il fait prévenir d'être des leurs, ce soir ? Ces retrouvailles, après le souper, étaient déjà pour tous une habitude. Mme Germain apportait son crochet, Marie et Claire, ses filles, aidaient Hito à faire le service, et qui serait entré à l'improviste aurait pu se croire transporté dans quelque salon de la province française. Mais n'était-ce pas de cela dont ils avaient tous besoin : d'un peu de société ? Il balaya la pièce du regard. Raousset, près de la fenêtre, s'entretenait à voix basse avec Pindray et le consul. Dommartin, Ségondis, la bande du café des Artistes entouraient Fayolle, déjà presque remis. Qu'avaient-ils tous, à prendre des airs graves ? À peine si Porthos l'avait salué, d'un bref hochement de tête – même Barnabé paraissait soucieux. Il hésita, et comme Claire lui faisait signe, il s'installa près d'elle. Ne manquait plus, en somme, que l'immortel auteur de *Monsieur Gogo*.

Il se fit un grand fracas dans l'entrée. Et Jules de France parut, dans un mouvement de cape digne de Lemaître. Mais le Lion du Boulevard, en vieux cabot sensible aux humeurs de la salle, devina la tension dans la pièce et contint ses exclamations. Sur un geste du consul, le coureur des bois sortit de la pénombre. Jules Lombard, de retour d'une mission sur les placers de la San Joaquin et de la Stanislaus...

Il y eut un frémissement dans la pièce, des exclamations étouffées. Nicolas se pencha en avant. Tant de bruits couraient en ville ! Bien sûr, comme les autres, il avait pressé de questions des mineurs, à leur descente des steamboats. Mais que pouvait-on en tirer d'un peu assuré ? Ils vous regardaient, les yeux fous, comme s'ils venaient d'un autre monde, bégayaient des mots sans suite ou explosaient en délires exaltés. Cette fois, on allait savoir...

Dès l'annonce des troubles sur la San Joaquin, il l'avait dépêché là-bas, expliquait le consul, pour calmer les esprits, si possible, et lui faire un rapport sur la situation.

« Si les choses viennent à s'envenimer... Je ne veux pas dépendre de la seule version américaine, vous comprenez ? Ça peut paraître incroyable, mais – depuis le voyage de Moerenhout, mon prédécesseur, dans l'été 49, nous sommes sans information sur ce qui se passe là-haut... »

Il étendit le bras, comme s'il voulait prévenir l'étonnement de ses amis. Sur place, il avait bien quelques agents, reprit-il, mais leurs notes étaient si rares, et si confuses ! Ils partaient tous, des projets plein la tête, bardés de recommandations. Puis, au bout d'un mois ou deux, les lettres changeaient de ton, se faisaient évasives. Quand elles ne se chargeaient pas de prédictions exaltées sur le monde à venir, avant de se murer dans un quasi-silence. Martin à San José, La Rivière aux Fourcades, Satnistégui à Angels Camp – qu'y avait-il, là-bas, qui les transformait tous ?

La voix de Colton s'estompa, tandis qu'il détaillait, comme pour s'en excuser, la piètre organisation des Français dans les mines – Nicolas, fasciné, n'avait d'yeux que pour le batteur d'estrades. De taille moyenne, la moustache gris sel, tout en nerfs et en muscles, il avait dans les gestes la même souplesse que Pindray. Celui-là avait dormi à la belle étoile dans la Prairie, chassé le grizzly et le daim, peut-être même avait-il fumé le calumet dans un wigwam ? Il avait gardé à l'épaule une sacoche de cuir, sans doute ses munitions, son pantalon rouge sombre, ouvert jusqu'aux genoux, laissait voir de longues guêtres de peau – et dans l'une d'elles était passé un long couteau, de telle façon que, assis ou debout, le manche se trouve toujours à portée de main : tout, chez Lombard, disait d'autres espaces, d'autres manières d'être. Et c'était comme si un peu du mystère de la Sierra Nevada était entré avec lui dans la pièce...

La voix de Raousset le fit sursauter.

« Eh bien, mon bon Lombard, si vous nous disiez où nous en sommes ? »

Lombard fixa le comte de ses yeux pâles, haussa les épaules.

« Pire, *mon bon*. Pire que tout ce que vous pouvez imaginer. »

Il hésita, cracha sur le parquet.

« La guerre, les gars ! La guerre demain, comme c'est parti... »

Des exclamations fusèrent de toutes parts. Nicolas vit les yeux de Mme Germain s'agrandir, effrayés, ses lèvres trembler. L'homme insista, bougon. French Camp, près de Stockton, les placers de la San Joaquin, de la Stanislaus, de Columbia, des Fourcades, sur la Mokelumne : il avait traîné ses guêtres partout, dans les mines du Sud, avant de remonter vers le Nord, par Marysville, la Yuba, la Feather, l'American River – bon Dieu ! Si quelqu'un savait de quoi il parlait, à cette heure, c'était lui. Même que pour ça il avait failli y laisser sa peau...

« Une étincelle, nom de Dieu ! et plus personne n'arrêtera rien ! »

Il parlait, la voix brève, en homme peu habitué aux fioritures et aux précautions. Toutes les villes, dans le sud de la Sierra, étaient bourrées à craquer de Mexicains chassés de leurs *claims*, qui crevaient de faim sans savoir où aller, mendiaient au coin des rues, fouillaient dans les détritus pour survivre. En remontant vers le Nord, il avait croisé sur la piste d'autres malheureux encore, qui fuyaient, affolés, avec femmes et enfants, en poussant leur mobilier dans des charrettes.

« Qu'est-ce que vous croyez qu'il va se passer ? Ils ne peuvent pas payer la taxe. Et encore moins le bateau pour rentrer au pays. Crétins de yankees ! Les " graisseux ", qu'ils disent – en croyant qu'ils courberont toujours l'échine. Ils la courbent, oui, à force de misère. Pour leurs femmes. Pour leurs enfants. Mais le dos au mur – ah ! ce sont des tigres ! »

Tout était parti de Bulards' Bar, sur la Middle Fork de la Yuba, expliqua-t-il, en octobre de l'année dernière, bien avant cette histoire de taxe. Trente Américains armés de pistolets, de vieux fusils et de couteaux étaient sortis d'un saloon en brandissant un bout de chiffon bricolé en drapeau, avec l'idée de balayer la Yuba sur trente bons milles pour en chasser les étrangers. Mais ils avaient trop bu, ou il faisait trop chaud : ils s'étaient arrêtés en chemin.

Il gloussa, comme s'il trouvait la plaisanterie fameuse.

« Bon Dieu ! Une allumette jetée sous un fagot... Ça a commencé à péter dans tous les coins. À croire qu'il y en avait un sacré paquet à avoir la cafetière fêlée ! Ras-le-bol des " graisseux ", ras-le-bol des Chinois, ras-le-bol des Français, des Italiens, des Belges, des Irlandais, des Nègres, des Indiens, des catholiques, des étrangers, noirs, verts ou bleus, ras-le-bol de tout ! La folie, depuis... »

À Rough and Ready, les rescapés du régiment de Stevenson s'étaient mis en tête d'empêcher les étrangers de prospecter : ils n'avaient pas fait la guerre aux Mexicains, disaient-ils, pour les retrouver sur les placers en train de leur piquer leurs pépites ! Dans le district de Columbia, interdiction était faite aux Chinois et aux Canaques de prospecter, pour eux ou pour un autre – et qui s'avisait de leur vendre un *claim* ne pouvait prétendre à une autre concession dans le district avant six mois...

Dommartin et Lapeyrouse s'agitèrent. Mais enfin, s'inquiéta Ségondis, c'était donc selon l'humeur de chacun, sans un semblant de loi ?

Lombard resta un instant silencieux, les yeux baissés. La loi ? Non, personne ne pouvait comprendre. Il fallait l'avoir vécu. Et encore...

« Sur la Yuba, j'ai vu les camps chinois dévastés. Leurs digues brisées, les cabanes brûlées. À Hangtown, quand je suis arrivé, les hommes s'amusaient à fouetter un Chinois suspendu à un arbre par sa natte. Saouls à ne même pas se rendre compte... Il était déjà mort, le malheureux, le dos en bouillie. J'ai vu des femmes mexicaines violées, à San Pedro Bar : on leur avait crevé les yeux pour qu'elles ne reconnaissent pas leurs agresseurs. Et à Angels Camp le tribunal venait d'acquitter un mineur. Dame ! Il avait juste abattu un paysan qui voulait l'empêcher de prospecter dans son champ. J'ai vu... Ah ! la loi... »

Il soupira :

« C'est le nombre, je vous dis. De l'or ! C'est tout ce qu'ils veulent. Et si la place manque... Eh ! les étrangers dehors. C'était couru d'avance. Forcément, ils ont peur...

– Peur ?

– Dame ! Ils sont combien, à votre avis ? Un Américain sur quatre ou cinq mineurs dans le Sud. Un sur deux dans le Nord. Et encore, au maximum. Si les Mexicains, les Chiliens, les Français venaient à s'unir... »

On se récria. Si peu ? Pardieu ! c'était bien ce qui allait leur arriver, si ça continuait. S'ils croyaient, ces yankees, qu'ils allaient leur casser l'échine – l'autre soir, on avait su les recevoir ! Raousset se tourna vers le consul : enfin, il n'y a pas un accord, une convention entre la France et les États-Unis, réglant ce genre de choses ? Colton hocha la tête. Combien de fois avait-il répété ces arguments – en vain ?

« Si fait. Sur la base de la réciprocité – qui garantit que nul n'a à payer d'autres taxes que celles acquittées régulièrement par un Américain. Et dans sa section 17 de l'article 1 la loi organique confirme ce droit...

– Mais alors ?

– Alors la loi est anticonstitutionnelle, il n'y a pas de doute... »

Pindray ricana, la lèvre hautaine :

« Cher comte, où vous croyez-vous encore ? Une convention, une loi organique... Peste ! comme vous y allez ! Nous ne sommes pas dans les salons, ici ! »

Chacun vit Raousset tressaillir, se cabrer, mais le marquis, comme soulevé par une rage froide, poursuivit, le bras tendu vers la porte :

« Vous entendez, dehors ? Ça bout, ça explose, ça vit ! Et vous voudriez déjà des lois, des juges, des notaires ? Alors, mon ami, il fallait rester chez vous ! En tout cas, moi, je n'ai pas traversé les océans, sillonné la Prairie, pour retrouver... retrouver *ça* ! »

Il se tourna vers la salle, respira violemment, et chaque mot claquait comme une insulte.

« Mais vous ne voyez pas, derrière vos notaires, la marée des hommes gris ? La loi ! Ah ! vous me la baillez belle ! Dites la peur, plutôt ! La peur de soi. La peur des autres. La peur du monde. La peur des sentiments, des passions, de tout ce qui vous – oui, qui vous grandit l'âme ! La loi ? J'ai payé assez cher... C'est toujours la loi des faibles, des petits, des couards, des jaloux, qui se détestent les uns les autres. »

Il éclata de rire et, s'adressant à Raousset :

« Enfin ! Croyez-vous que vos ancêtres vous ont fait comte en se pliant à une autre loi que la leur ? Eh ! ils ont fait comme les miens ! Pillards, soudards, voleurs – et nobles, par la loi du plus fort. Eh bien, je fais comme eux ! Moi, je vais où va mon désir. Et gare à qui me barre le chemin ! Je fais ma guerre...

– Marquis, cette fois... »

Les deux hommes se firent face. Pindray, l'œil terrible, les traits convulsés de fureur, Raousset très pâle, et d'une froideur mortelle. La salle se figea. On entendit monter la rumeur de la ville, comme l'écho de la mer. À la surprise de Nicolas, ce fut Pindray qui céda le premier, avec un petit rire.

« Ne le prenez pas mal, ami. Propos de vieux trappeur ! J'ai dû passer trop de temps seul, dans la Prairie... »

Il soupira, puis sourit.

« J'aurais dû naître indien. Le ciel pour seul toit, le monde pour demeure, chasser ou être chassé ! Mais il faudra que vous chassiez un jour avec moi. Vous verrez – cette beauté. Avant que vos protégés ne la transforment en termitière... »

Jules de France, le premier, rompit le silence qui suivit.

« Eh bien ! marquis, après ce prêche – vous avez bien une solution ? »

Pindray haussa les épaules.

« Vous le savez comme moi, mon bon, qu'il n'y en a pas, de solution ! Faites-vous indien, faites-vous chasseur. Faites-vous américain. Après tout – notre voyage à tous est sans retour, n'est-ce pas ? »

Et comme on protestait autour de lui :

« Eh bien ! Faites la guerre, alors ! Résistez. Ou bien cherchez là où les notaires mettront du temps à vous retrouver... »

La guerre ? S'il fallait... Ségondis, Massey – c'était à qui, tout à coup, prendrait la parole. Dommartin, déjà, s'échauffait à l'idée d'une alliance avec les Mexicains, s'il était encore temps... Colton se leva, pour ramener le calme. Non, il n'était plus temps ! Depuis la révolte du drapeau de l'Ours. En tout cas depuis l'entrée de l'État dans l'Union. Et, se tournant vers Lombard, pour faire diversion :

« Dites-nous, à propos de la taxe... »

Et pour ceux qui n'étaient pas exactement au fait, il expliqua en préambule, dans un tumulte de cris indignés, les nouvelles règles votées le 13 avril : que seuls les citoyens nés américains, ou devenus tels par le traité de Guadalupe Hidalgo, à l'exception des Indiens, pouvaient prospecter sans licence – laquelle, pour les autres, était fixée à vingt dollars par mois, renouvelable. Colton allait exposer le point de vue du gouverneur, que tout n'était pas perdu pour l'avenir, mais Lombard le coupa sans égard : tout ça, c'était bien joli, mais il avait rencontré, lui, Lorenzo Besançon, le *collector*, dans son bureau d'Angels Camp...

Le trappeur balaya la pièce d'un regard qui ramena le calme, cracha par terre. Ah ! la belle canaille ! Un bandit de grand chemin, oui, qui avait juste trouvé une couverture légale. Et il n'y avait rien à en attendre. La loi ? Cette bonne blague ! Pour encourager les *collectors* à être actifs, elle fixait à trois dollars seulement par licence ce qui leur revenait, pour leur salaire et pour leurs frais. « Croyez-moi, ricana Lombard, Besançon entend vivre sur un grand pied ! » Et il raconta comment, arrivé à Angels Camp le 17 mai, il s'était débrouillé dès le lendemain pour susciter une émeute – pour mieux la briser dans l'œuf – en diffusant, dans un premier temps, un faux appel à manifester contre lui.

Çà ! Ils étaient accourus de partout, les mineurs, avec leurs vieilles pétoires à la main ! Trois à quatre mille, au bas mot. Pour tomber sur Besançon qui les attendait, entouré de ses hommes. Et dès le lendemain, avec cent quatre-vingts forbans armés jusqu'aux dents, il avait attaqué les camps de la région, les uns après les autres.

« Et depuis mai ?

– Qu'est-ce que vous croyez ? La peur ! La peur partout. Dès qu'il s'annonce, avec son escorte, les gars s'éparpillent comme des moineaux. Ou bien ils se cachent plus haut, dans la Sierra, là où personne ne viendra les dénicher – qu'ils pensent ! Et les yankees, du coup, s'imaginent tout permis. Provocations, simulacres de procès, meeting à Jamestown, en juillet, pour expulser sous quinze jours tous les étrangers de la région, " sauf ceux acceptés par un comité de bons yankees ". Et même à ceux-là interdiction est faite de porter des armes. Quand je les ai quittés, les mineurs de Rich Bar parlaient, eux, d'interdire toute la Feather River aux étrangers, licence ou pas. »

Les hommes, autour de lui, baissaient la tête, abasourdis. Sans armes – c'est-à-dire sans défense ? Ah ! c'était bien la fin !

Dommartin protesta :

« Et ils se laissent faire ? »

Lombard haussa les épaules. Le mineur, en général, était un pacifique. Et un solitaire.

« Mais il y a des limites. Ceux qui peuvent partir, pas de doute, ils partiront. Les autres ? Quand vous mettez des gens le dos au mur... Depuis l'été, c'est sûr, on sent une résistance. La fusillade de Don Pedro's Bar, début août, a laissé pas mal de gens sur le carreau, mais n'empêche : le *collector* a dû déguerpir ! Et ça, c'est une première...

– Et vous les voyez comment, les mois qui viennent ?

– Les Mexicains... Ils peuvent se cacher, se fondre dans le paysage, trouver de l'aide chez les *Californios*. De toute façon, pour un yankee, rien ne ressemble plus à un " graisseux " qu'un autre " graisseux ". Les plus désespérés – ça a déjà commencé : ils se forment en bandes, attaquent les camps, les banques, les magasins. Si jamais leur vient un chef... »

Il hésita :

« On parle d'un homme... Il aurait été chassé de la Stanislaus au printemps dernier, après que sa femme a été violée. Chassé de Calaveras, ensuite. Chassé de Murphys. Arrêté à tort comme voleur de chevaux. Aujourd'hui, il se venge. Joaquin Murieta, le nouveau Robin des Bois ! Et, avec lui, Three Fingered Jack, Reyes Feliz, Joaquin Valenzuela, Pedro Gonzales. Ils sont cinquante, au moins. Peut-être cent. Ils seraient du côté du mont Shasta, en ce moment, pour se faire oublier. Mais on dit tellement de choses...

– Et les Français ? »

Nicolas rougit violemment. La question lui avait échappé. Il regarda autour de lui, confus. Lombard sourit de son embarras.

« Notre tort... c'est d'être les plus nombreux. Après les Mexicains. Et surtout de former un groupe à part. À Murphys, sur la Mokelumne, aux Fourcades, les Français font bloc, et les Américains se contentent de les menacer de loin. Pour l'instant... On parle d'une organisation qui se monterait en secret, pour préparer la grande lessive. Les Know Nothing. Là encore, des bruits, rien de sûr... »

Nicolas vit le consul tressaillir au nom des Know Nothing. Savait-il quelque chose ?

« Çà ! ils existent, je peux vous le garantir... »

Tous le monde se tourna vers Pindray, qui ricanait, l'air sombre. Sous le choc des révélations de Lombard, on l'avait oublié.

« L'ordre suprême de la Bannière étoilée ! Je m'y suis glissé un jour dans des circonstances qui... Bref, n'insistons pas. Les fils de la libre Amérique blanche et protestante. Pas de catholiques, parmi eux, ni de fils de catholique, ni d'épouse de catholique ! Leur objectif : l'Amérique aux Américains... Oui, méfiez-vous des Know Nothing ! »

On le pressa de questions, mais il resta sur la réserve, un sourire railleur au coin des lèvres. Décidément, cet homme était un mystère. Il finit pourtant par en dire un peu plus. Leur manie du secret. Quelques-uns de leurs mots de passe. À la question : « Quelle heure est-il ? », cette réponse : « L'heure du travail. » À cette autre, curieuse : « Êtes-vous ? », la réponse : « Nous sommes. » Et à toutes les autres : « Je ne sais pas. » Dommartin protesta : on nageait en plein feuilleton ! Le marquis haussa les épaules. Un feuilleton, oui, mais les morts à chaque page, eux, étaient bien réels. Qui sait si ce n'étaient pas eux qui se trouvaient derrière les événements de l'autre nuit ? Depuis quelques semaines, il se disait qu'eux aussi avaient un nouveau chef. Qui n'allait pas tarder à faire parler de lui...

Il y eut un long silence. On entendit Mme Germain pleurer à petits bruits. Athos se racla longuement la gorge, Porthos s'agita sur sa chaise, mais c'est d'Artagnan qui, n'y tenant plus, posa la question qui seule les occupait depuis leur arrivée : où valait-il mieux s'installer, sachant cela, en cette période de l'année ? Lombard le regarda, interloqué.

« Eh bien, vous... Autant vouloir fourrer sa tête dans un nid de guêpes ! »

Aramis protesta : il n'avait pas fait tout ce chemin pour reculer maintenant ! Ségondis voulut savoir quel rendement on pouvait espérer des placers du Sud : en quelques secondes, ce fut un tourbillon de questions, de cris, d'apostrophes. Lombard secouait la tête : ma parole, ils étaient fous – ou bien ils étaient sourds ! Colton, à grand-peine, ramena un peu de calme. Lombard répondrait plus tard aux questions pratiques, si certains entendaient se risquer malgré tout. Mais il avait d'abord voulu cette réunion pour que chacun prenne conscience de la situation.

« Ce qui s'est passé l'autre nuit n'est sans doute pas fortuit. L'incendie, à tout prendre, nous a apporté un répit. Mais cela peut recommencer. Et le flot des Français ne cesse de grossir... »

Dommartin le coupa, emporté – s'il fallait se battre, par Dieu ! qu'on se batte ! Les jeunes de la Polka approuvèrent bruyamment. Pindray se retranchait dans un silence hautain. Raousset soupira :

« Si seulement nous étions plus unis.
– Unis ? »

Jules de France éclata d'un vaste rire.

« Où avez-vous vu ça, l'ami ? Chacun pour soi, oui ! Allez les voir, tous ces marchands. Eux, s'ils voulaient – mais non, ils font fortune. Les autres... Vous savez ce qui s'est passé, le soir de *Monsieur Gogo* – eh bien, ça résume tout. Unis ? La bonne blague. C'est bon pour les Belges, ça, ou les Teutons. Unis ! »

Et comme le comte allait protester, il insista, furieux :

« Vous savez ce qui se trame, là, dehors ? Blanchot jure à qui veut l'entendre de me faire la peau. L'arête de *Monsieur Gogo* lui resterait dans le gosier, à ce qu'il paraît. Pépin a failli se faire sectionner l'autre soir, dans Murder's Alley. Un sbire de Blanchot ? Probable. Unis – ah ! vous ne manquez pas d'humour. Une cargaison de faillis, oui, tous autant que nous sommes. Nos pires ennemis, allez, ne cherchez pas, c'est nous-mêmes ! »

Il y avait une telle amertume, sous sa dérision, que Nicolas, troublé, se tourna vers lui, mais déjà Raousset le coupait, d'une pirouette amusée :

« Vicomte, voyons, vous m'embarrassez : c'est ma vie que vous racontez là ! »

On rit. N'empêche, la situation était sérieuse. Mais comment faire front ? Pour le moment, grommela Lapeyrouse, le seul à pratiquer l'union, mais de la crapule, était Blanchot, le roi de French Camp.

« Et il a toutes les chances de prospérer encore, à bien écouter Lombard : la cour des Miracles recréée, le refuge des exclus ! »

Sa remarque tomba dans un silence pesant. Le coureur des bois avait repris la taille de son bâton. Pindray, près de la fenêtre, tournait le dos à l'assemblée, pour marquer sa distance. La violence de son échange avec le comte avait laissé comme une gêne. Se pouvait-il que la parenthèse des jours d'insouciance se referme déjà ? Nicolas chercha ses amis du regard. Mais chacun, plongé dans ses pensées, prenait peu à peu la mesure des propos de Lombard. De quoi demain allait-il être fait pour lui ? Il devait avoir l'air un peu perdu car Claire, gentiment, lui prit le bras. Il lui sourit, en se forçant à prendre un air bravache.

Et si on faisait une fête ? risqua Jules de France.

On le regarda comme s'il avait perdu l'esprit. Une fête, en pareilles circonstances ? Mais Raousset, qui l'avait deviné, renchérit : oui, il avait raison, l'idée était même excellente. On pressa le vicomte d'en dire plus. Une fête, oui, offerte par les Français à la Californie nouvelle. Les bars, les restaurants, les théâtres, les maisons de jeux, les magasins aux couleurs de la France. Un défilé. Un bal, à Portsmouth Square. N'était-ce pas se donner des verges pour se faire battre ? objecta Ségondis. Non, expliqua Jules, soudain volubile, pas si l'on donnait à l'affaire un tour solennel : l'affirmation de leur fidélité à la mère Patrie, certes, mais surtout de leur loyauté à la Californie en train de naître. Avec discours du gouverneur, du maire, du consul, des principaux notables ! Il s'interrompit net, comme traversé par une idée soudaine, poussa un gros soupir. Oui, tout ça était bel et bon, mais avec quel argent ?

L'affaire n'était peut-être pas si désespérée, dit alors le consul, resté jusque-là silencieux. Il avait rencontré dans l'après-midi Chauviteau, Pioche et Dellessert, et, à sa grande surprise, il avait réussi à leur faire partager son inquiétude. Personne n'avait songé à une fête, mais l'on avait évoqué l'intérêt d'un journal pour souder un peu les Français de la ville. « Un journal ? Ah ! foutrebleu ! je veux en être ! » s'écria aussitôt Jules de France, décidément increvable. On le regarda avec envie. N'était-il pas le seul à garder encore de la ressource ? Mais peut-être cela tenait-il aussi à ce qu'il était, plus que n'importe quel autre, de cette ville...

« Parce que vous comptez réellement arrêter ce qui se met en route avec du papier et des flonflons ? »

Nicolas, du coin de l'œil, vit le tressaillement irrité de Raousset, la mine soucieuse du consul. Qu'avaient-ils tous à espérer de l'avenir si déjà, dans cette pièce, se défaisait ce qui les avait unis depuis l'incendie ? Les mots de Pindray avaient agi comme une douche froide.

Et Nicolas, tout à coup, comprit ce qui leur serrait le cœur, à tous : sans doute n'étaient-ils qu'une poignée à avoir envisagé sérieusement de se rendre dans les mines, mais la Sierra lointaine, les placers mystérieux d'où ruisselaient les fleuves d'or restaient pour chacun comme un ailleurs, un pays de cocagne, la promesse que tout restait possible. Ce soir, une porte se fermait sur leurs rêves. Il n'y avait plus de rêve, il n'y avait plus d'ailleurs, et plus de promesse. L'horizon était barré. Comme était barré le monde derrière eux.

6

Les jours qui suivirent passèrent comme suspendus dans un temps immobile, en attente. De quoi ? Nul ne le savait trop. Les soirées chez le consul s'étaient espacées, avant de s'interrompre. Chacun, d'humeur morose, se repliait sur lui-même. Les uns et les autres vaquaient à leurs occupations, mais sans élan, absorbés dans leurs pensées. Les montagnes bleues, à l'horizon, les dominaient, hostiles, où ils plaçaient hier encore leurs rêves. Et chacun découvrait, même confusément, que c'était cet au-delà, ce possible ouvert, qui l'avait fait tenir jusque-là, ignorer la boue, la faim, les maladies. « Je ne suis pas venu ici pour décharger des caisses », grommelait d'Artagnan en les jetant sur le rivage, au risque de les briser. « Ni moi pour fabriquer du faux brandy », soupirait Ernest de Massey, qui ne réagissait même plus au fouet de Pidaucet. Seul Barnabé s'obstinait encore, trouvait des pommes un jour à San José pour en faire du cidre, achetait et revendait des montres hors d'usage le lendemain, ou revenait du wharf avec deux cents douzaines d'œufs à placer d'urgence, mais sa chance paraissait l'abandonner, et Nicolas, qui le suivait avec une réticence croissante, se prenait à calculer que, malgré leur agitation, ils parvenaient tout juste à maintenir leur capital. Le *big gold*, l'or que l'on brasse à pleine main, que l'on dépense sans compter – il n'était plus pour eux. Un matin, on retrouva Ségondis défait. De rage, il avait joué tout son maigre pécule à l'Eldorado, qu'on en finisse une bonne fois – et il l'avait perdu. Il avait grossi, un temps, l'équipage de Raousset, avant que La Madelène ne l'embauchât comme cireur en second à l'entrée du Verandah, mais le cœur n'y était plus. C'était de royaumes qu'il avait rêvé, ricanait-il, pas de cirage ! Ils se retrouvaient de loin en loin sur les wharfs, regardaient avec commisération le flot des nouveaux arrivants, repéraient parmi eux les compatriotes, leurs yeux brillants et apeurés – oui, ils avaient connu ça, eux aussi. Les pauvres fous ! Et ils repartaient chagrins, en promettant de se revoir...

Mais étaient-ils les seuls à broyer ainsi du noir ? La ville tout entière, passé l'élan des semaines de reconstruction, paraissait nerveuse, traversée de frissons. Des rumeurs soudaines précipitaient la foule vers Portsmouth Square, on parlait de scandales, de fonds municipaux dilapidés, de lourdes médailles d'or que s'offraient les conseillers pour contourner le veto du maire sur leurs salaires. Un jour, c'était un crime impuni qui soulevait l'indignation. Sam Brannan tonnait contre les juges corrompus, les shérifs impuissants – était-il vrai que les cellules de la prison municipale n'avaient pas de serrures ? La loi de Lynch finirait par s'imposer si les citoyens ne se prenaient pas en main ! Des bruits couraient, d'organisations souterraines, de complots en gestation, les Triades chinoises allaient prendre la ville, les canards de Sydney étaient de retour ; à quand, enfin, des comités de vigilance ? Une brusque fureur drossait les mécontents jusqu'à l'hôtel de ville, puis la foule se dispersait, morose, comme frappée d'impuissance. Des bagarres éclataient, sous des prétextes futiles, qui retombaient presque aussitôt, par manque de conviction. Des prédicateurs, au coin des rues, prophétisaient la fin de la nouvelle Sodome, et les yeux se tournaient alors, inquiets, vers le fond de la baie. Là-bas grossissait la menace qui demain pouvait les emporter. Le choléra ! Deux mille habitants de Sacramento, qui n'en comptait pas neuf mille, étaient morts en un mois, les gens s'effondraient d'un seul coup dans la rue, qu'on ramassait le lendemain. Quand donc allait-on décider une mise en quarantaine ? Puis l'on apprenait que Bigelow, le maire, était mort à deux pas, à l'Union Hotel, après l'amputation d'un bras – du choléra. L'ennemi était donc déjà là, insidieux, qui rôdait. Demain... mais y aurait-il un demain ? Jusqu'au temps sec et beau qui agaçait. Ce n'était pas normal, bougonnaient ceux qui s'étaient battus l'hiver précédent contre les rats, dans la boue et le froid, pour survivre, quand ils découvraient au réveil le ciel uniformément bleu. Et chacun attendait, tourmenté et inquiet, vaguement, qu'éclate enfin l'orage qui les délivrerait...

Barnabé se désolait. Il le sentait bien, que son ami perdait courage ! D'accord, le cidre n'avait pas répondu à leurs espérances, les pommes étaient trop amères, ou bien déjà passées, mais les œufs – les œufs n'avaient-ils pas été son coup de génie ? Toutes leurs pertes de la semaine effacées en une seule matinée ! Il suffisait d'un peu de chance, et ils reprendraient leur envol. D'ailleurs, il s'était laissé dire que le marché du bois... Mais non, Nicolas décidément avait l'esprit ailleurs. Pourquoi ne prenait-il pas un peu l'air, histoire de se changer les idées – c'est qu'il allait lui porter la poisse, et chasser le client avec ses mines contrites ! Et Nicolas depuis traînait sur les wharfs, guettant l'arrivée des Français, le *Robert-Surcouf*, le *Mazagran*, le *Bornéo*, la ronde se poursuivait, qui précipitait pêle-mêle sur le rivage miséreux, rebelles, nobles ruinés, filles des rues, en vain quêtait-il quelques nouvelles de France : celui-là ne savait rien, sinon que ça ne s'arrangeait pas, cet autre haussait les épaules : la France ? elle était derrière lui, désormais, et Nicolas repensait à sa propre arrivée, tous ces hommes penchés vers lui au cabaret de Paul Niquet, était-il devenu comme eux ? Des lambeaux de phrases dominaient le tumulte, où revenait le nom de Panamá, les filles gloussaient, à l'écart, intimidées et provocantes, sans doute avaient-elles déjà été engagées par des tenanciers montés à bord dès l'ancre jetée, des groupes débarquaient en larmes, ou fous de rage, prêts à en venir aux mains – où était passé le gérant de la Mutuelle des travailleurs, de la Ruche d'or, du Mineur, qui devait les attendre ? Où l'argent, les vivres, les équipements promis ? On s'accrochait à lui pour quelque encouragement, et il s'esquivait, vaguement honteux. Les pauvres ! Ils découvriraient bien assez tôt que toutes ces compagnies, mutuelles, associations, n'avaient été que poudre aux yeux, qu'ils étaient seuls, jetés comme les autres dans le cratère, et sans doute sans avenir... Il escaladait la colline, vers le bâtiment des Postes, comme s'il espérait qu'une lettre l'y attendrait, lui apportant quelque nouvelle. Mais non, nul drapeau, sur Telegraph Hill, n'annonçait l'arrivée du *Pacific Mail*, le terre-plein, devant le petit bâtiment de bois, était vide, les postiers prenaient le frais, à l'abri de l'auvent, et il poursuivait son chemin jusqu'au sémaphore, où il se perdait en rêveries devant l'horizon vide.

Il s'était précipité comme tous les autres, deux semaines après son arrivée, quand le steamer des Postes avait jeté l'ancre dans le port. Quarante-cinq mille lettres, disait-on, le courrier de trois mois accumulé ! Un convoi de charrettes avait monté les sacs, gardés par des colosses hérissés de rifles et de pistolets, et les huit employés avaient passé un jour et une nuit à faire le tri, portes et fenêtres closes, tandis qu'au-dehors une marée furieuse menaçait de tout emporter. Une queue s'était tant bien que mal formée à l'ouverture des guichets, où il avait pris sa place avec Barnabé – une file interminable qui escaladait la colline et descendait jusqu'à Portsmouth Square. Dix heures d'attente avant d'approcher des guichets ! Des hommes tombaient, épuisés, qu'on poussait aussitôt sur le côté, d'autres, hommes ou femmes, pour ne pas perdre leur place, baissaient culotte et faisaient leurs besoins sans plus de cérémonie sur les pieds de leurs voisins, on enviait les malins qui s'étaient massés dans la nuit devant le bâtiment, des marchands ambulants proposaient thé, café, tartes et sandwichs à des prix exorbitants, d'autres, lassés d'attendre, mettaient aux enchères leur place, qu'ils vendaient aux impatients jusqu'à vingt-cinq dollars. On huait les heureux possesseurs d'une boîte postale, qui gagnaient directement le bâtiment, disparaissaient derrière une petite porte et s'en allaient les bras chargés de paquets. Des voitures partaient au grand galop, qui portaient le courrier à San José, à Sacramento, à Stockton, à Marysville – jusqu'au plus profond du pays de l'or. Deux lettres l'attendaient, qu'il avait ouvertes le cœur battant, en gagnant le large, pour être seul, enfin.

Tout allait bien dans la boutique, le chat ne se consolait pas de son départ, ni le vieux Thomas qui ne parlait plus guère depuis qu'il avait « perdu son moussaillon », la tante Françoise souffrait de ses rhumatismes, Le Havre de plus en plus était envahi de pauvres hères dont on se demandait bien ce qu'ils feraient à l'arrivée, s'ils arrivaient jamais, sa mère se faisait du souci, surtout, avait-elle ajouté d'une écriture tremblée, qu'il prenne garde à lui, et n'oublie pas d'écrire ! Tant de mots qui n'osaient pas dire leur angoisse, se réfugiaient, frileux, dans l'anodin des jours toujours semblables... Il s'était enfui au sommet de la colline, en contenant ses larmes.

Le Havre ! Tout lui revenait, d'un coup, devant le Pacifique déployé à ses pieds, l'odeur chaude des tartes, les meubles polis, les faïences luisantes, leur maison, trapue, aux grosses poutres noircies, l'entrelacs des ruelles descendant vers le port – et le pas lourd des marins, quand ils poussaient la porte du magasin, le bruit de leur sac jeté à terre d'un coup de rein – « Eh bien, monsieur Vigneaux, nous revoilà encore un coup ! Rude voyage, sûr ! rude voyage... ». Et lui, gamin, caché parmi les sacs de gourgane et les boîtes d'endaubage, dans les odeurs de goudron, de tabac et de cannelle, qui tant avait écouté ces voix rocailleuses égrener les mots magiques, Mascareignes, îles Sous-le-Vent, Terre de Feu... La nuit, dans sa petite chambre, sous les toits, il rêvait de chasse, de poursuites, de galions pris d'assaut, la lune sur le mur sculptait des ombres immenses de frégates, et le vieux Thomas hurlait dans les gréements en brandissant un grand sabre d'abordage : plus tard, oui, plus tard il serait marin, comme lui, et il verrait le monde ! « Ça lui passera », disait sa mère, pour laquelle tout, toujours, devait « passer ». Sans voir qu'il traînait de plus en plus souvent au port. Eh bien ! ça ne lui avait pas passé. Et cette fois, il y était. Peut-être...

Il passait maintenant beaucoup de temps à l'hôpital. Marie et Claire se dévouaient sans compter autour de leur père, mais les épaules d'un jeune homme n'étaient pas de trop, pour les tâches pénibles. Et rien ne valait une vieille souche à débiter pour chasser les idées noires. Claire lui apportait un peu d'eau fraîche, une citronnade, Mme Germain le hélait par la fenêtre à l'heure du thé, un gâteau odorant sortait du four, et il voyait bien qu'elles prenaient plaisir, toutes, à sa présence – lui-même, n'était-ce pas d'abord la chaleur d'une famille qu'il recherchait ?

De l'autre côté de la rue, la file s'allongeait un peu plus chaque jour d'immigrants désespérés, perdus, en quête de secours, et les employés du consul, bravement, essayaient de faire face. Il avait jusque-là imaginé celui-ci doté de pouvoirs mystérieux, d'une caisse inépuisable – n'était-il pas la France ? Il le découvrait sans moyens, abandonné, lui aussi, à sa manière.

« Que voulez vous que je fasse ? soupirait Colton, en passant en coup de vent, toujours entre deux rendez-vous, comme si de colmater les brèches pouvait empêcher l'inéluctable. Il en arrive sans cesse... Vous avez vu ? J'envoie des rapports, des mises en garde. Peine perdue. Ça continue. Que faire, mon Dieu, que faire d'eux ? »

Les envoyer dans les mines, à la venue de l'hiver, après le rapport de Lombard ? C'était l'explosion assurée. Les fixer en ville

– mais où, et avec quel argent ? Les artisans, peut-être. Mais les autres ? Les autres, songeait Nicolas, seraient pour l'hôpital. D'ailleurs, ils se pressaient déjà, de plus en plus nombreux, qu'il fallait renvoyer, faute de lits, après des soins sommaires – et cela durerait jusqu'à ce que le docteur, comme le consul, se trouvent emportés à leur tour, balayés par la vague...

Puis Jules de France arrivait, ou Barnabé, qui ne se consolait pas d'avoir presque perdu son « associé ». Barnabé l'oreille basse, meurtri par quelque sort cruel, ou transporté d'enthousiasme à l'idée d'une spéculation audacieuse, qui faisait passer un sourire sur l'hôpital, au point que les malades en venaient à suivre ses aventures et pariaient à leur tour sur ses chances de succès – Barnabé qui ne se lassait pas de mettre Jules de France à la question sur ses plus beaux exploits, tours pendables et coups de génie, sujet sur lequel l'homme de théâtre était intarissable, d'autant plus qu'il sentait son auditoire conquis. Mais c'était fini, tout cela, concluait à chaque fois l'admirable auteur de *Monsieur Gogo*, il se devait désormais au théâtre, et au petit Californie. Pas un jour il n'avait manqué sa promenade avec Artémise et l'enfant, qui l'accueillait avec des gazouillis. Et Nicolas voyait s'éloigner la jeune femme, à chaque fois, avec soulagement. Depuis l'épisode de la vente aux enchères, elle se blottissait contre lui à chaque occasion, avec une douceur, un élan qui le mettaient au supplice. Il se raclait la gorge, cherchant une contenance, rougissait comme un coquelicot quand il surprenait le regard de Claire posé sur lui – et il se sentait encore plus honteux, alors, des idées qui l'agitaient. Il se précipitait dans la cour, furieux de sa gaucherie, passait sa gêne sur une souche, à coups de hache redoublés, les copeaux volaient dans les airs – ah, si seulement il n'y avait pas eu Claire et son rire moqueur !

Raousset ne manquait jamais de prendre de leurs nouvelles quand il visitait le consul. Le docteur s'échappait quelques instants, Mme Germain s'arrachait à sa mélancolie pour jouer les hôtesses – jusqu'à Marie, dont les grands yeux bleus s'égayaient dès qu'il poussait la porte, Marie, si grave et douce, qui restait près de lui le temps de sa visite. D'ailleurs, avait noté Nicolas, amusé, le ton du comte ne changeait-il pas, d'ordinaire si léger, et volontiers moqueur, quand il se tournait vers elle, pour se faire presque tendre ?

« Vous verrez, Nicolas ! lui avait-il lancé un soir, sur le pas de la porte, et sa voix avait quelque chose de douloureux qui le surprit. Un jour on dira que ce sont les femmes... Nous ? Nous sommes des faillis – les hommes, et leur stupide orgueil ! Non, Nicolas, ce sont les femmes. Les femmes souffrantes, les femmes aimantes, les femmes battantes... Elles nous portent, elles nous élèvent – et nous leur brisons le cœur, en fin de compte. Regardez-les, Marie et Claire ! Et rappelez-vous, Nicolas – les femmes... »

Marie et Claire. Claire si rieuse, si vive, si sage, si spontanément accordée aux choses... Que pouvait-elle comprendre de ce qu'avaient été ses espérances ? Et pourtant si, elle comprenait, hochait la tête, tout à coup sérieuse. Un jour, elle lui avait même effleuré la joue d'un baiser, après l'avoir patiemment écouté – et il en avait eu le cœur serré. Mon Dieu ! avait-il pensé, tandis qu'elle s'éloignait, que peut-elle attendre de la vie, ici, dans ce cloaque ? Et pourtant elle faisait face, sans une plainte...

Ainsi passaient les jours, pour les uns et les autres, dans l'attente de l'inéluctable...

7

Le garçon disposait sur la table pains chauds, pots de café, crème fraîche quand il poussa la porte capitonnée. Ici au moins, s'écria Burnett en l'invitant à venir le rejoindre, personne n'aurait l'idée de les chercher ! Le gouverneur, hilare, disparaissait à demi derrière les pots de confiture. Colton se laissa tomber dans un fauteuil, découragé, en jetant sur la table ses dernières dépêches, soupira : non, il n'y arriverait jamais. Mais l'autre leva son verre, comme s'il n'avait rien remarqué – rien de tel qu'un bourbon pour démarrer une belle journée, aimait-il professer quand il était de belle humeur.

« Allons, allons ! Au *chic français* ! »

Et il souligna d'un geste plein d'emphase le luxe de la pièce, ses velours sombres, la profusion de glaces, les gravures suggestives aux murs et, dans un coin discret, le sofa profond. Cette invention française des « cabinets particuliers » faisait fureur, ces derniers temps – depuis qu'Irène McCready et Belle Cora, les reines de la nuit, ne juraient plus que par le goût français, les toilettes françaises, les *bonnes manières*. Les mineurs arrivant de la Sierra, éberlués, se voyaient prier de prendre un bain avant de satisfaire leurs appétits pressants – c'est qu'on entrait dans une ère nouvelle, San Francisco, bientôt, serait la capitale du *chic* ! – et Henri Brune s'était taillé un franc succès lorsqu'à l'étage de son Monsieur Riche il avait aménagé ces discrets parloirs : petits déjeuners, déjeuners, soupers fins, ils ne désemplissaient pas depuis, et il se chuchotait que les dames « respectables » n'en étaient pas les moins ardentes consommatrices, qui y trouvaient à arrondir leurs revenus à l'abri des regards ou à recevoir sans souci leurs amants. Le révérend Taylor, fou furieux, appelait la vengeance divine sur ces « portes entrebâillées de l'Enfer » – et Burnett avait mis les rieurs de son côté lorsqu'il avait lancé un jour en réponse « qu'à sa connaissance aucune femme n'était jamais montée à l'étage d'un restaurant français pour y faire ses prières ».

Non, personne, ici, ne viendrait les déranger.

« Ça n'a pas l'air d'aller, vous ? »

Colton, de la tête, montra le tas de dépêches devant lui.

« Je n'y arriverai jamais. C'est...

– Prenez un peu de confiture ! Vous n'aimez pas la confiture ? Vous ne profitez pas assez de la vie. Croyez-moi, vous vous tourmentez trop ! »

Était-ce le même homme qui tremblait d'angoisse, le soir de l'incendie ? Il n'avait pas eu le temps, depuis, de le revoir – ou bien il n'avait pas osé, après la visite de Del Valle. Il est vrai que la session législative, à San José, avait tenu le gouverneur éloigné de la ville jusqu'à ces derniers jours. Quelle soudaine fortune pouvait le rendre si joyeux ? À moins qu'il ne fût déjà fin saoul...

« Hortense... Vous devriez consacrer plus de temps à Hortense ! »

Hortense ? Elle s'était lassée de ses absences – et il n'était pas assez comédien pour feindre une passion éteinte. Hortense avait repris, simplement, ses anciennes activités. Si elle les avait jamais interrompues...

« Eugénie... Enfin, Mlle Wyllis – vous vous souvenez ? Eh bien ! c'était pas ça. Remarquez, j'aurais dû m'en douter. Le genre cul serré et compagnie. Rien ne vaut une vraie femelle un peu dégourdie, non ? Çà, votre Hortense... Je me rappelle, tenez... »

Et devant la mine du consul :

« Allons, mon bon, je blague, je blague ! »

Colton eut un geste agacé.

« Aujourd'hui je n'ai vraiment pas le cœur... Ah ! c'est pire que tout ce que je pouvais craindre ! La catastrophe... »

Il avait presque crié. Et comme Burnett levait un sourcil étonné :

« J'envoie rapports sur rapports, j'explique la situation, je demande des secours : rien. À croire qu'on jette mes courriers sans même les ouvrir. Et pendant ce temps... »

Lui-même, en cet instant, dans ce décor de lupanar de luxe, avait quelque peine à croire ce qu'il venait de lire. Pourtant, lettres, dépêches, extraits de journaux, tous disaient la même chose. Le déferlement en masse qu'organisaient là-bas des fous ou des inconscients. L'émigration à grande échelle ! Ils étaient des milliers, déjà, en route, et nul n'y pouvait plus rien... Burnett le coupa, étonnamment serein :

« De quoi vous plaignez-vous ? Vous allez faire un triomphe ! Recevez-les en grande pompe – et vous devenez les bienfaiteurs de la ville ! »

Pas de doute, il était fou, ou ivre. Et devant son air ahuri Burnett éclata de rire, en brandissant un journal :

« Ah ! *petit coquin* ! »

C'était le *Herald* daté du 10 octobre. Un article, en première page, annonçait le départ, la semaine précédente, de cent cinquante des « plus brillantes actrices de la vie parisienne – une armée d'anges déchus, s'enthousiasmait le journaliste, qui viennent se purifier dans un bain d'or et qui vont à tous coups révolutionner les rives du Sacramento ». Le *Herald* avait eu l'heureuse idée d'appointer un correspondant parisien, « spécialiste, écrivait la rédaction, des affaires du demi-monde », et, depuis, chaque numéro s'arrachait à peine arrivé.

« Le *Pacific News* prétend même qu'elles sont neuf cents et qu'elles vont travailler sur Stockton et Filbert Streets ! Il exagère peut-être un peu... N'empêche... neuf cents ! »

Et Burnett lut d'un air gourmand, que semblait renforcer la mine déconfite du consul, les descriptions exaltées du journaliste : Mlle Frisette, *alias* Pauline Leroux, des Folies dramatiques, une des plus jolies femmes de Paris « dont la réputation d'amabilité est universelle, parmi la jeunesse du café de Paris et de Tortoni » ; Mlle Julie Manton, une ravissante brunette « avec des yeux pétillants, un pied d'Espagnole, des mains d'enfant, un nez romain et une bouche rose » ; Mme Sarah Mercœur, « écuyère de l'Hippodrome, une grande et belle Vénus » ; Mlle Gabrielle La Brunière, « qu'on pourrait prendre pour une créole espagnole, en fait une Italienne ».

« J'ai parié avec Geary, le maire... Vous savez que toute la ville joue ? Sur quoi ? Mais sur le jour où elles vont arriver, évidemment ! »

Colton était au supplice. S'il continue, pensa-t-il, je hurle...

« Vous en connaissez quelques-unes, de ces... comment vous dites – de ces “ fleurs du pavé ” ? »

Il explosa.

« Pardonnez-moi, gouverneur, mais... Vous ne comprenez donc pas ? Je m'affolais, cet automne. Toutes ces arrivées. Et vous-même... Rappelez-vous. Mais ce n'est rien. Rien ! Si vous saviez ce qui se prépare ! »

Et il lui expliqua, la voix tendue, les émeutes de 48, l'élection du prince président, la répression, très dure, qu'il n'avait évidemment pas à juger, les arrestations des opposants politiques, la masse croissante des sans-travail. Burnett, distraitement, couvrait ses toasts de confiture. Il sait déjà tout ça, songeait Colton en parlant, il sait tout ça depuis longtemps...

Ce qu'il ignorait, c'étaient les dépêches qu'il venait de recevoir de son ministre. Il lut : « ... le gouvernement, reconnaissant les mérites des gardes nationaux et gardes mobiles qu'il s'était trouvé contraint de démobiliser et soucieux de les récompenser, a décidé d'encourager la création de sociétés d'émigration en Californie, à leur seul bénéfice... »

Un premier convoi, précisait la note, avait déjà quitté Toulon, à bord des corvettes *La Capricieuse* et *La Sérieuse*, « avec des vivres, des outils, des tentes, en vue de leur installation aux placers ». D'autres allaient suivre, à un rythme régulier, auxquels il convenait de faire le meilleur accueil. Douze, peut-être quinze convois dans l'année ! Ce qui signifiait au bas mot deux mille fauteurs de troubles de plus dans les mois à venir...

Burnett hocha la tête.

« C'est quoi, exactement, vos – comment dites-vous, vos gardes mobiles ? »

Il faillit lui répondre : voyez Blanchot et les fripouilles de French Camp ! Il se retint. Et pourtant... Depuis un an, il en était déjà arrivé une centaine, par leurs propres moyens. Pas tous des canailles, certes, mais ne faisant par principe plus confiance à quelque autorité que ce soit...

Des jeunes gens des faubourgs, s'entendit-il expliquer, enrôlés en février 48 quand ils avaient entre 16 et 20 ans, pour soutenir le nouveau gouvernement. Des républicains. Des ouvriers. Des gavroches. Dont on s'était servi pour réprimer les émeutes de juin – et depuis, le nouveau pouvoir, tout en les couvrant de remerciements pour l'avoir sauvé du socialisme, cherchait tous les moyens de s'en débarrasser. Sans compter les anciens de la Nationale, auxquels on avait fait jouer le même rôle et qui connaissaient le même sort...

« Des soldats ? Burnett s'était redressé, l'œil vif tout à coup. Vous voulez dire que c'est une armée qui arrive ?

– Des malheureux, répondit prudemment Colton. De pauvres diables, devenus gênants... »

S'il savait, songea-t-il... Les mutineries quand le gouvernement les avait licenciés, leurs officiers arrêtés, déportés jusqu'en Corse – et maintenant en Californie.

« Si je vous comprends bien, la Californie, c'est un peu la poubelle de votre président ? Et, pardonnez-moi, mais – vous en seriez en quelque sorte l'éboueur ? Pas étonnant qu'ils ne répondent pas à vos rapports ! »

Burnett se campa devant une gravure, resta un moment pensif, comme absorbé dans sa contemplation.

« Vous avez vu cette position ? À mon âge, c'est le tour de reins assuré. Et quand j'étais assez leste, je n'aurais jamais imaginé que... C'est le résumé de l'existence, ça. L'expérience ! Elle ne vous vient jamais que lorsqu'elle ne sert plus à rien... »

Il sourit devant les sourcils froncés de son interlocuteur. Ah, jeunesse, semblait-il penser.

« Faites confiance aux putes ! C'est ce que j'essaie de vous faire comprendre depuis tout à l'heure. Mais vous êtes tellement... jeune. Vos putes ! C'est votre seule richesse. Et ce sont elles qui vous sauveraient, si vous osiez. »

Et s'échauffant progressivement tandis qu'il marchait de long en large :

« Qu'est-ce que nous aimons, ici, des Français ? Allez, répondez-moi ! La cuisine. La mode. Et les femmes. Les femmes ! Qui, chez vous, fait l'effort d'apprendre notre langue ? Vos femmes. Qui se mélange à nous, sans manière ? Vos femmes, forcément. Ah ! pariez donc sur les femmes – et laissez pour une fois votre... votre orgueil de caste au vestiaire ! Vous suppliez vos commerçants, vos Pioche, vos Chauviteau, de vous faire l'aumône de trois sous pour votre hôpital ? Demandez donc aux putes d'organiser un bal de bienfaisance – et vous verrez ! Un grand bal des madames françaises ! Ou un bal masqué – tiens, c'est une idée, ça... »

Colton, malgré lui, sourit en imaginant la tête que ferait son ministre à pareille suggestion...

Burnett se tourna vers lui, d'un bloc.
« Vous savez que je viens de démissionner ? »
Colton resta un moment bouche bée, se tassa sur son siège. Eh bien, c'était complet...
« Moi aussi, je devenais suspect aux yeux de... de qui vous savez... »
Sous la jovialité affectée perçait malgré lui l'amertume.
« M'entendre reprocher en assemblée de m'être converti au catholicisme, jadis ! Vous ne saviez pas ? Il faudra que je vous raconte. Je peux vous le dire à vous : désavoué, oui. Par mon propre parti ! J'ai préféré démissionner. Ça ne trompera pas grand monde, mais enfin... Place maintenant à McDougal ! Un ivrogne qui dit oui au premier qui cause. On va rire... »
Il tapota gentiment l'épaule de Colton.
« Mais je peux toujours être de bon conseil, vous savez. Et j'ai des amis... »
Il fixa un moment Colton, puis, doucement :
« C'est encore pire que ça, n'est-ce pas ? »
Le consul hocha la tête.
« Pire que tout ce que vous pouvez imaginer... »
Il lui livra tout à trac ce qu'il venait d'apprendre. Que le 3 août dernier le préfet de police de Paris avait autorisé une loterie dite des Lingots d'or, de sept millions de francs, dont le produit était destiné « à faire transporter gratuitement en Californie cinq mille émigrants, trop pauvres pour faire la traversée ». « Les colons, ajoutait la note officielle, dont le produit net de la loterie servira à payer le passage, seront désignés par mon administration parmi ceux qui se seront fait inscrire sur des registres ouverts à cet effet... » Et dans une lettre personnelle reçue le même jour, qu'il se garda bien de lui lire, son ami Jacquart expliquait : « Tu auras compris que cette loterie a pour but principal de purger la société politique française d'un grand nombre de *frères* et *amis* qui étaient un embarras quand ils n'étaient pas un danger... »
Le reste ? Il se trouvait dans les journaux que Jacquart lui avait envoyés. L'incroyable campagne de publicité, dans toute la France, relayée par une presse de plus en plus docile. L'exposition au 10 du boulevard Montmartre, au coin du passage Jouffroy, du lingot d'or offert en premier prix, placé sur une balance avec, sur l'autre plateau, empilés, six gros blocs de fonte et cette pancarte, à tournebouler les esprits : « 116 kilos 870 grammes =

400 770 francs ». La brochure publicitaire scandaleuse rédigée par Alexandre Dumas fils. Les vendeurs de billets dans la foule surexcitée. Les théâtres dont on disait qu'ils préparaient des pièces à grand spectacle, *La Loterie des Lingots d'or*, *Le Lingot d'or*. « Il est question d'autres ouvrages portant des titres plus piquants, mais moins directs, annonçait l'écrivain, et nous ne serions pas surpris qu'une affiche du boulevard offrît prochainement, à l'œil ravi des demoiselles à marier, un mari pour vingt sous. »

Burnett, tout à coup silencieux, parcourait les journaux que lui tendait Colton, sursautait aux caricatures qui montraient la façade du magasin du passage Jouffroy, les grandes pancartes : « 224 lots de 400 000, 100 000 et 50 000 francs », et cette autre, géante : « 400 000 francs pour 1 franc ». Le consul, la voix sourde, lui traduisait les articles indignés : « Le lingot d'or du boulevard Montmartre est une page de l'histoire du XIXe siècle, il vivra dans le souvenir des hommes à aussi juste titre que les mémoires de Law et le récit des entreprises de la rue Quincampoix ! » La France tout entière divaguait, rêvait, se voyait transportée en Californie vers les montagnes d'or ! Depuis l'annonce de la ruée, c'était déjà de la folie, mais ce lingot énorme, défiant l'imagination, ça dépassait tout ! Des rumeurs couraient, ajoutait Jacquart, de malversations, de fonds dilapidés par avance, certains accusaient le gouvernement d'organiser lui-même la fraude. Si la loterie arrivait à son terme, ce seraient cinq mille insurgés de 48 qui viendraient s'ajouter en quelques mois aux deux mille gardes mobiles. Déjà le ministre lui annonçait les premiers départs : *Le Malouin*, *L'Alphonse-Nicolas-Cézard*, *Le Courrier de l'Inde*, et seize autres encore, déjà prévus...

Burnett hochait la tête, effaré. C'était clair : la France se débarrassait en masse de ses indésirables.

« Une déportation... »

Et comme Colton ne réagissait pas, Burnett ouvrit un dossier devant lui, tendit une missive. Elle était à l'en-tête du consul d'Amérique à Marseille et datée de septembre, à l'attention de Butler King, le nouveau collecteur des Douanes : « Nous avons quelques raisons de croire que le gouvernement français planifie actuellement de transporter non pas de pauvres gens honnêtes, mais l'écume de Paris, parmi lesquels les pires *desperados* d'Europe. »

Ainsi donc, ils savaient. Et quand ils prendraient conscience de l'ampleur de la vague...

Des *desperados* ? Oui, à leur façon. Il voulut rassurer Burnett, mais celui-ci leva la main. C'était inutile :

« Brannan l'a déjà entre les mains... »

Le Burnett enjoué des premières minutes avait disparu.

« Et nous qui parlions... vous vous en souvenez, de raz-de-marée ? Ce coup-ci, les plus modérés vont crier à l'invasion ! Combien avez-vous dit ? Sept mille – avant l'été ? »

« Bon Dieu ! » siffla Burnett entre ses dents. Il répéta : « Bon Dieu ! Bon Dieu ! » un long moment, en arpentant la pièce. Qui pourrait faire face ?

« Et ça va tomber en pleines élections municipales... Vous imaginez ce que ça veut dire ? Brannan... »

Il explosa.

« Vous savez ce que veut Brannan ? Le chaos, et la foudre ! Ma main à couper que... Oh ! je sens des choses ! La ville... Elle est inquiète. Nerveuse. Prête à exploser. Et lui... lui ! Vous savez ce que je ferais si j'étais lui ? »

Il se dressa, comme soulevé par sa vision.

« D'une main, je lancerais mes voyous, les restes des Hounds, des petits canards de Sydney, et puis, tiens, ce serait une idée, les crapules de votre Blanchot. Vols, crimes, où sont les juges, où est la police, où est le maire ? Citoyens, levez-vous ! La loi de Lynch ! Et de l'autre, j'attiserais la révolte contre l'autorité. Des comités de Vigilants partout, qu'on pende les voyous, qu'on vire le maire ! La vengeance du peuple ! Et derrière... dans chaque comité de braves gens, je glisserais les Know Nothing, pour chuchoter partout : ces voyous ne sont-ils pas des étrangers, australiens, français ? Nous ne sommes plus chez nous, la Californie aux Américains ! Ce sera la deuxième phase – toutes les institutions à bas, et puis la foule contre les étrangers ! Une Californie nouvelle, pure, trempée au feu brûlant du peuple soulevé. Avec Sam Brannan sur la montagne, tenant la foudre dans son poing ! Et vous, vous venez me dire... Des gardes mobiles, hein ? Des gars habitués à se battre, non ? Et pourquoi pas en bataillons, ce serait complet ! Bon Dieu !... Vous imaginez ? »

Il s'assit, épuisé, épouvanté par sa propre vision. Non, ça ne pouvait pas être pire. Deux troupeaux en *stampede* lancés l'un contre l'autre. Et rien pour les arrêter. Puis il se força à se redresser – même à terre, même démissionné, sans plus de titre ni de pouvoir, le vieux lion gardait encore de l'énergie, se dit Colton, fasciné.

« Au point où nous en sommes... Ce n'est pas le moment de se payer de mots, n'est-ce pas ? Les gens, ici, je les connais. Prêts à partir dans n'importe quel sens... »

Il se pencha vers Colton, le doigt tendu.

« Ne rasez pas les murs ! Prenez les devants ! Foncez ! Et que l'on parle partout des Français, de la mode, du goût français. Donnez des fêtes, des bals ! Faites une semaine française ! Mais à chaque fois, débrouillez-vous, faites passer le message : que tous vous venez refaire votre vie ici. Remerciez le peuple américain de vous accueillir, fuyant la répression. Nous aussi descendons de persécutés ! Et n'oubliez jamais ça : nous sommes des sentimentaux. Les arrivants, expédiez-les dans les mines, tout de suite. Séparez-les. Évitez les grosses concentrations. La taxe ? Je sais bien. Plus tard. D'abord, empêcher l'explosion ici – parce que si San Francisco tombe, tout le reste suivra. Après... Après on verra, dans la Sierra... L'opinion ! C'est l'opinion qu'il vous faut gagner, dans les semaines qui viennent ! Créez un journal, si vous pouvez, pour mobiliser les vôtres ! Et puis... »

Il s'arrêta.

« J'avais pensé... Après notre rencontre. Et j'ai été emporté par le tourbillon. Mais le *Public Balance* est prêt à ouvrir une page en français. Plus une en espagnol. Ça peut être utile. N'hésitez pas : choisissez un journaliste, envoyez-le de ma part à Bolton, l'éditeur. C'est un ami : il le prendra. Moi, je vais voir Geary. Je sais qu'il ne se représentera pas, mais d'ici là... Oui, c'est ça, il faut que votre premier convoi soit accueilli en grande pompe par la ville, avec le maire en tête... Ça ne suffira pas, mais au moins... »

Il se frottait les mains, revigoré.

« Démissionné ! Ah ! ils vont voir. Le vieux Burnett a encore de la ressource ! »

Un journal ? C'était possible. Pioche, Chauviteau, Dellessert étaient prêts à le financer, expliqua Colton. Quant à la fête...

« Un ami a eu la même idée, il y a quelques semaines. Un certain Jules de France. »

Burnett s'arrêta, eut un sourire.

« *Monsieur Gogo* ? On m'a raconté, le soir de l'incendie. Ah, dites donc, c'est un rude gaillard ! Et un sacré filou, aussi, je crois bien ! Lui, au moins, il n'a pas froid aux yeux ! Et il connaît la ville. Il nous en faudrait, tiens, des loustics comme lui ! Mais... »

Il s'arrêta en pleine phrase. Il avait entendu sur lui des bruits étranges, d'enfant adopté, ou enlevé – Colton lui donna le fin mot de l'histoire. Burnett hocha la tête.

« En plus, il a du cœur. Dites, il me plaît votre gaillard ! Et maintenant, si vous voulez bien, au travail ! »

Et tandis qu'il le raccompagnait :

« N'oubliez pas vos putes ! Parlez-en à Jules de France. Vous verrez : je parie qu'il dira comme moi. »

Il cligna de l'œil.

« Vous savez qu'Eugénie... Mlle Wyllis... est allée tout raconter au pasteur Taylor ? Que je lui aurais fait subir “ les derniers outrages ”... La carne ! Ah ! ne me parlez plus des gens “ comme il faut ” ! Faux culs, oui ! »

Et il répéta, sur le pas de la porte, faisant sursauter un garçon qui portait un seau de champagne à la pièce voisine : « Ne faites confiance qu'aux putes ! »

Colton retrouva Jules de France au Café des Artistes. Le Lion du Boulevard, le Génie des Tréteaux, prenait son chocolat en remuant des pensées sombres. Il n'avait plus l'étincelle, soupira-t-il. Inutile de ruser : c'était la fin, il était dans le trou. Tous les filous savaient cela – quand il fallait passer la main. Et question filouterie, il en connaissait un rayon. Mais justement, il se sentait devenir vertueux.

« Moi, Jules de France ! »

Il montra un flandrin qui bayait aux corneilles dans la rue en regardant sa montre.

« Vous le voyez, là ? Je voudrais le soulager de sa bourse, que je me ferais prendre. Si, si, je le sens ! »

Cette seule idée le plongeait dans la mélancolie. Tous les voleurs le savaient bien, expliqua-t-il, qu'il est des périodes où l'on se sent une grâce, une légèreté, un fluide au bout des doigts, rien ne peut plus vous arriver, les porte-monnaie sautent des poches sur votre passage. Et puis, pfffttt ! le fluide s'en va – gare alors à l'imprudent qui s'obstine !

« Eh bien voilà : j'ai plus le fluide. »

Je viens lui parler de catastrophe, songea Colton, et il me fait un cours sur l'art du pickpocket... Il sourit malgré lui.

« Enfin, vous n'en êtes tout de même pas à vider les poches ?

– Mais qui vous parle de ça ? Le vide-poche, c'est fini ! C'est d'art dont je vous parle, de théâtre ! Mais c'est pareil – j'ai plus le fluide. »

Son visage se crispa en une mimique d'enfant gâté. Le public le boudait. Il le voyait bien : ce n'était plus ça. *Monsieur Gogo* ne faisait plus rire, San Francisco avait la tête ailleurs. Ou bien alors c'était d'être devenu vertueux...

La reprise, déjà, avait été une équipée. Sans cesse différée pour cause de salle à refaire, de troupe en débandade, d'acteurs réclamant des avantages – dame ! n'étaient-ils pas maintenant des stars ? Ah ! si seulement Fayolle avait été là. Mais Fayolle avait pris pension chez les Garnier, Mme Lucienne s'était enfuie chez Charlet – et refusait de jouer tant qu'elle devrait supporter les colères de Jules Munié –, Julie avait fini par comprendre que dans certains lieux discrets elle gagnait en une nuit ce que Maguire lui proposait pour une semaine, il avait fallu séduire Alexina et Bréa, du French Vaudeville, Éléonore menaçait Maguire d'un procès... Mais surtout, mais surtout... Ah ! peuple futile, indifférent aux choses de l'esprit ! c'était la légende du premier soir, que la foule voulait revoir. Il s'en était fallu de peu qu'elle recommençe, d'ailleurs, la légende – sous les mouvements divers de la salle, frustrée. Jourdain et Pépin, pour s'occuper un peu, avaient bien proposé d'en recréer une, de petite bagarre, chaque soir, mais Maguire tenait à ses nouveaux fauteuils et... Bref, la pièce se traînait. Et il voyait bien, aux mines du seigneur et maître du Jenny Lind, que sa fortune se terminait.

Pour tout dire, l'idée de retourner à la débine des mois d'été lui gâchait passablement son chocolat, ce matin...

Comme si cela ne suffisait pas, Jourdain et Pépin, désespérant de le revoir jamais, avaient loué sa place, dans leur cabane, à un colosse patibulaire qui prétendait maintenant les chasser *de chez lui*. De toute façon il avait charge d'âme. Lui, Jules de France !

« Non, mais, vous réalisez la situation ? Artémise, la plus grande... enfin, disons le cœur le plus généreux de San Francisco. Et voilà que... Je ne peux même pas la toucher, la pauvre. J'aurais l'impression de violer une innocente ! Vous allez me dire, des femmes, il y en a d'autres. Mais non ! J'ai essayé : j'ai l'impression de la tromper. Jules de France au pain sec, devenu chaste ! »

Son œil s'alluma.

« Vertueux, moi – on aura tout vu, non ? Et le pire, c'est que j'aime ça. Vous savez que le petit Joe applaudit dès qu'il me voit ? Une femme muette et demeurée, que je ne peux même pas toucher, un gamin qui n'est pas de moi, et je suis content. C'était bien la peine de me fâcher avec ma famille. En fait, j'étais fait pour être honnête, chaste et rentier...

Il poussa un soupir étonné.

« Honnête ! C'est à cause de ça que j'ai perdu le fluide. La ville, je ne la sens plus. Elle est... inquiète. Elle attend. Quoi ? Si je savais ! »

Et voilà, songeait Colton en l'écoutant, avec quoi je vais devoir essayer de nous sauver. Un escroc mythomane et généreux, peut-être génial mais dérangé, et en tout cas irresponsable... Les jeunes du soir des barricades ? Ils étaient comme un baril de poudre. Pindray ? Il avait disparu – et après sa diatribe, l'autre soir, il ne fallait rien en attendre. Raousset ? Peut-être... Mais il était fait pour la guerre, pas pour la ruse...

Il avait dû parler à voix haute : Jules de France se penchait vers lui, intrigué.

« Ça va ? Dites tout de suite que je parlais dans le vide ? C'est ça, on ne m'écoute plus. »

Dans le vide ? Sûrement pas, mais... À voix basse, il lui raconta sa rencontre avec Burnett, en glissant prudemment sur l'arrivée des gardes mobiles ou des Lingots d'or. Après tout, la situation était déjà assez grave comme ça, et chacun d'eux restait sous le choc du rapport de Lombard. Jules, tout à coup attentif, hocha la tête. Oui, c'était bien pensé. Et aux mots du gouverneur à son sujet, Colton le vit s'illuminer – cabot, jusqu'au bout !

« Ce Burnett m'a tout l'air d'un homme d'esprit, non ? Il faudra que vous me le fassiez rencontrer. Un admirateur, par les temps qui courent, ça ne se refuse pas... »

Oui, reprit-il, c'était bien vu, pour les femmes. Vrai, l'idée lui plaisait. Une fête, dix fêtes, la France acclamée, cherchée jusque dans la culotte des dames ! Au besoin, il pourrait servir d'intermédiaire – un consul au bordel, ça risquait de le mettre dans une position... délicate.

« Et puis, soit dit sans vous offenser, dans ces lieux-là, vous devez plutôt être du genre à rougir comme un coquelicot, tandis que moi... »

Il s'enthousiasmait, imaginait déjà le grand bal des putes sur Portsmouth Square, Commercial Street illuminée, un grand défilé de carnaval, un bal masqué. Ah ! il trouverait bien d'autres choses encore. Voilà qui allait remplacer *Monsieur Gogo* ! *Les Madames de Paris* – avec la ville entière pour théâtre !

« Nom de Dieu, mais c'est que vous me faites revivre, consul ! »

Et ce n'était pas tout, risqua Colton. Cette idée de journal, évoquée l'autre soir, il allait la reprendre. Et nul mieux que lui ne saurait le diriger. Restait à en convaincre Chauviteau, Pioche et Dellessert ; avec sa caution, c'était pratiquement affaire faite. Et il fallait s'y mettre sans tarder. Demain, s'il pouvait.

Un journal ? Ah ! rien ne saurait lui faire plus plaisir.

« Foutrebleu ! consul, quand vous vous y mettez, c'est Noël ! »

On le disait fini, Jules de France ? Eh bien ! on allait voir ! Qu'ils tremblent les assis, les médiocres, il était de retour, et nom de Dieu, on allait voir de quoi il était capable !

« Champagne ! Champagne pour tout le monde ! Aux frais du consul ! Et vive la France ! »

8

« Rien de tel qu'un pique-nique pour chasser les idées noires », décréta Jules de France, un soir que l'assemblée s'abîmait dans un silence morose. Claire et Marie applaudirent en riant. Un pique-nique ! Comment n'y avait-on pas songé plus tôt ? Le salon bourdonnait comme une cour d'école, tous parlaient en même temps. « Cette ville nous ronge à ce point le cœur que si l'on n'y prend pas garde on n'en sort plus jamais », répétait l'ami Jules, lui-même surpris par son idée. N'étaient-ils pas des papillons aveugles qui se cognaient à ses lumières et s'y étaient brûlés ? Depuis quelques jours, on le disait plongé dans un mystérieux projet, et son humeur badine tranchait sur la grisaille ambiante. Oui, un peu d'air leur ferait du bien, à tous ! Il se sentait décidément des fourmis dans les jambes... Et comme le docteur hésitait encore, Nicolas se fit pressant : on trouverait bien quelqu'un pour assurer la garde ! Fayolle proposa ses services, Hito grommela qu'il était vieux, peut-être, mais encore capable de préparer les repas. Et en cas d'urgence, le docteur Walker, sur Pacific Street, n'était pas loin. Un pique-nique ! On passerait par la vieille mission, puis on couperait par les collines vers la mer, et une plage abritée où déjeuner. On pêcherait des coquillages, on se tremperait les pieds dans l'eau... Mme Germain se mit de la partie. Et si l'on gagnait, ensuite, le ranch de Sophrone Martinolles, vers San Mateo ? Le docteur, dans l'hiver, l'avait soigné d'un mauvais panaris et le brave homme avait tellement insisté pour qu'on lui rende visite ! Le lendemain la vit repasser nappes et serviettes, serrer ses paquets, préparer des gâteaux, comme pour un voyage au long cours. Claire prétendit même l'avoir entendue chantonner. Quitter cette ville, ne fût-ce qu'une journée !

Deux carrioles « empruntées » à McPherson s'élancèrent le surlendemain sur la piste de la mission Dolores. Jules ouvrait la marche, le buste droit, avec Artémise à ses côtés, et Joe Californie encore endormi dans ses bras. Raousset et Marie, à l'arrière, avaient la responsabilité des provisions et du landau, lesté pour l'heure de lourdes bouteilles offertes par Maguire, pas fâché de se libérer quelques heures de son encombrant génie. Nicolas suivait, pas plus rassuré que cela, avec le reste de la famille. Certes, il avait tenu les rênes, jadis, en Normandie, quand il aidait son oncle Paul à rentrer les foins, mais Hercule, leur percheron, se dirigeait tout seul, dans un demi-sommeil – rien à voir avec la jument efflanquée, devant lui, qui tirait sur son mors. Qu'importe ! Ils étaient en vacances, libres comme l'air. Une fraîcheur d'automne nimbait de fine rosée les buissons rêches au flanc de la colline, le ciel, encore gris, paraissait plus vaste que d'habitude. Des madriers s'entassaient sur les bas-côtés, au pied des baraques. Dans quelques jours commenceraient les travaux qui allaient faire de cette piste sablonneuse, trouée de fondrières, une véritable route – quelques jours, quelques mois ou quelques années, selon que le promoteur de l'opération, le colonel Wilson, parviendrait ou non à réconcilier le maire et son conseil. Pour l'heure, les roues s'enfonçaient en gémissant dans le sable mou, les chevaux ahanaient. Il fallut descendre de voiture pour soulager les bêtes. Claire s'amusait des mines de Nicolas. Encore heureux qu'il n'ait pas à pousser à la roue !

Les cabanes bientôt se firent plus rares, le sol plus ferme, et ils reprirent place. La piste sinuait entre des collines grisâtres, hérissées d'arbres maigres. La terre craquelée autour des mares fétides achevait de donner au paysage un air de désolation. Il n'y avait pas trois ans, des Indiens chassaient encore le buffle et le daim dans les vallons. Bientôt la ville arriverait ici, elle déferlait déjà, comme une mer mauvaise, des piquets au flanc des collines et dans la vallée découpaient l'étendue en lots d'un tiers ou d'un demi-hectare – les spéculateurs ne perdaient pas de temps. Aux épaves échouées dans la vase du port répondaient les arbres mutilés, le sol crevé, raviné. Comme si la ville ne portait que mort et destruction, partout autour d'elle.

Une brusque exclamation de Claire arracha Nicolas à ses

songes. La mission Dolores se découvrait à eux, au détour du chemin. Jules tira sur ses rênes, et il en fit autant. Ce n'était pas une simple église, comme ils l'imaginaient, ou même un monastère, c'était à elle seule une bourgade. Des grappes de maisons basses se serraient frileusement autour des murs massifs. Une lumière rase et fraîche éclairait l'ocre des murs d'*adobe*, le rouge vif des tuiles, illuminait les prairies d'un ruissellement de perles. Des arbres penchaient leurs lourds branchages sur les murets des jardins. Toute la vallée était verte encore, parsemée de plaques rousses. Des ruisseaux serpentaient entre les champs, du bétail paissait, tranquille, dans les prairies, et devant les bâtiments longs et bas des silhouettes minuscules s'agitaient. Les portes d'un autre monde, les portes d'une autre histoire, songea-t-il – et voilà qu'à l'instant de les franchir ils s'arrêtaient, intimidés... Soixante-quinze ans auparavant, des hommes étaient venus, avec en eux des rêves immenses, et ils avaient bâti ce lieu, près d'un lac aux eaux claires, face à l'Océan vide. La plus belle des vallées, assurément, d'où des ruisseaux serpentaient vers la baie. Et comme ils ne disposaient d'aucun instrument de musique, ni orgue ni trompette, leur avait raconté Colton, un soir ils avaient célébré la création de la mission, le 9 novembre, par un feu roulant de mousquets – et leur fumée, s'était écrié ce jour-là le lieutenant Manuel de Ayala, valait bien celle de l'encens ! Ils avaient bâti, défriché, ensemencé – des hommes durs et brutaux, assurément, mais ils avaient bâti un monde, rassemblé les Indiens. Jusqu'à ce que déferlent les chercheurs d'or, dévastant tout sur leur passage...

Ils avancèrent au pas lent de leurs chevaux, en retenant leur souffle. Quelque chose n'allait pas. Les champs semblaient à l'abandon, qu'envahissaient les ronces et les mauvaises herbes. Le bétail maigre s'écartait à leur approche – la mission elle-même paraissait vieillir un peu plus à chaque tour de roue. Mon Dieu ! Elle est en ruine, souffla le docteur. Les murs lézardés s'effondraient çà et là, des tuiles manquaient, qui laissaient voir la charpente – quelques troncs de *redwoods* à peine dégrossis, liés par des lanières de cuir –, les petites maisons paraissaient à l'abandon, et là où ils attendaient des rires, l'agitation d'enfants, ils ne trouvaient que le silence...

Jules, plus impressionné sans doute qu'il ne le laissait voir, allait passer au large, mais Mme Germain insista : au moins, qu'ils visitent la chapelle ! Les piliers de la façade s'effondraient, des lézardes couraient sur le fronton, ils durent enjamber des broussailles pour gagner le porche. Où étaient passés ceux qui vaquaient tout à l'heure sur la place ? La porte s'ouvrit dans un long grincement. L'église, aux murs chaulés, était sombre et nue, que dominait un Christ aux bras immenses. Le grand confessionnal, noir, massif, béait comme une menace. Les quelques statues sur le côté, le retable derrière l'autel disaient tous le sang et les larmes. Nulle gaieté, jamais, n'avait donc illuminé ces murs ? Seul le plafond, très haut, gardait quelques traces de peinture, des scènes naïves d'adoration aux couleurs crues, tracées probablement par les Indiens. Nicolas se retourna, tressaillit : une tombe lui faisait face, dans la pénombre, et il lut sur la pierre le nom du lieutenant José Maraga qui, bravant récifs et océans avec le père Francisco Palou, avait conduit ici les premiers pionniers. Il sortit, pensif. Des foules s'étaient pressées en ce lieu, la tête baissée devant le nouveau dieu – ou devant le mystère qu'étaient ces arrivants. Ce n'était pas l'or, non, ce n'était pas la puissance ou la gloire : qu'était-ce donc qui les avait précipités ainsi, moines et guerriers, dans l'inconnu immense – quelle force, ou quelle foi ? Le silence de la pièce pesait comme un linceul.

Un cimetière jouxtait la chapelle, à l'ombre des grands arbres. Les herbes folles couraient entre les tombes disjointes, des croix, çà et là, menaçaient de tomber, mais le calme du lieu, la douceur de la lumière, après l'austérité hautaine de l'église, avaient quelque chose de reposant, et de presque joyeux. Ils reconnurent la tombe de Luis Argüello, le premier gouverneur de Californie, et de Francisco de Haro, le premier *alcalde* de Yerba Buena, parmi tant d'autres qu'ils ne connaissaient pas, mais dont ils murmuraient les noms, comme une invocation. Ici reposait l'histoire d'une Californie qui aurait pu être – et qu'ils avaient détruite...

En sortant, ils se heurtèrent à Jules de France, en grande conversation avec un inconnu aux joues creuses, à la robe élimée. Le vicaire Arnaud, le présenta-t-il, du diocèse de Paris, détaché aux Missions étrangères. Son collègue mexicain était absent pour la journée, parti à Santa Clara. Oui, ils vivaient seuls, désormais, dans la mission. Et leurs fidèles n'étaient plus guère que quelques dizaines, au village ou dans les environs. Indiens ou sang-mêlé, pour la plupart.

« Les Mexicains ? Ils sont presque tous partis sur les placers, ou en ville, depuis longtemps. Quant aux Indiens... Ils se sont cachés, à votre approche. »

Le prêtre eut un geste découragé.

« Ils s'en vont à leur tour. Les uns après les autres. Bientôt... »

Il hésitait, butait sur les mots. Cela faisait tant d'années !

« Trois fois l'an, les Indiens costonoans, miwoks, wintuns et yokuts se rassemblaient ici. Ah ! si vous aviez vu ça ! Toutes ces couleurs, ces tentes, la musique... Ils apportaient leurs vivres, leur bétail. »

Il montra les deux énormes chaudrons, à l'arrière de l'église, où l'on cuisait pour eux des bœufs entiers.

« La fête durait une semaine. Pendant que l'on baptisait les enfants, que l'on célébrait les mariages. Ah oui, si vous aviez vu ça... »

Il s'ébroua. Perdu ? Non, tout n'était pas perdu. Ils étaient en procès avec le gouvernement américain, et ils finiraient bien par récupérer leurs terres, la ruée ne durerait qu'un temps, les jardins refleuriraient – avait-il seulement conscience, tandis qu'il les entraînait vers la sacristie, qu'une fois la route améliorée, dans un an, deux au plus, la ville arriverait jusqu'ici, et qu'il ne serait plus, alors, qu'un souvenir ?

Dans la pièce aux fenêtres étroites, de lourds volumes couvraient les quatre murs : la mémoire de la mission, les premiers livres pieux apportés par les pères et, en grossiers parchemins reliés en peau de mouton, les livres de comptes : mariages, naissances, décès, la production de blé, de pois, de pommes de terre. Il caressait les pages rugueuses, les lourds fermoirs en peau de daim.

« Voyez, en 35, deux cent trente-trois *fanegas* de blé, soixante-dix de maïs, quarante de haricots ! Perdu ? Non, non, rien n'est perdu... »

Un autre tombeau, songea Nicolas. La pièce était froide, le père Arnaud disparaissait à demi dans la pénombre, fantôme déjà parmi ses fantômes. Ils s'éclipsèrent sur la pointe des pieds. Et ils entendaient derrière eux sa voix, son rire grinçant.

« Perdu ? Ah ! ils verront, un jour... »

À hauteur de la grosse cloche de bronze qui marquait le début du Camino Reale, la piste qui reliait entre elles les missions de Californie, Nicolas croisa le regard de deux enfants indiens, cachés derrière une haie. Il sursauta, faillit revenir vers eux. Mais il n'y avait rien, dans ces yeux profonds et sombres. Ni joie ni curiosité. Ni crainte ni élan. Ces regards étaient vides. Ils n'étaient pas du même monde.

Ils contournèrent les collines en silence, par la vieille route de San José, puis obliquèrent vers l'Océan en longeant les flancs du « mont » Davidson. Le soleil, déjà haut, leur cuisait la nuque, une fine poussière se levait sous les roues des carrioles, avait-on jamais vu hiver si sec ? Des pancartes branlantes annonçaient la direction d'improbables ranchs : Rancho San Miguel, Rincón de las Salinas, Canada de Guadalupe, mais que pouvait-on bien élever dans pareille solitude ? Les Pères avaient su choisir le meilleur emplacement, la seule vallée fertile : ce n'était alentour que terres maigres, flancs pelés, collines sablonneuses. Puis une rumeur lointaine leur fit lever la tête, alors qu'ils peinaient, à mi-pente d'une butte, un grondement de fin du monde qui se rapprochait, enflait en avalanche. Quelques tours de roue, encore, et la clameur les enveloppa, triomphale, le ciel s'ouvrit d'un coup : le Pacifique ! Et ce fut comme si l'ombre qui pesait sur eux depuis la mission se dissipait, avec les derniers bancs de brume que déchiraient au loin les rayons du soleil. Jules, revigoré, fit claquer son fouet, les chevaux se mirent au trot et chacun, retrouvant la parole, se surprit à chanter. Le souffle de l'Océan passait sur eux, énorme, des voiles montaient à l'horizon, qui tout à l'heure franchiraient la Porte d'Or, sur des milles et des milles couraient des plages de sable fin où moutonnaient les longs rouleaux turquoise du Pacifique. Loin, vers le nord, on devinait les falaises sombres de Point Lobos, les arêtes noires des Seals Rocks plantées droit dans la mer. Les mouettes très haut tournoyaient dans le ciel.

Ils pressèrent l'allure, sans un regard pour les buissons griffus qui s'épuisaient aux flancs des dunes grises, les arbustes aux branches tordues par le sel et le vent. Claire et Marie riaient aux cahots qui menaçaient de les verser par-dessus bord, Jules donnait de la voix et du fouet, et c'est au galop qu'ils débouchèrent sur la plage, en piquant droit vers le large. Claire, avant tout autre projet, voulait se tremper les pieds. Ce fut à qui serait rendu le premier, dans une bousculade d'écoliers en vacances. Même Mme Germain, ses bas ôtés, se risqua, rosissante, aux bras de son mari. Claire courait dans les vagues, les jupes relevées au-dessus du genou, indifférente aux embruns qui la mouillaient jusqu'à la taille. Ils étaient seuls et libres, dans l'espace grand ouvert, l'air plus vif dilatait leurs poumons, le grondement de la mer passait sur eux, les emplissait d'une sauvage exultation. Jules, resté près d'Artémise, émit l'idée qu'une petite collation, peut-être... Les filles se récrièrent. C'était trop tôt, encore ! Pourquoi ne pas chercher une crique où pêcher, faire un feu ? Ils regardèrent autour d'eux. Des ruisselets d'eau douce découpaient dans le sable des îles de lumière qu'arpentaient à pas pressés des bandes d'oiseaux pillards. Les vagues lourdes et lentes se déchiraient, vers le sud, en fin brouillard d'écume. Ne valait-il pas mieux se risquer derrière les collines sombres qu'on devinait, au loin ? S'ils voulaient atteindre le ranch Martinolles, ils couperaient bien quelque part la piste de San Mateo...

Ils remontèrent en hâte dans les carrioles, s'élancèrent sur la plage. Comme tout, autour d'eux, était plus vaste, plus fort ! Le monde, en ces instants, leur appartenait. Oui, tout était plus vaste : bientôt, il leur sembla que les collines s'éloignaient d'eux à chaque tour de roue. Ils revinrent sur la piste. Le petit Joe, réveillé, commençait à crier famine. Jules protesta : ils n'avaient pas fait des kilomètres de plage pour renoncer, d'ailleurs les collines étaient à deux pas ! Mais derrière chaque colline il y avait d'autres collines, la pente se faisait de plus en plus raide, les chevaux renâclaient, et ils allaient renoncer quand l'Océan, de nouveau, apparut devant eux. Entre des falaises pourpres tombant à pic dans l'eau s'offrait une crique de sable roux. Un ruisseau serpentait entre des bosquets encore verts. Deux *vaqueros*, le lasso à la main, galopaient sur la plage derrière un taurillon aux cornes effilées, multipliaient les voltes avec des grâces de danseurs, dans des gerbes d'écume – jusqu'à ce que l'un d'eux, d'un mouvement preste, passe le lasso autour des cornes. L'animal, furieux, tête baissée, se retourna contre le cavalier d'une torsion formidable de tout le corps, mais déjà l'autre homme, se glissant derrière lui, le laçait à son tour et brisait son élan. Le ballet des chevaux cabrés jusque dans l'eau, les secousses furieuses du taureau, dans le tonnerre des vagues battant les roches sombres : la scène était d'une beauté à couper le souffle, et ils restèrent saisis, tremblant d'effroi sacré à l'entrée de la piste. Quelques secondes, une minute au plus, et le taureau, vaincu, se laissa entraîner, les deux *vaqueros* disparurent avec lui dans les profondeurs de la vallée. Un moment d'éternité – et la révélation d'une autre Californie, qu'ils ne connaissaient pas...

« Si ça ne ressemble pas à la vraie vie... » Jules, allongé sur la plage, tirait sur son cigare, Joe Californie, hilare, lançait du sable à poignée. Artémise, tout à l'heure, avait ri, à la surprise générale, avant de retomber dans son rêve intérieur – mais il n'empêche, elle avait ri, d'un rire clair, joyeux, et Jules, ému, l'avait serrée dans ses bras. Le soleil brillait haut dans le ciel, la lumière avait des douceurs incroyables, et dans les anfractuosités discrètes de la falaise la mer étale chuchotait doucement. Les goélands somnolaient sur les rochers, assommés par les reliefs du festin qu'ils s'étaient disputés à coups d'ailes et de becs. On aurait dit que la création elle-même retenait son souffle – et comme la ville paraissait loin, en ces instants !

N'étaient-ils pas entrés par privilège dans quelque paradis ? s'émerveillait Mme Germain. Ils s'y étaient aventurés sur la pointe des pieds, comme s'ils craignaient, par trop de bruit, d'en rompre le charme fragile. Le schiste sombre des mares s'ourlait de roses de mer, de corallines mauves, de moules énormes, brillantes, la mer retirée découvrait des jardins d'algues vertes, d'éponges ocres, de gorgones rouge et or, des laminaires dansaient dans les ondoiements de la houle, et sur les récifs, non loin, des phoques roux, bonasses, soufflaient dans leur barbe en broussaille. Des otaries se réchauffaient sur les roches lisses, et en s'avançant ils avaient vu, dans une *ría* paisible, à l'écart, une loutre qui glissait entre les lames de goémons, très occupée à briser la coquille d'un ormeau posé sur son ventre. Jules avait dételé les chevaux, tandis que Marie et son père ramassaient du bois sec. Claire sautait de rocher en rocher, Nicolas en trois bonds l'avait rejointe et ils avaient joué à se poursuivre en brandissant des fouets d'algues jusqu'à ce que Claire, essoufflée et un peu étourdie, s'allonge sur un grand rocher plat. Il s'était étendu près d'elle, les yeux fermés, et la respiration de la mer les avait enveloppés...

« C'est comme si le monde venait de naître... », avait murmuré Claire et, sans réfléchir, il lui avait pris la main.

La voix tonnante du Génie du Boulevard les avait arrachés à leur rêverie. Une odeur de viande grillée montait dans l'air vif.

Les victuailles, étalées sur les nappes de Mme Germain, prenaient des allures de festin. Jules avait déballé un énorme jambon, avec des airs si entendus qu'on l'avait deviné « emprunté » lui aussi, le docteur avait débouché les bouteilles, et Mme Germain jouait les maîtresses de maison, sortait prestement les pommes de terre enfouies dans la cendre, distribuait les côtelettes juteuses et odorantes. Et chacun avait poussé des cris d'étonnement quand le vicomte leur avait fait goûter, grillés sur les braises après avoir été battus entre deux galets, quelques ormeaux tout juste pêchés dans le repaire de la loutre. Avait-on jamais dégusté chair plus divine ?

Marie et le comte s'étaient éloignés et marchaient au bord de l'eau, apparemment en grande conversation. Claire entraîna Nicolas vers leur rocher, où ils s'assirent, s'amusant du spectacle des phoques nonchalants. Une vie primitive s'agitait autour d'eux dans les mares, sous les goémons. Oui, ils étaient bien à la naissance du monde...

« On pourrait s'imaginer une vie, ici, tu ne trouves pas ? chuchota-t-elle après un long silence. L'or, ça ne durera qu'un temps. Mais ça ! »

Et elle embrassa la scène d'un geste du bras.

« Jusqu'ici je m'étais dit... Enfin, il fallait tenir, n'est-ce pas ? Ne pas penser au lendemain. Et... oui... oublier le passé. Juste tenir. Mais devant ça... »

Elle rit, incrédule.

« Dire que je ne m'étais jamais demandé à quoi ça pouvait ressembler, la Californie ! »

Un clipper glissait au large, ses ailes déployées, tel un albatros – combien à son bord fixaient la côte, en cet instant, la gorge serrée ? Des montagnes mauves et grises, sur des milles et des milles, il s'en souvenait comme si c'était hier, les vagues immobiles d'un océan de pierre, dressé contre le ciel. Et puis, agrippé au bastingage de la *Susan Drew*, il avait pu distinguer les longues coulées de sapins noirs, et d'autres arbres, encore, si grands qu'on aurait dit des cathédrales – ou des vigies. La côte était réapparue dans l'après-midi, après un bord au large, plus basse, toute en dunes grises, en collines hérissées de chênes verts, en plages de sable encaissées entre des falaises pourpres, avec, de loin en loin, quelques taches plus claires, minuscules – probablement des fermes. Une dernière risée avait couché le navire, une étendue sablonneuse était passée devant eux à toute vitesse, dans un bouillonnement d'écume, des prairies où paissaient quelques vaches agrippées à mi-pente, et les hommes d'équipage avaient applaudi : « Le Presidio ! le Presidio ! », en désignant sur la droite un grand carré d'habitations toutes blanches au milieu d'une prairie où vaquaient des mulets et des chevaux en liberté ; un peu plus haut, le Télégraphe agitait ses bras noir et blanc au-dessus de quelques maisonnettes en bois et d'un groupe de tentes – ils étaient déjà dans le goulet : là, devant lui, s'ouvrait la Porte d'Or...

Il prit conscience que Claire le fixait, intriguée par son silence, et il s'excusa d'un sourire, en montrant le clipper :

« Je pensais... Tu te rends compte ? La première fois qu'une voile est montée, ainsi, à l'horizon... C'était – oui, il y a bien deux cents ans. À notre place, ici, il y avait peut-être un jeune Indien, qui rêvassait en regardant au loin. Qu'a-t-il pu ressentir, alors ? De la peur – ou de la nostalgie ? »

Et disant cela il se souvenait des regards sans fond des jeunes Indiens de la mission, croisés le matin même...

« Tu vas partir, n'est-ce pas ? »

Il y avait une telle douleur dans sa voix qu'il ne sut que répondre. Partir ? Le vent, léger, jouait dans ses cheveux, lui cachait son visage, mais il vit que ses lèvres tremblaient. Claire, si exactement accordée aux choses, au monde autour d'elle. Elle avait raison, bien sûr : la vraie vie était ici. Et il en eut le cœur déchiré.

Un appel de Marie leur fit lever les yeux. La marée ! Il se laissa glisser au bas du rocher en grimaçant. L'eau lui montait déjà jusqu'à mi-cuisse et Claire, simplement, passa ses bras autour de son cou. Il la souleva en vacillant un peu. Ses cheveux jouaient contre sa joue, sa tête reposait au creux de son épaule – comment, avec ses genoux qui s'entrechoquaient, sa vue qui se brouillait, ne s'étala-t-il pas de tout son long ? Mystère. Il était depuis un moment déjà au sec, serrant toujours Claire contre lui, et elle ne disait rien, mais respirait plus fort, quand un « Hum ! Hum ! » ironique du comte, derrière lui, le fit sursauter. Il la reposa sur le sol, rouge de confusion. Jules attelait les chevaux, le docteur s'inquiétait, il fallait repartir au plus vite, si l'on voulait passer par le ranch Martinolles, Marie et sa mère pliaient les nappes, serraient les paniers ; tout à la fièvre du départ personne ne leur prêtait trop attention : Claire, avant de toucher terre, très doucement, l'embrassa sur la joue.

Le ranch se dressait au centre d'un vallon, derrière un bosquet d'arbres. Des bœufs paissaient dans les prairies, un troupeau somnolait à l'ombre déjà bien allongée d'une haie de peupliers, tout paraissait immobile. Un moutonnement de collines basses se perdait dans des lointains bleuâtres.

Ils pressèrent l'allure. Ce voyage les avait éreintés. « Tout près », leur avait dit un *vaquero* croisé au sortir de la plage, dans un mauvais anglais. « Une heure, au plus ». Une heure – oui, peut-être, mais pour un cavalier lancé à fond de train... Ce n'avait été, d'abord, qu'une succession de collines sombres, sauvages, de brusques raidillons, de descentes abruptes, dans un enchevêtrement de chênes verts, de *manzanitas*, d'arbres griffus qu'ils ne connaissaient pas, et ils s'étonnaient de découvrir tout à coup une clairière, des prairies d'herbe grasse que broutaient des taureaux aux jambes grêles, aux cornes aiguës, qui les défiaient en soufflant. Des cailles, des lièvres s'égayaient sous les pas des chevaux. Un cerf, presque de la taille d'un cheval – un élan, avait corrigé Raousset –, s'était campé devant eux, en travers de la piste, avant de se mettre à couvert en trois bonds. Puis les collines s'étaient peu à peu effacées, des maisons étaient apparues çà et là, des cabanes aux volets disjoints, aux portes sorties de leurs gonds. Dans la poussière d'une ruelle souillée de crottin, à l'entrée d'un village, des porcs somnolaient aux pieds d'enfants à demi nus, quelques poulets se disputaient les entrailles d'un chien crevé. San Mateo ? *Si, si*, tout près, répétaient les Mexicains interrogés, avec de grands sourires, mais leurs regards restaient insondables. Puis s'étaient succédé des étendues mornes, sans arbre, sans eau, qui se perdaient à l'horizon dans un brouillard vague – une plaine sans limite, où que se portât le regard, angoissante à force d'immensité. De loin en loin, on devinait des troupeaux maigres, des ranchs isolés, qu'annonçaient des pancartes branlantes, mais aucun n'était le ranch Martinolles. Les conversations peu à peu s'étaient tues, le docteur s'inquiétait : jamais ils ne seraient rentrés avant la nuit ! Que pouvaient-ils faire d'autre, sinon poursuivre, jusqu'à croiser le Camino Reale qui les ramènerait en ville ? D'ailleurs, des collines s'avançaient vers eux, au loin, cette coulée verte, là-bas, n'annonçait-elle pas une rivière ? Et c'est alors que le panneau tant espéré était apparu, à l'entrée d'un chemin caillouteux...

Les chevaux s'étaient mis au trot, comme pressés d'en finir. Claire et Marie retrouvèrent leur gaieté, tous parlaient en même temps – jusqu'à Joe Californie, affamé, qui mêlait ses clameurs à celles de l'équipage...

Seul Nicolas restait silencieux. À peine avait-il conscience du paysage alentour. Claire avait déclenché une tempête en lui, qui le laissait désemparé, le cœur en déroute. Le savait-elle, seulement ? Elle paraissait si calme ! Mais à chaque cahot il sentait sa hanche contre sa hanche, qui ne se dérobait pas. Il aurait voulu se lever, crier, la prendre sans ses bras. D'où venait alors, dans ce tumulte, qu'il se sentît vacillant au bord d'un gouffre noir ?

9

« Six ans ! Il m'a fallu six ans, et... Ah ! si j'étais plus jeune ! »

Il eut un geste du bras, comme s'il allait poursuivre, puis s'abîma dans la contemplation de son *pajillo*. Les chiens, à ses pieds, achevaient de ronger les restes du repas. Les flammes, par à-coups, soulignaient ses traits creusés, ses mains calleuses. Le soleil, le vent, l'avaient tanné jusqu'à ne plus laisser que les muscles et les nerfs, mais Sophrone Martinolles, les yeux vifs, le visage aigu, paraissait encore, malgré sa petite taille, un bloc d'énergie.

Un Indien jeta une brassée de bois dans le feu, et les flammes un instant éclairèrent toute la cour : Sophrone, les yeux mi-clos, comme s'il écoutait les ténèbres alentour, Antonia près de lui, leur petit groupe serré sous la véranda et, derrière eux, immobiles, les yeux profonds et vagues, les deux couples d'Indiens. Les *vaqueros* s'étaient retirés dès le repas fini et une voix montait des communs, qu'accompagnaient des accords de guitare. Après les *dulces* et le verre d'eau traditionnel, Antonia avait fait passer les liqueurs et le *refino*, une femme indienne avait apporté châles et couvertures, et ils étaient restés là, pensifs, devant le mur de flammes, tandis que les ténèbres, doucement, les enveloppaient. Claire avait passé son bras sous le sien, et il n'avait pas tressailli. Lorsqu'elle s'était assise près de lui, au repas, il avait surpris le regard amusé du comte posé sur eux, et il s'était senti vaguement honteux – mais, en cet instant, blottis dans le creux de la nuit, tandis que le souffle du monde passait sur eux, la chose lui paraissait simple et belle. Des odeurs venaient par bouffées, senteurs de foin ou de fleurs qu'il aurait été bien en peine de nommer, senteurs fraîches de la rivière, senteurs aigres et douceâtres venues de l'arrière de la maison – odeur de sang séché, de viande abattue. Deux coyotes jacassaient dans les fourrés, des colombes glissaient au-dessus d'eux dans un lourd froissement d'ailes. N'était-il pas, en cet instant, comme dans la main du Créateur ? Une chouette ulula au loin, et la nuit, tout à coup, parut plus vaste encore.

« Ça en valait la peine, vous ne croyez pas ? »

Depuis quand, songea-t-il, n'avait-il pas connu semblable nuit ? Celles de son voyage avaient été fatigue, angoisse, odeurs de corps confinés, celles de San Francisco n'étaient que flammes, tourbillons furieux... Oui, c'était Sophrone, assurément, qui avait fait le bon choix.

« Mais quel travail ! Quand nous sommes arrivés... Il y avait juste une cabane effondrée, et la vallée était en friche. Six ans ! Mais je ne regrette rien. Sauf... mais, bah ! »

Sa voix lui parvenait comme étouffée par la pénombre, et personne, autour de lui, ne disait mot. Les peupliers et les sycomores bruissaient au souffle de la nuit, les étoiles s'éveillaient une à une. Il vit qu'Antonia avait pris la main de son mari. Combien de souvenirs communs égrenaient-ils ainsi, en silence ? Il les envia, tout à coup. Ce ranch, c'était tout de même autre chose que les tripots de Portsmouth Square...

Le temps à peine d'une limonade, à leur descente de voiture, et Sophrone les avait entraînés dans un tour de la propriété, pendant qu'Antonia, son épouse mexicaine, faisait aux dames l'honneur de sa maison. Sur les circonstances qui les avaient conduits là, il restait quelque peu mystérieux – tout au plus avait-il laissé échapper qu'il était bisontin, et qu'il avait choisi la Californie après une expérience malheureuse à La Nouvelle-Orléans – mais il devenait intarissable sur l'histoire de son ranch. Il avançait à pas pressés, le corps jeté en avant, s'arrêtait brusquement, les poings sur les hanches, balayait l'étendue du regard, ce troupeau de chevaux bais, derrière les peupliers, il faudrait songer à les rentrer, le taureau, là-bas, avait l'air de boiter, puis il repartait, tête baissée, comme s'il poursuivait quelque monologue intérieur. Claire, laissant sa mère et Marie, les avait accompagnés et, les sourcils froncés, l'accablait de questions naïves et pratiques. Le comte, amusé, s'était joint à la conversation, par des propos avertis qui avaient surpris Nicolas. Un comte ! Que pouvait-il savoir de l'agriculture ? Sophrone parlait d'abondance, ravi d'avoir trouvé un auditoire. Une friche, oui, à son arrivée. Et il lui avait fallu essayer de comprendre les Indiens, se concilier ses voisins *rancheros...* Çà ! il avait tout connu. La Californie mexicaine, l'autonomie arrachée par les *Californios*, l'irruption des Américains, leur prise du pouvoir, la ruée sur les placers. Sans parler des voleurs de bétail. Dans les ranchs alentour les hommes parlaient fort, menaçaient à tout bout de champ de prendre les armes pour tel ou tel parti – eux ne s'étaient jamais occupés que de leur terre. Défricher, ensemencer, construire une pièce de plus, sélectionner des graines. « À chaque jour suffit sa peine ! » Poète à sa façon, quand il évoquait les joies de la vie sauvage ou leur faisait écouter le gloussement des cailles dans les sauges de la rivière, la fuite sous les couverts d'un chat sauvage, il était de cette sorte d'homme, s'était dit Nicolas, qui ne voyait d'abord d'un bois de chênes que les stères qu'il en pouvait espérer, d'une étendue d'herbe que le nombre de têtes qu'elle pouvait nourrir. Et c'était cela qui lui donnait cette force.

Du sommet d'une butte, il leur avait fait découvrir la vallée voisine, à l'abandon, que traversait un autre bras de la rivière.

« Vous vous rendez compte, les deux vallées réunies ? Mais comment faire, tout seul ? Si nous avions eu un enfant, bien sûr... »

Il avait soupiré, puis rebroussé chemin, la tête basse – mais sa verve lui était déjà revenue quand, à hauteur du ranch, derrière une haie de sycomores, il les avait fait pénétrer dans son royaume, sa fierté : un immense potager où poussaient choux, carottes, navets, et qui se prolongeait en verger sur les deux rives. Il avait pris un peu de terre entre ses mains, l'avait longuement humée, les yeux mi-clos.

« La terre ! Ce sera la fortune de la Californie, vous savez ? Le jardin d'Éden. J'ai pas mal roulé ma bosse, Los Angeles, Monterey, la vallée de Salinas. Désert ou jardin ? C'est l'eau qui fait la différence. Et l'eau, ici, nous l'avons ! »

Et il leur dit sa vision d'une Californie transformée en jardins débordant de légumes, en vergers de pommiers, de pêchers, de poiriers courant jusqu'à l'horizon... Il pétrissait la terre, l'égrenait entre ses doigts.

« La terre ! Si seulement j'avais... oui, un associé. »

Les *Californios* ? Il avait haussé les épaules. Non, ceux-là ne savaient pas ce que c'était, la terre...

« Vivre à la belle étoile, galoper de camps en camps, chasser le daim ou le buffle, ça oui ! Mais labourer, semer... Il n'y a que les Indiens, pour ça. Et encore ! Non ! il me faudrait un associé. Français. »

Il avait soupiré de nouveau.

« Vous imaginez ? Avec une ville comme San Francisco, à quelques heures – qui fait venir ses légumes de Hawaii !

– Et il faudrait quelle mise pour être votre associé ? »

Ils avaient tous sursauté. Raousset s'imaginait-il sérieusement un avenir de fermier ?

« Oh... mille, quinze cents dollars. Pour les terres, le bétail en plus, l'installation. Et puis, surtout, du cœur à l'ouvrage.

– Et s'il n'y connaît rien ? avait alors demandé Claire en prenant le bras de Nicolas. Parce que je n'en vois pas beaucoup, de paysans, parmi ceux qui arrivent...

– Bah ! J'ai bien dû tout apprendre, moi ! Et puis, je suis là... »

Le regard de Sophrone, intrigué, s'était porté sur Nicolas, qui s'était bien gardé de répondre. Mais Raousset l'avait pris à l'écart, comme ils revenaient vers le ranch.

« Vous savez que ce serait peut-être le meilleur choix, mon garçon ?

– Vous voulez dire... pour vous ? »

Le comte avait eu un petit rire pâle, sans joie.

« Oh ! moi, c'est différent. On ne se refait pas, quoi qu'on dise. Non, je suis plutôt comme ces *vaqueros*, moi. La chasse, et les chevaux ! »

Il s'était ébroué, comme pour chasser une brusque mélancolie, et s'était éloigné en fredonnant d'un air moqueur son refrain favori, dont il lui avait donné un jour les paroles, de sa composition.

Mon cœur en désespéré
court la prétentaine
Qui peut savoir si j'irai
Jusqu'à la trentaine ?
Mais que l'avenir soit gai
ou qu'on me fusille,
Baisez-moi Camille, ô gué !
Baisez-moi Camille !...

Antonia, en grande conversation dans la cour, suppléait par des gestes les incertitudes de son curieux français, appris à La Nouvelle-Orléans, et elle riait, heureuse d'avoir enfin de la visite. Poulets, canards, dindons allaient et venaient autour d'elle, entraient dans la maison, poursuivaient sans conviction les cailles qui leur disputaient le grain, des cochons s'étalaient, somnolents, sur le pas des portes – ce ranch avait tout d'une arche de Noé. Jules, qui ne goûtait pas plus la marche à pied que les vertus du labourage, s'était inquiété de la santé du petit Joe et, comme Sophrone voulait leur faire visiter ses bâtiments, le docteur avait marqué son impatience : la clinique ne pouvait être abandonnée plus longtemps. Rentrer ce soir ? s'était écrié Sophrone, mais ils n'y pensaient pas ! San Francisco était à quatre bonnes heures, sinon cinq. Et c'était folie de voyager de nuit dans ces contrées, qui plus est sans armes. N'avaient-ils pas entendu parler de Tiburcio Mendoza et de sa bande ? Sans compter les voleurs de bétail, qui opéraient la nuit, et les voyous qui s'aventuraient de plus en plus loin de la ville, en quête de mauvais coups. Non, ils laisseraient leur chambre aux femmes et au bébé. Et quelques lits de sangles, dans les communs, feraient l'affaire des hommes. Un regard de Mme Germain avait suffi pour que le docteur cède, comme toujours, en soupirant, et Antonia, chassant à coups de torchon poulets et dindons, avait appelé à son aide les Indiennes pour préparer un dîner de rois...

« ... Comme la crue d'un fleuve, croyez-moi ! »

Nicolas sursauta. Curieusement, Sophrone évoquait sans amertume la ruée vers l'or, et paraissait même lui trouver des vertus.

« D'abord, on se lamente. Et puis les survivants remercient le Seigneur, quand elle se retire en laissant derrière elle le limon. Qui a vu le Mississippi... »

Elle ne durerait qu'un temps, répétait-il. Ses excès, ses folies ? Il fallait les comprendre comme ces « catastrophes naturelles », qui ne sont jamais que les voies par lesquelles la Création se manifeste. Car un monde allait naître, de ce tumulte, c'était sûr et certain. Plus intense, plus riche. Pour ceux qui survivraient...

« Reste à savoir qui sera emporté par la crue... »

Jules, jusque-là silencieux, se récria : en tous les cas, lui, Sophrone, avait fait le choix de l'avenir !

« L'avenir ? Ah ! ne vous faites pas fermier si vous êtes sans enfant ! »

Il y avait une telle douleur dans sa voix que tous levèrent les yeux. Les épaules voûtées, il paraissait en cet instant ce qu'il était : un vieil homme. L'avenir ? Il n'était pas pour lui. Être fermier, comprit tout à coup Nicolas, et il en eut le cœur serré pour eux, c'était s'inscrire dans le cycle des saisons et des générations, planter, semer pour ceux qui prendraient la suite, et donneraient un sens à ce labeur sans fin...

Antonia eut un rire découragé.

« Un associé... Si seulement il trouvait un associé ! »

Et il lui sembla qu'en cet instant le vieil homme les cherchait du regard, Claire et lui...

Quand il se réveilla, il était seul. Des bruits affairés arrivaient du dehors, quelqu'un devait marteler du métal dans une forge – ces grognements irrités, à la porte, un cochon qui réclamait d'entrer ? L'odeur du lard grillé l'arracha du lit. Il retrouva le comte près d'un corral où deux hommes, des *chaparreras* de cuir passés sur leurs *calzones*, s'efforçaient de maîtriser un jeune *bronco*. L'animal, un alezan brûlé à balzanes blanches, dressé sur ses jambes arrière, crinière au vent, était superbe d'orgueil outragé. « Attention : celui-là ne se laissera pas faire ! siffla le comte entre ses dents, *il boit dans le blanc...* » – et il lui expliqua qu'à cette robe singulière on s'accordait généralement à accoler un caractère rebelle. L'air était clair et vif, des écharpes de brume s'effilochaient au-dessus de la rivière, dans les replis lavande de la vallée, les prairies brillaient de perles de rosée. Un lasso siffla, puis un deuxième, qui rejetèrent le cheval en arrière, dans une torsion de tout le corps. Il eut un cri rauque, de surprise et de colère, lança vers le ciel des ruades furieuses – en vain. Il finit par s'immobiliser, naseaux fumants, à demi étranglé par les lassos croisés.

« J'ai vendu le chaland, savez-vous ? »

Nicolas sursauta. Le comte mordillait un brin d'herbe, l'air absent.

« Oh ! Rassurez-vous. Mon acheteur gardera nos mousquetaires. S'ils ne partent pas dans les mines, un de ces matins. De toute façon, c'était sans avenir... Les wharfs se construisent à toute vitesse, vous avez vu ? Mes jours étaient comptés. Trois mois, six mois ? Il fallait prendre les devants. Et puis, débardeur, franchement... Ça vous change les idées un moment, mais... »

Il eut un petit rire, comme si la plaisanterie était bonne : « Débardeur ! »

Dans le corral, des hommes tentaient de passer une selle au bronco en furie. Des gamins grimpés sur les clôtures commentaient bruyamment les voltes des acteurs. Un *vaquero* roula dans la poussière, sous les lazzis.

Au fond, c'était prévisible : par d'Artagnan, il savait que Raousset ne venait plus guère au port, laissant à ses amis la direction des affaires. On l'avait dit un temps parti dans les montagnes de la Côte, avec un homme tout juste arrivé à San Francisco qu'il avait connu en France, mais il avait esquivé les questions d'un sourire, quand il était réapparu, un soir, chez le docteur.

« J'ai bien essayé la chasse et, ma foi, j'ai un assez joli coup de carabine, mais... Pour réussir, dans ces montagnes, il faut être né indien, ou se faire homme des bois. Et puis... je n'allais tout de même pas marcher sur les brisées de notre marquis ? »

De toute évidence, certaines phrases prononcées chez le consul, un soir, avaient laissé des traces. Nicolas, prudent, resta silencieux. Était-ce cette journée de vacances, l'atmosphère du ranch ? Ou bien le prolongement, par quelque voie qu'il ne percevait pas encore, des propos échangés la veille au soir, quand ils rentraient avec Sophrone ? C'était la première fois, songea-t-il, intimidé, qu'ils se retrouvaient ainsi, en tête à tête. Il cueillit une longue tige d'herbe, qu'il entreprit de mastiquer lui aussi, pour se donner une contenance. Une brusque bousculade secoua les clôtures, il y eut des cris furieux. Un autre *vaquero*, déséquilibré, avait failli trébucher, mais il raffermit sa prise par deux tours morts de son lasso à un piquet planté au centre du corral, et le cheval, comme s'il avait compris que toute résistance, dès cet instant, devenait vaine, s'immobilisa, la bouche écumante. La suite fut un tourbillon, une danse sauvage, brutale. Un lasso lui bloqua une jambe arrière, un autre lui arracha aussitôt de terre la jambe avant opposée – à peine l'animal avait-t-il chu sur le flanc, le souffle coupé, la robe secouée de vagues désordonnées, qu'un *peón*, déjà, lui jetait un bandeau de cuir sur les yeux, un autre lui sanglait violemment la selle sur le ventre ; les gamins hurlaient, les yeux exhorbités, et comme le bronco refusait toujours de céder, se débattait, soufflait, ruait, hennissait, ses deux dompteurs se précipitèrent pour lui mordre les oreilles jusqu'au sang.

Nicolas se dressa, effaré. Combien de fois avait-il lu de ces « scènes de la vie de la Prairie » ? Eh bien ! Il y était... Mais nul, jamais, n'avait osé décrire cette férocité – et cette splendeur...

« Savez-vous à quel prix on trouve la viande de bœuf, aujourd'hui à San Francisco ? »

Enfin le comte en venait au fait. Il doit avoir quelque chose en tête, se dit-il, pour m'entreprendre ainsi. Et l'autre, poursuivant son idée, tout à coup volubile :

« Entre quatre-vingts et cent dollars la bête sur pied ! Les squatters ont dévasté les troupeaux de Sutter. Quant à ceux des missions, vous les avez vus. Les *rancheros* de la région ne fournissent pas le quart des besoins de la ville ! Et la situation ne peut qu'empirer... alors que les bêtes se vendent entre quinze et vingt dollars à Los Angeles. »

Nicolas sentit un frisson lui passer sur la peau. C'était donc ça ! Cinquante dollars de bénéfices au moins par tête. Puis, aussitôt, il recula. Le risque était évidemment proportionnel au profit escompté. Le comte sourit, comme s'il lisait en lui.

« J'ai vécu bien des vies, savez-vous ? Et j'ai été colon, il y a de cela... bah ! Je vous le dirai, un jour. Je ne suis pas tout à fait novice, croyez-moi. Et j'ai pesé les risques. Le désert ? Les Indiens ? Les pillards ? C'est jouable. Jules Lombard m'accompagnera, il connaît le pays comme sa poche. Et il y aura Garnier, que je vous présenterai. Les *vaqueros* ? Nous les embaucherons sur place. Deux ou trois, selon la taille du troupeau. Hubert Sanders, du Refuge français, et Pigné-Dupuytren, le docteur, ont mis quelques fonds dans l'entreprise. Bref, je peux acheter jusqu'à six cents têtes. Six cents têtes ! Faites le calcul... »

Il était vite fait. Même avec une perte d'un sixième, c'était un coup de vingt-cinq mille dollars. Au moins...

Mais pourquoi se confiait-il ainsi à lui, ce matin ?

« L'idée m'est venue, hier soir... Je vous observais, Claire et vous. Cette ferme... C'est idiot, n'est-ce pas ? Je me suis dit... Bien sûr, ça ne me regarde pas, mais... Écoutez : huit dollars par jour. L'affaire durera deux mois. Vous conduirez d'abord le fourgon. Au bout de deux semaines, vous verrez, vous vous débrouillerez à cheval. Et puis, ce n'est pas l'essentiel. Je vous ai bien étudié : je peux compter sur vous. Et ça vous fera un petit capital, au cas où... »

Comme Nicolas, les sourcils froncés, esquissait un geste de dénégation :

« Vous ne saisissez donc pas ? Nous, nous sommes damnés, déjà, tous autant que nous sommes. Mais vous... vous deux ! Ça pourrait être votre chance ! »

Il eut un sourire las, comme s'il s'excusait de s'être emporté.

« Vous voulez aller dans les mines, vous aussi – tenter la fortune, c'est cela ? Je comprends, si, si, je comprends. Moi aussi, jadis... Vous ne trouverez jamais le repos si vous n'y allez pas, c'est cela ? Ah ! jeunesse ! Et rien ne sert de ce que les autres, ceux qui ont renoncé, appellent l'expérience... Mais qui sait ? Ce voyage, oui, pourrait vous ouvrir d'autres horizons. De toute façon, ce serait folie de partir pour les mines avant le printemps. Et si, au retour de l'aventure, cela reste votre choix... Eh bien ! Vous aurez au moins entre les mains de quoi voir venir. »

Nicolas eut l'impression de le découvrir. Cette énergie contenue, sous les traits minces et pâles, ces mains incroyablement fines, toujours en mouvement, cette manière de se dresser, tout à coup, comme traversé, soulevé par une vision... Certes, il n'était pas un bloc de puissance brute, comme Pindray. Mais il en imposait au moins autant quand certaine lueur passait dans ses yeux gris. Et puis il y avait autre chose, songea Nicolas – ces accès de mélancolie, cette amertume, parfois. Oui, c'est ça, se dit-il, cet homme est désespéré. Totalement désespéré. On sentait comme un gouffre en lui, une faille au bord de laquelle il hésitait – et c'est ce qui le rendait si attirant. C'est absurde, corrigea-t-il aussitôt, comment pouvait-on être fasciné par le vertige de l'échec ? Pourtant, c'était bien ce qui le portait vers lui, en cet instant...

Une salve de hourras leur fit lever la tête. Un homme chevauchait le *bronco* cabré, le bras levé en balancier, tenant les rênes d'une main. Il était magnifique. Nicolas retint un cri. Du sang giclait des flancs de l'animal – et il vit que le *vaquero* lui labourait le ventre de ses énormes éperons. Les cris, les rires des enfants, ce tourbillon sanglant – il détourna les yeux, vaguement écœuré.

« Et encore, ce n'est rien, murmura le comte. Vous savez que dans certains ranchs, pour briser l'animal, ils lui tirent une balle au pli du cou ? Cela leur tranche un nerf – enfin, à ceux qui survivent. Non, ce ne sont pas des tendres... »

L'animal, immobile, tremblait maintenant de tous ses

membres. Une écume sanglante lui couvrait les naseaux. À peine tressaillit-il quand l'homme lui enfonça ses éperons dans les flancs, et docile, la tête baissée, il avança en vacillant.

Tout à coup sa décision fut prise. Si Barnabé n'avait pas fait de folie, il devait bien lui revenir deux cents dollars de leur affaire commune. Assez, peut-être, pour s'associer à l'entreprise ? Il exposa son idée, en hésitant : la moitié du salaire d'avance, et investie dans l'achat de bétail. En sus de ce qu'il récupérerait de Barnabé. Le reste du salaire proposé – eh bien ! ce serait sa participation aux frais de route. À sa grande surprise, le comte hocha la tête, approbateur. C'était là un réflexe digne de Barnabé, salua-t-il, enjoué.

« Topez là, mon garçon ! L'affaire est entendue. »

Nicolas se sentit léger, rempli d'une assurance nouvelle, comme si, prenant cette décision, il s'était arraché enfin à cette torpeur inquiète où il s'engluait depuis son arrivée. Un appel leur fit lever la tête. Antonia battait le rappel, sur le pas de sa cuisine, en martelant un triangle. Ils hâtèrent le pas, soudain affamés.

10

« Je me fais peut-être des idées, mais ils m'ont l'air bien agités, ce matin... »

Depuis San Mateo, des cavaliers les croisaient, dans un galop furieux, pour repasser en sens inverse un peu plus tard, toujours ventre à terre, sans le temps d'un mot, ni d'un regard. Jules de France, intrigué, se proposait d'en abattre un, et qu'il lui livre, avec son dernier souffle, le fin mot de l'affaire, mais Claire avait protesté. Une si belle matinée ! Comment pouvait-il être d'humeur guerrière ? N'empêche, grommelait Jules en prenant à témoin Nicolas – qui n'en avait cure, installé qu'il était à l'arrière avec Claire –, tout cela n'est pas normal...

Une affaire de deux ou trois jours, avait dit le comte, le temps pour chacun de régler ses affaires, et de préparer les bagages nécessaires. Puis ils gagneraient Los Angeles par mer, avec Jules Lombard et Garnier – et pour le reste, ils aviseraient sur place. À peine voyait-il le paysage – trop d'images se bousculaient en lui, depuis leur départ du ranch Martinolles, de *vaqueros* lancés à fond de train dans la vallée, de *broncos* cabrés dans les corrals, de longues étendues ondulant à l'infini, sous un ciel trop grand. Vrai ! Comment avait-il pu rester ainsi, à tourner en rond à San Francisco ? Il allait connaître la vie de la Prairie, dormir à la belle étoile, autour d'un feu de camp – qui sait, peut-être rencontrer de vrais Indiens... Une sourde excitation mêlée d'angoisse lui serrait la gorge, et il pensait alors à Jules Lombard, à cette assurance qu'il avait dans chacun de ses gestes – avec lui comme guide, ils ne risquaient rien. Barnabé, d'Artagnan, Porthos, tous les autres allaient en faire une tête, tout à l'heure ! S'il avait osé, il aurait pris les rênes, donné du fouet, pour porter plus vite la grande nouvelle. S'il avait osé – et s'il n'y avait pas eu Claire, près de lui, qui lui avait pris le bras et dont il sentait l'abandon, sa cuisse, à chaque cahot, qui se pressait contre la sienne... Un supplice qui lui mettait le cœur en débandade, lui desséchait la gorge, mais que pour rien au monde il n'aurait voulu interrompre. Il voyait Artémise devant lui, sa nuque penchée, le vent qui jouait dans ses cheveux, n'était-ce pas elle, la première, qui avait déclenché en lui ce séisme ? Mais non, Claire, c'était autre chose, de plus simple et de doux, de plus dangereux aussi – mon Dieu ! les autres, comme ils paraissaient assurés, se vantaient de leurs maîtresses, en changeaient en sifflotant ! Les autres... Claire, près de lui, chantonnait. Son cœur battait très fort quand il lui avait confié son projet, il allait la blesser, il en était certain. À sa grande surprise, elle l'avait approuvé, en lui serrant les mains.

« Il se passe quelque chose... »

L'intonation de Jules lui fit lever la tête. À l'entrée de la ville, des hommes se battaient presque devant leurs cabanes, en chargeant des carrioles, des charrettes à bras, et même des brouettes. D'autres, plus avancés, tiraient, poussaient pour arracher leurs roues au sable de la piste. Quand Jules les interpella, ils levèrent vers lui des yeux fous, sans dire mot. À croire qu'ils fuyaient tous, épouvantés, quelque cataclysme...

« J'ai déjà vu ça – oui, ça me rappelle... », commença Jules de France, tout à coup en alerte, quand un homme les dépassa, au grand galop, en hurlant des mots que Nicolas ne comprit pas, mais qui dressèrent Jules sur son banc, comme électrifié, le fouet brandi.

« De l'or ! Il a dit de l'or ! Bon Dieu ! ça doit être un coup énorme ! »

Ils entrèrent en ville de toute la vitesse de leurs chevaux. Les rues bouillonnaient comme des torrents en crue. Des gens, les yeux exorbités, couraient en tous sens, se croisaient, se heurtaient sans se voir, des paquetages dégringolaient par les fenêtres. De l'or ! On avait trouvé de l'or ! Où ça ? On ne le savait pas. Mais c'était à qui arriverait le premier. Avec quel équipement ? Bah ! On verrait bien ! Fallait saisir sa chance ! Des boutiquiers s'enfuyaient en laissant leurs portes ouvertes, leurs étals dans la rue, les charpentiers abandonnaient leurs chantiers, des brutes déjà ivres dansaient entre les charrettes lancées à fond de train. Jules trouait la cohue en vociférant, suivi du comte, cheveux au vent, et l'on aurait dit deux conducteurs de chars romains fonçant dans la tempête...

Un attroupement barrait l'entrée de l'hôpital. Ils distinguèrent Fayolle gesticulant, Hito les bras au ciel. Des malades en chemise essayaient de forcer leur barrage, d'autres brandissaient des tabourets. Le docteur Germain se précipita – et manqua de se retrouver à terre, d'une bourrade.

« Mes amis ! Mes amis, mais vous êtes fous ! »

L'or ! Ils voulaient tous partir. Les grabataires, les mourants, retrouvaient leurs jambes. Ils voulaient en être, au moins une fois ! Leurs soins ? Foutaises ! Mieux valait mourir riche sur un placer que pauvre sur une paillasse ! Des insultes fusaient. C'était donc une prison, cet hôpital ? Ils allaient y foutre le feu, et pas plus tard que tout de suite ! Mme Germain tremblait, effrayée, dans les bras de ses filles – ces forcenés, étaient-ce bien les mêmes qu'elle croyait ses amis, et qui la remerciaient hier de les avoir sauvés ?

De l'autre côté de la rue, les portes du consulat étaient grandes ouvertes. Les employés s'étaient-ils eux aussi enfuis ? Un pressentiment serra le cœur de Nicolas. Il balaya la rue du regard. Jules, pratique, retroussait ses manches, Raousset, la voix brève, faisait reculer les meneurs... Ils n'avaient pas besoin de lui. Et il prit ses jambes à son cou, vers l'hôtel de l'Alliance.

Quand il arriva, la porte béait sur un spectacle de désolation, de tables brisées, de chaises renversées. Hippolyte, le patron, le bouscula dans l'entrée, les bras chargés de paquetages. Eh oui ! Il partait. Il n'allait pas manquer ça. Depuis le temps qu'il entendait ses clients en parler, du *mother lode* ! Ah ! c'était son tour ! L'hôtel ? Bah ! On verrait bien !

Nicolas le secoua, furieux. Mais enfin, Barnabé, d'Artagnan, ses amis, où étaient-ils ? L'autre, les yeux absents, ne paraissait pas l'entendre. Et puis, tout à coup, comme si lui revenait un peu de lucidité :

« Vos amis ? Pas vu Barnabé ce matin. D'Artagnan, les autres, vos mousquetaires, eh ! ils sont partis. Hier ! La bonne blague. Ils auront tout manqué ! »

Partis ? Il vacilla. Partis sans rien lui dire... Non, c'était impossible. Pas eux !

« Partis, j'vous dis ! Mais j'crois bien qu'ils vous ont laissé une lettre quelque part. »

Elle était clouée au mur, derrière le bureau. Il l'ouvrit en tremblant, et vacilla sous le choc.

Ils étaient partis, oui. Hier à midi. Par le vapeur de Stockton. Comment avaient-ils pu ? La pièce tournoyait, les lettres dansaient devant ses yeux, à travers un brouillard de larmes, il se chercha un siège. Combien de temps resta-t-il ainsi, prostré ? La salle était vide et froide, abandonnée – comme lui. Seul un chat noir, assis sur le comptoir, le fixait, énigmatique. Et pas un bruit, rien, sinon par bouffées la rumeur de la rue. Il revint à la lettre. Ils y songeaient, à ce départ, depuis la vente du chaland, lui expliquait d'Artagnan, d'une écriture appliquée. Et c'est alors qu'ils avaient rencontré un mineur, « un vrai, pas un fou », et ils avaient sympathisé. Quand celui-ci s'était découvert grugé, sans le sou à son arrivée, il s'était associé à quelques amis, bons socialistes comme lui, et leur « coopérative » avait tenu bon...

> Ils ont une belle concession sur la Mokelumne River, à ce qu'il paraît. Pas le Pérou, non, mais du sérieux. Et ils cherchaient d'autres Français pour développer leur affaire. Avoue que c'était tentant ! Là, nous n'aurons pas tout à découvrir par nous-mêmes. Et puis le coin est calme, pour le moment, à ce qu'il dit. Leurs voisins sont des religieux. Enfin, des quakers, des anabaptistes, quelque chose comme ça. Les discussions sont vives, certains soirs, sur la Jérusalem céleste ou les vertus de l'association, mais ça reste dans un bon esprit. On s'est dit : c'est notre chance !

Et ils l'avaient laissé, pour un peu d'or, après tant de choses partagées... Sur un second feuillet, il vit la grosse écriture tremblée de Porthos :

> Nous en avons discuté longtemps, mon pitchoun. Un pour tous, tous pour un ! Mais tu es jeune, vois-tu, avec la vie devant toi. Tandis que nous... Et puis je crois que certaine jeune fille s'intéresse à toi. Crois-moi, des comme celle-là, il ne faut pas les manquer ! Ta vie, elle est ici. Nous, on ne te vaudrait rien. Ça nous fait le cœur gros, mais c'est mieux ainsi. Sinon, tu aurais voulu nous suivre. Et...

Il y avait au-dessous les signatures d'Athos et d'Aramis. Et ces mots :

Si malgré tout, plus tard, les choses ne tournent pas pour toi comme tu l'espères et si tu veux retrouver tes vieux compagnons, n'importe qui à l'hôtel Léger, Mokelumne Hill, te conduira au claim d'Eugène Le Du.

Braves cœurs ! Ils ne l'avaient pas oublié. Mais il se sentait vide, déjà, de leur absence – lui qui une heure plus tôt s'apprêtait sans remords à leur faire ses adieux. Une pointe d'envie lui mordit le cœur. Dans un jour ou deux, ils seraient à pied d'œuvre. Lequel d'entre eux trouverait la première pépite ? L'or ! Et c'est alors que lui revint la phrase de l'hôtelier. Qu'avait-il voulu dire par « ils auront tout manqué » ?

Grooms, garçons d'étage, locataires, tous semblaient s'être envolés. Quand il se retourna, sur le pas de la porte, le chat n'avait pas bougé, et le fixait toujours.

Des hommes, dans la rue, collaient des placards sur les façades avec, en lettres énormes : GOLD ! GOLD ! et au-dessous : PACIFIC MINING COMPANY. D'autres, à grands chapeaux hauts de forme et queues-de-pie, haranguaient la foule, debout sur des tonneaux. Des mots, des cris passaient au-dessus de la cohue : Yreka, Klamath, Pacifique. Il ricocha de groupe en groupe. Barnabé, à cette heure, devait se trouver à Portsmouth Square ou sur le front de mer.

Des voix le hélèrent, à hauteur du Café des Artistes. Barnabé, en bras de chemise, Dommartin, Ségondis, Villatelle, La Madelène, ils étaient tous là, au bord de l'apoplexie, si excités qu'aucun ne parvenait à articuler une phrase cohérente. L'or ! L'or ! Le cri revenait, comme une incantation.

« L'or ! Barnabé avala une grande goulée d'air, se força au calme. De l'or, Nicolas, comme tu ne l'imagines pas possible ! À la pelle ! À LA TONNE ! ! ! »

Et comme Nicolas les regardait, éberlué, ils entreprirent de le « mettre au parfum ». C'était de la folie, depuis hier ! Le *Chesapeake* était entré au port, dans l'après-midi, avec dix-neuf prospecteurs à son bord, dans un état proche de la démence. Des dizaines, des centaines, des milliers de tonnes d'or, il n'y avait qu'à se baisser !

« Tu te rends compte ? Nos mousquetaires... Ils venaient juste de partir pour la Mokelumne ! À la tonne, je te dis, qu'on en ramasse ! »

Nicolas, saoulé, secouait la tête. Eux, si prompts à rire des gogos ? C'est qu'ils avaient l'air d'y croire ! Mais non ! le coupa Barnabé, ils en avaient bien ri, d'abord. Et puis... Et puis le général John Wilson lui-même avait donné sa garantie. John Collins, le secrétaire de la Pacific Mining, qui regroupait les dix-neuf prospecteurs, avait fait expertiser les échantillons. D'ailleurs, l'*Alta California*, ce matin, donnait tous les détails.

Les prospecteurs étaient partis à bord du *Chesapeake* pour la Klamath River, au nord de la Californie, racontait le journaliste, avec l'idée de s'y faire débarquer, puis de planter leurs tentes vers la North Fork ou Lucky Camp. Et c'est alors qu'ils avaient découvert cette plage de sable noir, peu avant Point Saint Georges, qui luisait d'éclats fauves dans le fracas des déferlantes, aux pieds de hautes falaises. À marée basse, ils avaient risqué une chaloupe. De l'or ! De l'or mêlé au sable noir, sur sept milles de plage et dans une proportion, « au bas mot », de dix cents à dix dollars la livre. John Collins, déclama Dommartin, reprenant le journal, « avait eu la présence d'esprit de faire des mesures » : chacun des prospecteurs, *et c'était un chiffre très pessimiste*, pouvait espérer *quarante-trois millions de dollars*.

Ah ! si Jules de France avait été là, songea Nicolas, interloqué, comme il aurait ri, lui si expert en escroquerie ! Ou bien il aurait trouvé un moyen pour participer à la combine, aux côtés de ce Collins...

Ses amis, autour de lui, s'irritaient de sa réserve. Mais puisque le général John Wilson était venu témoigner à Portsmouth Square ! Et comme il leur avait bien décrit ces hommes rendus fous par leur découverte, chargeant sur leur dos des sacs de cent livres, les posant à l'idée d'en laisser tant derrière eux – jusqu'à ce qu'ils décident que le plus sage serait d'enregistrer leur « concession », en n'emportant avec eux qu'assez de sable pour convaincre les sceptiques et fonder par actions une société d'exploitation ! C'est qu'il allait leur en falloir, de l'aide ! Location des bateaux, achat de matériel pour séparer l'or du sable... Les sceptiques – dont ils étaient, assurait Villatelle – avaient pu ensuite défiler devant le California Exchange : Collins y exposait sur des tréteaux les échantillons de sable noir, où brillaient les parcelles d'or comme autant d'étoiles dans la voûte céleste. Que lui fallait-il de plus ? s'échauffait Barnabé.

Barnabé qui lui expliquait hier si doctement que le vrai *mother lode* était à San Francisco...

« Le capital ! se justifiait le Génie du commerce. Il me manque le capital pour réussir ici ! Ah ! Si j'avais des fonds, tu verrais ! Bon, d'accord : gratter la boue de la Sierra Nevada, très peu pour moi. Mais là ! Puisqu'il n'y a qu'à se baisser... »

Barnabé y croyait. Comme y croyaient Dommartin, Ségondis et Villatelle. Tous. Parce qu'ils avaient besoin d'y croire. Pour ne pas sombrer, après tant de jours noirs. Oui, il fallait que tourne une fois encore, rien qu'une fois, la roue de la fortune. Et voilà que lui-même hésitait. Vrai ! Ensemble, quelle aventure ce serait ! Le Café des Artistes aux bains de mer ! On reviendrait le mois suivant, riches à millions, et que coule le champagne, que dansent les filles – ils seraient les rois ! Des frissons, malgré lui, lui parcouraient l'échine. Et s'il n'y avait qu'une chance sur cent que ce fût vrai ? Tout jouer sur un coup de dés, sur une carte retournée... Le souvenir lui revint, de cet instant, de ce vertige, déjà, tandis que Soapy Smith battait les cartes, le premier soir, à l'Eldorado. Il rougit. Non, il n'y avait pas une chance sur cent. Mais restait ce vertige... Barnabé, penché vers lui, lui secoua le bras.

« Puisque je te dis que c'est notre jour de chance ! Mon cidre ?... Eh bien ! je l'ai vendu hier. À un équipage de baleiniers russes ! Mes œufs, vendus. Plus un lot de chapeaux. Plus de stock ! Et sept cents dollars en poche ! Trois cent cinquante chacun, tu te rends compte ? »

Et se baissant, en confidence :

« Demain. Sur le *Delaware*. Départ à 8 heures sur le wharf. Je me suis arrangé avec le capitaine... »

Demain ? Non, c'était trop tôt. Il ne pouvait pas partir ainsi... Et le front baissé, gêné, Nicolas lui expliqua son projet, la parole donnée à Raousset. Barnabé, d'abord atterré, éclata de rire.

« Des vaches ! Des vaches plutôt que des pépites ? Ah ! c'est d'un drôle ! Mais le comte lui-même sera des nôtres, dès qu'il saura ! »

D'ailleurs, c'était à lui, Nicolas, de le prévenir. Avant de courir prendre quelques actions de la Pacific Mining. Barnabé lui tendit une bourse, qu'il empocha sans dire mot – sa part de leur affaire. Et il s'éclipsa, presque honteux.

Au premier regard, il comprit qu'ils savaient. Raousset, devant l'hôpital, était en grande conversation avec le consul.

Claire, près d'eux, cachait mal son inquiétude. À quoi bon finasser ? En quelques mots, il leur dit tout, le départ des mousquetaires, le Café des Artistes, la proposition de Barnabé. Le calme, l'indifférence presque du comte contrastait avec l'agitation de Colton. Tout juste leva-t-il un sourcil, en se tournant vers lui : « Et ?... »

Nicolas hésita. S'il n'y avait pas eu cette journée ensemble, à la mer, cette discussion au ranch Martinolles... Que penserait le comte, que penserait Claire, s'il renonçait maintenant ? Il se souvint de sa sérénité, et comme le ciel lui avait paru se dégager, quand il avait topé dans la main de Raousset. Il lui tendit sa bourse.

« Et rien. Rien n'est changé, bien sûr. Voici vous savez quoi – enfin, ma part dans notre affaire. »

Raousset bondit vers lui, le prit par les épaules.

« J'en étais sûr ! Mais je ne voulais pas... Ah ! Mon garçon, vous ne le regretterez pas. Ou, sur mon honneur... »

Nicolas, la gorge nouée, répondit à son accolade. N'était-ce pas une part de lui, songea-t-il fugacement, à laquelle il renonçait ainsi ?

Non, il n'aurait pas le courage d'affronter une fois encore les autres. Plutôt que de se retrouver avec Barnabé à l'hôtel de l'Alliance, il demanda à rester dormir dans la grange des Germain. Les heures s'égrenèrent, interminables, tandis que, les yeux ouverts dans le noir, il écoutait la ville rugir, insatiable. Ils étaient des milliers à se précipiter cette nuit dans sa gueule grande ouverte, il lui semblait qu'elle lui parlait, en cet instant, l'appelait. Oui, c'était un adieu... Où était Barnabé, en ce moment ? Était-il rentré à l'hôtel ? Ou bien faisait-il la fête avec les autres, avant le grand départ, pour ne plus penser à rien, oublier l'angoisse qui lui serrait le cœur – et ne plus entendre la voix qui lui disait que c'était une folie ?

Barnabé, mon presque frère, ne t'en va pas, répétait-il, viens avec moi, renonce ! Mais non, il ne l'entendait pas, la musique jouait trop fort, de plus en plus fort, en tourbillon, à vous déchirer les tympans, la clameur de la ville montait, submergeait tout – demain il ne resterait plus rien, tout serait oublié. Demain tout recommencerait.

Il se réveilla en sursaut. Un jour pâle filtrait par les planches disjointes. Non, il ne pouvait laisser ainsi Barnabé, sans une explication. Il enfila sa veste, dévala la rue, vers le wharf. Le front de mer n'était plus qu'un ressac d'hommes en furie. Il chercha du regard le *Delaware*, ne le trouva pas. Ou bien il s'était trompé, peut-être s'agissait-il du *Missouri*, qui s'enveloppait déjà de vapeur devant lui, chargé à ras bords de prospecteurs ? Il hurla : « Le *Delaware* ! Le *Delaware* ! » Un homme se tourna vers lui : « Le *Delaware* ? Il est parti depuis une heure ! »

Il s'arracha à la foule, désemparé, s'assit en pleine rue sur une caisse abandonnée. Barnabé avait dû le chercher, l'attendre jusqu'au dernier moment, et il n'avait pas su être là. Le reverrait-il un jour ? Ce n'était pas seulement à un peu de lui-même qu'il avait renoncé : c'était surtout un ami qu'il venait de trahir...

11

Des bruits avaient couru tout au long de la nuit, qui précipitaient les plus exaltés dans la rue, l'arme au poing : les petits canards de Sydney projetaient d'incendier la ville, Blanchot avait donné l'assaut à la prison, les inculpés étaient en fuite, les Vigilants allaient être arrêtés – mais non, il n'y avait rien, ce n'étaient que rumeurs et, après quelques rondes pour le principe, on revenait, chagrin, se barricader de nouveau. Le soleil s'était couché dans des traînées violines de sang et de sanies, et les plus pessimistes y avaient vu un présage de malheur. Avant-hier, une partie de Clay Street s'était trouvée engloutie par un glissement de terrain venu de Sansome. Et des marins juraient qu'au même moment une comète s'était noyée au large, sous leurs yeux. Le temps venait, du châtiment divin, toute la ville, demain, sombrerait dans la baie ! Des patrouilles passaient, soldats, Washington Guards, en faisant sonner leurs bottes comme pour se rassurer dans le noir, mais rien n'y faisait, la rumeur renaissait sous leurs pas. D'ailleurs, que pouvait-on attendre d'eux ? Avaient-ils jamais protégé un citoyen ? Et l'on se répétait, derrière les volets clos, les portes barricadées, la litanie des crimes impunis, des prisonniers libérés aussitôt qu'arrêtés, des juges dînant avec les assassins. Il était temps que les honnêtes gens prennent leurs affaires en main. Demain, oui, tout se jouerait demain, et cette fois les beaux discours n'y pourraient rien changer, Stuart et Windred, avant le soir, se balanceraient au bout d'une corde et ce serait pour San Francisco une deuxième naissance...

Debout devant la fenêtre de *La Gazette*, Jules avait regardé les lumières s'éteindre une à une sur les hauteurs. Que se tramait-il là-bas, vers French Camp – et au pied de Telegraph Hill, dans les ruelles sombres du Petit Chili ? Sbires de Blanchot, Hounds, débris des petits canards de Sydney, ils ne pouvaient pas laisser les choses aller ainsi – ou c'en serait fini de leur impunité. Il fallait qu'ils frappent vite, et fassent peur. Allait-on voir les crapules prêter main-forte aux juges et aux gendarmes pour mettre la foule au pas ? Rien n'était impossible, à San Francisco...

Dès le soir venu, il avait lancé en chasse Pépin et Jourdain, mais les heures s'étaient égrenées depuis, sans qu'ils reviennent, et l'impatience avait fait place peu à peu à l'inquiétude. Aucun des deux n'avait besoin de déguisement pour jouer aux voyous, mais il suffisait que les croise un des gardes de Blanchot... Il frissonna, voulut se rassurer. Allons ! n'étaient-ils pas les plus rusés filous de la Côte – après lui, bien sûr ? Ils sauraient s'en tirer. Des rugissements lui parvenaient, lointains, nappes de bruits indistincts dont on ne savait trop s'ils étaient d'émeutes ou de vivats, puis ils s'en allaient, tel le ressac d'une mer inquiète. Les musiques de Portsmouth Square s'étaient tues bien avant minuit ; joueurs ou prostituées, personne n'avait trop le cœur à la fête, et ce silence, là où battait d'ordinaire le pouls fiévreux de la ville, faisait comme un trou noir au bord duquel chacun hésitait...

Où étaient-ils tous à cette heure, ses amis des derniers mois ? Nicolas et le comte devaient galoper derrière leurs bestiaux, du côté de Los Angeles, si les Indiens, au passage, ne les avaient pas criblés de flèches. D'Artagnan et ses compagnons se baignaient dans des fleuves d'or ou pataugeaient dans la gadoue. Quant à Barnabé et aux autres du Café des Artistes... Les premiers partis charger leur or avec des pelles sur les plages de la Klamath revenaient la tête basse, sous les quolibets, ils ne devaient donc pas être très loin, eux non plus – il faudrait célébrer ça, avec du champagne, des filles. Vrai ! Se faire rouler dans ces largeurs-là, il fallait en rire, en rire assez pour ne pas mourir de honte... C'est qu'ils lui manquaient, tous ! Le Café des Artistes, depuis, était tout simplement sinistre. Et il avait besoin de son public, lui, Jules de France, rédacteur en chef de la nouvelle *Gazette* ! L'affaire n'avait pas traîné, Chauviteau et les autres avaient craché au bassinet comme le consul l'avait prévu, mais à quoi bon s'il n'avait plus personne à qui faire lire ses bons mots ? Il était seul, la ville au-dehors s'agitait dans les ténèbres, inquiète. Il soupira. Au fond, il ne lui restait plus que Pépin et Jourdain, ses lascars des premiers jours. Ah ! s'il leur arrive malheur, songea-t-il, je ne me le pardonnerai jamais...

Un ronflement léger monta derrière lui. Le consul, épuisé, s'était effondré dans un fauteuil. Il l'avait oublié, celui-là. Comme il paraissait fragile, ainsi abandonné, sans plus l'armure derrière laquelle il s'abritait d'ordinaire ! Presque un enfant, pensa-t-il. Un agneau jeté parmi les loups. Pourtant, il faisait front, vaillamment – mais pour combien de temps ? Au fond, il l'aimait bien. Et il lui devait *La Gazette*, qui lui sauvait la mise. Si seulement le bougre s'était détendu, de temps en temps, au lieu de toujours donner l'air de racheter quelque faute. Bah ! Peut-être étaient-ils tous comme ça, les consuls. N'empêche, se dit-il, ça lui ferait du bien de se prendre une cuite, rien qu'une fois, de tirer un coup, de rire – de vivre ! Il faudra que j'arrange ça un jour, se promit-il. Personne n'avait jamais résisté aux mains expertes de Ah Toy. Il revint à la fenêtre. Une lueur grise et froide dissolvait les ombres de la nuit, les premières carrioles s'annonçaient vers le bas de la rue. Et toujours pas de Pépin ni de Jourdain... Cette fois, ça devenait grave. S'ils ne sont pas là d'ici une heure, se dit-il, je file à leur recherche.

Une voix de gamin le héla.

« L'*Alta* dernière, monsieur Jules, l'*Alta* dernière ! Pour en finir avec le crime ! Le peuple de San Francisco dans la rue ! La journée historique ! »

Ainsi l'*Alta California* avait réussi à sortir une édition, ce dimanche... Il eut un petit pincement au cœur devant la pile de papiers sur son bureau. Dans la pièce voisine attendaient les formes de plomb du père Hugues. Il soupira : pour lui, ce serait lundi, comme les autres. Et ouvrant la fenêtre il descendit au bout de la ficelle le panier qui lui servait d'habitude à un réapprovisionnement rapide en liquide.

Repoussant verres et cendriers, il déplia l'*Alta* sur le bureau. Ah ! c'était bien joué ! Tout y était, de la folle journée – surmonté d'un avertissement solennel.

AUX CITOYENS DE SAN FRANCISCO
PRENEZ GARDE !

> La loi de Lynch est un tourbillon qui, une fois déclenché, peut jeter bas tout l'édifice, toutes les barrières, avant de s'arrêter.

Encore heureux, songea-t-il, que ce soit l'*Alta* ce matin plutôt que l'*Herald*, qui depuis le début appelait le peuple au soulèvement et à la loi de Lynch. Car c'était tout à l'heure, dès les premières heures du meeting, que tout allait se jouer. Et la moindre étincelle pouvait mettre le feu... D'autant que les incendiaires ne manquaient pas, autour de Sam Brannan.

Il l'avait deviné, dès le premier instant, que les choses n'iraient pas cette fois comme d'habitude. Ce frisson qui avait balayé toute la rue, puis la ville, le soir du mercredi... Un commerçant, Jansen, avait été attaqué dans sa boutique, sur Montgomery, dévalisé, laissé pour mort, ses agresseurs s'étaient enfuis – rien que de très ordinaire, apparemment. Il devait être 9 heures, la nuit était claire et froide, tout le monde rentrait en pressant le pas, emmitouflé dans son manteau. Combien de crimes semblables avaient été commis depuis le début de février ? Trente, quarante au moins. Pour une fois, pourtant, les gens s'étaient arrêtés, des groupes s'étaient formés, ça ne pouvait pas durer, il fallait faire quelque chose ! Oui, cette électricité-là, il savait la reconnaître dès les premiers signes – eh ! n'était-il pas Jules de France, le meilleur journaliste de la ville ? San Francisco était troublée, instable depuis trop de temps, en attente d'on ne savait trop quoi... L'éditorial du *Herald*, le lendemain du crime, avait soulevé l'enthousiasme.

CITOYENS

> Le temps est venu de terroriser les assassins ! Si la loi ne peut pas les punir, le peuple indigné, lui, le pourra !

« Bah ! avait grommelé le vieux Hugues qui en avait vu d'autres – demain, tout sera oublié ! » Oublié ? Il n'en était pas si sûr, à force de tendre l'oreille aux bruissements qui couraient de bar en bar. J'ai le flair, répétait-il, ce sont les frissons avant la tempête ! Avis de gros temps, c'est Jules qui vous le dit ! Et il y était allé à son tour de sa plus belle plume : « Tremblez, juges corrompus, politiciens vendus, le glaive de la justice se lève ! » Pépin et Jourdain avaient protesté, timides.

« Dis tout de suite que tu veux nous faire pendre !

– Et toi avec, si certains venaient à se souvenir que... »

Il n'y avait pas pensé. C'était un si joli article !

Mais c'est le consul, pour le coup, qui l'avait étonné.

« Jules, vous devenez fou ! »

La loi de Lynch, malgré ses horreurs, ça pouvait se comprendre, là où il n'y avait rien, c'était un mouvement des citoyens, une exigence d'un peu plus d'ordre. Mais à San Francisco ! Il y avait une justice, même si elle ne valait pas grand-chose, des pouvoirs constitués ! Se battre contre les juges corrompus, les politiciens véreux, oui, mille fois oui, mais lâcher la foule ! Jouer à ce jeu-là, c'était rien de moins que prendre le risque d'une révolution. Et cette révolution, il y avait un homme qui la voulait, des forces politiques qui s'y préparaient – pour eux ce n'était qu'une première phase ; la seconde ce serait : « les étrangers dehors ! »

« C'est même pour ça, pour prévenir cette folie, que j'avais conçu ce projet de journal, si vous voulez bien vous en souvenir ? »

Jules de France en était resté bouche bée. Il n'y avait pas pensé. Pas de doute, ce blanc-bec avait la tête politique.

Pépin aussi avait compris très vite.

« En somme, monsieur le consul, les voyous risquent d'être les derniers remparts de l'ordre établi ? »

Il avait failli s'étouffer de rire. Vrai ! La blague était bonne.

Jourdain avait salué son compère avec admiration, en prenant l'assemblée à témoin – ce que c'était tout de même que d'être un politique !

Oui, ça se tenait. Jules n'avait cessé d'y penser, tout au long de la journée. Pas de doute, le consul voyait juste – et si la tempête venait à se lever...

Précisément, elle se levait. Un grondement sourd montait des rues, les gens allaient, venaient, l'esprit trop échauffé pour se rendre à leur travail, des meetings s'improvisaient aux carrefours. La police semblait avoir compris l'urgence, elle aussi, qui multipliait pour une fois descentes et perquisitions. Un bruit avait circulé au début de l'après-midi :

« Ils ont arrêté deux hommes, deux canards de Sydney !

– Jansen, sur son lit d'hôpital, les a reconnus – enfin, au moins l'un d'eux...

– James Stuart, ou Berdue, on ne sait plus très bien. L'autre ? Wittfred, Windred, quelque chose comme ça.

– Ah ! Il faut qu'on les juge ! Tout de suite ! Et qu'on les juge vraiment ! »

La foule grossissait à vue d'œil, vers Portsmouth Square et l'hôtel de ville. Ce n'était pas le moment de mollir ! Les vendeurs du *Courrier* sillonnaient les rues :

À QUOI BON LEUR OFFRIR UN PROCÈS ? FAISONS UN EXEMPLE ! PENDONS-LES UN BON COUP !

Jules rédigeait les dernières lignes de son appel au calme – au calme lui, Jules de France ! On aurait tout vu ! – quand Jourdain était arrivé en brandissant le *Herald*.

LA SEULE MANIÈRE D'ARRÊTER LE CRIME

Laissez-nous organiser une bande de deux ou trois cents « régulateurs », composée d'hommes honorablement connus, soucieux du bien public ! Si deux ou trois voleurs subissaient la loi de Lynch, ces canailles deviendraient tout d'un coup plus prudentes !

Jules avait pâli. La course était lancée. Et Brannan avançait ses pions...

Une quinte de toux lui fit lever la tête. Colton, ébouriffé, se frottait les yeux en bredouillant des mots d'excuse. Il avait dû s'assoupir quelques minutes, toute cette tension, hier... Jules réprima un geste d'agacement – le jour où il cesserait de s'excuser de tout ! – et lui tendit le *Herald*. Le journaliste faisait preuve d'une étonnante modération – peut-être lui aussi avait-il pris peur, devant le déferlement de la foule hurlante ?

« Ça vous fait quoi, consul, d'avoir vécu un jour historique ? »

Colton hésita.

« Juste un goût de cendre... »

Ils restèrent pensifs, un long moment.

« Pépin ? Jourdain ?

– Toujours pas là...

– Alors, on peut tout craindre. »

Le jour se levait, blafard, sur la ville étrangement silencieuse, même pour un dimanche – comme si chacun redoutait, en ces instants, ce qui allait suivre. Quelque chose était passé sur eux, hier, les brassant, les roulant dans son tumulte, une force âpre, sauvage, venue d'on ne sait quel tréfonds, et chacun en restait troublé, infiniment. Une journée historique, oui – peut-être le début d'une révolution.

Hier, vraiment ? Ça paraissait si loin ! Les Washington Guards et les California Guards se préparaient à fêter l'anniversaire de Washington, la ville semblait calme, après la fièvre du vendredi, puis la nouvelle s'était répandue de rue en rue : les prisonniers étaient à l'hôpital pour une nouvelle confrontation avec Jansen. Tous s'étaient précipités. La foule était compacte, déjà, quand les policiers étaient apparus, encadrant les deux suspects, qui clignaient des yeux, apeurés. « Qu'on les pende ! » « Lynchez-les ! » Parti d'un petit groupe non loin de Jules de France, c'était devenu un seul cri, unanime, il y avait eu des coups de poing, des matraques brandies – et c'était un miracle si les policiers avaient réussi à franchir les portes de l'hôtel de ville avec leurs prisonniers.

Mais rien ne pouvait plus arrêter le fleuve en marche. Jules et Colton, un instant, avaient cru périr étouffés, piétinés, les murs, les cloisons tremblaient sous la poussée. Roulés, pressés, ballottés, ils s'étaient retrouvés dans la salle du tribunal sans comprendre comment. Derrière eux montaient des cris de colère, des menaces, et ils avaient entrevu, par la porte enfoncée, qu'un rideau de soldats, armes au poing, se mettait en place, qui repoussait le reste de la foule.

Qu'ils paraissaient petits, et misérables, les accusés, dans cette marée humaine ! Des grappes de gens surexcités s'entassaient dans les escaliers, les corridors, aux embrasures des fenêtres, leur brouhaha couvrait la voix des juges et des témoins. Tout au plus avaient-ils entendu que l'un des accusés avait un alibi – un alibi ? Ah ! c'était trop facile, ils avaient tous, toujours, des alibis ! Qu'on le pende, nom de Dieu ! et le faux témoin avec lui ! Le juge agitait son marteau, sans succès, il y avait eu une clameur indignée, et l'on avait compris que le magistrat, découragé, venait d'ajourner les débats. Ajourner, comme d'habitude ? Cette fois, on ne les aurait pas ! Déjà, un colosse hirsute désarticulait un banc pour s'en faire un bélier quand un tourbillon avait secoué la salle, arraché une porte de ses gonds : la troupe accourait derrière le juge, baïonnette au canon. L'affrontement avait été bref, mais terrible. Montés sur les tables et les bancs, les soldats repoussaient sans ménagement la foule, des gens tombaient, dans des hurlements de douleur ou de colère, il avait vu le consul, emporté par le flot, trébucher, s'écrouler, et c'est à coups de poing qu'il lui avait frayé une voie jusqu'à la sortie. Dehors, des pierres commençaient à voler vers les fenêtres. Une fois encore, on les avait trahis !

Le capitaine des gardes avait peut-être sauvé la situation en venant au balcon. Il n'avait fait que son devoir, avait-il hurlé sous les huées, mais s'il fallait, lundi, ses hommes assureraient la pendaison de ces canailles ! La foule grognait, indécise, quand une nuée de gamins s'était répandue avec, dans les bras, des piles de tracts. Il en avait saisi un au passage. Le mot « LYNCH » s'y étalait en énormes caractères.

> Nous laisserons-nous voler, assassiner jusque chez nous ? Accepterons-nous encore longtemps de voir un agresseur parader dans les rues parce qu'il a versé une caution ? Ce sont nos juges qui mènent la ville à l'anarchie ! Que chacun soit son propre exécuteur ! Que tous ceux qui veulent en finir avec les voleurs et les assassins se réunissent demain dimanche, à 2 heures sur la Plaza !

Le tract n'était pas signé. Mais tout le monde en devinait l'auteur.

Demain ? C'était bien loin. La foule déambulait, désœuvrée, traversée de brusques impatiences. Et le soir venu, les gens, sans se donner le mot, s'étaient retrouvés devant l'hôtel de ville – mais pour la première fois l'atmosphère était plus au meeting qu'à l'émeute. Geary, le maire, était là, au balcon, avec à ses côtés des juges, des officiers et les quelques hommes de courage que la ville comptait encore.

« C'est Geary qui a fait donner la garde, ce matin, avait soufflé Colton. Il ne craint plus rien : il ne se représente pas ! Et il connaît l'odeur de la poudre, lui : il a été colonel au IIe de Pennsylvanie pendant la guerre contre le Mexique ! »

Les orateurs se succédaient, appelant au calme : que pouvait-on espérer sans le respect des lois ? Mais justice serait rendue, ils s'en portaient garants !

« Il faut qu'il se passe quelque chose ! dit Jules de France. Sinon les gens ne se disperseront pas... »

C'est alors qu'il était apparu, en écartant le maire, celui que tout le monde attendait, massif, les bras levés. Un long frisson avait parcouru la foule.

« Brannan ! Il se découvre ! »

Mais que se passait-il ? On avait entendu des murmures étonnés. Il paraissait livide. Et sa voix tremblait quand il avait pris la parole, lui le tribun, le dompteur de foules.

« Il a peur ! s'était écrié Colton, soudain surexcité. Il a peur, je vous dis ! »

Jules l'avait regardé, surpris.

« Oui, peur ! Il sait les risques qu'il prend ! »

Brannan, là-haut, hésitait, s'embrouillait. Les gens s'étaient regardés. Que lui arrivait-il ? Enfin, la voix étranglée, il avait fait sa proposition, couverte par un brouhaha incrédule.

« Qu'est-ce qu'il dit ? hurlait-on de toutes parts.

– Qu'on élise un comité de douze membres !

– Pour assurer la garde des prisonniers cette nuit. »

Quoi, c'était tout ? La motion avait été votée, à main levée, sans enthousiasme.

« Il a reculé, répétait Colton alors qu'ils regagnaient les bureaux de *La Gazette*. Ah ! tout n'est pas fichu ! »

Mais ce matin, dans la pièce froide et grise, l'avenir leur paraissait à tous deux moins serein, tandis que repassaient devant eux les images de cette soirée. Aujourd'hui allait être le jour de toutes les réponses.

« Reste à savoir, murmura Colton, ce qui s'est passé cette nuit, entre les douze. Si Brannan parvient à s'abriter derrière eux... »

Des pas lourds, quelque peu incertains, ébranlèrent l'escalier, la porte s'ouvrit à la volée. Jourdain et Pépin, appuyés l'un contre l'autre, cigare aux lèvres, étaient de la meilleure humeur possible. Où diable avaient-ils trouvé les gardénias qui ornaient les revers de leurs immondes pardessus ? Jules les devina au premier coup d'œil.

« Ma parole, mes salauds, mais vous êtes fin saouls !

– Saouls, saouls, c'est vite dit. Faudrait voir...

– Hé hé ! Faudrait boire ! »

Ils avaient laissé traîner leurs oreilles ici et là, ainsi qu'on le leur avait demandé – et comme celui qui ne buvait pas, au bout d'un moment, se faisait remarquer, eh bien ! oui, ils avaient bu. Un verre ou deux.

« Peut-être trois.

– Et puis, vicomte, merde, tu commences à devenir d'un chiant ! Déjà que tu nous fais jouer les indics...

– Nous qu'on t'apportait un plein broc de café chaud... »

Le café ? Où était le café ? Ils l'avaient oublié en route. Non, il était à la porte. D'un regard, Jules calma le consul, qui trépignait. Inutile de bousculer ces gaillards, ils finiraient bien par parler. Il sortit d'un tiroir quelques tasses ébréchées et, pour faire bonne mesure, certaine bouteille de raide qu'il gardait pour les urgences. Les loustics tiraient sur leurs cigares, béats. Ah ! ils retrouvaient leur Jules.

« Alors ?

– Alors, tu nous en verses une petite ? Ben... il se prépare des choses. Oui, sûr, des choses... »

Certes, mais quoi ? Ils ne le savaient pas. Ils avaient traîné dans le Petit Chili, au Fierce Grizzly, au Boar's Head, au Goat and Compass, au Magpie, payé un coup à boire à Dirty Tom McAlear, et même plusieurs, il faudrait d'ailleurs qu'on les rembourse, fait causer Joe, le barman du Tom O'Shanter, et ils s'étaient faufilés dans French Camp, ils avaient discuté le bout de gras sous les tentes mais...

« Çà ! Y a des bruits. Les gars s'organisent, bar par bar. Seulement ceux qui se connaissent. Ils ont élu des chefs, mais qui n'étaient pas là. D'après Dirty Tom, il y aurait un incendie qui se prépare.

– Paraît que quelqu'un de la haute les protège. Et que les deux gars, au procès, ils n'ont rien à craindre.

– Ce qui est sûr, c'est qu'ils préparent des trucs. Pour terroriser le bourgeois, qu'ils disent. Bientôt ils seront les maîtres, leur a assuré Hell Haggerty. Ce qu'il y a de bizarre, c'est que ce sont les mêmes mots que ceux de Blanchot, à French Camp. »

Colton secoua la tête, déçu. Des propos de comptoir, rien de plus, des rodomontades. Mais Jules se pencha en avant. Ses deux loustics tiraient sur leurs cigares d'un air trop entendu : il y avait autre chose.

« C'est-à-dire... On s'est souvenus... Tu sais ? L'autre jour, à propos de Brannan...

– Alors on s'est dit qu'on pourrait aller y jeter un coup d'œil. »

Brannan s'était fait construire une superbe demeure vers les hauteurs. Elle avait l'air déserte. Pas une lumière. Et personne dans la rue pour la garder. Mais – qu'on appelle cela de l'intuition – ils s'étaient cachés dans le jardin. Et ils commençaient à avoir le cul sérieusement humide – même que c'est ça qui les avait empêchés de s'endormir – quand ils avaient vu la porte arrière s'ouvrir doucement, et trois hommes se glisser dehors. La lueur de la lanterne les avait éclairés une seconde à peine, mais cela avait suffi pour qu'ils les reconnaissent : Stuart Jenkins, un des leaders des petits canards de Sydney, Hell Haggerty et Blanchot.

Bon Dieu ! souffla Colton, oubliant toute réserve, Blanchot avec Brannan ? Pépin, profitant de l'émotion générale, tendait déjà la main vers la bouteille de remontant mais Jules lui bloqua prestement le poignet. Tout ça n'expliquait pas les cigares ni les gardénias. Les loustics piquèrent du nez, en jetant un regard interrogatif en direction du consul. Jules haussa les épaules. Qu'ils parlent, nom d'un chien !

« On s'est mis à suivre Blanchot, comme ça, à tout hasard...

– Tu me connais, il n'a rien vu venir. »

Pépin tapota les profondeurs insondables de son pardessus, où il dissimulait toujours un formidable gourdin.

« Droit entre les oreilles, c'est ma devise.

– Après tout, c'est lui qui avait commencé, non ? Après *Monsieur Gogo...*

– Combien ?

– Euh... Cinquante dollars. »

Et comme leur ami continuait de les fixer, sévère.

« Bon, d'accord, cinq cents. Une petite avance de Brannan, probable... »

C'est même ce qui les avait mis en retard. Le temps d'un petit détour chez Ah Toy, qui était bien la plus jolie pute de la ville. Et pour tout dire ils n'avaient pas vu les heures filer. Ah ! la gueuse !

« À propos, le café, c'est elle. Pour toi, qu'elle a dit. À ce qu'on a cru comprendre, elle se plaint de ne plus te voir. Et elle s'inquiète, pour ta santé... »

Les regards de Colton allaient de l'un à l'autre. Dans quelle bande de fous était-il tombé ?

« Des êtres humains, tout simplement, consul, avait souri Jules de France, il faudra que je vous explique, un jour... »

« Cette fois, Geary prend tous les risques... »

Colton, la voix blanche, ne tenait plus en place. Pas de troupes, ni même de forces de police. La foule, arrivée pour en découdre, se massait autour de l'hôtel de ville, étonnée. Le maire, après ce samedi de folie, voulait parier sur la raison.

« Brannan est à l'intérieur, souffla le consul. Et il joue son va-tout. »

Toute la nuit, le tribun avait intrigué, fait pression sur les uns et les autres, tenté de profiter du sommeil de certains pour imposer sa volonté, expliqua-t-il à Jules, au retour d'une courte visite à Burnett, resté aux côtés de Geary. Dès la foule retirée, le comité s'était réuni, hier soir, et l'un de ses membres avait aussitôt proposé de former un jury et de juger les prisonniers. C'est alors que Brannan avait bondi, furieux : « Je suis plus que surpris d'entendre encore parler de grand jury, de juges et de maire. Assez de ces discours ! Je dis que ces hommes sont des meurtriers, et des voleurs. Je le sais, et je veux les voir pendus ! » Loin de la foule, il était redevenu Moloch brandissant le feu. « Vous êtes le maire et vous êtes le juge, vous êtes le bourreau et la loi. Les lois ordinaires n'ont jamais permis de pendre quelqu'un en Californie, et chaque matin la presse est pleine de nouveaux meurtres. Plus d'arguties juridiques ! Elles sont faites pour protéger les coupables ! » Cinq heures durant, il avait bataillé et, au petit matin, quand tous titubaient de fatigue, il avait mis aux voix une motion surprise : « Le comité recommande à la population que les prisonniers soient pendus à 10 heures, lundi matin. » Un des rares membres encore lucides, voyant la manœuvre, avait réveillé ses voisins. Et Brannan n'avait recueilli que quatre voix sur douze.

« Il ne peut plus reculer, maintenant ! Il ira jusqu'au bout... »

Geary contre Brannan – et le maire, pour ce combat, choisissait de s'avancer sans armes.

La première heure parut lui donner raison. Six mille personnes au moins étaient là, un bon quart de la ville. Et les discours se succédaient, d'appel au calme, un juge, le maire, un juge encore... Colton se détendait. Allons, l'explosion avait peut-être été évitée. Mais Jules, en vieux cabot sensible aux humeurs ambiantes, sentait sous le calme apparent monter une exaspération, voyait les mines se renfrogner – et sans que nul s'en rende compte, un lent mouvement les portait tous vers le bâtiment. Si Geary ne dit rien maintenant, ça va exploser, songea-t-il. Et sans doute le maire l'avait-il senti lui aussi car, écartant un juge en pleine envolée sur les vertus de la loi, il proposa tout à trac une motion : qu'un comité de douze membres soit désigné pour siéger avec les juges, dès le lendemain – et que leur sentence soit sans appel. La foule allait approuver, un peu déçue – un autre comité, encore ? –, quand un jeune homme apparut aux côtés de Geary. Les officiels se regardèrent, étonnés. D'où sortait-il, celui-là ? Il se présenta, la voix forte. William Tell Coleman, un simple commerçant, qui, comme tous les braves gens, en bas, en avait assez qu'on l'endorme. La foule tressaillit, soudain électrifiée. Ça, c'était parler ! Sa voix montait, claire, et l'on aurait juré qu'on l'entendait jusqu'aux collines, au loin : que l'on forme un jury, immédiatement, que le procès ait lieu sans tarder, un procès loyal, et si les accusés sont reconnus coupables, eh bien ! qu'on les pende avant que le soleil soit couché !

La clameur qui monta de la foule valait tous les votes. On s'embrassait, on jetait son chapeau en l'air. Enfin, quelqu'un parlait vrai ! Jules, ballotté, hochait la tête, admiratif. Brannan avait bien joué – où diable avait-il trouvé pareil prête-nom, l'innocence incarnée ?

Des tracts, au même moment, passaient de main en main. Jules en attrapa un. AU PEUPLE DE SAN FRANCISCO. Et il vit la signature : Sam Brannan. Ça y est, pensa-t-il, le loup sort complètement du bois. Ça va être la curée. Mais Colton, à côté de lui, poussa un cri de joie.

« Non ! Ce type n'est pas à Brannan ! Rien n'est perdu ! »

Il lut, en hurlant presque :

> Les signataires déclarent que les prisonniers doivent recevoir un châtiment immédiat, car leur culpabilité ne fait aucun doute. La sécurité des biens et des personnes, aussi bien que le nom et la réputation de la ville, demande une prompte action de la part du peuple !

Et comme Jules le regardait sans comprendre :

« Mais vous ne voyez pas ! C'est trop tard ! C'est la motion de Coleman qui est passée ! Il va y avoir un procès ! »

Un procès populaire, peut-être, mais un procès, pas un lynchage. La vague balaya la place, le précipita vers l'hôtel de ville, puis elle reflua : l'immeuble était déjà plein à craquer. Toute la ville à cette heure devait être là. L'émotion était extraordinaire, presque palpable. Un homme, au balcon, annonçait à la foule l'avancée des débats. Le moindre grain de sable, le moindre incident, et c'était l'immeuble qui était emporté, la ville à feu et à sang...

« Coleman a été désigné comme procureur ! Et il a interdit aux avocats les embrouilles juridiques et les références incompréhensibles du temps de Moïse ! »

La foule grondait : hardi petit gars, ne te laisse pas faire !

« On interroge les témoins. Il y avait un doute sur l'identité d'un des suspects. Le jury va se réunir. »

Les heures passèrent sans que retombe la tension. Mais à ceux qui hurlaient : « Qu'on les pende ! qu'on les pende ! », d'autres, de plus en plus nombreux, répondaient qu'il fallait attendre, que ce procès-là, au moins, devait être loyal. Puis le silence se fit : le jury délibérait. Maintenant, ça n'allait plus tarder ! Mais rien ne venait. Un bruit courut : l'avocat de Berdue s'était enfui, craignant d'être lynché. Des cris s'élevèrent : « Il ne fait que son devoir ! On le protégera ! » L'avocat vint au balcon : il était là, et bien là, et il avait toute confiance dans ses compatriotes. Puis Coleman se montra à ses côtés, en bras de chemise, et il reçut, les bras levés, une immense ovation. Ce ne serait plus très long, le jury était réuni. Les cloches sonnaient comme des glas. Et tout à coup il y eut une brusque effervescence devant les portes. On se battait, des cris montaient : « Trahison ! » Coleman, de nouveau, parut : trois membres du jury refusaient de reconnaître la culpabilité des suspects...

« C'est maintenant que ça se joue », avait murmuré Colton, fou d'angoisse.

La foule tangua, hésita. Mais ce Coleman, décidément, était fou, ou génial : seul, minuscule face à l'immense marée des visages levés vers lui, il faisait front. Le procès avait été loyal, il en donnait sa parole. Il fallait ajourner, reprendre les choses au calme. Et que chacun reparte rassuré : plus rien, désormais, ne serait comme avant !

Miracle, la foule s'apaisa. Oui, le procès avait été loyal. Et ce Coleman un sacré petit gars...

Colton tomba dans les bras de Jules de France :

« Brannan a perdu ! Ah ! c'est un grand jour. Bon sang ! je vous paie le champagne ! »

Perdu ? Ce n'était pas si sûr, songea Jules, tandis qu'il jouait des coudes, dans la cohue, pour regagner l'hôpital avec, près de lui, le consul rayonnant. Le comité des Vigilants existait, désormais. Un tabou avait été brisé. Aujourd'hui, il n'y avait pas eu de lynchage, certes, mais demain ? Cette force sauvage qui avait soulevé la ville ces derniers jours était comme une drogue. Tout pouvait revenir.

Il s'ébroua. La lumière, à l'entrée de Dupont, lui fit presser le pas. Il serait toujours temps, demain. Tout à l'heure, il écrirait un article grandiose, digne de Thucydide. Mais d'abord il avait simplement envie d'embrasser le joli front du petit Joe, endormi dans des draps frais. Le seul peut-être dans cette ville, cette nuit, à dormir en rêvant aux anges.

12

Ce fut d'abord une rumeur lointaine, comme les prémices d'un orage, puis le grondement monta, derrière le bois de saules, traversé de cris, d'imprécations, de craquements sourds – et tout à coup ils furent là, débouchant dans la plaine par toutes les issues, piétinant, écrasant les bosquets sur leur passage. Nicolas et le vieux Ramon n'eurent que le temps de tirer leurs chevaux en arrière : déjà les *vaqueros* passaient, tels des centaures furieux, et la colonne serrée des taureaux, des vaches, des bouvillons, mugissant d'épouvante, dans un tonnerre d'avalanche, un déferlement de fleuve en crue, fuyant de toute leur vitesse les démons vociférants qui, derrière eux, les harcelaient à coups de piques, de fouets, de lassos, se jetaient à corps perdu dans la mêlée, bousculaient les traînards, se ruaient sur les récalcitrants sans même un regard pour le ballet des cornes effilées. Et au milieu du tourbillon de sable et de poussière, il reconnut le comte, penché sur sa monture, aux côtés de la belle Angela et de son père – dona Angela Paredes, ses lourds cheveux défaits, les yeux étincelants, les pommettes rouges sous le hâle, d'une beauté sauvage.

« Cette fois, je crois que votre troupeau est au complet ! » s'écria Ramon et, dans un cri d'enthousiasme, il lança son cheval à fond de train.

Nicolas le suivit en retenant tant bien que mal sa monture piaffante, comme grisée elle aussi par le souffle de folie qui balayait la plaine. En quelques minutes, ils furent aux barrières des torils, que les *peones*, déjà, refermaient sur les derniers *novillos*. Les hommes hurlaient en brandissant leurs chapeaux, cabraient leurs montures, se croisaient, des élans sauvages ébranlaient les estacades ; aux cris, aux hennissements répondaient les mugissements des bêtes prisonnières – et d'autres mugissements encore, en écho, derrière les bosquets de saules, dans les vastitudes désolées de la plaine où s'agitaient, inquiètes, les hardes de taurillons et de chevaux restés en liberté.

Il vit Angela le corsage presque défait, la gorge palpitante, qui riait d'un rire rauque, au milieu des hommes surexcités, le comte, l'œil en feu, dominant la cohue – une vague d'exultation brutale le précipita dans la mêlée. Des *peones* accouraient, portant les trépieds où brûlait du bois sec, déjà les fers rougissaient sur les braises et, comme s'il n'avait fallu nul répit à cette frénésie, les plus ardents pressaient les bêtes affolées vers un sas où les attendaient d'autres cavaliers, les lassos sifflaient en l'air sans manquer jamais leur but, à peine une bête, captive, était-elle arrachée à la masse qu'un second *vaquero*, lui glissant son lasso sous les pattes, la faisait rouler au sol, entravée, et un *peón* se précipitait, le fer grésillait quelques secondes sur l'épaule de la bête, de la *venta* de don Luis Enriquez – le signe qu'elle était, dès cet instant, la propriété du comte de Raousset-Boulbon et de ses associés –, puis la bête se redressait, égarée, tremblante sur ses pattes, avant de rejoindre celles qui avaient déjà subi l'épreuve. En vain les plus sauvages essayaient-elles de franchir la muraille voltigeante des chevaux, toujours un *vaquero* les ramenait au galop et les récalcitrantes, domptées, s'écroulaient, entravées, à l'endroit choisi pour leur marquage. Bientôt, ce ne fut plus qu'une puanteur de chairs brûlées, un tumulte de vociférations, de hennissements, de meuglements de douleur, à peine distinguait-il autour de lui, dans la fumée épaisse, les corps fauves se tordant sur le sol, la ronde des visages bruns maculés de poussière, les lueurs, brutales, des fers rougis, tandis que, saoulé par le grésillement des chairs sanglantes, riant à perdre haleine, il courait de bête en bête, sentait sous son genou le tressaillement des corps meurtris. La voix du comte, moqueuse, l'arracha à sa frénésie.

« Eh bien ! mon garçon, comme vous y allez ! »

Il leva la tête, vit la foule des *vaqueros* qui le regardaient en riant et resta un instant stupide, le fer à la main. Puis une voix le héla, et il reconnut, derrière le comte et Paredes, don Antonio María Lugo lui-même, seigneur et maître du rancho San Antonio, toujours aussi superbe dans ses habits d'apparat, qui le saluait en agitant la main.

« Encore quelques semaines, et vous ferez un parfait *vaquero* ! Si, si, croyez-moi, il faut que vous restiez ! »

Il se redressa en s'époussetant, balaya la scène du regard. Depuis que les Indiens multipliaient les raids à partir de la Cajon Pass, don Luis avait fait cerner le corral sur trois côtés par un mur d'*adobe* surmonté de crânes de bovidés récupérés après la dernière *matanza*, l'abattage de fin de printemps, et cette rangée d'os blanchis aux cornes formidables, tournés vers l'horizon, dominant la marée houleuse des *long horns*, avait quelque chose tout à la fois d'angoissant et de beau qui lui fit battre le cœur plus fort. *Vaquero* ? Il était encore loin du compte. Mais, par Dieu ! oui, cette vie lui plaisait.

« Des princes, avait murmuré Raousset, un matin que Ramon et son fils Alessandro les avaient invités à chasser en leur compagnie, les vrais princes de la Californie ! » Dans les replis de la Sierra, un soleil pâle dissolvait les ombres de la nuit, des cailles invisibles pépiaient dans les buissons de sauge, et il avait compris que le comte n'entendait pas seulement ainsi don Antonio, le superbe *haciendero*, ou même le vieux *mayordomo* à l'air altier qui les guidait dans le dédale des canyons, s'enfonçait tout à coup dans une muraille d'épines pour retrouver derrière elle la piste un instant disparue, mais tous ceux dont ils partageaient la vie depuis quelques jours, jusqu'au plus simple des *vaqueros* – cette manière qu'ils avaient d'épouser la sauvagerie du paysage, de faire de chaque lieu leur royaume.

Devant eux, les plus fins cavaliers d'Europe sembleraient empruntés, s'était écrié le comte, le lendemain de leur arrivée, au spectacle des jeunes gens lancés au galop qui s'amusaient, sans descendre de leur selle, à ramasser des pièces de monnaie jetées dans la poussière. C'est qu'ils grandissaient à cheval, avait ri le vieux Ramon – comme lui : à peine ses jambes avaient-elles été capables de serrer les flancs d'une monture que son père, déjà, l'attachait au troussequin de sa selle avec un foulard, et il avait galopé ainsi, par monts et par vaux, au point que ses jambes, s'allongeant, s'étaient arquées au fil des ans. Des hommes-chevaux, en vérité – et c'était toute la sauvagerie du monde qui passait dans leurs galops frénétiques. Des princes, oui, et cette manière, riche ou pauvre, seigneur ou *lépero*, de se draper dans leur *serape* en jetant leur argent sur les tables de *monte* comme s'ils étaient millionnaires...

La piste était à peine dessinée, des pierres roulaient sous les sabots des chevaux dans les profondeurs du précipice, et Ramon allait toujours, le buste droit et le poing sur la hanche, d'un pas égal. Nicolas s'agrippait à sa selle en évitant de trop regarder au-dessous de lui, mais il aurait préféré disparaître dans les profondeurs menaçantes ou périr, là, sur place, plutôt que d'avouer sa peur. Au bout d'une heure, ils avaient atteint le fond du canyon, où brillait une source claire sous un bosquet de sycomores, au milieu d'une prairie tendre, et tandis que Ramon ramassait du bois sec, Alessandro s'était empressé de dépouiller deux lièvres. Bientôt une odeur délicieuse était montée dans l'air immobile, Alessandro, qui ne se séparait jamais longtemps de sa guitare, avait entonné d'une voix chaude *La Noche 'sta serena*, sa chanson favorite.

La noche 'sta serena,
Tranquillo el aquilón,
Tu dulce centinela,
Te guarda el corazón

Et le temps, pour eux, avait cessé d'exister...

Oui, c'était exactement cela qui tant exaspérait les protestants américains, cette insouciance, cette manière de prendre le temps comme il venait – et pas seulement les Américains, d'ailleurs, avait songé Nicolas, amusé : Jules Lombard et Garnier, compères en ronchonneries depuis leur arrivée, les avaient regardés s'éloigner d'un œil noir. Eh, il fallait bien qu'il y en ait qui se préoccupent de repartir un jour ! avait grommelé Garnier. Quant à Jules, il voulait faire un saut à Los Angeles, ce serait bien le diable s'il ne réussissait pas à y trouver armes et munitions, peut-être même un chariot convenable – ou, bon Dieu, on serait encore là l'année prochaine ! Raousset avait approuvé, sans cesser de sourire, l'air absent, sur quoi Garnier, exaspéré, avait jeté son chapeau par terre. Don Antonio et la belle señora Ysabel, son épouse, qui étaient assurément les plus charmants des hôtes, chaque jour s'étonnaient qu'on puisse s'obstiner à précipiter ainsi les choses. N'étaient-ils pas bien au rancho San Antonio ?

Quelle différence cela fait-il entre une journée et son lendemain ? gazouillait la Señora. Qu'ils lui parlent donc encore un peu de la mode de Paris ! Antonio Carrillo allait venir ce soir, ou demain, et, par le sang du Christ ! ce serait une belle fête, renchérissait son époux, Pierre Sainsevain ne lui pardonnerait pas d'avoir laissé partir ses amis français avant qu'il ait pu les saluer, Cristobal Aguilar préparait un combat de taureaux, personne ne pouvait manquer pareille chose... Garnier insistait : mais ce bétail, enfin, quand serait-il réuni ? Don Antonio soupirait en le regardant d'un air douloureux : « Demain, señor Garnier, demain ! » Ysabel, le lendemain, s'étonnait : qu'avaient-ils donc, ces étrangers, à toujours s'agiter ?

Le comte s'ouvrait, se détendait chaque jour un peu plus, s'abandonnait au charme indolent de cette existence. Chaque soir était le prétexte d'une fête, *peones* et *vaqueros* sous les vérandas laissaient venir la nuit, les gamins somnolaient à même le sol, mêlés aux chiens et aux cochons, ou, l'air solennel, les sourcils froncés, fumaient le cigare sous le regard amusé des adultes, et dans l'ombre naissante résonnaient les violons et les guitares...

« J'ai connu cela en Algérie, savez-vous ? Moi, colon ! Enfin, passons... Mon domaine de Bernou n'était pas aussi grand que celui de notre ami, mais tout de même... Et puis, la Mitidja... Ah ! les odeurs de la Mitidja au printemps ! Les vrais seigneurs, bien sûr, étaient les Arabes. Une vieille histoire, qui se répète... Quelle farce, vous ne trouvez pas, de se découvrir toujours du mauvais côté ? »

Garnier n'était pas des plus loquaces, mais il lui avait confié un jour, en ronchonnant, comment, il y avait à peine cinq ans, le comte de Raousset-Boulbon, dégoûté de la vie parisienne, s'était installé en Algérie, où il avait passé le plus clair de son temps à chasser les grands fauves avec les chefs arabes, au point que, habillé comme eux et prenant en toutes choses leur défense, il était devenu le premier opposant au général Bugeaud. Et n'avait bientôt plus eu d'autre choix que de quitter l'Algérie.

Le vieux grognon avait soupiré :

« On n'est pas encore reparti ! Eh ! c'est que ça lui rappelle des choses, ici, au comte... ».

Ce en quoi il voyait clair.

Alessandro avait posé sa guitare, Raousset jeté son cigare dans le feu, et ils avaient dévoré leur lièvre à belles dents. Cette expédition de chasse, au lever du jour, leur avait ouvert l'appétit. Tout à l'heure, ils tireraient le daim, avait suggéré Ramon. À moins qu'un peu plus haut, s'ils le souhaitaient, les ours... « Une chasse d'hommes, señor ! » Il avait jeté un regard rapide en direction de Nicolas. Non, ce serait le daim. Mais rien ne pressait. Et un *pajillo* s'imposait, après un tel festin.

Le comte était resté silencieux un long moment. Nicolas avait vu un nuage passer dans son regard. Pourquoi donc fallait-il que toujours lui viennent ces moments de mélancolie ? C'était la seule vie qui valait, avait-il murmuré, comme pour lui-même. Mais...

« Ah ! Nicolas, croyez-moi, mon garçon, nous sommes nés trop tard. Et à cela, nous n'y pouvons rien... »

Et comme Nicolas protestait timidement :

« Bien trop tard, vous dis-je... " Être Napoléon ou rien ! " La belle formule ! Elle est de M. de Balzac, je crois... Moi aussi, je pensais être né pour de grandes choses. N'avais-je pas dans ma poitrine un cœur aussi vaste que le sien ? Mais être Napoléon dans un siècle de notaires... Pindray a raison, vous savez ? Vient le temps des notaires. Oui, c'est déjà trop tard, ici... »

Trop tard ? Quand ils avaient longé la côte vers Los Angeles, à bord du *Sea Bird*, en s'arrêtant dans chaque port, il avait eu le sentiment, au contraire, qu'ils s'allégeaient, se dépouillaient, qu'ils pénétraient dans un autre monde. Une baleine grise, en route vers la Baja, les avait accompagnés un moment, et dans son souffle puissant il y avait quelque chose de sauvage, de triomphant – le monde était plus vaste, plus fort, qui s'ouvrait devant eux... Et ils avaient pris conscience, passé Monterey, l'ancienne capitale de la Californie – une grosse bourgade assoupie à flancs de colline –, à quel point le pays restait vide et pauvre. Les ports n'étaient que de simples mouillages, à peine protégés, devant quelques maisons basses, presque toujours fermées. En jetant l'ancre devant San Pedro – trois maisons sur une étendue rase, au pied d'une colline nue –, ils avaient vu une barque quitter le rivage, remplie d'hommes en armes, bien décidés à les renvoyer d'où ils venaient. Un certain Bill Jenkins avait abattu un Sonoran en pleine rue, à Los Angeles, leur avait expliqué le meneur, et, depuis, la chasse à l'Américain était ouverte, par le sang du Christ ! ils allaient les virer tous autant qu'ils étaient, et les braves gens pourraient respirer de nouveau ! Mais quand ils s'étaient dits français, des cris de bienvenue les avaient salués, et c'est en diligence qu'ils avaient pu gagner la ville.

Los Angeles, à trois heures de là, était au bord de l'explosion. Des cavaliers en armes patrouillaient dans les rues, la plupart des saloons, des théâtres, des maisons de jeu étaient barricadés, et il leur avait semblé retrouver, dans les recoins discrets, un parfum de Barbary Coast. Ils ne croyaient pas si bien dire, avait soupiré le tenancier du Bella Union, une bande de petits canards de Sydney chassée de San Francisco s'était installée pendant l'été, et tentait depuis d'imposer sa loi. Le temps de louer des chevaux et ils étaient repartis, sans dire mot. Los Angeles n'était encore qu'une grosse bourgade, mais le cancer était bien là, qui avait déjà rongé San Francisco, il n'y aurait donc aucun salut nulle part ? Ils s'étaient enfoncés au galop dans la plaine immense, vers les montagnes bleues. Des hordes de chevaux passaient au loin, des troupeaux de bovins aux cornes effilées, bientôt ces étendues rases et grises se couvriraient de hautes herbes, puis de moutardes jaunes de plus de deux mètres ondulant dans le vent. Leurs idées noires leur avaient paru dérisoires quand ils avaient découvert devant eux, au milieu de la plaine, le rancho San Antonio. Trop tard ? Ramon aurait bien ri, avait-il songé, si on lui avait dit que c'était déjà trop tard, que c'en était fini de son monde, et qu'allait déferler, inexorable, la loi américaine – Ramon qui s'était assoupi, le *sombrero* sur les yeux, après avoir fini son *pajillo*. N'avaient-ils pas tout leur temps ? « Ce canyon, señor, le matin, c'est un peu le paradis. » Et qui voudrait s'exiler du paradis ?

Il s'essuya les mains sur ses *chaparreras* de cuir. Une cloche tintait à l'entrée de l'hacienda, qui appelait les hommes à une collation après la frénésie du marquage. Il fit face un moment au grand corral, avec la satisfaction fourbue du nouveau propriétaire. Jamais il n'avait imaginé que sept cents têtes puissent représenter une pareille masse. Saurait-il vraiment déjouer les pièges des coyotes, des Indiens, des hors-la-loi ? Immobile au milieu de la cour, les yeux fixés sur l'horizon, entouré de Raousset, de Paredes et de sa fille, don Antonio, en habit chamarré, sur son cheval piaffant, avait une allure magnifique. Un roi, salué par ses sujets, autour duquel s'ordonnait toute vie. Non, il n'était pas trop tard. Ailleurs, c'était l'or, la folie de l'or qui avait tout emporté sur son passage. Sans or, tout restait possible – seule l'écume de la ruée viendrait jusqu'ici. L'*haciendero*, face à l'horizon, paraissait indestructible. Trop tard... Allons donc ! Il pressa le pas, à l'appel répété de la cloche. Et il se surprit, amusé, à imiter le déhanchement des *vaqueros*.

Des jarres de chocolat chaud, flanquées d'écuelles de bouillie de maïs fumantes, les attendaient dans la grande salle qui jouxtait les cuisines. Ruisselants de sueur, maculés de poussière, les hommes se bousculaient en faisant sonner leurs éperons sur les dalles sombres, parlaient haut, se tapaient sur l'épaule, encore surexcités par leurs prouesses du matin. Du temps du maître, chuchota Ramon, ils seraient entrés à cheval, mais la Señora y avait mis bon ordre... Et son soupir suggérait quelques regrets du bon vieux temps.

Nicolas avala sa bouillie avec un appétit furieux et se surprit à en reprendre. La première fois, il avait fait un peu la grimace, mais on se fait à tout, et mieux valait de toute façon apprécier le maïs : rien, au rancho San Antonio, ne pouvait se concevoir sans lui. Jusqu'au chocolat, pourtant chargé de vanille, de cannelle et de sucre, que l'on épaississait de quelques cuillers de *masa*.

Il sursauta en entendant son nom. Les *vaqueros*, autour de lui, le saluaient en levant leurs tasses, et il leur répondit avec force sourires. Pepe, qui faisait les yeux doux à Antonia, l'Indienne costonoane, si belle dans sa robe brodée aux couleurs vives, Macho-n'a-qu'un-œil, à l'allure d'infirme dès qu'il était à terre et de dieu quand il virevoltait parmi les *novillos*, Enrique qui chaque soir jouait sur son violon des *fandangos* à vous emporter l'âme, Luis et Chavez qui ne pensaient toute la semaine qu'aux parties de *monte* qui les ruineraient le dimanche venu et les ramèneraient au ranch, le temps de se refaire – comment leur dire, à tous, qu'il se sentait des leurs, chaque jour un peu plus ? Ramon, dès le lendemain de leur arrivée, s'était juré de faire de lui un cavalier – certes, l'essentiel ne pouvait s'acquérir qu'au prix de l'expérience, et il n'était pas né sur un cheval, comme lui, mais il n'empêche, avait décrété le *mayordomo*, par le sang du Christ ! il saurait au moins tenir en selle le jour de son départ ! La Señora, prévenante, avait suggéré qu'il fît ses premières armes sur Bamba, son poney, élevé par ses soins au lait et au miel, et qui la suivait partout comme un caniche docile, mais Ramon avait levé les bras au ciel. Bamba ? Et pourquoi pas jouer à la poupée ! Dans quelques semaines, il aurait peut-être à fuir les Indiens, à combattre les hors-la-loi, à rattraper des taureaux en *stampede*. Bamba ? C'était bien une idée de femme ! Non, la seule solution était le traitement de choc. Et traitement de choc il y avait eu, les douleurs qui lui tiraient le bas du dos étaient là pour le lui rappeler.

Des applaudissements agitèrent le groupe. Des Indiennes aux corps souples apparurent, portant des plats fumants de haricots aux piments rouges, des piles de *tortillas*, et du maïs encore, sur lesquels se précipitaient déjà les plus affamés. Vrai ! le señor Lugo savait traiter ses *vaqueros* ! En quelques minutes ce fut une affaire réglée – c'est qu'ils n'avaient pas que ça à faire, s'ils voulaient que demain la fête fût grandiose, comme avait dit le maître ! Et torchant leurs écuelles avec une dernière *tortilla*, ils repartirent en hâte, dans de grands bruits de bottes. Seul Nicolas s'attarda un instant dans la pièce. De jeunes Indiennes gloussaient, les yeux baissés, en l'observant à la dérobée depuis le couloir des cuisines, et elles s'égayèrent avec de petits cris quand il leur fit un signe de la main. Le silence revenu l'envahit comme une ondée bienfaisante. Il aimait la paix austère de ce lieu. Partout ailleurs, sans doute, ces pièces aux murs blanchis à la chaux, aux plafonds hauts, sans presque de meubles, auraient paru pauvres et sans âme : ici, leur majesté sévère s'accordait à la plaine sans limite, aux montagnes âpres devinées dans les lointains, au grondement des taureaux, parfois, balayant la Prairie. Il repensa au mot de Raousset, un matin, à la chasse – des princes, oui, exactement.

Leur arrivée, le premier soir, leur avait laissé à tous une impression extraordinaire. D'abord, l'hacienda avait paru vide, dans la nuit tombante, et ils étaient restés indécis au milieu de la cour. Puis un bourdonnement de voix était venu d'une des portes ouvertes, et, passant le seuil, ils avaient trouvé une foule agenouillée qui récitait son rosaire sous la direction d'un chapelain. Un homme au front haut, à l'œil perçant, d'un mouvement de tête les avait invités à prendre place et ils s'étaient agenouillés eux aussi. Ces visages hâlés, aux yeux brûlants, aux traits sauvages, dans la pièce nue seulement éclairée d'une chandelle, étaient presque inquiétants. Puis des voix plus claires leur avaient fait tourner la tête et ils avaient découvert, sur le côté, un groupe de femmes aux visages dissimulés sous des *rebozos* de soie bleue et blanche.

Le dîner n'avait pas été moins étonnant. Don Antonio les avait fait asseoir près de lui et du chapelain, au haut bout d'une longue table, si étroite que chacun aurait pu manger dans l'écuelle de son vis-à-vis, et couverte d'une profusion de plats : poulets découpés, nappés d'une sauce aux piments rouges ou farcis d'olives, d'oignons et d'arachides, accompagnés de riz parfumé au safran et piqué de longs piments verts. Avaient suivi d'énormes quartiers de bœuf, des épis de maïs grillés, des courges sucrées, des légumes aux formes et aux couleurs étranges, et ils allaient s'étonner de ne voir nul verre sur la table quand des serviteurs indiens étaient apparus, portant trois coupes pleines d'eau, chacune de plusieurs litres, où l'on se désaltérait avant de la passer à son voisin. Comme on était loin, ici, du cloaque de la Barbary Coast ! Et il avait vu, du coin de l'œil, que le comte, d'eux tous, était peut-être le plus impressionné...

Il resta un instant sur le pas de la porte. Le soleil brillait haut et clair, des gamins aux yeux sombres jouaient avec les chiens dans la poussière, une animation joyeuse agitait la cour, où revenaient, comme un leitmotiv, les cris « *Fiesta !* » « *Fiesta !* ». Toute l'hacienda montrait le même mélange de douceur et de rudesse. Ses murs d'*adobe*, protégés à l'extérieur par des estacades faites de pieux et de troncs de palmiers, pouvaient soutenir un siège, mais les larges vérandas, sur les trois côtés de la cour intérieure, ourlées de fleurs et de plantes grimpantes, donnaient à l'endroit les airs souriants d'une place de village. Toute la vie du ranch s'organisait sous leurs auvents, les femmes y venaient coudre ou prier, sortaient des tables de cuisine pour y préparer les repas, des Indiennes à genoux y broyaient le maïs sur des dalles de pierre, en se défendant des porcs trop familiers ou trop gourmands, et quand venait le soir les hommes s'y rassemblaient pour chanter et fumer le cigare, Enrique apportait son violon, Alessandro sa guitare, et des *fandangos* s'improvisaient à la clarté des torches.

Il pensa à Claire, tout à coup. Du côté des pièces de la Señora la véranda prenait des allures d'allée ombragée où géraniums, œillets et musc jaune proliféraient dans de grandes jarres de terre rouge, de la vigne vierge poussait au mur, et d'autres plantes encore, dont il ne savait pas le nom, grimpaient le long de cordes tendues jusqu'au toit depuis des auges de pierre. Oui, Claire saurait recréer ainsi un petit paradis, parfaite assurément en Señora, adroite à tenir un domaine... Claire ! Un trouble l'envahit, si soudain, si brutal, qu'il sortit à grands pas.

En se retournant il surprit les regards intrigués des jeunes filles revenues : qu'était resté faire ici le petit Français, si ce n'était pas pour leur offrir de jolis rubans, leur conter fleurette ou les prendre par la taille comme ce coquin de Pepe, aux moustaches qui piquaient ?

Devant une grange basse, Garnier et Ramon finissaient de retourner au soleil de longues lanières de viande, tendues au bout de cordelettes. Lombard vérifiait celles déjà séchées, les rassemblait en ballots d'une cinquantaine de livres, qu'il liait soigneusement de minces lanières de cuir avant de les rouler dans une peau de vachette. Le *jerky* – la *carna seca*, comme disaient les Mexicains – serait leur nourriture principale tout le long de la piste, avec les *frijoles*, bien sûr, et la farine de maïs : mieux valait s'assurer de sa conservation.

« Tiens, notre *vaquero* se souvient de nous ? »

Ici, de toute évidence, on n'avait pas l'humeur au *farniente*. Depuis deux jours, Jules Lombard n'était pas à prendre avec des pincettes. Le geste précis, la parole brève, il ordonnait, houspillait, reprenait vertement Indiens et *vaqueros*. Le matin même, Nicolas avait vu le comte tressaillir et froncer les sourcils à son ton un peu vif. Combien de fois le trappeur avait-il vérifié les harnais, fait et défait les paquetages, ausculté l'essieu de la roulante ? Jamais, depuis leur arrivée, il ne s'était mêlé à la vie de l'hacienda. Les *fandangos*, les sérénades, ce n'était pas pour lui. On le trouvait, le soir, vers les corrals, tourné vers l'horizon ou bien perdu dans ses pensées, comme s'il écoutait une musique intérieure, entendue de lui seul – ou bien était-ce seulement la respiration de la nuit ? S'il avait osé, Nicolas lui aurait demandé de parler de la Prairie, du vent dans les hautes herbes, de ce que c'était, pour lui, que de dormir avec pour seul toit le ciel grand ouvert, mais il s'était à chaque fois éclipsé sur la pointe des pieds, comme si ces instants lui appartenaient à lui seul.

« Avec un peu de chance, le comte finira par se rappeler que ce sont ses vaches qu'on va remonter ! Si dona Angela lui en laisse le loisir, évidemment... »

Il suivit le regard de Lombard. Raousset et Angela s'éloignaient sur la piste, côte à côte. Les Paredes, pas plus le père que la fille, ne lui revenaient trop, songea-t-il, vaguement agacé. Trop de dédain, chez l'un, et cette manière, chez l'autre, de provoquer toujours, d'un regard, d'un mouvement de reins. Il réprima un geste de colère. Le comte, bien sûr, n'avait aucun engagement à l'endroit de Marie, mais... Il entendit derrière lui le trappeur qui sifflait entre ses dents, exaspéré : « Les femmes ! »

Dans moins de quarante-huit heures tout reposera sur lui, songea Nicolas. La plus petite imprudence se paierait au prix fort – on pouvait bien comprendre qu'il fût un peu tendu... Il grimpa sans dire mot dans le petit chariot, s'installa à la place du conducteur, prit soudain conscience de sa fragilité. Jules comptait-il vraiment que cette carriole branlante les mènerait jusqu'au bout ?

« Elle tiendra, grommela le batteur d'estrades, comme s'il avait deviné ses pensées. Sauf accident, bien sûr... »

Non, ce qui le préoccupait, c'était leur armement. Comment avait-il pu accepter qu'ils s'embarquent pour Los Angeles sans autre rifle que le sien ? Bah ! Nous nous équiperons sur place, répétait le comte, qui n'aimait guère s'embarrasser. Mais depuis que se multipliaient les raids d'Indiens, de hors-la-loi, de convicts de Sydney, on ne trouvait plus d'armes, les munitions manquaient, et pas plus Garnier que Lombard n'avaient voulu se perdre en détails quand ils étaient rentrés, un soir, avec ce qui serait leur armement pour le reste du voyage. Les deux mousquets Flint Lock étaient impressionnants, certes, mais plus tout à fait de la première jeunesse et, pour Nicolas, ils n'avaient pu trouver que ça, avaient-ils soupiré en sortant un formidable revolver dont le canon mesurait au moins vingt centimètres de long.

« Un colt 44, modèle 3e dragons ! »

Les *vaqueros* s'étaient attroupés pour admirer la merveille. Un six-coups, avait expliqué Lombard, usiné par Samuel Colt lui-même en 1848, qui avait équipé jusqu'ici le seul 3e dragons. À ce que l'on avait cru comprendre, le précédent propriétaire n'en aurait plus besoin. Mais quand Nicolas l'avait saisi, il avait eu toutes les peines du monde à le tenir à bout de bras – ce que voyant, Ramon le lui avait emprunté et, deux jours plus tard, il était revenu avec une crosse qui transformait l'engin en une carabine, plus facile à manier. Lombard, beau joueur, avait hoché la tête, mais l'on voyait bien qu'il ne faisait dans le fond confiance qu'à ses propres armes, qui ne le quittaient jamais – ses armes et celles des *vaqueros* qui les accompagneraient.

Les deux tonneaux de haricots et de farine étaient déjà solidement arrimés près du coffre où seraient serrés les ballots de *jerky*. La caisse des outils de première nécessité était, elle aussi, de même que le matériel de cuisine, réduite à l'essentiel. Un frisson parcourut l'échine de Nicolas, tandis qu'il explorait le contenu de la roulante. C'était donc vrai, dans deux jours il serait là, assis, tenant les rênes, noyé dans la poussière, avec devant lui le fleuve indocile des sept cents vaches, bouvillons et génisses qui représentait toute leur fortune. D'un petit corral tout proche lui parvenaient des hennissements : les chevaux achetés à l'*haciendero* – trois pour chacun – qui allaient les accompagner. Eux aussi s'impatientaient...

« Au départ, les bêtes ne pensent qu'à une chose : rentrer chez elles, retrouver leurs pâturages. Alors, n'hésitez pas : éloignez-les autant que vous pouvez. Le soir, cherchez un ruisseau, un vallon entouré de collines. Sinon, elles se débanderont pour revenir ici ! »

Combien de fois Ramon avait-il ressassé ces conseils ? Mais Lombard l'écoutait toujours avec la même attention. Trois fois le *mayordomo* avait fait le voyage. Et nul à cent milles à la ronde ne connaissait mieux le bétail que lui.

« Surtout, insistait-il, évitez le moindre bruit, les premières nuits. Pas une quinte de toux, pas un tintement d'écuelle. Et parquez les chevaux le plus loin possible ! Les bêtes sont tellement nerveuses... Un bruit, un seul bruit, et elles balaient tout sur leur passage ! »

C'était déjà arrivé, l'année précédente, à l'équipe du rancho Guadalupe, et le troupeau avait galopé toute la nuit, après avoir écrasé trois hommes, galopé jusqu'à mourir d'épuisement. Ah ! il oubliait : bien faire attention aussi, au départ, à ce que les vaches ne se serrent pas trop les unes contre les autres ; elles dégagent tellement de chaleur, alors, qu'elles maigrissent à vue d'œil !

Nicolas, tout à coup, dressa l'oreille.

« Le petit... Vous pouvez compter sur lui. Il tiendra sa place. Je vous assure, il progresse vite, señor Lombard – à l'arrivée ce sera un vrai *vaquero* ! »

Son cœur fit des bonds dans sa poitrine. C'était bien de lui qu'on parlait !

« J'ai pensé... Trois *vaqueros* vous suffiraient, du coup. Roberto, Jefe et Tiburcio. Des vieux briscards, plutôt que des jeunots. Et puis, si vous comptez Nicolas comme *vaquero*, vous pourriez prendre Junipero pour mener le chariot. C'est un bon cuisinier. Et les autres l'écoutent. »

Il allait sauter de la roulante, dire sa joie, quand quelque chose, dans la voix de Ramon, le retint.

« Il ne faut pas affoler le petit, ou le comte, mais... Les Indiens... Il y a un mois, un parti de Mojaves a ravagé plusieurs ranchs entre San Gorgonio et Los Angeles, volé leurs chevaux. Les hommes du ranch Azusa en ont tué dix dans la Cajon Pass, mais... Les autres rôdent quelque part dans la montagne. Peut-être ont-ils vu le marquage, ce matin ? J'ai envoyé des hommes battre les collines, mais avec les Mojaves, qui peut savoir ? Il n'y a pas quinze jours, les Paiutes étaient à San Juan Capistano. Cinq cents chevaux volés au ranch Santa Margarita ! Et en décembre, ils étaient ici, et chez Francisco Alvarado, notre voisin... Quinze de nos hommes les ont poursuivis sur plus de cent milles, après la Cajon Pass, mais... »

Il en arrivait de partout, de plus en plus nombreux, Utes, Mojaves, Paiutes, Tulares, Shosshones ; du nord par la San Joaquin et l'Owens Valley, du sud par la vieille piste indienne et la Cajon Pass. Il énumérait d'une voix sourde la litanie des ranchs pillés, des troupeaux décimés, volés – mais les plus à craindre étaient peut-être encore les Blancs. C'était nouveau, ça. *Desperados* arrivés derrière les convois d'émigrants par la piste de Santa Fe, qui s'attaquaient aux diligences, voleurs de bétail organisés sans doute par les mormons, criminels en fuite, tricheurs professionnels, mineurs aux abois, toute la vermine chassée de San Francisco...

« Une bande s'est installée vers Rock Creek, dans la Sierra Madre. Une autre vers la Mojave River. C'est leur grand rendez-vous : de là, les chevaux sont remontés vers Salt Lake City... »

Manuel Marquez et ses hommes écumaient la région entre San Juan Capistano et Santa Anna. Jack Powers et ses égorgeurs sévissaient plus au sud, vers San Diego. Oui, c'était tout l'Ouest qui bougeait, soupira Ramon – et nul ne savait ce que serait demain...

Garnier avait dû lui poser une question, car il s'interrompit un instant, puis eut un petit rire :

« La meilleure route, señor ? Le danger est partout. Qui peut savoir ? Mais j'aurais fait le même choix que le señor Lombard, oui, le même choix... »

Il repensait à ses trois voyages, au bétail perdu une fois, sur la route de la Côte, après Santa Barbara. La route de l'intérieur, par la plaine de la San Joaquin, était peut-être la plus longue, mais aussi la plus aisée. Et l'herbe y serait plus abondante. Après les dernières pluies d'hiver, le printemps allait remonter vers le nord, juste devant eux. C'était peut-être leur chance : d'être partis avant que n'arrivent les voleurs de bétail. Puis ils auraient à franchir la Pacheco Pass, avant de descendre dans la vallée de Santa Clara, jusqu'à San José et San Francisco. S'ils ne faisaient pas de rencontre fâcheuse en route...

« Ah ! prenez garde à vous, señores, prenez garde à vous ! Trois convois, l'année dernière, ne sont jamais arrivés. Le señor Lombard est un homme de la Prairie. Il sait qu'à partir de demain vous serez tous entre les mains de Dieu. »

Il entendit ses pas s'éloigner, passa timidement la tête par la bâche du chariot. Garnier et Lombard, pensifs, regardaient le vieillard regagner l'hacienda, le dos voûté.

« Il se fait du souci, dit Lombard.

– Pour nous ? »

Garnier se tourna vers Nicolas, haussa les épaules.

« Oh ! Pas seulement. Non... les temps changent. »

Il balaya la cour d'un geste du bras...

« L'âge d'or s'achève. Et il le sait. »

Une cavalcade furieuse balaya la plaine, ce fut autour d'eux, soudain, un tumulte de cris, de vivats, et dans un tourbillon de gamins surexcités, de *peones* agitant leurs chapeaux, deux *vaqueros* apparurent, poussant de leurs lances un taureau noir aux cornes gigantesques. Le monstre s'engouffra dans un corral, tournoya sur lui-même pour se heurter de toute sa masse à la barrière close, et resta là, soufflant, le front bas, face à la foule hurlante. Déjà les têtes se tournaient, femmes, enfants, tous se précipitaient vers un autre groupe qui s'avançait sur la route poudreuse. Lombard cracha dans la poussière, furieux.

« Ah ! c'est bien de tes amis, ça ! »

Et comme Nicolas, surpris, l'interrogeait du regard, il désigna du menton le groupe qui s'approchait, où il distingua bientôt une cage de métal portée par une charrette. L'ours, serré presque à étouffer, dressé sur ses pattes, clignait des yeux furieux en montrant ses dents formidables. Même les plus hardis baissaient la voix sur son passage.

« Le taureau contre le grizzly ! Ce sera le clou de la fête, demain. Oui, c'est bien des Mexicains... »

La voix tremblante de colère, il lui expliqua les règles de ce jeu barbare – et comme on attacherait les bêtes l'une à l'autre par une chaîne, pour être sûr qu'elles s'étriperaient, là, devant l'entrée. Don Antonio trônerait sur une estrade, avec ses invités. Les dames porteraient leurs plus beaux atours, il y aurait des violons, des trompettes, pendant que la terre rougirait de sang, que les entrailles déchirées fumeraient sur le sol...

« D'abord, c'est le taureau qui attaquera, tête baissée. Et là, tu verras ce que c'est, la puissance d'un grizzly : il boxera le taureau sur les oreilles. C'est à ce moment que tout se joue. Ou bien il est assez fort pour stopper la charge du taureau, ou bien celui-ci lui a déjà ouvert le ventre. Après... les chances du grizzly augmenteront à chaque assaut – jusqu'à ce qu'il réussisse à saisir le mufle du taureau dans ses griffes et qu'il l'étouffe, dans les flots de sang ! »

L'arrivée des fauves semblait avoir brusquement réveillé l'hacienda. Les femmes s'activaient pour préparer les *dulces*, des ventres des fourneaux dégorgeaient des montagnes de gâteaux fumants, des hommes couraient, portant d'énormes quartiers de bœuf, des moutons entiers, des chapelets de poulets aux jambes grêles, et, devant le portail, s'empilaient les branches de chêne vert qui, dès ce soir, formeraient les lits de braise sur lesquels rôtir les pièces de viande. Des rumeurs passaient, don Fernando Sepulveda sur Black Swan avait lancé un défi à Andres Pico sur son célèbre Sarco – neuf milles depuis les grilles du rancho San Antonio jusqu'au bois Saric et arrivée jugée à l'entrée de la cour. Mais non, ils n'avaient rien compris, c'était Pio Pico lui-même sur Azulejo, contre don Juan Abila sur Coyote. Ou bien alors les deux. Ah ! c'était de la folie. Après les courses et les jeux, il y aurait un pique-nique dans les bois, on apporterait des violons et des guitares, Alessandro chanterait pour les dames, puis la Señora ouvrirait le dîner d'honneur, avant le bal et les feux d'artifice, la nuit ne finirait pas, c'était juré ! Des jeunes gens passaient, dans un grondement de sabots, cueillaient au vol des mouchoirs jetés au sol et se redressaient avec des « You you » joyeux, les jeunes filles lançaient sur leur passage des pétales de *suchil*, et ce fut un tonnerre de vivats quand don Antonio parut à son balcon : ses excellents amis les señores Léon Prud'homme du rancho Malibu, Rubidoux du rancho Jurupa, Jean-Louis Vigne et Pierre Sainsevain du rancho Aliso seraient là dès ce soir pour saluer ses hôtes français – et leur dire comme les *Californios*, jadis, avaient su les accueillir !

Seul Nicolas restait à l'écart, spectateur indécis de ce tourbillon où il ne trouvait pas sa place. Les mots de Garnier l'avaient frappé plus qu'il ne s'y attendait. Et certaine scène lui revenait d'un matin de chasse avec le comte. « Déjà trop tard », avait dit celui-ci – se pouvait-il qu'il eût raison ? Oui, tout l'Ouest bougeait.

Il revint vers les corrals, perdu dans ses pensées. *Desperados* et Indiens n'étaient que les signes avant-coureurs d'un bien plus vaste séisme. Quel *haciendero* imaginait, il y a seulement trois ans, que l'on pût vendre des vaches *pour leur viande* ? Pour la graisse, oui, que l'on mettait à fondre dans de grands chaudrons après chaque *matanza*, pour le suif dont on faisait des chandelles, et pour les peaux surtout, les précieuses peaux qui servaient à tout, vêtements, meubles, outils, et que l'on échangeait contre des marchandises aux bateaux de passage – sans oublier un peu de *carna seca* pour la consommation des *vaqueros*. Mais du bétail sur pied ! C'était la ruée vers l'or, cela – et jamais les *hacienderos* n'avaient gagné autant d'argent...

Un souffle brutal le fit tressaillir. Le taureau à la robe de ténèbres le fixait en griffant le sol. Demain, peut-être, le seigneur de la Prairie serait mort, masse sanglante que des *vaqueros* traîneraient dans la poussière... Il s'ébroua, troublé par sa mélancolie – à moins que ce ne fût l'angoisse du départ ? Oui, cette brusque fortune était peut-être le piège qui allait perdre les *Californios*. Car ils dépendaient tous, déjà, de cette ruée qui les couvrait d'argent. Avant de les dévorer, comme les autres...

Ces hors-la-loi qui guettaient les convois de passage étaient peut-être moins dangereux pour les princes de la Californie, se dit-il, que le comte et lui-même. Et il comprit tout à coup ce qu'avait voulu dire Raousset, de cette ironie de l'Histoire à se trouver toujours du mauvais côté...

Il revint à pas lents vers l'hacienda et s'arrêta, surpris. Le comte et Paredes, en grande conversation à l'entrée du jardin, ne paraissaient guère, eux non plus, se soucier des préparatifs de la fête. Intrigué, il les suivit des yeux tandis qu'ils s'isolaient sous les arceaux de vigne vierge. Qui donc était ce personnage au regard impérieux que don Antonio avait reçu comme s'il eût été un homme d'État ? « Un des grands noms du Sonora, lui avait confié un jour dona Ysabel alors qu'il s'étonnait près d'elle de tant de révérence, et l'espoir de cette province martyrisée ». Comme à chacun de ses passages chez leur voisin Carrillo, Paredes avait tenu à venir les saluer. Carrillo... Sans être très au fait des subtilités politiques, ce nom ne lui était pas inconnu. Parbleu ! s'était écrié Jules Lombard, quand il lui avait fait part de cette conversation, n'était-il pas le leader des *Californios* du Sud qui rêvaient toujours d'une autonomie de leur région ? Depuis son arrivée, Raousset se désintéressait de leurs affaires de bétail. Pour le feu sombre des beaux yeux d'Angela, seulement ? Cette jeune femme le troublait, comme elle troublait tous les hommes, elle était dangereuse, à coup sûr – mais moins que son père, se surprit à penser Nicolas. Il les regarda s'éloigner vers les vergers, et quelque chose de froid lui serra la poitrine, le pressentiment d'une menace. Il en fut certain, tout à coup : Paredes n'était pas au ranch par hasard. Le comte n'était-il pas venu ici sur les conseils de Colton, avec en poche une recommandation de Vallejo – le gendre de Carrillo ? Oui, c'était Raousset que Paredes était venu voir, c'était pour lui laisser le temps d'accourir que don Antonio les avait retenus ainsi, jour après jour – et s'ils passaient tant d'heures ensemble, au point d'ignorer l'agitation alentour, il fallait que l'affaire, entre eux, fût d'importance...

Et ce n'était sans doute pas non plus un hasard si tous ces *rancheros* français installés à Los Angeles avaient été invités dès ce soir...

Il traîna, désœuvré, tout le reste du jour. Plus personne, dans cette effervescence, ne se souciait de lui. Pourquoi prit-il son cheval, quand un nuage de poussière à l'horizon annonça les premiers invités ? Le besoin, sans doute, d'être seul. Demain serait tout de vacarme, de chansons et de cris – puis, au petit matin, il y aurait le départ, l'entrée dans l'inconnu immense, une autre vie. Qu'au moins, ce soir, il puisse se retrouver avec lui-même ! Il piqua des deux vers un bosquet d'acacias, au centre de la plaine. Le soleil mourait derrière les crêtes bleues, dans un océan de sang, des bouffées d'un vent tiède venu de l'horizon passaient sur l'étendue comme une respiration paisible, sous les pas du cheval le sol exhalait la chaleur accumulée pendant le jour, l'ombre déjà s'allongeait. Combien de fois était-il venu ici ? Un tapis d'herbe verte s'agrandissait en cercle autour du bosquet, un air plus frais venait des feuillages sombres, du sol humide, et, dans le silence, il reconnut le grincement familier de la grande roue qu'actionnait tout le jour l'attelage des mules, le bruit clair de l'eau tombant en cascade dans les grands abreuvoirs. Il s'installa un peu à l'écart, dans son coin favori. Quelque chose venait dans la plaine, à sa rencontre, quelque chose d'immense qui lui emplissait la poitrine, faisait battre son cœur. Des hardes de chevaux galopaient dans un tourbillon de poussière, crinières au vent, naseaux ouverts, et c'étaient des courses éperdues, de brusques effrois, des ruades sauvages, le bruit de leurs sabots roulait comme le tonnerre – puis le torrent déviait sa course devant les cornes hautes des taureaux belliqueux, se reformait plus loin, revenait en avalanche, les mugissements rauques trouaient l'étendue, les hennissements des étalons montaient comme un défi, et c'était un galop joyeux vers les abreuvoirs, les troupeaux de moutons s'égayaient en tous sens, les taureaux, l'œil vague, levaient leurs mufles noirs, ruisselants, prêts à encorner déjà les imprudents. Pouvait-on imaginer spectacle plus grandiose ? Derrière les rares bosquets de saules et de *manzanitas* pointaient les museaux des chacals assoiffés, un froissement de rôdeurs agitait les touffes d'herbes, des yeux brillaient dans la pénombre. Il n'avait pas de mot pour dire ce moment, songeait-il, immobile et retenant son souffle, mais ce n'était pas l'or, non, et moins encore la gloire : c'était très exactement cela qu'il était venu chercher en cette terre nouvelle – et cette rumeur étrange qui s'éveillait au plus secret de lui...

Une odeur de tabac l'arracha à ses songes. Quelqu'un était là, quelque part dans le noir. Il rampa dans les herbes hautes avec mille précautions, contourna le bosquet qui le dissimulait : Jules Lombard, assis au pied d'un arbre, fumait un cigare, les yeux perdus dans les lointains.

13

Mlle Bréa, en tenue d'Ève ou peu s'en faut, quémandait la caresse qui lui porterait chance, Alexina, jalouse, le tirait à lui, se souvenait-il encore, l'ingrat, qu'elle avait été, jadis, son petit cœur, mais Angèle, pressée de lui faire admirer le chic de ses frous-frous, le frôlait de ses seins lourds, ce qui l'empêchait quelque peu de répondre, et c'était à qui le toucherait, le pincerait, attirerait le regard du lion de la semaine, du génie de ces dames, Jules de France pour l'éternité, qui s'avançait, modeste mais l'œil humide, avec des grâces de prélat bénissant ses fidèles, accordant ici une tape, là une caresse, là encore un baiser, et ses deux sbires allaient suivre, plus Pépin et Jourdain que jamais, mais les filles leur claquèrent la porte au nez en poussant de hauts cris – qui voulait voir payait ! Et Jules ? protestaient les deux escogriffes, vissés à certaine fente opportunément pratiquée dans la cloison. Ah ! Jules, Jules c'était autre chose... Et derrière la porte close ce fut un concert de gloussements, de rires, de chuchotements, dans un tourbillon de chairs dénudées, de dessous à damner un anachorète ; pressé de toutes parts, il protestait, un peu plus faiblement à chaque fois que, bon Dieu ! les filles, il était chaste, c'était affaire entendue, mais par un effort héroïque de sa volonté, et qu'il y avait crime à tenter le pécheur. Il s'assit, épuisé par tant de bontés, et Mlle Bréa aussitôt s'installa sur ses genoux pour vérifier d'une main taquine la fermeté de ses résolutions. Les autres protestèrent. Et elles, alors ? Et puis, ce ne serait pas chic pour la pauvre Artémise. Bah ! après tout, elle n'en saurait rien, gargouilla Jules, faiblement.

Ah ! quelles journées – San Francisco tourneboulé, bousculé, mis en ébullition par les filles en folie, San Francisco ne jurant plus que par les petites madames et le chic parisien, San Francisco devenu pour quelques jours le Paris du Pacifique ! Mais aujourd'hui – oui, aujourd'hui se devait d'être l'apothéose... L'idée en était venue à Berthe quand Geary avait proposé, pour accueillir en grande pompe le convoi des gardes mobiles, s'il se décidait enfin à arriver, de redonner *Ô Californie*, sous la férule toujours vaillante de Mlle Wyllis : pourquoi ne pas ajouter au spectacle quelques refrains des belles provinces de France ? Et chacune de ces dames s'était aussitôt mis en tête d'être, qui la Bretagne, qui l'Alsace, qui la Provence, les magasins avaient été pillés par la meute déchaînée réclamant à grands cris coiffes, jupons, gilets brodés, tissus et mousselines, les cousettes avaient passé leurs nuits sur les aiguilles, tous les Français bientôt s'étaient piqués au jeu, apportant détails ou anecdotes. Et ce matin, alors que la ville bourdonnait des préparatifs de la fête, les filles tenaient à offrir la primeur de leurs nouveaux atours à celui sans lequel rien de tout cela ne serait arrivé. Jules sous ces avalanches de chiffons perdait pied, par avance vaincu, et, certes, on devrait porter plus souvent la coiffe bretonne, soupirait-il devant Berthe qui, pour l'instant, l'avait pour seul vêtement – ah ! elles étaient folles, ces filles, décidément !

La semaine française – vrai, c'était une riche idée ! Colton avait su en convaincre les puissants de l'heure, les Chauviteau, les Pioche, les Dellessert – pourquoi pas, si ça pouvait aider le commerce, avaient bougonné les philanthropes. Et l'on ne manquerait pas de dire, à chaque occasion, que c'était leur manière à eux de remercier le peuple américain de les avoir accueillis... Jules s'était fendu d'un article sublime, au lyrisme sombre et emporté, à faire pleurer des pierres, sur tous ces proscrits, persécutés, miséreux qui trouvaient ici une nouvelle patrie et sauraient s'en montrer dignes – et le *Public Balance*, ému, l'avait repris, traduit. Mais c'étaient les filles, surtout, qui s'étaient embrasées aux idées festives de l'ami Jules. Ah ! c'était bien la première fois qu'on leur demandait quelque chose ! La petite Lucie avait éclaté en sanglots, comme si d'être mobilisée pour le salut de la patrie valait reconnaissance : ils allaient voir, tous, qu'elles avaient du cœur ! Et Jules s'était multiplié, devenu le général d'une armée en jupons. Combien d'entre elles, qui se vendaient deux francs sur les boulevards il n'y avait pas un an, gagnaient ici deux cents, trois cents dollars par jour ? Elles n'en étaient pas moins restées des filles du peuple, et sauraient le montrer, clamaient Alexina, Berthe et Bréa, qui avaient des idées socialistes. Et c'était depuis un tumulte de projets, une extravagance de discussions, les propositions fusaient, au fil des réunions, les clients se désolaient de trouver portes closes, mais, navré !, ces dames pensaient.

Puisque ces gros richards oubliaient l'hôpital, elles allaient s'en occuper, elles, par un grand bal de bienfaisance – et pour faire rentrer les fonds on pouvait même imaginer une loterie, avait proposé Angèle, rougissante, dont les gagnants se verraient offrir une nuit avec celles d'entre elles dont ils auraient tiré le numéro. Joséphine, qui était bonne pomme et en avait les rondeurs généreuses, s'écria que s'il fallait séduire les Américains, pourquoi ne pas leur offrir, chacune, une journée d'étreintes gratuites ? Les autres l'avaient regardée : eh bien, celle-là, elle n'avait pas peur ! Et comme elle s'étonnait, Berthe avait fini par lui demander comment elle comptait s'y prendre, avec vingt mille mâles en pleine ardeur devant sa porte ? Agathe, retrouvant l'esprit des barricades, avait proposé, d'enthousiasme, une Fraternelle des belles de nuit – sans protecteur, travaillant à domicile, n'étaient-elles pas libres comme elles ne l'avaient jamais été ? Sidonie prophétisait un monde idéal où la prostitution serait la forme suprême de la libération de la femme – puisque les hommes devraient payer ce qu'ils arrachaient d'ordinaire par les liens sournois du mariage. Elles vivaient ici un âge d'or, qu'il fallait à tout prix prolonger, par les vertus de l'association. N'avaient-elles pas les moyens, ensemble, de se secourir, de se protéger si nécessaire, en se payant des gardes du corps, d'aider les nouvelles à s'installer ? La pute, oui, était l'avenir de la femme ! Jules, éberlué, s'émerveillait : c'était une révolution qu'il venait de déclencher ! Et la ville se laissait faire, ravie : chaque jour de la semaine avait vu se succéder parades des filles françaises, défilés de mode, séances de *french cancans* – et de sa variété canaille, le Clodoche, où, pour le dernier tour, les filles, par mégarde, égaraient leurs dessous –, tandis que Jules multipliait courses en sac, concours de cireurs de bottes, démonstrations de boxe française, courses de lits, championnats du monde de lancer de nains, courses de garçons de café, depuis le Wharf jusqu'à Portsmouth Square. Elles avaient su qu'elles avaient gagné lorsque Irène McCready, Belle Cora, Mabel Ranz et ses filles étaient venues en grande pompe applaudir un de leurs *french cancans* – ne donnaient-elles pas, ces madames, un exemple à toutes les autres et une leçon à tous ces grands flandrins ?

Mais Jules avait compris que cette semaine était la sienne lorsque, dans l'après-midi du vendredi, *La Sérieuse* était entrée au port avec à son bord les deux cent cinquante premiers gardes mobiles. On l'attendait depuis trois bonnes semaines, et pas seulement Colton ou Burnett : Sam Brannan aussi. Des tracts avaient commencé à circuler : « HALTE À LA RACAILLE ! Nous avons toutes les raisons de croire que le gouvernement français nous envoie les pires criminels de Paris. Allons-nous accepter cela ? Faisons un exemple ! S'ils arrivent, jetons-les à la mer ! » Après l'échec du procès de Berdue et de Windred, Sam Brannan s'était fait discret, mais l'humeur de la ville était restée tendue, un homme porteur de marchandises volées avait été saisi un jour par la foule, battu à mort, ses oreilles arrachées à coups de fouet, et l'on s'apprêtait à le jeter à l'eau quand la police était intervenue ; les voyous, depuis, menaçaient la ville de représailles s'ils n'étaient plus protégés : « Ne sommes-nous pas des citoyens comme les autres ? » Tout pouvait exploser à la moindre occasion. La semaine française avait été un rayon de soleil inattendu, un sourire dans la grisaille, et chacun s'était senti un peu plus généreux, les plus hargneux des pourfendeurs de *kezkidiz*, pris à contre-pied, s'étaient tus – que les gardes mobiles arrivent à ce moment tenait du miracle !

Tout était prêt, on n'attendait plus qu'eux. Burnett, profitant d'une crise d'éthylisme de McDougal, son successeur, lui avait par avance arraché une dispense de la taxe des mineurs – haute politique étrangère, lui avait-il soufflé en prenant des airs mystérieux. Geary, lui, avait décidé d'organiser une réception solennelle pour le premier convoi, avec exemption des formalités de douanes et passage gratuit vers les mines. Aussi, dès l'apparition de *La Sérieuse*, la mairie avait-elle bourdonné comme une ruche, tandis que Colton fonçait à la rencontre des arrivants : la cérémonie aurait lieu dès le lendemain matin, avec discours du maire, suivi de la cantate de Mlle Wyllis et du spectacle préparé par les madames de France, puis l'on remonterait Commercial Street, fanfare en tête, jusqu'à Portsmouth Square, où seraient hissés conjointement les drapeaux américain et français, Geary rappellerait les hauts faits de La Fayette, le consul remercierait, un vin d'honneur et un repas seraient servis devant l'Union Hotel, suivis d'une visite de la ville, avant que le Jenny Lind redonne *Monsieur Gogo* à leur intention, et ce serait, en bouquet final, la soirée imaginée par les madames – le bal masqué dont elles faisaient si grand mystère.

Et le lendemain, avait ajouté Burnett en se frottant les mains, sa belle humeur retrouvée, on les fourre tous sur les vapeurs pour Stockton et Sacramento, et de là, bon débarras, droit vers les mines !

Même à moi, les filles, vous ne direz rien ? bégayait Jules, à demi étouffé, tandis que couraient sur lui des doigts moqueurs bien décidés à le déshabiller. Pas même à lui. Ce bal masqué, c'était leur surprise. Bah, on verrait bien, eut le temps de songer Jules avant de renoncer à sa vertu nouvelle. Ce matin il s'était réveillé avec cette intuition que connaissent si bien les artistes et les joueurs : c'était son jour. Et son instinct ne le trompait jamais.

Ou rarement...

« Et n'oubliez pas, c'est à ce moment que vous remercierez le maire... »

Le chef d'expédition le fixait de ses yeux vides tandis que Colton, pour la troisième fois, lui répétait le détail du lendemain. Il s'appelait Cousin, finit-il par grommeler en s'arrachant à son hébétude, capitaine au 18e bataillon de la garde mobile, et le consul, tout en parlant, observait avec inquiétude ses traits tirés, ses yeux vagues. Il n'y avait eu ni vivat ni transport de joie quand il était monté à bord avec le docteur Garnier – rien qu'une succession de visages maigres, hostiles. Une odeur pestilentielle sortait des écoutilles, de suint et de vomi. Le capitaine, furieux, avait bougonné qu'on le débarrasse de cette racaille au plus vite, avant de s'enfermer dans sa cabine, et Colton avait noté que le second gardait deux pistolets passés à la ceinture. Il avait voulu lancer quelques paroles de bienvenue au nom de la France, annoncer la fête du lendemain en leur honneur, mais les hommes s'étaient détournés en ricanant. Bienvenue ? On ne la leur ferait plus ! Et d'abord, où il était, cet or, puisqu'on le trouvait soi-disant partout ? Te fatigue pas, consul, on a déjà donné, lança un petit maigre au museau chafouin. Rouge de confusion, il avait fini par repérer le chef supposé de l'expédition et l'avait entraîné vers le gaillard d'arrière.

Ils n'étaient plus deux cent cinquante, lâcha tout d'un coup Cousin, mais seulement cent quatre-vingts – vu qu'il y avait eu du grabuge à bord. Du grabuge ? Et comment ! Une lueur passa dans le regard du garde mobile. Bon Dieu ! répétait-il, buté, ça a été dur... Et il finit par lui dire leur long calvaire. Comme ils avaient été transportés jusqu'à Toulon, parqués un jour entier avant d'être déshabillés, lavés de la tête aux pieds, puis conduits au bateau avec leur paquetage.

« Deux chemises, une paire de souliers, un pantalon, une grosse blouse et une vareuse. Plus un matelas et une couverture. »

Pas de linge pour se changer. Pas de draps, ni d'oreiller. Où étaient les tentes, le matériel promis pour l'exploitation des mines ? C'était déjà une troupe en révolte qui avait quitté la France. Les chefs et les sous-chefs d'escouades, bientôt, n'avaient plus rien contrôlé, et les hommes, malades, avaient commencé à se battre entre eux ou à chercher querelle à l'équipage. Les meneurs rançonnaient les plus faibles, les privaient de leurs rations d'eau-de-vie. Au beau milieu de l'Atlantique, un « punch révolutionnaire » avait mis le feu à l'entrepont, le capitaine, arrivé à la rescousse, avait été reçu par des insultes et des coups de poing, et les vingt matelots en armes avaient dû se réfugier avec lui à l'avant du navire pendant que des groupes ivres prenaient possession de l'arrière. C'était en vérité miracle si *La Sérieuse* n'avait pas brûlé.

Et ce serait sans doute ainsi à chaque voyage, songeait Colton en l'écoutant, en d'autres temps ils auraient hissé le drapeau noir et mis le cap sur Nouvelle-Providence, la capitale des pirates – la longue dérive des navires révoltés, le déferlement des *desperados* prêts à tout, bateau après bateau... Leurs efforts des derniers jours lui parurent tout à coup dérisoires.

Mais l'autre continuait, d'une voix monocorde, la nourriture vite avariée, les hommes qui réclamaient d'être débarqués. Ni les rois ni les présidents n'avaient réussi à les mettre au pas, ils n'allaient pas céder devant un capitaine – les barricades du faubourg Saint-Antoine, ça avait été une autre affaire à prendre que ce fichu rafiot ! Le capitaine avait réussi à débarquer les mutins à Rio, les meneurs s'étaient retrouvés aux fers sur le brick *Le Chasseur*. Trente hommes avaient décidé de descendre à terre, et comme l'agitation ne s'apaisait pas, trente autres avaient été laissés à Montevideo...

Cet homme-là était depuis longtemps à bout de nerfs et ne contrôlait plus personne, se dit Colton. S'il ne trouvait pas un moyen, on courait à la catastrophe...

Le docteur Garnier remonta de l'entrepont, accompagné par un géant broussailleux en guenilles. Le brave homme titubait, l'œil un peu vitreux.

« Mon Dieu ! en bas... C'est inimaginable. Pire qu'une ménagerie. »

Il secoua la tête, préoccupé. Ce n'était pas tout.

« Il y a des malades...

– Graves ?

– Maladies vénériennes, pour une vingtaine. Sans parler de la gale. Et il doit bien y avoir une douzaine d'autres écroulés dans les coursives, ivres morts.

– Quand on traite les gens comme des bêtes, gronda le géant, faut pas s'étonner après s'ils deviennent des bêtes... »

Colton se tourna vers lui. Celui-là avait l'air de tenir encore debout. Il fallait qu'il leur parle à tous, lui dit-il, ou on allait droit au drame – et il lui expliqua en deux mots ce qui les attendait s'ils ne jouaient pas serré en mettant pied à terre.

L'homme opina du chef. Il avait compris. Au tonnerre de sa voix, les autres dressèrent la tête, se rassemblèrent en maugréant – ils étaient libres, personne n'avait à leur donner d'ordres ! Mais ils finirent par faire silence quand le consul prit la parole : après tout, il venait de cette ville où se jouerait peut-être leur vie. Ils avaient entendu tant de choses sur le pays de l'or !

À quoi bon se raconter des histoires ? Brutal fut le tableau que leur brossa Colton – ils étaient tous sur la même galère, désormais, et ils ne s'en sortiraient que tous ensemble... Le passé était mort, qu'ils ne le laissent pas gâcher leur avenir ! Mais un grand maigre ricana :

« S'il y en a là-bas qui cherchent la bagarre, à terre, ils vont être servis ! »

Deux cents à peine contre une ville entière ? Bon Dieu ! s'échauffa Colton, pas de douane à payer, pas de taxe du mineur, et le transport gratuit sur les placers, ne comprenaient-ils pas que la mairie, l'État, leur faisaient un cadeau ? Personne ne fait de cadeau à personne, cria un autre homme, c'est juste qu'ils ont peur ! Et s'ils ont peur de nous...

Colton les regardait, atterré. Les « bouchers de Cavaignac » ! Oui, on leur avait fait faire le plus sale des boulots, un jour, et le poids de leur crime avait fini par les transformer en bêtes fauves. Comment les convaincre ? Il lui restait si peu de temps...

Ce fut le géant qui le tira d'affaire. Il était resté silencieux jusque-là, mais n'en pensait pas moins. Et les autres semblaient le respecter. C'était entendu, si les gars étaient d'accord on jouerait le jeu, mais à une condition : qu'on tienne les promesses du départ. Ou alors, gare ! jura-t-il en brandissant un poing énorme. Les tentes, le matériel...

« Vous les aurez, s'entendit crier Colton, qui se demanda comment diable il allait se débrouiller.

– Des vêtements décents. On n'est pas des bêtes !

– Et des vêtements, c'est entendu... »

La foule gronda :

« Vas-y, Joseph ! C'est comme ça qu'il faut leur causer, à ces aristos ! »

C'était gagné. D'un geste, Joseph dispersa ses hommes. Et maintenant, restait à organiser les choses en détail, dit-il, en appelant à lui trois de ses acolytes, sous-chefs d'escouades. Cousin ne réagissait toujours pas, comme perdu dans un rêve. Joseph le poussa en haussant les épaules.

« Lui, il est cuit depuis des semaines. Un ancien professeur de mathématiques, à ce qu'il dit. Ah ! ces socialistes au jus de navet ! Les petits messieurs n'ont pas de nerfs... »

Sa soirée n'avait été qu'une course frénétique, sans plus le temps de penser, sauf aux heures qui fuyaient. Où trouver les tentes ? Quel matériel au juste utilisaient les chercheurs d'or ? Et des vêtements – où trouver des vêtements pour deux cents hommes ? Avec quel argent ? Il avait quémandé, tempêté, exigé et, vers minuit, les vêtements étaient à bord, le matériel empilé sur les wharfs, près des vapeurs pour Stockton et Sacramento. Pour le reste... On verrait bien. Les malades ? Il n'osait pas y penser. Le docteur Garnier n'avait pas assez de lits. Et il imaginait déjà les articles vengeurs, si certains venaient à apprendre la vérité. Non, mieux valait encore qu'ils partent pour les mines. Le matin l'avait trouvé sur le front de mer. Un jour pâle se levait, l'eau était sans une ride, des otaries, paisibles, glissaient entre les piliers du grand wharf. *La Sérieuse*, là-bas, ne donnait pas signe de vie. Puis la fanfare s'était mise en place, tandis que s'éclairaient les hauteurs de Telegraph Hill, et Geary était apparu, entouré de son conseil municipal. Derrière lui, sur une vaste estrade, Mlle Wyllis plaçait déjà ses jeunes choristes, tandis que sur les côtés attendaient sagement, paupières baissées, rosissantes comme jouvencelles, les provinces de France en cotillons... La foule se massait, bonhomme, le long du rivage. Tout allait pour le mieux, avait lancé Jules, arrivé sur ces entrefaites en sifflotant un air guilleret : la journée s'annonçait belle, les gens étaient contents, les Vigilants ne se montreraient pas.

Au premier coup de cymbale, on avait vu les chaloupes quitter les flancs de *La Sérieuse* et souquer vers le rivage. Geary, pour faire patienter la foule, s'était lancé dans une péroraison exaltée, c'étaient d'honnêtes artisans qui cinglaient en cet instant vers eux, un convoi officiel qui avait les faveurs des deux gouvernements, des candidats soigneusement sélectionnés parmi des milliers, pas comme ces brigands d'Australiens, ces voyous sans foi ni loi qui leur avaient fait tant de mal l'hiver dernier, des artisans, oui, des ouvriers, des paysans de toutes les belles provinces de France ici représentées par ces frêles jeunes filles qu'ils devaient être nombreux dans la foule à déjà connaître, mais dont on ne se lassait pas, bref, tout ce dont la Californie avait besoin pour devenir un vrai pays, où il ferait bon vivre pour les braves gens... Il continuait, grisé par ses envolées, sans prendre garde aux grondements étonnés, aux chuchotements, aux sifflets qui montaient autour de lui, et tout à coup, baissant les yeux, il s'était arrêté net : les hommes descendus de la barque se rassemblaient sur le rivage et montaient à sa rencontre, en rang par quatre, au pas cadencé, clairon et drapeau en tête, le fusil à l'épaule, baïonnette au canon. Arrivés devant lui, ils avaient claqué les talons, en présentant les armes. Le maire avait cherché des yeux Burnett, puis Colton, bégayé des mots incohérents.

Ce n'étaient pas des artisans, non, ni des paysans ou des ouvriers qui débarquaient là.

C'était un corps d'armée.

La suite... La suite avait été une catastrophe sans cesse frôlée et toujours rattrapée de justesse par les uns et les autres. Comme Geary perdait pied, Colton, s'étonnant lui-même, et sans doute propulsé par la peur, était monté à la tribune pour de vibrants remerciements, les provinces de France, devinant l'urgence, s'étaient jetées dans les bras des gardes mobiles et, faisant mine de les embrasser, leur avaient soufflé, assez fort pour qu'il l'entendît depuis la tribune : « Bande de connards, baissez donc vos flingots ! »

Pendant la parade vers Portsmouth Square, Joseph le géant, que Colton fusillait du regard, avait eu vers lui un geste d'impuissance : les gars en avaient décidé ainsi, semblait-il dire, et celui qui pouvait les mater n'était pas encore né...

Les gardes, sur le chemin, clignaient des yeux, étonnés, étourdis par le mélange des races, des couleurs, des vêtements, les malins ricanaient – ben, mon colon ! et ça se prétendait une ville, ce tas de boue ? Ils étaient des gars des faubourgs, eux, des titis du boulevard, des vrais de vrais, fallait pas qu'on vienne leur en raconter. Et peut-être parce qu'ils étaient les plus timides, ils se montraient les plus agressifs...

Jules était passé devant lui ventre à terre, dans l'après-midi, il y avait du tirage au Jenny Lind, il allait y mettre de l'ordre – les Californiens avaient développé un solide humour et n'aimaient rien tant que se moquer d'eux-mêmes, mais les gardes fraîchement débarqués, eux, prenaient très mal la pièce. Les plus excités, ou les plus ivres, avait expliqué Jourdain, qui arrivait derrière, essoufflé, étaient montés sur scène, décidés à casser la figure des acteurs, et rameutaient leurs compagnons. Bon sang ! les copains, hurlaient-ils, on ne va pas se laisser faire ! Ils se foutent de nous, ces cons ! Pépin était repassé un quart d'heure plus tard, la gorge sèche, en quête de liquide. Jules, une fois encore, avait réussi à désamorcer la bombe en mettant les rieurs de son côté. Mais ça avait été moins cinq, avait-il ajouté, en saisissant une bouteille.

L'annonce des bagarres ne l'avait pas surpris. C'était dans l'ordre des choses, inutile de se voiler la face, bientôt on ne tiendrait plus rien. Elles avaient d'abord éclaté au Café des Artistes, prétendaient certains : un groupe avait exigé d'être servi gratis, puis, monté sur les tables, avait entonné des chants de barricades. Au nom de Cavaignac, quelques anciens des journées de Juin s'étaient ramenés en retroussant leurs manches pour « réclamer des comptes », et les chaises avaient volé. Les serveurs de l'Eldorado, eux, n'avaient pas eu la patience de Geary, et c'est à coups de battes qu'ils avaient proprement éjecté quelques grandes gueules – qui cherchaient du renfort pour y retourner, à la baïonnette si nécessaire...

Il se précipita, la poitrine en feu, mais que pouvait-il faire, seul ? Si au moins les compagnons du soir de l'incendie avaient été à ses côtés ! Mais ils s'étaient évanouis aux vents de leurs chimères. Quant à Pindray... Il avait disparu après la réunion avec Lombard. Il croisa en chemin Pépin et Jourdain, de retour du Jenny Lind et apparemment très pressés – le calme était revenu à l'Eldorado, lui jetèrent-ils.

« ... Mais Blanchot tient meeting devant le Niantic. Et ils y sont tous ! »

Blanchot ! C'était complet. Blanchot qui avait été garde mobile, lui aussi... Le désespoir lui scia les jambes. Il n'était pas de taille. Et pourtant il fallait tout tenter. Même s'il y laissait sa peau...

« Ils vous disent tous, toujours, solidarité, devoir, sacrifices, mais regardez ! Que leur devez-vous, sinon vos malheurs et vos chaînes ? Et solidaires de qui ? Ils nous ont trahis, vendus, exploités – puis ils nous ont jetés. Et ils voudraient, en plus, qu'on leur dise merci ? Le consul, qui pensez-vous qu'il sert, sinon les salopards qui vous envoient ici ? Ils vous avaient promis la lune – et ils vous ont menti. Ils mentiront encore. Ils mentiront toujours ! Ah ! mes frères, mes compagnons, croyez-moi, restez unis, n'ayez foi qu'en vous, n'écoutez que vous. Et quand vous entendez la France dans la bouche de ces parleurs, c'est qu'ils se préparent encore, et toujours, à vous demander plus. Ne partez pas dans les mines, ne vous laissez pas disperser, restez ici, avec nous ! »

Il était tel que Nicolas le lui avait décrit. Les yeux vides, la voix détimbrée jusqu'au malaise, et cette manière étrange de se mouvoir, comme s'il glissait, tandis qu'il allait et venait, devant ses tueurs en longs manteaux. Les gardes l'écoutaient, hésitants, en hochant la tête.

« Eh ! Mais c'est qu'on veut en tâter un peu, nous aussi, de l'or !

– Oui, de l'or ! De l'or ! C'est quand même pour ça qu'on est là ! »

La voix de Blanchot monta, tandis qu'il décrivait ce qui les attendait là-bas, la vie précaire, les persécutions des Américains.

« Ne les laissez pas vous disperser ! Restez ! Restez, vous dis-je ! Ici, ensemble, nous sommes forts ! Et ils trembleront devant vous, les richards de la ville. Ah ! on va les faire danser ! Ils se sont enrichis en nous suçant comme des sangsues, eh bien, nous réclamerons notre dû ! À notre tour de les faire valser ! Restez ! Il se prépare de grandes choses, je vous le dis, oui, de grandes choses qui vont bouleverser cette ville – et vous pouvez en être. Restez ! »

Et French Camp, ainsi, grossirait au rythme des arrivées, bateau après bateau, cancer monstrueux qui rongerait peu à peu la ville. Si Blanchot se doutait seulement de ce qui allait déferler – ah ! il pourrait devenir le maître de San Francisco.

« Tu devrais avoir honte, Blanchot ! »

La foule hésita, étonnée, se tourna vers celui qui parlait d'une voix forte. Un murmure passa : c'était Covillard, le gargotier de l'Étoile des Mers. Il avait été un héros parmi les insurgés de Lyon, et il se trouvait assez de braves gens, dans l'assemblée, pour qu'on l'écoute et le respecte. Les longs manteaux déjà faisaient mouvement vers le trublion, mais Blanchot, d'un geste, les arrêta. Toucher à Covillard, en plein jour, c'était se mettre à dos tous les quarante-huitards sincères, et ils étaient nombreux.

« Ne l'écoutez pas, mes enfants ! Ce qu'il vous demande, c'est de vous faire voleurs, ou pire encore. C'est vraiment pour ça que vous vous êtes battus ? Oui, on vous a trahis, on vous a vendus – mais là, c'est vous qui vous trahissez, et l'idéal que vous aviez, c'est votre âme que vous allez vendre ! Regardez-moi ! J'ai tout perdu ! Ma femme, massacrée par les soldats. Mes enfants, morts de misère pendant que j'étais en prison – et pourtant je vous le répète : ne vous laissez pas mener par ceux qui vous ramènent à votre passé. Ici, oui, vous pouvez réussir une nouvelle vie. Écoutez votre cœur, mes enfants ! C'est lui qui vous dira ce qui est juste et droit ! »

Il était magnifique, seul, face à la meute ricanante des sbires de Blanchot. Les jeunes gens se regardaient, troublés. Cet homme, tout de même, disait des choses...

« Alors, qu'est-ce que tu as à répondre à ça, Blanchot ? »

Cette voix-là était connue de toute la ville. Jules de France, décidément, avait tous les courages, ou alors il était doué d'une hyperbolique inconscience. Ses deux compères, près de lui, se regardaient d'un air pas très rassuré – c'est qu'ils n'étaient pas précisément en territoire ami. Mais Jules, lancé, était impossible à arrêter.

« Foutrebleu ! j'en ai roulé plus que mon compte, croyez-moi, et je ne vais pas vous faire la morale. Dame ! faut bien vivre, et c'est pas toujours si simple qu'on croit quand on naît le cul dans la soie ! Oui, j'en ai joué, des tours pendables, plus que vous n'en serez jamais capables tous réunis, mais c'était contre de plus riches que moi – jamais, non, jamais je n'ai exploité de plus malheureux, jamais je n'ai exploité la misère humaine comme le fait ce salopard ! Blanchot, tu es vraiment le pire des dégueulasses ! »

Il avait dû crier pour couvrir la clameur de la foule. Cette fois, c'en était trop, les tueurs de Blanchot fendaient la cohue, droit vers Jules de France, dressé tel le Dieu vengeur ; Pépin et Jourdain, très pâles, brandissaient leurs gourdins – et c'est alors que Jules, énorme, dominant le tumulte, avait tonné :

« Demandez-lui donc ce qu'il fricote le soir chez Sam Brannan ! Allez, demandez-lui ! Qu'est-ce que tu complotes, hein, canaille, pour sortir la nuit par la porte de derrière ? »

Brannan ? C'était qui, ça ? Les gardes se regardaient, étonnés. Il y eut une secousse brutale, un tournoiement de gourdins, des coups sourds. Un mouvement de panique rejeta Colton en arrière. Il eut le temps de voir le visage de Blanchot, décomposé. Puis un autre visage encore, qui le laissa sans voix.

Pindray.

Il se redressa, voulut remonter la foule qui fuyait la bataille. Il ne l'avait vu qu'une fraction de seconde, mais, il en aurait juré, c'était bel et bien Pindray, avec derrière lui les deux frères La Chapelle. Que faisait-il ici, presque aux côtés des sbires de Blanchot – et pourquoi s'était-il éclipsé au lieu d'intervenir ? Pindray jouait son propre jeu, il l'avait dit lui-même. Oui, mais lequel, pour rester ainsi dans l'ombre ?

« Jules... Jules, t'as encore fait l'imbécile. »

Jules, effondré sur un sofa, et l'œil du plus beau bleu malgré les soins de Berthe, d'Alexina et de Bréa, hocha la tête. Lui non plus n'était pas loin de le penser. Mais avait-il jamais pu résister à un effet de manche ? Sauf que cette fois, c'était clair : Blanchot ne le lâcherait plus. Et ce n'est pas en champ clos, devant la foule rassemblée, que se réglerait leur affaire, entre preux chevaliers – mais d'un coup de lame dans le dos, un soir, au fond d'une ruelle. Il se força à faire le fier, encore une fois :

« N'empêche, vous avez vu la tête de Blanchot ?

– C'est justement pour ça, Jules...

– M'est avis qu'un changement d'air... »

Un changement d'air ? Où ça ? Si seulement les autres se décidaient à rentrer... Il s'ébroua, écarta les bras câlins qui le réconfortaient depuis son arrivée, porté par Jourdain et Pépin. Allons, ce n'était pas le moment de mollir, il y avait le public, là, dehors, qui attendait. À elles de jouer maintenant, et qu'elles sauvent la journée. Le bal masqué de Portsmouth Square !

À la porte du Jenny Lind, il se heurta à Colton, qui arrivait aux nouvelles.

« Mon cher Jules, je crains fort que vous... »

Jules leva la main : il savait. Mais pour le moment, seul comptait le bal.

« Les gardes mobiles ?

– Les plus saouls ont été ramenés sur *La Sérieuse*. On les transbordera directement demain.

– Les autres ? »

Colton eut un geste d'impuissance. Qui pouvait savoir ? S'ils se trouvaient noyés dans la masse, ce soir, peut-être... Il quittait Geary et Burnett, à l'instant, et la réunion avait été tendue. S'il y avait un nouveau dérapage...

« Vous avez pensé que les prochains convois vont arriver en pleine campagne électorale ? »

Jules haussa les épaules.

« Vous vous inquiétez trop de l'avenir, consul ! C'est quand on a le nez en l'air qu'on loupe la marche de l'escalier... Demain ? C'est d'abord ce soir qu'il faut gagner ! »

Colton allait répondre, mais un coup de cymbale lui coupa la parole. Le bal commençait. Et il déciderait de tout.

Portsmouth Square, bondé, bruissait d'impatience. Les belles passaient, leurs visages dissimulés derrière des masques. Les loustics chuchotaient, essayaient de reconnaître telle ou telle – en vain. C'est qu'elles avaient toutes joué le jeu, loups, perruques, pas une ne s'avançait à découvert ! Mais alors, s'inquiétait un innocent, comment allait-on reconnaître les honnêtes femmes des autres ? Parce qu'elles étaient toutes là, mêlées, c'était sûr et certain, il suffisait de compter ! On s'arrachait les billets de loterie, les plus impatients les prenaient par dix ou vingt, jetaient sur les tables pépites et sacs de poudre d'or, sans compter. La loterie... Avait-on eu plus belle idée depuis la création de la ville ? Les gagnants de la première, celle du bal de bienfaisance, ne dessaoulaient pas depuis une semaine – à force de tournées offertes par ceux qui voulaient toujours plus de détails sur la nuit qui avait suivi, et leurs récits au fil des jours avaient pris les dimensions d'une épopée. Ces madames françaises, tout de même, c'était quelque chose ! Les chagrins, ou les empêchés, s'étonnaient : ce n'était pas la peine de faire tant de mystères, si c'était juste pour recommencer la loterie du premier bal ! Mais oui, se demandaient les autres, pourquoi au juste tant de mystères ?

Le silence se fit. Un masque, sur l'estrade des musiciens, réclamait la parole. Enfin, on allait savoir ! Jules tendit l'oreille, comme les autres. Qu'avaient-elles pu imaginer, les gaillardes ? La voix claire s'entendait sur toute la place. Oui, les filles avaient voulu remercier tout le monde, ce soir, au nom de la France. Et comme la loterie de l'autre soir avait bien plu – et comment, gronda le public, intrigué –, elles avaient eu une idée... La foule frissonna. Laquelle, nom d'un chien ?

« Eh bien, on a pensé qu'il n'y avait pas que les madames à vouloir prouver qu'elles avaient du cœur. Et que les autres, les femmes honnêtes, si elles restaient masquées, elles sauraient se montrer aussi généreuses ! Et puis, ça leur fera un petit changement. Allez, messieurs, à vos billets de loterie, et vous, mesdames, du cran, prenez votre numéro ! »

La foule, estomaquée, resta silencieuse. Si ce n'était pas du culot... Puis un femme poussa un « Youpie ! » de défi.

« Çà ! les filles, au moins, c'est parler ! »

Et, ramassant ses jupes, elle s'avança la tête haute, prit un numéro. La place, d'un coup, croula sous les vivats. Bon sang, mais c'était de la folie, cette nuit s'écrivait une page de légende : toutes les femmes, toutes, qui s'offraient à la ville ! Ah, c'était bien San Francisco, ça ! Jules, énorme, tonitruant, redevenu de France, embrassait Colton, prenait la foule à témoin. Il le savait bien, que ce serait son jour !

Un grand échalas hurla : « Vive la France ! », et la foule

répondit, une clameur immense qui balaya la place : « Vive la France ! », tandis que les masques se bousculaient devant la table aux numéros, même si certaines avaient la main qui tremblait un peu, à l'instant de les prendre...

Il était décidément trop fatigué pour escalader la colline, vers Dupont et le consulat. Des cris d'enthousiasme résonnaient partout de par la ville, de fêtards rentrant chez eux en titubant. Combien de fois avait-il craint l'explosion ? Mais les chercheurs de bagarre s'étaient trouvés bon gré mal gré emportés dans la ronde. Les gardes mobiles, assis sur les trottoirs, se regardaient, pensifs : non, ils n'avaient jamais vu ça sur le Boulevard du Crime ! Vers 4 heures, quelques échauffourées avaient agité un coin de la place, vers l'Aguila de Oro – des maquereaux chiliens, lui avait-on dit, furieux de voir leurs filles en rébellion, qui prétendaient rejoindre « leurs sœurs », mais ils s'étaient vite retrouvés roués de coups. Eh, ce n'étaient pas des voyous qui allaient gâcher la fête des honnêtes gens ! Un homme était monté sur l'estrade, avant le premier tirage, alors que les masques se mettaient en rang, avec chacun leur numéro sur la poitrine, et avait proposé aux danseurs un refrain de sa composition, pour marquer l'événement :

Les mineurs vinrent en 49
Les putes en 51
Et quand ils se mélangèrent
Alors naquit l'gars du pays.

La terre avait tremblé sous les trépignements de joie, les hourras, et les rires. Ah ! s'esclaffaient les plus revêches, ça mériterait d'être l'hymne de la ville !

Il monta l'escalier branlant de *La Gazette,* s'effondra dans un fauteuil. Jules de France, songea-t-il, allait avoir besoin de tout son génie, tout à l'heure, pour faire le récit de la journée. Et il s'engloutit, d'une masse, dans un sommeil sans rêve.

Un bruit de bottes le réveilla. Il se pencha à la fenêtre : les gardes mobiles, en rang par quatre, le fusil à l'épaule, passaient dans la rue déserte, vers les vapeurs de Stockton et de Sacramento. Il frissonna : le pire avait été évité, cette fois encore.

Mais pour combien de temps ?

14

Les flammes montèrent en crépitant vers la cime des arbres, découvrant en contrebas la houle des cornes dressées, les dos creusés des ruminants. Des bouffées venaient par à-coups des profondeurs de la nuit, odeurs fraîches des plantes d'eau, odeurs poivrées des bourgeons éclos, odeurs douces, entêtantes, des avoines et des moutardes en fleurs. Quelque part, tout près, se trouvait San José. Et derrière, à deux journées au plus, San Francisco. Ils avaient réussi, malgré les pièges et les périls – et une sourde excitation, mêlée de brusques mélancolies, resserrait le groupe autour du feu.

Junipero proposa une nouvelle tournée de *jerky* et nul ne se fit prier. Cette fois, au moins, il avait eu le temps d'une vraie cuisine. Coupé en petits dés, revenu avec du lard et un oignon émincé, un petit piment rouge et les tomates séchées de la Señora, puis mouillé avec un peu d'eau, c'était le secret du *jerky*, riait-il de toutes ses dents manquantes, en maniant généreusement la louche, et chacun approuvait du menton. Sûr, c'était fameux. Ah ! Pourquoi avait-il attendu tout ce temps pour leur démontrer ses talents ? Junipero s'étranglait de fureur – lui avait-on laissé le choix une fois, seulement une fois ? Çà ! il s'en souviendrait, de ce voyage ! Mais chacun voyait bien, à certaine lueur qui brillait dans ses yeux, qu'il riait sous cape, ravi. Jefe et Tiburcio, pour faire bonne mesure, se servaient louche sur louche de *frijoles*, en déchirant à belles dents leurs *tortillas*. Tout à l'heure, ils pousseraient un rot d'enfants repus, rabattraient leurs chapeaux sur leurs visages et s'endormiraient, paisibles – pour se réveiller à la seconde près, quand viendrait leur tour de garde. Pour un peu, Nicolas leur aurait envié, ce soir, cette capacité à vivre l'instant présent, avec cette intensité animale, sans jamais de nostalgie ni de projet. Demain... Non, il serait toujours temps demain de penser à l'avenir.

Il ferma les yeux, inspira lentement, comme s'il voulait faire entrer tout l'espace en lui, s'obligea à distinguer chaque odeur, les jeunes feuilles de sauge, près de la mare, un pied de menthe fraîche, l'herbe tendre piétinée. Le printemps éclatait partout autour d'eux, il flottait dans l'air des odeurs enivrantes, qui disaient les vastitudes du grand dehors, la Prairie ouverte sur l'infini, la lente ondulation jusqu'à l'horizon des hautes herbes et des moutardes jaunes. Il pouvait entendre la rumination des bovins, les chevaux qui tiraient sur leurs licols, le souffle profond des bêtes endormies – ou bien était-ce la respiration même du monde ? Cet appel bref, dans un fourré, ce devait être une caille, les colombes, dans des froissements d'ailes, s'approchaient de la mare, un crapaud cornu coassait doucement – et il lui sembla que la nuit l'emportait dans son flux, l'ouvrait jusqu'à l'immense...

Quelqu'un toussa au-dessus de lui. Ce devait être Garnier. Et là-bas, de l'autre côté du vallon, ce craquement de harnais, c'était bien sûr Roberto. Quant à l'ami Jules, il devait battre la Prairie alentour, pour prévenir l'approche toujours possible d'Indiens, de voleurs de bétail ou même de coyotes – celui-là ne s'accorderait de repos que mission accomplie, bétail vendu, livré...

Demain, il serait à San Francisco. Presque deux mois, déjà ! Beaucoup pour une pareille ville. La trouverait-il changée ? Lui, il avait changé en tout cas – tellement changé ! Claire était là-bas, qu'il allait retrouver. Mais pourquoi son impatience se mêlait-elle d'inquiétude ? Demain...

Il regarda Raousset à la dérobée. Adossé à une roue du chariot, il fumait un cigare, les yeux clos. Lui aussi paraissait écouter la nuit. Le troupeau remuait un peu, mais sans marquer d'inquiétude. En un mois, il avait eu le temps de prendre son rythme. Tout était en ordre, paisible. Demain, il s'en irait avec le comte à la recherche d'un acheteur qu'ils ramèneraient ici, avec ses hommes. Affaire faite, les *vaqueros* repartiraient aussitôt avec Junipero. Ordre de don Antonio. Et ils avaient donné leur parole.

« C'est un moment étrange, n'est-ce pas ? »

Étrange, oui, c'était bien le mot. Toutes ces journées avec en tête cette seule pensée : passer coûte que coûte, arriver à bon port. Et voilà que près du but...

« On devrait crier victoire, bien sûr. Et puis... »

Le comte eut un geste du bras vers la nuit, autour d'eux.

« Abandonner tout cela ! Si seulement il y avait plus de paix, en moi... »

Nicolas, troublé, resta silencieux. Le comte, en cet instant, ne lisait-il pas au plus secret de son âme ? Il chercha les mots pour le lui dire, renonça. À quoi bon ? Il savait.

Malgré le danger, la fatigue, chaque jour avait été comme une offrande. Le printemps s'éveillait à leur approche, les herbes se levaient devant eux, sur les étendues vides de la San Joaquin, chaque matin était un tapis de fleurs, les avoines sauvages frissonnaient dans le vent, de loin en loin, des arbres gigantesques se dressaient telles des vigies, sous le pas des chevaux s'égayaient les lièvres, les perdrix, les coqs de bruyère, l'air était devenu si pur, si clair, que les quartiers de viande accrochés aux selles se desséchaient sans se corrompre. Dans la main de Dieu, avait dit Ramón, le régisseur – et c'était tellement vrai...

« Vous pensez à demain, n'est-ce pas ? Mais vous, vous avez Claire. Et puis, avec votre part... »

Si les choses pouvaient être aussi simples ! Il se surprit à parler, tout à coup :

« J'ai l'impression que... Toutes ces semaines j'ai évité de penser à demain. À chaque jour suffisait sa peine, comme on dit. Et puis... il y avait ce but à atteindre. Les buts ! C'est tellement... pratique, les buts ! Plus de choix à faire, plus de doute. Oui, mais voilà : il est atteint. Et je me sens... oui : vide. »

Raousset se racla la gorge, hésita.

« Cette idée... de retrouver vos amis ? Je veux dire, dans la Sierra Nevada ? »

Chercheur d'or ? Il sourit. Pas une seule fois au cours de ce voyage il n'y avait seulement songé.

« Je crois que j'ai trouvé ici quelque chose... Enfin, pendant ce voyage... Mais comment faire ? »

Le ranch Martinolles ? Il fit la moue. C'était presque la banlieue de la ville. Demain, dans cinq ans, dans dix ans, elle serait là. Et puis... Il hésita. Comment dire, sans ridicule, qu'il sentait quelque chose de plus vaste en lui – d'autres espaces ?

Le comte tendit un cigare à Nicolas, et sa voix était étonnamment fragile quand il reprit la parole – comme s'il s'était trouvé ce soir une âme sœur à laquelle se confier.

« J'ai longuement parlé à nos amis français, savez-vous, l'autre soir ? Léon Prud'homme, Jean-Louis Vigne... Celui-ci est arrivé à Los Angeles avec quelques pieds de vigne en 32. Et voyez maintenant ! Là-bas, ils ont été accueillis sans réserve. Ils ont refait leur vie. Plus grande même qu'ils le rêvaient...

– Mais vous... Ne me disiez-vous pas que c'était déjà trop tard ? »

Le comte eut un petit rire sans joie.

« Plus encore que vous ne le croyez, peut-être ! Ce n'est pas seulement qu'ils dépendent de la ruée. Cet afflux d'argent... Les fous ! C'est leur charme, d'ailleurs : ils ne savent pas compter. Du coup, ils croulent tous sous les dettes. Qu'importe ! Demain ils vendront cinq cents têtes à ces yankees. Mille. Dix mille ! Demain, croient-ils – mais demain ne leur appartient déjà plus. Leurs fichues carnes ! Vous avez vu : elles ne valent pas grand-chose. Maigres, sauvages. Il faut les attacher pour les traire. Leur viande ? Vous allez voir la différence dès que vont arriver des convois du Texas ! Mais ce n'est pas le pire... »

Et il lui expliqua la loi qui venait d'être votée. Ce Lands Act qui allait les mettre au pas. Sans doute les Américains avaient-ils garanti les titres des propriétés mexicaines lors du traité de cession. Mais seulement les titres entendus à l'américaine, avec papiers dûment signés, enregistrés.

« La moitié ne les ont plus, pensez ! Depuis le temps. Ou n'en ont jamais eu. Des papiers ? C'étaient des conquérants ! Vous vous souvenez de ce que disait Pindray ? Ce n'est pas que... Mais il avait raison : le siècle des notaires. La vraie menace, ce ne sont pas les Indiens, ni les *desperados*. Ah ! qu'ils craignent les notaires ! »

Déjà le commissaire arrivé à Los Angeles contestait tous les pacages à moutons du ranch Camulos. Et ce n'était qu'un début...

« Dans ce cas, je ne vois pas...

– Le Mexique ! Une deuxième Californie, sans Américains... Ça pourrait être notre chance, vous ne croyez pas ? »

Nicolas se redressa, en alerte. Paredes ! C'était donc cela, ces longs conciliabules... Il vit Raousset hésiter, ouvrir la bouche –

puis se raviser, avec un geste de dénégation. Il veut me protéger, pensa Nicolas, ne pas m'entraîner dans ses projets. C'était donc qu'il y avait danger ? Il se souvint de ses pressentiments, le soir, à l'hacienda. Oui, tout avait été prémédité par leurs hôtes et par Paredes. Décidément, cela prenait de plus en plus les allures d'un complot.

Raousset hésita une fois encore, soupira.

« Il faudra que je vous en parle. Oui... Plus tard... »

Il ne dirait rien de plus, ce soir.

Nicolas but une dernière tasse de café, sauta en selle. Il sourit en songeant à sa maladresse, les premiers jours, alors que le troupeau partait en tous sens, en *stampede*, fit jouer son colt dans son étui de selle – ce six-coups que Lombard avait traité par le mépris avait peut-être sauvé le convoi – et gagna le sommet de la butte. Il scruta les ténèbres, s'avança un peu plus. La place paraissait vide. Puis il distingua le rougeoiement d'une cigarette.

« Rien à signaler. Tout est calme... »

Garnier sortit de l'abri du taillis, lui tendit son tabac. Lui non plus n'avait guère envie de dormir. Nicolas se força à rouler sa cigarette d'une main, comme lui avait montré Lombard.

« Tout se termine ici, en somme ? » Garnier soupira. « N'empêche, ça aura été une sacrée aventure... »

Et comme Nicolas restait silencieux :

« Tu as pensé à ce que tu allais faire, après ? »

Lui aussi s'inquiète, se dit Nicolas. N'avait-il pas, pourtant, partie liée avec le comte ? Il fallait croire qu'à lui non plus Raousset n'avait rien confié.

Et l'autre, qui avait deviné ses pensées :

« Je reste avec le comte, bien sûr. À mon âge, on prend des habitudes ! Et puis, peut-être bien qu'il a encore besoin de moi...

– Tu en parles comme s'il fallait le protéger.

– De lui, ça, c'est sûr ! Son pire ennemi, ne cherche pas, c'est lui-même. Capable de... ah, si je te disais ! Et il rumine quelque chose, ça c'est sûr et certain. Quoi ? Si je le savais... Mais il rumine, depuis le départ. Et ça, pour le vieux Garnier, ça veut dire danger... »

Ils étaient devenus amis, après que Nicolas l'eut tiré un jour d'un mauvais pas, en jetant son cheval devant un ours qui allait le charger alors qu'il gisait à terre. Certes, Garnier n'était pas un bavard mais il avait fini, bribes après bribes, par en savoir un peu plus sur le comte. Il était fait pour être maréchal d'Empire, celui-là, ou conquistador, répétait Garnier, qui l'avait connu là-bas et lui était resté fidèle, avant de soupirer : mais il est né trop tard. Trop tard – c'était bien son mot favori. Ce qui était certain, c'est qu'il ne supporterait pas une destinée médiocre. Il pensa à Marie, tout à coup. Elle souffrirait, elle ne pouvait que souffrir, par cet homme-là. Et sans doute le savait-elle déjà...

Le visage de Garnier s'éclaira un instant, tandis qu'il battait le briquet. Tanné, recuit, bougon, avec cette douceur dans le regard qu'il s'ingéniait à dissimuler... Nicolas eut comme un pincement au cœur. Tant de choses les avaient réunis, sur la piste !

Demain, leurs routes allaient se séparer.

Il y eut des piétinements soudains, des fourrés agités, et Lombard parut, poussant de sa lance deux *novillos* qui s'étaient égarés. Il revint quelques instants plus tard.

« Tout est en paix, dit Garnier.

– La Prairie n'est jamais en paix... »

Nicolas sourit. Lombard, décidément, ne relâchait pas son attention.

Combien de milles avait-il parcouru, depuis le rancho San Antonio ? À peine prenait-il le temps d'avaler un plat de *frijoles*, le soir, au feu de camp – on levait la tête, et il avait déjà disparu, happé par les ténèbres. Dormait-il seulement ? Il était là, quelque part au-dehors, veillant sur le convoi, la nuit comme le jour, battant la Prairie à des milles à la ronde, brouillant, redoublant les pistes. De loin en loin, on le voyait accourir au galop, il fallait dévier la marche du convoi, presser les bêtes, et l'on comprenait qu'il avait dû repérer quelques traces suspectes, d'Indiens ou de hors-la-loi. Les cœurs battaient à tout rompre, tout devenait menace, ces ondoiements soudains, dans les hautes moutardes, l'approche d'un ennemi ? Puis il réapparaissait, le danger était écarté, il avait trouvé un point d'eau, un pacage protégé pour la nuit... Les *vaqueros* en venaient à le considérer avec une crainte superstitieuse – quelque chose comme l'esprit du vent, ou de la Prairie...

« On pensait à demain, avec Nicolas... Quand tout sera fini, le bétail vendu... »

Lombard resta silencieux. Nicolas s'enhardit :

« Et... vous ? Vous avez des projets ? »

Le trappeur sourit, montra la Sierra, derrière eux.

« Moi ? Ma vie est là. Et qui voudrait en changer ? »

S'il y avait plus de paix en moi, avait dit Raousset. Jules Lombard était assurément le plus sage d'eux tous.

Ils lui devaient probablement la vie. Un soir, il était arrivé au camp, l'air soucieux. Les Indiens. Ils étaient là, il en aurait juré. Les bêtes, plus nerveuses que d'ordinaire, certaines traces presque effacées... Des Yokuts, probablement. La nuit avait été une longue attente, vaine. Mais peu avant l'aube, des bruits de corps à corps avaient réveillé le camp, et Lombard était apparu tenant fermement un Indien, qui se débattait comme un chat sauvage. Nicolas s'était dressé, avec un long frisson. Son premier Indien *bravo* ! C'était un jeune garçon. Presque un enfant. Le visage peint en guerre, vêtu d'une sorte de blouse de chasse sans manche en calicot rayé, retenue aux hanches par un ceinturon de cuir, et d'un pantalon du même tissu serré dans des jambières de peau, au-dessus de mocassins ornés de queues de loups, il avait une allure extraordinaire. À un mot de Lombard, il s'était redressé en toisant l'assemblée. Junipero s'était étonné : qu'est-ce qu'on attendait pour l'égorger ? Ça ferait toujours une vermine de moins ! Lombard lui avait posé quelques questions, probablement dans un dialecte yokut, mais l'autre avait haussé les épaules. Le comte, écartant Junipero qui armait son fusil, s'était interposé.

« Que dit-il ?

– Que Mixcoatzin est un fils de chef. Et qu'il n'a pas peur de mourir.

– Pourquoi diable tient-il tant à mourir ?

– Cette question ! Parce que c'est la loi de la guerre. Tuer ou être tué.

– Demandez-lui plutôt s'il trouve digne d'un guerrier de voler des chevaux dans le noir ? »

Lombard l'avait regardé, interloqué.

« Vous voulez vraiment que je lui demande ça ? »

Aux premiers mots de Lombard, le garçon s'était cabré, en fusillant le comte du regard.

« Les Yokuts ne volent pas. Ils prennent. Tout ce qui est sur les terres des Yokuts appartient aux Yokuts. Si le Blanc n'est pas content, il n'avait qu'à rester chez lui. »

Raousset avait éclaté de rire. Ça, c'était bien envoyé ! Les *vaqueros* se regardaient, désarçonnés. Lombard avait alors chuchoté quelque chose en direction du comte et, comme celui-ci acquiesçait, il s'était lancé dans un long discours. Le jeune Indien, surpris, avait esquissé un geste de dédain.

« Mixcoatzin n'a pas peur de mourir ! »

Décidément, c'était une obsession. Lombard l'avait secoué.

« Écoute, mon garçon. Contente-toi de répéter à ton père ce que je t'ai dit. Et maintenant, file ! »

L'Indien avait reculé jusqu'à la limite du cercle de la lumière, comme s'il craignait quelque coup par-derrière, puis d'un bond prodigieux il s'était enfoncé dans le sous-bois en poussant un cri de défi. Junipero avait levé son fusil. Trop tard : il avait disparu. Tiburcio s'était tourné vers Lombard : était-il devenu fou ? Le trappeur avait haussé les épaules, sans répondre.

Au petit matin, il s'était avancé dans la plaine. Et, quelques secondes plus tard, les Yokuts étaient sortis des hautes herbes. Chacun, dans le camp, avait retenu son souffle : ils étaient au moins cinquante. Trois guerriers s'étaient détachés du groupe, dont l'un en tenue d'apparat, pour se porter à la rencontre du trappeur. La discussion avait été courte, puis ils avaient vu leur ami lever le bras en signe que tout allait bien, et le groupe était revenu vers eux. Le chef, d'un geste, avait envoyé ses deux hommes vers le troupeau, d'où ils avaient détaché prestement quelques vaches, avant de détaler, sous les cris de victoire de leurs compagnons demeurés en lisière des hautes herbes. Le chef était resté un instant à hauteur de Lombard, comme s'il voulait montrer qu'il ignorait la peur, puis il avait fixé longuement le comte.

« Que dit-il ?

– Que ce n'était pas un jour pour que meurent les enfants. Que vous êtes un grand chef. Et que si tous les Blancs étaient comme vous, la vie serait plus agréable. Enfin, un truc dans ce goût-là. »

Raousset l'avait salué, d'un signe de tête. Penché vers Lombard, le chef avait alors ajouté quelques mots, et ils s'étaient séparés dans un éclat de rire.

« Et là, il vient de dire quoi ?

– Que vous seriez un très grand chef si en plus vous aviez eu un coup de gnôle pour fêter ça ! »

Junipero avait jeté son chapeau à terre. Se faire voler en disant merci !

« Et en plus il se fout de nous ! »

Raousset, irrité, l'avait coupé.

« Qu'est-ce que dix vaches en échange du passage ? Contre eux, nous n'avions aucune chance ! Mon cher Lombard, aujourd'hui, vous nous avez rendu un fier service... »

Lombard avait haussé les épaules, bougon, mais Nicolas, qui se trouvait à sa hauteur, avait bien vu que, sous son hâle, il rosissait de plaisir.

Si je ne lui pose pas la question ce soir, je ne la lui poserai jamais, se dit Nicolas en essayant de deviner son visage, dans le noir. Les jours qui avaient suivi la rencontre avec les Yokuts s'étaient déroulés comme dans un rêve. Les Indiens n'avaient pas reparu. Et l'on aurait dit que la nature partageait leur soulagement, redoublait sous leurs pas de beautés innombrables. Jamais il n'avait vu ciel si grand, jusqu'au vertige, respiré d'air plus pur. Et chacun, le soir au campement, se découvrait peu à peu. Les *vaqueros*, d'abord farouches, s'étaient mêlés à leur groupe, Tiburcio et Jefe chantaient *Mi Pepa*, *La Primavera*, *Es el amor mariposa*, et s'étaient mis en tête de lui apprendre l'espagnol. Le comte, laissant la conduite des affaires aux *Californios*, faisait sa part de travail avec simplicité, et il n'était pas le dernier à rire, même si Nicolas voyait bien qu'il s'absentait parfois, comme perdu dans un songe. Un bon compagnon, à tout prendre, avec lequel il se surprenait à bavarder, même s'il continuait de lui en imposer un peu. Mais c'était Lombard, surtout, qui l'impressionnait.

« J'ai toujours voulu vous demander... »

Le trappeur resta silencieux. Nicolas prit sa respiration.

« Cette rencontre avec les Yokuts... Vous étiez vraiment sûr de votre fait ? »

Lombard gloussa.

« Moi ? Pas du tout. C'était... Oh ! Une chance sur deux de réussir. Ça valait mieux que deux sur deux d'y rester en cas de bagarre, non ?

– Vous discutiez de quoi, dans la plaine ?

– Du nombre de vaches ! Le chef en voulait vingt... »

Il rit.

« Juste une discussion de maquignons.

– Mais pourquoi ? Ils auraient pu tout prendre.

– Parce qu'ils sont comme toi et moi, mon garçon. Parce qu'ils aiment, qu'ils souffrent, qu'ils se font du souci pour les leurs. Et parce que le chef nous était reconnaissant d'avoir épargné son fils. À quoi bon risquer la vie de dix ou quinze hommes s'il pouvait obtenir assez sans perdre la face ?

– Vous... Vous avez vécu chez les Indiens ?

– Les plus belles années de ma vie, mon garçon... »

Sa voix s'estompa, comme s'il se parlait à lui-même.

« Les plus belles, oui... »

Et il lui dit sa jeunesse sur le Missouri, quand il vendait ses peaux aux compagnies de Saint-Louis, les villages, sur le fleuve, les grandes fêtes, la vie libre et insouciante, et comme il avait dû remonter de plus en plus haut, vers les Rocheuses, pour fuir la « civilisation » avant de redescendre un jour vers la Californie.

« Et là, il a fallu qu'un foutu mormon déniche une pépite... »

Le souffle de la nuit, autour d'eux, vibrait doucement. Et c'étaient des mondes qui venaient à lui, l'espace qui s'ouvrait, lui semblait-il, aux paroles de Lombard. Ah ! qu'il ne dise jamais « les Indiens », poursuivait Lombard. Entre un Sioux nomade et un Séri sédentaire, il y avait autant de différences qu'entre un Tartare et un paysan beauceron ! Et dans chaque tribu il avait connu des fourbes, des couards et des grands cœurs. Comme partout, ici-bas. Et tant qu'on y était, qu'il ne parle jamais non plus de « sauvages » !

« Ce n'est pas parce qu'ils ont des manières différentes des nôtres, n'oublie jamais ça, petit, qu'ils n'en ont pas...

– Vous allez retourner vivre avec eux – enfin, après la vente ?

– Avec eux ? Lombard ricana. Non, c'est fini. Avec ce qu'ils savent, maintenant, de nous ? J'aurais vu ça, petit, la fin d'un monde. Et c'était le mien. Oui, l'Ouest change... Et ce n'est pas en bien... »

On entendit, au loin, des coyotes jacasser. Des grenouilles s'éveillaient, en contrebas, en un concert furieux. Une nuée passa, plus fraîche, qui les fit frissonner. Lui non plus n'a nulle part où aller, songea Nicolas. Lombard eut un petit rire.

« Le capitaine... Ça, c'est un homme, un vrai ! Peut-être bien, après tout, que je retravaillerai pour lui, qui sait ? S'il veut de moi... »

Nicolas se tourna vers lui pour lui répondre.

Il avait disparu.

Pour Lombard, Raousset était devenu « le capitaine », certain jour à l'approche de la Sierra, par une de ces actions qui, forçant soudain la destinée, paraissent la marque d'êtres élus. Ils allaient bientôt quitter la plaine de la San Joaquin, affronter les contreforts de la Sierra avant de basculer vers la vallée de Santa Clara par la Pacheco Pass, et Jules redevenait inquiet, intenable – s'ils devaient rencontrer des voleurs de bétail, ce serait par ici, d'où ils pouvaient ensuite filer ensuite vers Stockton ou Sacramento. Il expliquait une fois encore quelle serait leur tactique – couper en deux le troupeau par une charge violente – et comment y résister en concentrant leur propre puissance de feu sur l'arrière, quand une grêle de balles avait plu sur la colonne. Ils devaient être une douzaine qui débouchaient d'un canyon, ventre à terre, dans un vacarme de tous les diables – mais la riposte de l'arrière avait été si soudaine et nourrie que les bandits, surpris, avaient contourné le troupeau vers l'avant, où les attendaient Raousset et Garnier, calmes comme à l'exercice. Et les assaillants avaient disparu devant eux dans un tourbillon de poussière. Pas pour longtemps : au détour de la piste, un feu roulant venu d'un éboulement rocheux les avait fait reculer. Ils étaient bloqués. Comment faire rebrousser chemin au troupeau dans un pareil passage ? Pour tout arranger, Lombard avait reconnu les meneurs, les frères Dennis, trois sombres brutes qui vous égorgeaient femmes et enfants sans états d'âme. Les autres devaient être les habituelles épaves de saloons, mais ceux-là... Les bêtes mugissaient, affolées, se heurtaient les unes aux autres, bientôt nul ne les contrôlerait plus. Les faire reculer ? Folie. Les lancer droit devant ? Le passage était trop étroit

« Il ne nous reste plus qu'à négocier, si je comprends bien ? »

Lombard avait écarquillé les yeux.

« Négocier ? Mais ils ne savent même pas ce que ça veut dire !

– Eh bien ! On peut le leur apprendre. Vous sous-estimez les vertus de l'enseignement. Dites-moi, mon garçon, votre six-coups, il fonctionne comment, au juste ? »

Raousset l'avait manié quelques instants avant de le glisser dans son cache-poussière. Puis il s'était avancé, au pas, à leur rencontre, pour les attendre au milieu de la piste.

Au bout d'un moment, intrigué, un des frères s'était dressé, puis les deux autres, et comme le comte, le bras levé en signe de paix, ne bougeait toujours pas et paraissait sans armes, les trois s'étaient approchés, le fusil à la main. La suite, ils l'avaient vue comme au ralenti. Le comte, dégainant avant même qu'ils aient ouvert la bouche, le plus grand des trois frères rejeté en arrière, une balle dans le front, le comte, dans un même mouvement, cabrant son cheval, le faisant pivoter sur lui-même et tirant par deux fois, sans que les deux autres aient seulement le temps d'esquisser un geste. Le reste de la bande, privé de chefs, s'était enfui au galop.

« Ce n'est pas que je tienne absolument à trucider mes semblables, avait jeté le comte, mais il est des moments où même les plus patients finissent par céder à des mouvements d'humeur... »

Le capitaine ! avait dit Lombard, en le saluant. Et les *vaqueros* avaient mis chapeaux bas. Le capitaine... Oui, c'était bien trouvé. En un éclair, tandis que s'effondraient les trois frères, Nicolas avait revu Pindray foudroyant Charles Duane. Raousset n'avait pas le magnétisme brutal du marquis, mais, par Dieu ! il le valait bien.

Il sourit au souvenir du gamin qui dévorait les romans de Mayne-Reid au Havre. Mon Dieu ! c'était si loin ! Moi aussi, songea-t-il, je pourrai dire plus tard à mes enfants : j'ai conduit un troupeau à travers le désert, traité avec les Indiens, affronté les hors-la-loi devant la Pacheco Pass ! Il se ravisa. Non. Il leur dirait surtout : j'ai vu les hardes de taureaux balayer la Prairie, et la terre sous leurs sabots grondait comme un tambour, j'ai vu des cieux qui n'avaient plus de limites, et le soleil levant incendier le désert, j'ai senti, certains jours, passer sur moi le souffle du Créateur. Il leur dirait aussi les *frijoles* réchauffés du vieux Junipero qui collaient au palais, le *jerky* filandreux mâché et remâché sans qu'il cède jamais, et la chaleur des hommes autour des feux de camp.

Il leva les yeux. Là-bas, vers le nord, grondait San Francisco, peut-être brûlée une nouvelle fois et reconstruite encore. Une vague d'angoisse le submergea. Il essaya de calculer ce que pourrait lui rapporter sa part de bétail, renonça. Comment mesurer en dollars ce qu'il venait de vivre ? Demain – non, ce ne pouvait pas être le début de la vie ordinaire. Il essaya de penser à

Barnabé, à ses mousquetaires peut-être millionnaires, peut-être misérables – mais c'était toujours le visage de Claire qu'il revoyait. Claire, comme une promesse très douce – d'où lui venait alors cette inquiétude ? Il était si jeune, et si vaste le monde qu'il commençait seulement à découvrir...

Il fit avancer son cheval au flanc de la colline. Rien ne bougeait. Tout semblait assoupi. Sauf lui. Le monde, en cet instant, avait disparu. Au diable les lendemains, les projets et les choix ! Il avait juste envie de sa douceur, de ses yeux clairs. C'était elle toujours qui avait pris l'initiative. Son cœur battit soudain plus vite : oserait-il cette fois la prendre dans ses bras ?

Il y eut comme un froissement d'herbes, un bruit léger de grignotement. Il poussa son cheval. Le bruit s'arrêta, puis, comme il restait immobile, reprit, plus doucement encore. Les Indiens étaient capables de vous enlever la couverture dans laquelle vous étiez roulé sans même vous réveiller, assurait Junipero, partisan résolu d'une extermination générale. Des Indiens, si près de San José ? Il sortit son colt, l'arma avec mille précautions, sentit une présence dans son dos. Lombard. Le trappeur se pencha vers lui, en gloussant, et dans un souffle :

« Les coyotes ! »

Il y eut une fuite soudaine, des branches agitées – et dans les derniers rougeoiements du feu de camp, il eut le temps d'entrevoir un tourbillon, un jaillissement de pelages gris. Des coyotes venus ronger l'attache des mules de la roulante. À deux pas de Junipero, qui ronflait comme un bienheureux.

Non, la Prairie n'était jamais en paix.

15

Tous voulaient parler en même temps, chacun dévorait les autres des yeux, essayait de deviner à leurs mines si la fortune, pour eux, avait été clémente, mais rien ne comptait pour l'heure que la chaleur des retrouvailles, et c'étaient de brusques embrassades, suivies de longs silences, et des éclats de rire quand tous en même temps reprenaient la parole. Il s'en était passé des choses, en quelques semaines !

Ils avaient traversé la ville sans la voir, foncé droit sur l'hôpital, indifférents aux protestations des badauds bousculés et, tandis qu'ils s'engouffraient dans Mason Street, Nicolas avait deviné que le cœur de Raousset battait aussi fort que le sien. Rien ne paraissait avoir changé, une longue file s'allongeait devant le consulat, comme d'habitude – et c'est à cet instant que Claire était sortie de l'hôpital, un panier de linge sous le bras. Elle avait poussé un cri, déjà il sautait à terre, et le vieil Hito, sorti voir la raison de tout ce vacarme, était resté bouche bée devant ce Mexicain riant à perdre haleine, qui tourbillonnait dans la rue en serrant la petite Claire dans ses bras. Marie était arrivée à son tour, silencieuse et grave, et le comte, ôtant son chapeau, l'avait saluée avant de lui prendre les mains. On accourait de partout, Mme Germain pleurait, le bon docteur n'en finissait pas d'aller de l'un à l'autre, le consul, oubliant pour une fois sa réserve, distribuait de grandes bourrades complices, tandis que Fayolle, parti ventre à terre porter la bonne nouvelle, ramenait avec lui Barnabé et les autres, et telle avait été bientôt la bousculade, au milieu de la rue, que Colton les avait fait entrer au salon. N'aurait-on pas dit que revenait le temps des réunions communes ? Bon Dieu ! répétaient-ils sans fin, ça fait du bien de se retrouver !

Le plus étonné de tous était Barnabé – était-ce vraiment Nicolas, ce *vaquero* hâlé, aux *calzones* de peau et longues bottes de cuir, qui avait fait sonner ses éperons en passant la porte ? Et le comte ? On l'aurait cru transfiguré. Un vrai chef de guerre ! Combien d'Indiens avaient-ils abattus en route ? Mais Nicolas secouait la tête. Barnabé d'abord ! Le Génie du commerce piqua du nez, penaud. Ségondis, La Madelène et les autres se raclèrent la gorge, soudain évasifs. Eh bien, s'il fallait... Disons, soupira Barnabé, retrouvant sa formule favorite, que la spéculation se s'était pas révélée totalement favorable. Un attrape-couillon, oui ! ricana La Madelène – la plus belle escroquerie de l'année.

Ils avaient tiré des bords au large de la Klamath pendant des jours, la mer battait les falaises noires, les rouleaux empêchaient tout débarquement – et lorsque enfin ils avaient mis pied à terre, le sable n'était rien que de très ordinaire. Ils riaient encore – très, très jaune, avait précisé Dommartin – de se revoir courant en tous sens avec leurs pelles, hurlant de désespoir, refusant l'évidence, ce devait être plus loin, ou alors plus bas, ou encore sous l'eau ? Certains, qui avaient joué là leurs dernières cartes, avaient préféré en finir en se jetant du haut des falaises, d'autres, à genoux, imploraient le Seigneur. L'homme qui les avait conduits jusqu'à la plage bégayait qu'il ne comprenait pas – enfin, les gars, vous avez bien vu les échantillons ! Non, il y devait y avoir une explication. Une tempête, ou une grande marée, avait brassé les fonds, emporté l'or plus au large. Des courageux avaient plongé dans les eaux glacées, et l'un d'eux était remonté, troublé, oui, il avait bien cru voir quelque chose, des lueurs fauves mêlées au sable noir – et l'on avait donc attendu la nouvelle marée, le cœur battant. Les bateaux ne cessaient d'arriver, on se serait cru à Portsmouth Square, la plage surpeuplée résonnait de lamentations. De loin en loin, une détonation indiquait qu'un malheureux s'était fait sauter la cervelle, mais l'on continuait d'attendre le miracle, une marée qui enfin découvrirait les plus grands fonds – jusqu'au moment où il fallut se rendre à l'évidence : un matin, leur guide avait disparu. Envolé, sans doute, vers les mines de la Klamath. Envolé, comme leurs espérances...

En sorte, oui, qu'ils étaient tous Gros-Jean comme devant. Lessivés, soupira Barnabé. Bah ! essaya-t-il de fanfaronner, il trouverait bien à se refaire. Mais on voyait, à son regard fatigué, que le coup avait été rude. Nicolas lui prit le bras. N'étaient-ils pas toujours partenaires ? Ils allaient rebondir, dès demain, une fois ses vaches vendues, repartir d'un bon pied. Mais Barnabé secoua la tête. Non, pas cette fois. Il fallait d'abord qu'il retrouve sa fierté. Bon sang, se faire rouler comme ça, lui, Barnabé ! Toute faute devait se payer – et il vivait sa débine actuelle comme une juste punition. Il lavait la vaisselle au Poddle Dog. Et pour se loger – eh bien ! il se débrouillait... Et l'on comprit, à quelques chuchotements, qu'il squattait avec les autres un bateau échoué dans la vase. Ségondis et La Madelène, eux, avaient trouvé leur place de cireur, devant le Verandah, occupée par un groupe de Noirs peu enclins à considérer leurs droits historiques, et ils opéraient désormais aux pieds du Niantic, mais ce n'était plus tout à fait ça. Villatelle avait eu la déception de découvrir qu'un Polonais herculéen et décidément peu partageur avait pris sa place dans le cœur changeant de Mme Irma... Mais ils s'en sortiraient. Puisque vous êtes là ! répétait Ségondis. Comme si de reformer le groupe qui s'était soudé certaine nuit d'incendie allait les rendre indestructibles...

Dommartin dissimulait, avec la plus grande distinction, une chaussure qui bâillait, Villatelle gardait sa redingote boutonnée jusqu'au cou, sans doute faute de chemise, et c'était autour d'eux un festival de genoux, de coudes rapiécés, de cols retournés : pas de doute, ils étaient tous au fond du trou – et il aurait été l'un d'eux, songea Nicolas, si le comte ne l'avait pas entraîné dans ses projets. Bah ! s'était écrié Dommartin, le tout était de pouvoir encore en rire. Et pour rire, ça, ils avaient ri, assura Ségondis. Jules de France leur avait imaginé la plus folle des nuits, à leur retour, avec défilé aux lanternes, roi des fous, bonnets d'ânes promenés de bars en bars – une affaire pareille, répétait-il, on en rit ou on en meurt ! Et les gens avaient applaudi sur leur passage. N'étaient-ils pas les plus fous de tous, dans cette ville de fous ?

Jules de France... Où était le bon Jules ? s'inquiéta Nicolas. On lui fit le récit de ses derniers exploits. Çà ! il fallait qu'ils le voient, devenu le patron et unique rédacteur de *La Gazette*. Sans oublier Ernest de Massey, que le consul avait réussi à placer au *Public Balance*, responsable d'une toute nouvelle page française. Eh ! c'est que San Francisco avait changé depuis leur départ. Des immeubles en brique se construisaient un peu partout. Deux nouveaux wharfs étaient presque achevés. Une machine rasait les collines du côté de Market Street, peu à peu la ville gagnait sur la mer, depuis trois semaines Montgomery et Merchant étaient éclairées la nuit... Mais tout ça pouvait attendre, coupa Barnabé. Dommartin renchérit : qu'avaient-ils donc à leur raconter, les deux aventuriers ? La Prairie, les Indiens, les hors-la-loi – peste ! ils avaient dû en vivre, des dangers, pour être ainsi changés ! Il sentit les regards se tourner vers lui, repensa à son propre étonnement la première fois qu'il avait vu Lombard, dans cette même pièce. Comme il se sentait loin, tout à coup, de ce brouhaha, loin de la ville, resté au campement avec Tiburcio et les autres ! Qu'auraient-ils pensé, tous, là, autour de lui, s'ils l'avaient vu à cheval, son six-coups passé dans ses arçons ! Il chercha un peu d'aide du côté du comte, mais celui-ci paraissait ailleurs, qui regardait Marie – puis il vit Claire, les yeux immenses de Claire fixés sur lui, et il se mit à parler, en butant sur les mots. Comment raconter la Prairie sans fin, les troupeaux en *stampede*, les feux de camp, et cette immensité que vous sentiez éclore en vous devant tant d'espace déployé ? Oui, le voyage avait été grandiose... On resta silencieux autour de lui. C'est tout ? semblait dire Barnabé. Pas de bagarres sanglantes, de scalps enlevés, de fusillades ? Il sourit. Les Indiens ? Bien sûr. Et il leur raconta les Yokuts. L'exploit de Raousset contre les frères Dennis arracha des vivats. Ah ! il fallait que Jules entende ça !

Où était-il, au juste, celui-là ? Il aurait dû être rentré depuis longtemps, s'inquiéta Mme Germain. Il revenait toujours vers 5 heures avec Artémise et le petit Joe, avant de retourner à *La Gazette* terminer son article. Hito entra en bougonnant, signe chez lui de bonne humeur – si ces messieurs et dames voulaient continuer à bavarder, le plus simple était de rester dîner, il y avait de quoi, pour une fois. Mme Germain se dressa d'un bond. Et sa tarte qu'elle avait oubliée dans le four ! Un saut au journal, s'écria Fayolle, et il les ramenait tous les trois, plus Ernest pour faire le compte. Une soirée tous ensemble, ça leur rappellerait le bon vieux temps !

Jules... Ils ne savaient pas la meilleure ! D'ailleurs, gloussa Barnabé, eux non plus ne se consolaient pas d'être arrivés deux jours après son triomphe. La nuit des madames ! Il fallait que le consul leur raconte ça, avant qu'arrive ce grand escogriffe...

Ils gagnèrent l'appentis, dans la cour de l'hôpital, où ils s'étaient tant de fois retrouvés sous des prétextes futiles, pour d'interminables bavardages. Personne, dans le brouhaha, ne les avait vus s'éclipser. Ils restèrent face à face, intimidés, en se tenant les mains. Claire le dévisageait en fronçant les sourcils : il avait tellement changé ! Et il avait tellement de choses à lui dire, soupira-t-il. La vie qu'il avait découverte là-bas, les haciendas si vastes qu'on n'en savait pas les limites, les jardins de fleurs de la señora Lugo, la douceur des vergers, le galop fou des chevaux au loin... Elle écoutait, la tête penchée. Oui, elle comprenait ce qu'il voulait dire.

« Moi aussi, ajouta-t-elle à voix basse, en lui serrant très fort la main, moi aussi, j'ai beaucoup réfléchi, tout ce temps... »

Pourquoi se montrait-elle si grave ?

« J'ai tellement rêvé... C'est drôle, tu ne trouves pas ? Qu'une femme puisse rêver, dans – dans ce cloaque. Et pourtant, c'est ici que je ferai ma vie. Je me suis demandé, parfois... La France ? Non, ma vie est ici. »

Elle baissait la tête, comme si elle voulait poursuivre sans risquer d'être interrompue. *Ma* vie, insista-t-elle, et il y avait une telle détermination dans sa voix qu'il resta interdit. Non, jamais elle n'accepterait d'être un poids pour quelqu'un, ni de lui sacrifier sa vie, ses rêves – pas plus qu'elle n'accepterait de personne qu'il lui sacrifie ses propres rêves. Non, s'obstinait-elle, une vie ensemble, ça ne pouvait pas être seulement la succession, chaque jour, de petits renoncements. Au moins, elle aurait appris ça de la Californie. Que la vie pouvait être plus large, plus vaste.

« Alors, j'ai pensé... Institutrice, ce serait une belle aventure, dans cette ville. Si je regarde le petit Joe, tous ces enfants. Oui, ce serait un beau défi ! »

Elle baissa la voix.

« Bien sûr, j'avais rêvé, imaginé... Quand j'ai vu ces braves gens, au ranch... Ce serait magnifique, ensemble, de tenter ce pari-là. Mais seulement si c'est notre rêve à deux. À tous les deux... »

Ainsi, se dit-il, la gorge serrée, elle n'avait songé qu'à ça tout ce temps : lui rendre sa liberté. C'était libre qu'elle voulait l'aimer, pas enchaîné. Et il se sentit écrasé de honte, lui qui ne s'était jamais préoccupé que de sa propre personne. Il voulut lui reprendre la main, mais elle le repoussa, furieuse.

« Oh ! toi ! Toi et ton maudit sens du devoir ! Je voulais seulement que tu – que tu m'aimes ! »

Et elle éclata en sanglots, des sanglots brefs, nerveux, où passait toute la détresse du monde.

Il était si jeune, s'entendit-il murmurer tandis qu'il la prenait dans ses bras. Et tout à coup les mots lui vinrent, qu'il n'avait jamais osé dire, même à lui.

« Je ne sais même pas qui je suis, tu vois ? Les gens, ils voyagent pour aller quelque part. Moi, j'ai l'impression de voyager pour savoir où je vais. Il y a quelque chose en moi que je ne comprends pas. Qui m'appelle. Et me fait peur... »

Tant qu'il vivrait avec cette inquiétude au fond de lui, comment pourrait-il entraîner quelqu'un à ses côtés ?

« Là-bas, dans la Prairie, j'ai cru... Il faut que j'aille au bout de cette histoire. Au bout ? Un peu plus loin... Mais – Claire ! Comment te dire que je t'aime, pourtant, plus que tout ? »

Ils restèrent enlacés un long moment. Le jour baissait, l'ombre effaçait doucement les contours de la cour, ils étaient seuls au monde. Oui, ce serait le ranch Martinolles. Ou autre chose, s'ils le voulaient, ensemble. Il lui fallait juste un peu de temps. Et elle répétait à mi-voix, les yeux clos : « Ensemble, oui, ensemble. »

Elle eut un petit rire, tout à coup. N'étaient-ils pas devenus sérieux en diable ? Et se penchant à son oreille :

« Je ne suis pas Artémise, qui te serre dans les coins, mais... Tu ne crois pas, tout de même, que tu pourrais m'embrasser ? »

Le silence les arrêta, sur le pas de porte. Qu'avaient-ils tous, à faire pareilles mines ? Jules n'est pas rentré, murmura le consul, et il y avait dans sa voix une telle charge d'angoisse que Nicolas tressaillit. Fallait-il vraiment s'étonner, avec pareil lascar ? Il suffisait que lui vienne en chemin quelque trait de génie, ou qu'il se trouve pris dans un de ces désastres dont il avait le secret pour qu'il disparaisse. Non, ce n'est pas normal, coupa Marie, jusque-là silencieuse : jamais, pas une seule fois, il n'avait ramené l'enfant et Artémise cinq minutes en retard.

Et les bureaux de *La Gazette* étaient vides, leur porte battant à tous vents, renchérit Fayolle, encore essoufflé par sa course. Pas de traces, non plus, de Pépin et Jourdain dans les bars où ils avaient leurs habitudes. Seul un garçon du Café des Artistes se souvenait d'avoir aperçu Jules, vers 3 heures.

« Il cherchait Artémise, à ce qu'il paraît... »

Artémise ? Mais il ne l'aurait jamais laissée seule. Claire fronça les sourcils. Et le petit Joe, alors ? Non, ça n'avait aucun sens.

Toutes ces angoisses pour une heure de retard ? Il y avait autre chose, se dit Nicolas. Ces visages creusés... La tension, dans la pièce, était presque palpable – il songea à cette nuit où ils avaient attendu, sur la piste, l'attaque des Indiens.

Depuis une quinzaine, nous ne vivons plus, soupira le consul, en esquissant un geste d'impuissance. Et il lui raconta l'affaire Blanchot – comment la canaille, persuadée que Jules avait été son agresseur, au sortir de la réunion chez Brannan, avait juré de lui faire la peau.

Sans compter, se dit Nicolas, qu'un autre homme, et bien plus dangereux, devait réclamer sa disparition : Sam Brannan lui-même...

« J'ai tout essayé pour l'éloigner quelques semaines, poursuivit le consul, effondré. Les Martinolles, vos amis, étaient prêts à les héberger tous les trois. J'avais même pensé à Vallejo. Avec ses hommes de troupe, personne n'oserait se risquer sur ses terres... Mais allez donc raisonner pareil olibrius ! Non, c'est sa ville. Loin d'elle une seule journée, et déjà il étouffe. Sa ville... Il croit qu'elle le protège, j'en suis persuadé. Et puis il y a *La Gazette*. »

La chance de sa vie, s'obstinait Jules. Chanter sa ville, l'ausculter dans ses tréfonds, en capter chaque vibration... Et l'on prétendait l'éloigner alors qu'on s'arrachait ses papiers, ses bons mots, ses petits échos ? Non, c'était une guerre contre Blanchot. Il faudrait que la ville choisisse, entre cette brute et lui. Depuis, il guettait des signes, comme un amant jaloux surveille les faits et gestes de sa maîtresse...

Tout au plus avait-il accepté que Pépin et Jourdain, armés jusqu'aux dents, ne le quittent plus d'une semelle. Mais ce n'était pas ainsi que se réglerait cette affaire, répétait-il, l'œil sombre...

Et l'on ne pouvait rien contre Blanchot – rien contre ce Brannan ? Colton, surpris, regarda Nicolas. Décidément, on l'avait bien changé, ce garçon ! Mais que faire ? La ville était une poudrière. La nuit des madames avait fait oublier les gardes mobiles, mais au prochain convoi... Et Berdue et Windred allaient repasser en jugement. Des bruits couraient que les voyous préparaient un grand coup, qui allait secouer la ville, les alertes au feu se succédaient, un groupe d'hommes à cheval avait attaqué la prison pour pendre haut et court un convict australien accusé de meurtre, les Vigilants tenaient réunions sur réunions... Non, ils ne pouvaient rien faire.

Nicolas chercha Raousset des yeux. C'était dans ces situations que le comte avait le talent de trancher dans le vif...

Il n'était plus là.

Il s'était éclipsé depuis un bon moment, expliqua Marie. Il avait parlé d'un certain Jonathan – oui, c'était cela, Jonathan Wittcombe. Mais il avait promis d'être de retour pour le dîner.

Wittcombe, le plus grand marchand de bestiaux de toute la Côte. C'était bien le nom qu'il lui avait donné, sur le chemin. Un ami de Vallejo, avait-il ajouté, qui lui ferait le meilleur prix. Il vivait à l'année au Pacific Hotel, menait grand train, mais payait rubis sur l'ongle. Le troupeau... Avec Claire, Nicolas l'avait oublié. Oui, il fallait traiter avec Wittcombe dès ce soir, s'ils voulaient repartir demain...

Demain... Que faisait Lombard à cette heure ? Sa ronde, comme d'habitude. Junipero devait faire revenir ses dés de *jerky*, Tiburcio rôdait du côté de la gamelle de *frijoles*, bientôt crépiterait un feu clair, les bêtes avaient assez d'herbe pour deux jours, dans cette cuvette. Une nostalgie soudaine l'envahit. S'il n'y avait pas eu Claire, s'il n'y avait pas eu Jules, il serait parti dans l'instant. À croire qu'il n'était plus tout à fait d'ici...

Hito apporta des chandeliers, tisonna les braises dans la cheminée. La ville, dehors, s'enveloppait de ténèbres. Une rumeur montait, que chacun connaissait bien : tout à l'heure commencerait là-bas une autre vie, brutale. Hito referma la porte en bougonnant que le dîner allait brûler, comme d'habitude, s'ils attendaient encore, et le silence revint.

Toujours rien...

« Il nous faudrait un Pindray », soupira Dommartin.

Pindray ? Il était en ville depuis deux semaines, finit par dire le consul, après une hésitation. Et il leur raconta comment il l'avait aperçu, à ce meeting fatal où Jules avait fait des siennes. On se récria. Pindray ? En ville ? Et il n'était pas venu les voir ?

On parlait de lui sur la Klamath, ces derniers temps, dit alors

Barnabé, et Ségondis approuva de la tête. Quand leur guide s'était éclipsé, ils s'étaient lancés tous les deux à sa poursuite, bien décidés à le ramener à San Francisco. Et ils avaient remonté les rives de la Klamath pendant deux jours. C'est là, dans un camp de mineurs, qu'ils avaient entendu parler de lui – il venait de convoyer un troupeau de deux cents bovins depuis San Pablo jusqu'à Trinidad, dans la baie d'Humbolt, où les bêtes, disait-on, s'achetaient à prix d'or.

Pindray, un troupeau ? Nicolas tressaillit. Fallait-il que leurs destinées, à Pindray et au comte, ne cessent de se croiser ? Gare, songea-t-il, au jour où ils se retrouveront face à face...

L'histoire devait être vraie, ajouta Ségondis : une rumeur persistante assurait que si le marquis avait disparu, c'était pour ne pas payer la part qui revenait au *ranchero* de San Pablo...

Non, il ne fallait pas compter sur Pindray, dit alors Colton. Il jouait sa propre partie, désormais. Selon Burnett, il se racontait dans le Petit Chili qu'il recrutait des hommes, des *desperados*, pour une entreprise sur laquelle il faisait grand mystère, mais que l'on soupçonnait formidable. Mais on racontait tant de choses, dans le Petit Chili !

La nuit était tombée. Les lumières s'allumaient aux flancs des collines. Des clameurs montaient de la Plaza, des stridences de violons, des battements de grosses caisses.

« On ne peut pas rester ainsi ! » protesta Fayolle.

Il fallait partir à sa recherche. Que chacun prenne une rue, un bloc, et qu'on se retrouve en quelque lieu convenu ! S'il était arrivé malheur, essaya de se rassurer Mme Germain, très pâle, on l'aurait su...

Mais c'est à cela que tout le monde pensait, maintenant.

On entendit un bruit de course. La porte s'ouvrit à la volée. Jules apparut, hagard. Tous se levèrent d'un bond. Chemise défaite, les yeux fous, il faisait peur.

« Artémise ? Joe ? »

On secoua la tête.

« Pépin ? Jourdain ? »

Il s'écroula sur un fauteuil, essaya en vain de contenir ses tremblements. Il la cherchait depuis cet après-midi. Il était simplement entré dans un magasin acheter un jouet, dit-il d'une voix lamentable, après qu'il eut retrouvé son souffle, tandis qu'Artémise et Joe attendaient sur le trottoir, gardés par ses deux sbires – et quand il était sorti, trois minutes plus tard, il avait trouvé les deux flandrins qui bayaient aux corneilles. Plus d'Artémise, plus d'enfant.

Un gamin était passé dans la rue, avaient-ils expliqué, poursuivi par un homme qui criait au voleur. Ils les avaient suivis des yeux jusqu'au coin de la rue et, lorsqu'ils s'étaient retournés, ils étaient seuls – l'inattention avait été si brève qu'ils avaient imaginé Artémise et Joe rentrés dans la boutique, et ils avaient continué de monter la garde.

Depuis ils fouillaient la ville de fond en comble...

Tous se tournèrent en même temps. Pépin, livide, se tenait sur le seuil. Il ne dit qu'un seul nom :

« Blanchot. »

Jules poussa un rugissement. Ah ! c'était bien ce qu'il craignait.

« Un cheveu ! Que l'on touche à un seul de leurs cheveux ! Et je jure... »

Jourdain était au Café des Artistes, ajouta Pépin. Il rassemblait des amis sûrs. Alors, qu'attendait-on ? hurla Jules de France, hors de lui. Et il se précipita dans la rue.

Nicolas serra Claire dans ses bras, courut à son cheval, saisit son six-coups. Le comte ? Hito le préviendrait. Et ils se retrouveraient là-bas.

La ville à ses pieds grondait, dangereuse. Elle attendait son dû, comme d'habitude : juste quelques convulsions de plus, quelques proies nouvelles pour nourrir le brasier qui n'en finissait pas de grossir, là, plus bas, au cœur de la nuit.

Il n'y eut pas de phrases vaines. Une douzaine d'hommes armés se tenaient près de Jourdain. Villatelle, Dommartin, Ségondis apparurent les uns après les autres. Colton lui-même avait pris une arme. On apporta des torches, des lanternes. Jules vérifia l'amorce de ses pistolets.

« Et maintenant, la guerre ! » gronda-t-il.

Tous le suivirent. Devant eux la foule s'écartait en silence...

French Camp était là, passé un *no man's land* de broussailles, de caisses crevées, de mares pourries. Les tentes éclairées luisaient comme des lampions, et derrière elles on devinait une masse sombre, menaçante, adossée à la colline. Personne, jamais, ne s'était risqué jusque-là sans y avoir à faire, et surtout pas la police. Ferrailles, débris entassés, armoires brisées, canots éventrés faisaient comme une muraille, et deux hommes armés gardaient l'entrée.

Ils baissèrent leurs fusils. Le temps de crier : « Qui va là ? », et ils étaient saisis, bâillonnés. Jules posa son pistolet sous le menton d'un des gardes.

« Où ? »

L'autre roula les yeux en direction d'une grande tente éclairée, au centre du campement. Et il s'écroula, assommé.

Trois hommes de Blanchot jouaient aux cartes autour d'une bouteille de gin. La table valsa d'un coup de pied.

« Où ? » hurla Jules de France.

Un des hommes ricana, provocant. Sa cervelle vola en éclats.

« Où ? répéta Jules de France en enfonçant son pistolet dans le cou du deuxième.

– Je... Il n'est pas là ! On ne sait pas, je te jure... »

Il ne termina pas sa phrase. Sa mâchoire éclata en une bouillie sanglante.

« Où ? » répéta une fois encore Jules de France en arrachant l'arme de Colton.

Le troisième tomba à genoux :

« Au... Au Boar's Head ! Avec la fille. Et le petit. Hé ! tu... »

Il y eut une troisième détonation.

Des visages sortaient des tentes, hirsutes, des hommes en haillons, les joues creuses, s'avançaient, silencieux. Certains tenaient une arme.

« Et maintenant, tonna Jules de France, terrible, plus un ne bouge. Plus un, j'ai dit ! Ou, par Dieu, il est mort ! »

La masse compacte de ses compagnons, hérissée de fusils, devait être formidable dans la lueur dansante des torches car les autres hésitèrent.

Nicolas, Dommartin, Ségondis, La Madelène sortirent à reculons, protégeant les arrières. Et la dernière image qu'ils emportèrent était cette mer de visages hagards, aux yeux brûlants, qui les regardaient sans dire mot. Prisonniers, ou bourreaux ? Ces visages-là venaient d'un autre monde, où il n'y avait pas de salut...

Un fanal jaunâtre brûlait à la porte du Boar's Head. Des *hoppies* faméliques s'éclipsèrent à leur approche par des ruelles discrêtes. Quelques crapules aux faciès d'épouvante qui avaient voulu leur barrer le passage à l'entrée de Clark's Point s'étaient trouvés bousculés, assommés, jetés dans le caniveau avant même de comprendre, et les rues, depuis, se vidaient devant eux. Une musique criarde montait par bouffées derrière les volets clos. La porte vola d'un coup de botte. Les deux videurs, à l'entrée, levèrent vers eux des yeux vagues. Ils étaient déjà ivres morts. Des rires obscènes secouaient les cloisons. Et c'est alors qu'un cri les figea – le cri de terreur d'un enfant.

Ce fut une ruée, une poussée sauvage jusqu'au centre de la salle. Et Nicolas resta pétrifié d'horreur, tandis que tout se mouvait autour de lui dans un extraordinaire ralenti, une éternité d'horreur, lui sembla-t-il, qu'aucune vie, jamais, ne parviendrait à effacer : Joe hurlant à s'étouffer, qu'un soudard titubant tenait nu sur une table, tandis qu'il se déboutonnait, Artémise sur une petite scène, Artémise nue, les yeux révulsés, que deux hommes maintenaient tandis qu'un troisième la forçait, le pantalon tombé, les ricanements des autres qui déjà attendaient leur tour, les ahanements de la brute et puis les rires, les rires gras, triomphants, de Hell Haggerty et de Blanchot, qui levaient leur verre à la santé d'Artémise crucifiée... Il ne sut pas quand il avait tiré. Mais Blanchot s'écroula devant lui, une balle dans la poitrine, et il ricanait encore quand une mousse de sang jaillit de sa gorge. Hell Haggerty sauta en arrière, la tête presque arrachée. Et il continua de tirer, de tirer jusqu'à ce que son barillet soit vide. C'était, autour de lui, un déluge de feu. Comme si chacun avait voulu effacer sous les balles ce qu'il venait de voir – une porte, ouverte sur l'enfer...

Jules pleurait à petits bruits, au chevet d'Artémise. Les femmes avaient baigné la pauvre fille, qui chantonnait, absente. Le docteur lui avait donné les premiers soins, fait prendre un calmant. Joe, épuisé à force de cris et de pleurs, s'était endormi d'une masse. Et Jules pleurait de toutes les larmes accumulées au fil de tant d'années, pleurait sur le monde abandonné de Dieu et l'innocence sacrifiée. Ils étaient un bateau naufragé, bégayait-il, errant à la dérive dans les ténèbres...

C'est fini maintenant, dit-il soudain. La ville, dehors, ne voulait plus de lui. Ou il ne voulait plus d'elle. Quelque chose, en tout cas, venait de s'achever ce soir. S'il n'y avait pas Joe ! Et s'il n'y avait pas elle ! répétait-il à mi-voix, comme pour dire que, sans eux, il n'aurait pas hésité à se brûler la cervelle, tout de suite, pour en finir avec ce cauchemar...

On entendit un brouhaha à la porte, et Raousset surgit, le visage décomposé. Il les avait cherchés partout.

On le mit au courant, en le prenant à l'écart. Il devint très pâle, chercha un mur à tâtons.

« C'est donc la nuit de tous les rendez-vous », dit-il, la voix blanche.

Et il resta tête baissée, longtemps.

« Le Destin bat les cartes, ce soir ! Et nous tirons tous les mauvaises. Et nous n'y pouvons rien... »

Il chercha Nicolas du regard.

« Tu ne le sais pas encore, mon garçon... Nous nous battons, nous déployons des trésors de courage, nous faisons front, tous autant que nous sommes, ni meilleurs ni pires, nous nous débattons dans le noir. Et là-haut... Là-haut, le Destin fait rouler les dés. Et nous n'y pouvons rien... »

On lui tendit une chaise.

« Ah ! je ne me le pardonnerai jamais, de t'avoir entraîné dans cette histoire... »

De quoi parlait-il ? Nicolas vint vers lui. Raousset partit d'un long rire convulsif.

« Quelle plaisanterie, n'est-ce pas ? Tous ces efforts pour découvrir que la ville déborde de viande ! Les deux premiers convois de *long horns* viennent d'arriver du Texas. Un exploit, à ce qu'il paraît. Mon bon Nicolas, nos vaches ne valent même plus ce que nous les avons payées au señor Lugo... Lessivés, comme disait Barnabé. Oui, lessivés... »

Claire avait voulu lui parler, mais d'un geste il l'avait écartée. Non, pas maintenant. Plus maintenant. Il s'était réfugié dans la grange où il avait déjà dormi, une fois. Combien de temps resta-t-il ainsi, prostré ? Lessivés, avait dit Raousset. À moins qu'ils ne réussissent à limiter la casse en menant leurs bêtes jusqu'à Stockton, avant que les *long horns* n'y fassent tomber les cours. La nuit, dehors, s'agitait, des vagues d'applaudissements venaient de Portsmouth Square. Il avait joué, et il avait perdu. Comme les autres. Comme tout le monde. Tout le monde perdait, toujours. Claire avait été un rêve, voilà tout.

Demain ? Il n'y avait plus de demain, avait murmuré le comte. Marie le regardait intensément.

« Eh bien, le sort en est jeté ! avait-il lancé après un silence. Je rêvais, moi aussi. Dame ! Pourquoi n'aurais-je pas le droit de vivre, comme les autres – d'aimer. Oui... d'aimer ! Moi ! Mais non, cela s'appelle le Guignon... Ah ! écartez-vous de qui porte sa marque au front ! »

Il s'était redressé.

« Je sais ce qu'il me reste à faire, désormais... »

Et comme Nicolas lui tendait la main :

« Non, mon bon Nicolas, là où je vais, il n'y a pas de place pour toi. Toi, il te reste encore une chance de retrouver le monde des vivants. »

Une voix avait grondé :

« Dans ce cas, comte, nous pouvons faire un peu de chemin ensemble ! »

Jules se tenait sur le pas de la porte.

C'est alors que le consul, sortant d'un long silence, avait pris le comte par le bras.

« Mon cher Raousset, je crois qu'il est temps que je vous parle... »

Il se réveilla en sursaut. Quelqu'un se penchait sur le lit, se glissait sous les couvertures. Un instant, il crut que c'était Claire, puis il reconnut les cheveux, sous ses doigts.

Artémise.

Il frissonna d'effroi, puis, comme elle poussait un petit gémissement blessé, il lui prit la main, honteux, pour tenter de la calmer, mais elle, têtue, se blottit contre lui, l'étreignant de toutes ses forces. Et comme sa respiration, peu à peu, redevenait paisible, il resta ainsi, tétanisé, tandis que repassaient devant ses yeux les mêmes scènes, la brute qui la pénétrait, ces hommes qui la tenaient, les rires de la foule. S'il avait osé, il l'aurait prise dans ses bras, qu'elle sente un peu de compassion, de douceur humaine en cette nuit. Non, se dit-il, il fallait qu'il la ramène près du petit Joe. Jules était-il encore là ?

Il voulut se redresser – et c'est à ce moment qu'il sentit les doigts d'Artémise courir sur sa peau, sa respiration s'accélérer, son corps se coller au sien. Une boule de feu explosa dans ses entrailles. Il fit glisser sa fine chemise, sentit son ventre se creuser sous ses doigts, ses cuisses s'ouvrir. Et elle, impatiente, avec de petits cris, le déshabillait, défaisait son pantalon, s'emparait de son sexe. Il l'étreignit sauvagement. Tout tourbillonnait autour de lui. Il n'était plus rien qu'un immense vertige, qui n'en finissait pas. Et tandis qu'il la pénétrait, Hell Haggerty riait, riait à perdre haleine, et Blanchot, et tous les autres, toute la salle hurlait, derrière lui les suivants se déboutonnaient déjà en attendant qu'il en termine, et il s'engloutissait en elle que tenaient fermement ses deux complices, tombait, tombait toujours plus bas.

Il resta longtemps les yeux ouverts, dans le noir, tandis qu'elle reposait près de lui, endormie. Non, il n'était pas allé jusqu'au bout du cauchemar, au Boar's Head. Il lui restait cela, encore, à découvrir de lui. Une clameur monta de Portsmouth Square, triomphale. C'était dit : il était en enfer.

III

La Ruche d'or

1

Il y eut des gargouillis, un hoquet, puis plus rien. Encore raté, soupira Eugène, il fallait s'y attendre – et soudain l'eau jaillit dans un long grondement, manquant tout emporter, les trépieds gémirent, ployèrent, mais d'Artagnan, du haut de la crête, veillait au grain, et le flux peu à peu se stabilisa, revint dans les berceaux avant de ruisseler, dompté, vers la rivière, plus bas. Le premier *long tom* de la Mokelumne ! Les chapeaux volèrent, le canyon résonna de cris de joie, qui se perdirent en longs échos dans les profondeurs sombres des arbres, et l'on aurait dit que quelque dieu farceur, tapi en la montagne, là-haut, s'esclaffait avec eux, riait à perdre haleine de cette dérisoire fourmilière s'agitant à ses pieds. Des têtes hirsutes sortaient des trous, sur les pentes, clignant des yeux sous le soleil trop cru, des *diggers* arrivaient de tous côtés, attirés par les cris – quelqu'un l'aurait-il trouvé, enfin, le *big gold* ? – et ils restèrent éberlués devant le spectacle d'Eugène et d'Aramis, lancés cheveux au vent dans une danse de Saint-Guy jusqu'au milieu de la rivière. Un *long tom* ! Ce fut aussitôt une frénésie de pelletées de gravier, de sable, on allait voir pas plus tard que tout de suite ce qu'elle avait dans le ventre, cette machine, le long berceau de bois débordait en gros bouillons jaunâtres, et ils pelletaient toujours, les bras, les visages, les cheveux ruisselants de boue, en hurlant. Eugène, calmé par sa baignade, dut s'interposer, expliquer la manœuvre : comment agiter du dos de la pelle le tas versé dans le premier berceau de telle sorte que l'eau emporte toute la terre, puis comment les particules les plus lourdes passaient par le gros tamis, à son extrémité, pour tomber dans le deuxième berceau, placé un peu plus bas, où des barres transversales, les *riffles*, par simple différence de gravité, ne retenaient du flux que les cailloux, les pépites, le sable mêlé de poudre d'or. Les hommes se penchaient, attentifs, le souffle court, mais l'eau était boueuse, on ne distinguait rien, l'un plongeait les bras pour éclaircir le flot, les autres protestaient, non, il allait tout gâcher, il fallait laisser faire, que les *riffles* soient pleins, les plus impatients étaient déjà remontés s'enterrer dans leurs trous, et l'air surchauffé du canyon résonna de nouveau du bruit des pics et des pioches – le travail ne s'arrêtait jamais longtemps sur la South Fork de la Mokelumne. Et il continuerait, songea Nicolas, jusqu'à ce que la montagne entière, sondée, éventrée, percée de toutes parts, ait rendu l'or qu'elle dissimulait encore dans ses entrailles.

Il remonta la pente. Depuis le matin, il s'acharnait sur une poche entre deux lames de roches, et le tas de gravier et de sable avait déjà pris de belles proportions. Il remplit ses deux seaux à ras bords. Le joug lui déchira les épaules quand il se redressa, mais n'était-ce pas ce qu'il recherchait : ne plus penser à rien qu'à l'instant présent, au grain de la roche devant soi, au geste exact à faire ? Il dévala la pente, et chaque pas résonna dans ses cuisses et son dos, versa ses seaux sur le tas près du *long tom*. Personne ne lui prêta attention. Tous étaient trop occupés par la machine sortie de l'imagination de l'ingénieux d'Artagnan.

Le mousquetaire avait ruminé son affaire pendant des semaines. Ce n'était certes plus dans le lit de la rivière qu'il fallait espérer de grosses découvertes, l'or était au flanc du canyon, dans des veines qui couraient jusqu'au plus profond de la roche, mais il fallait de l'eau pour séparer l'or du gravier, sauf à maîtriser la technique à sec des Mexicains et des Chiliens, ce à quoi personne n'était jamais parvenu, et l'on s'épuisait donc à manier l'antique *sluice* ou le *craddle*, qui réclamaient un homme pour descendre les graviers à la rivière, un autre pour manier le tamis, un autre encore pour verser l'eau sur le gravier, tout cela seau après seau, un vrai travail de galérien – et c'est alors qu'au saloon de Baptiste Perrot, dans le village mexicain, il avait entendu un mineur évoquer les *long toms*, qu'il avait vus en action sur la Yuba River, dans le Nord : le travail de cinq à dix *craddles*, au bas mot ! Des propos de mineur éméché, sans doute, mais qui n'étaient pas tombés dans l'oreille d'un sourd...

Il reprit sa barre à mine. Ici, il était bien. Le soleil lui cuisait les épaules, la poussière s'infiltrait dans sa gorge, lui piquait les yeux. Il martèlerait la roche jusqu'à ce que les muscles de ses bras se raidissent, que ses omoplates le fassent grimacer de douleur – et il redescendrait alors quelques seaux, avant de recommencer, jusqu'au soir. Il était bien, sans personne avec qui devoir converser, seul avec la montagne. Il leva la tête : d'où il se trouvait, il pouvait voir le canyon jusqu'au coude de la rivière, les veines creusées dans la roche nue par Athos, Aramis et d'Artagnan, les niches d'André, de Georges et de Roberto, ses nouveaux compagnons, et, derrière, le moutonnement sombre des montagnes, de plus en plus hautes, jusqu'aux neiges éclatantes de la Sierra Nevada. Pépin et Jourdain, décidément inséparables, devaient être plus haut, derrière un pli du terrain. Garnier, près du *long tom,* lui fit un signe de la main, auquel il répondit. Oui, il était bien. Tant que durerait ce refuge...

Aramis le héla. Qu'il laisse un peu sa pioche et vienne voir ! D'Artagnan avait fermé le débit d'eau. Ne restait plus dans les *riffles* qu'une grosse boue noire, mêlée à des cailloux. Eugène fouilla la masse humide de la pointe de son *bowie-knife*, écarta les éclats de roche – une lueur fauve fit gronder les mineurs. On remplit une batée, que l'on porta religieusement à la rivière, et chacun retint son souffle, tandis qu'Eugène, doucement, la passait dans l'eau, écartait la caillasse.

« Bon Dieu, les gars, il y en a au moins une livre ! »

Une livre pour un seul *riffle* ? On ramassa les batées abandonnées sur la berge, courut vers la machine. Fini, le rituel épuisant du *craddle*, des *rockers* et des *sluices* ! La falaise leur paraissait soudain moins sévère, les profondeurs des gorges moins mystérieuses – cette montagne, ils finiraient bien par lui faire cracher son or ! D'Artagnan, sous les bourrades complices, prenait des airs modestes. Aramis se frisait les moustaches. Ah, ce soir il fallait fêter ça ! Nicolas se força à rire, comme les autres. Mais il pensait surtout à sa mine, là-haut, qu'il allait retrouver. Et qu'il y eût ou non de l'or dans le roc qu'il creusait n'était, se dit-il, que de peu d'importance.

Partout, autour d'eux, le printemps bourgeonnait, éclatait de couleurs, s'ornait d'efflorescences nouvelles. Nulle plante ne poussait plus depuis longtemps aux flancs torrides du canyon, mais dans les replis ombreux du vallon, tandis qu'ils descendaient vers le camp, des senteurs grisantes leur venaient par bouffées, avec le soir, et cette douceur soudaine, après la férocité de leur labeur, les laissait quelque peu décontenancés. Un mineur voulut entonner un chant des barricades, vite interrompu par des protestations : ne pouvait-il pas écouter, plutôt, le pépiement des oiseaux dans le sous-bois ? Et chacun, pensif, presque intimidé, s'avançait à pas lents, sous les voûtes de verdure, comme on entre à l'église. Nicolas fermait la marche. Si seulement il avait pu se fondre dans cette vibration végétale, disparaître dans un jeu de lumière, un souffle léger du vent... Depuis combien de temps était-il là ? Un mois ? Les jours s'étaient succédé, si semblables qu'il en perdait la notion du temps, ce canyon, ce camp étaient comme une bulle hors du monde qui grondait derrière la barrière des montagnes. Et c'était très exactement ce qu'il était venu chercher, ce qu'ils cherchaient tous, songea-t-il en observant ces sauvages en haillons qu'émerveillait encore la venue du printemps : un refuge.

Une file s'allongeait devant la cabane de brutes aux traits creusés, qui roulaient leurs chapeaux entre leurs doigts. Ils venaient voir la dame et l'enfant, expliqua l'un d'eux en découvrant ses chicots noirâtres dans un rictus affreux. Baptiste Perrot, au saloon, leur avait juré qu'il y avait une *vraie* femme et un enfant plus haut, vers Happy Valley. Une femme ! répétait-il, et il y avait dans ses yeux des étoiles.

« Alors on s'était dit, si on pouvait la voir, eh bien, que ça nous porterait bonheur... »

Ils défilaient en silence, muets d'admiration, devant Artémise qui chantonnait, les yeux ailleurs, caressaient timidement la joue du petit Joe ravi, puis ressortaient sur la pointe des pieds. Qu'était-il arrivé à la dame ? s'inquiéta l'un d'eux, au-dehors, et comme d'Artagnan lui expliquait qu'elle avait subi un grand choc à San Francisco, il appela à lui ses compagnons et, après un bref conciliabule, revint à grandes enjambées. Pour l'enfant et pour elle, bougonna-t-il en déposant aux pieds de la jeune femme une lourde bourse, avant de s'enfuir, les larmes aux yeux.

Il y en avait au moins pour trois cents dollars.

Jules empocha prestement le trésor – qui s'ajouterait aux précédents. Pour Artémise et son petit Joe, dit-il, et l'on comprenait à son œil farouche qu'il mourrait de faim plutôt que d'y toucher.

Même si parfois il soupirait qu'en fin de compte c'était *la* bonne idée, pour qui voudrait vraiment faire fortune sur le Mother Lode, plutôt qu'un saloon ou des putes : juste une femme et son enfant, promenés de camp en camp. Le lendemain de leur installation, il avait retrouvé le petit Joe devant la porte, qui jouait sur une couverture avec, devant lui, un tas de cailloux jaunâtres. Des pépites, déposées par des mineurs émus.

Tout ça était bien beau, mais le peuple avait faim. Jules battit le rappel, à coups de louche sur une gamelle, et les compagnons se rassemblèrent à grand bruit. Qu'avait-il mijoté, cette fois, leur cuistot ? Il fallut d'abord sacrifier au rituel de la pesée, et Eugène étala sur la table, dehors, la récolte de la journée, poudre, pépites, paillettes, inscrivit dans le grand livre de la Mutuelle de la ruche d'or la part qui revenait à chacun, puis, les comptes approuvés, on sortit les écuelles, tandis que Jules arrivait, un tablier autour de la taille, en portant une marmite fumante. Du ragoût de wapiti et des *frijoles* à la mexicaine, et s'il y en avait qui n'aimaient pas ça, ils n'avaient qu'à se débrouiller tout seuls ! On s'esclaffa : c'était bien la meilleure idée qu'avait eue Eugène depuis longtemps, d'engager un cuistot ! Désormais, au moins, on mangeait, au lieu de s'effondrer chacun chez soi, chacun pour soi, avec tout juste le goût de mastiquer des restes froids de haricots dans le fond d'une gamelle...

Le soir tombait très vite, une fraîcheur montait de la rivière. On se dépêcha d'empiler des branchages, et un feu clair monta bientôt vers le ciel, Athos et Aramis apportèrent des torches, d'Artagnan, à mi-voix, entonna une chanson du pays. Jules avait installé Artémise dans un fauteuil, sur le pas de la porte, avec Joe endormi dans ses bras, et les mineurs qui, surpris par le soir, se hâtaient vers leur tente la saluaient tous au passage. L'autre jour, un prospecteur aux épaules de grizzly s'était approché d'elle sur la pointe des pieds pour déposer sur ses genoux une brassée de fleurs. Nicolas vit qu'Eugène souriait : depuis l'arrivée de la jeune femme, toute la vie de cette partie du camp changeait, les hommes modéraient leurs cris et leurs querelles « pour ne pas réveiller le petit », et, plus extraordinaire encore, certains commençaient même à se laver et à changer de chemise le dimanche – comme si la présence d'une femme les ramenait à un reste d'humanité, au souvenir de ce qu'ils avaient été.

Des feux s'allumaient un peu partout sur la colline. Des accents de guitare arrivaient des tentes mexicaines, une mélopée montait, qui disait la nostalgie du pays perdu ou la douceur des femmes, et chacun écoutait, la tête penchée, pensif tout à coup. Les Fils de Sion, rassemblés auprès de leur pasteur, s'installèrent à leur tour, et ils échangèrent des signes amicaux. Depuis qu'Eugène et le pasteur Taylor avaient entamé leur grande joute philosophique sur les mérites comparés du socialisme et de la religion, les deux groupes faisaient assaut de civilité : c'était à qui démontrerait dans la pratique quotidienne l'excellence de ses principes. La dernière initiative d'Eugène leur avait donné à réfléchir et, depuis, ils se relayaient pour préparer chaque soir, eux aussi, un repas collectif. Mais il leur restait des progrès à faire, avait reconnut Taylor après avoir goûté un soir au rata de Jules.

Nicolas s'assit en bout de table, loin de la lumière, mais d'Artagnan, Athos et Aramis se serrèrent près de lui. Eh ! c'est qu'ils n'allaient pas le laisser tout seul comme ça, leur pitchoun ! Nicolas leur fit un pâle sourire. Depuis son arrivée, ils l'entouraient de mille attentions. Ils le voyaient bien, qu'il avait été rudement secoué, le pauvre, et ils désespéraient de lui faire retrouver le sourire. N'était-il pas bien ici ? Si, il se sentait bien. Nulle part ailleurs il ne se serait senti mieux. Ne lui manquait que Porthos, resté à Marysville pour les appas d'une robuste hôtelière. Mais que pouvait-il leur dire qu'ils auraient pu comprendre ? Jules leur avait raconté cette nuit de cauchemar qui les avait balayés, tous, comme fétus de paille. Mais ce n'était pas cela, non, qui le tenait ainsi. Ce n'était pas le monde, ce n'était pas la méchanceté des hommes : c'était lui.

Une porte s'était entrebâillée en lui, qu'il voulait à toute force verrouiller.

Il n'y avait plus d'avant, il n'y avait plus d'après – tout juste l'instant présent, et puis l'instant suivant, et un autre, peut-être, jusqu'à... Ça n'avait plus d'importance. Le camp s'animait, bruits de pas, de gamelles, odeurs de bois brûlé, de vieux haricots réchauffés, qu'il aimait déchiffrer chaque soir comme on répète des gestes quotidiens, pour s'assurer que le monde est bien là, en ordre, autour de soi. Dès les premières rumeurs, quand les hommes rentraient des *claims*, on pouvait deviner quelle serait l'humeur du camp, la nuit venue, si la journée avait été bonne, s'il y avait dans l'air quelque dispute, ou de ces irritations sourdes qui tournaient si facilement, on ne savait trop pourquoi, en bagarre générale. Mais tout paraissait calme, ce soir. Le printemps apportait avec lui une légèreté, une promesse, et chacun se sentait meilleur, plein d'une énergie nouvelle – après cet hiver de cauchemar, quand les hommes pataugeaient dans la boue, se réveillaient dans la boue, buvaient et mangeaient de la boue...

Trois tentes plus haut, Buckshot installait sa table devant un bon feu, disposait ses couverts en argent, son verre de cristal, avec mille précautions, en salivant d'avance au repas qu'il allait s'offrir, huîtres en conserve, petits pois, jambon fin, ou bien alors, peut-être, un plat chinois à l'aigre-doux, suivi de fruits secs, arrosé d'une bouteille de champagne – jusqu'à la prochaine mauvaise passe qui le mettrait, comme tous les autres, au porc rance et aux haricots, le temps de se refaire. Il était un des plus anciens du camp. Combien avait-il extrait de la montagne ? Entre trente et quarante mille dollars au bas mot, estimait-il lui-même. Partis, tous, dans son estomac. N'était-ce pas la vraie vie ? grognait-il en direction de ceux qui s'étonnaient qu'il ne fût pas plutôt reparti, fortune faite. Qu'aurait-il fait, dehors ? Mener une vie de bourgeois, avec femme et enfants sur le dos ? Mais c'était précisément ce qu'il avait fui ! La vraie vie... Pour les uns c'était l'alcool, pour les autres les filles : pour lui, c'était le champagne, au cœur de la forêt profonde, sans compte à rendre à quiconque ! Et c'est alors, généralement, qu'il s'allumait un gros cigare, après un petit rot, tandis que son voisin, à genoux, priait le Seigneur d'éloigner de lui ce sybarite.

Un peu plus bas, sur la rivière, Petit Jean de Quimper devait se réveiller péniblement de sa dernière cuite. Demain arriveraient les mules qui lui livraient chaque semaine ses caisses de champagne et, le dimanche au matin, il remplirait le dernier trou de son *claim* du précieux liquide, puis il y prendrait son bain, comme d'habitude – et la moitié du camp attendrait, autour de lui, qu'il ait fini, une timbale à la main, pour boire le jus noirâtre censé porter bonheur. Petit Jean n'était-il pas doué d'une grâce quasi divine ? Il émergeait quelques heures par semaine de sa stupeur alcoolique, se dirigeait à tâtons vers son *claim*, y donnait trois vagues coups de pioche et revenait invariablement chargé d'or. Les Fils de Sion se signaient sur son passage – cette grâce, chez pareil pécheur, n'était-elle pas plutôt le signe du diable ? Mais Petit Jean n'en avait cure : il avait des goûts simples, et puisque le champagne, qu'il n'aimait guère, était le signe suprême de la réussite, il lui avait trouvé cet usage, digne, lui semblait-il, de son statut nouveau.

Petit Jean porte-bonheur – et il ne serait venu à l'idée de personne de le jalouser. Il faisait partie désormais de la légende du camp. Comme Buckshot le solitaire. Comme Jim Harrington, qui tant avait rêvé de voler comme un oiseau qu'il s'était jeté de la falaise avec un simple parapluie et depuis traînait une patte folle. Comme le devenait Artémise, sainte mère à l'enfant des mineurs de la vallée. Et chacun sentait obscurément que leur histoire à tous durerait tant que durerait la légende...

Oui, tout était calme. Des blagues fusaient de tente en tente. Les plus fortunés prenaient le frais, la poitrine bardée de chaînes de montres d'une longueur si prodigieuse que chacune faisait au moins trois fois le tour de leur ventre, portées évidemment sur leurs haillons crasseux. Un vendeur de cancrelats et de punaises passait en agitant sa clochette, et les douillets en achetaient qui une soucoupe, qui un plein seau, qu'ils se verseraient sur le corps pour la nuit, puisque les cancrelats avaient, assurait-on, la vertu de manger les poux et les punaises les puces. Des hommes, à genoux devant leur balance, pesaient leurs pépites, qu'ils ajoutaient à leur magot, au vu et au su de tous, avant de le serrer sous leur couverture. Les nouvelles couraient comme un bruissement de vent dans les feuillages, un Noir était arrivé ces jours-ci à Mokelumne Hill, qui s'était enquis courtoisement auprès d'un groupe de mineurs, dans la rue, du meilleur endroit où se rendre pour ramasser quelques pépites, et ceux-ci, sentant le benêt de première, l'avaient conduit hors de la ville, là où de mémoire de mineur on n'avait jamais trouvé la moindre poussière jaune. Le soir tombait quand il était revenu, ployant sous le poids de ses pépites, remercier les gens si aimables qui avaient pris la peine de le guider. La ville s'était vidée en un clin d'œil devant le Nègre, surpris par cette soudaine agitation, et tous piochaient depuis le flanc de Negro Hill, qu'on disait « pouilleux d'or ».

« Bon Dieu, j'ai pas de chance. C'matin, sur la piste de Mokelumne, figure-toi qu'je tombe sur un macchabée. J'y fais les poches, juste histoire de savoir qui il était pour porter la nouvelle à ses proches, tu me connais, mais le foutu con, il avait rien dedans. »

Nicolas se renfonça dans l'ombre, tendit l'oreille. Les frères Levitt, à trois pas de lui, avaient invité un jeune homme, probablement un nouveau, à partager leurs haricots, et Dirty Doe lançait la conversation. Combien de fois les avait-il entendus mener un naïf en bateau ? D'autant que Filthy Troy avait de la repartie.

« Tu veux dire le gars, là-bas, sur la piste ? Figure-toi que...

Il ne sut pas la fin de l'histoire. Un homme passait comme une fusée, le dos en feu, qui se jeta dans la rivière en jurant. Tout le monde s'esclaffa : encore un blagueur qui avait dû verser de l'alcool dans le dos d'un bavard, histoire « d'allumer un punch » !

Un soir de plus, à Happy Valley. Tout était bien. Et le monde était loin.

Les hommes repoussèrent leurs écuelles, repus. À l'unanimité, le cuisinier fut démocratiquement reconduit dans ses fonctions, le cruchon de tord-boyaux passa de main en main, on sortit le tabac à chiquer et Eugène, comme chaque soir, ouvrit la *Doctrine* de Saint-Simon. De quel chapitre allait-il leur faire lecture, cette fois ? C'était peut-être cela qui lui avait paru le plus étrange, le premier soir, et l'étonnait encore : cette rangée de visages d'égorgeurs qui se penchaient, attentifs, pour recevoir la bonne parole – et qui en débattraient tout à l'heure avec la dernière énergie, tandis que leurs voisins s'empoigneraient sur la Jérusalem céleste. Étaient-ce vraiment les mêmes, ou leurs frères, qu'il avait vus, en une autre existence, se précipiter, l'écume aux lèvres, dans les cloaques de la Barbary Coast ? Il suffisait qu'il repense à lui-même pour avoir la réponse... La voix d'Eugène monta, paisible : « L'homme a jusqu'ici exploité l'homme. L'Association universelle, voilà notre avenir ; à chacun suivant sa capacité, à chaque capacité suivant ses œuvres, voilà le droit nouveau, qui remplace celui de la conquête et de la naissance ; l'homme n'exploite plus l'homme ; mais l'homme, associé à l'homme, exploite le monde livré à sa puissance... »

Il hésita tout à coup, voulut poursuivre sa lecture, renonça avec un soupir. Depuis quelques jours, Nicolas le sentait hésitant, troublé. Un soupçon lui était venu, avait-il confié, que tous ces textes avaient, dans le fond, un tour bien théorique. Peut-être étaient-ce eux, de la Ruche d'or, qui en fin de compte inventaient jour après jour, dans la Sierra, le socialisme réel...

Y avait-il eu jamais société plus égalitaire qu'ici, sur les placers ? Sur ce sujet, Eugène était intarissable. Une main de géant relançait les dés, pour chacun : tel qui avait été juge, médecin, journaliste, côtoyait le laboureur, le terrassier, l'ouvrier, tous ramenés à zéro, avec leurs seuls bras et leur courage pour s'en sortir, déshabillés déjà par le voyage de tous les oripeaux de leur précédente existence. La chance ? Elle n'avait rien à faire, dans cette histoire, ou si peu ! Non, il fallait apprendre la roche, le principe des filons, repérer telle couleur, tel grain – et il fallait travailler. Travailler dur, sans relâche, pour une récompense. Mieux valait être terrassier que poète, si l'on cherchait de l'or...

Eugène referma le livre. Depuis cet après-midi, dit-il enfin, il n'arrêtait pas de penser à ce *long tom*. Certes, il allait permettre d'accroître leur rendement – et peut-être faudrait-il en construire un second, plus haut. Mais ce n'était pas tout... Et au ton de sa voix ils surent qu'Eugène allait leur livrer quelques-unes de ses étranges spéculations.

« N'est-ce pas une chose curieuse, que l'or ? Il excite les passions, dresse les uns contre les autres. Si, si, ne dites pas le contraire. Ah ! que ne ferait-on pas pour le posséder ? Il vous brûle l'âme, vous vous levez la nuit pour l'admirer, le caresser. Allez, regardez au fond de vous-mêmes ! Il est... Plus que de la richesse. Un feu, qui vous dévore. Pour lui, nous nous tuerions les uns les autres, n'est-ce pas ? »

Il fixa chacun, tour à tour, et tous baissèrent les yeux.

« Vous les avez vus sur les *claims*, creusant le sol avec des lueurs de meurtre dans les yeux, prêts à tirer sur qui s'approcherait. L'Or ! L'or qui vous soulève de terre, vous rend capable de tout... De tout ! »

Les hommes se regardaient, perplexes. Où voulait-il en venir ?

« Oui, une curieuse chose, en vérité... Car c'est au cœur de la matière qu'il se trouve caché, dans la roche la plus dure... Un sacré piège, n'est-ce pas ? Ou bien alors une leçon, allez savoir... Le déchaînement de tous les égoïsmes, oui, la fièvre de l'or – mais pour découvrir qu'on ne peut pas l'extraire sans s'associer. Et plus on s'associe, plus on réussit à s'entendre, plus l'or devient accessible... Tant qu'elle brûle en vous, cette fièvre... Ça ne vous est jamais venu à l'idée que c'est tout le mystère de l'âme humaine ? »

Il posa sa main sur ce livre qu'il avait sauvé de tant de périls, qui ne l'avait jamais quitté depuis le jour où il l'avait ouvert, qui avait traversé avec lui les mers et les montagnes, et qui lui semblait un peu vain, tout à coup.

« La science, le progrès, murmura-t-il, la raison, oui, oui, bien sûr ! Ils disent tous ça : la raison ! Mais peut-être n'a-t-il pas compris, Saint-Simon... L'or ! Ce n'est pas simplement la richesse, non... Dites, les gars, vous n'avez jamais réfléchi à ça, vous : que c'est peut-être une clé, laissée ici-bas par le Créateur ? Celle qui ouvre au mystère même du monde. Une clé. Dame, fallait bien qu'il nous fasse libres, capables du pire et du meilleur, hein ? Libres, seuls dans les ténèbres. Et juste une clé. L'or, pour nous dire qu'il y a en nous cet élan, ce tumulte... Un brasier, oui – comme le principe, le moteur secret de toute chose ici-bas. L'or, pour nous dire qu'on ne peut rien sans ce brasier en nous. Mais qu'il nous brûle, qu'il nous détruit si nous ne trouvons pas en nous assez de raison, ou d'imagination, je ne sais pas, de force d'âme peut-être bien, pour le maîtriser. Oh ! non, pas pour l'éteindre, surtout. Pour le mettre en forme, le mettre en œuvre. Repensez au *long tom* ! »

Sa voix baissa, comme s'il était effrayé par ses propres songeries.

« Parfois, je me dis que c'est une plaisanterie – une farce sinistre et dérisoire, le dernier tour du diable pour nous perdre, que nous sommes entre ses mains comme des enfants aveugles. Parfois encore, que c'est un signe laissé par Dieu. Parfois même – il nous vient des drôles d'idées, vous le savez, vous autres, quand on creuse la terre ainsi, jour après jour –, que c'est peut-être les deux à la fois. Que les deux, oui, ne font qu'un... Dieu et diable ! »

Les hommes échangeaient des regards perplexes. Le vieux devenait-il fou ? Ça n'avait pas de sens commun, semblaient penser certains. Ou alors ça en avait trop. Seul Nicolas, depuis l'autre bout de la table, le fixait avec une intensité extraordinaire – comme si chaque mot, chaque phrase, avait été prononcé à sa seule intention.

Eugène se perdit un instant dans ses songes, puis reprit son livre.

« On nous répète sans cesse que la propriété est la base de l'ordre social. Mais qui sera propriétaire ? Est-ce le fils oisif, ignorant, immoral, du défunt, ou bien l'homme capable de remplir dignement sa fonction sociale ?

– Ma parole, mais c'est mon histoire que vous leur racontez là, mon bon Eugène ! »

Il y eut un bruit de branchages froissés, d'herbe foulée, et Raousset apparut dans la lumière, portant un chevreuil sur ses épaules, et, en bandoulière, un chapelet de lièvres. On se précipita à sa rencontre, l'aida à se débarrasser de son gibier. Il s'était laissé surprendre par la nuit, expliqua-t-il, avant de se jeter goulûment sur l'assiette que lui tendait Jules, et il commençait à se croire perdu quand il avait vu les feux, enfin. Mais quelque part, là-haut, trois wapitis les attendaient, qu'il avait pris le temps de dépouiller et de suspendre aux branches d'un chêne, à l'abri des rôdeurs... Les hommes autour de lui se frottèrent les mains : ça voulait dire côtelettes pour demain !

L'idée venait de Jules. Cuisiner, c'est vite dit, mais tout était hors de prix à l'épicerie de Baptiste Perrot alors que la nature regorgeait de gibier qui ne coûtait que le prix d'une balle. Seul, un mineur n'avait sans doute pas le temps de chasser, mais eux, en groupe ? La question avait fait l'objet d'âpres débats. N'étaient-ils pas en train de réintroduire la division du travail, source de tous les maux ? Jules, c'était spécial, vu qu'il ne pouvait pas laisser seule Artémise, mais le comte... Les plus chagrins s'étaient trouvés convaincus dès le premier rôti – et Raousset, depuis, chassait deux jours par semaine. Il aurait pu faire fortune s'il s'était installé à son compte, pour fournir les camps alentour – mais il se tenait à la règle choisie et reversait l'argent des surplus à la caisse commune.

D'ailleurs, Jules débordait d'idées, qu'il souhaitait soumettre à l'assemblée, si on voulait bien l'écouter. Il lui fallait un four, pour améliorer l'ordinaire. Et qu'on lui déniche quelque part la vraie recette du pain, nom d'un chien – ça ne les tentait pas, du bon pain frais, au réveil ? Ensuite, il serait bon de descendre un jour à Stockton et d'y remplir le chariot de tout le nécessaire plutôt que de se ruiner à l'épicerie. Pour un peu, il aurait suggéré que quelqu'un du groupe se lance dans le jardinage et le fournisse en légumes frais. Le Génie du Boulevard avait décidément le don de s'adapter et voyait tout en grand. Pourquoi pas ? se demanda Nicolas, tandis que son compère s'enthousiasmait en des variations potagères. Ne se croyaient-ils pas tous, peu ou prou, sur une île déserte ?

«... Il faudrait surtout rendre visite aux gardes mobiles. Très vite. »

La tablée se tourna vers Raousset, d'un bloc. On l'avait oublié, avec ce sacré Jules. Avait-il perdu l'esprit ? Ces bouchers, ces voyous ? Qu'ils se débrouillent tout seuls ! Qui, à cette table, n'avait pas eu à souffrir de cette racaille ? Mais le comte poursuivait, en regardant Eugène.

« Ils se sont installés plus haut, à quatre milles d'ici. Sur Corral Hill. Et ça ne m'étonnerait pas qu'ils nous créent bientôt des problèmes. »

Ils n'écoutaient personne, ne voulaient rien apprendre, cherchaient querelle dans les bars de Mokelumne Hill – et c'était bien sûr la faute de la terre entière.

« Pour eux, la France les a trahis. Et le consul. Et l'État de Californie. Ils voudraient qu'on leur serve chaque matin au réveil un plateau de pépites, à titre de réparation. Et s'ils commencent à chaparder, quand ils seront à bout de ressources... »

Eugène hocha la tête, malgré les grognements de ses compagnons. C'était ce qu'il craignait depuis des mois. Les bois étaient profonds, les montagnes abruptes, mais pas assez pour étouffer les rumeurs du monde. Ils savaient tous ce qui se passait audehors. Ce qui les avait préservés jusqu'ici, c'était leur nombre et leur entente. Dès les premiers remous de l'affaire de la taxe, ils avaient multiplié les assemblées, bien décidés à ne pas se laisser entraîner par la folie générale. Les amitiés nouées entre les Fils de Sion et les mineurs de la Ruche d'or n'avaient pas peu compté dans l'affaire – sans oublier, ajoutait Baptiste, que les trappeurs français arpentaient Happy Valley bien avant la ruée, ça leur faisait comme des droits historiques ! Par précaution Eugène avait mis chaque mois de côté le montant de la taxe : ils ne seraient pas pris de court. Mais le contrôleur, Besançon, ne s'était pas encore risqué jusqu'ici.

« Il arrivera, murmura Raousset. Il arrivera forcément. Ils arrivent toujours... »

Eugène acquiesca, l'air soucieux. Il le savait bien, mais essayait de ne pas trop y penser. Le monde, passé la crête des collines, était devenu fou, on voyait de plus en plus de nouveaux visages à Mokelumne Hill, qui ne lui disaient rien qui vaille. Une bêtise de ces gardes mobiles serait le prétexte idéal...

« C'est entendu, soupira-t-il. J'irai avec deux ou trois gars essayer de les raisonner. Et leur apprendre le métier... »

Il resta un instant silencieux, les yeux baissés, tendit les mains, la paume ouverte, dans un geste d'impuissance. Non, personne bientôt ne pourrait comprendre ce qui s'était joué ici, les premiers mois.

« Quand nous sommes arrivés... C'était la règle partout, vous savez ? On se retrouvait autour des feux, le soir, et question langue, eh bien, on se débrouillait. Trois tentes, une cabane, c'était déjà une ville. Et personne ne marchait sur les pieds de personne. Votre *claim* ? Vous laissiez votre pioche, votre batée sur la berge, le coin était à vous. Un problème ? On faisait une assemblée. Un homme prétendait employer des ouvriers sur son terrain ? Un foutu sudiste arrivait avec des esclaves ? Pas question – on était tous des hommes libres ! Quand il y a eu le vote, pour la Constitution... On ne savait pas trop qui devait voter. Eh bien, vous savez ce que les Américains, ici, ont décidé ? Que pouvaient voter tous ceux qui en avaient envie. Parce que ça voulait dire qu'ils se sentaient de ce pays. »

Il éclata d'un rire triste.

« Qui pourra croire ça ? Que pendant plus d'un an, du nord au sud de la Sierra, cent mille personnes ont pu vivre sans crimes ? Sans loi, sans juge, sans shérif... Et pourtant, regardez autour de vous, ce soir ! Les restes de l'âge d'or ? Peut-être, mais... Ah ! ça vaut la peine qu'on se batte !

– Ah non, ricana Raousset, ne dites pas ça ! Ou je vais finir par croire qu'il suffit que j'arrive quelque part pour que s'achève son âge d'or. »

Il eut un geste moqueur en direction de Garnier.

« Sur ma tombe, si j'ai jamais une tombe quelque part, il faudra juste écrire deux mots, ils résument ma triste histoire : " trop tard ! " »

Ils levèrent la tête : une masse silencieuse les entourait, et cette muraille de visages brutaux, de corps massifs éclairés par le feu, avait quelque chose de saisissant, presque de terrifiant. Mais non, ils ne voulaient pas déranger, s'excusèrent-ils. Un homme s'avança, timide, son chapeau à la main : avec les amis, il avait pensé, comme il faisait bon, et que l'air était doux, ma foi, qu'un bal...

« Et on serait tous très honorés, voilà, c'est dit, on sait tous, pour la dame si gentille, mais si elle voulait bien quand même présider la petite fête... »

Un bal ? Et comment ! s'écria d'Artagnan. C'est qu'il leur avait mis le bourdon, Eugène, avec ses drôles d'idées ! Et Raousset, dans le genre rabat-joie, on ne faisait pas mieux. On alluma de grands feux, auprès de la rivière, et Jules, aidé de d'Artagnan, transporta Artémise sur son fauteuil jusqu'à la piste improvisée, tandis que le violoniste, à coups d'archets stridents, appelait les danseurs. Il n'y avait pas de femmes ? Qu'à cela ne tienne. Un mineur sur deux tiendrait le rôle, il suffisait qu'il se distingue par un foulard au bras – et c'était un spectacle sortant de l'ordinaire que ces rugueux aux barbes mérovingiennes, battant des cils avec des grâces de jouvencelles, tandis que de robustes mineurs, devant eux, multipliaient les révérences...

Une bourrade arracha Nicolas à ses songes. Aramis, hilare, venait de lui passer son foulard autour du bras, un ours dépenaillé déjà se penchait vers lui en roulant des yeux enamourés. Il eut un geste de recul, vit l'étonnement dans le regard de son vis-à-vis. Après tout, pourquoi pas – n'était-il pas des leurs ? Il se laissa entraîner sur la piste, deux bras de géant le soulevèrent de terre, l'homme sentait la sueur, le porc rance, pire encore, et à quoi bon se soucier des pas ? À peine si ses pieds touchaient terre, il tournoyait, le souffle coupé, et l'autre rugissait de bonheur, le lançait, le rattrapait, redoublait d'ardeur, les stridences du violon montaient, de plus en plus aiguës, une voix, imperturbable, égrenait les figures : « échangez vos partenaires », « les femmes, formez la chaîne », « tous la main dans la main ». Il se surprit, au beau milieu d'un quadrille de tous les diables, à lancer la jambe audessus de sa tête, comme les autres, multipliant les pas les plus fous, riant, riant à perdre haleine. Oui, il était des leurs.

Une lumière violente éclaira toute la scène. Un mineur, enthousiaste, avait mis le feu à un sapin, et la flamme montait en crépitant jusqu'à la voûte céleste, comme une immense torche. Il s'écarta, hors d'haleine, et resta interdit : Artémise, une couronne de fleurs posée sur les cheveux, souriait aux anges, tenant le petit Joe dans ses bras, endormi, et les mineurs à chaque passage la saluaient bien bas, avant de reprendre leur danse, saluaient celle qui serait demain, pour toute la Sierra, la Madone des Placers.

Et Jules, debout derrière elle, semblait s'accommoder du rôle de Joseph.

[illegible]

2

Peut-être s'étaient-ils inquiétés sans raison. L'incendie avait fait rage, précipitant les malheureux par milliers sur les routes, puis il était passé, les laissant sains et saufs. On s'était battu à Volcano, à Fiddletown, à Drytown. Des Mexicains et des Indiens avaient été lynchés. À Mariposa, malgré des titres en règle, des Mexicains et des Français s'étaient fait expulser. Puis les rumeurs de la bataille s'étaient éloignées, Placerville, Auburn, Grass Valley, Rough and Ready, French Corral, Downieville, ça se passait maintenant là-bas, vers le nord, sur les rives mystérieuses de la Yuba et de la Feather River. Mais dans les régions où s'étaient succédé les premières expulsions, sur les pas du *collector* et de ses hommes, il se disait de plus en plus haut que rien n'était venu remplacer les étrangers enfuis, sinon de la racaille, que le commerce s'effondrait et que les honnêtes gens n'y avaient gagné que de vivre dans la crainte des pauvres hères devenus par force des voleurs. Columbia, Angels Camp et Murphys ne s'étaient jamais remis du choc, vidés aux deux tiers de leurs habitants, et des notables parmi les plus respectés réclamaient la suppression de la funeste taxe.

Le pire était derrière eux, en venait à penser d'Artagnan, la folie du monde les avait oubliés en leur lointaine vallée. Dans le Nord, oui, peut-être, ça pouvait se poursuivre, là où les Américains étaient les plus nombreux. Mais ici ? Les yankees restaient tellement minoritaires !

Raousset hochait la tête, sceptique. En ce moment, ils avaient la tête tournée vers Nevada City. Deux mille concessions y avaient été prises en une semaine, à ce que l'on disait, après la découverte d'une gigantesque veine de quartz aurifère traversant une colline. Mais une fois la folie passée – et elle passerait forcément, dès que les mineurs comprendraient que le quartz réclamait pour le broyer des machines surpuissantes, hors de leurs moyens – ils se tourneraient de nouveau vers le Sud. Le comte, depuis qu'il chassait, prenait le pouls de la région, et Eugène faisait grand cas de ses avis. Un comité de Vigilants venait de se créer dans l'arrière-salle d'un saloon, à Mokelumne Hill, avec à sa tête le juge Campbell, une cloche avait été installée pour alerter les citoyens en cas de troubles ou de crimes, et elle sonnait souvent, les Américains venaient de créer une section de California Guards, qui paradait en uniforme, une manière de répondre aux gardes mobiles arrivés depuis peu à Willow Spring, sur la Calaveras River, qui n'avaient rien trouvé de mieux que de défiler avec clairons et drapeaux. Non, la région était loin d'être tranquille...

Elle changeait peu à peu – et c'était cela, surtout, qui tracassait Eugène. D'abord, il y avait eu les *Californios* eux-mêmes, et les trappeurs, français ou canadiens, qui depuis longtemps sillonnaient la Sierra. Puis étaient arrivés des braves gens de tous les horizons, villageois de l'Est américain, paysans avec à leur tête leur pasteur et la Bible à la main, en quête d'une terre promise, persécutés fuyant l'ingrate Europe, tous travailleurs, durs au mal, venus bâtir un monde, dans la Sierra – mais les nouveaux « prospecteurs » qu'on voyait rôder çà et là n'en voulaient rien savoir, de la loi des mineurs, de leurs manières de vivre, ils voulaient l'or tout de suite, sans effort, couraient de camp en camp à la moindre annonce, avides de se servir, ne respectant personne. Une lie, cherchant partout querelle, dévastant tout sur son passage... Ceux-là, oui, étaient le vrai danger.

« N'empêche, s'obstinait d'Artagnan, ce ne sera pas si facile, cette fois. Qu'ils y viennent ! Nous sommes prévenus. Et puis, ils sont combien, les Américains, par ici ? Un sur cinq, au maximum !

– Alors, prie le Ciel que l'on continue de ramasser de l'or à poignée dans le Nord, mon bon d'Artagnan ! Parce que si jamais on tombe sur un nouveau filon, dans le coin... Ah ! la ruée emportera tout ! »

Les va-t-en-guerre ne trouveraient pas cette fois le même écho, objectait Aramis, que les humeurs du comte troublaient : la majorité des Américains souhaitaient la paix, il suffisait de regarder le camp, la raison finirait bien par l'emporter. La raison, ricanait Raousset, où avaient-ils vu, tous, que la raison avait à voir dans cette affaire ? Mais malgré ses mises en garde – était-ce l'influence des beaux jours ? – un timide optimisme revenait sur la vallée, les Mexicains eux-mêmes retrouvaient le sourire, et Dionisio Ochoa, chaque soir, venait jouer une ritournelle à « son petit Joe ». Jusqu'à Eugène... Quelque chose de neuf allait naître de ce tumulte, se prenait-il à croire, ces voyous n'en étaient peut-être que les scories – et il reprenait sa théorie sur l'or comme puissance de régénération, brassant, cassant les habitudes, les rôles sociaux, les classes, les préjugés, ramenant chacun à sa nudité première et au principe même de l'« être ensemble » : une société nouvelle naissait devant eux, qui étonnerait le monde. Peut-être, après tout, avait-il été jusqu'ici trop prudent...

Avec un peu de temps, on pourrait même en faire quelque chose, de ces gardes mobiles. Un matin, Eugène était parti à Corral Hill avec Raousset et Aramis, et l'on commençait sérieusement à s'inquiéter pour eux quand ils étaient revenus de la meilleure humeur. De vrais chats sauvages ! s'était-il écrié en se frottant les mains. Mais à part deux ou trois grandes gueules, comme il y en avait toujours, non, ce n'étaient pas de si mauvais gars. Et quand les plus courageux, pris en main par Eugène et Aramis, étaient tombés sur leurs premières pépites, l'atmosphère, tout à coup, avait changé ! Au point qu'une idée lui était venue...

L'assemblée, le soir, avait été explosive. Avait-il perdu l'esprit ? Fraterniser avec des assassins ? Les calmer, d'accord, mais qu'ils restent chez eux ! Les hommes, le poing tendu, l'invective à la bouche, criaient leur haine, leurs souffrances accumulées, leurs frères massacrés, poursuivis jusque dans les cages d'escalier, crevés à la baïonnette, les femmes retrouvées le ventre ouvert, près de leurs enfants... Ah, jamais ! Mais Eugène avait tenu bon, très pâle, et droit. Il ne fallait rien oublier ; comment le pourrait-il, lui qui avait perdu les siens ? Mais il fallait savoir pardonner. Combien, parmi ces gamins, savaient ce qu'ils faisaient ? Ils se croyaient des révolutionnaires, eux aussi, après les barricades de Février – on les avait tellement manipulés, trompés, saoulés de belles paroles, pour les lancer contre les émeutiers de Juin ! Et ils vivaient depuis avec cette horreur en eux... Craignez le pire pour nous tous, tonnait-il, si nous ne parvenons pas ici à nous réconcilier ! Il avait tenu bon, et gagné. Trois de la Ruche d'or iraient travailler chez eux, différents chaque semaine, que viendraient remplacer trois des leurs...

Ils étaient arrivés, maigres, prêts à mordre, jetant autour d'eux des regards de défi et de peur – et chacun dans la vallée avait serré les poings pour ne pas les étriper sur-le-champ. Mais les uns et les autres, saisissant leurs pioches, avaient passé leur rage sur la montagne, et ils s'étaient supportés tout le jour. Au moins, grognaient les hommes, ces voyous-là ne rechignaient pas au travail. Le soir, comme ils emportaient leurs gamelles pour dîner à l'écart, Eugène avait fixé celui, dans l'assemblée, qui avait été le plus hostile à leur venue, et l'homme s'était levé en bougonnant pour les inviter à la table commune. Quelque chose, insensiblement, se détendait. Un jour, un des gardes s'était effondré alors qu'il charriait de la caillasse. Et comme il restait à terre, la tête entre les mains, les hommes s'étaient approchés, craignant un accident. Mais non : il pleurait. Il pleurait éperdument, secoué de sanglots, et son visage ruisselant, sans plus de rictus de défi, révélait soudain son âge : il ne devait pas avoir plus de dix-huit ans. Il pleurait sa vie détruite, les siens qu'il ne reverrait plus, ces journées qui toute sa vie le hanteraient, cette folie qu'il ne comprenait pas, qui l'avait soulevé, emporté comme les autres, devenu une bête fauve au milieu des bêtes fauves.

« Elle me regardait, vous entendez ? Elle me regardait quand... Quand... Pourtant, j'étais pas un mauvais gars, avant. Mais ils m'avaient dit... Et puis les cris, tout ça, j'avais tellement peur ! Tout le monde criait. Depuis, y pas une nuit, je vous dis... pas une nuit qu'elle n'est pas là, à me fixer. »

Et il les regardait à travers ses larmes, rendu au bout de tout, en répétant : « Non, j'étais pas un mauvais gars... »

Un mineur s'était penché vers lui, la voix sourde :

« Ça va aller, maintenant, petit, ça va aller... »

Et tous s'étaient succédé, en lui tapant sur l'épaule.

Avec un peu de temps, oui, on pourrait en faire quelque chose, de ces gardes mobiles...

Parfois il laissait là ses trous et ses poches pour retrouver le bon Eugène, dans sa galerie. Et il passait des heures à ses côtés, sans dire mot, martelant la roche, pesant sur la barre à mine, pour le seul plaisir de l'écouter marmonner. Chaque mot était resté gravé en lui de ses étranges propos, une nuit, sur le diable et sur Dieu – et Eugène, qui n'aimait rien tant que bavarder, comme tous les solitaires, avait pris l'habitude de cette présence silencieuse, au point de l'espérer. Il le voyait bien, que le petit Nicolas avait été secoué – et que ni le temps ni l'oubli ne suffiraient à le délivrer, qu'il attendait autre chose...

Il s'était mis en tête de lui apprendre l'or. Cette galerie était peut-être la plus prometteuse jamais creusée dans le canyon, lui confiait-il à voix basse, comme on partage un secret – et dans la poussière il lui dessinait la carte de la région.

« Il y a une rivière cachée, là, sous la montagne, Nicolas... Oui, une rivière du temps où l'or naissait dans les ténèbres. Elle a disparu depuis, mais elle est toujours là. Je la sens ! Elle coulait pile où nous sommes... »

Et il lui montrait les fossiles qu'il avait découverts sous sa pioche, les formes de poissons, de coquillages, dans la roche. Tous les mineurs fouillaient les rivières actuelles, tamisaient leurs graviers, mais l'or n'était pas là, il était d'abord dans cette rivière ancienne, disparue depuis des siècles, qui filait vers Tunnel Ridge, Corral Hill, Negro Hill. C'était quand ils coupaient son cours que les *diggers* trouvaient des pépites. Eugène reliait entre eux les plus importants filons dénichés à ce jour, et dans la poussière naissait l'évidence d'une ligne, la rivière des premiers âges du monde, dont il ne restait rien que pierre, graviers compactés, fondus – et l'or, ici...

Il caressait les pépites, forçait Nicolas à les toucher, comme si leur contact pouvait le guérir. Une merveille, répétait le vieil homme – et un mystère... Pur, inaltérable, n'aurait-on pas dit qu'il échappait à la loi commune de la matière ?

« Regarde comme il est malléable ! Comme il se réchauffe ! Des fois, on dirait qu'il est vivant... »

Non, murmurait le vieil homme extasié, l'or n'était pas d'ici...

Une trace, une trace laissée par Dieu, du monde de lumière dont nous étions issus. Une larme d'éternité, figée au cœur de la matière obscure.

La Création ? s'était-il écrié, un jour qu'il s'acharnait sur une roche rétive. Plutôt fallait-il dire la Chute !

Un jour, nous avions chu du royaume de lumière, et dans cette Chute étaient nés, tout à la fois, le temps et la matière, l'histoire et le monde, qui nous tenaient captifs. Oui, il ne pouvait pas en aller autrement, la Création et la Chute n'étaient que deux mots pour dire le même mystère... Et il ne nous avait été laissé que cela pour nous en souvenir : l'or, et une morsure au cœur qui nous poussait à le rechercher sans relâche. Comme si nous pouvions nous racheter par ce labeur, retrouver le Royaume Perdu.

Il avait repris sa pioche, Nicolas sa barre à mine, et ils avaient fait assaut d'énergie pour éclater la roche, devant eux. Puis, tout à coup, se relevant, en nage :

« Est-ce que ça a du sens commun, hein, dis-moi ? Tout quitter, pour se cacher au fond d'un trou ! Et va pas me dire que c'est pour faire fortune ! À peine les gars ils en trouvent, de l'or, qu'ils courent le jeter sur les tables de jeu. À croire que ça les brûle ! Et ils recommencent à creuser. T'expliques ça comment, toi ? Tu peux me le dire ? »

Il avait redonné un coup de pioche, comme s'il espérait un écho. Puis, se penchant :

« Tu sais, petit, il y a du mystère en nous. Du mystère, oui. »

Et il s'en était allé, bourru, comme en colère contre lui-même. Mais le Diable ? objectait Nicolas, le lendemain. Le Diable... Eugène le regardait de biais, d'un air fâché, avant de se remettre à piocher furieusement, comme s'il n'en avait pas tout à fait fini, avec cette question, et qu'il faudrait bien qu'un jour la montagne lui livre la réponse, en même temps que son or...

Puis, de nouveau :

« Il y a une force, là, dehors... Tu ne la sens pas, des fois, qui te soulève, qui te traverse ? Petit, il y a de la ténèbre, en nous, moi je te le dis ! De la ténèbre... »

Nicolas baissait la tête. Cela, il avait payé pour le savoir. Et il se hâtait de regagner sa mine solitaire, là-haut. Avant de revenir, un peu plus tard, troublé.

Un jour, il l'avait trouvé, hurlant, les yeux exorbités, frappant la muraille, frappant comme s'il avait voulu effondrer la colline, là, devant lui, dans l'instant, et qu'on en finisse. La force noire ! cria le vieil homme.

« Elle est là ! Tu ne sens pas ? Elle est entrée en nous... Ah, nous sommes capables de tout ! Fiche le camp, petit, fiche le camp avant qu'il soit trop tard ! »

Il était reparti en courant, effrayé.

Mais l'or était déjà plus fort, qui le retenait captif, à son tour, dans sa mine.

L'or, il lui semblait le découvrir peu à peu. Le deviner dans les replis du terrain, telle couleur de la roche, et une exultation lui venait, lui qui pendant des jours n'avait pas jeté un regard aux graviers qu'il charriait, quand une pépite apparaissait, des paillettes lançaient un éclat roux dans un fragment de roche ou se devinaient dans la boue des *riffles*. Et son cœur battait plus vite, de le sentir palpiter sous ses doigts. Pur, inaltérable, malléable... Oui, n'était-ce pas, en vérité, une merveille – et un mystère ? Eugène avait raison : peut-être, en fin de compte, devenait-il un peu chercheur d'or.

Raousset, depuis quelque temps, recherchait sa compagnie, le soir. Souvenirs de leurs veillées dans les immensités de la Prairie ? Ils aimaient rester là, côte à côte, tandis que la nuit palpitait autour d'eux, écoutant la respiration des grands bois, les glapissements des coyotes, les glissements lourds des colombes. Le comte passait beaucoup de temps avec les Mexicains, particulièrement avec un petit groupe venu du Sonora par la San Joaquin, mais s'il n'en parlait pas, c'était son affaire, ou bien c'était trop tôt. Parfois, il ébauchait un geste, un mot, ce qui décidément, chez lui, devenait une habitude, puis se ravisait.

« N'est-ce pas curieux... Dix fois, pendant ce voyage, j'ai voulu vous raconter mon histoire. Non pas qu'elle soit très passionnante, mais – cet absurde besoin de se confier ! Et puis... Tout cela est si loin maintenant ! Je vous parlerais d'un étranger. »

Nicolas approuva de la tête. Si loin, oui. Et si loin ces jours où ils étaient arrivés, hagards, dans la vallée, quêtant miséricorde... Des images lui revenaient, qu'il ne repoussait plus, comme s'il s'agissait déjà d'un autre que lui-même.

Son effarement, quand d'Artagnan s'était précipité vers lui, suivi d'Athos et d'Aramis... Ça, ses vieux compagnons, ces sauvages crasseux, la barbe en broussaille ? Depuis combien de jours, de semaines, n'avaient-ils pas changé de linge ? Le camp était un dépotoir infesté de rats, de puces, de cancrelats, des hommes aux joues creusées levaient vers eux des regards vides, et un peu plus loin s'était découvert le canyon... Les forges de l'enfer, avait-il songé dans une lourde hébétude : plus un arbre, plus une herbe, sur des milles et des milles, la roche nue, éclatée, dans des nuages de poussière, les falaises éventrées, retournées, concassées par une horde de déments. Tout à fait ce qu'il nous faut, avait dit le comte, comme si on lui avait présenté quelque suite dans un palace.

Ce qu'il leur fallait, oui, exactement : un trou où disparaître.

Ils avaient quitté San Francisco dès le lendemain du drame. À l'instant de partir, Raousset avait failli lui dire quelque chose, mais il devait avoir une telle expression dans le regard que le comte avait renoncé, avec un geste fataliste. Ils allaient amorcer la montée de Jackson Street quand une voix les avait hélés.

« N'avais-je pas dit, comte, que je venais avec vous ? »

Jules de France arrivait, tenant les rênes d'un chariot, avec à ses côtés Pépin et Jourdain. Où l'avait-il emprunté ? Mystère. Nicolas, se penchant en avant, avait découvert Artémise endormie sur un matelas, tenant le petit Joe dans ses bras. Et ils devaient avoir bien triste allure, ainsi, en file indienne, chacun muré dans ses pensées – une cargaison de faillis fuyant la ville maudite.

À Stockton, ils n'avaient trouvé à se défaire de leur troupeau qu'à dix dollars par tête, ce qui leur permettait tout juste de s'équiper pour les mines. Eh bien, avait dit le comte, voilà qui ne nous laisse guère le choix, n'est-ce pas ?

Il s'était longuement entretenu avec Lombard, à l'écart, puis était revenu vers lui :

« Vous comptiez retrouver vos amis, j'imagine ? »

Et comme Nicolas acquiesçait :

« Alors va pour Mokelumne Hill ! »

Ils avaient tous pris la direction des mines, avec Garnier, sur la longue piste déjà poussiéreuse. Au bout d'un moment, il s'était retourné : les *vaqueros* étaient toujours là-bas, près des dernières tentes de la ville, qui les regardaient s'éloigner, et près d'eux Jules Lombard immobile...

Ce n'avait été tout le jour qu'un paysage de prairies et de bosquets de chênes, aux pieds desquels des wapitis paissaient en troupeaux. Ils avaient dormi près d'un ranch solitaire, sur la Calaveras River, et au matin les collines étaient montées vers eux, sévères, jusqu'à barrer le ciel. Comme des juges aux portes d'un autre monde, avait songé Nicolas – et ils étaient entrés dans leur silence sombre, en retenant leur souffle...

Les canyons s'étaient succédé, où se devinaient des paysages de paradis, une rivière, de loin en loin, serpentait entre des arbres serrés – et, aux pieds des collines, ils virent des tentes de chercheurs d'or. Puis, passé un village mexicain, ils suivirent la ligne de crête jusqu'à ce que se découvre, à leurs pieds, la vallée qu'ils cherchaient...

Ils ne devaient pas avoir la mine bien vaillante, à en juger par les regards que leur avaient jetés les mousquetaires.

« Ah, vous allez être bien ici, vous allez voir, vous serez bien ! » répétaient-ils sur ce ton que l'on prend avec les grands malades.

Eugène Le Du, taille moyenne, œil clair, le seul du camp à se couper la barbe, leur avait serré la main : les amis des mousquetaires étaient toujours les bienvenus. Et il leur avait expliqué les règles, simples, de la Mutuelle de la ruche d'or : parts égales des produits du travail, pourcentage prélevé pour le fonctionnement du groupe, les investissements en matériel et la caisse de secours, en cas d'accidents ou de maladie. Fonctionnement par assemblée générale, délégués révocables à tout moment. Mais ils n'écoutaient guère : ils étaient au bout du chemin, sonnés, et plus rien ne comptait que dormir, dormir longtemps, ne jamais se réveiller...

« Toutes ces brutes, cette nuit-là... L'horreur, ce n'était pas qu'elles étaient devenues des bêtes, non... »

Pourquoi s'était-il mis à parler, soudain, comme s'il lui livrait son âme ?

« C'était – c'était tout le contraire : *de découvrir qu'elles n'étaient pas inhumaines*. Et ça, voyez-vous, c'est pire que tout... »

Le comte l'avait regardé avec surprise, puis, le prenant par l'épaule, il l'avait tutoyé, ce qui ne lui arrivait que rarement.

« Si tu as compris ça, mon garçon, alors c'est que tu as déjà fait la moitié du chemin. »

Mais Nicolas aurait préféré mourir que de lui avouer comment il l'avait découvert...

Un matin, il trouva Eugène l'oreille collée à la paroi. Le vieux mineur mit un doigt sur ses lèvres, lui fit signe d'approcher. Et dans un souffle :

« Il est là. Tu ne l'entends pas ? Il appelle, oui. Il gémit, il est là depuis si longtemps, prisonnier de la roche ! Il pleure qu'on vienne enfin le délivrer. L'or ! Je l'entends... ! »

Nicolas s'était éclipsé, les idées en désordre. Eugène était fou. Il en avait déjà entendu, au camp, de ces histoires sur la fièvre de l'or, et ces hommes que l'on voyait divaguer par les chemins, les yeux dans le vague, tenant des propos sans suite, à la poursuite d'El Dorado... La fièvre de l'or ! Ces propos qu'il avait écoutés bouche bée, depuis des semaines, les propos incohérents d'un pauvre esprit malade ? Réfugié dans sa propre galerie, il avait travaillé toute la matinée, à se briser le dos...

Eugène, fou ! Il frappait, frappait la roche, comme s'il lui demandait une réponse. Et il sentit qu'elle était là avant même de la voir – une pépite, dans une poche, entre des lames de schiste. Il la délogea de la pointe de son couteau. Elle brillait doucement quand il l'entama, et son cœur battit à tout rompre. Elle pesait bien dix onces. Et sous ses doigts elle palpitait doucement, goutte de lumière, vivante encore, libérée de la matière obscure qui la tenait captive. Fou, le vieil Eugène ?

Chercheur d'or, comme lui.

3

Deux coups de feu, puis un, puis deux encore, après un silence. Le signal du danger. Le canyon, dans l'instant, se figea. Et ce fut un piétinement de bottes, Américains, Français, Mexicains sortaient de partout, des *arroyos*, des galeries, des barrages sur la rivière, dévalaient les éboulis en s'interpellant, inquiets. Non, personne ne savait. Mais ça venait du camp.

Dès le premier regard, il comprit. Cet homme, sur son cheval, avec, derrière lui, la masse sombre de ses gardes, dans leurs longs cache-poussière, le fusil à la hanche – il avait laissé assez de souvenirs dans la région pour qu'il n'y ait pas de doute : Lorenzo Besançon, le *collector*. Ainsi, Raousset avait raison. Ils arrivaient toujours, un jour ou l'autre...

Le pasteur Taylor lui faisait face, silhouette fragile, presque dérisoire devant les chevaux piaffants, prêts à le piétiner, et Besançon, mâchoires serrées, œil sombre, contenait mal son impatience. Un oiseau de proie, songea Nicolas – il ne partirait pas sans son dû... Jules de France, en retrait, gardait son fusil négligemment posé au creux du bras.

« Cela ne vous concerne pas, pasteur. Les citoyens américains...

– Tout ce qui concerne le camp me concerne, *collector*. Aussi vrai que j'en suis l'*alcade* ! Comme ça concerne mes amis... »

Eugène et Dionisio Ochoa, le délégué des *Californios*, se rangèrent à ses côtés. Besançon eut un geste agacé, balaya la foule du regard – et dans ses yeux il y avait une telle fureur que les plus hardis frissonnèrent.

« Des Français, hein ? Des Mexicains ? »

Il se dressa sur ses étriers, comptant les tentes alentour. La foule, insensiblement, se resserrait pour faire front. Nicolas entendit dans son dos le bruit de fusils qu'on armait. Le *collector* se tourna vers le pasteur.

« Ah, ne jouez pas à ce petit jeu...

– Vous n'avez rien à craindre de nous, *collector*. Aussi longtemps que les choses se passeront dans les règles. Vous avez ma parole. Mais nous savons tous, aussi, ce qui s'est passé à Murphys. À Flat Hill. À French Camp. Aux Black Diggins... »

Là-bas, des hommes de Besançon avaient détruit les licences pourtant en règle des mineurs, en réclamant un deuxième paiement. Et à Mormon Gulch ils avaient exigé des étrangers qu'ils leur donnent leurs armes – avant qu'un parti de *diggers* américains, venus disait-on de Rough and Ready, mette le feu à leur campement et s'installe sur leurs *claims*.

Besançon ricana :

« Des racontars, pasteur, des racontars... Écoutez plutôt les honnêtes gens ! »

Il lui faisait perdre son temps, gronda-t-il. Et sa journée ne faisait que commencer. Tous savaient ce qu'il venait faire, au nom de l'État de Californie.

La tension, dans la clairière, monta brusquement. Chaque bruit, souffle des chevaux, craquement des feuilles, prit un relief extraordinaire. Taylor leva la main pour ramener le calme. Comment faisait-il pour garder un ton si égal ? Il pria Besançon de s'asseoir à une table, comme s'il l'invitait à prendre le thé, et la foule, silencieuse, s'écarta sur son passage. Le pasteur apporta son registre, posa devant lui un sac qui rendit un bruit lourd. Besançon pouvait vérifier : toutes les concessions avaient été dûment enregistrées, il avait tenu à jour la liste des étrangers, avec la date de leur arrivée. Et chacun d'eux lui avait remis chaque mois, scrupuleusement, le montant de la taxe. Un frémissement passa parmi les gardes. Nul besoin d'être un fin comptable : la somme était énorme. Nicolas vit le mouvement de surprise du *collector*, l'éclat soudain de ses yeux. Déjà il tendait la main vers le sac de pépites.

« Que ne le disiez-vous tout de suite, pasteur ! Si tout le monde... »

Mais Taylor, la mine sévère, lui bloqua le poignet.

« Cette somme m'a été confiée, *collector*. J'en suis responsable devant chacun. Et sans une garantie...

– Une garantie ? Ah ! je vois... »
Il se tourna vers un de ses hommes.
« Bill, passe-moi les licences... »
Mais le pasteur secoua la tête.
« Quoi encore ? Pasteur, attention... »
Le pasteur resta de marbre. Non : il voulait la garantie que la taxe était toujours en vigueur. Et il jeta sur la table le journal qui mettait le camp en effervescence depuis deux jours. La *Stockton Gazette,* arrivée avec le champagne de Petit Jean, annonçait en première page que l'État de Californie suspendait la taxe sur les mineurs à compter du 1er mai...
Besançon bondit en arrière, le visage convulsé de rage.
« Ah, si c'est la guerre... »
Les mineurs levèrent leurs fusils. Les gardes reculèrent. On était au bord de l'affrontement. Mais le pasteur ramena le calme, Eugène et Dionisio se mirent devant leurs hommes.
« J'ai préparé un certificat, *collector*. Signé de ma main. Il garantit que j'ai en dépôt le montant de la taxe. Et que celle-ci vous sera versée. Dès qu'il sera établi qu'elle doit l'être. »
Besançon lui arracha le papier des mains, le déchira et lui jeta les débris au visage. Mais le pasteur ne broncha pas.
« Dès ce soir, bien sûr, le juge et le shérif en auront une copie... »
Une exclamation fit tourner les têtes. Un des gardes, bouche bée, montrait aux autres une apparition : Artémise, à la porte de la cabane, qui souriait dans le vague. L'homme poussa du coude son voisin, s'avança en ricanant – pour se retrouver avec un canon de fusil enfoncé sous le menton.
« Un pas de plus, mon garçon, et tu n'as plus de tête... »
Le doigt de Jules de France blanchissait déjà sur la gâchette.
Besançon aboya un ordre et, sautant à cheval, rassembla ses troupes. Il tremblait de fureur.
« Vous n'en avez pas fini avec moi ! Et la prochaine fois, j'aurai un mandat... »
Il pointa le doigt vers le pasteur, s'avança jusqu'à le toucher.
« Écoutez-moi bien, pasteur : fini de jouer. Ah ! on ne menace pas Lorenzo Besançon ! »
Un garde poussa son cheval jusqu'à Jules, eut un geste obscène en direction d'Artémise, et la troupe disparut dans un tonnerre de sabots.

Nicolas poussa un long soupir. Eh bien, ce pasteur, il avait du cran... Raousset, soucieux, fixait la piste, où flottait encore un nuage de poussière.

« Il reviendra. »

Et comme autour de lui les hommes, soulagés, se congratulaient, voulaient croire que le gredin avait reçu une bonne leçon, le comte haussa les épaules en montrant du doigt la *Gazette*. Nicolas se pencha, intrigué : Lorenzo Besançon, écrivait le journaliste, était en conflit avec le Sénat pour avoir retenu sur le montant de la taxe tous les frais d'entretien de sa petite armée.

« Sans la taxe pour les payer, il ne tiendra pas longtemps. Vous avez vu son visage ? Cet homme-là est prêt à tout. »

Il hocha la tête.

« Il reviendra... »

On tint assemblée sur-le-champ. Était-on vraiment sûr d'avoir le droit avec soi ? Et si le shérif Slocomb arrivait, comme à Murphys, pour leur ôter leurs armes ? On décida d'envoyer le pasteur et Eugène, sans tarder, chez le shérif – et en attendant qu'ils reviennent, mieux valait placer des sentinelles à chacune des entrées de la vallée. Le camp, passé l'excitation des premiers moments, se découvrait d'humeur morose, les uns se réfugiaient sous leur tente, d'autres marchaient sur les berges en se parlant à eux-mêmes. Plus personne n'avait le goût à travailler.

« Ce ne sont pas des soldats, s'inquiétait Raousset. Dans un mouvement d'indignation, oui, peut-être... Mais ce sont des pacifiques, dans le fond. Regarde-les ! Mon bon Eugène, j'ai bien peur qu'ils ne tiennent pas longtemps le choc. »

Et Eugène n'était pas loin de partager son point de vue.

« Sans compter, lança Aramis, qu'à Corral Hill... »

Ils se regardèrent tous : ils avaient oublié Corral Hill. Si jamais Besançon cherchait querelle aux gardes mobiles...

« C'est même sûrement là qu'il va courir. Et au galop, encore, avant qu'on les prévienne. »

Mais Raousset était homme de décision.

« Par Dieu ! J'arriverai avant eux », s'écria-t-il. Et saisissant son arme, il disparut dans les profondeurs de la vallée.

La journée se traîna, interminable. Jules, sans succès, proposa de préparer une tarte si on lui cueillait des baies. Que faisait donc

Raousset, pour qu'il ne rentre pas ? Le pasteur aussi aurait dû être là depuis longtemps. Les hommes, sans cesse, levaient les yeux vers le sommet des collines. Les jours de Happy Valley étaient peut-être comptés. Derrière les grands arbres qui barraient l'horizon, se rapprochait la menace du monde.

Vers la fin de l'après-midi, un gamin arriva, hors d'haleine : on se battait à Corral Hill.

Des hommes à grands manteaux étaient arrivés vers midi, qui prétendaient leur faire payer la taxe, expliqua un grand rougeaud, qu'on appelait le Vendéen. Et pour tout arranger ils avaient fait mine de ne pas comprendre un traître mot de leurs explications.

« À la fin, on leur a montré nos papiers. Merde ! On est exemptés, oui ou non ?

– Et v'là-t-il pas que le gars, il les empoche et continue à nous réclamer ses dollars !

– Alors forcément... »

Une balle siffla, qui les coucha à terre. Quelqu'un avait dû ramper jusqu'à un buisson de *manzanitas*, à mi-pente, pendant qu'ils bavardaient.

« Ah ! foutu con, tu vas sentir ta douleur », rugit le Vendéen. Et, en un éclair, il épaula, visa. Un cri monta du buisson.

Un des hommes de Besançon avait menacé le Vendéen de son colt, l'autre, d'un coup de savate, l'avait désarmé, et ça avait commencé à tirer dans tous les coins, résuma un des gardes.

Raousset arborait une belle balafre au front. Il avait voulu s'interposer, expliqua-t-il à d'Artagnan et Nicolas, qui venaient d'arriver sur les pas du gamin, mais il n'avait eu que le temps de plonger à terre avant d'être transformé en passoire. Les hommes de Besançon paraissaient décidés à ne pas faire deux fois chou blanc. Pour le moment, ils se contentaient de fixer là les gardes mobiles.

« Pardi, gronda d'Artagnan, ils attendent du renfort. Bientôt, vous allez voir, il y aura toute la ville en bas. Et on fera quoi, alors ? »

Raousset haussa les épaules. Il avait déjà tenté de les convaincre de rompre et de se replier avec lui sur Happy Valley. Mais rien à faire.

« Le peu qu'ils ont, il est ici. Et puis... »

Il baissa la voix.

« J'ai l'impression que le Vendéen a trouvé... Oui – un vrai filon.

– Même qu'il en a déjà trop parlé, siffla le Chourineur entre ses dents. Vu que le jour où il nous appelait en faisant des bonds de cabri, on a vu un Australien, ou un Irlandais, enfin, quelque chose comme ça, il y en a tout un tas qui grattent la colline de l'autre côté – un Anglais, quoi, qui détalait ventre à terre. Et depuis, il y en a toujours un qui nous surveille, derrière un rocher. Même qu'on a dû monter des tours de garde devant la mine. D'ici qu'ils essaient de nous la piquer...

– Eh bien, soupira d'Artagnan, dans ce cas, on est mal partis... »

Il y eut un brouhaha derrière eux, des exclamations étouffées, et Eugène se glissa à leur hauteur, à l'abri des broussailles. Raousset lui résuma la situation, en quelques phrases. Le vieil homme eut un geste d'impuissance : il n'était pas venu ici pour faire la guerre, murmura-t-il. Raousset le regarda, en fronçant les sourcils. Eugène paraissait soucieux.

« Le shérif ?

– Il pense surtout à se faufiler entre les gouttes. »

Impossible de lui arracher un mot sur l'abrogation de la taxe. Il n'avait pas reçu d'avis officiel. Et cet article de la *Stockton Gazette* qu'on lui mettait sous les yeux ? Oui, oui, bien sûr, mais... Il s'était lancé dans des considérations générales sur la paix civile, et le fait que ses concitoyens, « des gens tout à fait honorables, je vous assure », se lassaient des troubles créés par les étrangers.

« À croire qu'elle lui brûlait les doigts, la déclaration du brave Taylor ! À la fin, le pasteur lui a proposé que le montant de la taxe soit déposé sur un compte bloqué à la banque, en attendant. Mais il n'a rien voulu entendre. Il a peur. Ou il est de mèche... »

Depuis un moment, Raousset tailladait nerveusement un morceau de bois.

« Il faut appeler Colton, dit-il tout à coup. D'urgence. En partant demain à la première heure, un messager pourrait être à San Francisco après-demain. »

Cinquante milles jusqu'à Stockton et de là, en sautant dans le premier vapeur... Oui, c'était faisable, calcula Nicolas. D'avoir gardé leurs chevaux allait leur être utile. San Francisco, revoir le consulat, revoir... Un regard de Raousset le fit sursauter. Non, pas lui, surtout pas lui ! La souffrance le submergea, si violente qu'il dut se détourner. Et il entendit dans un demi-brouillard qu'Aramis proposait d'y aller à sa place... Ne valait-il pas mieux attendre ? s'inquiéta Eugène. Ça pouvait peut-être s'arranger...

Non, coupa Raousset, le visage fermé. Cette fois, c'était très grave.

« Nous allons droit à la catastrophe, mon bon Eugène. »

Et comme tous le regardaient avec des airs étonnés :

« Même si nous sommes dans notre droit, nous aurons nécessairement tort s'il y a mort d'homme, ou blessé grave. Et c'est ce qui va arriver si vous ne vous rendez pas... »

Se rendre ? À ces bandits ? Ils n'avaient pas fait tout ce chemin pour baisser culotte à l'arrivée ! Autant se passer tout de suite la corde au cou ! Raousset eut un geste fataliste. Advienne que pourra ! S'ils voulaient en découdre...

« Mais au moins, mes garçons, qu'on fasse les choses proprement ! »

Il appela à lui le Vendéen, rampa jusqu'à un surplomb, pour mieux étudier le terrain. Hérissée de buissons épineux, entaillée par d'abrupts *arroyos*, la colline n'était pas facile à défendre. Seul le côté qui donnait sur Happy Valley était inattaquable. Pour la nuit, mieux valait installer le camp derrière un repli rocheux et disposer des sentinelles aux points sensibles – en veillant à empêcher que l'assaut ne soit donné par le versant où se trouvaient les mineurs australiens. Il avait repris, sans même s'en rendre compte, son ton de commandement, et ces rebelles farouches, rétifs à toute autorité, obéissaient sans un murmure. Même Eugène se tournait vers lui comme s'il était le seul qui pouvait les sauver. De loin en loin, en contrebas, on devinait le mouvement d'un corps à l'abri des branchages, puis le silence retombait, oppressant. Le soleil baissa à l'horizon, l'ombre noya un à un les vallons. Peut-être qu'ils vont finir par s'en aller pour la nuit ? chuchota près de lui un des gardes mobiles déjà venus travailler à Happy Valley. Nicolas secoua la tête. Aucun de ces bruits ne montait qui d'ordinaire annoncent la fuite des jours : gloussements de cailles, frôlements furtifs de rongeurs. Toute la colline était en attente, comme eux. Un feu s'alluma, puis un autre, et un autre encore. Ils étaient toujours là. Et bien décidés à aller jusqu'au bout.

Aramis hocha la tête. Demain il partirait à San Francisco, dès la première heure.

Le shérif transpirait de peur. Non, répétait-il, rien ne serait possible tant qu'ils n'auraient pas déposé les armes. Il tripotait nerveusement une boîte de bonbons en jetant des regards inquiets vers la fenêtre. Ils étaient sûrs de ne pas avoir été suivis ? Parce qu'avec toute cette agitation, en ville, depuis hier... Au moins, se dit Nicolas, ils n'avaient pas pris de risques en l'élisant : ce nabot adipeux ne devait pas offrir une grande résistance aux vrais maîtres de la ville.

« Pas question, s'entêtait Raousset. Ils ont été trop souvent floués. Ce ne sont pas eux les agresseurs !

– S'ils sont en règle, ils n'ont rien à craindre. Qu'ils fournissent leurs papiers et...

– Mais puisque ces papiers, on les leur a pris !

– C'est ce qu'ils prétendent... »

Raousset avait tenu à cette démarche mais, aux crispations de ses phalanges, on devinait qu'il se contenait de plus en plus difficilement.

« Bon sang, rassemblez vos hommes, interposez-vous : vous pouvez encore arrêter cette folie ! Ces fichus papiers, vous savez bien qu'ils existent, vous les avez vus à leur arrivée. Les journaux en ont parlé. Le gouverneur lui-même... C'est un incident diplomatique que vous voulez ? »

L'autre eut un mouvement de la main, pour lui faire baisser la voix.

« Vous ne vous rendez pas compte ! La situation est difficile. Ce sont réunions sur réunions depuis hier, avec le juge Graham et Besançon. Les California Guards se rassemblent ce matin. Et ce n'est pas tout : il paraîtrait qu'un de vos gardes... Il aurait volé la concession d'un mineur australien. Comment voulez-vous que j'arrête tout ça ? Mes concitoyens... »

Depuis que le juge Graham avait créé son comité de Vigilants, le shérif Slocomb vivait barricadé derrière ses volets clos.

Raousset, de rage, fit voler la barrière du jardinet en sortant. Slocomb et ses bonbons ! C'était sans espoir, de toute façon, dit Nicolas, en remontant à cheval. Le comte eut un sourire bref.

« Je le sais, bien, Nicolas. Mais si Colton arrive ici avec un envoyé du gouverneur, avant que tout n'explose, on pourra au moins prouver que nous avons tout tenté. »

Les Fils de Sion n'iraient pas au-delà. Le pasteur baissait les yeux, embarrassé. Et derrière lui, ses ouailles se resserraient, épaule contre épaule, comme si elles avaient eu besoin, en cet instant, de ce soutien mutuel. Les Français, massés devant la cabane, les regardaient d'un air inquiet. Ils avaient passé la matinée en prière, poursuivit le brave homme, la voix nouée, et le débat avait été vif, mais l'assemblée avait tranché. Ils n'avaient fait que leur devoir en défendant le camp. Mais ce qui était en train de se déclencher, là, dehors, les dépassait. Résister à un bandit, oui. Risquer de tirer sur des compatriotes, que ceux-ci aient tort ou raison, non, cela ne se pouvait pas. S'il y avait procès, ils viendraient tous témoigner, il s'y engageait, mais...

« Je suis responsable d'eux, vous comprenez ? »

Il avait crié, presque, en prenant Eugène par les épaules.

« Quand nous avons quitté Freetown, j'ai juré... Oui, j'ai juré à leurs pères, à leurs mères, les yeux dans les yeux, que je les conduirais au port... »

Ils avaient traversé la Prairie, échappé aux Indiens, perdu trois des leurs dans les Rocheuses, balbutia-t-il – et ils avaient survécu. Son devoir était de les protéger, toujours, et une pareille aventure, non, il n'avait pas le droit... Il hésita, eut les mêmes mots, exactement, qu'Eugène : « Nous ne sommes pas venus ici pour faire la guerre... » Derrière lui, la masse silencieuse de ses ouailles approuva de la tête. Eugène étreignit son vieil ami. À quoi bon en dire plus ?

Un géant chevelu, celui-là même qui chaque soir déposait un bouquet de fleurs aux pieds d'Artémise, fit un pas en avant, en ôtant son chapeau :

« Faut pas nous en vouloir, monsieur Eugène, Dieu m'est témoin... »

Et il détourna la tête, pour cacher ses larmes.

Raousset et Eugène se regardèrent. Que faire ?

« Vous avez compris, n'est-ce pas ? Ce n'est pas seulement qu'ils ne nous aideront plus. Ce que le pasteur nous demande, c'est de décider de nous-mêmes de quitter la vallée... »

Eugène parut très vieux, tout à coup, et fatigué.

« Mes garçons n'accepteront jamais. Nous étions les premiers ici, vous comprenez ? Et pour eux, c'est comme s'ils avaient réussi à se recréer – oui, un monde. Partir ! »

Ils remontèrent à pas lents, et la foule de la Ruche d'or s'ouvrit à leur approche, jusqu'à la porte de la cabane. Dionisio était là, l'air grave, avec le petit Joe dans ses bras. Nicolas sut ce qu'il allait dire avant même qu'il eût bougé les lèvres – que cette guerre-là, les *Californios* l'avaient déjà menée, et perdue. Et que ceux qui voulaient la poursuivre étaient déjà partis aux côtés de Joaquin Murieta.

« Les *Californios* sont des gens fiers, señor Raousset. Mais ils ont peur. Pour les leurs. Presque tous ont une femme, des enfants qui les attendent, au village. Et ils travaillent dur, pour eux. Alors... Voyez : il y en a déjà qui s'en vont ! »

Raousset lui serra l'épaule. Il savait, bien sûr. Comme tous, à présent, savaient. Inutile de parler : leurs regards suffisaient. Ceux de la Ruche d'or ne partiraient pas. Le comte se redressa, les sourcils froncés.

« Eh bien, mes amis, cette fois c'est clair : nous sommes seuls... »

Les gardes mobiles se pressaient derrière les buissons de *manzanitas*, si absorbés par ce qu'ils observaient qu'ils ne les entendirent pas venir. C'est bien la peine d'installer des sentinelles, allait dire Raousset, mais le Vendéen se retourna, et d'un geste leur fit signe d'approcher. Des lambeaux de phrases leur arrivaient par-dessus les bosquets, depuis le bas de la colline : « Fils de Bélial », « Antéchrist », « Armageddon », « Papistes »... Que se passait-il donc ?

« M'ont tout l'air de tenir meeting, en bas. Mais pas la moindre idée de ce qu'ils peuvent bien raconter... », grogna le Vendéen.

Nicolas interrogea Garnier du regard. Le briscard haussa les épaules. Ça durait depuis deux bonnes heures. Ils étaient trois ou quatre pasteurs à se relayer. Et ça balançait des amen à tout bout de champ.

« Ils seraient en train de se monter le bourrichon, que ça m'étonnerait qu'à moitié... »

Raousset étudia un moment le terrain au-dessous d'eux, invita du regard Nicolas à le suivre et, courbés en deux, ils dévalèrent la pente vers un autre surplomb, protégé par des buissons de sauge. Ils firent les derniers mètres en rampant, et restèrent bouche bée.

« Si Taylor voyait ça... »

Combien étaient-ils, au pied de la colline ? Deux cents ? Trois cents ? Debout sur un rocher, un homme maigre, vêtu de noir, les bras tendus, implorait le Seigneur d'armer leurs bras pour chasser de Canaan ces enfants de Satan.

Trois ou quatre pasteurs, avait dit Garnier. Ils avaient dû accourir de partout, ces prédicateurs qui depuis des mois agitaient les placers, au nom du Christ sauveur, pour lancer la guerre sainte qui bouterait dehors ces chiens de papistes irlandais, mexicains et français.

N'était-ce pas une aventure digne des pèlerins du *Mayflower*, leurs ancêtres ? Si Dieu avait laissé si longtemps cette terre de promesse abandonnée, n'était-ce pas qu'il la réservait au peuple élu pour bâtir ici-bas la Nouvelle Jérusalem ? Ah, qu'ils n'oublient jamais cela : ils n'étaient que les instruments de Dieu ! Ici, dans leur colonie, qui serait demain le Massachusetts du Pacifique ! Et si Dieu leur avait donné l'or, en vérité, c'était pour leur assurer une plus rapide croissance, et que se dresse enfin, face à l'Orient païen, la Cité sur la colline du Livre saint !

« Amen », gronda la foule.

Mais auparavant il fallait en chasser ceux qui n'avaient rien su en faire, ces moines démoniaques, ignares et débauchés qui l'avaient maintenue dans la crasse et la luxure ! Et chasser ceux qui venaient les soutenir, ces envoyés de Rome l'impudique, tous ces papistes fornicateurs qui les défiaient là-haut !

Car c'était là-haut, sur la colline, qu'était la Cité du Livre saint, ruisselante de miel et d'or, la Terre sainte qu'il fallait libérer !

Et à chaque phrase montait de la foule un amen menaçant.

« Nous voilà en plus avec une guerre sainte sur les bras, mon bon Nicolas... »

Et Nicolas songeait à ce que le pasteur Taylor lui avait chuchoté, peu avant : que d'après Ézéchiel, qui avait traîné ses guêtres tout le matin en ville, le soi-disant vol d'une concession par le Vendéen faisait un raffut de tous les diables et que des mineurs commençaient à arriver d'un peu partout, bien décidés à se battre...

Ils n'étaient pas précisément sortis d'affaire.

« Fils de Bélial ! »

L'escogriffe en habits noirs se dressait sur l'aplomb rocheux en brandissant sa Bible comme une épée – ou un bouclier. Le Vendéen, interloqué, se tourna vers Raousset.

« Qu'est-ce qu'il veut, le fada ? »

Le comte lui fit la traduction, qui laissa le Vendéen quelque peu perplexe. Mais, déjà, l'autre se lançait dans un torrent d'imprécations, levait les bras au ciel, faisait des bonds sur place, suivis de convulsions, et finit sa péroraison en foudroyant du doigt les mécréants, tandis que s'élevaient des taillis des amen extatiques.

« Les malédictions des prophètes d'Israël, résuma le comte. Enfin, si je me souviens bien de l'Ancien Testament. Il appelle sur nous les sept plaies d'Égypte, ou quelque chose comme ça. Et accessoirement il nous signale que nous sommes des fils de putes engrossées par des babouins. Mais ça, je pense que c'est de son cru.

– Et mon cul, eh, connard, c'est du babouin ? » hurla le Chourineur, vexé, en baissant son pantalon.

La religion, il s'en foutait, mais il y avait des choses, rapport au sexe, sur lesquelles il ne plaisantait pas.

Et comme le prophète d'Israël, outré, gonflait ses poumons pour une nouvelle bordée, le Vendéen, dont la patience trouvait vite ses limites, expédia une balle à quelques centimètres de ses bottes. L'homme fit un bond sur place, on entendit un bruit de branches brisées, suivi d'une course éperdue.

« On dirait que ça l'a calmé... »

Pas pour longtemps. Un murmure de prières bourdonna derrière les taillis, puis une voix de basse entonna un cantique, repris par la foule. Les hommes se regardèrent. Pas de doute, les chants se rapprochaient. Et ils apparurent tout à coup à découvert, les fidèles rassemblés, pasteur en tête, qui appelaient à eux le Seigneur pour que s'écroulent les murailles des infidèles.

« Bon Dieu ! on est chez les fous ! »

Les gardes armèrent leurs fusils.

« Surtout, ne faites pas les idiots, hurla Raousset. Une goutte de sang et c'est la catastrophe ! Visez au-dessus des têtes ! »

À la première salve, la troupe des fidèles hésita, mais, constatant qu'elle était sauve et attribuant le miracle au Ciel, continua bravement, même si quelques voix se faisaient plus hésitantes.

Ce que voyant, le Vendéen fit voler un chapeau d'un maître tir. Ce fut aussitôt la débandade, sous les quolibets des Français.

Garnier hocha la tête.

« Les prochains qui viendront, ce ne sera probablement pas avec des cantiques... »

« Mais qu'est-ce qu'ils fabriquent ? »

Depuis une heure, plus rien ne bougeait du côté des contempteurs de Bélial. Mais ils étaient toujours là, avait grogné Garnier, retour d'une mission d'exploration.

« C'est pas compliqué à comprendre : ils rameutent toute la Sierra. Et quand la vague sera assez grosse, elle balaiera la colline.

– Et elle déferlera ensuite sur la Californie, ajouta Raousset, d'un air sombre. Parce que c'est ça, le rêve des Vigilants. La grande lessive ! Et nous sommes en train de devenir le prétexte idéal...

– Ben, dites donc, vous deux, dans le genre joyeux drilles... râla le Vendéen.

– Il faudrait faire une sortie, suggéra le Chourineur. Ou bien on va être faits comme des rats.

– Sans doute, ricana son voisin. Et on va jusqu'où, gros malin ? C'est tout le pays qui nous encercle ! »

Les hommes retombèrent dans un silence morose. Les uns astiquaient leurs mousquets, comptaient leurs munitions. D'autres rassemblaient du bois pour la nuit. Nicolas, près de Garnier, se rappelait d'autres soirs où ils avaient cru, tous deux, le monde grand ouvert. Jules arriva, escorté de deux compagnons de la Ruche d'or chargés de côtelettes de wapitis. Il n'avait plus le cœur à mijoter des petits plats, déclara-t-il, mais il avait pensé que ça leur passerait le temps de grignoter quelques os pendant la nuit. Pour le reste, les rassura-t-il, tout allait bien dans la vallée, d'Artagnan et Athos veillaient au grain, des sentinelles étaient en position.

Le jour baissait, une fraîcheur venait avec le soir. Et soudain ils furent tous sur pied. On se battait dehors, et ça tiraillait même furieusement, à un demi-mille à peine de l'endroit où se trouvaient les fous de Dieu.

« Voilà qu'ils se battent entre eux maintenant ? s'esclaffa le Chourineur. Avec des fêlés pareils... »

Il ne termina pas sa phrase. Il y eut une violente bousculade, sous les taillis, des coups sourds, des pas pressés, et un groupe d'hommes fonça vers eux en poussant des hourras.

« Des poteaux ! » hurla le Vendéen.

Les gardes mobiles de Willow Creek. Ils étaient au moins cinquante. Couverts de poussière, épuisés, et radieux. Ils avaient marché tout le jour, contourné Mokelumne Hill, et pulvérisé les abrutis qui voulaient leur barrer le passage, en bas. Ils s'embrassaient, se tapaient sur les épaules, n'en finissaient pas de se reconnaître. Ah, ça faisait du bien de se retrouver entre frères ! Nous, on était sur *La Sérieuse* ! Si on n'a pas jeté à la baille le capitaine, c'était pas loin ! Et nous sur *La Capricieuse*. Et ceux du 12e, ils sont déjà arrivés ? Les questions fusaient. Un gaillard au visage taillé à la serpe, regard farouche, se tourna vers le Vendéen. Et c'étaient qui, les autres ? Le Vendéen raconta l'histoire en trois phrases. L'homme fronça les sourcils en désignant Raousset.

« Et celui-là ?

– Celui-là, dit le Vendéen, c'est le chef. »

L'autre fixa longuement le comte, d'un œil sombre. Raousset resta silencieux, en regardant ailleurs.

Mais un nouvel arrivant, dit Coupe-en-Deux, concentrait l'attention.

« Dès qu'on a su, on a fait nos paquets ! Et c'est pas tout ! On a envoyé des gars prévenir les copains à Valley Springs, à Campo Seco, à Sutter Creek, à Calaveras, à Santa Maria. Demain, ils seront là ! »

Raousset et Nicolas échangèrent un regard. Le flot des gardes mobiles était plus important encore qu'ils ne l'avaient imaginé. Combien pouvaient-ils être, dans la Sierra ? Un bon millier, s'écria Coupe-en-Deux.

« Ah ! Alors on ne craint plus rien ! Nom de Dieu ! ils vont valser ! »

Déjà éclataient de nouveaux coups de feu. Qui pouvait encore tirer, dans la nuit tombante ? On entendit des pas, une troupe qui courait. Chacun armait déjà son fusil, mais non, ce chant, c'était *La Marseillaise* ! D'autres Français, qui arrivaient en tumulte, cinquante, soixante, cent. Ils n'en finissaient pas de déferler. C'était un flot irrépressible, bientôt on aurait cru que la colline allait se trouver trop petite. Un groupe surgit en plein camp, portant en triomphe une femme. Une femme ? Non, c'était cinq femmes, dix femmes à elle seule, une montagne de chairs, énorme, monstrueuse, qui hurlait de rire dans des tressaillements de bajoues. Jeanne d'Arc, crièrent les hommes, la mascotte de Deer Creek !

Ce n'était plus des gardes mobiles. C'était des Français, simplement. La moitié du camp de Deer Creek venu soutenir ses frères. Et ce n'était pas fini, criaient-ils : Murphys, Angels Camp, San Andreas, Mountain Ranch, Pine Grove, Volcano, ils arriveraient demain. Et les trappeurs commençaient à se passer le mot. Ah, ils n'imaginaient pas, ici, ce qui se passait dehors ! C'était la révolution ! Toute la Sierra en ébullition !

« Ils nous ont fait assez chier, les cons ! Putain, ils vont dérouiller. Demain... Ah ! demain, on sera des milliers. La révolution, on vous dit, c'est la révolution ! »

On alluma un grand feu. La voix de Jules tonna.

« Dix hommes avec moi, nom de Dieu ! ça va être un festin. Je vide mes réserves ! »

Raousset serra le bras de Nicolas, très fort – et celui-ci sentit que le comte tremblait d'émotion.

Quelque chose d'énorme était en train de se produire, dans les profondeurs de la Sierra.

comp[illegible] [illegible] une longue [illegible] entre [illegible] dans des [illegible] [illegible] de [illegible]

[illegible] Amérique [illegible] de l'évolution [illegible]

[illegible] la [illegible]

[illegible] de [illegible] vie [illegible]

[illegible] que le [illegible]

[illegible] profondeurs de [illegible]

4

Des chants avaient retenti toute la nuit, sur la colline. Et comme ils étaient trop nombreux et que certains se plaignaient du froid, des feux avaient été allumés sur les pentes, autour desquels les hommes se rassemblaient en groupes sans cesse recommencés. Les gardes mobiles, pour la première fois peut-être, se mêlaient aux autres chercheurs d'or, et c'étaient des regards étonnés, de brusques silences, des bourrades émues quand l'un ou l'autre entonnait un chant des barricades ou telle goualante d'un tapis-franc. Seuls les trappeurs, troublés dans leurs habitudes, se tenaient à l'écart, en regrettant le silence des nuits dans la Prairie. Jules, qui tant s'était rêvé maréchal de France, couvert de gloire sur les champs de bataille, passait, superbe, les bras chargés de côtelettes, de pièces de viande odorantes, et cet autre rôle lui allait tout autant, d'être le cantinier – après tout, clamait-il, la cuiller et la fourchette valaient bien l'épée ! Les hommes allaient de feu en feu, ils voulaient se connaître, échangeaient leurs prénoms, recommençaient dix fois le récit de leur vie, et leurs paroles entrecroisées, portées par la nuit, tissaient comme un immense murmure où l'on aurait dit qu'une âme s'éveillait.

Comme il était loin, ce soir, se disait Nicolas, des premières heures de son arrivée, au cabaret de Paul Niquet, quand tous ressassaient leur vie brisée, le cauchemar de leur voyage ! Ce n'était plus ici l'entrechoquement des solitudes, mais la chaleur d'un élan de l'un vers l'autre, dans lequel chacun voulait se fondre, et quand l'émotion devenait trop forte, une chanson naissait, reprise par cent gosiers, qui faisait reculer les ténèbres. Quelque chose passait sur la foule, qui la laissait étourdie, et à peine retrouvait-elle ses esprits qu'une autre vague venait, et chacun s'étonnait de se sentir alors plus fort qu'il ne l'avait cru. Combien avait-il serré de mains ? Combien s'étaient penchés vers lui, pressés de lui confier leur vie – et combien de fois s'était-il surpris lui-même à se raconter à quelque inconnu ? Au milieu de la nuit, il s'était réfugié, épuisé, près de Raousset et de Garnier. Les nuages paraissaient en allés, qui d'ordinaire assombrissaient le front du comte, et celui-ci riait, les yeux clairs, plaisantait avec chacun. On devrait faire la révolution plus souvent, s'écria-t-il en voyant Nicolas s'approcher. Cette nuit, ils étaient des géants !

Nicolas se laissa tomber dans l'herbe. Il avait dansé, chanté, embrassé des centaines de personnes, lui semblait-il, et même la plantureuse Jeanne d'Arc, mais là, il n'en pouvait plus.

« Au moins, j'aurais connu ça, exultait Raousset. Plus tard, on dira peut-être que c'était l'Histoire, l'Histoire en marche... »

Il se pencha vers Nicolas, le prit par les épaules.

« Ne l'oublie jamais, Nicolas, ça ne se reproduira peut-être pas, mais ça aura existé au moins une nuit : les hommes sont plus grands qu'ils ne le croient d'ordinaire ! »

Garnier levait les yeux au ciel, d'un air de dire attention, le comte est d'humeur philosophique, ce soir, mais on le sentait ravi : pour une fois qu'il parlait, celui-là, au lieu de ressasser ses chimères !

Raousset saisit un brandon et s'alluma un mince cigare.

« Il y a des moments dans l'existence... où l'on dirait que quelque chose troue la cage même du temps. Et vous soulève, et vous grandit. Et c'est peut-être cela, l'Histoire. Cette force... verticale. Après tout, nous sommes faits aussi pour nous tenir debout ! »

Une vague de rires monta des feux, plus bas. Deux voix, puis cinq, puis dix entonnèrent un air du Lapin-Blanc.

Fleur-de-Marie est, douce enfant,
L'ange qui pardonne et console,
Au Lapin-Blanc, au Lapin-Blanc

« Vous entendez ? Ils revivent ! L'émigration, elle vous isole, elle vous mutile – mais là, ils font bloc, de nouveau ! La plupart ont déjà connu ça, en 48, sur les barricades. Hé ! C'est 48 qui revient, Nicolas ! Moi non plus, je ne pensais pas revivre ça un jour... N'écoute jamais ceux qui te font croire que c'est la raison, les lois, les codes qui créent un monde, nous font tenir ensemble. Elles viennent après, mais d'abord – d'abord, il y a *ça* ! »

Il a raison, pensa Nicolas – c'est la naissance de quelque chose. Mais 48, de nouveau ? Autour de lui, des mineurs se découpaient des chiques au *bowie-knife* en racontant leurs voyages, comme une bonne plaisanterie, ou l'escroquerie de telle compagnie qui les avait laissés cul nu sur la vase de San Francisco, avec dans la voix des inflexions qui n'étaient déjà plus de France. Ceux-là avaient pris le pli de l'humour des chercheurs d'or – et leur manière de se moquer de soi. D'autres évoquaient leurs *claims*, la découverte de la Sierra ou de la Prairie. Une voix s'éleva : sûr, c'est un rudement beau pays ! Et sans qu'ils en soient peut-être conscients, les uns et les autres mêlaient à leur parler des mots mexicains ou anglais. Jusqu'à leur démarche qui imitait celle des *vaqueros*, cette manière d'occuper l'espace, d'avancer les épaules... S'en rendaient-ils compte ? Ceux-là n'étaient plus exactement français, mais de ce pays, de ce continent – d'une autre histoire. La révolution de 48 était morte là-bas, et avec elle une part d'eux-mêmes, du moins l'avaient-ils cru, jusqu'à cette nuit – et voilà que quelque chose venait qu'ils n'imaginaient plus...

Les feux brûlaient sous le ciel étoilé. Que pouvaient penser les habitants de Mokelumne Hill, songea-t-il tout à coup, de cette colline embrasée depuis la base jusqu'au sommet, d'où montaient tant de chants dans une langue étrangère ? Il étreignit Raousset, éclata de rire.

« Ah çà, oui ! On devrait faire la révolution plus souvent... »

D'abord, il se crut l'unique survivant du désastre. La bataille était finie, ils avaient dû être attaqués par surprise : les corps gisaient, effondrés autour des feux mourants, sous les taillis, contre les blocs de roche, les fusils traînaient un peu partout, abandonnés. Puis quelqu'un gémit, un des cadavres bougea, et tout lui revint de leur nuit de liesse, les chants, les discours, et les cruchons qui avaient circulé sur le tard. Il se redressa, la tête meurtrie, jeta quelques branches sur les braises, et les flammes claires chassèrent la fraîcheur du matin. Des pénombres bleutées glissaient encore dans les vallons, mais le soleil naissant nimbait d'or pâle les buissons de *manzanitas*, soulignait chaque aiguille des jeunes pins, sur les pentes, et l'air vibrait au chant des rouges-gorges, comme traversé par un frisson de joie. Des odeurs de lard grillé et de café arrivèrent jusqu'à lui. Jules de France, avant de retrouver les gazouillis du petit Joe à Happy Valley, avait dû mobiliser quelques jeunes gens pour servir, au réveil de la troupe, le plus royal des déjeuners. Un robuste ronflement le fit se retourner : Jeanne d'Arc, le poitrail largement découvert, dormait comme une bienheureuse, avec une demi-douzaine de jeunes blancs-becs rassemblés sur ses seins innombrables. Et les images repassèrent, irréelles, mais ce devait être les vapeurs de l'alcool, de Jeanne d'Arc ivre morte qui brandissait un drapeau tricolore en chantant *La Marseillaise*, tirée, poussée le long de la pente, par les mousquetaires eux aussi titubants. Il leva les yeux, laissa passer le martèlement violent du sang contre ses tempes. Non, il n'avait pas rêvé.

Le drapeau français flottait, là-haut, sur la commune libre de French Hill.

Toute la journée, les délégations se succédèrent. Murphys, Angels Camp, Valley Springs, Pine Grove, Sutter Creek, Amador City, Drytown, Volcano, Vallecito, Jamestown, Carson Hill, Shaws Flat, Tuolumne, Big Oak Flat : certaines, parties la veille, avaient fait trente milles à pied, d'autres camps, plus éloignés, avaient envoyé un représentant à cheval. Vers midi, on dut déborder sur les prairies en contrebas. Et il en arrivait toujours. La nouvelle s'était répandue à la vitesse du vent, partout, sur les placers, se multipliaient les assemblées, on venait aux nouvelles, s'il fallait des renforts... Combien étaient-ils au juste ? Sept cents au bas mot, d'après d'Artagnan, qui cochait sur une carte les camps représentés. Et si l'on additionnait les chiffres donnés par chacun des arrivants, ils étaient près de cinq mille Français, dans cette seule région centrale de la Sierra, qui se déclaraient prêts à se battre. Ce n'était plus une escarmouche, c'était une insurrection.

Et c'était une armée, qui se rassemblait à Corral Hill, rebaptisée French Hill dans la nuit.

Une armée – par le nombre. Parce que pour le reste... Vers midi, Jules de France, monté sur un rocher, donna de la voix.

« Les enfants, tout cela est digne du serment du Jeu de paume, d'accord, mais c'est le foutoir ! Les yankees arriveraient, qu'ils nous fileraient la pâtée ! L'ordre, ça n'a jamais été mon truc, sinon je ne serais pas ici, mais foutrebleu, il y a des limites ! Et je signale aux ventres creux que s'ils veulent bouffer ce soir, il va falloir qu'ils se remuent ! »

Des trappeurs maugréèrent – s'il y avait du grabuge, ils sauraient quoi faire, ce n'étaient pas des jeunots qui allaient leur apprendre ! Mais la majorité suivirent Jules de France : il fallait un chef, une organisation. Le Vendéen sauta aux côtés du Génie des Tréteaux : leur chef, depuis le début, c'était Raousset ! Il y eut des murmures. Qui c'était, celui-là ? On ne le connaissait pas. Et il paraissait bien fluet. L'homme qui l'avait défié du regard, le premier soir, dit le Pipelet, gronda : un aristo ? Il ferait beau voir ! Mais Raousset rallia les suffrages quand il suggéra, sous les vivats, un comité provisoire de dix membres – chargé de soumettre des propositions à l'assemblée souveraine.

« C'est ainsi que les flibustiers s'organisaient, jadis, dans les Antilles ! » s'écria-t-il.

On rit. Va pour la flibuste ! La réunion se tint aussitôt, les propositions du comité furent adoptées à main levée. On formerait des escouades de vingt hommes, cinq escouades feraient une section, les chefs élus des sections se rassembleraient en un conseil, lequel se choisirait un chef. Un pointilleux exigea que tous soient révocables à chaque instant par l'assemblée – on en avait trop vu, de ces élus devenus des tyrans ! L'assemblée approuva : ça, c'était bien dit. Un autre intervint : oui, mais il fallait, pour être efficace, que l'autorité ne soit pas sans cesse remise en cause et que, une fois choisi, le chef puisse imposer sa volonté. On approuva – n'était-ce pas l'évidence ? Un troisième monta sur le rocher, déjà bien encombré : sans vouloir contrarier quiconque, ces deux décisions n'étaient-elles pas contradictoires ? Cela fit de longues discussions : et pourquoi ne voterait-on pas des motions contradictoires si l'on en avait envie ? Jules de France ramena le calme : si l'on coupait la poire en deux – qu'en période de grand calme tout élu soit à chaque instant révocable, mais que sous le feu ennemi on suive le chef sans discuter, quitte à en changer après s'il ne convenait pas ? Ça aussi, hurla-t-il, sous un tonnerre de hourras, c'était la loi de la flibuste !

On se mit au travail. Une vingtaine de chasseurs partirent vers les bois en quête de gibier. Dix volontaires préparèrent des lits de braise, sous la direction de l'ami Jules. On choisit les emplacements des escouades, les buissons gênants furent rasés, une étendue dégagée au pied de la colline, de sorte que les assaillants avancent d'abord à découvert. La colline bourdonnait telle une ruche – comme si de se retrouver chacun avec une tâche précise avait redonné à tous un élan. Un peloton envoyé observer ce que devenaient les Australiens revint peu après : la place était abandonnée, il n'y avait plus un chat – et il fut aussitôt décidé d'occuper tout l'espace, en veillant bien à ce que rien ne soit dérobé sur leurs *claims*.

French Hill, heure après heure, devenait imprenable.

Une armée, oui, mais pour quoi faire ? Dans le fond, nul n'en savait rien. Et chacun ne s'absorbait dans son travail, lui le premier, soupçonnait Nicolas, que pour éviter de trop se poser la question. Il jeta une dernière brassée de bois sur le tas déjà haut, chercha du regard Raousset. Être Napoléon ou rien, lui avait dit un jour le comte : debout, le bras tendu, une carte posée devant lui sur une table improvisée, il lui ressemblait de plus en plus furieusement. Garnier, à ses côtés, appuyé sur son fusil, le couvait du regard, heureux de le sentir libéré de sa mélancolie. Peut-être était-il en train de faire l'Histoire, comme il en avait rêvé ? Après tout, les Américains étaient encore moins nombreux quand ils avaient enlevé la Californie au Mexique...

Tout à son affaire, Raousset ne l'entendit pas approcher. Il y avait déjà trop de monde sur la colline, expliquait-il, et les hommes autour de lui opinaient ; sans vivres, pareille troupe ne pouvait tenir qu'en se déplaçant continuellement, le gibier allait très vite manquer. Mieux valait que les « camarades » s'organisent dans leurs camps, élisent des représentants, et que l'on mette au point un système de transmissions rapides...

« On ne m'ôtera pas de l'idée, insistait Coupe-en-Deux, resté d'humeur belliqueuse, qu'il faudrait prendre la ville. On établit notre quartier général là-bas, on fait une proclamation...

– Non, une grande assemblée d'abord, corrigeait Gros Boiteux, venu de Big Oak Flat. Avec les représentants des camps. On fait un cahier de doléances et...

– Et on le présente à qui, ton cahier ? ricanait Le Squelette. Non, on leur rentre dans le lard ! Bon Dieu, les gars, vous le savez aussi bien que moi, on est deux fois plus nombreux qu'eux dans la région ! »

Sans compter qu'on s'y était installés bien plus tôt, et même avant les *Californios*, ajouta un vieux trappeur en appuyant ses dires d'un long jet de jus de chique – et il entreprit de leur raconter, sans doute pour la dixième fois, la grande épopée des coureurs des bois, du temps de la Louisiane française, qui avaient passé les Rocheuses pour établir des bases tout le long de la Sierra Nevada.

« Les premiers Blancs que les Indiens ont vus par ici, c'étaient les gars de Michel La Framboise, pas les Espagnols ! Même que... »

Une rumeur monta vers eux, lui coupant la parole. Un homme arrivait en courant, entouré de mineurs enthousiastes. Il avait galopé toute la journée depuis Jamestown, dit-il. Ce matin, un Mexicain était arrivé là-bas, en pleine assemblée des mineurs, qui se disait envoyé par Joaquin Murieta.

« Murieta n'est plus sur la Klamath River ! Il arrive, avec une petite armée... »

Un frisson souleva la foule massée autour de lui. Un mineur lança son chapeau en l'air. Si les Mexicains se mettaient en mouvement...

Raousset s'écarta du groupe et, apercevant Nicolas, le prit par les épaules.

« Bon sang ! Tu as entendu ? Si c'est vrai... »

Quarante mille Français en Californie, leur avait dit Colton un soir. Dont vingt mille dans la Sierra, il s'en souvenait bien – dix mille rien que dans la Sierra centrale, entre Plymouth et Jamestown. Les comptes étaient vite faits. Les Mexicains, ici, étaient vingt mille. Les Américains, sept mille au plus. Pour l'essentiel des paysans, des villageois – les gardes mobiles, entraînés à la guerre, n'en feraient qu'une bouchée...

Ils marchèrent en silence sur les hauteurs de la colline. La plaine, vers Mokelumne Hill, se perdait dans un poudroiement d'or. Les hommes, en contrebas, dépouillaient les chevreuils et les wapitis que commençaient à rapporter les chasseurs. Les lits de braise rougeoyaient. Jeanne d'Arc entonna un chant guerrier en brandissant un énorme quartier de viande. La fête allait recommencer !

« Il faudrait qu'elle ne finisse jamais, dit un jeune garde mobile juste au-dessous d'eux, qu'on reste unis !

– Tu vas voir, soupira son voisin, on va gagner, et puis on va rentrer chacun chez soi, chacun dans son trou ! Ah, chienne de vie ! »

Nicolas se tourna vers Raousset. Le drapeau tricolore flottait au-dessus d'eux. Il lui posa une question qui le taraudait depuis le milieu de l'après-midi : où tout cela allait-il les mener ?

Le comte eut un sourire espiègle.

« Ça, personne n'en sait rien, Nicolas. Mais rassure-toi : personne n'en sait jamais rien. Personne ! On fait semblant, c'est tout. Ce qui compte, c'est ce frisson qui passe... Tu ne te sens pas revivre, toi ? Faire durer le frisson – eh ! ce n'est pas un si mauvais programme. Et pour le reste... À Dieu vat ! »

Il balaya l'étendue du regard. Et soupira.

« Il ne nous reste plus qu'à espérer que Colton est en route. Et qu'il se presse ! Parce que sinon... »

Tout à l'ivresse d'être ensemble, ils en venaient à oublier la menace extérieure. Les Américains paraissaient avoir disparu – peut être avaient-ils pris peur ? Ils étaient à un mille de Happy Valley, le lendemain, venus aider Jules à transporter des carcasses de chevreuil, lorsque au sommet d'une butte Nicolas entendit les premiers coups de feu. Les sentinelles placées par d'Artagnan devaient somnoler, ou elles avaient été prises par surprise : une quinzaine de cavaliers tourbillonnaient dans le camp, tiraient en l'air, incendiaient les tentes. Mexicains, Américains, Fils de Sion fuyaient en tous sens, affolés. Nicolas, arrivé en courant, vit le pasteur Taylor tenter de s'interposer, puis tomber au sol, renversé par un cavalier. Seule résistait la cabane de Jules de France, volets baissés, d'où partaient des coups de feu.

Ils étaient cinq avec lui, trois gardes et deux trappeurs. Ils se déployèrent en se dissimulant derrière les arbres. Leur première salve coucha trois hommes à terre. Un cheval affolé prit le mors aux dents, traînant son cavalier, retenu par un étrier. La troupe se retourna, surprise. Deux hommes tombèrent encore avant d'avoir eu le temps de se mettre à couvert. Et ce fut pour les autres une galopade éperdue vers la sortie du camp. Nicolas et ses amis foncèrent à toute vitesse vers la cabane – et c'est alors que des crépitements leur firent lever la tête : la toiture brûlait. La porte s'ouvrit à la volée, et Jules apparut, fusil en bandoulière, deux pistolets à la ceinture, tenant Artémise et Joe.

« Foutrebleu, Nicolas, il était temps ! Ce coup-ci... »

Il ne finit pas sa phrase. La troupe des cavaliers revenait, dans une charge furieuse. Nicolas reconnut les longs manteaux : Lorenzo Besançon tenait ses promesses ! Il voulut crier, Jules lâcha Artémise, saisit un de ses pistolets, mais un homme déjà était sur lui, l'assommait au passage d'un coup de crosse. Un autre – et Nicolas reconnut en un éclair la brute et son rictus – se penchait pour emporter Artémise dans son galop. Il roula à terre en déchargeant son six-coups, sans viser, vit l'homme reculer sous l'impact, s'effondrer en arrière. Le temps de se redresser, genou à terre, et deux hommes tombaient encore. Un des trappeurs lui fit un large sourire.

« Ben, dis donc, mon garçon, t'as appris à tirer où ? »

Il aurait pu lui dire : avec Jules Lombard, dans la Prairie, mais déjà il courait vers Artémise. Elle gémit doucement, ouvrit des yeux vagues et, quand elle le vit, elle sourit, avec un abandon si total qu'il la serra dans ses bras, la serra en pleurant – tant et tant de semaines pendant lesquelles, écrasé de honte, il l'avait évitée malgré ses regards étonnés ! Et dans ces pleurs s'en allaient les ténèbres qui l'avaient oppressé si longtemps ; il lui caressait le visage, sans plus de trouble ni de honte, et elle souriait, et il n'y avait rien à se pardonner, rien n'importait que le miracle de cette douceur...

« Bon, sans vouloir te déranger, mon petit, tu m'en laisses un bout ou tu la manges en entier tout de suite ? »

Jules, le crâne ensanglanté, soutenu par deux gardes et serrant contre lui Joe quelque peu étourdi, le regardait en souriant. Le Génie des Tréteaux, le Lion de la Sierra se redressa en soufflant, lui secoua l'épaule.

« Eh bien, dis donc, tu auras mis le temps... »

Les murs de la cabane s'embrasèrent d'un coup. Jules poussa un cri, jeta Joe dans les bras d'un trappeur et bondit à l'intérieur, pour ressortir presque aussitôt en hoquetant, les bras chargés de vêtements et d'un sac rebondi – les « économies du petit ».

Le camp n'était plus que désolation. Des mineurs allaient et venaient, désemparés, d'autres, hébétés, restaient immobiles devant leur tente brûlée. Le pasteur Taylor se tordait les mains de désespoir. Nicolas l'entendit qui hurlait : « Malheur ! Malheur ! Malheur ! », avant de tomber à genoux. L'air, autour d'eux, n'était que flammes et cendres – d'où sortit soudain, venant vers eux, Petit Jean, les yeux bouffis de sommeil, qui titubait, surpris.

Que pouvaient-ils faire, ou dire ? Ils se rassemblèrent en silence autour d'Artémise, pour rejoindre French Hill – et s'aperçurent alors qu'un trappeur manquait. Ils battirent les buissons alentour, le retrouvèrent, recroquevillé au pied de jeunes aulnes. Son compagnon le releva en faisant la grimace : il avait reçu une balle dans le flanc, pourrait-il seulement être transporté ? Jules, sans dire mot, tendit Joe à Nicolas et, soulevant l'homme avec d'infinies précautions, prit la tête du cortège. Nicolas, Artémise contre lui, leur emboîta le pas.

Au sommet de la butte, son regard croisa celui de Jules. Nul ne pouvait dire ce que serait demain, mais c'était, ils le sentaient bien tous les deux, un adieu à cette Happy Valley qui leur avait été si longtemps un refuge.

On étendit le trappeur sur un lit improvisé, à l'ombre d'un chêne vert. D'Artagnan, qui avait quelques notions de médecine, fit la moue en découvrant le blessé. La balle était ressortie, dit-il, mais l'homme avait perdu beaucoup de sang. Tout ce qu'il pouvait faire était d'étancher la plaie. Mais si la fièvre se déclarait... Les visages, autour de lui, étaient graves, tendus. La fête était finie. L'attaque de Besançon n'était qu'un avant-goût : les choses sérieuses allaient bientôt s'engager. Les escouades prirent leurs positions, tandis qu'Eugène et les siens retournaient à Happy Valley récupérer ce qui pouvait encore l'être. Et le silence se referma sur la colline. Plus personne n'avait le cœur à chanter ou à risquer une plaisanterie. La chaleur bourdonnait doucement, le moindre bruit, timide trille d'oiseau, quinte de toux retenue, craquement de brindille, prenait des résonances extraordinaires, les hommes à chaque fois tressaillaient, les mains se serraient sur les armes, mais non, ce n'était que le vent...

Vers le milieu de l'après-midi, un cri mit chacun en alerte. Quelque chose bougeait à l'horizon, qui peu à peu se précisa. Une troupe marchait vers eux. Bientôt, ils distinguèrent les vestes rouges des California Guards, les drapeaux brandis des cavaliers sur les côtés. Le vent, par bouffées, leur apporta l'écho de chants altiers, tandis qu'à un mille à peine des premières lignes de défense les hommes commençaient à se déployer. M'ont pas l'air bien nombreux, grogna Garnier, en vérifiant son fusil. Deux trappeurs disparurent entre les buissons et revinrent un quart d'heure plus tard.

« Cinquante hommes à cheval, deux cents à pied, dirent-ils, et pas très bien organisés. »

La garde ? Ils haussèrent les épaules – jusqu'ici, elle n'avait fait que des parades en ville. Et un jet de jus de chique marqua l'estime dans laquelle ils la tenaient.

Les cavaliers allaient et venaient devant la troupe hésitante. Avaient-ils la moindre idée des forces concentrées sur les pentes ? Un cavalier fonça vers la colline au galop et stoppa net à la limite de la zone dégagée. À l'abri d'un bosquet d'aulnes, il essaya de deviner les positions françaises, puis tourna bride. On les vit discuter avec animation, et deux autres hommes partirent au galop vers le nord – probablement pour voir ce qu'il en était sur l'autre versant. Ils revinrent très vite, et le conciliabule reprit. Eh bien ! ils étaient fixés maintenant.

« Leur force est dans la plaine, avec les cavaliers, souffla Garnier. Mais sur la colline... Bon sang ! ils vont au casse-pipe. »

La troupe s'était mise en marche, poussée par les cavaliers. On les vit se courber à l'abri des fourrés. Des canons de fusil brillèrent dans le soleil. Puis un homme sortit son sabre, un ordre claqua, et ils se lancèrent à découvert en hurlant.

« Les fous, cria Garnier, c'est pas du boulot, ça ! »

Un feu nourri partit des fourrés devant eux.

« Des coups de semonce pour la première fois, avait exigé Raousset. Tirez au-dessus des têtes ! Et ensuite seulement, s'ils insistent... »

Ils refluèrent en désordre. Sans doute n'avaient-ils pas imaginé des lignes de défense aussi basses. Les conciliabules reprirent, plus loin, dans la plaine. Qu'est-ce qu'on attend pour leur courir après ? s'impatientait le Vendéen.

« Les cavaliers ! répondit Raousset en se tournant vers eux. Et puis, si nous faisons ça, il n'y aura plus de retour en arrière. Laissons-les venir ! Ils renonceront peut-être... »

Une heure passa. Ces hommes, là-bas, ne paraissaient pas très chauds, essayait de se convaincre Coupe-en-Deux. Puis il y eut une agitation soudaine. Un autre groupe arrivait, une cinquantaine d'hommes, clairon en tête. On entendit des cris, des hourras, et tous se mirent en ordre de bataille.

« Cette fois, Nicolas, je crois que ça y est... »

Ils avançaient d'un pas ferme. Ce ne sont peut-être pas des soldats, dit d'Artagnan, mais bon Dieu ! Ils sont courageux. Et il ajouta à voix basse : Ah ! c'est trop bête... Nicolas s'écarta du trappeur en nage, qui marmonnait des mots sans suite, vérifia son colt. Tirer sur les crapules de Besançon ne l'avait pas ému – mais, là, c'était autre chose. Il chercha Raousset. Les yeux dans le vague, très pâle, le comte secouait la tête – lui aussi semblait hésiter. C'étaient de braves gens qui s'avançaient, persuadés d'être dans leur droit. Peter, Andrew, Jack le Gallois, Bill Pettigrew qui s'était mis en tête de lui faire lire l'Ancien Testament, tous les Fils de Sion, devenus ses amis, auraient pu être là – si on les avait persuadés que la patrie se trouvait en danger. Non, ce n'était pas possible – et rien, pourtant, ne paraissait pouvoir arrêter la marche fatale. Il vit Raousset esquisser un geste, comme s'il allait crier, ordonner de baisser les fusils, puis se raviser, avec ce petit mouvement fataliste de la main qu'il lui connaissait bien. Quelle connerie, bon Dieu ! quelle connerie, grogna Garnier près de lui. Et Nicolas se dit que chacun, en cet instant, le doigt sur la gâchette, se répétait la même chose...

Puis la ligne des Américains oscilla, hésita au moment de charger. On entendit des détonations au loin, des chevaux qui couraient dans la plaine. Des cavaliers partirent à leur rencontre, revinrent avec eux, au galop. Les discussions paraissaient vives.

« Bon Dieu ! mais qu'est-ce qu'il y a encore ? »

Raousset s'était redressé. Ses yeux brillaient d'un éclat extraordinaire. On vit trois hommes se détacher du groupe, galoper vers la colline en agitant le bras.

« Ne tirez pas ! »

Le comte saisit Nicolas par l'épaule.

« Colton ! C'est Colton ! Il a réussi ! »

Déjà le consul accourait, couvert de poussière, avec derrière lui Aramis épuisé, et un troisième homme qu'ils ne connaissaient pas.

« Mon Dieu, comte ! Décidément, nous ne nous rencontrons que pour les grandes occasions ! »

Il regarda autour de lui, découvrit la masse des insurgés.

« Des morts ? des blessés ?

– Un seul des nôtres. Plus quelques canailles. Mais personne, là, en bas. »

Et il lui expliqua en trois mots le raid de Besançon.

Colton s'écroula sur une souche, mort de fatigue.

« Alors, rien n'est perdu ! J'arrive à temps ! »

Les discussions s'éternisaient à Mokelumne Hill. Raousset et le conseil étaient partis depuis plus d'une heure, pour une explication générale, et les hommes s'agitaient, sur la colline. Dans la plaine, les Américains commençaient à allumer des feux. Un docteur était arrivé en hâte, qui veillait le vieux trappeur, mais on devinait à ses mimiques qu'il n'était guère optimiste, et la foule y voyait comme un mauvais présage.

Il y avait là un envoyé spécial du gouverneur, expliquait Aramis, qui revenait tout juste de la réunion, le shérif n'en menait pas large et Besançon était livide, on avait même fait chercher Taylor, l'explication s'annonçait sévère. Et il recommençait pour la dixième fois le récit de sa course épique jusqu'à San Francisco, son arrivée en haillons au consulat, la réaction de Colton, le gouverneur convaincu en deux heures, un envoyé désigné par lui, avec une escorte militaire, et la cavalcade folle, aussitôt, vers Mokelumne... Ah, il s'en était fallu d'un cheveu !

Puis il secouait la tête. Il se passait des choses à San Francisco. Des choses... Non, plus rien n'était comme avant : partout, des charpentes noircies, des murs écroulés, de grandes trouées de cendres. La ville avait brûlé de nouveau le 4 mai, cette fois presque entièrement. De Pine Street à Broadway et de Dupont, au-dessus de Portsmouth Square, jusqu'à la mer – mais pas l'hôpital, Nicolas, non, pas l'hôpital, avait-il précisé. Il décrivait, la voix blanche, ce que le docteur Germain lui avait rapporté pendant que le consul cherchait le gouverneur, les scènes d'épouvante, le vent chassant les flammes vers la mer, le ciel rempli de milliers de brandons portant partout l'incendie, les wharfs, les bateaux prenant feu dans la baie, l'eau des lances se vaporisant avant d'atteindre les flammes, si hautes dans la nuit qu'elles se voyaient jusqu'à Monterey, les gens qui avaient bâti des maisons en métal pris au piège des portes dilatées, cuits comme dans un four. Dix heures d'incendie pour vingt millions de dollars de pertes, plus que le total de tous les incendies précédents, vingt-deux blocs, deux mille bâtiments, le centre de la ville rayé de la carte ! Disparus le Jenny Lind, le Bella Union, l'Eldorado, l'Union Hotel, disparus le Niantic et l'Apollo, les bureaux, les presses de tous les journaux... La ville se redressait, bien sûr, mais c'était différent, cette fois : elle avait vu sa mort.

Les hommes restaient pensifs, troublés. Les croyants évoquaient Sodome, sa fin fatale, les mécréants pour une fois ne riaient pas : la Californie était entré dans un temps de troubles...

La nuit vint, plus froide malgré les feux. Nul n'avait le cœur à chanter. Et les camps, dans la plaine, restaient également silencieux. Le vieux trappeur grelottait sous sa couverture, les yeux brûlants. Un moment, il avait saisi la main de Nicolas, essayé de parler, avant de retomber sur sa couche, épuisé. Qu'avait-il voulu dire ? Puis un brouhaha courut le long de la colline et le consul apparut, aux côtés de Raousset, avec derrière eux le conseil en son entier. Les visages étaient graves. La foule les suivait, et c'était en vérité un spectacle formidable que cette houle de faces anxieuses, enveloppées de ténèbres, sous les lueurs dansantes des torches. Colton et Raousset montèrent sur le rocher, dominant l'assemblée. Le comte étendit les bras.

« C'est fini, mes enfants, dit-il. Nous avons gagné... »

Les hommes se regardèrent. Gagner ? Ça voulait dire quoi ?

Le consul s'avança à son tour.

« Gagné, oui – en évitant un bain de sang ! »

Et il résuma les termes de l'accord, dans un silence de mort. Besançon aurait à répondre de ses actes et de ceux de ses hommes. L'abrogation de la taxe était confirmée – même s'il ne fallait pas se cacher que le Sénat restait divisé sur la question et que celle-ci risquait de revoir le jour. Le comité de Vigilants de Mokelumne Hill avait vécu, le juge Graham s'y était engagé. Les Australiens reconnaissaient au Vendéen la pleine propriété de son *claim*. Et il n'y aurait pas de poursuites contre les Français. Ils pourraient tous repartir avec leurs armes. Le capitaine qui l'avait accompagné depuis San Francisco resterait avec ses hommes le temps nécessaire au retour à l'ordre. Tout cela à la condition – Colton hésita, la voix sourde tout à coup – que le drapeau français soit immédiatement amené.

Les hommes grondèrent. Amener le drapeau ? Mais c'était comme se coucher devant ces yankees ! Demain – demain tout recommencerait ! Bon Dieu ! explosa un mineur dans la foule, on n'a tout de même pas fait ça juste pour ça ! Alors, ricana Coupe-en-Deux, on boit un coup, on se dit merci, et on rentre chez nous en fermant notre gueule ?

« Mais qu'espériez-vous ? – Il y avait un tel désespoir dans la voix du consul que le silence revint. – Je vois votre nombre, je vois cet élan qui vous rassemble – je sais ce qui s'est passé dans toute la Sierra ! Ah ! si nous savions rester ainsi, unis ! Mais écoutez-moi – ce drapeau, cela veut dire sédition, insurrection ! Remerciez Dieu qu'il n'y ait pas eu de sang américain versé autre que les fripouilles de Besançon, sinon... Moi aussi, croyez-moi, en d'autres circonstances – mais cette aventure-là est sans espoir. Vous pouvez gagner demain, après-demain, oui, je sais, je sais bien. Mais derrière il y en aura d'autres, et d'autres encore : l'Amérique entière. Que croyez-vous ? Que l'Union peut laisser démembrer un de ses États ? Vous ne voyez pas que c'est une folie ? »

La foule hésita. Elle le savait, cela, elle le savait, mais...

Le consul poursuivit. Nicolas, étonné, le dévorait des yeux : il ne l'avait jamais entendu ainsi. Lui si réservé d'ordinaire, tellement prudent...

« La vérité ? Eh bien, je vais vous la dire, la vérité ! c'est que nous sommes abandonnés de tous. La France ? Ah, vous le savez bien. Elle se débarrasse de nous ! »

Et le consul décrivit son cauchemar, ce déferlement de bateaux, et lui sans ressources, seul, parant au plus pressé, pour tenter d'empêcher l'explosion – et chaque mois la situation empirant. Quant à San Francisco... C'était pire que tout ce qu'ils pouvaient imaginer. L'incendie du 4 mai était bel et bien le fait des voyous, décidés à terroriser la ville, à la mettre à genoux. Les Vigilants de Sam Brannan étaient sur le point de prendre le pouvoir. Ils venaient de pendre un homme, Jenkins, d'autres exécutions suivraient. Sur la ville en ruine, c'était le déchaînement pur de la violence, les plus radicaux appelaient à la guerre sainte contre les catholiques, des bruits couraient sur un complot liant Mexicains, Irlandais et Français : une étincelle, ici, et c'était le malheur pour des milliers de Français à San Francisco ! Voulaient-ils les voir chassés comme des lapins ? Jamais la situation n'avait été aussi terrible.

« Restez unis sur les camps, créez des associations, aidez-vous ! Des milliers des nôtres arrivent encore, démunis ! Nous ne pouvons plus compter que sur nous-mêmes. Mais je vous en conjure, ne vous lancez pas dans cette aventure ! »

Les mineurs se regardaient. Vu comme ça, bien sûr... Tout à coup, une masse de chair indistincte troua la foule, il y eut une bousculade, et l'on vit Jeanne d'Arc s'avancer, une torche à la main, passer devant le consul médusé, et Raousset, escalader en soufflant la colline, jeter bas le drapeau. Elle resta un instant immobile, tout là-haut, la torche brandie, tandis que les hommes, pourtant des durs à cuire, pleuraient, devant cette lumière dans la nuit qui allait s'éteindre.

Un mineur monta aux côtés du consul.

« Les paroles c'est pas mon fort, les gars, mais, là, merde, on peut pas partir comme ça ! Moi, je propose qu'on reste la journée de demain s'il faut. Et qu'on cause. Consul, j'ai bien écouté et je crois que tu as raison. N'empêche, on m'ôtera pas de l'idée qu'il n'y a pas que ça. J'sais pas comment dire, moi, mais faut qu'on cause. Voilà. »

La foule applaudit. Oui. On n'allait pas se quitter si vite. Il s'était passé quelque chose, là, entre eux. Quoi ? Ils ne savaient pas trop. Mais justement : il fallait en parler, essayer d'en avoir le cœur net.

Non, répétaient le Chourineur, Gros Boiteux, Petit Jean, Pipelet, répétaient tous les autres, l'aventure ne pouvait pas finir ainsi.

Le consul était parti rendre compte de leur assemblée. Il serait de retour demain matin à la première heure, avait-il promis. Les hommes, serrés les uns contre les autres, chuchotaient autour des feux. Nicolas veillait le trappeur agonisant avec d'Artagnan et Eugène quand Garnier vint les chercher avec des airs de mystère. Qu'avait-il en tête ? Ils le suivirent un moment dans le noir, à flanc de colline, jusqu'à un épaulement que Nicolas reconnut tout de suite : la mine du Vendéen. Et ils découvrirent Aramis, le Vendéen, le Chourineur, Coupe-en-Deux, Jules, quelques trappeurs, les membres du conseil et la plupart de ceux de la Ruche d'or, devant un feu discret, qui entouraient le comte. Le buste droit, les cheveux rejetés en arrière, celui-ci paraissait transfiguré.

« Vous êtes tous là, mes amis », dit-il enfin.

Et, la voix grave :

« Ce que je vais vous dire ne devra pas sortir d'ici – aussi, avant d'aller plus loin, je veux que vous le juriez tous ! »

Ils jurèrent l'un après l'autre, impressionnés.

Raousset resta silencieux, un moment, perdu dans ses pensées, puis il commença d'une voix sourde le récit de ses premiers mois à San Francisco, la déception de comprendre qu'il arrivait trop tard, et la découverte éblouie des haciendas du Sud. Les hommes se regardaient, perplexes – tous ces secrets, pour raconter sa vie ? Non, il devait y avoir autre chose. Mais le comte poursuivait, indifférent au trouble de ses compagnons : tout le temps du retour il n'avait cessé d'y penser, insistait-il : revivre cette aventure des *rancheros* ! Mais pas en Californie, non, là-bas ils n'étaient qu'en sursis, les yankees déjà arrivaient : au Mexique, dans la province du Sonora. Ne la disait-on pas une nouvelle Californie ? Et puis – il eut un geste de la main comme s'il s'excusait, d'ainsi parler de lui – chacun savait quel désastre l'avait conduit ici, avec Garnier et Jules de France. Fini, avec Nicolas, le Sonora ! Mais voilà que ce soir...

Il s'arrêta, resta longtemps pensif. Tous se penchèrent vers lui, soudain plus attentifs. Pourquoi tous ces mystères ? Il fallait que l'affaire fût sérieuse, pour un tel préambule... Le comte se redressa soudain, le regard étincelant :

« Moi non plus, mes amis, je ne peux pas imaginer de revenir sur terre, ce soir ! Qui pourrait supporter de ramper, après avoir touché les étoiles ? Voyez ! J'avais tiré un trait sur tous mes rêves. Et voilà que le consul, ce soir... »

Sa voix monta, vibrante :

« Ah, je vous jure, il y a de quoi vous embraser l'esprit ! Une offre, du gouvernement mexicain. Pour deux cent cinquante d'entre nous. Et d'autres, peut-être, ensuite. Messieurs, le Sonora nous attend ! »

Nicolas tressaillit, tenta de capter le regard du comte. Ainsi donc, c'était cela ! Les pièces du puzzle s'ordonnaient devant lui. Mais pourquoi Raousset disait-il « le consul, ce soir » ? L'affaire s'était nouée bien plus tôt, il en aurait juré, au rancho Antonio...

Un territoire immense, que nous administrerions à notre guise, continuait le comte, tandis que les hommes s'agitaient, autour de lui. Les Mexicains n'étaient pas des philanthropes ! Et la partie n'était pas gagnée d'avance.

« La région est infestée d'Apaches, et le premier souci de Mexico est de bloquer les Américains, sur la frontière. Mais c'est le marché. Un domaine immense, en échange. Ce ne sera pas facile : il nous faudra nous faire agriculteurs, éleveurs, chasseurs... Chercheurs d'or aussi ! Les montagnes en sont pleines, à ce que l'on prétend. Une nouvelle Californie, vous dis-je, qui nous attend ! »

Et il expliqua le détail du projet. Ils se formeraient en une association, dont il faudrait discuter les statuts. Un contrat en bonne et due forme avec les autorités mexicaines les attendait à San Francisco. Un deuxième contrat, garanti par l'ambassadeur de France à Mexico, serait signé avant le départ avec une banque franco-mexicaine, Jecker et Torre, qui prendrait en charge les frais d'équipement, de voyage, de fonctionnement, contre un pourcentage sur l'exploitation des mines d'or dont ils avaient la concession, mais qu'ils ne pouvaient exploiter, du fait de la présence apache...

C'était trop beau, trop soudain – comme un miracle qui venait prolonger ces journées de légende. Était-on sûr, au moins, du sérieux du projet ? Ils se regardaient, partagés entre inquiétude et enthousiasme. Sauraient-ils seulement faire face à un deuxième déracinement ? Mais leur avenir dans la Sierra paraissait tellement compromis... La paix allait revenir. Peut-être. Pendant quelques semaines. À terme, que pouvaient-ils contre l'inexorable pression américaine ? En Sonore, il y avait pour eux un trou noir inconnu – mais aussi une promesse, qui donnait le vertige. Et ce soir, ils se sentaient unis par des liens mystérieux qui allaient bien au-delà des prudences ordinaires...

Le Vendéen fut le premier à prendre la parole. Sa mine, après tout, il la laissait à qui la voulait. Ce qui comptait, grommela-t-il, comme s'il s'en voulait de se montrer aussi sentimental, c'était de rester ensemble. Un gars de la Ruche d'or enchaîna : de toute façon Happy Valley, pour eux, c'était fini. Il faudrait rebâtir ailleurs. Pourquoi pas au Mexique ? Tous ensemble, oui, ça lui plaisait ! Théodore et Joseph, les deux trappeurs, bougonnèrent qu'avant de mourir, eux aussi aimeraient changer d'air : la Sierra commençait à être trop occupée, à leur goût.

On se serrait les mains, on se prenait par les épaules. Les détails ? On verrait plus tard, dit le comte. Que chacun réfléchisse, d'ici là, aux quelques amis sûrs à mettre dans le secret. L'émotion était extraordinaire. Non, ce qui s'était passé ici, sur French Hill, ne finirait pas – cet élan, c'était le début de la vraie aventure ! Tous unis, debout, enfin rassemblés.

Le comte les étreignit, l'un après l'autre :

« Et demain, en Sonore... »

5

Ici, au moins, personne ne viendrait l'inquiéter. Il gravit en soufflant le dernier raidillon, entre les sauges et les bruyères, jeta par réflexe un regard alentour – mais non, il était seul. Qui aurait l'idée de le chercher sur les hauteurs de Rincon Point ? Depuis quelques jours, il sentait l'étau se resserrer. Des ombres glissant dans les ruelles dès qu'il passait la porte du consulat, des bruits de pas, derrière lui, sans jamais personne, bien sûr, quand il se retournait : mille petits signes qui, rapprochés, formaient une certitude. Del Valle lui-même, deux jours auparavant, ne lui disait-il pas sa crainte d'être bientôt arrêté ? Les Américains ne plaisantaient pas sur l'interdiction de recruter pour le compte d'une puissance étrangère – encore moins quand qu'il s'agissait du Mexique. Rien qu'une journée encore, se surprit-il à prier, rien que ce soir, et qu'importent ensuite les conséquences !

Il chercha le brick *Archibald Gracie* dans le fouillis des mâts, vers North Point, et reconnut enfin ses formes rebondies presque à ses pieds, parmi les caboteurs et les bateaux de pêche. Raousset-Boulbon, par précaution, l'avait déplacé jusqu'ici, loin de l'agitation marchande des grands wharfs. Depuis Rincon Point, avec un peu de chance, il pouvait gagner le large sans être remarqué. Une heure encore, deux au plus, et ce serait joué...

Le soleil se noyait vers les Farallones, dans des vapeurs violâtres, l'air était d'une transparence incroyable, presque immobile, et ce silence, pesant sur l'immensité de la baie déployée devant lui, nimbait toute chose d'une poignante mélancolie. Il frissonna. Pas une barque ne striait les eaux lisses, le port paraissait en sommeil, nul signe de vie ne montait de la ville, au-dessous de lui. L'*Archibald Gracie* lui-même, pris dans cette torpeur, semblait abandonné, vidé de ses marins. Les hommes avaient-ils réussi à se cacher à bord ? Raousset avait prévu qu'ils s'y faufileraient tout au long de la journée par petits groupes, dans le va-et-vient des barques de pêche, afin que nul ne les remarque. Les fusils, les munitions étaient déjà serrés dans les cales. Et malgré les allées et venues du cutter de guerre *L'Excelsior*, il avait pu embarquer ses trois canons, le soir précédent. Tout semblait se dérouler comme prévu. D'où lui venait alors cette tristesse qui ne le lâchait plus depuis la matinée ? Il repensa à un autre soir, quand il avait reçu Paredes, qu'il ne connaissait pas. Qu'avaient-ils fait d'autre, tout ce temps, que d'accompagner le cours fatal des choses ? Quelqu'un, là-haut, lançait et relançait les dés, et nul ici-bas n'y pouvait sans doute rien... Rien qu'une heure, songea-t-il. Une heure encore !

Depuis l'arrivée du général Wool à la tête des forces armées du Pacifique, la tension n'avait cessé de croître. Le fait, s'il se trouvait confirmé, qu'Américains et Mexicains négociaient en secret sur la délicate question de leurs frontières communes n'était sans doute pas étranger à cette situation. Tout bougeait très vite depuis quelques semaines, le Sonora, jusque-là oublié, devenait le centre de l'attention générale. Un certain William Walker avait débarqué à La Paz avec cent cinquante hommes, disait-on, et prétendait déclarer la Basse-Californie république indépendante, avant de pareillement « libérer » le Sonora. Mais s'agissait-il vraiment d'un pirate agissant pour son seul compte, ou d'une tête de pont préparant une future invasion des yankees ? Une présence française dans cette région, si de tels projets avaient quelque fondement, ne pouvait être qu'un obstacle. Le soudain empressement de Del Valle, lui d'ordinaire la prudence même, qui parlait maintenant d'accueillir trois mille Français au moins, ne faisait sans doute que traduire l'inquiétude croissante de Mexico...

Des ombres se glissèrent entre les rochers, en contrebas, il entendit quelques exclamations étouffées, une barque, dissimulée sous des branchages, fut mise à l'eau. Son cœur fit un bond : Raousset. Et avec lui, probablement, Jules de France, Nicolas et Garnier. Il les vit souquer sur l'eau, se faufiler parmi les bateaux des pêcheurs, aborder l'*Archibald Gracie*. Comme il aurait voulu descendre, les serrer dans ses bras avant le départ, leur dire... Mais non, il était le consul de France, supposé tout ignorer de ce qui allait suivre.

Il faillit crier, pourtant : un canot se détachait des flancs de *L'Excelsior* et faisait rame vers eux. L'avaient-ils seulement vu depuis le brick ? Au ras de l'eau, rien ne devait plus guère se distinguer, dans le glissement des ombres. Pendant de longues minutes, il resta figé, le souffle court. Les hommes de l'*Archibald* devaient l'avoir repéré, eux aussi, car le pont du bateau s'était vidé, plus rien ne bougeait à bord. Puis le canot fit lentement le tour des *store-ships*, les pontons au milieu de la baie qui servaient d'entrepôts aux navires, avant de retourner à son point de départ. Fausse alerte...

Les touffes de sauge frissonnèrent à ses pieds, la mer devint grise, se couvrit de rides. Il fallait qu'ils partent maintenant, avec le vent de terre, s'ils voulaient profiter du jusant : la barre, au sortir du goulet, était toujours difficile à franchir. Il vit le pont s'animer d'un coup, les vergues se couvrir de toile : le capitaine faisait le même calcul. Tout allait se jouer maintenant. *L'Excelsior* était-il sur ses gardes ? Il lutta contre l'angoisse qui le submergeait, essaya de se raisonner. Tout ce qui pouvait être prévu ne l'avait-il pas été ? Les contrats créant la société *Restaurada* avaient été dûment signés avec les autorités mexicaines, la banque Jecker et Torre, la meilleure du Mexique, finançait l'opération – et Paredes lui avait fait parvenir ce message : « Je suis prêt. » Une personne de confiance, connue de Raousset, le contacterait dès son arrivée à Guaymas. Le comte était le meilleur chef possible pour une telle entreprise. Il l'avait vu à l'œuvre à Mokelumne Hill, il avait vu cette ferveur, autour de lui – et la manière dont il avait su recruter ses hommes, les faire rentrer en ville par petits groupes, sans éveiller l'attention. Un chef, assurément, et pas seulement un chef de bande.

Le danger, c'était Del Valle. Et Pindray. Pour quelle raison le consul du Mexique l'avait-il recruté, celui-là ? La figure de Pindray n'avait cessé de le poursuivre depuis le soir où il l'avait aperçue parmi les hommes de Blanchot, des rumeurs couraient par la ville que le marquis recrutait des hommes de sac et de cordes pour une mystérieuse expédition, et il cherchait depuis un moment à en avoir le cœur net quand le Mexicain, une lueur d'ironie dans le regard, lui avait annoncé son engagement, et qu'il partait le lendemain pour la frontière nord, avec quatre-vingt-dix hommes de son choix. Pindray ! Et probablement les débris de French Camp... Un instant, il avait cru le projet de Paredes éventé et que Del Valle ne jouait le marquis que pour mieux le contrer. Mais non : sans doute voulait-il simplement éviter toute collusion entre les Français envoyés en Sonore. De ce point de vue, c'était bien joué : jamais Pindray ne supporterait quelque autorité que ce fût.

Pindray, quelque part là-bas, en Sonore... Quand il en avait informé Raousset, il l'avait vu tressaillir violemment, ses yeux lancer des éclairs : ces deux hommes ne s'accorderaient jamais. Et une voix lui murmurait, qu'il ne voulait pas entendre, que quelque chose les liait, les lierait jusqu'au bout, que l'un était comme la part d'ombre de l'autre...

L'*Archibald* évita sur son ancre, prit le vent. Debout sur le pont, il les vit, serrés les uns contre les autres, qui regardaient la ville s'éloigner d'eux. À quoi pensaient-ils, tandis que les lumières s'allumaient sur les collines ? Il y avait là Nicolas, Jules de France, Garnier, Lombard, et toute la bande du Café des Artistes – au fil des mois devenus des amis et qui le laissaient seul, dans une ville étrangère. L'avenir de l'émigration française se trouvait maintenant entre leurs mains...

Un bruit de pas le fit sursauter et, se renfonçant dans l'ombre, il vit deux silhouettes droites, silencieuses, s'avancer sur le tertre : Claire et Marie, venues faire leurs adieux.

Pour elles aussi, c'était un peu d'elles-mêmes qui s'en allait, disparaissait déjà derrière la Porte d'Or, englouti dans la mer de ténèbres.

6

Aramis jaillit de l'eau dans une gerbe de gouttelettes, l'invita à grands gestes à venir le rejoindre. Où puisait-il son énergie, sous cette canicule ? La réverbération était si violente que Nicolas dut détourner les yeux. Ramon, près de lui, soupira – ah ! ces Français, incapables de tenir en place ! – et se rallongea à l'ombre très relative d'un cactus candélabre. Celui-là devait regretter la fraîcheur de sa cabane sous les poivriers, ou le verre de *pulque* que lui aurait servi la douce Antonia, dans sa *toldería* de la *calle* Hernandez, à cette heure où les honnêtes gens, à Guaymas, s'occupaient d'abord de se reposer. Pourquoi diable avait-il accepté de passer la journée à promener ces jeunes fous dans les îles de la baie ? Quand soufflait le *cordonazo* venu du Colorado, toute vie s'arrêtait, l'air devenait de l'étoupe, et rien ne servait de s'agiter.

Seuls, indifférents à la fournaise, deux Yaquis de quinze ans, à la peau sombre, vêtus d'un simple caleçon, s'amusaient sur la plage à leur jeu favori – qui consistait apparemment à se transpercer le pied. Accroupis l'un en face de l'autre, presque à se toucher, chacun une jambe tendue devant lui, ils tenaient leur couteau entre le pouce et l'index et, à un signal convenu, ils le lançaient, en visant le pied de leur vis-à-vis ; c'était une succession d'esquives, de voltes extraordinaires, jusqu'à ce que l'un d'eux, en sang, aille laver ses blessures dans la mer. Ramon suivit le regard de Nicolas, cracha de mépris. Des sauvages, rien que des fichus sauvages ! Il n'y avait rien à en tirer, sinon à coups de bâton. Ils en avaient pendu cinq ou six, ces jours-ci, vers San José de Guaymas, après leur avoir brisé les membres à la hache.

Ça leur ferait passer le goût de voler le bétail. À moins que ça ne déclenche une nouvelle guerre. On verrait bien. Pour l'heure, il faisait trop chaud...

L'eau, glaciale, lui coupa la respiration. Il s'obligea à quelques brasses et, retrouvant sa souplesse, gagna la pirogue, plus au large, depuis laquelle plongeait Aramis. Le mousquetaire s'était mis en tête de pêcher au moins une de ces perles miraculeuses qui, sans cesse, revenaient dans les récits des vieux marins – l'intérêt que paraissait lui marquer certaine *señorita* n'était peut-être pas étranger à sa soudaine passion. Les bancs d'huîtres perlières étaient surtout de l'autre côté de la mer de Cortez, vers les îles Cerralvo et Espiritu Santo, mais qui sait ? On en découvrait parfois quelques bancs dans la baie, avait imprudemment lâché Ramon, un soir – et c'est ainsi qu'il s'était trouvé mobilisé, à son corps défendant, avec trois jeunes plongeurs yaquis.

L'Indien resté dans la pirogue ne lui jeta pas un regard quand il s'agrippa au plat-bord. Une vingtaine d'huîtres déjà s'empilaient à ses pieds. Si chacune contenait une perle, nul doute que la *señorita* ouvrirait son cœur, ce soir, au beau Français. Nicolas allait interpeller le Yaqui impassible quand un remous se fit autour de la barcasse, et Aramis surgit en brandissant une nouvelle prise. Il plongeait à l'indienne, en s'aidant d'une corde lestée d'un caillou et fixée à la pirogue, qu'il tenait entre l'orteil et les doigts de pied. Nicolas voulut lui dire de souffler un peu, mais déjà le mousquetaire repartait vers les profondeurs. Il hésita à le suivre, fit la planche un moment, se dit qu'il allait brûler vif ainsi exposé et regagna l'abri des candélabres, où son guide ronflait discrètement. Ramon avait raison, rien ne servait de s'agiter. Il serait toujours temps, tout à l'heure, de griller quelques poissons, avant d'envisager une nouvelle sieste. Ramon était plein d'histoires effrayantes sur la mer Vermeille : de raies mantas qui étouffaient les nageurs entre leurs ailes, d'octopus géants capables de chavirer un bateau, de baleines broyant les coques comme brindilles, de coquillages cachés dans le sable qui happaient les pieds des plongeurs, toutes histoires qui confortaient le brave homme dans l'idée qu'il ne fallait pratiquer la mer qu'avec modération...

Guaymas, devant lui, disparaissait dans une nuée de poussière, au pied des montagnes sombres. Seules les rares taches blanches des maisons chaulées rappelaient que des hommes vivaient, malgré tout, dans cette morne désolation. Quand ils avaient pénétré dans la baie, la première fois, les rires et les chants s'étaient éteints peu à peu sur leurs lèvres. Les montagnes, sévères, se dressaient devant eux comme les murailles de quelque château fort et, tandis que l'*Archibald Gracie*, déventé, glissait sur son erre jusqu'au mouillage, ils avaient distingué sur leurs flancs des gorges sombres, des précipices sans fond, des broussailles rêches. Les maisons en *adobe* serrées sur le rivage semblaient abandonnées, ou barricadées derrière leurs lourds volets, même le fort qui dominait la ville menaçait ruine, et nul passant ne venait égayer cette somnolence morose. Les hommes s'étaient regardés, troublés. Était-ce vraiment là que commençait leur terre promise ?

Il en était venu à les aimer, pourtant, ces vastitudes mélancoliques qui couraient jusqu'à l'horizon, passé les gorges d'El Rancho, la vie qui s'animait le soir dans les rues du port quand la chaleur laissait quelque répit, la douceur des matins avant que ne se lève le soleil, quand la mer brillait comme des lames d'or et que glissaient vers le large, silencieuses, les barques des pêcheurs – une beauté âpre, austère, réduite à l'essentiel. Eh quoi ? disait-il à Porthos qui souffrait le martyre, n'est-ce pas notre pays, désormais, si nous réussissons ? N'empêche, grognait le bon géant, on ne m'ôtera pas de l'idée que comme paradis, celui-ci ressemble bigrement à l'enfer...

Raousset, lui, arpentait déjà le port en multipliant les projets. Nicolas l'accompagnait parfois dans ses promenades, le soir, tandis que les hommes buvaient et chantaient dans les *tolderías*, et ils escaladaient alors les premiers contreforts de la montagne, jusqu'à ce que tout l'espace se déploie devant eux, le désert grisâtre déjà gagné par l'ombre, où quelques traînées de fumée, dans l'air immobile, marquaient une halte d'Indiens ou de muletiers, l'océan que le soleil bas teintait de rose. Le comte, le bras tendu, détaillait les travaux qu'il fallait entreprendre au plus vite, les wharfs, la place des entrepôts, n'était-ce pas le meilleur mouillage de la côte Pacifique, protégé de tous les vents ? Lui regardait le jour mourir sur la mer sans limite, une baleine s'élevait, pesante, au-dessus des eaux, s'enfonçait en soufflant, un espadon jaillissait en un arc brillant, des dauphins faisaient assaut de vitesse – et c'était comme un frisson qui passait sur l'étendue, tandis que le soleil s'abîmait derrière l'horizon...

Des cris l'arrachèrent à sa torpeur. Aramis, rouge brique et mort de faim, sautait de la pirogue en réclamant pitance. Nicolas soupira. Qu'avait-il donc à s'agiter ainsi ? Ils avaient tout leur temps. Ce voyage-ci était sans retour...

Il retrouva Garnier, d'humeur sombre, qui faisait les cent pas devant leur casernement déserté. Nom de Dieu, c'est le foutoir ! explosa-t-il dès qu'il l'aperçut. La débandade généralisée ! Et comme l'expression faisait glousser Aramis, le vieux briscard jeta son chapeau à terre, furieux. Une expédition, ça ? Bientôt, il n'y aurait plus personne. Tous occupés à courir la gueuse ou à se saouler ! Quand il était arrivé avec Fayolle, dans l'après-midi, la porte n'était pas gardée, les vivres, les munitions abandonnés au bon vouloir des passants. Avec quelques flandrins ramassés sur le port, Fayolle tentait de récupérer les débris de la troupe mais...

« Vous allez voir qu'ils reviendront tous ensemble au milieu de la nuit, et fin saouls ! »

D'Artagnan devait à cette heure goûter quelque poularde chez la belle Madeleine, Porthos et Athos, qu'amusaient fort Pépin et Jourdain, soignaient probablement leur pépie avec eux chez Roberto. Quant à Aramis, il ne faisait que passer, le temps de calmer ses brûlures, avant de filer vers la Plaza del Muelle où sa belle chaque soir se promenait en glissant des regards de velours sous les plis discrets de son *rebozo*. Le foutoir ! répéta Garnier en se laissant tomber sur une pierre d'angle.

Mais aussi, comment résister à l'accueil de la population ? Depuis une quinzaine, ce n'étaient tous les soirs que libations, bals, processions. À croire qu'ils ne voulaient pas les laisser partir pour les mines du Nord...

À leur arrivée, et comme personne ne paraissait bouger sur le rivage, Raousset et Garnier étaient descendus à terre pour régler les formalités administratives. On les avait vus frapper à la porte de ce qui pouvait passer pour une douane, puis chercher alentour, intrigués, avant de disparaître dans une rue poussiéreuse. Peut-être la ville avait-elle été désertée ? s'était inquiété le Vendéen, et l'on commençait à envisager de partir à leur recherche quand ils étaient réapparus avec, derrière eux, une foule bigarrée qui avait envahi le rivage et le wharf en agitant les bras. Pour être agréable au comte, qui n'était pas sans apprécier parfois un peu d'apparat, la troupe avait accepté de défiler en ville, après les discours de bienvenue du maire et du juge de paix, avec drapeaux, clairons, fusils aux côtés, et même leurs canons, pour lesquels on était allé chercher des chevaux. La foule, Blancs et Indiens mêlés, trépignait de joie en lançant foulards et chapeaux, des pluies de fleurs tombaient des fenêtres. Une fois ses bagages déposés à la grande maison qui lui avait été attribuée, la troupe à son tour s'était égayée dans la ville. La fournaise s'était un peu apaisée, le long du quai, dans des cabanes de bambous, on vendait des fruits, des fleurs, des liqueurs, des *fruteras* passaient, leurs corbeilles sur la tête, tenant en équilibre des morceaux de pastèques, des *tunas* et des *pitayas* ; les *lavanderas*, portant au bout de leurs bâtons les cotillons empesés de leurs clientes, leur lançaient des œillades assassines, puis s'enfuyaient en gloussant, on les prenait par la manche, on les emportait vers les cabarets où des bistrotiers hilares leur offraient des verres de *mescal* ou de *pulque*. Et la nuit avait résonné longtemps de chants altiers – jusqu'à ce que chacun, ou presque, s'effondre ivre mort.

Le lendemain matin, le maire, lui-même un peu hagard et la bouche empâtée, était venu expliquer au « señor El Conte », avec force circonvolutions, combien il serait honoré si les Français voulaient bien aider à maintenir l'ordre dans la ville. Un peu surpris, le comte avait accepté, et les soldats, dès le soir venu, avaient commencé leurs patrouilles en petits groupes, proies faciles de tous les tentateurs, et tentatrices.

Le maire, deux jours après, était revenu à la charge. Ne pourraient-ils leur faire en plus une démonstration de leur artillerie ? Les canons du fort étaient rouillés depuis si longtemps ! Le comte, flatté, s'était exécuté. Jules de France avait haussé les épaules :

« Pardi ! ils essaient de nous garder ici pour assurer leur protection ! Ils s'en fichent bien, eux, des Apaches – ils ont déjà assez à faire avec les Yaquis ! »

Mais Jules était d'humeur morose depuis qu'il avait dû se résoudre à laisser aux Germain, à San Francisco, son petit Joe et Artémise, et nul n'avait vraiment envie de l'écouter – chacun préférait s'étourdir à cette idée d'une *fiesta* permanente. Trop, au goût de Garnier.

« Laisse-les donc un peu respirer ! riait Raousset. Après ce qui s'est passé, ils ont bien le droit de s'amuser – dans l'Apacheria, bientôt, ils n'auront plus beaucoup de distractions... »

De toute évidence, Garnier n'était pas convaincu. Le comte insistait :

« Ils découvrent le pays ! Et crois-moi, c'est tellement important que les gens les apprécient. Tu verras, ce sera tout bénéfice pour l'avenir. »

Garnier partait en haussant les épaules. Tout bénéfice ? C'était bien du comte, ça ! Il ne voyait donc pas que la troupe se débandait et que les querelles, en ville, commençaient à se multiplier ? Sous les rires et les protestations d'amitié, il sentait bien, lui, les premiers tiraillements. Les cabaretiers qui venaient réclamer les notes impayées. Tel groupe qui avait cru malin de vider de ses liqueurs le cabaret de Margarita pendant que Coupe-en-Deux lutinait la belle dans la chambre du fond. Le Chourineur qui avait refusé une note de mille cinq cents francs en déclarant qu'ils seraient bientôt les maîtres du pays. Sans parler des fuites par les fenêtres pour échapper aux maris jaloux ni des jeunes gens qui avaient menacé de leurs *navajas* quelques galants trop empressés – ça finirait mal !

Le comte avait raison : ils découvraient un monde, et lui, Nicolas, le premier, qui trouvait encore à s'étonner de tout. Cette manière de sortir les lits n'importe où, la nuit, pour un peu de fraîcheur : sur les terrasses, dans les cours ou sous les *portales*. Ce silence qui pesait sur la ville comme un couvercle dès que le soleil montait dans le ciel, les rues vides, les volets clos, au point qu'on en venait à tressaillir au pas d'un cheval dans la rue ou au tintement d'une paire d'éperons, le passage rituel de l'*aguador*, qui attirait à lui quelques fantômes exténués pour lesquels il tirait de ses outres de peau une eau boueuse et tiède – puisque nulle part à Guaymas il n'y avait de source ni de fontaine. Juste un puits, sur la route d'Hermosillo, où des ânes mélancoliques tournaient inlassablement une grande roue. Et rien sans doute audelà, songeait Nicolas, fasciné. Combien de fois était-il monté sur les hauteurs d'El Rancho, face à l'horizon vide ? Un jour, ils se lanceraient tous dans ce désert de feu, de poussière, de rocaille : qu'y avait-il, passé les montagnes, là-bas ? Rien que du feu, de la poussière, de la rocaille, soupirait Porthos, qui aurait vendu son âme pour un peu d'eau claire. Il était arrivé au galop à San Francisco, peu avant leur départ. À bas l'hôtellerie et vive l'aventure ! avait-il hurlé en serrant tous ses amis dans ses bras.

Et l'on avait compris qu'il avait épuisé les charmes de la matrone de Marysville. Si seulement il faisait... oh ! juste trente degrés de moins, soupirait-il. Il n'osait pas imaginer ce qui l'attendait là-bas, ne voulait savoir qu'une chose : il avait retrouvé ses amis. Et il irait ou ils iraient. Jusqu'en enfer ! s'était-il écrié un jour, avant de se reprendre : non, en enfer, ils y rôtissaient déjà...

Et puis il y avait ces Yaquis énigmatiques. Les Apaches étaient-ils comme eux ? Il grimpait souvent au-dessus du fort, d'où il pouvait voir l'océan et, à main gauche, par temps clair, après une courbe du rivage, le río Yaquis, d'où montait parfois une fumée. Ils étaient là-bas trente mille au moins, assurait-on, chasseurs, pêcheurs, agriculteurs, que jamais on n'avait pu soumettre. La ville en était pleine, pourtant, qui se louaient comme charpentiers, maçons, cordonniers, forgerons, bateliers, *aguadores*, journaliers, *cargadores*. Ils travaillaient en silence, les yeux vagues, comme s'ils refusaient de voir les Blancs qu'ils côtoyaient, et tout à coup ils disparaissaient, la ville, privée de main-d'œuvre, tombait en léthargie jusqu'à ce qu'éclate une guerre d'une férocité égale des deux côtés, qui se terminait aussi brusquement qu'elle avait débuté. Puis les Indiens reprenaient le travail, qui peut-être, le jour précédent, égorgeaient, brûlaient vifs ou torturaient des habitants de Guaymas...

« Bon Dieu, les enfants, ça commence à bien faire ! »

Jules de France arrivait à grandes enjambées, l'œil courroucé et l'index vengeur. Une semaine encore, et ils n'auraient plus qu'à rentrer à San Francisco ! Devenu l'intendant de la troupe, il se débattait comme un beau diable pour presser le départ. Mais autant vouloir nager dans un baquet de mélasse, enrageait-il. Chacun n'en faisait qu'à sa tête – n'étaient-ils pas de libres associés ?

« Paraît que si je ne suis pas content, je n'ai qu'à réclamer une assemblée générale. Et ils examineront ma requête, m'a dit le Vendéen. S'il n'avait pas été à ce moment-là en train de culbuter une drôlesse, je lui foutais ma botte aux fesses, oui ! »

Il s'assit dans la rue auprès de Garnier, s'épongea, avant d'extraire des profondeurs de sa veste une bouteille de tequila, qu'il fit passer à la ronde. Que pouvait-on boire d'autre à Guaymas ? L'eau était fétide et les rares à y avoir goûté s'étaient payé des coliques à vous dégoûter d'être sobre. Garnier grommela en signe de soutien. Ils étaient bien les seuls à raison garder dans cette folie ! Si encore il n'y avait que ça, poursuivit le vicomte, décidément grognon.

« Les enfants, faut se tirer d'ici à toute vitesse. Ça sent l'embrouille à plein nez. Et question embrouilles, je m'y connais... »

Depuis le premier jour, il subodorait un piège. Tous ces braves gens étaient les rois des hypocrites. On ne lui ferait pas croire que c'était juste par amour pour la France qu'ils les laissaient conter fleurette à leurs femmes ! Une visite au fort l'avait conforté dans ses soupçons. Les soldats pleuraient misère, sans chaussures, sans chemises, sans solde depuis six mois – et, à la sortie, un officier avait même tenté de lui céder à bon prix leurs réserves de cartouches. C'était clair : Guaymas n'était plus défendue. Et ses habitants s'étaient mis en tête de garder leurs Français, afin qu'ils les protègent contre les Yaquis.

Protègent ? Ils avaient de drôles de manières de se protéger, coupa Nicolas. Et il lui raconta les Yaquis torturés à San José de Guaymas. Jules leva les yeux au ciel. Il était décidément entouré de naïfs !

« Ma main à couper qu'ils cherchent à déclencher une petite guerre. Si elle éclate demain, on sera bien obligés de s'y mettre ! Et après... Ah, je vous le dis, moi, il faut se tirer ! »

Garnier opina. Il y en avait donc au moins un qui le comprenait ! Jules poussa un soupir et s'abîma dans ses pensées. Il faisait une chaleur à crever, risqua Aramis. La bouteille de tequila fit un nouveau tour. Jules resta silencieux, sourcils froncés. Il ne se consolait pas d'avoir laissé derrière lui Artémise et le petit Joe, se dit Nicolas. Il l'avait déjà surpris ainsi, perdu dans ses songes. Mais non, ce n'était pas Joe, cette fois, ni Artémise. C'était cette fichue ville qui lui tapait sur les nerfs. Ou bien c'était la chaleur, la poussière, cette longue attente... Il se sentait enveloppé d'intrigues, expliqua-t-il. Et il s'exaspérait des dénégations de Raousset. Comment pouvait-il être à ce point aveugle ? Tiens, le consul de France, Calvo...

« Il a reçu les instructions de Levasseur. Il a tous les papiers en main. Par précaution, la banque Jecker l'a même fait actionnaire de notre compagnie. Eh bien ! je te dis, moi, que ce type joue contre nous. Les faux culs, je les repère à dix lieues ! Et dans le genre, lui... Vous avez déjà essayé d'accrocher son regard ? Il nous cache quelque chose. Sûr. Sans parler de l'" autre "... »

L'autre, c'était le colonel Gimenez, l'envoyé spécial de la banque Jecker et Torre. Quand Jules s'impatientait, quand Garnier le pressait de lever le camp, le comte répondait toujours : « Gimenez ». C'était lui qui tenait les cordons de la bourse, lui qui avait en charge d'acheminer des vivres aux étapes prévues. Et dans ses bagages devait arriver un ingénieur qui leur ferait gagner un temps précieux dans la prospection des placers. Fallait-il vraiment s'inquiéter, dans pareil pays, pour un retard de dix jours ?

« Eh bien ! il est là, Gimenez, depuis quatre jours. Et ça change quoi, tu peux me dire ? Je sors de chez lui... Ma parole, ce type, il nous hait ! Avant d'aller plus loin, il veut vérifier les comptes, qu'il dit. Et il fait des bonds au plafond devant les notes de cabarets. J'ai beau lui dire que le seul moyen d'arrêter ça, c'est de partir... Non, il joue contre nous. Mais pourquoi ? Si je le savais... »

L'arrivée du colonel Gimenez avait jeté un froid – et sa manière d'insister sur son grade en faisant jouer ses pistolets. Il était espagnol, avait-il ajouté en fixant Raousset d'un air très supérieur, et il avait gagné ses galons en luttant contre les armées de Napoléon. Pour lui, de toute évidence, la guerre se poursuivait, et les Français ne pouvaient être que des soudards. L'ingénieur qui l'accompagnait, Roberto Jaroszewski, s'était enfermé dans sa chambre dès son arrivée, et ne se montrait pas. Leur visage fermé les avait fait appeler aussitôt les « croque-morts »...

« D'ailleurs, il s'amuse à quoi, le comte ? On ne le voit plus ! Occupé à faire le beau chez les notables de la ville. Ou bien alors il y a des choses qu'il ne nous dit pas. Et il complote de son côté...

– À moins qu'il n'ait une aventure ? »

Nicolas faillit leur confier son secret : une nuit, apercevant le comte qui se faufilait par les ruelles, il l'avait suivi, intrigué, jusqu'à une maison à l'écart où, après quelques coups discrets, une porte s'était ouverte – et, dans le court instant où il les avait vus éclairés, il aurait juré reconnaître les yeux sombres, brûlants, de la belle Angela.

Il n'en eut pas le temps. Garnier s'était levé : cette fois, ils allaient le trouver tous ensemble et lui secouer un peu le paletot, tout comte qu'il était. Et il faudrait bien qu'il les écoute !

Le palais du sieur Pannetrat était à deux pas, sur la Plaza Mayor, face à la demeure du gouverneur. En fait de palais, il s'agissait d'une grande maison aux murs chaulés, aux carrelages disjoints, jusque dans les chambres, par le passage des chevaux – et l'on se demandait bien à quel négoce pouvait se livrer Aristide Pannetrat pour être venu de La Nouvelle-Orléans s'enterrer ici, mais c'est avec force protestations patriotiques qu'il avait offert une aile de sa demeure à Raousset. Et celui-ci l'avait aussitôt transformée en quartier général.

Ils traversèrent le patio en coup de vent. Des bruits d'altercation parvenaient du salon, où ils reconnurent la voix du comte. Un serviteur voulut s'interposer mais Jules de France était lancé, le malheureux fut balayé d'un revers de main, la porte ouverte à la volée. Debout autour d'une table, Calvo et Gimenez, livides, affrontaient la colère du comte.

« Mes amis, vous tombez bien ! Imaginez-vous que... »

Et comme les deux autres esquissaient des gestes pour le faire taire :

« C'est que je n'ai pas de secrets, moi, pour mes hommes ! Figurez-vous que je reçois des *instructions* du général Blanco, et ces messieurs me pressent de les suivre sans broncher... »

Il lut la missive d'une voix blanche. Le général Blanco, commandant des forces armées du Nord, lui ordonnait depuis son quartier général d'Arispe de quitter immédiatement Guaymas avec ses hommes, par petits groupes, leurs armes dissimulées dans des chariots, pour la caserne du port voisin de Noche Buena et de n'en plus bouger, dans l'attente d'autres instructions.

« Quand ? Lesquelles ? Il ne donne pas plus de détails. Et ces messieurs insistent pour que nous courbions l'échine !

– Quand je vous disais, comte, que vous étiez entouré de traîtres occupés à vous perdre ! »

Calvo et Gimenez bondirent. Mais Jules de France n'était pas d'un tempérament à se laisser impressionner, et il marchait déjà sur eux quand Raousset, d'un geste du bras, tint son monde en respect.

« Et maintenant, il suffit ! Dieu m'en est témoin, j'ai été patient. J'ai ici nos passeports pour Hermosillo, Ures et Saric, notre destination. J'ai la convention signée par le président

Arista lui-même. Respectée à la lettre. Et le contrat qui règle nos rapports avec la banque Jecker. Depuis des jours, c'est à croire que vous, Calvo, et vous, Gimenez, vous vous êtes ligués pour nous retenir ici. Dans l'attente de cette lettre, je suppose ? »

Calvo jetait autour de lui des regards égarés. Le colonel, écumant de fureur, allait protester, mais Raousset le coupa :

« Oui, il suffit ! Monsieur Calvo, je vous ordonne, vous entendez ? je vous ordonne de vous plier aux instructions de votre ministre ou, je vous en donne ma parole, vous aurez à en répondre ! Quant à vous, *colonel* – et il mit une telle ironie dans ce mot que Gimenez serra les poings –, *vous ne dirigez pas cette expédition.* Aussi, je vous intime l'ordre...

– Comte, prenez garde !

– Silence, j'ai dit. Je commande ici ! Et vous me suivrez... Ou sinon – vous aurez à vous expliquer devant vos maîtres ! Chaque jour comptait, vous le saviez. Et vous m'avez retenu. »

Il froissa la lettre du général.

« Quatre jours ! Sans vous, cette lettre ne me serait jamais parvenue... »

Calvo, les joues tremblantes, bégaya :

« Vous ne songez tout de même pas... ? Refuser d'obéir au général... »

Raousset éclata d'un rire convulsif.

« Parquer mes hommes à Noche Buena ? Pas question. Je veux savoir ce qui se trame, et par Dieu ! je vais le savoir. Garnier ! Trouve-moi d'Artagnan, Dommartin, Villatelle. Je pars avec eux à Hermosillo. Le gouverneur va devoir s'expliquer !

– Mais le général...

– Le général ? Se donnera-t-il le droit de ne pas honorer la signature du président Arista ? À Hermosillo, tout de suite ! Quant à vous, Gimenez, je vous laisse le choix : rester ici à vos petits calculs ou venir avec moi. Et maintenant, messieurs, je ne vous retiens plus : j'ai à faire. Colonel, je serai en route dans une heure. »

Gimenez, sur le seuil, se retourna, voulut parler, se ravisa et sortit en claquant la porte.

« Ah, comte ! Je vous retrouve ! Bon sang ! je commençais à me demander... »

Jules rayonnait, soulagé. Garnier s'était déjà éclipsé, à la recherche de d'Artagnan et des autres. Raousset s'assit, et Nicolas vit tout à coup à quel point il était fatigué. Non, songea-t-il, ce n'est pas la tête d'un homme distrait par une affaire sentimentale. Il est rongé d'angoisse, c'est tout. Jules lui-même s'en aperçut.

« C'est si grave ? »

Raousset hocha la tête.

« Si je vous disais, mes amis, ces journées ! L'impression d'être cloué là, de ne rien pouvoir faire. Je ne voulais pas vous inquiéter, inquiéter nos hommes, mais... Non, je ne peux encore rien vous dire. À Hermosillo, je saurai... Et alors... Mais je vous le jure, rien ni personne ne pourra m'arrêter ! »

Il poussa les papiers qui encombraient la table, déroula une carte.

« Et maintenant, parlons bien. Rassemblez les hommes dès demain matin. Ne leur laissez pas le temps de réagir. Occupez-les toute la journée. Une journée, cela devrait suffire pour être en état de partir ? Nicolas, tu dormiras dans ma chambre. Je ne tiens pas à ce que mes papiers " disparaissent " dans la nuit. Et je compte sur toi pour rassembler mon bagage. Rejoignez-moi à Hermosillo par petites étapes. Le plus urgent, c'est de sortir de la nasse de Guaymas ! »

Jules enfouit la carte dans sa poche, sortit la tequila. Raousset ne se fit pas prier. Enfin, on passait à l'action !

Resté seul, Nicolas essaya de retrouver un peu de calme, à l'ombre des grands arbres du patio. Tellement de questions se bousculaient, tout à coup ! Pourquoi Calvo et Gimenez s'ingéniaient-ils à les retarder – en jouant apparemment contre leurs propres intérêts ? Étaient-ils de mèche avec Blanco ? Et si tel était le cas, au bénéfice de qui ? Une autre image lui revenait, obsédante : un certain visage, entrevu dans l'encoignure d'une porte. S'il ne s'agissait pas d'une banale aventure, alors le comte jouait lui aussi une partie dont il n'avait jusqu'ici dit mot à personne. Quelque part, au-dessus de leurs têtes, se menait un grand jeu dont ils n'étaient que les pions inconscients.

La question était de savoir qui faisait rouler les dés...

Il rangeait les bagages de Raousset quand Fayolle vint le chercher. Rien n'allait plus. La troupe, en débandade, refusait de marcher. Et Jules appelait tout son monde. En armes. Le pire, se dit Nicolas en saisissant son colt, c'est qu'il n'en était même pas surpris.

Garnier les attendait à la porte. Ah, le comte et ses principes ! fulminait-il. La révolution, c'était bien joli, mais une armée, ça ne pouvait pas être un phalanstère ! Le foutoir, je vous dis, c'est le foutoir ! répétait-il en roulant des yeux furieux.

Jules, à l'intérieur, faisait face à la foule, et le Vendéen, avec Coupe-en-Deux, menait la rébellion. Garnier avait raison : Guaymas, jour après jour, avait rongé la troupe comme un acide. Elle était loin, oubliée, la ferveur de Mokelumne Hill ! Les trappeurs, arme au poing, étaient montés sur les affûts des canons. Et près du vicomte, très pâles, se tenaient Aramis, Athos, Porthos, Lapeyrouse et quelques amis de la Ruche d'or. Si seulement Eugène avait été là, ce soir ! Trop âgé, avait-il soupiré, à l'instant du départ. Mais qui, mieux que le vieux prospecteur aurait su trouver les mots justes ? Nicolas joua des coudes pour rejoindre ses amis, se tourna vers la cohue : ces visages devant lui, yeux bas, bouches tordues par la colère, étaient ceux d'étrangers. Et chacun, la veille, aurait pourtant juré qu'entre eux c'était à la vie, à la mort...

L'annonce, au petit matin, qu'on levait le camp avait pris les hommes par surprise – mais tout le jour, tandis que les uns et les autres parmi les plus sûrs s'activaient en tous sens, il avait bien senti la troupe traversée par des vents contraires. Afin de ne pas éveiller l'attention, Jules avait dispersé ses amis aux quatre coins de la ville, jusqu'à San José de Guaymas, pour acheter ou louer au plus vite chariots, mules et chevaux, mais vers midi le maire était arrivé, affolé : ils ne pouvaient pas partir comme ça ! Les Indiens avaient quitté le port hier, cela voulait dire qu'une guerre se préparait : Guaymas ne devait pas rester sans protection ! Avaient suivi, la mine embarrassée, ceux qui souhaitaient récupérer leur bien, loué imprudemment : « C'était une erreur, señor, demain, après-demain, oui, peut-être, mais aujourd'hui, non, je dois reprendre mon chariot. » Puis la foule s'était massée dans la rue, s'agrippant aux soldats qui allaient et venaient, et ce tumulte avait renforcé le trouble de la troupe...

« Il se passe des trucs qu'on ne nous dit pas, grondait le Vendéen, tout rouge. On est des pions ou des associés ? On a le droit de savoir !

– D'abord, où il est, le comte, hein ? relançait Coupe-en-

Deux. Et d'Artagnan ? Et les autres ? Partis préparer notre arrivée ? Dis, Jules, tu nous prends pour des idiots ! Sa place, elle est ici ! Moi, on m'explique à quoi on joue ou je ne bouge pas ! »

Autour d'eux, les hommes, butés, ressassaient leurs griefs, tout ce qui allait de travers dans cette affaire, ce Gimenez et cet ingénieur qui tiraient des gueules d'enterrement, les mines entendues de Calvo, le comte qu'on n'avait pas vu pendant quinze jours et qui disparaissait sans crier gare, non, tout ça n'était pas clair...

Un bruit courut, la foule hésita, s'ouvrit, un homme arriva sur le devant, l'air farouche : on disait dans la ville que les titres étaient faux, qu'il n'y avait pas de concession, ou qu'elle était déjà aux mains d'une autre compagnie. Et que d'autres Français étaient passés, il y avait plus d'un mois, pour en prendre possession. Qui leur disait, renchérit un homme, derrière lui, que ces mines existaient, seulement ? Ici, au moins... On applaudit : oui, ils voulaient rester ici ! Le Squelette déplia sa carcasse. Pourquoi ne pas régler l'affaire par un vote ?

« Élisons des délégués ! Proposons une motion !

– Oui, une motion ! Aux voix ! Aux voix ! »

Une détonation soudaine coupa net l'enthousiasme. Jules se dressait, un pistolet encore fumant à la main.

« Écoutez, tous ! Je suis patient, mais faut pas pousser ! Motion ou pas motion, je sais une chose : j'ai juré qu'on partirait, et on partira, nom de Dieu ! À coups de pied dans le cul, s'il le faut ! Et le premier qui bronche, je lui brûle la cervelle, aussi vrai que je m'appelle de France ! On s'expliquera à Hermosillo autant que vous voudrez, mais d'ici là, on marche droit, ou gare ! Les chefs de section ici, tout de suite ! »

Nicolas, Garnier, tous les autres se serrèrent autour de Jules, et devant ce groupe compact, décidé, le reste de la troupe hésita, les chefs de section, les uns après les autres, vinrent aux ordres. Le Vendéen grogna :

« Je marche avec toi, mais à Hermosillo, ça, je te jure, on va s'expliquer ! »

Jules, l'air sombre, le regarda s'éloigner. Rien n'est réglé, dit-il à Nicolas.

« Des sentinelles à la porte. Devant les chariots. Et personne ne sort plus ! »

Garnier approuva de la tête. Le pire, marmonna-t-il, c'est que les gars n'avaient pas tort...

« On leur cache des choses, et ça, c'est pire que tout...

– Et moi, tu crois que je n'ai pas l'impression qu'il me manipule, ton foutu comte ? À moi aussi, il va falloir qu'il m'explique ! »

Les hommes se rassemblaient par petits groupes hésitants dans les recoins du patio.

« Ils causent entre eux... Et rien n'est prêt ! On n'est pas encore partis, moi je vous le dis. »

En une seconde, sa décision fut prise. Et, se penchant vers Aramis :

« Prends un, deux, trois chevaux, crève-les en route s'il le faut, mais ramène-nous le comte. De gré ou de force. Ou bien, crois-moi, notre aventure, elle se termine ici... »

7

La foule les accompagna, malgré l'heure, jusqu'aux dernières bâtisses, au sortir de la ville. Elle s'était massée tout le soir devant leurs portes closes, puis, comme les sentinelles demeuraient inflexibles et que nul mouvement ne se devinait dans le patio ou vers les écuries, elle avait fini par se disperser, avec la nuit. Mais dans les *tolderías* de la *calle* Hernandez, les cabarets et les assommoirs de la Plaza Mayor, les chanteurs de *fandangos* s'étaient tus, et ce silence pesant mettait les nerfs à vif. Jamais on ne tiendrait les hommes jusqu'au retour du comte, s'inquiétait Garnier – et Jules de France, tout à coup, avait tranché. On n'avait pas assez de chevaux, de mulets ni de chariots, des vivres pour trois jours à peine, mais il fallait forcer la chance, avant la débandade : partir, là, maintenant, tout de suite. N'était-ce pas la pleine lune ? On marcherait mieux à la fraîche – et tout valait mieux que cette attente insupportable. Raousset les retrouverait en chemin...

Par quel miracle de la volonté avait-il réussi ? Le petit cercle des amis, consulté, s'était rendu à ses raisons. Et ça avait été un brusque branle-bas, dans un tourbillon de chariots, de ballots enlevés, de chevaux hennissants, si soudain qu'aucune opposition n'avait trouvé le temps de se manifester. Mais quand ils avaient débouché dans la rue, les rangs à peine formés, les gens déjà accouraient de partout, et les cavaliers avaient eu toutes les peines à les tenir écartés de la troupe. Les gamins se faufilaient sous le ventre des chevaux pour saisir par la manche tel ou tel devenu leur ami, des femmes se tordaient les mains de désespoir, s'agrippaient aux harnais ; Nicolas, un moment, crut qu'ils allaient être séparés les uns des autres, dissous, absorbés un à un par la cohue, mais Jules, dans un arrachement furieux, réussit à lancer la troupe sur la route d'Hermosillo. Les demeures se firent plus rares, la foule, d'abord à leurs côtés, s'écarta peu à peu et, quand il se retourna, elle n'était plus qu'une masse sombre, immobile, qui les regardait s'éloigner. Puis une odeur étrange, douce et âcre, vint vers eux, et ils ralentirent le pas, les cœurs battirent plus vite : l'odeur du désert ! Là, devant eux, commençait l'inconnu...

Un homme voulut entonner une chanson de marche, mais sa voix se brisa bientôt sur le silence, et l'on n'entendit plus que le piétinement des bottes, le grincement des essieux, le cliquetis des armes. Un convoi de prisonniers, se dit Nicolas devant ces nuques baissées vers le sol qui disaient la colère. Ne manquaient plus que les fers aux pieds pour que l'illusion fût complète. Il se porta à la hauteur du Vendéen, qui avançait, farouche. Avaient-ils fait tout ce chemin pour en arriver là ? Il descendit de sa monture et marcha près de lui sans dire mot. Au bout d'un moment, le bougon leva les yeux.

« On ne se parle plus, alors ? »

Le Vendéen haussa les épaules, se replongea dans ses ruminations moroses. Puis, un peu plus tard :

« Je ne suis pas de la chair à canon, voilà. Ils m'ont fait trop de mal, là-bas. Alors, c'est fini : plus jamais. Tu comprends ça ? Tous égaux – ou j'arrête. Voilà. »

Nicolas lui tendit la bride de son cheval. Le Vendéen fronça les sourcils.

« Eh ! j'ai jamais monté ces bourriques, moi !

– À cette allure-là... »

Ils marchèrent encore un long moment côte à côte puis, tout à coup, le Vendéen le prit par l'épaule.

« Remonte sur ta bestiole, petit. Tu sais, j'ai rien contre toi. Ni contre les copains. Même le Jules... Et j'suis pas le mauvais gars quand on sait me prendre. Mais j'suis pas de la chair à canon. Pour personne ! »

Une première halte avait été prévue à San José de Guaymas, le temps de reposer les hommes, après une heure de marche, et de faire le plein d'eau au seul puits assuré avant longtemps. Mais, tandis qu'ils approchaient, une lueur grandit au fond de la nuit, dont on aurait dit qu'elle se reflétait dans le ciel, et, après avoir longé des bosquets de chênes-lièges et de sumacs, ils découvrirent un grand brasier à l'entrée du village. Hommes, femmes, enfants, ils étaient tous là, qui les attendaient – à croire que, prévenus par quelque magie, les habitants du hameau voulaient, une dernière fois, tenter de les retenir. Attention, les amis, c'est maintenant que ça se décide, souffla Jules en faisant presser la marche. La troupe gronda, hésita, Nicolas, un instant, crut qu'elle allait rompre les rangs, poser les paquetages, mais une nouvelle brassée de bois sec fit bondir haut les flammes, éclairant les parages, et le groupe, d'un même mouvement, recula, effaré. Cinq cadavres d'Indiens pendaient aux arbres, à quelques pas derrière la foule, accrochés qui par le cou, qui par une jambe, qui par les bras. Ramon n'avait pas menti. Les bourreaux leur avaient brisé les membres à coups de hache, disloqué les jointures, écrasé les visages, lacéré les torses à coups de couteau et le pire, peut-être, était qu'en un dernier défi – ou volonté de nier en eux toute humanité – ils les avaient tordus dans les positions les plus grotesques. Leurs cheveux dénattés traînaient jusqu'au sol, et le soleil, au lieu de putréfier les corps, les avait racornis, momifiés, ce qui leur donnait des allures de pantins épouvantables. À deux pas des suppliciés, les hommes souriaient, les femmes, tranquillement, berçaient leurs enfants dans leurs bras – les voyaient-ils seulement ? La troupe baissa la tête, pressa l'allure – ce n'est qu'après un quart d'heure d'une marche rapide qu'ils firent halte, tandis qu'Athos, Porthos et deux trappeurs rebroussaient chemin avec les chariots pour faire provision d'eau.

L'apparition avait été si soudaine, d'une si effrayante sauvagerie, dans les flammes dansant sur le mur des ténèbres, qu'ils se demandaient encore s'ils n'avaient pas rêvé...

Ils reprirent leur marche d'un pas plus ferme, comme si leur commune épouvante les avait ressoudés : la lune brillait, nette et claire, couleur de liseron, soulignait chaque détail du désert autour d'eux, et les buissons maigres, les arbres contournés çà et là prenaient dans la clarté céleste des allures fantastiques. Puis le ciel pâlit, la plaine s'assombrit. Les hauteurs des montagnes, très loin, se crêtèrent d'orange vif, tandis que l'étendue devant eux virait à l'indigo, et pendant un moment ils crurent qu'ils avançaient vers quelque mer profonde. Tout à coup, un torrent de lumière inonda les montagnes, balaya la pénombre, et chaque feuille, chaque épine, chaque buisson parut s'éveiller dans un scintillement de perles irisées. L'odeur fut si vive, de poussière mouillée, qu'un instant Nicolas vacilla, comme grisé. Quelques voix s'élevèrent pour demander une halte. Ils n'en pouvaient plus. Mais Jules sut chercher les mots pour pousser la troupe en avant – il fallait profiter de chaque instant de fraîcheur, aller, aller encore, avant que la fournaise ne les rôtisse. Alors oui, il serait temps de chercher un peu d'ombre où manger et dormir avant de reprendre la piste, en fin d'après-midi. Et il faut croire que la beauté de ce moment avait chassé les fantômes de la nuit, car les hommes repartirent avec une énergie nouvelle, sans trop râler, sinon pour la forme...

Tout se flétrit, se craquela, redevint gris et terne dès la rosée évaporée. Les cactus et les nopals, devant eux, pendaient, presque noirâtres à force de sécheresse, tout n'était que caillasses tranchantes, épines, buissons rêches, et l'horizon paraissait reculer sans cesse, tandis que le soleil embrasait l'étendue. De loin en loin, de grandes perches se dressaient sur cette désolation, une outre de cuir à une extrémité, une grosse pierre à l'autre, en guise de contrepoids, au-dessus de puits bordés de pierres sèches – mais le cuir était depuis longtemps racorni, craquelé par le soleil, et dans le puits ou la citerne ne restait plus qu'une croûte de vase où grouillaient les lézards et les serpents. Une poussière fine, impalpable, s'élevait à chaque pas, et ils marchaient toujours, sous le soleil inexorable, guettant un arbre, une ruine offrant un semblant d'ombre. La réverbération du sol devenait insupportable, l'air si brûlant que la langue se collait au palais, les lèvres se fendaient – vers dix heures, les vestiges de ce qui avait dû être une hacienda parurent à l'horizon, près d'un bosquet d'arbres de bois de fer, et ils pressèrent le pas avant de s'écrouler, épuisés, à l'abri relatif d'un mur d'*adobe*.

Jules fit la grimace en regardant la carte : s'ils ne trouvaient pas d'eau d'ici le lendemain, la situation deviendrait difficile. Mais comment demander aux hommes de se rationner, après un tel effort ?

Vers le milieu de l'après-midi, alors qu'ils se préparaient au départ, toute la section de Coupe-en-Deux, qui avait bu au même tonneau, commença à se plaindre de maux de ventre...

Ils n'iraient pas plus loin. Et nul, cette fois, n'avait le cœur à les forcer. Les malades, incapables de marcher, se tordaient de douleur au fond des chariots. L'état de Coupe-en-Deux avait brusquement empiré dans la soirée, et il grelottait maintenant de fièvre en balbutiant des mots sans suite. Sous un cahot plus violent, un essieu avait gémi et menaçait de se rompre. On ne pouvait pas continuer comme ça, bon Dieu ! ou bien on allait tous crever ! avait explosé le Vendéen en s'arrêtant au milieu de la piste, et toutes les sections l'avaient imité.

Un grand feu avait été allumé devant les chariots, et l'on se pressait autour de Coupe-en-Deux, hagard. Le malheureux, le visage creusé, verdâtre sous le hâle, les fixait de ses yeux brûlants. Ce n'était pas simplement une dysenterie, comme pour les autres, dit Jules après lui avoir pris le pouls – peut-être un empoisonnement ? Il faut un médecin, murmura un homme. Oui, grondèrent d'autres, retourner à Guaymas... S'en retourner ? Mais on était presque à mi-chemin ! s'écria Garnier – et l'on savait au moins une chose, c'est qu'il n'y avait pas d'eau d'ici à San José... Non, il fallait continuer, coûte que coûte. Mais continuer comment ? Les chariots ne tiendraient pas le choc. Sauf si on se débarrassait de l'équipement... Qu'est-ce qu'on en a à foutre, des canons ? hurla un des hommes. On se tournait vers Jules : c'était lui qui les avait mis dans ce pétrin, c'était à lui de les en tirer ! Jules fit face, très pâle. Il y avait bien une solution : envoyer quelqu'un à cheval à Hermosillo chercher du secours. Laisser les malades avec un ou deux hommes valides, des vivres et de l'eau. Laisser ce qui n'était pas nécessaire au voyage. Et pour les autres, repartir tout de suite. En espérant qu'il y avait un point d'eau sur la piste.

Le Vendéen hocha la tête, il allait acquiescer quand un des malades se redressa. Se séparer ?

« Et qui va rester en arrière, hein ? Si personne ne revient, qu'est-ce qu'on va devenir ? C'est ça, hein, vous reviendrez pas ! J'veux pas crever, moi, j'veux pas crever ! »

Tous voulaient parler en même temps. Ensemble, oui, il fallait rester ensemble ! Jules leva les bras, dans un geste d'impuissance. Cette fois, c'était bel et bien le chaos. Il interrogea du regard le Vendéen, mais celui-ci, gêné, détourna les yeux. Si les copains voulaient...

Une seule chose est sûre, s'écria Jules de France : il faut aller chercher de l'aide à Hermosillo ! Le reste ? On verrait bien. Il fit un signe à Athos, qui se leva aussitôt. Mais un homme, les yeux fous, se précipita vers son cheval, le saisit par la bride. Pas question ! Ah ! c'était trop facile.

« Ils ont les chevaux ! Ils vont nous laisser là. Ils vont se tirer, je vous dis ! Et nous, on restera crever ici. Allez, les gars, prenez leurs chevaux ! »

Jules le repoussa d'une bourrade, sortit ses pistolets.

« Arrière ! Tous ! Eh bien, je resterai, moi. Avec les malades, seul, si nécessaire ! Mais Athos partira ou, nom de Dieu ! je t'abats comme un chien ! Ah, je vous sauverai, même contre vous ! »

Et Athos disparut au galop dans la nuit.

Le Vendéen avait peut-être évité le pire. Les plus remontés sortaient déjà leurs armes quand il s'était interposé pour exiger une réunion des camarades, à l'exclusion de Jules et des siens.

« Faut qu'on cause entre nous, vicomte. Et rien qu'entre nous. Sans ça... »

Depuis, ils campaient près de deux feux séparés, et l'on devinait aux éclats de voix qui montaient par bouffées que la discorde régnait chez les amis du Vendéen. Garnier proposa de son *jerky* autour de lui, mais nul n'avait le cœur à dîner.

« Si on ne repart pas cette nuit, répéta Jules pour la dixième fois, on va se retrouver ici demain, sous le soleil, sans eau... »

Un des trappeurs fit un geste. Un bruit venait du fond de la nuit. Un martèlement sourd, qui se rapprochait à toute vitesse. Des chevaux, au galop... Ils se dressèrent.

« Bon Dieu ! Pourvu que ce soit lui ! »

C'était le comte. Avec Athos, et Aramis, couvert de poussière, épuisé.

Il tomba dans les bras de Jules de France.

« Tu as réussi ! Tu as réussi ! »

Puis il vit la troupe en désordre qui arrivait vers lui, l'œil mauvais, les hommes, allongés près du feu, les chariots à l'abandon, et, fronçant les sourcils, il fendit la foule jusqu'à Coupe-en-Deux.

« Il y a un ranch à une demi-heure. Avec de l'eau, un abri pour eux. Un homme, vite, avec Athos ! »

Des anciens de la Ruche d'or s'avancèrent, portèrent les malades dans les chariots, et le groupe resta silencieux tant qu'on entendit le grincement des roues s'éloignant dans la nuit.

« Eh bien, les amis, je suis là ! Et il est temps que l'on s'explique. »

Était-ce la brusque détente de savoir un ranch proche, de l'eau, des secours ? Le comte, en quelques mots, semblait reprendre les choses en main. Certains l'avaient accusé de mensonges, en son absence. Eh bien ! qu'ils osent maintenant, qu'ils sortent du rang ! Il était là, et il allait répondre ! La foule gronda, mais personne ne bougea. Et il était magnifique, en vérité, mince et blond, si fragile face à tous. Sa voix enfla, vibrante de colère. Il aurait menti ? Les titres étaient faux ? Il les avait avec lui, chacun pourrait les voir, et chacun les verrait, qu'on en finisse ! Avec les rapports d'exploitation des mines, autrefois.

« Oui, il y a une fortune, là-bas, qui nous attend, si nous voulons, si nous osons, si nous restons unis ! »

Ils étaient prêts tout à l'heure à se mutiner – et voilà qu'ils hésitaient, troublés. Le Vendéen s'avança. Il avait quelque chose à dire, lui. Je suis pas un causeur, répétait-il, têtu. N'empêche ! Il avait ses idées. « Alors je dis : si on est des associés, on est des associés. Comme on l'était sur la Mokelumne. Ou sinon, je me casse. Voilà. J'ai pas besoin de maître, moi ! On est assez grands pour comprendre. Et décider. Merde ! C'est de notre peau qu'il s'agit. Que le maître soit bon ou mauvais, c'est pas la question : j'veux pas de maître. C'est tout. »

Et comme le comte voulait répondre, il tendit le bras pour le faire taire :

« Ah non ! Pour une fois que je cause, tu te tais et tu écoutes ! Y a pas besoin d'être malin pour voir que quelque chose ne va pas, contrat ou pas. Mais je veux savoir pourquoi ! Et je veux qu'on décide ensemble. Ton truc du temps de la flibuste, comme t'avais dit à French Hill, moi ça me va. Seulement faut pas dire ça un jour quand ça t'arrange et faire le contraire le lendemain. Alors tu choisis. Et je sais qu'il y en a plein ici qui pensent comme moi. Non, plus de maître, jamais ! »

Un murmure passa : oui, il avait raison, c'était ça qui n'allait pas. Nicolas avait vu le comte pâlir, rougir, serrer les poings aux paroles du Vendéen, mais quand celui-ci se tut, il resta un moment le front baissé, comme s'il faisait un violent effort sur lui-même. Puis, lentement :

« Tu as raison, le Vendéen ! Tu as raison, et j'ai eu tort... Oui, les amis, les choses ne sont pas gagnées, malgré les contrats et les promesses. Et j'ai cru... Je n'osais vous dire – je me sentais tellement responsable de vous tous ! J'ai eu tort, oui... Et tu as eu raison de me rappeler à l'ordre ! »

Il rit :

« Eh, qu'est-ce que vous croyez ? C'est qu'on ne change pas de peau en un jour ! Alors aidez-moi, les amis : reformons le conseil, redevenons ce que nous étions à French Hill. C'est pour continuer cette aventure-là que nous sommes ici – et ça, c'est plus important, croyez-moi, que tout l'or du monde ! »

Le Vendéen hochait la tête, les hommes allaient applaudir mais Raousset réclama le silence.

« Et maintenant, je dois tout vous dire. Tout ! »

Les hommes se serrèrent autour de lui, et il leur raconta la lettre de Blanco, l'ordre de transfert à Noche Buena, sa décision de foncer à Hermosillo pour s'expliquer avec le gouverneur, en amenant avec lui Gimenez et l'ingénieur...

« J'avais des soupçons. Aujourd'hui, je sais ! Oui, nous avons des ennemis, qui s'agitent dans l'ombre et intriguent ! Oui, ceux-là avaient de bonnes raisons de nous retenir à Guaymas et de nous endormir sous les protestations d'amitié ! »

Raousset fit une pause. La foule gronda, inquiète.

« Jecker nous soutient. Une des *deux* grandes banques du Mexique. L'autre ? Elle est anglaise... Barron, Forbes et Cie ! Ce sont eux nos ennemis... J'ai vu le gouverneur. Je sais leur plan. Si nous allons vite et restons unis, nous pouvons gagner. Mais à la moindre division, nous perdons ! »

À peine créée la compagnie *Restaurada* entre eux et Jecker, Barron s'était mis en branle en montant une compagnie rivale, l'*Esploradora*, qui prétendait faire valoir ses droits sur la même concession, pourtant enregistrée en bonne et due forme. Comment ? En payant, en soudoyant qui il fallait, et d'abord les officiels à qui Jecker avait déjà offert des actions de la *Restaurada*. Et puis en jouant le temps...

« Parce que toute concession qui n'est pas exploitée dans un délai d'un an se trouve tenue pour nulle et non avenue. Et tandis qu'on nous retenait à Guaymas, Barron contestait en justice les titres de Jecker, sans qu'on nous prévienne. Tandis qu'on nous faisait fête, un agent de Barron préparait une expédition vers les mines en litige. Avec un corps de troupe du général Blanco ! »

Les uns et les autres se regardaient, atterrés. C'était donc si mal engagé ?

« Et maintenant, que faisons-nous ? Nous avons le droit pour nous. Nous avons la signature du président Arista. Mais chaque jour qui passe joue en faveur de Barron, et de Blanco. Si nous fonçons vers Saric, si nous arrivons les premiers, personne ne pourra plus nous en déloger ! Alors, les amis, que décidons-nous ? »

Ce ne fut qu'un cri : à Saric ! Le Vendéen et Raousset se donnèrent l'accolade. Et tous ces hommes tout à l'heure désunis, éclopés, épuisés, auraient en cet instant affronté une armée...

Les malades resteraient au ranch de La Posa, avec les canons et l'essentiel de l'équipement. En se relayant sur les chevaux, dans les chariots, on pouvait gagner du temps, arriver à Hermosillo en deux jours. Là-bas, d'Artagnan les attendait à la Casa de Moneda. Et pendant qu'ils compléteraient leur équipement, s'approvisionneraient en vivres, achèteraient chevaux, mules, chariots encore nécessaires – Gimenez allait devoir montrer de quel côté il se plaçait ! –, on enverrait un détachement récupérer ceux qui étaient à La Posa. Il fallait qu'en une semaine tout soit réglé, et que l'on fonce vers Saric, par Alamitos, Querobabi, San Ignacio : près de trois fois la distance entre Guaymas et Hermosillo ! Les hommes se serraient les mains, se donnaient des bourrades, les ampoules qui les rendaient grincheux, voilà qu'elles les faisaient rire, un loustic d'Angels Camp montrait ses chaussures qui bâillaient, eh, c'est pas ça qui allait l'empêcher de les foutre au cul de Blanco. Il en avait vu d'autres, il tiendrait bien jusqu'à Hermosillo ! Blanco, Gimenez et les autres, on allait les faire danser !

La troupe s'ébranla aux accents du *Lapin-Blanc :*

Fleur-de-Marie est, douce enfant,
L'ange qui pardonne et console,
Au Lapin-Blanc, au Lapin-Blanc

Les seuls à rester en dehors de la liesse générale, remarqua Nicolas, étaient le comte et l'ami Jules. Il se porta à hauteur de Raousset, perdu dans ses pensées, l'interrogea du regard. Celui-ci hésita, puis, à voix basse, après un long silence :

« Pindray est devant », dit-il.

Nicolas sursauta.

« Colton me l'avait dit, mais... Il est là-bas. Avec un mois d'avance. Deux, peut-être ! Et une centaine d'hommes. Reste à savoir quel jeu il joue... Jecker ? Barron ? ou le sien propre ? S'il se met en travers de notre chemin... »

Il semblait davantage préoccupé par Pindray, en cet instant, que par Barron et Blanco réunis, se dit Nicolas. Et cette nouvelle lui laissa, à lui aussi, une impression étrange. De quel côté se placerait le terrible marquis quand ils se trouveraient face à face ?

Il laissa aller Raousset, revint vers Garnier. Le vieux soldat rayonnait. Ah ! si le comte avait parlé comme ça dès le début ! Bon sang ! on se sentait mieux, tout de même ! Jules de France maugréa :

« Reste à savoir combien de cartes il garde dans sa manche... »

Nicolas se rapprocha de lui, intrigué. Et comme Garnier protestait de la sincérité de son ami, il eut un petit rire.

« Sincère ? Bien sûr qu'il se croit sincère. C'est même ce qui me fait peur ! Tu ne le sais pas, ça, que ce sont les sincères qui font les pires démagogues ? »

Il se pencha vers Nicolas.

« Regarde-le ! On serait dix, en haillons, qu'il se sentirait encore Bonaparte pendant la campagne d'Égypte ! Les gars ont mal aux pieds, et lui se croit un destin... »

Nicolas s'écarta. Jules avait raison sur un point au moins : le comte n'avait pas tout dit. Et lui, Nicolas, était sans doute le seul à le savoir. À cause d'un certain visage entrevu à Guaymas...

8

Ils sortirent de la ville en ordre de bataille, baïonnettes au canon, drapeaux en tête, et sonnant le clairon. Raousset paradait, sabre au clair, la cavalerie sur les côtés, suivie des chariots et de l'artillerie. Le jour se levait à peine, et la foule, arrachée à son sommeil, les regarda défiler, quelque peu étonnée. Deux jours auparavant, Gimenez était arrivé à la Casa de Moneda, un sourire au coin des lèvres : le général Blanco *exigeait* qu'ils quittent la ville par petits groupes, leurs armes dissimulées sous les bâches des chariots, et qu'ils ne se rassemblent que plus loin, hors de la vue des habitants. Comme des voleurs ? avait protesté le Vendéen, et, malgré l'avis de Jules de France d'éviter les défis inutiles, les hommes avaient décidé de passer outre. On allait lui faire voir qui on était, à celui-là ! La sortie n'était pas aussi martiale qu'escomptée, les habitants d'Hermosillo, en quête de fraîcheur, dormaient jusque dans la rue, et bientôt la troupe dut se faufiler entre les lits, les jolis cœurs se frisaient les moustaches en glissant des œillades aux belles somnolentes qui gloussaient, cachées derrière un drap, mais bah ! l'essentiel était que le groupe se sente soudé, au moment du départ...

À peine jetèrent-ils un regard en arrière, tandis qu'ils traversaient les jardins de la ville. Hermosillo, ils n'avaient pas voulu la voir, craignant trop de revivre les douceurs de Guaymas, et ils s'étaient obligés à rester encasernés, tandis que Raousset et quelques autres battaient les environs pour trouver les chevaux, mulets et chariots qui manquaient encore. Ce départ, pour eux tous, était une délivrance. Enfin de l'air ! s'était écrié le Vendéen, résumant le sentiment général, et la troupe, derrière lui, s'était élancée d'un pas ferme. Coupe-en-Deux, encore un peu pâle, et que l'on avait installé dans un chariot, avait entonné d'une voix incertaine son refrain préféré du *Lapin-Blanc*, et le Chourineur avait enchaîné par une vibrante *Marseillaise*. Mais chacun frissonna quand le désert se déploya à nouveau devant eux, aussi gris, vide et désolé que la dernière fois. Nul n'avait oublié les souffrances endurées sur la piste de Guaymas – cette fois, tous le savaient, ce serait bien pire. Fayolle risqua une plaisanterie, tandis qu'ils passaient un pont au-dessus du río San Miguel, sur ce pays étrange où l'on donnait des noms de fleuve à des lits de caillasse, et Benito, leur guide, sourit, avant de s'éloigner :

« Priez le ciel de ne jamais le voir rempli ! »

Un homme sûr, avait dit Raousset en arrivant un soir à la Casa de Moneda avec Benito Goya. Le batteur d'estrade avait vécu sur la frontière du Nord, traîné ses guêtres de Fronteras à Alamos, et la route de Querobabi n'avait plus de secrets pour lui. Vêtu, à la manière des coureurs de l'Apacheria, de *calzones* et d'une veste de peau, il flottait un peu dans ses vêtements, comme si le désert l'avait progressivement desséché, momifié, jusqu'à ne plus lui laisser que les nerfs et la peau, mais le moindre de ses gestes, malgré son âge, disait encore la souplesse et la force. Benito, tout de suite, avait séduit Joseph et Théodore, leurs deux trappeurs de French Hill, et ils se perdaient depuis en d'interminables comparaisons de leurs expériences respectives. Seul Jules de France avait grimacé.

« Reste à savoir *qui* lui a dit qu'il était sûr ? »

Mais en ces instants où les murailles d'Hermosillo s'éloignaient derrière les gommiers et les poivriers, tandis que le désert les enveloppait peu à peu, chacun se sentait plus fort de sa présence.

Restait aussi à savoir si Gimenez les trahissait ou non. L'entrevue à Hermosillo avait été orageuse. Le colonel prétendait vérifier les dépenses, avant d'envisager quelque aide supplémentaire – mais, au lieu du seul comte, c'est à un bloc qu'il avait eu affaire, dix hommes au verbe haut qui exigeaient d'abord la preuve qu'il servait bien Jecker et la *Restaurada*. Les hommes ne pouvaient se lancer en campagne sans vivres ni équipement, chaque jour perdu faisait le jeu de leurs ennemis, que pouvait-il répondre ? La rage au cœur, il avait dû céder : dans dix jours, l'ingénieur et lui seraient à l'hacienda d'Alamitos, à cinq lieues d'Hermosillo, avec des rations pour trois mois. Dix jours ! On y était, et on allait savoir...

Ils marchaient depuis deux heures quand un nuage de poussière apparut à l'horizon. C'était d'Artagnan qui accourait ventre à terre en agitant son chapeau. Gimenez et Jaroszewski étaient bien là-bas, à l'hacienda. De méchante humeur, comme d'habitude, mais avec les rations. La troupe avait poussé un triple hourra, avant d'accélérer l'allure. Et maintenant, c'est parti ! exultaient Garnier, Fayolle et les autres.

La course était lancée.

De méchante humeur ? Gimenez, en fait, tremblait de colère. Et tandis que les hommes vérifiaient les vivres, les chargeaient dans les chariots, que d'autres préparaient la halte de midi, il avait voulu entraîner Raousset à l'écart pour une explication, mais la troupe était accourue dès les premiers éclats de voix. Qu'est-ce qu'il leur voulait encore, ce foutu croque-mort ?

« Oh, rien... Monsieur Gimenez nous reproche notre petite sortie de ce matin. Parce qu'il était en ville, figurez-vous, qui nous... surveillait. Le général Blanco sera furieux, à ce qu'il paraît. Car en bonne amitié Gimenez a cru bon de lui faire un rapport. Avant de piquer des deux jusqu'ici.

– Bon, il nous a dénoncés, résuma le Vendéen. Et après ?

– Ce n'est pas tout, poursuivit le comte, soucieux. Le général ne peut plus se passer de nous ! Il exige que je me rende immédiatement à Arispe, son quartier général, avec le colonel Gimenez et l'ingénieur pour – comment dites-vous ? – discuter de notre affaire, et l'organiser au mieux pour l'avenir. »

Mais Arispe était à plusieurs jours de cheval. Et la troupe se trouverait livrée à elle-même tout ce temps, sur la piste. Alors que menaçaient les pluies de fin d'été. Une manœuvre de plus pour les retarder, en les divisant. Et qui garantissait qu'il ne se trouverait pas pris en otage par Blanco ? Pas question, hurla un homme, on reste ensemble ! Et tous grondèrent après lui : ensemble...

« Vous entendez, colonel ? La réponse de mes hommes ! »

Le colonel blêmit. S'ils cherchaient la guerre... Le comte

ramena le calme. C'était entendu, il verrait Blanco. Mais une fois la troupe et lui à San Ignacio, quand le plus difficile du désert aurait été traversé. Et à une condition...

Le colonel eut un petit rire méprisant.

« Des conditions au général ?

– Non, à vous... J'ai donné ma parole à la banque Jecker, de veiller aux intérêts de la *Restaurada*. Vous me signerez donc une décharge – comme quoi vous prenez sous votre responsabilité tout ce qui découlera de ce contretemps, pour la *Restaurada*... »

Le colonel respira bruyamment, avant de grincer :

« Vous l'aurez... »

Et, enlevant son cheval, il partit au galop sur la piste.

Blanco, de toute évidence, n'était pas décidé à les laisser arriver à Saric. Le plus grand des dangers, en route, ne serait probablement ni le désert ni les Apaches...

Jour après jour, ils s'enfonçaient, toujours plus loin, dans la Sonore en feu. Et ce n'étaient, à l'infini, que cônes de cendres, poussières grises, buissons maigres. Un homme, parfois, s'effondrait, mais il s'en trouvait aussitôt un autre pour le relever, le porter jusqu'aux chariots, et la course reprenait. Et quand se levait le *cordonazo*, ils se protégeaient le visage d'un foulard, mais avançaient toujours. Quelques ranchs, après Alamitos, tenaient encore debout, et l'hacienda de Lavor avait été une divine surprise, où se succédaient les plantations d'arbres fruitiers, mais l'illusion s'était vite dissipée : ne restaient plus, au-delà, que des ruines calcinées, rongées par le vent, qui retournaient à la poussière, et les murs effondrés, les traces d'incendie, disaient la violence des combats – ils entraient dans l'Apacheria. Combien en avaient-ils passé, de *pueblos* aux murs ruinés, d'églises sans plus de toit ni de porte ? Parfois, dans des cahutes misérables, ils découvraient quelque famille terrorisée, à la merci d'un prochain raid apache, qui s'accrochait à son lambeau de terre, faute d'un autre lieu où aller. Dans la plaine, au loin, passait dans un grondement d'orage une harde de chevaux, de taureaux sauvages – les derniers vestiges d'un Sonora qui se mourait... Et Benito égrenait, au fil des jours, la litanie des massacres, des destructions. Il n'y avait pas dix ans, ce pays était encore vivant, pourtant. Qui pouvait croire qu'autour de ces *pueblos* il y avait alors des champs, des vergers – et dans les plaines du bétail en abondance ?

Mexico les avait abandonnés et, depuis, les Sonorans, privés de protection, reculaient sans cesse devant les raids des Indiens. Les hommes hochaient la tête. Un soir, Jules de France s'étonna :

« Et vous ne vous révoltez pas ? Si Mexico vous oublie... Après tout, c'est ce qu'a fait la Californie, il n'y a pas si longtemps ? »

Benito avait sursauté, fixé longuement Jules de France :

« Peut-être le temps vient-il, señor... oui, peut-être vient-il. »

Il leur disait aussi les splendeurs des territoires du Nord, les vallées aux transparences d'opale et les champs de cactus aux flancs des montagnes mauves, les forêts de *cirios* aux bras contournés, hauts parfois de vingt mètres, de cactus candélabres, de géants *saguaros*, et ces tapis de fleurs, dès les premières pluies, comme des offrandes, la toison d'or des *paloverdes*, les arborescences roses, rouges ou crème des yuccas, les oponces sauteurs couleur de feu, les boules de soleil des agaves *guajote*, et partout les mauves, les agapanthes, les renoncules, les primevères et, dans les vallées protégées, des champs fertiles, des pâturages... Oui, il avait connu cela, dans sa jeunesse, et il n'y avait pas plus belle vie, plus libre ni plus fière que dans ces territoires si vastes qu'on se sentait soi-même plus grand. Des *pueblos* résistaient encore, quelques grandes haciendas, autour de Magdalena. Mais Fronteras n'était plus que ruines, Saric, où ils allaient, avait été abandonné, qui pouvait redevenir la perle du Sonora...

Et puis il leur apprenait le désert. Comment décanter l'eau boueuse en l'agitant avec une raquette de figuier de Barbarie fendue en deux dans sa longueur – et qu'il n'est pas de meilleur bois que celui de *mesquite*, ni de graines plus précieuses à manger crues, cuites ou réduites en farine. Et ces étendues mornes et vides s'animaient devant eux quand, au lever du jour, il leur montrait ici une buse à queue rousse chassant quelque rongeur, là un lézard *chuckwalla* de la taille d'un bras encastré dans une crevasse, si gonflé d'air qu'on ne pouvait l'arracher de son refuge, là encore une tortue du désert grignotant une feuille de figuier de Barbarie ou un serpent chasseur de rats. Puis le soleil montait dans le ciel, éteignant toute vie, ce n'était plus, de nouveau, que grisaille et poussière – jusqu'au soir, quand recommençait le grand jeu de la vie, manger ou être mangé. Les grands ducs glissaient dans les ténèbres en de lourds froissements d'ailes, des lynx rôdaient entre les buissons rares, les crotales sortaient de leur torpeur, en quête de rats kangourous, les coyotes aboyaient dans les lointains à la poursuite d'un lièvre, et l'on entendait autour de soi des craquements, des courses brutales, des cris étouffés : oui, le désert vivait. D'une vie brutale, sauvage – mais intense, que Nicolas, près de Benito, se surprenait à aimer.

Priez le ciel de ne pas le voir plein, avait dit leur guide, lorsqu'ils passaient le río San Miguel, au sortir d'Hermosillo. Et son plus gros souci, qui étonnait ces hommes assoiffés, gris de poussière, les lèvres éclatées, la gorge desséchée, était d'atteindre San Ignacio avant les pluies. De l'eau, un peu d'eau ! gémissait Fayolle à chaque fois qu'il croisait Benito. Villatelle, Dommartin, Lapeyrouse, la bande de la Polka et du Café des Artistes prenaient des paris sur la date de leur prochain bain. Tout juste si Benito ne passait pas, à force, pour un esprit chagrin.

Puis, un soir, des nuages envahirent le ciel, si vite qu'en quelques minutes l'obscurité fut totale. Benito, en hâte, regroupa les chariots, rassembla la troupe, après avoir solidement lié les chevaux et les mules. Déjà le vent arrivait en rafales brutales, secouait le bât des chariots. Un éclair illumina la plaine jusqu'aux montagnes, à l'horizon, puis dix, puis cent, et tout explosa, la terre craqua jusque sous leurs pieds, l'air n'était plus que gerbes d'étincelles. Les premières gouttes de pluie s'écrasèrent soulevant une odeur grisante de poussière, mais Fayolle n'eut pas le temps de risquer une dernière plaisanterie – un grondement arrivait du fond de l'horizon, qui n'était pas le vent, et emportait tout sur son passage. La pluie ! Nicolas, devant lui, vit l'eau envahir les trous de sable en quelques secondes, noyer les racines, bientôt ils en eurent jusqu'à mi-mollets, tandis que le ciel, là-haut, se convulsait, se déchirait, comme pris dans la poigne de quelque géant furieux. Tout s'arrêta d'un coup, les étoiles revinrent, l'orage était passé. Et ils restèrent là, serrés les uns contre les autres, effarés, incrédules. Raousset siffla doucement :

« Eh bien, les enfants... Moi qui rêvais de savoir ce que c'est que d'être martelé sur une enclume... »

Benito hocha la tête.

« La promenade de santé est finie, dit-il. Les choses sérieuses commencent... »

Et au ton de sa voix on comprit qu'il ne plaisantait pas.

Ce sont des fantômes qui arrivèrent trois jours plus tard au *pueblo* de Querobabi, couverts de boue, les yeux vides à force de fatigue. Combien de *vados*, d'*arroyos* envahis par les eaux avaient-ils dû franchir ? Au lendemain de l'orage, déjà, ils avaient saisi ce que voulait dire Benito : tout à coup, devant eux, il n'y avait plus eu de piste, mais un torrent de boue, où passaient en tourbillons des arbres arrachés, des chevaux, des taureaux noyés qui roulaient, rebondissaient contre les rochers et filaient, dans un rugissement d'épouvante. Il avait fallu passer, une fois le torrent calmé, dans l'eau jusqu'à la taille, poussant, tirant les chariots embourbés – pour retrouver, une heure plus tard, un autre *arroyo*, plus périlleux encore, encombré de blocs de rochers, creusés de trous boueux où s'engloutissaient brusquement bêtes et chariots. Et tandis qu'ils s'épuisaient à avancer toujours, sans autre pensée que de tenir, le désert fleurissait autour d'eux, prenait des allures de jardin enchanté aux douceurs enivrantes...

Un matin, alors qu'ils s'arrachaient au pire peut-être des torrents affrontés jusque-là, après une nuit où l'orage avait tonné dans les lointains, un grondement d'avalanche avait déferlé sur eux, un mur d'eau avait surgi, haut de plus de trois mètres, emportant tout sur son passage. Ils n'avaient pas eu le temps d'esquisser un geste : déjà deux des leurs disparaissaient, roulés, drossés, emportés en une seconde. Ils avaient exploré la berge, en vain. Les deux premiers morts de leur expédition... Raousset avait tenu à une courte prière sur la rive et Gimenez, qui avait poussé comme les autres aux roues des chariots, s'était joint à eux. Ils continueraient, ne serait-ce qu'en mémoire de ces camarades, avait ajouté le Vendéen, et rien ni personne désormais ne les arrêterait. Gimenez avait fait un salut militaire. Il pouvait avoir eu des différends avec certains, déclara-t-il, plus ému qu'il ne voulait le laisser paraître, mais il savait reconnaître le courage...

Il n'y avait rien à Querobabi. Comment pouvait-on vivre à Querobabi ? D'ailleurs, on n'y vivait pas. On attendait. Quoi ?

Nul ne le savait trop. Une centaine de spectres hantaient ce qui jadis avait été Querobabi, la porte des territoires du Nord. Mais les champs retournaient à la friche, la *toldería* ne servait plus personne depuis longtemps, et le curé s'en était allé, l'année passée, sans prévenir quiconque. Quand il soufflait du nord, le vent soulevait la poussière en tourbillons dans les rues quelques heures, puis tout retournait à sa torpeur. Les vautours s'agitaient vaguement, perchés sur les grands bras des géants *saguaros*. Eux aussi attendaient. Ils avaient tout leur temps. Comme les Apaches qui, un jour, viendraient de la montagne, et c'en serait fini alors de Querobabi...

À peine si l'arrivée des Français avait arraché la bourgade à sa somnolence. Ils pouvaient s'installer où ils voulaient, bien sûr – les maisons vides ne manquaient pas. Et il y avait de l'eau, oui. Pour le reste... Il n'y avait rien, ici. On leur avait fait tellement de promesses que les gens, lassés, s'en étaient allés. Combien de troupes, annoncées par Mexico, qui n'arrivaient jamais ? Et combien d'expéditions, déjà, qui s'étaient perdues dans le désert ? Non, rien ne reviendrait plus des temps enfuis.

Troublés, ils choisirent de dresser leur camp à l'écart, comme si, au sortir de l'épreuve, ils sentaient le besoin de demeurer unis. Même Gimenez s'était, semble-t-il, déridé, qui prenait maintenant ses repas avec eux. Seul le lugubre ingénieur s'obstinait à rester à l'écart, mais on avait fini par l'oublier, celui-là : que ne restait-il ici, en la compagnie des vautours ? Il leur fallait récupérer des forces, ne serait-ce qu'une journée, et tant pis si les habitants, ici, jouaient aux courants d'air ! Ils avaient assez à faire avec leurs plaies, leurs brûlures, leurs ampoules, et cette boue qui s'était insinuée partout, jusque dans les paquetages.

« Ce qu'ils viennent de faire là... Regarde-les ! Ce sont des géants ! Et ils le savent... »

Raousset s'assit près de Nicolas. Ils n'avaient guère eu le temps de se parler, sur la piste...

« Plus tard, on écrira peut-être la légende de cette marche. Qui sait ? Si nous réussissons... »

Il sifflota son éternel refrain, manière de se moquer de lui-même, *Que l'avenir soit gai ou qu'on me fusille...* Les hommes, devant eux, riaient en se montrant leurs pieds meurtris.

« T'es-tu jamais demandé pourquoi c'est par des marches,

toujours, que les hommes deviennent des légendes ? Sans vouloir remonter à la Bible et à la traversée du désert... Qui veut rentrer dans l'Histoire doit marcher, c'est la règle. Et le prix à payer, des cors aux pieds. »

Il se leva, l'air plus grave tout à coup.

« Dans trois jours, San Ignacio... Trois jours, pour tout changer ! »

Le lendemain matin, un bruit de galop réveilla Nicolas. Le jour ne s'était pas encore levé, mais les montagnes, au loin, sortaient lentement des ténèbres. Il retrouva Raousset debout près d'un chariot. C'est Benito, lui dit-il, parti s'assurer de la route, devant. Si tout allait bien, on lèverait le camp la nuit prochaine.

Benito ne rentra qu'au soir, couvert de poussière, le cheval écumant – et, à peine à terre, il s'isola avec le comte. Nicolas, intrigué, se glissa entre les chariots. Benito avait l'air soucieux – ou bien était-ce la fatigue ? – et Raousset eut soudain un geste de dépit avant de revenir au camp.

« On ne me fera pas croire qu'il revient juste d'une petite inspection, dit une voix derrière lui. Cet homme-là a galopé toute la journée... »

Jules de France ne baissait pas sa garde. Mais, dans ce cas, où était-il allé ? objecta Nicolas. Benito était loyal, il en aurait juré...

« Eh ! Peut-être justement rendre visite à celui qui a dit à notre cher comte que c'était un homme sûr ? »

Personne d'autre ne paraissait s'être inquiété de l'absence de leur guide. Pépin et Jourdain, dès leur réveil, s'étaient mis en tête que, quelque part dans cette bourgade, il y avait forcément une bouteille de *mescal* ou de *pulque* qui les attendait, et ils étaient revenus de leur exploration dans la matinée, le gosier toujours en feu, mais en compagnie d'un vieillard édenté, maigre à faire peur, et qui salivait en gloussant d'un air idiot. De toute évidence, l'homme n'avait plus tous ses esprits. L'attroupement avait été si soudain, autour de lui, que Nicolas, curieux, avait joué des coudes. Que se passait-il donc ? Le vieillard faisait circuler un petit sac de cuir. Dès que Nicolas l'eut dans la main, il comprit : de l'or...

Un *gambusino*. Pepe Iturbide était un de ces chercheurs d'or vagabonds dont leur avait tant parlé Benito, qui, faute de moyens pour exploiter des mines, et surtout par volonté de préserver leur solitude, se contentaient de prospecter à ciel ouvert. Le lit des torrents, après les crues, les *crestones*, ces affleurements de quartz sur les hauteurs, longs parfois de plusieurs kilomètres, étaient leur domaine. Avec pour seul outil leur *barreta*, une longue pique de fer à la pointe trempée, ils éclataient la roche, à la recherche de la veine d'or, la suivaient jusqu'à ce qu'elle s'enfonce sous terre, puis allaient chercher fortune ailleurs. La légende leur prêtait des dons de découvreurs quasi miraculeux – et une incapacité totale à conserver longtemps leurs pépites.

Pepe gloussait, ravi d'être au centre de l'attention. Il n'y avait pas plus obsédé par le secret qu'un *gambusino* – et donc, c'était fatal, pas plus impénitent bavard. Il avait prospecté dans tous les territoires du Nord, jusqu'au mont Pinal, au-dessus de Tucson, chez les Coyoteros. Il y avait de l'or, là-bas. Et de l'argent – tellement d'argent que les Indiens en faisaient leurs balles. Puis il avait mis le doigt sur ses lèvres, et les hommes s'étaient penchés vers lui : il savait des filons prodigieux, vers le mont Arizona... Un frisson était passé sur le groupe. N'était-ce pas le nom de leur concession ? Vers Saric ? demanda Porthos, d'une voix étranglée. L'autre avait cligné de l'œil. Si, si, au nord de Saric. Les placers de l'Arizona... Il y avait beaucoup de mines, là-bas. Toutes abandonnées. C'était le royaume des Apaches, maintenant ! Il avait dû fuir, comme les autres. Mais il savait des filons... ah ! qui dépassaient l'imagination. Oui, c'était à Saric, et Pepe, en ce temps-là, était le meilleur des *gambusinos*...

Il avait soupiré. Depuis ? Depuis, il devait se contenter de la montagne, derrière. Et du río Zanjon, parfois. Il y avait de l'or, par là ? s'était inquiété le Vendéen. Un peu. Pas trop. Pepe s'était fermé, brusquement. Encore une fois, il en avait trop dit. Il ne faut pas écouter les vieux *gambusinos*, señores, ils divaguent, c'est bien connu. Mais les autres, ici, de quoi vivaient-ils ? avait insisté Pépin. Juste de la poussière et du jus de cactus ? On ne vit pas, señor, à Querobabi, avait balbutié le *gambusino*, contrit. Mais il n'avait pas pu s'empêcher d'ajouter :

« De l'or, señor. De l'or ! »

Les Apaches viendraient, comme ils étaient venus à Saric, à Altar, à Cucurpe – et il ne resterait rien, après leur passage. En attendant, on cherchait de l'or, à Querobabi.

Une journée encore, et ils seraient à San Ignacio. Benito n'avait pas menti. Comparée à celles qu'ils avaient affrontées jusqu'ici, la piste ressemblait à un boulevard. Le voyage avait commencé dans les chansons gaillardes, dont Jules de France et d'Artagnan possédaient un vaste répertoire. Pepe Iturbide, dans un chariot, battait des mains sans trop comprendre, mais qu'importe ? il allait revoir les placers de l'Arizona. L'idée était du Vendéen : après tout, il pouvait se révéler plus utile que cette gueule d'empeigne d'ingénieur ! Et l'on aurait dit que sa présence redonnait à chacun de l'allant : quelques pépites d'or passées de main en main, et voilà que les mines de Saric devenaient plus proches. Mais les chants s'étaient tus à l'approche du village de Santa Ana. Plus qu'une journée avant qu'ils se séparent... Un pressentiment leur venait que cette visite au général était un piège. Et l'on voyait bien, à son visage tendu, que Raousset lui-même était préoccupé. Un murmure passa : il fallait faire une halte, qu'on discute un peu de la conduite à tenir.

Ils n'en auraient pas le temps, se dit Nicolas en voyant une troupe de cavaliers sortir du village, et se porter à leur rencontre, drapeau en tête. En effet, c'étaient bien des soldats de l'armée mexicaine. Leur officier, un grand efflanqué aux moustaches en croc, n'avait pas l'air d'humeur à plaisanter.

Lieutenant Carlos Orta, se présenta-t-il, aide de camp du général Blanco ; il les attendait depuis deux jours, porteur d'instructions urgentes. Il balaya du regard la troupe, compacte et en rangs, fit la grimace – sans doute s'attendait-il à la trouver plus mal en point –, tressaillit quand il découvrit Benito, un peu en retrait. Pour le comte et le colonel seuls, insista-t-il. De toute évidence, il n'entendait pas discuter devant la piétaille.

Si dans une heure ils ne sont pas là, on prend le village, menaça le Vendéen, tandis que Raousset et le lieutenant disparaissaient au galop vers Santa Ana. Mais un quart d'heure ne s'était pas écoulé qu'ils revenaient déjà, les visages crispés.

Raousset, d'un geste, rassembla la compagnie autour de lui, monta sur un chariot. Pas besoin de conseil, tous pouvaient entendre ! Les ordres de Blanco étaient clairs : le colonel, l'ingénieur et lui-même devaient suivre immédiatement le lieutenant jusqu'à Arispe, où le général les attendait. Ce fut une tempête de protestations contre Blanco. Pardi ! c'était un piège. Aucun n'en reviendrait. Et c'en serait fini de l'aventure. Le colonel prit la parole : le général Blanco assurait que cette rencontre faciliterait grandement leur entreprise. Mais sa voix fut couverte par les huées, jusqu'à ce que Raousset intervienne : le problème, c'est que le colonel serait personnellement tenu pour responsable de l'exécution de cet ordre, mis certainement aux arrêts, à Arispe, sinon en prison. Et que la banque Jecker, dès lors, se retirerait...

« Je comprends, je comprends tellement ce que vous ressentez tous ! Mais je suis mexicain, señores, et soldat : je ne peux qu'obéir. »

Gimenez tremblait de peur. À la colère succéda un morne abattement. Bon sang, ça ne pouvait pas se terminer comme ça... Le Vendéen monta aux côtés de Raousset : il fallait une réunion du conseil, tout de suite. On hocha la tête. Oui, il avait raison. Mais ça changerait quoi ? Le colonel les regarda s'éloigner avec inquiétude – sans doute songeait-il, en ces minutes interminables, que sa carrière, peut-être sa vie, allaient dépendre de quelques forcenés français.

Le conseil revint devant les hommes, qui n'avaient pas bougé, malgré la fatigue : le comte se rendrait à Arispe, puisqu'on ne pouvait pas faire autrement, mais escorté de dix hommes, pour éviter les mauvais coups, et seulement à partir de San Ignacio. Jusque-là ils marcheraient tous ensemble. Le lieutenant Orta pouvait se joindre à eux, s'il le souhaitait. C'était leur dernier mot. La troupe acquiesca, sans enthousiasme. Restait à faire céder Orta, objecta le colonel. Mais, fit remarquer Jules, lui aussi avait trop intérêt à ramener le comte à Arispe pour faire le malin...

La nuit qui suivit fut étrange. Chacun parlait à mi-voix, comme si de savoir qu'un seul d'entre eux allait les quitter suffisait à défaire le bloc qu'ils avaient formé, renvoyait chacun à sa solitude. Jules de France soupirait, et l'on devinait qu'il songeait, à cette heure, à Artémise et au petit Joe. Raousset racontait comment il avait dilapidé l'héritage familial pour créer un journal libertaire en 48, La Madelène faisait rire de ses mésaventures de cireur de bottes sur Portsmouth Square. Nicolas s'éloigna, oppressé. N'était-ce pas une cérémonie d'adieux ? Des voix lui parvenaient, nostalgiques et fragiles, portées par le vent du désert. Oui, j'étais sur la Mokelumne alors, et le vieux Joe jetait ses pépites sur la table de *monte*. Je t'attendrai, qu'elle m'avait dit, mais quand je suis revenu les volets étaient fermés... Ils s'étaient crus indestructibles, au long de ces journées. Ce n'était pas possible que tout s'achève ici. Il fallait que cette aventure ait un sens. Trop d'images lui revenaient, à lui aussi, et trop de souvenirs. Qu'étaient-ils, dans ces vastitudes indifférentes ? Un grain de sable qui s'était payé le ridicule de se croire un destin.

Le départ, le lendemain, se fit dans un silence de mort. Le lieutenant Orta lançait autour de lui des regards furieux, les Français le défiaient ouvertement, mentons levés, et quand les cavaliers mexicains voulurent encadrer la colonne, celle-ci s'arrêta net : ils n'étaient pas des prisonniers qu'on surveillait, et si le lieutenant voulait la bagarre il allait l'avoir, pas plus tard que tout de suite ! Gimenez accourut, très pâle, il y eut un violent conciliabule, à l'écart, et le lieutenant, d'un geste rageur, fit revenir ses hommes, pour les placer loin devant, en éclaireurs. Mais à chaque pas qui les rapprochait de San Ignacio, l'issue inéluctable leur paraissait à tous un peu plus impensable. Quelque chose, nécessairement, devait arriver qui les délivrerait de ce cauchemar...

Ils allaient faire halte vers midi quand un cri venu de l'arrière les fit se retourner. Des cavaliers arrivaient sur la piste, au galop. Ils étaient vêtus de longs cache-poussière, le chapeau baissé sur le visage. Un instant, Nicolas se crut victime d'une hallucination. Mais non, c'était bien lui. Pareille dégaine ne s'oubliait pas facilement. Il piqua des deux, suivi des mousquetaires. Les hommes agitaient leurs chapeaux, en s'approchant. Olivier de La Chapelle, le bras droit de Pindray !

La confusion, dans l'instant, fut totale. Des Français ici ? Les anciens de San Francisco se regardaient. Pindray était-il derrière ? C'était proprement extraordinaire.

« Décidément, salua Dommartin, mondain en diable, le désert, cher ami, devient le dernier lieu à la mode... »

Mais La Chapelle cherchait Raousset du regard. Et dès qu'il le vit :

« Ah, comte ! J'arrive à temps ! »

L'enthousiasme était indescriptible. Des Français ! N'était-ce pas le signe tant espéré ? Pressé, bousculé de toutes parts, La Chapelle put enfin s'expliquer. Non, Pindray n'était pas derrière, mais *devant* : ils étaient quatre-vingt-dix Français, installés depuis près de deux mois à deux journées de marche de là, à Cocospera. Et il réglait certaine affaire du marquis à Hermosillo, quand il avait appris leur passage. Depuis, il brûlait les étapes pour les prévenir... Les prévenir ? D'un geste, Raousset arrêta les hommes du lieutenant Orta, qui accouraient pour savoir la cause de cette agitation, et pourquoi la troupe s'était brusquement arrêtée. Des amis français venaient d'arriver, dit le comte sur un ton qui n'admettait pas de réplique, avec lesquels ils devaient parler. Gimenez allait de l'un à l'autre, inquiet. Pourvu que ces va-t-en-guerre ne se montent pas la tête ! Raousset appela le conseil et, comme Nicolas dévorait des yeux La Chapelle, Jules lui fit signe de se joindre à eux.

Cocospera ? Il leur expliquerait plus tard, dit La Chapelle. Ce dont il voulait les avertir, d'abord, c'était de ceci : Blanco entendait garder Raousset prisonnier à Arispe, ainsi que Gimenez, avant de démembrer leur expédition. Il le tenait du gouverneur lui-même. Raousset devint très pâle :

« Alors, c'est la guerre ?

– La guerre ? Nous sommes au Mexique, comte. Qui sait de quoi demain sera fait ? Les alliances se font et se défont. Ce qui est sûr : partez à Arispe, et la partie est finie, pour vous. »

Le comte se redressa.

« Eh bien ! le sort en est jeté ! À moi, mes hommes ! »

Il marcha vers Orta : compte tenu d'informations nouvelles, dit-il d'une voix sonore, il renonçait à se rendre à Arispe.

Un énorme hourra salua la nouvelle. Les Mexicains mirent la main à leurs armes. Raousset les arrêta, d'un geste, et se tourna vers Orta.

« Un homme de confiance me remplacera ! Garnier, mon meilleur officier. Avec tout pouvoir de négociation. Je rédige une lettre au général dans ce sens. Immédiatement. D'Artagnan, Aramis, mes amis, je compte sur vous : partez avec lui, et ramenez-le-nous ! À vous de choisir, lieutenant : Garnier, ou personne... »

Garnier s'avança, serra son paquetage sur son cheval, étreignit Raousset devant la troupe soulevée de ferveur. Une demi-heure plus tard, ils étaient partis. Raousset les regarda s'éloigner, dans un nuage de poussière.

« Et maintenant, à Cocospera ! »

9

Il était tel qu'il l'avait vu apparaître un soir, chez Paul Niquet, tel qu'il l'avait quitté dans le salon de Colton : sauvage, l'œil lançant des éclairs, et la lippe méprisante. Par la fenêtre ouverte, on entendait monter des chansons à boire, des ritournelles de tapis-franc, le brouhaha des hommes joyeux. Des cuisines venaient des odeurs de viandes grillées. Ils n'en finissaient pas de s'étonner, de s'être ainsi retrouvés. Saric était à une journée de marche vers l'ouest, ensemble on allait faire de grandes choses : c'est qu'avec quatre cents hommes, ici, on formait une armée ! On vouait Blanco aux gémonies, on lui promettait une déculottée s'il s'aventurait dans l'Apacheria. Et l'on reprenait en chœur un chant guerrier.

Mon sanctuaire, avait dit Pindray en poussant une lourde porte que gardaient deux soldats. Une grande table, des *butacas* de cuir en guise de sièges : la frontière ignorait le luxe. Seule la grande bibliothèque, contre un mur, tranchait sur cette sobriété spartiate. Les archives de la Mission, expliqua Pindray en passant machinalement la main sur les sombres reliures. À leur arrivée, seul ce bâtiment tenait encore debout. Ils s'y étaient installés, et s'affairaient depuis à remonter les fortifications, à refaire les toitures. Les Indiens, qui s'étaient acharnés à tout détruire, curieusement, n'avaient pas touché aux livres. Peut-être ceux qui gardaient encore la mémoire du temps des Pères les pensaient-ils chargés de quelques mystérieux pouvoirs ?

Un *peón* apporta une grande coupe d'eau, à la mexicaine, et s'éclipsa sans bruit. Pindray les dévisagea, les uns après les autres, fit un signe amical à Nicolas quand il le découvrit, puis eut un petit rire sec.

« C'était chez Colton, n'est-ce pas, la dernière fois ? Il faut croire que nous n'arrivons pas à nous quitter... »

Mais une inflexion agacée dans sa voix disait plutôt : « où que j'aille, il faut donc que vous me rattrapiez ? », songea Nicolas. Il est vrai que Pindray avait toujours eu l'art de la plaisanterie à froid... Les colons de Cocospera s'étaient précipités à leur rencontre, mais le marquis, arrivé bon dernier, avait simplement accueilli le comte d'un railleur : « Eh bien, comte, décidément ! »

À quoi Raousset, l'œil étincelant, avait répondu :

« Croyez bien, marquis, que je n'y suis pour rien... »

Dommartin, Lapeyrouse et les autres le criblaient de questions. Pour eux, il était un des rois de San Francisco, aux exploits légendaires, qu'ils retrouvaient enfin. Il leur raconta sa rencontre avec Del Valle, son étonnante proposition et le parti qu'il avait pris. L'exposé par Dommartin des arrangements de la *Restaurada* lui fit lever un sourcil étonné. De toute évidence, ils étaient mieux lotis que lui. Pindray se tourna vers Raousset, resté en retrait, et lui en fit compliment.

« Là, comte, vous me battez ! Peste, comme organisation... Tout a été prévu, n'est-ce pas ? À un détail près... »

Il ricana, amer.

« ... Qu'aucun Mexicain n'a jamais su ce qu'était un contrat, ni une parole donnée ! La signature d'Arista, dites-vous ? Elle ne vaut, comme les autres, que le prix qu'on l'a payée... »

Et il leur expliqua la petite guerre que lui livraient depuis son arrivée le général Blanco, le gouverneur Cubillas et les autorités d'Ures. En échange de Cocospera, et de la promesse de matériel et de vivres, Mexico l'avait engagé pour protéger cette région des raids des Indiens, mais...

« Voilà maintenant qu'ils ont peur de moi. On les protège et ça les humilie ! Blanco prend notre présence comme un désaveu par Mexico de son action. »

Cocospera ne pourrait pas tenir longtemps sans vivres, continua-t-il : les premières vraies récoltes n'étaient pas à attendre avant un an. Et ils ne pouvaient pas tout faire, reconstruire la Mission, pourchasser les Indiens et cultiver la terre. Quelques familles mexicaines commençaient bien à revenir, mais il fallait tenir un an...

« Foutrebleu, s'ils ne nous livrent pas ce qu'ils nous doivent, je me sers ! »

Il leur fit visiter les ruines de la Mission. Les Pères avaient remarquablement mené leur affaire, insistait le marquis, il le mesurait chaque jour un peu mieux, depuis qu'il se plongeait dans leurs archives. Il suffisait de mettre ses pas dans les leurs. Dès la Mission reconstruite, la vallée revivrait. Huit kilomètres de terres fertiles jusqu'à Bado Seco. Des pâturages pour des milliers de têtes...

« Mais les Apaches ? » s'inquiéta Nicolas.

Pindray tressaillit.

« Les Apaches, oui, bien sûr... »

Et après un silence :

« Il faut croire que les Pères avaient trouvé la solution – puisqu'ils ont su rassembler les Indiens autour d'eux. En les forçant, pourtant, à renoncer à leurs croyances. Tout cet attirail chrétien, qui ne signifiera jamais rien pour un Peau-Rouge ! Une Mission nouvelle, sans croix ni sacrements – ce serait peut-être l'avenir ? »

Ils se regardèrent, un peu surpris. Tout en parlant, ils étaient arrivés aux limites de la Mission. La plaine s'étendait devant eux, où flottaient des vapeurs bleuâtres. Des odeurs venaient, grisantes, avec le vent du soir. Pindray respira profondément, comme s'il avait voulu se projeter là-bas, très loin, dans l'espace sans limite.

« Ce sont des princes, vous savez ? Comte, vous me parliez de vos Arabes. Ceux-ci les valent bien ! De rudes guerriers, croyez-moi. Et des cavaliers... Il faudra que vous voyiez ça. Les princes du désert ! Durs, cruels, et superbes. Comme le désert. Eux seuls ont su faire leur demeure de cette immensité. »

Il s'avança vers le dehors et d'une voix grondante, où il y avait autant de raillerie que de colère :

« Quelle dérision, tout de même : je protège des pleutres que je méprise contre des gens que j'admire ! J'aurais dû naître parmi eux... Ah, je les aurais fait danser, croyez-moi, ces fichus Mexicains ! D'ailleurs, c'est ce que je vais faire si cette racaille me pousse à bout. James Kircher l'Irlandais est bien devenu le chef des Pawnees. Vous imaginez, si nous nous unissions aux Apaches ? Vous qui m'épuisiez du soir au matin avec vos belles théories, vos phalanstères, l'homme selon la Nature... Vous vous en souvenez ? Eh bien ! cet homme est là-bas, qui nous attend ! Ça oui, ce serait oser un monde nouveau. Pas celui que sont en train de rater les yankees. Rappelez-vous ce que je vous disais des notaires. C'est notre dernière chance, à saisir... Nous et les Apaches ! »

Il prit conscience de l'effarement autour de lui, eut une moue narquoise.

« Je plaisantais, bien sûr. Je plaisantais... »

Les hommes mangeaient dans la cour, assis autour des feux. Pindray, entouré de ses lieutenants, invitait à sa table, et Raousset, pour lui être agréable, avait amené son conseil, augmenté de Nicolas, mais la conversation languissait, coupée de longs silences, et cette curieuse réserve contrastait avec les francs rires qui fusaient parmi la troupe, à croire que le regard d'aigle du marquis éteignait toute vie près de lui. Était-ce l'effet des flammes dansantes ? Quelques-uns de ses proches avaient des mines qui n'invitaient pas franchement aux effusions, et les saillies des jeunes de la Polka leur arrachaient à peine quelques grimaces. Où les a-t-il trouvés, ceux-là ? semblaient se demander Dommartin et ses amis. Seul le Vendéen, trop occupé sans doute à s'expliquer avec une côtelette rétive, paraissait insensible au malaise ambiant, et c'est fort jovialement qu'il interrogea son voisin sur les placers de la frontière – avaient-ils commencé à prospecter ? Les *gambusinos* situaient dans la région la mystérieuse *Plancha de plata*, la montagne d'argent des Apaches. Le voisin jeta autour de lui des regards égarés, se tourna vers le marquis qui ricana :

« Les mines ? Mon ami, on raconte trop de choses ! Il suffit qu'un territoire soit interdit pour qu'on le peuple d'or, d'argent, de pierreries. Croyez-moi, rien ne vaut la charrue... »

La charrue ? Jules de France haussa un sourcil.

« Foutrebleu, marquis, je ne vous savais pas devenu si agreste. Serait-ce la lecture de Virgile, sur le tard ? Peste, vous en laboureur...

– On change, vicomte. Tout le monde change ! Un champ de maïs, quelques courges, voilà ce à quoi j'aspire aujourd'hui... »

Un de ses hommes s'étrangla de rire, rougit sous le regard terrible du marquis. Le Vendéen insistait. Et les Apaches ? Étaient-ils pleins de plumes, comme on disait ? Avaient-ils déjà attaqué ? Son voisin plongea dans sa gamelle et, comme personne ne lui venait en aide, grommela qu'au début, oui, il y avait eu quelques accrochages, mais que c'était calme, ces temps-ci...

Nicolas se pencha vers lui, étonné : tout à l'heure, un homme lui avait raconté les exploits de Pindray, comment, après que les Apaches lui eurent volé une part de ses chevaux, il les avait traqués, tués, avant de ramener les bêtes. D'où lui venait, à celui-là, sa soudaine réserve ?

Ils repartirent au petit matin. Les hommes auraient voulu rester un peu, leurs hôtes poussaient des soupirs désolés, mais Raousset insista avec une telle brutalité que la compagnie obtempéra, en maugréant. Au moment de se mettre en selle, La Chapelle vint vers Raousset, voulut lui parler, puis se ravisa en jetant un regard autour de lui – il viendrait à Saric dès que possible, murmura-t-il, avant de tourner les talons. On chercha Pindray, pour un adieu, mais il était déjà sorti. On serra des mains, on se promit de se revoir souvent, et la troupe s'éloigna au rythme guilleret du *Lapin-Blanc*.

Jules de France, resté quasi muet toute la soirée, se porta à hauteur de Nicolas, et chemina avec lui un long moment. Ce passage à Cocospera, de toute évidence, le laissait songeur. Tout ça n'est pas clair, finit-il par lâcher.

« On ne me fera pas croire que Raousset n'était pas au courant, pour Pindray... »

Nicolas piqua du nez, et ne dit mot.

« Je l'ai bien observé, à notre arrivée. Il savait, et il ne nous a rien dit ! »

Quelques minutes passèrent. Puis le Génie des Tréteaux soupira.

« Mais ce n'est pas le plus important. Tu as vu la réaction du marquis, à cette histoire de mines ? Alors, dis-moi, pendant qu'il nous parlait, dans son " sanctuaire ", c'était avec quoi qu'il jouait machinalement ? De l'argent. Des balles d'argent, même... Des balles apaches ! Encore autre chose... »

Il se pencha vers Nicolas et, à voix basse :

« Des gardes, je veux bien. À l'entrée. Mais pourquoi *à l'intérieur*, devant sa porte ? Il se protège de qui, le Pindray ? Et t'as vu ces têtes d'égorgeurs, à sa table... Ma main à couper que ce sont des anciens de Blanchot. J'ai bien regardé les autres, quand on partait. Il y a des gens, à Coscopera, qui ont peur. Et ce n'est pas des Indiens, crois-moi. Non, tout ça n'est pas clair... »

La première chose à faire, décréta Jules, était de rebâtir. Les voûtes de l'église gisaient, effondrées, parmi les massifs de sumac, les vastes bâtisses, autour de la cour carrée, achevaient de s'écrouler, les murailles éventrées disparaissaient sous les buissons d'épines, mais la Mission de Saric serait formidable, une fois restaurée, s'accordait à reconnaître chacun : plus imposante encore que celle de Cocospera. Pour l'heure, les serpents et les lézards y avaient élu domicile, sans intention apparente de céder la place, aussi avait-on décidé de camper un peu plus bas, sur une large étendue herbeuse. Avec des planches récupérées sous les décombres et des branchages, les hommes avaient construit une sorte de grand hangar où trouver un peu d'ombre, puis un corral pour les animaux, et le comte, parti inspecter les environs, avait eu la surprise, un soir, de découvrir, ajouté à sa tente, un « salon » en branches de peuplier où l'on pouvait tenir debout à une vingtaine. Il fallait bien un lieu où se réunir ! avait expliqué le Vendéen qui en avait eu l'idée. Nicolas, comme Jules, avait craint qu'à la tension extrême du voyage succède, devant les ruines, un brusque abattement, mais les hommes vaquaient par petits groupes, hochaient la tête devant l'épaisseur des murs, s'émerveillaient de la beauté des alentours. Benito ne leur avait pas menti : c'était superbe. La plaine se déployait vers l'ouest, immense, sans que rien, jamais, vienne arrêter le regard et, passé les premières collines, au nord, s'ouvraient des vallées verdoyantes, sur les flancs sombres des montagnes, une mince rivière qui devait être le río Altar serpentait entre les blocs rocheux et, sur ses berges, surprise, poussaient des bosquets de frênes, des platanes et des peupliers. Oui, ils pouvaient s'imaginer une vie ici.

Curieusement, le seul à ne pas manifester cette humeur entreprenante était le comte. Lui qui sans relâche avait poussé les troupes en avant, tout le long de la piste, paraissait presque absent, sans ressort. Il attendait Garnier, bien sûr. Même en supposant que le général l'ait retenu, il aurait dû être là : Arispe n'était pas à plus de trois jours de cheval.

« Il n'empêche, bougonnait Jules à chaque fois qu'il croisait

Nicolas, regarde-le ! Il est ailleurs, notre Raousset. Ma main à couper qu'il ne croit pas qu'on restera ici... »

Jules et le Vendéen, devant son inaction, avaient pris les choses en main, et c'était, dès le petit matin, un bruit incessant de marteaux et de pioches. Benito avait montré à Fayolle comment on fabriquait des briques d'*adobe* et, depuis, celles-ci, séchées, s'entassaient devant chaque ruine à reconstruire. Deux escouades charriaient des blocs de pierre qui venaient renforcer les murailles, les autres déblayaient, remontaient ce qui pouvait l'être : il fallait au plus vite une forge, une sellerie, une cordonnerie, un atelier de charron, une fonderie pour les balles. Jourdain et Pépin s'étaient mis en tête de fabriquer un petit alambic. Après, il serait toujours temps de passer aux pièces d'habitation !

Porthos se dégourdissait les muscles, comme il disait, en courant partout où l'on réclamait ses bras d'Hercule, Athos accompagnait les trappeurs à la chasse pour améliorer l'ordinaire, et ils revenaient de leurs expéditions avec des récits à faire rêver : plus haut, en remontant l'Altar, il était des lacs enchanteurs où venaient boire les cerfs, à l'ombre des saules, et des vals profonds, et des prairies... Ne retombaient-ils pas tous en enfance, jouant les Robinsons, se demandait parfois Nicolas – le monde avait disparu, ne restait plus qu'une vie à réinventer, en leur île déserte. Premier levé, il finissait chaque soir brisé mais heureux, l'esprit vide. Et chacun pareillement puisait dans sa fatigue le sentiment qu'il s'installait dans la durée, chez lui, enfin – il n'était que de voir la manière dont les hommes se promenaient dans la plaine après le travail, pour comprendre qu'ils faisaient le tour du propriétaire, eux qui, pour la plupart, n'avaient jamais rien possédé. Oui, l'extérieur avait presque disparu – si seulement Garnier était rentré ! Ce Blanco de malheur n'avait pas intérêt à venir les chatouiller, grondaient les hommes : ils étaient chez eux, et nul ne les délogerait...

Les réunions autour du feu, le soir, retrouvaient un peu de l'atmosphère de Happy Valley. Eugène n'était pas là, mais son esprit se perpétuait chez les anciens de la Ruche d'or et c'étaient des débats interminables sur la Cité d'Harmonie : ici, enfin, on avait tout à portée de la main pour la bâtir, cette Mission serait le centre depuis lequel rayonnerait une nouvelle manière de vivre, on ouvrirait une école pour ceux qui ne savaient pas encore lire et écrire, puis on monterait une bibliothèque. On imaginait déjà où les Mexicains installeraient leurs maisons, à l'ombre de la Mission. Les terrains à cultiver ne manquaient pas, sur les deux rives de l'Altar ! Les débats devenaient plus vifs dès qu'il s'agissait de savoir s'il fallait, au nom de l'efficacité, s'organiser par spécialités : un forgeron, un cordonnier, des trappeurs, ou bien plutôt établir des roulements, seuls garants d'une vraie égalité. Et puis, ajoutait un autre qui avait lu *Le Dernier des Mohicans*, il faudrait discuter un jour avec les Apaches. Il devait bien y avoir des arrangements à trouver avec eux ! D'ailleurs, ils étaient où, ces Apaches ? Depuis Guaymas, on n'en avait pas vu un seul ! Benito souriait. On les croiserait toujours assez tôt. Leurs villages devaient être plus au nord, à deux ou trois journées de marche. Mais ils savaient qu'on était là. Simplement, ils n'attaqueraient qu'à coup sûr. Ou bien, la nuit, ils essaieraient de voler les chevaux...

Puis quelqu'un soupirait. Mais qu'est-ce qu'il fout, Garnier ? Et c'était alors de longs silences, tandis que la nuit pesait un peu plus fort sur eux...

Raousset ne disait mot, toujours en retrait dans la pénombre. Était-il là, seulement ? Parfois une question fusait, on le cherchait des yeux, il avait disparu. On le retrouvait plus loin dans le noir, face à la Prairie. À quoi songeait-il ? Peut-être simplement à ce que l'Histoire continuait d'avancer au-dehors et que les nuages s'accumulaient, sans qu'ils les voient. Si seulement Garnier pouvait rentrer !

Cocospera, aussi, semblait avoir disparu de la carte. Jules émit l'idée qu'une petite fête serait l'occasion de renouer les liens. Et l'on allait leur envoyer un messager lorsque La Chapelle apparut un matin, l'air sombre comme d'habitude. L'avancée des travaux lui fit hocher la tête, mais d'une manière si lugubre que Jules et Nicolas l'entraînèrent à l'écart. Raousset était parti chasser avec les trappeurs et ne rentrerait pas avant le soir, expliquèrent-ils. La Chapelle eut une moue de déception. Il ne pouvait pas rester, et pourtant... Ah ! Dieu m'est témoin ! s'écria-t-il soudain, comme si deux forces opposées se disputaient en lui, et il les regarda d'un air presque suppliant.

« C'est Pindray, n'est-ce pas ? dit Jules.

– Ma vie ! Je donnerais ma vie pour lui. Dieu m'est témoin... Mais il ne va pas bien, non. Et je ne sais plus... »

L'arrivée de Raousset avait été un choc pour le marquis. Comme si ses projets s'en trouvaient dérangés. Ça n'était déjà pas facile avant, soupira son lieutenant, mais depuis... Il était comme fou.

« Vous avez vu, il y a quelques drôles de fusils, parmi nous. Des hommes de Blanchot ! Il fallait bien compléter les troupes, qu'il disait... Oui, mais c'est sur eux qu'il s'appuie, de plus en plus. Et les autres, ils commencent à prendre peur. »

Il hésita.

« Depuis deux semaines, il passe toutes ses nuits dehors. Avec les anciens de Blanchot. J'ai essayé de les suivre, seulement... Il se méfie de moi. De moi ! Vous savez, quand il dit qu'il se servira si on ne lui livre pas ce qu'on lui doit... il le fera, sûr et certain ! Et comme il y a des *pueblos* pas très éloignés, Babasaqui, Casati, Imoris, sans compter Magdalena... »

Pindray chef de bande ? Jules de France fit la moue. Il lui voyait des ambitions plus vastes.

« Si les choses sont nettes, pourquoi ne m'en parle-t-il pas ? D'ici que l'on apprenne que des haciendas ont été attaquées, pillées... Si c'est ça, les trois quarts des gens, chez nous, refuseront de marcher ! »

Si les choses tournaient au pire... La Chapelle eut un rire convulsif.

« Moi... Moi, je ne compte pas. Je sais ce qu'il me reste à faire. Mais eux ! Voilà ce que je voulais savoir. Eux ! Pourront-ils vous rejoindre ? Je sais que vos vivres, à vous aussi, sont comptés... »

Jules le coupa. D'avance, il pouvait dire la réponse de Raousset. Et celle de toute la compagnie. La Chapelle leur serra longuement les mains, à l'instant de remonter en selle, et Nicolas eut le sentiment qu'il leur faisait ses adieux. Il allait se lancer, revint sur ses pas.

« C'était... un homme, oui. Un géant ! Il aurait pu faire de grandes choses. Mais, là-haut, quelqu'un n'a pas voulu... »

Et il partit au galop.

Il se réveilla en sursaut. Raousset se penchait vers lui, un doigt sur les lèvres. Il s'habilla en silence, se glissa à sa suite. Le jour n'était pas encore levé, mais les étoiles pâlissaient dans le ciel. Des chevaux les attendaient, un peu en contrebas, et, dans la pénombre, en retrait, il reconnut Pepe Iturbide, toujours gloussant. La sentinelle ? s'inquiéta Nicolas quand ils furent loin. Je l'ai envoyée du côté du corral, sourit le comte. Et dans une heure il fera jour...

Ils filèrent à travers la plaine, vers les collines. Quelle urgence les pressait donc ainsi ? Et, surtout, pourquoi lui plutôt que Benito, ou un autre ? Mais le comte restait muet, le visage grave, et Pepe, interrogé du regard, se contentait de cligner des yeux. Une nappe de brouillard flottait au-dessus de la rivière. Les crêtes des montagnes se dessinèrent peu à peu sur l'horizon, rosirent tandis qu'ils s'approchaient et, tout à coup, un trait de lumière troua la pénombre, déchira la brume en fines écharpes qui flottèrent dans le vent. Collines après collines, ils contournèrent la montagne sans ralentir l'allure, puis s'enfoncèrent dans un vallon, où ils retrouvèrent le cours de la rivière. Bientôt la pente se fit plus raide, et ils durent laisser les chevaux. Le río Altar bouillonnait, plus haut, en dévalant un chaos de rochers, avant de réapparaître, apaisé, dans la plaine. Il commença à comprendre, et son cœur se mit à battre plus vite.

Ils poursuivirent leur escalade. Des pins étendaient leurs branches austères au-dessus de l'abîme. Était-ce l'heure matinale, la fraîcheur de l'ombre, le fracas du torrent résonnant dans cette solitude ? Le lieu était sinistre. Ils pressèrent le pas, malgré la pente, émergèrent enfin en pleine lumière. Le sol vibrait, grondait sous eux comme un tambour. L'eau devait s'engouffrer par une faille, tomber dans quelque précipice souterrain, avant de ressortir plus bas en longs flots calmes. Ils entendirent Pepe glousser, se retournèrent : il n'était plus là. Puis ils virent une main qui leur faisait signe : caché par un taillis, un passage ouvrait vers les profondeurs, d'où montait un fin brouillard d'écume. Le comte alluma deux torches, lui en tendit une et ils descendirent le long de la roche humide, jusqu'à une plage de graviers. La rivière avait dû baisser depuis la dernière crue, découvrant une partie de son lit.

Pepe secoua le bras de Nicolas, montra les cailloux sous ses pieds. Son cœur fit un bond, violent. Un novice aurait pu s'y tromper tant ils paraissaient ordinaires, ternes et gris, mais plus lui. De l'or... Des pépites d'or, serrées comme galets sur une grève ! Il se baissa, les saisit à poignées. Pris d'un doute, il en griffa un de son *bowie-knife*. Sous sa gangue, la pierre lança un éclat fauve. Il en griffa un autre, et un autre encore, recula, étourdi : cela dépassait l'imagination. Puis Pepe s'avança jusqu'aux genoux dans l'eau glacée, plongea les mains dans le courant, ressortit des graviers à pleines mains – pas besoin de batée : le fond était tapissé d'or.

Nicolas s'assit, les jambes coupées. La lueur dansante des torches, le brouillard d'écume qui les enveloppait, les grondements furieux montant des entrailles de la montagne : l'endroit avait quelque chose de fantastique. Un *long tom* ! cria-t-il soudain. Et comme les autres le regardaient, étonnés, il expliqua : oui, c'était tout simplement un formidable *long tom* naturel. Le torrent, tombant de bassin en bassin, avait déposé siècle après siècle ses pépites, roulant plus loin, à chaque crue, les débris de roches, plus légers. Un *long tom* de plusieurs centaines de mètres ! Il devait y avoir là une fortune prodigieuse...

« Montons ! hurla Raousset. On ne s'entend plus ! »

Revenus à l'air libre, ils se regardèrent, incrédules. Pour un peu, ils seraient redescendus s'assurer qu'ils n'avaient pas rêvé. Pepe battait des mains : n'était-il pas le meilleur des *gambusinos* ?

Depuis quelques jours, Benito et les trappeurs avaient renoncé à l'accompagner dans ses recherches. Et les hommes, au camp, goûtaient de moins en moins ses histoires fabuleuses. Le Vendéen, qui avait fait valoir au départ de Querobabi que ça ne leur coûterait jamais que quelques poignées de *frijoles* de le prendre avec eux, commençait à trouver l'appétit du *gambusino* un peu exagéré. Pas de doute, il connaissait la région, avait dit Benito, mais quant à son prodigieux filon... Ou il n'avait jamais existé que dans ses rêves, ou sa mémoire s'en allait par lambeaux. Il en aurait juré, señor, mais non, ce n'était pas cette piste-là, ou bien alors c'était vers Tucson, il ne savait plus très bien, tout s'embrouillait dans sa tête, mais ça allait revenir... Ils avaient fini par se lasser. Et Pepe, dans l'indifférence générale, avait poursuivi seul ses pérégrinations...

« ... jusqu'à hier, dit Raousset, comme s'il avait suivi les pensées de Nicolas sur son visage. Quand il est venu me chercher, pour me conduire ici... »

Raousset le fit asseoir sur un aplomb rocheux.

« Tu te demandes pourquoi toi, ce matin, et toi seulement ? Quand j'ai vu cet or, hier... J'ai cru devenir fou. Qui n'a pas rêvé cela ? Non pas une, dix, cent pépites, mais l'or, vraiment, la fortune incommensurable, l'or absolu ! Eh bien, il était là, à mes pieds. Le triomphe de notre entreprise ! Oui, je l'avoue, j'ai vu défiler devant moi toutes les richesses de la terre. Et... Quelle déception, mon ami ! Il m'a fallu une heure pour m'en remettre... Retrouver en pire ma vie futile d'autrefois ? Jamais ! J'ai compris tout à coup pourquoi les chercheurs d'or brûlent leurs pépites sur les tables de jeu : pour s'en débarrasser ! Tout l'or du monde... »

Il s'ébroua.

« Fallait-il revenir au camp annoncer à grands cris la découverte ? C'était la fin de notre entreprise, à coup sûr. Mais tout l'or du monde ne peut pas, non, ne doit pas pouvoir acheter notre rêve. C'est un royaume dont je rêve ! Un royaume à créer pour nous tous. Suis-je fou quand je dis cela ? Ah ! si je pouvais te confier le plan que j'ai conçu ! Mais j'ai promis, et c'est trop tôt... Garder le secret pour moi seul ? J'aurais eu le sentiment de trahir – de vous trahir. Alors j'ai pensé à toi, en qui j'ai pleine confiance. Et tu as maintenant le choix : ou bien porter la nouvelle à nos camarades – au risque de les voir tous se débander –, ou bien partager ce secret avec moi, jusqu'à ce que tu penses devoir le divulguer... »

Tout l'or du monde ! Et ce secret... Il pensa à Claire, aux deux mille dollars en pépites qu'il avait demandé à Colton de lui remettre, après son départ de San Francisco. Tout ce qu'il avait sauvé de Happy Valley. Un dernier geste, un dernier signe avant de disparaître, et que ses chimères au moins servent à quelqu'un après lui... Mais c'était Claire et toutes les haciendas de Californie, qu'il avait vues dans le gouffre rugissant. Et les rêves de Garnier, des mousquetaires, du Vendéen, de Jules de France, de tous les autres – tous ceux qu'il avait pu entendre égrener de feu en feu, le soir, sur la route. Si un jour je touche le *big gold*, petit, ah ! tu verras... Ou bien n'étaient-ce que des rêveries vagues, les prétextes donnés à quelque chose de plus vaste, et sans nom, qui les appelait, les poussait en avant ? Peut-être Raousset avait-il raison, après tout – et cet or partirait en alcool et en femmes, brûlerait sur les tables de *monte*, pour les laisser en haillons, sur le bord du chemin...

Il se leva. Raousset l'observait, inquiet. Qu'allait-il décider ? Il hésita. C'était comme si le comte venait de tuer quelque chose en lui, se dit-il – sa part de rêve. Ou ce tourment au fond de l'âme qui l'avait poussé jusque-là sans répit. Il aurait dû se lever, là, à l'instant, remonter en selle, repartir, les sacoches pleines, à San Francisco. Puis il repensa à Jules de France, à Dommartin, à ses amis. Désormais, il avait leurs rêves à tous en charge. Raousset venait de le faire prisonnier. Il voulut protester, songea à ce qui devait peser sur les épaules du comte depuis le début de cette aventure. Chef ? Prisonnier, plus encore que lui – responsable. Eh bien, comte, s'entendit-il soupirer, ce n'est pas exactement un cadeau que vous venez de me faire là...

Il s'activait à la forge, en compagnie de Porthos, quand une brusque agitation, dans la cour, lui fit lever la tête. Le Chourineur passa son museau par la porte. Garnier ! Il était là. Avec d'Artagnan et Aramis. Il courut, comme les autres, jusqu'à la tente de Raousset. Garnier, d'Artagnan et Aramis près de lui, titubait de fatigue. Et le comte, d'une voix qui tremblait un peu, lisait les propositions du général Blanco.

« Voici la première : renoncer à la nationalité française pour nous faire soldats de l'armée mexicaine, sans solde, sous les ordres du général, avec moi-même comme votre capitaine. À cette condition, nous pouvons nous installer ici, prendre possession des mines de l'Arizona et les exploiter. »

Les hommes se regardèrent. Cesser d'être français ? Se mettre sous les ordres de Blanco ? Dis-nous la deuxième, pour voir ! lança un titi.

« La deuxième ? Prendre chacun une carte de séjour qui nous donnera le droit de circuler dans le Sonora, mais sans pouvoir posséder aucune mine, placer ou terrain puisque, en tant qu'étrangers et en vertu d'une vieille loi du pays, nous sommes, paraît-il, “ incapables de posséder ”. Si nous acceptons, nous devrons rester ici sans bouger, jusqu'à réception de nos cartes. »

Eh bien, peut-être que la troisième ? ricana le Chourineur.

« La troisième ! Réduire la compagnie à cinquante hommes, avec un chef mexicain – qui serait probablement Gimenez, puisqu'il est resté aux côtés de Blanco, avec l'ingénieur. Dans ce dernier cas, il nous est permis de prendre tout de suite possession des mines, au nom de la *Restaurada*. Les deux cents démissionnés devront quitter le pays au plus vite. »

Il froissa la lettre de Blanco, la jeta à ses pieds.

« Faute d'accepter l'une des trois propositions, le général nous informe très aimablement que nous avons dix jours pour quitter les lieux, par petits groupes, et en évitant toutes les villes en chemin, jusqu'à Guaymas. Ou bien nous serions déclarés pirates, flibustiers, et traités comme tels ! »

La compagnie, assommée, restait silencieuse.

« Que vous dire, les amis, que vous ne sachiez déjà ? Nous sommes chez nous, ici. Nos titres sont réguliers, notre contrat engage le président de cette république. Mais le choix vous appartient. À vous tous ! Maintenant ! »

Nicolas croisa le regard du comte, qui le cherchait. C'était maintenant qu'il devait parler – ou jamais. Il leur restait ce choix : s'en aller chargés d'or, traverser l'Apacheria, gagner Tucson, puis la Californie. Qui pourrait vivre en ayant sur la conscience de les avoir peut-être poussés à la guerre par son silence ? Raousset le fixait avec une intensité extraordinaire – lui avait choisi. Et si c'était cela, être un chef : pour une idée, pour une chimère, envoyer les gens, sans trembler, à la mort ? Il n'était pas un chef, lui, et aucune idée ne valait la fin d'un homme... Il leva le bras, pour réclamer la parole, mais le Vendéen fut plus prompt.

« Amis ! nous savons tous la réponse ! La voici ! »

Et saisissant la lettre de Blanco, il la cloua à la pointe de son couteau sur un poteau.

« Français ? La France ne m'a jamais fait beaucoup de cadeaux, non, ça on peut pas dire, et pas plus à vous autres, hein ? sans ça on ne serait pas ici. Mais je suis français, nom de Dieu ! et je vais pas me mettre au garde-à-vous devant Blanco, ça, non ! L'armée, c'est fini pour moi ! »

La compagnie gronda. Français, oui ! C'était bien dit.

« Et puis je veux dire, aussi... Il y a des moments, quand on a roulé sa bosse et pris plus de coups qu'il n'en faut, eh bien ! on veut poser son sac. Ce n'est pas l'or, non. Ce n'est pas ces foutues mines. Je m'en fous, moi, de l'or ! C'est pas ça, non. C'est juste que je viens de poser mon sac. Et personne ne m'enlèvera ce bout de terre. Personne. Ou alors faudra me tuer d'abord ! »

Il voulut encore ajouter quelque chose, mais nul ne l'entendit, ce n'était que cris, de colère et de joie mêlées. Oui, il fallait demeurer ensemble, on ne reculerait plus ! Le comte hurla, transporté :

« Eh bien, messieurs, la guerre, s'il le faut ! »

C'était écrit, se dit Nicolas, désemparé : il resterait donc seul, avec le poids de son secret.

Restait Cocospera. Et Pindray. On ne pouvait pas abandonner La Chapelle. Les copains devaient être prévenus, insistait le Vendéen – sans compter qu'ils pouvaient être un renfort. Garnier irait donc, décida le conseil, et aviserait sur place...

Il n'était pas parti depuis deux heures qu'on entendit monter une rumeur sur la piste. Une troupe arrivait. On reconnut Garnier et, à ses côtés, La Chapelle, suivis d'une soixantaine de cavaliers, de chariots et de mulets. Les hommes avançaient tête basse, à ce point abattus que nul n'osa poser de question sur leur passage. Nicolas courut vers La Chapelle, l'aida à mettre pied à terre. L'ancien bras droit de Pindray paraissait sonné.

« Il n'a pas voulu, marmonnait-il, comme s'il refusait encore d'y croire, pas voulu de moi ! »

Et il se laissa mener jusqu'à la tente de Raousset.

Pindray avait franchi le pas. Mais ce n'était pas ce qu'il avait craint, lui, La Chapelle. Pindray ne s'était jamais imaginé en bandit de grand chemin. Non, il s'était mis en tête de s'allier aux Apaches. Son ambition ? Bouter dehors les Mexicains, créer un grand État indien. Avec tout ce qu'il pouvait leur apprendre, répétait-il, et avec l'or des montagnes, ils pourraient contenir yankees et Mexicains pendant des siècles ! Le premier État indien – avec l'aide des Français...

L'arrivée de Raousset avait tout précipité, comme s'il voulait à tout prix le prendre de vitesse. Quand le marquis avait exposé son plan devant l'assemblée de Cocospera, la salle s'était dressée, horrifiée.

« Les Apaches de Paris et ceux de la Sonore réunis, qu'il nous répétait ! Les hommes sauvages et les enragés de la misère, ensemble. Et ça le faisait rire... »

La Chapelle s'interrompit, hagard. Il est devenu fou, vous comprenez, insistait-il, comme pour excuser celui pour lequel il avait tout donné, si longtemps. Et il livra la suite de l'histoire par bribes, entrecoupées de soupirs incrédules. Comment Pindray, exaspéré, avait menacé de ses armes l'assemblée rebelle. Puis, appelant à lui les anciens de Blanchot, comment il avait voulu les enfermer, tous, à double tour. Et quand les hommes, furieux, avaient enfoncé la porte pour l'encercler dans ses quartiers, il s'était dégagé...

« Un tonnelet de poudre, oui ! Jeté dans la foule ! »

Les cris, les morts, les blessés – et Pindray, avec ses partisans derrière lui, disparaissant à l'horizon... C'était bien de Pindray, cela, se dit Nicolas. Et il ne reviendrait plus en arrière. À cette heure, il devait déjà être parmi les Apaches, avec ses partisans, préparant la campagne... Avec pareil chef de guerre, c'était le fer et le feu promis au Sonora, à très brève échéance. Et, français ou non, qui ne serait pas avec lui serait de ses ennemis.

Jules de France se leva. Il allait voir l'état des blessés, dans les chariots. Et puis il fallait qu'il réussisse des merveilles, ce soir, et que l'on se change les idées. Raousset exposa la situation à La Chapelle. Combien de ses hommes étaient des cavaliers confirmés ? Quarante, environ. Avec ceux de Saric, cela faisait une vraie cavalerie. Voulait-il en prendre la tête ? La Chapelle se redressa, comme s'il s'éveillait de son cauchemar, serra la main du comte. C'était dit : il était des leurs.

Mais, sur le pas de la porte, il resta un moment immobile, le regard perdu vers les montagnes. Pindray était quelque part, rassemblant des hommes, échafaudant des plans. L'horizon désormais devenait une menace. Il se tourna vers Nicolas.

« Il ne voulait plus de moi, vous comprenez ? »

La sonnerie du clairon le précipita hors du magasin, où il empilait les rations. Le clairon ! Décidément, tout le monde jouait déjà à la guerre. Depuis trois jours la forge ronflait de l'aube à la nuit, on fondait des balles, on montait les canons, on vérifiait les chariots, et Nicolas s'étourdissait dans ce tourbillon. Ce n'était partout que chants guerriers, propos belliqueux, on brûlait d'en découdre – se rendaient-ils seulement compte qu'ils n'étaient pas plus de trois cents ?

Raousset les attendait devant sa tente, avec Benito. Le coureur de pistes rayonnait, malgré la fatigue. Il avait disparu, dès Garnier revenu, et sans doute cela avait-il un rapport, lui chuchotait une voix insistante, avec certains des secrets de Raousset. Allait-on enfin savoir ?

Le comte était dans un état d'exaltation extraordinaire.

« Mes amis ! Enfin, le signal que j'attendais ! Ce n'était donc pas en vain ! »

Les hommes se regardèrent. Que voulait-il dire ? Il fit un violent effort sur lui-même, se força à retrouver son calme.

« Mes amis... Je me taisais depuis tant de jours ! Souvenez-vous, cette nuit terrible, sur la route de Guaymas. Je vous avais fait une promesse : qu'il n'y aurait plus de secret, entre nous. Que nous déciderions tout, toujours, ensemble. Eh bien ! je vous mentais. Mais le secret n'était pas le mien. Je n'avais pas le droit... »

Un murmure monta, le comte se redressa, l'œil brillant, fit face.

« Non, pas le droit ! Et je vais vous en faire juges... »

Il reprit d'une voix sourde.

« Un grand nom du Sonora m'avait contacté, dès notre arrivée à Guaymas. Avec la caution de notre consul, Colton. Il avait un vaste plan. Si vaste que j'en suis resté sur l'instant étourdi ! Le Sonora ne pouvait survivre, venait me dire cet homme, que s'il se libérait de Mexico, comme jadis la Californie. Mais seul, il ne le pouvait pas. L'aurait-il pu, qu'il risquait de connaître aussitôt le sort du Texas et de la Californie : tomber sous le joug des yankees. Et cet homme venait me dire, à moi qui me désespérais à Guaymas : agissons ensemble, unissons nos forces ! Demain la Sonore libérée vous ouvrira ses bras. Vos frères souffrent en Californie : qu'ils viennent, nous avons besoin d'eux, ce pays demain sera le leur ! Un projet grandiose, en vérité... Mais avais-je le droit de vous nourrir de faux espoirs ? Avais-je le droit de trahir notre contrat ? Ce soir-là, je lui ai dit : señor Paredes, le Mexique nous accueille, et nous serons loyaux. Mais si tout venait à manquer, si nous étions trahis, sans autre ressource que nous battre, alors, oui, nous serons à vos côtés !

Qu'auriez-vous fait, vous autres ? Un mot, un mot de trop dans la rue, dans une taverne, un mot pouvait le perdre ! J'ai gardé le silence. Dès le retour de Garnier, je lui ai envoyé Benito. Et voici sa réponse : " Je suis prêt ! " Les chefs des *pueblos* du Nord nous attendent avec lui, à Magdalena ! Mes amis, nous ne sommes plus des proscrits, des parias : nous sommes la Sonore libérée qui se met en marche. Demain, nous serons une armée ! Et l'avenir tiendra dans nos mains... »

L'émotion était si forte que nul ne trouvait les mots, les hommes, la gorge nouée, se regardaient, incrédules, ou se donnaient de grandes bourrades. Tous étaient comme pris de vertige. C'était tellement soudain, tellement immense ! Ce qu'on a raté en 48, à Paris, on va le réussir, ici, en mieux ! dit l'un d'eux. C'est French Hill qui continue, dit un autre : tout ça n'a pas été en vain ! Et l'on se prenait à rêver à tous ces Français qui, demain, allaient trouver enfin une terre, un refuge...

Nicolas resta abasourdi. C'était donc cela ! Oui, tout l'or du monde ne pouvait pas acheter pareil rêve. Et il avait eu raison de faire confiance au comte, raison de taire leur secret... Il chercha des amis, autour de lui, pour partager sa joie. Seul Jules de France restait les bras croisés, à l'écart de la liesse générale.

« Tu vois, lui dit-il. C'est pour ça que je n'aime pas les chefs. Pour ça que je ne veux pas être un chef ! »

Et comme Nicolas protestait : n'était-ce pas un projet grandiose ?

« Si fait, si fait. Reste à savoir s'il ne prend pas ses désirs pour des réalités. Savoir que ça finira mal, et le faire quand même, mon garçon, c'est ça le vrai chic. Je sens qu'il m'ennuiera vite, celui-là, en vainqueur... »

Jules de France n'était décidément jamais content. Il allait s'éloigner, revint vers Nicolas.

« J'oubliais ! Un vrai chef, ça garde toujours un secret dans sa manche. La question est : lequel ? »

10

Les sentinelles allaient et venaient devant les retranchements, le fusil à l'épaule et, de loin en loin, se lançaient les cris de veille. La nuit était claire et tiède, les chevaux entravés près des chariots avaient l'air calmes. Il descendit à pas lents jusqu'aux parapets de fascines, pour tenter de tromper son impatience. Plus loin, vers les canons, il vit une cigarette rougeoyer dans le noir. Accoudé à la roue d'un wagon, La Chapelle, lui aussi, était perdu dans ses pensées. Mais ce n'était pas la ville en liesse qu'il regardait : depuis leur départ de Saric, il s'attendait au pire ; jamais, répétait-il, Pindray ne laisserait s'en aller ainsi ceux de Cocospera – et il n'avait cessé, tout le temps du voyage, de se retourner, inquiet, vers les montagnes. Il partait faire la guerre à Blanco, se dit Nicolas, mais c'était Pindray qu'il craignait – Pindray qu'il attendait...

Des crépitements de pétards leur arrivaient du village, mêlés aux sons des *jaranas* et aux cris des danseurs. Les visiteurs avaient quitté le camp à la tombée du jour et depuis les hommes autour des feux écoutaient, perplexes, grossir la rumeur de la fête. Étaient-ce là les bruits d'une ville se préparant à sa libération ? Des fusées montèrent très haut dans le ciel, retombèrent en pluie multicolore, et l'on entendit le martèlement d'une grosse caisse rythmer les vivats de la foule. La grande banderole *Independencia de la Sonora*, à l'entrée du camp, qu'éclairaient par à-coups les flammes, lui parut soudain dérisoire. Et Raousset qui ne revenait pas...

La *feria* de Magdalena battait son plein depuis quatre jours, *peones*, *hacienderos*, *campesinos* se pressaient dans les rues, venus de toute la région, et depuis quatre jours Paredes et Raousset tenaient réunion sur réunion avec les chefs des *pueblos* du Nord, sans que leurs affaires paraissent avancer, et cette inaction, malgré leurs propos rassurants, commençait à mettre à mal l'enthousiasme des troupes. Il fallait bouger coûte que coûte, insistait Garnier, sinon... Mais Raousset secouait la tête. C'était toute la Sonore qui les découvrait ici, la Sonore qui s'habituait à l'idée d'une lutte commune – et puis Magdalena était au croisement des trois routes principales d'Hermosillo, d'Ures, d'Arispe : Blanco, ne sachant où se porterait l'attaque, se trouvait contraint soit de disperser ses forces, soit de rester bloqué dans son quartier général. Garnier haussait les épaules : des bruits couraient en ville que Blanco levait des troupes en hâte ; le temps, nécessairement, jouait en sa faveur, il fallait bouger... Que faisaient donc Paredes et ses partisans ?

L'arrivée de la compagnie, en ordre militaire et banderole en tête, avait transporté la ville d'allégresse. On se pressait sur son passage, on lui jetait des fleurs, et tout Magdalena l'avait suivie jusqu'à son campement, à l'embranchement des trois routes ; le maire y était même allé d'un vibrant discours sur la Sonore qui redressait la tête – puis, une fois les soldats installés, la fête avait repris, insouciante et folle. Les *corridas* succédaient aux combats de coqs, tandis que *pulque* et *mescal* coulaient à flots, les gamins jetaient à pleines poignées des pétards qui vous éclataient sous les pieds, des Indiennes aux jambes nues aguichaient les passants, parmi les étals de draps de Tepic, de poteries de San Pedro, de céramiques de Tocalom, de savons de Calaya, et les pénitents venus à genoux de plusieurs kilomètres à la ronde implorer la rémission de leurs péchés se précipitaient vers les filles ou aux tables de jeu, dès l'absolution obtenue. Contre quelques *cuartillos*, des moines bénissaient les poules, les ânes et les chiens qu'on leur présentait, au milieu des diseuses de bonne aventure, des joueurs de guitare et des marchandes de *tacos* ; chaque matin trouvait les rues pleines d'hommes effondrés, ivres morts – et Garnier rongeait son frein, furieux : on ne lui ferait jamais croire que ces gens-là, demain, allaient se battre !

Un « Qui vive ? » retentit à l'entrée, il y eut un brusque brouhaha, des hennissements, des piétinements, et Raousset parut avec à ses côtés Paredes et sa fille, et, derrière eux, une douzaine d'hommes aux habits chamarrés d'or et d'argent. Ceux-là, Nicolas les connaissait déjà, ils étaient venus tour à tour visiter le camp, mesurer l'importance des troupes françaises, et il avait été plusieurs fois leur guide : les chefs des *pueblos*, sans lesquels rien, ici, ne se faisait. Il essaya de lire leurs visages : étaient-ils venus donner enfin le signal attendu ? Les soldats accoururent, mais Raousset, sans un regard vers eux, le visage fermé, appela Garnier : qu'il rassemble le conseil au plus vite, et fit entrer ses visiteurs dans son salon de branchages. Puis il avisa Nicolas : pouvait-il tenir compagnie à la señora Angela le temps que durerait la réunion ?

« C'est le Mexique, señor... Nicolas, c'est cela ? Les jeunes filles ne sont pas supposées s'intéresser aux choses sérieuses. Et comment est-ce en France, dites-moi, en France ? »

Cette voix... Nicolas frissonna, bredouilla, lamentable, une invite à visiter le camp. Mais elle, le dévisageant soudain, les sourcils froncés :

« Nous nous sommes déjà rencontrés, n'est-ce pas ?

Au ranch de don Antonio Lugo, oui, balbutia-t-il. Et il lui raconta leur entreprise commune, au comte et à lui. Elle rit, d'un rire rauque.

« Dans ce cas, vous êtes au courant de tout ? »

Et elle lui prit familièrement le bras. Mon Dieu ! elle est pourtant plus jeune que moi, se dit-il, affolé, et il se força à adopter un ton quasi militaire, qu'il trouva aussitôt ridicule. Elle voulait tout voir, tout comprendre, applaudissait en découvrant les canons, s'attardait près des chevaux en connaisseur. Un escadron de cavalerie ? Oui, cela pouvait être décisif. Elle s'étonna de découvrir les baïonnettes aux canons des fusils, se fit expliquer leur maniement. Elle passait de groupe en groupe, avec un mot pour chacun, sans les Français rien n'aurait été possible, comment le Sonora pourrait-il assez les remercier ? Tout le camp, bientôt, bruissa de la rumeur : Angela Paredes, la fille du *Libertadore* ! Alors, c'est quand qu'on s'y met ? lança un titi. Elle serra les mâchoires. Si ça ne dépendait que d'elle ! Ses regards sans cesse revenaient vers la tente du comte. Elle entraîna Nicolas à l'écart.

« Ils hésitent, vous savez ? Après tant de discours, de promesses, de rodomontades ! Pourvu que mon père... »

La porte de la cabane se souleva et ils sortirent tous. Nicolas chercha le regard de Garnier, mais celui-ci, pensif, gardait les yeux baissés. Toute la compagnie se massa devant eux – et tel était le silence que Raousset n'eut pas à hausser la voix. Des décisions très graves seraient prises cette nuit, dit-il, la voix altérée par l'émotion. Et chacun devait entendre ce qu'avaient à leur dire Paredes et ses partisans. Des hommes apportèrent des torches, la scène, dans les flammes dansantes, prenait une intensité extraordinaire. Paredes s'avança, fixa longuement la foule des soldats. Et lui, l'homme devant lequel tout devait plier tant son regard en imposait, avait la voix tremblante.

« Nous nous devons ce soir toute la vérité, dit-il, et chacun de ses mots emplissait la nuit. Je m'étais engagé, mes amis autour de moi s'étaient engagés, à ce qu'ici, à Magdalena, nous lancions ensemble la grande offensive qui libérera le Sonora. Vous êtes là, au rendez-vous, prêts à combattre. Et nous, nous... »

Sa voix se brisa.

« Sur mon honneur, cria-t-il, bouleversé, et Nicolas vit qu'il serrait les poings. Non, les Sonorans ne sont pas des lâches ! Mais ils ont tellement souffert et depuis si longtemps... Il leur faut encore découvrir ce qu'ils peuvent, unis ! Ils regardent leurs femmes, leurs enfants : que deviendront-ils, s'ils ne reviennent pas ? Si au moins ils pensaient qu'une autre Sonore puisse naître de leur sacrifice... Chacun attend de voir ce que l'autre fera. Que les hostilités commencent, et ils bougeront. Mais pour l'instant... Voilà, mes amis, je viens devant vous les mains vides, la honte au front. Et j'ose vous dire pourtant : vous êtes notre seul espoir ! Allez de l'avant, je vous en supplie ! Il suffirait d'un premier engagement, d'une victoire... Oui, une seule victoire, et vous aurez tous les *pueblos* du Nord avec vous ! Je vous en fait le serment, ici, et que je sois déshonoré à jamais si je viens à manquer à ma parole ! Quant à vous... »

Il se tourna, terrible, la voix éclatante, vers ses partisans.

« Vous tous, jurez avec moi ! Que toutes vos forces seront derrière eux, dès la première victoire... »

La main levée, ils jurèrent. Et Paredes recula alors, le visage décomposé, sur lequel on pouvait lire, mêlées, l'humiliation et la colère.

Angela poussa un cri. Ses yeux lançaient des éclairs.

« Les lâches ! »

Elle se redressa et, d'une voix où grondait la fureur, si semblable à son père en cet instant :

« Eh bien ! Je sais ce qu'il me reste à faire. Et il ne sera pas dit qu'aucun Sonoran n'aura combattu à vos côtés... »

Tous se rassemblèrent autour de Raousset, presque à le toucher, comme si, avant même de se parler, ils avaient besoin de faire bloc. En somme, ils nous laissent tomber, dit un homme. Pourtant, ce Paredes n'avait pas l'air d'un plaisantin, objecta un autre – peut-être, après tout ? Tu parles ! sourit un troisième, si on va au casse-pipe, ils viendront juste après la bataille pour nous dire merci. De toute façon, soupira d'Artagnan, on était seuls avant. Ça n'avait été qu'un beau rêve...

Nicolas regarda Raousset : c'était le moment ou jamais de parler. Le comte eut un geste de dénégation. Non, ça ne pouvait pas finir ainsi. Il fallait encore croire en Paredes. Lui aussi jouait sa vie, en cette affaire.

« Pour moi, ça ne change rien, gronda alors le Vendéen. On ne me bougera pas de la Sonore. Ça passe ou ça casse, mais c'est le bout du chemin, pour moi. Sûr que je ne vais pas me coucher maintenant ! Et si on doit y rester, bon Dieu ! ils s'en souviendront...

– Que faisons-nous, les amis ? dit alors le comte, on continue ? »

On continue, répondit la troupe dans un murmure, et cette douceur, plus que les cris et le tumulte, était impressionnante : tous savaient que c'était de leur mort, aussi, qu'il s'agissait.

Restait à choisir, dit Raousset : Ures ou Hermosillo. Ures avait beau être la capitale du Sonora, ce n'était qu'un gros bourg, et très mal défendu, assurait Benito ; c'était à Ures que Paredes songeait, quand il avait évoqué une première victoire possible. Et puis il y avait Hermosillo. La grande ville, le cœur du pays. Des fortifications, de l'artillerie, et mille soldats au moins, plus sûrement quinze cents. À peu près imprenable.

« Ures ou Hermosillo ? »

Hermosillo, répondit la compagnie comme un seul homme. Et dans le silence terrible qui suivit on entendit une voix :

« Comte de Raousset-Boulbon, accepterez-vous l'engagement, au moins, d'un soldat sonoran ? »

Angela vint dans la lumière, très droite, le regard brûlant.

« Puisque les hommes de ce pays, ce soir, oublient leur honneur, peut-être appartient-il à une femme de le sauver... »

Et elle entra, la tête haute, sous la tente du comte.

Les hommes se regardèrent. Puis un énorme hourra monta dans la nuit. Jules, qui aimait le théâtre, applaudit. Et, se penchant vers Nicolas :

« Ah, c'est beau ! Sauf que comme ça, ce soir, on se fait un ennemi mortel de notre seul allié... »

Ils fonçaient sur la piste depuis maintenant deux heures. Alors qu'ils traversaient un bois d'épineux, une grêle de flèches avait frappé l'arrière-garde, blessant un homme. Le temps de se retourner et de lancer la cavalerie, les Indiens s'étaient déjà évanouis dans la nature. Des Apaches, avait dit Benito en ramassant une flèche. Et La Chapelle avait hoché la tête : l'heure du rendez-vous approchait. Il l'avait toujours su. Jamais les Apaches ne se risqueraient à attaquer sérieusement, avait protesté Benito : ils ne s'engageaient qu'à coup sûr, le plus souvent par embuscades et au moins à deux contre un – il devait s'agir d'un petit groupe, surpris par leur arrivée dans le bois. Non, c'est une avant-garde, s'obstinait La Chapelle. Et il avait envoyé ses meilleurs batteurs d'estrade dans la plaine. Joseph et Théodore étaient revenus peu après : un parti d'une vingtaine de guerriers apaches, à en juger par les traces, qui avaient filé droit vers le Nord. On ne les reverrait plus...

Mais La Chapelle restait d'humeur sombre et, vers le milieu de la matinée, un des trappeurs était arrivé au galop : les Apaches ! Il avait retrouvé leurs traces sur la piste, devant eux. Benito, cette fois, s'était montré soucieux et avait fait presser l'allure. Les hommes râlaient. À ce régime, ils n'auraient bientôt plus de pieds ! Ce n'était tout de même pas quelques Indiens... s'étonnait le Chourineur. Angela, qui chevauchait à sa hauteur, s'était penchée, narquoise :

« C'est que vous ne connaissez pas les Apaches ! »

Puis ils avaient surpris des mouvements dans les collines. Bientôt, on les avait vus dans la plaine qui marchaient en parallèle, disparaissaient, réapparaissaient. La Chapelle avait lancé quelques-uns de ses cavaliers parmi les mieux montés, mais en vain : les Indiens, à chaque fois, s'évanouissaient on ne savait trop où. À quel jeu jouaient-ils donc ? s'était inquiété Raousset auprès de Benito.

« Ils attendent des renforts, c'est la seule explication. Ce qui veut dire qu'ils sont au moins quatre ou cinq cents sur le sentier de la guerre... »

Il hocha la tête. Cela n'avait aucun sens...

« Pindray », dit simplement La Chapelle. Et il eut un mouvement du menton vers l'horizon : « Il arrive. »

Pindray, attaquer des Français ? Il était capable de beaucoup de choses, dit Raousset, mais tout de même...

Benito se décida soudain. Il y avait une hacienda en ruine à deux lieues de là, peu avant Cucurpe. Elle leur servirait de refuge. Ici, dans la plaine, malgré les chariots, la défense serait difficile si les assaillants étaient trop nombreux. Et depuis ils fonçaient, épuisés, sous le soleil de plomb...

Les Apaches arrivèrent vers la fin de la matinée. Une lente ondulation qui envahit l'horizon, inexorable, déborda sur la plaine, jusqu'à l'occuper tout entière. Jules de France tapa sur l'épaule de Nicolas.

« Mon garçon, je crois que ce coup-ci, c'est du sérieux... »

Les canons étaient en place, qui prendraient sous leurs feux croisés le grand terre-plein devant l'entrée, les hommes bien à l'abri derrière les murailles et les murs à demi effondrés. Mais le flot, là-bas, n'arrêtait pas de monter. Combien pouvaient-ils être ? Plus de cinq cents, dit Benito. Peut-être un millier. Angela, près de Nicolas, vérifia son fusil, très calme. Elle aussi avait brûlé ses vaisseaux lorsqu'elle était ressortie de la tente de Raousset, au petit matin, devant la troupe réveillée. Et il fallait que son père se sentît humilié au-delà de l'acceptable pour n'avoir même pas tenté une démarche avant son départ, lui faire entendre raison – ou bien, la connaissant, savait-il qu'elle ne reviendrait pas ?

Pindray... C'était bien lui qu'on distinguait, devant l'armée indienne, aux côtés d'un chef apache. Ça devait finir comme ça, murmura La Chapelle, abattu. Mais une vengeance, seulement, cette formidable attaque ? Toute la frontière bruissait des rumeurs de *pronunciamiento* : briser dans l'œuf l'entreprise de Raousset, pour Pindray, c'était briser la possibilité d'une troisième voie. Après, ne resterait plus en face de lui que Blanco, dont il devait faire, par avance, son affaire.

Maintenant ! s'écria Benito d'une voix rauque. Et l'armée apache s'ébranla en effet, au pas d'abord, puis au galop, de plus en plus vite, dans une tempête de vociférations que dominaient des « you you » suraigus. Nicolas serra son fusil de toutes ses forces. Rien ne pourrait arrêter cette masse en furie, se dit-il, la gorge sèche, il entendit Garnier, tranquille, qui commandait le feu, la terre trembla sous lui dans un fracas épouvantable, il vit à travers la fumée des brèches énormes ouvertes dans la masse des cavaliers, un entassement de corps, de chevaux entremêlés, une bouillie sanglante que la marée furieuse déjà submergeait pour déferler vers les murailles... La décharge des mousquets brisa net l'assaut.

On a gagné ! s'entendit-il hurler. Ils vont revenir, dit Jules de France. Il souffla bruyamment :

« Bon Dieu ! C'était tout juste... »

Les Indiens, là-bas, se rassemblaient déjà pour un nouvel assaut. Raousset, debout derrière Nicolas, donnait ses ordres d'une voix égale. Et les Apaches furent sur eux de nouveau, refluèrent, puis revinrent une troisième fois, plus féroces encore : les canons tonnaient, il tirait dans les tourbillons de fumée âcre, rechargeait, tirait sans relâche. Cette fois, la vague emportait tout sur son passage ; plus il en tombait sous leurs balles, plus il en surgissait, comme s'ils sortaient de terre, terribles avec leurs visages peints, toujours plus acharnés. Il devina qu'en plusieurs points de la ligne de défense on en venait au corps à corps, haches, casse-tête et lances contre baïonnettes, n'eut pas le temps d'en voir plus : un cavalier venait de sauter le mur en contrebas et fonçait droit sur eux. Une balle siffla, le cheval trébucha, il vit l'homme rouler sur lui-même, bondir par-dessus leur muretin : Pindray. Superbe, rayonnant, roi barbare couvert de poussière et de sang. Il fit face à Raousset.

« Comte, c'est entre nous ! »

Raousset, très pâle, posa la main sur son arme. Et les deux hommes s'avancèrent l'un vers l'autre, indifférents au tumulte autour d'eux.

« Depuis le temps ! dit Pindray. Cela devait finir ainsi, n'est-ce pas ? »

L'un grand, sombre, terrible, l'autre blond et mince – comme Raousset paraissait fragile devant le géant triomphant ! Il n'a aucune chance, pensa Nicolas en un éclair – Pindray était un tueur. Il se dressa en hurlant pour arrêter le marquis, tira sans réfléchir. Une seconde détonation redoubla la sienne, Pindray s'écroula en le regardant, étonné – et Nicolas sut que ce regard le hanterait jusqu'à la fin de ses jours... Il se retourna : Jules de France tenait lui aussi son fusil pointé sur le marquis.

« Qui l'a touché ? Mon garçon, mieux vaut ne pas trop chercher à savoir... »

Et comme Raousset, furieux, allait protester, Jules tonna, exaspéré :

« Eh ! tu te crois où, Boulbon ? Dans un roman de chevalerie ? »

Nicolas se pencha vers le marquis. Il gardait dans la mort cette expression de défi qui l'avait tant troublé, la première fois qu'il l'avait vu, à San Francisco. Il possédait tous les ingrédients dont on fait les grands hommes, dit Jules de France derrière lui, plus ému qu'il ne voulait le laisser paraître. Le Génie des Fourneaux soupira :

« Oui, mais c'est comme en cuisine : encore faut-il la bonne recette... »

La Chapelle accourait, le visage décomposé, comme si l'on venait de lui voler le face à face qui devait conclure leur histoire à tous deux.

« Le plus urgent, dit Jules de France, va être de lui inventer une belle légende. Il se portait à notre secours, la balle était apache. On lui doit au moins ça... »

Les hommes regardaient, effarés, l'amoncellement des cadavres devant eux. Combien de temps avait duré l'affrontement ? On recensa les pertes côté français : trois morts, huit blessés, on avait évité le pire. Puis ils défilèrent tous devant le cadavre du marquis – même mort, il continuait à les impressionner. Il y avait un mystère en cet homme, dit d'Artagnan, la gorge nouée, et Raousset hocha la tête, pensif.

« Et maintenant, dit-il d'une voix blanche, à Hermosillo ! »

La course était engagée. Et le premier arrivé aurait toutes les chances de vaincre...

11

Les traces étaient encore fraîches sur la piste d'Arispe. De chevaux, de chariots, de fantassins – si nombreuses que la route en était défoncée. Des sillons plus profonds marquaient le passage des canons. Et toutes filaient droit sur Hermosillo, distante de quatre lieues. Personne ne dit mot dans les rangs, mais chacun avait compris : Blanco était devant eux.

« Combien de canons ? demanda Raousset.

– Quatre. Au moins, répondit Benito.

– De chevaux ?

– Une centaine...

– De fantassins ?

– Beaucoup. Pour laisser de pareilles traces... »

Il montra du doigt les marques de pieds nus, encore visibles sur les bas-côtés du fait de la rosée.

« Et même des Indiens yaquis. Blanco a dû ramasser les *nacionales* d'Ures au passage. Il jette toutes ses forces dans la bataille ! »

Raousset serra les poings. Pour quelques heures à peine ! Il était donc écrit que tout, toujours, leur serait refusé...

« Bah ! dit Jules de France, il aurait bien fallu l'affronter un jour ou l'autre ! Autant que ce soit tout de suite... »

Oui, tout de suite ! murmura la troupe derrière lui. Et qu'à Hermosillo se joue leur destinée. Cette affaire avait trop duré, c'était trop de souffrances, trop d'espérances déçues, il fallait en finir. Au moins, dit le Chourineur à mi-voix, j'aurai vu du pays – moi qui croyais ne jamais dépasser le faubourg Saint-Antoine ! J'aurais juste voulu manger une fois encore du vrai pain, soupira un autre. Le Vendéen se racla la gorge, empoigna son mousquet :

« Alors, qu'est-ce qu'on attend ? On y va ? »

Et la troupe s'élança en silence, les mâchoires serrées.

Ils avaient dormi quelques heures au rancho de Los Alamitos, sans défaire leurs paquetages, abrutis de fatigue après une semaine de course folle à travers le désert. Les plus ardents voulaient poursuivre et attaquer Hermosillo avant le jour, mais Garnier avait ramené son monde à la raison : la plupart étaient épuisés, certains n'avaient plus de chaussures, déchirées sur les cailloux des routes, et il fallait qu'ils mangent ! Benito, parti en éclaireur jusqu'au carrefour où la piste de Magdalena croisait celle d'Arispe, était revenu peu après : pas de traces de Blanco. Cinq heures de repos, alors, avait décidé Raousset. Cinquante-deux lieues de désert en une semaine : nul, jamais, n'avait réussi cette prouesse. Blanco était pris de vitesse ! Et la troupe s'était remise en route dès quatre heures, dans la nuit.

Cinq heures qui avaient suffi à Blanco pour entrer dans la ville, devenue imprenable...

Fayolle, près de lui, fredonnait le refrain d'une chanson qui lui était revenue la veille au soir, devant Los Alamitos :

Ne croyez pas que c'est le plomb qui tue
C'est le destin qui frappe, et fait mourir...

Le Vendéen, quand Nicolas passa à sa hauteur, lui donna une petite tape sur la cuisse :

« Tu vois, petit, j'aurai pas le temps d'apprendre à la monter, ta foutue bestiole... »

Les hommes, autour de lui, étaient étonnamment calmes, eux qu'il avait vus si tendus au réveil, grincheux, se plaignant de leurs pieds, de leurs dos, de leurs divers bobos. Il surprit même, çà et là, des sourires dans les rangs, s'étonna de ne ressentir aucune crainte, lui non plus. Des images lui revinrent, de Claire sur la plage près de San Francisco, le souvenir très doux de la paix qui les avait enveloppés tandis qu'elle lui prenait la main. Il regarda autour de lui : chacun, pareillement, devait penser à ceux qu'il avait laissés, ou aimés. Raousset, qui les poussait en avant jour après jour, presque féroce à force de volonté, sifflotait d'un air enjoué son éternel refrain, Angela avançait à ses côtés, le buste droit, les yeux fixés sur l'horizon – les portait, en ces instants, la légèreté qui vous vient d'avoir franchi le pas, rompu les amarres, sans retour possible : tous, autant qu'ils étaient, n'avaient plus rien à perdre.

Le jour était levé quand ils arrivèrent aux premières plantations d'orangers – et la lumière avait des transparences qui annonçaient l'automne, les arbres brillaient de rosée, la terre rafraîchie exhalait des parfums grisants. Pour un peu, songea Nicolas, on serait resté là, pour goûter simplement l'ivresse de la naissance du jour. Il repensa à la troupe qui avait quitté Hermosillo quatre mois auparavant – quatre mois ! Il ne devait pas être le seul à remuer ces souvenirs, car on entendit monter doucement l'air du *Lapin-Blanc* qu'ils chantaient déjà ce matin-là...

Deux hommes les attendaient au milieu de la piste, en agitant un drapeau blanc.

Camus, négociant français, et Ortiz, juge de paix, se présentèrent-ils, envoyés par le maire et le général Blanco « pour éviter l'irréparable » – et chacun pouvait voir qu'ils tremblaient de peur, en jetant autour d'eux des regards égarés. On leur avait raconté tant de choses sur les « flibustiers français » que, sans doute, ils s'attendaient à être embrochés vifs ? Le général Blanco faisait savoir au comte, commença le juge en prenant un ton important, qu'à réception de sa lettre de refus il avait sollicité l'avis du président Arista et que, en conséquence, une trêve de deux jours... Le comte haussa les épaules : la ruse était grossière – et pendant ce temps, bien sûr, Blanco chercherait à rassembler d'autres forces sur ses arrières ?

« Mais êtes-vous fou ? s'écria Camus en ouvrant des yeux effarés. Vous n'avez aucune chance ! Ils sont déjà douze cents soldats dans les murs. Le général Blanco a apporté quatre canons de campagne, deux autres suivent. Ajoutés à ceux de la garnison... »

Blanco était arrivé le matin même avec quatre cents hommes, expliqua-t-il, le IVe bataillon au grand complet, et quatre-vingts dragons. Le capitaine Cayetano était en route avec ses Indiens yaquis. Le lieutenant colonel Espejo contournait la ville par l'est avec deux canons howitzers.

« Pensez aux habitants ! Mon Dieu, ça va être une boucherie. Et pour rien ! »

Il se pencha vers Raousset et, à mi-voix :

« Les commerçants d'Hermosillo se sont cotisés. Si vous évitez la ville, ils sont prêts à vous verser tout de suite vingt mille piastres ! »

Raousset haussa un sourcil, les hommes autour de lui grondèrent. Ah çà ! Pour qui les prenait-on ? Des pillards ?

Le comte sortit sa montre, l'ouvrit, et sa voix porta jusqu'à l'arrière-garde :

« Il est 8 heures. Dites à ceux qui vous envoient que dans deux heures je serai dans la ville. Et qu'à 11 heures, j'en serai le maître. Allez ! »

Camus resta un instant bouche bée, regarda ces hommes dépenaillés qui lui faisaient face, leva les yeux au ciel, et disparut au galop, avec Ortiz.

« Trois heures ? Foutrebleu, comte, soupira Jules de France en découvrant les défenses de la ville, tu ne nous laisses pas beaucoup de temps... »

Ils ne les avaient pas imaginées si formidables, à leur premier passage. Mais l'entrelacs des jardins et des vergers, chacun clos de muretins ou de haies, valait des fortifications. Et pour tout compliquer, un large fossé d'irrigation faisait office de douves, que la route enjambait par un pont étroit. Blanco avait évidemment placé là ses premières lignes de défense, juste derrière le fossé, à l'abri des muretins, et l'on voyait briller partout dans la verdure les canons des mousquets. Une grande maison carrée commandait l'entrée du pont, dont chaque fenêtre, et les terrasses, se hérissaient de fusils. Passer ce premier rideau ne serait pas une sinécure...

« C'est juste après que tout se jouera, dit Garnier en montrant l'entrée des rues. Blanco a dû placer ses canons de telle sorte qu'ils balaient l'espace vide, juste devant. Là, il ne faudra pas traîner, ou alors...

– D'autant, ajouta d'Artagnan, que si Espejo arrive à temps, par l'est, ses howitzers nous prendront par le flanc. »

Garnier grimaça. Tout ce qu'il pouvait faire, c'était amener ses propres canons le plus près possible pour pilonner la rue, avant l'assaut. Après... Après, ce serait à la grâce de Dieu. Une affaire de tripes, et de fureur.

Garnier commandait l'artillerie, La Chapelle et d'Artagnan la cavalerie, Fayolle et le Vendéen l'infanterie. Les chariots, les fournitures et les blessés avaient été laissés dans une grande bâtisse, à une demi-lieue de là, sous la protection de dix hommes – qui pourraient bloquer un moment la route, en cas d'attaque par l'arrière.

Tout à l'heure, se dit Nicolas, ce sera la boucherie. Et ils discutent tous comme s'il s'agissait de prendre le thé... Le plus étonnant était qu'il ne s'en étonnait même plus. Le matin, au moment du départ de Los Alamitos, Raousset l'avait appelé. Accepterait-il d'être son aide de camp, cette journée ? Et lui montrant une sacoche de cuir : tout était là, lettres, journal, documents, pour que justice plus tard lui soit rendue.

« Nos ennemis, demain, s'acharneront à salir ma mémoire. Ils commencent déjà ! Si je tombe aujourd'hui, Nicolas, il ne me reste plus que ça : la mémoire. Et je compte sur toi. »

Il fallait qu'il vive, lui, avait-il murmuré, et qu'il porte témoignage.

« Tu trouveras aussi une lettre... Enfin, tu verras. Pour elle. Oui, tu sais qui... »

Et il l'avait serré dans ses bras, comme s'il lui faisait ses adieux. Avant de tourner les talons, en sifflotant son refrain *Que l'avenir soit gai ou qu'on me fusille...*

Mais sa voix, cette fois, tremblait.

« Notre chance... »

Les autres, autour de lui, levèrent des yeux étonnés. Où Raousset voyait-il l'ombre d'une chance ? Il poursuivit :

« Blanco a sûrement concentré ses meilleures troupes dans la ville. C'est la milice, qui est là devant nous ! Déployons-nous en tirailleurs. Et s'ils prennent peur, reculent... »

Il fit un rapide dessin dans la poussière.

« Si les Mexicains reculent, au lieu de les poursuivre, que nos fantassins foncent vers le pont et prennent la maison à revers ! Avec un peu de chance, ils n'auront pas pensé à la protéger côté ville. Pendant ce temps, Garnier, tu la pilonneras de tous tes canons. Et à mon signal, nous chargerons des deux côtés à la fois. La prise du pont ! Vous verrez, c'est la clé de tout... »

Eh bien ! c'était lancé...

« Nicolas, dit encore Raousset en montrant Angela, à l'écart, qui fixait intensément la ville, tu veilleras sur elle, n'est-ce pas ? Quoi qu'il arrive, elle doit être sauve ! »

Et se tournant vers ses officiers :

« Aramis sera près de moi et transmettra mes ordres. Quant à vous, Jules, mon cher vicomte, je compte que vous me remplaciez, si je tombe. Je sais que vous le ferez au mieux. »

Puis il les regarda tous, l'un après l'autre, longuement.

« Et maintenant, mes amis... Tout commence, ou tout finit ici. »

Ne leur restait plus, en somme, qu'à escalader le ciel...

On détela les canons, on les tira vers le pont à la force des bras. Puis Raousset s'avança, tête nue, au milieu de la piste. La première balle devait être mexicaine, avait-il insisté. Même si pour toi c'est la dernière ? s'était insurgé Jules de France. En vain. Et Raousset, les bras croisés, semblait défier à lui seul les soldats embusqués. Une minute passa, interminable. Puis un coup de feu partit de la maison fortifiée, le comte tira son sabre, on entendit « Vive la France ! », et ce fut la ruée. Sauvage, dans un hurlement qui n'en finissait pas, plus terrifiant à lui seul que les salves des mousquets, comme si tout ce qu'ils avaient supporté, enduré semaine après semaine, explosait soudain, balayait l'étendue, et rien ne pourrait arrêter cette souffrance-là, ni cette fureur, déjà ils dévalaient la tranchée d'irrigation, se lançaient à l'assaut des premiers muretins, les canons de Garnier tonnaient, tonnaient sans relâche. Raousset avait vu juste : la ligne des miliciens hésitait, vacillait, peu à peu se défaisait. Angela, fascinée, les yeux écarquillés, se mordait les lèvres. Ça allait être la débandade espérée, se dit Nicolas. Non, pas encore : les fuyards se rassemblaient, paraissaient vouloir reprendre l'offensive. Et tout à coup il comprit : la dernière ligne, dans les jardins, devait être de soldats confirmés qui faisaient barrage en menaçant de leurs armes les miliciens, et les malheureux, affolés, ne sachant où aller, revenaient vers les Français... Un homme arriva au galop : les Yaquis de Navarro attaquaient la ferme des blessés, ils étaient une centaine, on ne tiendrait plus longtemps. Vingt hommes avec moi ! hurla d'Artagnan en partant à fond de train. La mêlée était générale dans les vergers, les miliciens se battaient avec l'énergie du désespoir, les Français allaient être submergés par le nombre, Nicolas, affolé, se portait déjà à leur secours, mais non, les Mexicains refluaient à nouveau. Angela cria en lui montrant le pont : là-bas, les fantassins de Fayolle se rassemblaient sous le couvert des orangers, couraient, courbés en deux, vers la maison. Les canons se turent soudain : Raousset et La Chapelle chargeaient, à la tête de la cavalerie. Mais ils n'étaient pas arrivés au pont que, déjà, des corps basculaient par les fenêtres et du haut des terrasses. Les portes s'ouvrirent : la maison était prise.

« Ah ! ce sont des hommes ! »

Angela, dans un cri sauvage, enleva sa monture, fonça vers le pont, suivie de Nicolas qui se surprit à hurler, lui aussi. L'enthousiasme, à l'intérieur, était indescriptible. Fayolle, entouré par Raousset, Aramis et La Chapelle, s'étouffait de rire : les Mexicains imaginaient tellement peu une attaque sur leurs arrières qu'ils avaient oublié une échelle contre le mur – il n'y avait eu qu'à se glisser à l'étage et, en une minute, l'affaire était réglée ! Garnier accourut. Restait le plus difficile, dit-il en leur montrant les défenses de la ville : un déluge de mitraille les attendait dès qu'ils sortiraient des jardins. Toutes les fenêtres, toutes les terrasses étaient pleines de soldats qui les regardaient, en pensant probablement la même chose. Il allait tirer les canons jusqu'à la limite des jardins, mais après...

« Après, c'est à moi, dit La Chapelle. Garnier, tu pilonnes la rue, en face, tu pilonnes tout ce que tu peux, jusqu'à ce qu'ils n'osent plus risquer le nez dehors, et ce sera à moi de jouer. »

Les fantassins seraient hachés menu avant d'avoir fait la moitié du chemin. Une charge de cavalerie ? Raousset hocha la tête. Oui, c'était leur seule chance...

« Dans ce cas, faudrait voir à se grouiller ! » s'écria le Vendéen, arrivé entre-temps, avec d'Artagnan sur les talons, qui venait de balayer les Yaquis à l'arrière. Côté est, au loin, on devinait un mouvement, en limite de la ville : Espejo ! Si on lui laissait le temps de mettre ses canons en batterie...

« Celui-là, il est pour moi ! »

D'Artagnan, déjà, dévalait l'escalier. On le vit s'engouffrer au galop avec ses hommes dans le canal d'irrigation – ainsi nul, là-bas, ne pourrait le voir. Garnier, sur le pont, pressait la manœuvre, mettait ses pièces en position.

Et ce fut de nouveau le tonnerre.

Angela prit le bras de Nicolas : d'Artagnan tombait sur les troupes d'Espejo, emportait tout sur son passage, culbutait les howitzers, poursuivait les hommes qui s'enfuyaient, affolés... Maintenant ! hurla Raousset, et dans le brusque silence de la canonnade on entendit monter un grondement : les hommes de La Chapelle, lancés à fond de train vers les bouches des canons... Sans même s'en rendre compte, Nicolas avait saisi Angela dans ses bras, l'étreignait de toutes ses forces, il entendit le premier coup, vit un sillon s'ouvrir dans les rangs, les chevaux s'écrouler, les hommes rouler à terre, un deuxième coup, ils allaient être taillés en pièces, un troisième, les cavaliers déjà étaient passés, les fantassins accouraient en hurlant, le Vendéen et Fayolle en tête.

« Ah ! Je ne les laisserai pas ! » s'écria Angela en s'arrachant à l'étreinte de Nicolas.

Elle se jeta dans l'escalier, bondit à cheval. Ils arrivèrent en même temps dans la rue. C'était maintenant le corps à corps, à la baïonnette, maison après maison, escalier après escalier, des hommes passaient par les fenêtres, égorgés, éventrés, on n'entendait plus que des cris étouffés, des râles sourds et ce quasi-silence, après le tonnerre de la canonnade, avait quelque chose de plus effrayant encore.

« C'est à nous, maintenant ! À nous, les gardes mobiles ! »

Le Vendéen surgit devant eux, couvert de sang, une balafre lui barrait le visage, et il riait, d'un rire épouvantable. Les bouchers de Cavaignac ! Ici, ils étaient dans leur élément. Et c'était comme si chacun d'eux, dans cette tuerie, soldait les comptes de son passé. Ce boulot-là, nom de Dieu ! on sait le faire ! hurla encore le Vendéen, en s'engouffrant dans un escalier. Eh bien, songea Nicolas en un éclair, il savait maintenant ce qu'avaient été les journées de juin 48, à Paris... La Chapelle, en bas, rameutait ses hommes, Garnier, par précaution, retournait un canon vers le haut de la rue. Un cri lui fit lever la tête. Un milicien sortait d'un couloir, fou de terreur, fonçait sur Angela en armant son fusil. Il n'eut pas le temps de saisir son six-coups – déjà la jeune fille cabrait son cheval, dégainait, tirait. Elle se retourna, exultante, riant à pleine gorge, et il frissonna – son rire n'était pas différent de celui du Vendéen... Il se jeta dans la mêlée, entendit Garnier crier, mais il ne distinguait plus rien, dans le tourbillon sanglant où il s'enfonçait, taillait, tuait, tuait encore. Un bruit d'avalanche enfla au-dessus de lui, il n'eut que le temps de se jeter dans un couloir. Les dragons de Blanco ! Le sol trembla sous ses pas, un moment il se crut sourd, vit comme au ralenti les premiers cavaliers fauchés par la mitraille, les suivants trébucher, s'arrêter... Déjà les hommes de Fayolle et du Vendéen sortaient des maisons, sautaient sur eux, les tiraient comme des lapins depuis les étages. Les dragons de Blanco ne connaissaient rien du combat de rue, les Français, si – ils avaient payé assez cher pour ça, c'était le jour de leur revanche.

Raousset arriva avec d'Artagnan. Il fallait dégager le haut de la rue : Blanco avait massé toutes ses forces, et ce qui lui restait d'artillerie, sur la place centrale, l'Alameda. La Chapelle, d'un geste, rappela ses cavaliers, et ils disparurent vers les hauteurs, dans une galopade furieuse. Une bousculade brutale jeta Nicolas sur le côté. Angela se lançait à la suite des hommes de La Chapelle...

Quand il la rattrapa, la rue était déjà nettoyée jusqu'à l'Alameda. Et La Chapelle, seul face aux troupes de Blanco, s'allumait un cigare, indifférent aux balles qui sifflaient à ses oreilles.

« Eh ! que faites vous là ? cria Raousset en se portant à sa hauteur.

– Je vous attends », dit simplement La Chapelle.

Sur la place, les Mexicains devaient se demander s'ils n'avaient pas affaire à des fous...

Les troupes de Blanco étaient massées dans les jardins, au centre de l'Alameda. Et au-dessus du muretin de pierres qui les protégeait, les Français pouvaient voir les bouches à feu tournées vers eux.

« Il faudrait monter nos pièces jusqu'ici, dit Garnier.

– Combien de temps ?

– Vingt minutes, avec des chevaux... »

La Chapelle et d'Artagnan se regardèrent : et une charge de cavalerie ? Ils hésitaient quand ils entendirent un cheval s'élancer derrière eux, et Angela passa, courbée en deux sur sa monture, lancée, seule, à l'assaut de la place. C'était du suicide. Elle arrivait déjà au muretin, enlevait son cheval, Raousset, La Chapelle, tous l'avaient suivie sans réfléchir, et les Mexicains, effarés au spectacle de cette femme les chargeant, hésitaient à tirer, déjà la cavalerie était sur eux, et Fayolle et le Vendéen, juste derrière, le visage et les mains dégouttant de sang... Il n'y eut pas de combat, juste une salve désordonnée. Les troupes d'élite du général Blanco, laissant là leurs armes, s'enfuyaient par toutes les ruelles.

Raousset fit enfoncer les portes de l'hôtel de ville, grimpa à l'étage avec ses officiers. Du grand salon d'honneur, on pouvait voir la ville, les jardins, le désert jusqu'à l'horizon : là-bas, Blanco s'enfuyait avec les débris de son armée, les cavaliers, ventre à terre, abandonnaient les fantassins à leur sort...

Ils redescendirent en silence sur la place, où les attendaient les hommes, et ils n'en finissaient pas de se regarder, effarés, comme si ce qu'ils venaient de faire dépassait leur imagination. Chacun se sentait soulevé, transporté par une force plus vaste que lui-même, et ils voulaient prolonger ce moment, cette grâce. À trois cents, ils venaient d'écraser une armée de mille deux cents hommes...

Ils étaient, en cet instant, les maîtres de la Sonore.

Jules tira sa montre. Elle marquait 11 h 30.

« Cher comte, nous sommes en retard d'une demi-heure... »

On fit le décompte des victimes. Les pertes étaient sévères : dix-sept morts et vingt-trois blessés. Ceux qui pouvaient l'être furent transportés dans le palais de la riche señora Marion Para, sur l'Alameda. Puis on chercha Garnier, qui avait disparu au moment de la dernière charge, sur la place. On le retrouva dans la dernière maison de la rue, baignant dans son sang, au pied de l'escalier. Un Mexicain caché là l'avait abattu d'une balle, puis poignardé à deux reprises. On l'étendit avec mille précautions sur un sofa, mais chacun voyait bien à son extrême pâleur qu'il n'y avait guère d'espoir. Raousset, en larmes, et Nicolas se tenaient à ses côtés. Il ouvrit les yeux, vit autour de lui les visages amis, fronça les sourcils de ne pas en retrouver certains.

« Fayolle ? » demanda-t-il faiblement.

Raousset baissa la tête. Mort dans la dernière charge.

« La Chapelle ? »

Mort lui aussi. L'unique salve des défenseurs de l'Alameda avait été meurtrière.

« Athos ? »

Mort, dit d'Artagnan, la voix brisée par le chagrin. Et Pépin, et Jourdain. Et Dommartin, Lapeyrouse, et La Madelène...

Garnier hocha la tête.

« Mais toi, toi tu resteras, n'est-ce pas ? » dit Raousset.

Garnier sourit, toucha du doigt les trous des balles qui criblaient la redingote de son ami, et le regardant longuement, balbutia à mi-voix :

Ne croyez pas que c'est le plomb qui tue
C'est le destin...

Il eut comme un sursaut, se raidit. Il était mort.

« Le destin ? s'écria le comte, livide, en se redressant. Il est mort, et je suis en vie ! »

La suite appartenait à Paredes. Porthos avait fait placer l'artillerie aux entrées de la ville, la cavalerie, avec d'Artagnan, avait établi ses quartiers à côté, le reste de la troupe avait réquisitionné trois hôtels sur l'Alameda. Les habitants, qui d'abord avaient fui, voyant que les Français ne se livraient à aucun pillage, étaient revenus, un conseil provisoire de marchands gérait les affaires courantes, mais tout restait en suspens, comme si chacun, dépassé par cette incroyable victoire, effrayé par les perspectives qu'elle ouvrait, ne savait trop qu'en faire. Dès le lendemain, Raousset avait envoyé Aramis et Villatelle avec pour mission de rejoindre coûte que coûte San Francisco et de prévenir Colton. En longeant le río San Miguel, on était à quinze lieues de la côte : là, devant l'île du Tiburón, étaient des mouillages, parmi les récifs, connus des seuls contrebandiers, notamment d'un certain Pepe, cousin de Benito, qui les ferait sortir du Sonora sans éveiller l'attention. Quant à l'infatigable Benito, il avait pris aussitôt la route de Magdalena, pour y porter la bonne nouvelle.

Depuis, les jours passaient, interminables. Joseph et Théodore arpentaient les environs. Des bruits couraient que Gandara, un ami de Paredes, allait remplacer le gouverneur Cubillas, que Santa Anna, favorable à une autonomie du Sonora, succéderait bientôt au président Arista. Quant à Blanco, mortifié, humilié, il multipliait les appels à lever partout des milices, puisait dans sa fortune personnelle pour engager des troupes indiennes, négociait avec les Opatas d'Ures, les Yaquis de Guaymas et même, disait-on, avec certains chefs apaches. Mais les hommes n'en avaient cure. Paredes allait arriver, et tout serait réglé ! Le Vendéen rêvait à haute voix aux champs qui fleuriraient, le prochain printemps, autour de Saric, le Chourineur s'inquiétait de trouver des bêtes pour reconstituer un troupeau. Parmi les Français qui débarqueraient, il faudrait recruter des forgerons, des cordonniers, un boulanger, des maçons, des charpentiers, les artisans nécessaires pour reconstruire la Mission, lui rendre sa grandeur passée. Et un instituteur : c'est qu'on allait la créer, cette école, avec une grande bibliothèque ! Les temps bibliques recommençaient, quand le miel et le lait coulaient sur la terre d'Israël, c'était toute la frontière qu'on allait bouleverser, Magdalena deviendrait une vraie ville avec des théâtres, des boutiques, des bars – non, pas de bars, tranchait le Vendéen, on sait bien où ça mène ! Pas de bars alors, soupiraient les hommes, et Jules éclatait de rire : ça finissait toujours comme ça, on se battait pour la liberté et l'on finissait par crever au nom de la vertu ! Puisqu'on avait de la place, proposaient d'autres, pourquoi ne pas les expérimenter tous, les systèmes de Fourier, de Saint-Simon, de Cabet et des autres ? À chaque Mission un système ! On verrait bien lequel marchait le mieux ! Et puis les femmes viendraient, il y aurait des enfants, la Sonore serait le phare du Nouveau Monde, les philosophes accourraient du monde entier y enseigner et s'y instruire... Mais qu'attendait Paredes ? On n'a pas que ça à faire, tempêtait le Vendéen, y a le boulot qui nous attend ! Une inquiétude venait, que nul n'osait avouer, chacun s'enfermait peu à peu dans un silence morose. Que voulaient-ils de plus, ces chefs de *pueblos* ? Il n'y avait plus personne contre qui se battre, plus aucune force capable de s'opposer à eux : le pouvoir était à ramasser ! Angela passait des heures dans le salon de l'hôtel de ville, les yeux dans les lointains, ou bien elle galopait furieusement dans la plaine et revenait brisée, son cheval écumant. Décidément, c'était à n'y rien comprendre...

C'est de nous qu'ils ont peur, tu vas voir, grognait Jules de France. Ce en quoi, songeait Nicolas, il n'avait peut-être pas tort...

Au bout de dix jours, Benito réapparut. Si sombre que Nicolas comprit dès le premier regard. Le guide attendit que le conseil soit réuni pour prendre la parole, regarda tour à tour chacun de ces hommes, devenus ses amis, avec lesquels il avait fait le coup de feu, et s'assit, incapable d'un discours. Ils ne viendront pas, finit-il par balbutier.

« Déshonneur sur nous ! s'écria-t-il, après un silence. Puissent nos enfants ne pas nous maudire, un jour, pour notre lâcheté ! »

Les hommes se regardaient, atterrés. Raousset s'était dressé, les poings serrés. Mais enfin, pourquoi ? cria le Vendéen : ils n'ont qu'à se baisser, le pouvoir est à eux ! De qui ont-ils peur ?

« De vous, señores », dit Benito.

Cette victoire était trop énorme, trop incroyable. Les forces qui les opprimaient depuis des décennies pulvérisées en trois heures par trois cents Français ! Et ceux qui, à Magdalena, un soir, avaient prêté serment se disaient aujourd'hui que si les Français avaient pu cela, demain ils pourraient encore plus quand leurs compatriotes déferleraient de la Californie – que rien ni personne, alors, ne les empêcherait d'être les maîtres de la Sonore...

Mais enfin, murmura Raousset, n'était-ce pas le rêve, le projet même de Paredes ? Benito le regarda longuement, puis, après une hésitation, à mi-voix :

« Ils disent aussi, señor Raousset, que vous volerez demain la Sonore comme vous volez aujourd'hui la fille de Paredes... »

Ils entendirent une exclamation étouffée. Angela se tenait sur le pas de la porte, pâle comme une morte. Angela qui, par sa bravade, avait peut-être ruiné la victoire de ces hommes...

[illegible]

[illegible] des [illegible] en [illegible] de [illegible] contre [illegible] de [illegible]

[illegible]

[illegible] la [illegible]

12

Il avait d'abord cru à une farce de Porthos. Le géant était passé hors d'haleine, suant, soufflant, le ventre à l'air. Jules Lombard ! avait-il hurlé en disparaissant à l'angle de la rue. Nicolas avait laissé là les écuries, son fourrage, les chevaux, pour prendre son sillage. Lombard était bien là, dans le salon de l'hôtel de ville, entouré par une foule surexcitée. Il avait débarqué vers l'île du Tiburón et allait foncer vers Saric, expliquait-il, quand il avait appris la victoire d'Hermosillo – mais le coureur des bois poussa un rugissement dès qu'il vit Nicolas et, fendant la cohue, il le souleva dans les airs en riant. Son *vaquero* ! hurla-t-il, au bord des larmes. Porthos, d'enthousiasme, les saisit tous les deux entre ses bras, manquant les étouffer. Dès qu'il retrouva terre, Lombard, étourdi, plongea sa main dans la sacoche qu'il portait sur l'épaule, tendit à Nicolas une lourde enveloppe. *Elle* avait exigé, dit-il en clignant de l'œil, que ce soit la première lettre qu'il distribuerait.

Le cœur de Nicolas sauta dans sa poitrine. Il n'entendait plus rien du brouhaha, des cris, des rires autour de lui, tandis qu'il fixait l'écriture fine et droite – au diable le conseil ! Il fila jusqu'aux jardins de l'Alameda, chercha un refuge dans la verdure, décacheta l'enveloppe en tremblant. Tout le monde allait bien, le petit Joe grandissait à vue d'œil et, par un miracle que nul ne parvenait à expliquer, ressemblait de plus en plus à Jules de France. Artémise était juste un peu triste, par moments – Jules devait lui manquer, à elle aussi. Pour le reste, tous surtout s'inquiétaient pour eux, dans l'attente de nouvelles de la Sonore...

« M. Colton dit que c'est un peu de l'âme de San Francisco qui est parti avec l'*Archibald Gracie*, et c'est bien notre avis, à Marie et à moi... Je ne suis pas une habituée de ces endroits-là, mais Barnabé me soutient que le Café des Artistes et la Polka ne s'en sont pas remis. Depuis votre départ, notre consul a eu bien des malheurs, mais tout a fini par un triomphe. Mon Dieu, quelle dispute ! C'est le consul Del Valle – celui-là, je ne l'aime pas beaucoup – qui a d'abord été arrêté, accusé d'avoir recruté des troupes pour le compte d'une puissance étrangère sur le sol américain. Et M. Colton s'est bien sûr trouvé cité à comparaître à son procès, comme témoin. Ce qu'il voulait éviter à n'importe quel prix, tu devines pourquoi. Il a fait un bruit de tous les diables, brandi je ne sais quelle convention entre les États-Unis et la France, refusé net de bouger... Ce qui fait que le lendemain le shérif Richardson est venu l'arrêter. Ah ! quelle histoire ! Tous les notables français étaient là, venus le soutenir. Mais c'est un obstiné, notre consul ! Il y avait un millier de Français autour du consulat au moment de sa comparution, on disait que la flotte française allait venir le délivrer, le général Wool avait fait renforcer les batteries du Presidio, tout juste si on ne parlait pas de guerre ! Toujours est-il que le juge l'a laissé rentrer chez lui, dans l'attente du procès, mais en maintenant l'accusation. Et voilà notre Colton qui baisse le pavillon français en déclarant qu'il ne le hisserait de nouveau qu'après des excuses officielles à la France ! Si tu avais vu le jour du procès – la bataille de chiffonniers dans la salle ! Le procureur qui commence à injurier les prévenus, traite Colton d'arrogant, Del Valle de vieil imbécile, son avocat de singe parce qu'il avait un tic au visage ! Entendant ça, le singe se précipite, flanque un grand coup de poing sur le nez du procureur... Finalement, comme le jury ne parvenait pas à se décider, les deux prévenus ont été acquittés. Mais tu connais notre consul : c'est qu'il les voulait, ses excuses publiques ! Le gouvernement français s'en est mêlé, Washington a envoyé un blâme au général Wool, finalement il a été décidé que le premier bateau de guerre français qui arriverait à San Francisco serait salué par vingt et un coups de canon en manière d'excuses. Depuis, Colton est le roi ! »

Il ne reconnaîtrait pas la ville, poursuivait-elle de son écriture menue, on ne construisait plus qu'en pierre ou en brique, San Francisco devenait une vraie cité moderne ! Par contre, la situation ne s'arrangeait pas pour les Français. Les malheureux « Lingots d'or » continuaient d'arriver, manquant de tout, le procès de Colton avait déclenché un mouvement antifrançais, dans la Sierra Nevada il n'y avait pas de semaine sans qu'on parle de morts, de lynchages...

« Sam Brannan parade en ville. Une actrice vient d'arriver que l'on dit très célèbre, une certaine Lola Montes, mais ça ne doit pas être son vrai nom, vu qu'elle est irlandaise, elle aurait été la maîtresse de Louis II de Bavière – en tout cas, elle n'a pas perdu de temps pour devenir celle de Brannan. Elle n'a sûrement pas gagné au change ! Elle fume le cigare comme un homme, se pavane en ville. Je suis allée la voir. Quelle déception ! Elle n'est pas si jolie qu'on le prétend. Mais Barnabé dit que, sur ces questions, les femmes ne sont pas bons juges.

Le consul est très inquiet. Les Vigilants ont pris le pouvoir, font courir des bruits de complots... Un jour, ce sont les Irlandais, le lendemain les Mexicains, le surlendemain les Français, et le reste de la semaine des pasteurs annoncent à tous les coins de rue que les catholiques se préparent dans l'ombre à chasser les protestants ! C'est à croire que les gens sont devenus fous. Mon père dit que c'est seulement une crise de croissance, que ça passera. Le consul n'est pas d'accord, mais je pense comme mon père... »

Il sauta les pages : n'y en avait-il que pour la ville et sa chronique ? Barnabé, lut-il plus loin, avait réussi « plusieurs spéculations heureuses », il était riche, ou presque, devenait enfin un commerçant respecté, d'ailleurs son tour de taille s'arrondissait avantageusement... « Mais il regrette son associé des jours héroïques et me demande de te dire qu'il te garde une place dans son affaire. » Barnabé... Il eut un pincement au cœur. Ne parlait-elle pas à tout propos de Barnabé, dans cette lettre ?

« Marie et moi travaillons à notre projet d'école. Notre consul nous a trouvé un groupe de dames prêtes à nous soutenir. Barnabé a roulé de gros yeux en nous disant que ce sont des madames, mais, bah, nous sommes à San Francisco – et puis, ce sont des femmes courageuses. Si tout va bien, je pense qu'elle sera ouverte au printemps. »

« Marie m'inquiète, disait-elle plus loin. Il y a quelque chose de sombre en elle – comme si elle était trop faite pour la douleur. Je crains que son histoire ne finisse mal. Pourtant, c'était le meilleur des hommes. Je me rebelle, je la secoue – mais peut-on quelque chose contre son destin ? »

« Un certain Eugène est passé par ici, poursuivait-elle. Il rentrait chez lui, en Bretagne. Et il m'a confié une sacoche pour toi – ce qui te revient de certaine mine que vous auriez creusée ensemble à Happy Valley, m'a-t-il dit. Elle t'attend et, ma foi, elle est diablement lourde. T'attend aussi ce que le consul m'a remis, de ta part. Le brave Martinolles est passé nous voir, et il a demandé de tes nouvelles. Il a une proposition à te faire. Bref, beaucoup de gens t'espèrent, comme tu vois. »

Et puis, au bas de la dernière page, en lettres un peu tremblées, qu'avaient tachées des larmes :

« Je ne sais pas si nous trouvons jamais les réponses aux questions qui nous tourmentent. Mais je préférerai toujours ceux qui cherchent et se risquent, aux assis " raisonnables ". Où que tu sois, sache que je t'attends et espère. »

Il retrouva ses compagnons en pleine réunion. Les visages étaient graves, mais il avait l'esprit trop en désordre pour prêter attention à ce qui se disait. Claire ! Elle était revenue près de lui, le matin d'Hermosillo, et elle ne l'avait plus quitté depuis – et voilà que cette lettre... Il se rendit compte que son voisin lui parlait à mi-voix. Jules Lombard finissait de raconter les aventures du consul, lui chuchota-t-il. Nicolas fit signe qu'il savait. Jules se tourna vers lui, eut un sourire complice, puis reprit :

« Voilà ce qu'il voulait que je vous transmette : un signe de vous, et ce sont mille Français au moins qu'il vous envoie à Guaymas... »

Raousset fit face au conseil :

« Eh bien, mes amis, que décidons-nous ? »

Sans les forces de Paredes, ils ne pourraient pas tenir longtemps à Hermosillo. Chaque jour qui passait, ici, jouait contre eux. Guaymas était plus facile à défendre. Et là, ils pouvaient attendre les renforts promis. Ce message de Lombard, c'était peut-être leur chance, au moment où ils commençaient à douter ! Oui, s'échauffait Raousset, Aramis ou Villatelle devaient être arrivés maintenant, et avec eux la nouvelle du coup d'éclat d'Hermosillo, Colton était déjà en train de rassembler des forces, sa victoire devant les tribunaux faisait qu'on n'oserait pas s'opposer à lui pendant quelque temps, les Français pouvaient être à Guaymas dans un mois, trois semaines peut-être ! Mille hommes ! Plus personne ne pourrait leur résister. Et l'on verrait bien alors si Paredes restait toujours silencieux. Après tout, les Américains étaient moins nombreux quand ils avaient pris la Californie !

« Que décidons-nous ? »

Nicolas le regarda. Cette fois, il fallait leur dire l'or de Saric, leur laisser le choix de la fin. Il se leva, vit Raousset pâlir – le comte avait deviné ce qu'il allait dire. Et il y avait un tel désespoir dans son regard que Nicolas hésita. Ils étaient prisonniers de leur premier silence, pensa-t-il, découragé – et quelle dérision ce serait, que cette aventure se termine en banale affaire de pépites ! Ils étaient allés bien au-delà de l'or. Les hommes, intrigués, l'interrogeaient du regard. Il eut un geste de dénégation, se rassit...

« À Guaymas ! » s'entendit-il prononcer, d'une voix tremblante.

« À Guaymas ! » reprit toute la salle.

Mais la flamme qui les soulevait sur la route de Magdalena semblait s'en être allée. Jules de France hocha la tête, pensif, soupira :

« On ne tutoie pas deux fois de suite les dieux... »

Et sans doute résumait-il ainsi le sentiment de tous.

[illegible]

Que s'il [illegible] Villiers [illegible]

[illegible]

Quand [illegible]

[illegible]

[illegible]

[illegible]

[illegible]

13

Ils entrèrent dans Guaymas au petit matin. Mais il n'y eut pas cette fois de cris de joie, de foule en liesse, d'enfants se jetant dans leurs bras : les rues se vidaient devant eux, les volets se fermaient, et seul, dans la ville morte, résonnait le bruit de leurs pas, tandis qu'ils avançaient. Les hommes se regardaient, troublés : non, ce n'était pas à cet accueil qu'ils s'attendaient. Passé San José encore endormi, ils avaient pressé le pas : nul n'avait oublié les charmes de Guaymas, le *pulque* d'Antonia, les belles *lavanderas*, le soir, sur la Plaza del Muelle et les yeux sombres de la belle Rosita, de la douce Teresa, de l'accorte Maria, d'Artagnan se voyait déjà attablé chez Madeleine devant un chapon ruisselant de jus, Porthos et le Vendéen, juré, se partageraient cette fois les faveurs de Concepcion – le dernier kilomètre avait été effectué au pas de course. Et voilà qu'ils trouvaient portes closes, là où ils espéraient des embrassades...

Leur caserne était telle qu'ils l'avaient laissée cinq mois plus tôt, et ce fut un fracas de canons roulés sur les pavés, de mousquets jetés au sol, de bruits de bottes et de chansons à boire, tandis qu'ils s'installaient, comme si chacun, par son vacarme, cherchait à masquer le silence du dehors. Mais que pouvaient-ils espérer d'autre ? se disait Nicolas, ils n'étaient plus des amis venus porter secours, à la frontière, contre les raids apaches, ni des alliés pour une libération : quoi qu'ils fassent, quoi qu'ils disent, ils étaient devenus des envahisseurs...

Calvo arriva, la mine sombre. On entendit des éclats de voix, des cris d'orfraie, dans la petite pièce où le recevait Raousset – et il ressortit peu après, hors de lui, les bras levés. « Ma position !

ma position ! » bégayait-il en roulant des yeux effarés. Il était entré plein de morgue, croyant trouver des Français penauds, cherchant un moyen de quitter le Sonora, expliqua Raousset – et, à l'exposé de leurs projets, il avait manqué s'évanouir. En tant que représentant de la France, il ne pouvait que condamner cette folie, et le ferait officiellement savoir ! Le comte haussa les épaules. Calvo était dans son rôle – et serait le premier à les féliciter s'ils emportaient la décision. Non, ce qui le préoccupait, c'était l'attitude de la ville : comment lui faire comprendre que leurs intentions étaient amicales ? Il appela à lui quelques hommes : mieux valait se rendre chez le maire et le rassurer au plus vite. Ils allaient avoir besoin, dans les jours, les semaines à venir, de sa neutralité...

Mais le maire n'avait rien voulu entendre de ses explications – ils étaient les vainqueurs d'Hermosillo, qui occupaient aujourd'hui Guaymas, par le droit du plus fort, les choses s'arrêtaient là. Et le commandant de la garnison avait eu la même attitude : ses forces étaient trop faibles, il ne pouvait donc que se rendre et se laisser désarmer. Toute autre position de sa part serait une trahison. Pannetrat lui-même, le brave Pannetrat qui avait logé Raousset à son premier passage, voulait bien l'accueillir de nouveau, mais sur un ordre de réquisition signé, le dégageant plus tard de toute responsabilité.

Les hommes revenaient de leurs sorties la mine renfrognée. Certes, on leur servait ce qu'ils commandaient dans les *tolderías*, mais en silence, sans un sourire. Et les conversations s'interrompaient, le temps de leur présence. Les premiers jours, ils s'étaient précipités vers ceux qu'ils reconnaissaient dans la rue et qui trinquaient jadis avec eux de si bon cœur, mais les amis d'hier se détournaient, de sorte qu'ils n'osaient plus saluer personne, de peur de le compromettre. Bon sang ! on n'était pas venus pour ça, s'emportait le Vendéen, qui ne supportait pas d'être pris pour un conquérant. Porthos avait fait placer l'artillerie pour barrer l'entrée par la route d'Hermosillo, d'Artagnan insistait pour que les hommes se préparent à défendre la ville – c'était une tout autre affaire que de charger à la baïonnette, il y faudrait autant d'organisation que de furia ! Mais comment imaginer des manœuvres sans braquer toute la population ? Non, décidément, ils n'étaient pas faits pour ce rôle-là, protestait

Nicolas, et Jules acquiesçait, un peu plus soucieux à chaque jour qui passait : cet accueil glacé finirait par dissoudre leur belle unité, plus sûrement que le plus corrosif des acides...

Benito était resté à leurs côtés, malgré l'insistance de Raousset à ne pas le mettre dans une position difficile vis-à-vis des siens – par fidélité sans doute à ce qui les avait réunis, mais surtout pour ne pas abandonner complètement la fille de Paredes. Angela s'était murée dans un sombre désespoir, s'accusant d'être la seule responsable du désastre, malgré les tentatives de Raousset pour la réconforter, et depuis leur arrivée elle ne sortait plus de la maison de Pannetrat – elle qui avait voulu donner sa vie pour la Sonore était devenue un paria pour les siens, sinon une putain vendue aux étrangers. Benito hochait la tête, navré. Il l'avait connue toute petite, sauvageonne et rebelle déjà, et emportée, cette fois il craignait le pire... De loin en loin il disparaissait, traînait dans les *pueblos* alentour, poussait jusqu'aux repaires des contrebandiers, vers l'île du Tiburón, en quête d'informations. Blanco avait été remplacé par le général Yanez, autrement plus redoutable, qui tentait, partout, de lever des troupes au nom de la patrie en péril, négociait avec les Indiens opatas et yaquis – on disait même que des bataillons fédéraux étaient en marche, venus des provinces voisines. La question était de savoir qui seraient les premiers : Yanez, avec ses troupes fraîches, ou les renforts de Californie, s'ils arrivaient jamais...

Ils ne viendraient pas. Aramis, désespéré, les regardait les uns après les autres, comme s'il voulait se faire pardonner la nouvelle qu'il apportait. L'annonce de leur victoire d'Hermosillo avait résonné comme un coup de tonnerre jusqu'à San Francisco. Et tous les ports californiens, depuis, étaient verrouillés par l'armée et la flotte. Il avait réussi à se faufiler de justesse sur un schooner de douze tonneaux, à la faveur de la nuit et de la brume, risqué dix fois le naufrage sur les côtes de la Basse-Californie pour rejoindre Guaymas et les prévenir. Paredes proclamé le maître d'un Sonora indépendant, tout aurait été possible. Sans lui, ils devenaient de simples flibustiers. Une aide de la France, dans ces conditions, valait déclaration de guerre à Mexico. Colton avait tout tenté, mais Levasseur s'était montré inflexible – en désespoir de cause, il avait demandé au vice-amiral Pellion d'envoyer la frégate *La Pénélope* récupérer les membres de l'expédition à Guaymas, mais le consul n'avait pas encore reçu de réponse au moment de son départ de San Francisco...

En quittant l'assemblée, Aramis tendit à Nicolas un chiffon détrempé. Tout ce qu'il avait pu sauver dans la tempête, dit-il. L'eau avait effacé, brouillé l'écriture de Claire. Tout juste si Nicolas devina, au bas d'une page, quelques lettres qui semblaient dire : « Je t'aime »...

Ils ne viendraient pas. Et leur aventure à tous se terminait ici. Restait *La Pénélope*, bien sûr. Mais arriverait-elle à temps ? La nouvelle avait été accueillie sans cris, ni colère. Depuis la défection de Paredes, quelque chose s'était brisé en eux. Et s'ils avaient voulu croire qu'à Guaymas une autre partie se jouerait, c'était pour se masquer la vérité.

« Eh bien ! les copains, c'est la fin de l'histoire, on dirait », avait dit un homme, après un long silence.

« Je suis fatigué, répétait le Vendéen. Bon sang ! J'ai l'impression d'avoir fait trois fois le tour de la terre. Et j'ai plus envie de marcher... »

Aucun n'évoquait même le secours possible de *La Pénélope*.

Raousset ne sortait plus guère de son bureau, comme si tout à coup le destin de la compagnie avait cessé de le concerner. Le Guignon ! s'était-il écrié, un jour que Nicolas venait aux nouvelles.

« Rappelle-toi, Nicolas, ce que je t'avais dit – quand on est marqué par le Guignon... On se débat, on se croit libre, on croit toucher les étoiles, et le Destin est là, qui vous mène et vous broie. Ah ! je ne me le pardonnerai jamais, de vous avoir tous entraînés... »

Une pile de papiers encombrait sa table de travail et Nicolas comprit qu'il rédigeait le récit de la campagne. Il prépare sa mort, avait-il pensé en s'éclipsant. Mais, rendu chez Jules, il avait enragé. La postérité ! La belle affaire ! Combien allait-elle coûter de morts, sa postérité ? Les hommes, pour lui, ne comptaient pas. Mais Jules semblait avoir perdu toute rancune à l'endroit du comte.

« Regarde les hommes, lui dit-il : jamais la caserne n'a été aussi bien rangée. Ils mettent les choses en ordre. Ceux qui peuvent écrivent des lettres. Ils savent que c'est la fin. Mais que veux-tu ? Ils ont été des géants, et ils ne veulent plus redescendre sur terre. »

Comme s'ils avaient tout brûlé, répétait-il, tout brûlé en une déflagration et se retrouvaient désormais incapables d'une vie ordinaire. Et Jules poussait alors un gros soupir. Donne-moi ta lettre, encore, demandait-il – et il relisait pour la centième fois les quelques lignes sur Artémise et le petit Joe. Et pour la centième fois il secouait Nicolas :

« Le schooner d'Aramis est là, qui peut emporter une dizaine de personnes ! Il faut que tu t'en ailles, Nicolas. Tu as quelqu'un, toi, qui t'attends... »

Mais Nicolas secouait obstinément la tête – non, il ne pouvait pas. Il y avait pensé, bien sûr, mais ce serait trahir ce qui les avait menés jusque-là. Et il revenait vers Raousset, qui noircissait page après page...

Un soir, il le trouva les yeux brillants, surexcité :

« Nous nous en tirerons, Nicolas ! Nous allons nous en tirer ! »

Il allait de long en large dans la petite pièce, et la lumière jetait sur les murs des ombres fantastiques.

« Et tu viendras avec moi. Oui... Et nous recommencerons ! Nous apprendrons les dix ou douze langues que l'on parle, paraît-il, dans les îles de la Sonde, et nous irons chercher aventure vers les mers de l'Inde, aux pays du typhus et des diamants bleus ! »

Et il avait éclaté d'un rire convulsif, avant de s'effondrer en larmes.

Une autre fois, le comte l'avait saisi par le revers de sa vareuse.

« C'était Pindray qui avait raison. Tu l'as compris, n'est-ce pas ? Il aurait fallu choisir les Indiens, non les Mexicains. Et nous l'avons tué ! »

Il perdait l'esprit.

« Mais non, avait dit Jules de France, doucement, il se débat avec ses démons. Et ça dure depuis si longtemps... »

Un bruit sourd, au loin, le précipita sur son mousquet. On courait en tous sens dans la cour de la caserne, des ordres brefs fusaient. Puis on entendit un crépitement de fusils. On se battait au sortir de la ville. Raousset déjà accourait de la maison Pannetrat, son sabre à la main. Benito déboucha au galop de la Plaza

Mayor. Yanez arrivait. Son avant-garde s'était heurtée aux positions de Porthos. Et le gros de ses troupes se rassemblaient dans la plaine.

« Combien ?

– Peut-être deux mille, señor Raousset... »

Dans ce cas, aucune défense ne tiendrait... Et *La Pénélope* arriverait trop tard. Les canons tonnèrent de nouveau. Mais cette fois ce n'étaient pas ceux de Porthos... Raousset pâlit. Le pauvre mousquetaire ne résisterait pas longtemps sous ce déluge de fer. Mieux valait qu'il décroche, avec ses canons, s'il pouvait, et renforce les défenses de la Plaza Mayor, où se massaient les Français sur quatre positions. Benito partit à fond de train. Le bruit de la canonnade cessa tout à coup, l'on entendit des hurlements en avalanche, le grondement d'une galopade, et Benito surgit, en secouant la tête : Porthos et les siens avaient été taillés en pièces...

Et l'attente commença, insupportable. Le silence pesait sur la place comme un couvercle. On devinait une rumeur, au loin, des piétinements, des frôlements, des couinements de roues sur le sable, puis plus rien. L'armée de Yanez envahissait la ville telle une marée montante, prenait ses positions – elle n'attaquerait qu'à coup sûr. Puis l'on vit des fusils briller, des canons se mettre en position.

Jules serra le bras de Nicolas, très fort.

« Dis-moi, petit, l'or... Il y en avait vraiment tant que ça, à Saric ? »

Et comme le jeune garçon le fixait éberlué :

« Eh ! Tu croyais pouvoir garder un secret, avec Pepe Iturbide ? »

Pepe qui, Apaches ou pas, avait préféré rester là-bas, sur son tas d'or, plutôt que de les suivre... Ainsi donc ils savaient, tous, et depuis le début. Jules haussa les épaules : c'était sa faiblesse, à Raousset, de toujours se tromper sur les gens. Tout l'or du monde ! s'écria-t-il en empoignant son mousquet. Et l'enfer se déchaîna. Tout s'écroulait autour d'eux, les volets, les murs, les plafonds. Nicolas fut surpris, la fumée dissipée, de découvrir que le gros des structures tenait encore. Des hommes autour de lui gémissaient dans les gravats, le Chourineur tenait son ventre d'un air étonné, un autre qu'il ne reconnut pas avait un éclat de volet planté en pleine figure, et un œil à demi arraché le fixait d'un air épouvanté. Une clameur brutale le ramena à la fenêtre :

les fantassins chargeaient. Les deux canons français tonnèrent, la mitraille ouvrit deux trouées sanglantes mais, déjà, les suivants enjambaient les cadavres, se précipitaient. Il tira, rechargea, tira comme les autres, sans rien voir. Puis, sans qu'il sût pourquoi, la vague reflua, laissant la place jonchée de morts. La prochaine fois sera la bonne, dit Jules d'une voix enrouée. Il y eut des bruits furtifs, des appels en français. Les survivants des deux premiers groupes postés dans les bâtiments à l'entrée de la place se repliaient vers eux : là-bas, c'était devenu intenable.

Où est Raousset ? demanda le Vendéen. Il n'était pas parmi les morts. Une exclamation les fit se pencher à la fenêtre. Mais qu'est-ce qu'il fout, ce con ? hurla le Vendéen en dévalant ce qu'il restait d'escalier. Dehors, Raousset s'avançait, tête nue, sabre au poing, vers l'ennemi. Croyait-il que sa mort les sauverait tous ? Nicolas, penché à la fenêtre, vit le Vendéen se précipiter, le plaquer à terre et, comme Raousset se débattait, l'estourbir d'un coup de poing avant de le traîner vers l'entrée. Jules et Nicolas se portèrent à son aide. Le Vendéen les regarda, sourit.

« Les gars, je crois bien... N'empêche ! Ça valait le coup. »

Un flot de sang jaillit de sa bouche, et il s'écroula à leurs pieds. Jules sortit, hagard, prit Raousset dans ses bras. Un piétinement sourd montait déjà derrière la place. Ils se regardèrent, intrigués. Ce n'était pas l'armée, cela...

Et la foule apparut. Les habitants de Guaymas s'avançaient vers eux, sans armes, en rangs serrés – comme s'ils les mettaient au défi d'oser. Coupe-en-Deux poussa un cri. Ah non ! je ne suis pas venu pour ça ! Et il jeta son mousquet.

Jules se dressa, soutenant le comte encore hébété.

« Tous au consulat ! Vite ! »

Le bâtiment, en face, était le seul à peu près épargné. Ce fut une ruée. Il fallut enfoncer la porte, qu'essayait de barricader Calvo. Ils se rassemblèrent dans la cour : ils étaient une centaine encore. Et Jules, empoignant Calvo terrorisé :

« Tu nous refuseras ça aussi, la protection de la France ? »

Un drapeau blanc fut brandi à l'étage. Le silence se fit peu à peu à l'extérieur. Calvo sortit, revint au bout d'un quart d'heure à peine. Le général Yanez, dit-il, leur garantissait la vie sauve s'ils remettaient leurs armes.

« Même au comte ? demanda Jules d'une voix forte.

– Même au comte », répondit Calvo.

Il y eut comme une brusque détente. Un ancien de la Ruche d'or éclata en sanglots.

« Il fallait juste que ça s'arrête, oui, que ça s'arrête... »

Jules prit Nicolas par l'épaule...

« C'est fini, petit. C'est fini, maintenant... »

Fini ? Nicolas essaya en vain de capter le regard de Calvo – était-ce une idée, ou bien le consul avait hésité une fraction de seconde avant de répondre à Jules de France ?

14

Des bruits de chaînes et de clefs, de portes qui grinçaient, l'arrachèrent à sa torpeur. Depuis combien de temps était-il ici ? Ils avaient été conduits à une caserne, le soir de la reddition, entre deux haies de soldats ivres qui brandissaient des torches en vociférant des insultes. Puis on les avait fouillés, dépouillés de tout ce qu'ils possédaient, avant de les parquer dans la cour et, comme les soldats au-dessus d'eux, depuis les terrasses, les visaient de leurs fusils, ils avaient d'abord cru qu'on allait les fusiller là, en masse. Mais vers le milieu de la nuit un officier était arrivé, des ordres avaient fusé, des factionnaires chancelants les avaient entassés à coups de crosse dans quelques pièces si étroites qu'ils ne pouvaient même pas s'y allonger. Et ils avaient croupi ainsi pendant des semaines, dévorés par les puces, couverts d'insultes et de crachats à chaque passage des gardiens. Les premiers jours, quand ils passaient dans la cour pour la corvée des latrines, ils avaient pu entendre des cris, des râles de blessés dans les salles de l'angle opposé, puis les bruits avaient cessé. Une nuit, on les avait réveillés à grand renfort de hurlements, conduits le fusil dans les reins jusqu'à un terrain au bout du cimetière, où ils avaient dû creuser une fosse à la clarté des torches. Les soldats, derrière eux, des volontaires venus d'Hermosillo après la bataille, riaient en maniant leurs armes, et dès que le trou avait été jugé assez profond, on les avait tous alignés devant le peloton – mais non, c'était une farce : des charrettes arrivaient et l'on avait jeté à leurs pieds des corps, nus, qu'ils avaient enterrés en tremblant : leurs camarades morts... Depuis, il ne pensait plus à rien. Ils avaient été transférés à la *Calabozo*, la prison de Guaymas, par groupes de dix, puis il s'était retrouvé seul, en bout de couloir, et les jours s'étaient succédé, interminables. Seules le raccrochaient à la vie les lettres de Claire qu'il avait glissées dans sa botte au moment de la fouille...

Il dressa l'oreille. La porte de la division s'ouvrait. Ce n'était pourtant pas l'heure du repas ? Il sentit un frémissement dans les cellules voisines, les pas se rapprochèrent, son cœur se mit à battre – cette fois, c'était pour lui...

Colton.

Sa présence, en ce lieu, était si incongrue qu'il resta d'abord sans réaction. Puis il lut l'effarement dans le regard du consul, se dit qu'il ne devait pas avoir l'air très brillant, et les murs de sa cellule tournoyèrent autour de lui. Quand il reprit ses esprits, Colton était bien là, qui lui tenait les mains en répétant :

« Mon pauvre Nicolas ! Mon pauvre Nicolas ! Je vais vous sortir de là... »

Nicolas secoua la tête. On ne sortait pas de la *Calabozo* de Guaymas, sinon les pieds devant... Mais l'autre insistait : il serait libéré sous trois jours et rentrerait avec lui à San Francisco. Il était ici à titre privé, lui expliqua-t-il, avec l'accord de Yanez, soucieux de régler au mieux cette affaire. Les troupes mobilisées allaient rentrer chez elles, cette masse de prisonniers était trop importante pour Guaymas, mieux valait s'en débarrasser, avait jugé le général. Sortir ? L'idée fit vaguement son chemin dans son esprit. Et les camarades ? s'inquiéta-t-il.

« Tous libérés. Quarante seront transférés à San Blas. Une trentaine à Callao. Et une dizaine rentreront avec moi à San Francisco.

– Et Jules Lombard ? »

Il l'avait perdu de vue dès leur reddition.

« Mort, soupira Colton. D'une blessure mal soignée.

– Et d'Artagnan ? Et Aramis ? »

Colton baissa les yeux. Morts aussi, tous les deux. Il ne resterait donc rien de leur aventure, songea Nicolas, désespéré, aucun de ceux qui l'avaient accompagné jusque-là.

« Jules de France ? »

Envolé sans laisser de traces. Il avait réussi à s'échapper avec quatre autres hommes pendant une corvée de latrines. Et comme un bateau avait disparu dans le port... On le soupçonnait d'avoir tenté le même soir d'attaquer la prison, mais l'assaut avait été repoussé. Nicolas sourit. C'était bien de Jules de France, ça ! Un jour, se dit-il, on apprendrait qu'Artémise et Joe s'étaient éclipsés de San Francisco. Et l'on entendrait de nouveau parler d'une Madone des Placers, au fin fond de la Sierra... Il hésita :

« Le comte ? »

Le visage de Colton se crispa, et il comprit. Ainsi il ne s'était pas trompé : Calvo, ce jour-là, avait trahi...

« Trahi, oui, dit Colton. Et il jure devant Dieu n'avoir jamais fait cette promesse... »

Nicolas le regardait avec une telle intensité que Colton baissa les yeux.

« Il sera fusillé. Demain. »

Nicolas se redressa. Confusément, il savait. C'était la seule issue – et celle que le comte avait souhaitée, probablement.

« Il veut vous voir. Yanez a donné son accord. »

L'attitude de Colton l'intrigua – il avait encore quelque chose à lui dire...

« Claire et Marie sont à Guaymas... Avec moi. »

On lui coupa les cheveux, on le rasa, on le vêtit de frais avant de le conduire auprès du comte – mais il sut, en enfilant une chemise propre, que rien n'y ferait, il porterait longtemps sur les épaules les haillons de la *Calabozo*. Dehors, il cligna des yeux, blessé par la lumière, et la tête lui tournait encore quand les gardes poussèrent la porte de Raousset.

Le comte vint vers lui, serein et souriant, comme s'ils s'étaient quittés la veille. Il est libéré, maintenant, songea Nicolas, tandis qu'ils s'étreignaient, et c'est alors qu'il vit la pièce où on l'avait enfermé. En *capilla*, avait dit un des gardes – en chapelle : un autel avait été dressé au fond de la chambre, sur lequel brûlaient des cierges ; près de son lit se trouvait un cercueil, et sur les murs, partout, jusque sur les rideaux de sa couche, avaient été fixés des écriteaux avec l'inscription : « Il faut mourir. » Raousset sourit.

« C'est d'un goût exquis, n'est-ce pas ? »

Il le fit asseoir, lui montra la pile de lettres, sur la table.

« Je voulais vous les confier, mais le général Yanez a refusé. Je dois tout remettre à Calvo. Calvo ! Autant dire qu'elles disparaîtront. Je suis allé jusqu'à lui écrire une lettre le libérant de son parjure, mais... Je crois que rien ne restera, Nicolas, de notre histoire. »

Il énuméra les pièces qu'il laissait. Ses armes, qu'il souhaitait voir remettre à son frère, les lettres les plus importantes à exiger de Calvo. Lui, Nicolas, était le seul, aujourd'hui, à pouvoir témoigner, dit-il en essayant de cacher son émotion, et il comptait sur lui, plus tard, pour qu'on leur rende justice, à tous...

Il hésita, prit la main de Nicolas. Marie, murmura-t-il, la voix brisée.

« Même cela, ils me l'auront refusé : simplement la voir, une dernière fois. Je voudrais que tu lui dises... »

Il chercha ses mots, renonça.

« Je ne me suis jamais senti le droit, tu comprends ? Quand on porte en soi le malheur... Et pourtant, oui, elle aura été la seule lumière ! Oui, dis-lui cela : la seule lumière... »

Il s'abîma dans ses pensées. N'aie pas de rancune envers Angela, ajouta-t-il.

« Quand je l'ai vue... Entre gens marqués par le Guignon, on se reconnaît, n'est-ce pas ? Il y avait ce vertige, en elle... Oui, j'ai compris, dès le premier regard : c'était le Destin qui venait à ma rencontre. Et elle-même, j'en suis sûr, a pensé la même chose de moi. Quelle folie, d'avoir cru qu'ensemble nous pourrions nous sauver ! Ne lui en veux pas : que va être sa vie, désormais ? »

N'oublie pas, chuchota-t-il, en l'embrassant. Et comme Nicolas voulait prononcer quelques paroles de réconfort, il mit un doigt sur ses lèvres :

« Non, n'ajoute rien. Tout est bien. Je suis libre, tu comprends ? »

Il montra le ciel au-dessus de lui.

« Tout est simple, maintenant. Et, là-haut, il me laisse en paix... »

L'armée se rangea sur la Plaza Mayor, derrière les officiers et le gouverneur en grand uniforme. Au pied du fort, un bataillon de ligne se mit en position. La population, silencieuse, attendait sur le rivage. Raousset arriva vers 6 heures, accompagné d'un prêtre et de quelques officiers. Il avançait, la tête découverte, un chapeau de paille à la main avec lequel il s'éventait tout en conversant. Arrivé au bord de l'eau, il se tourna vers la foule, et un peloton de six hommes se rangea à huit pas de lui. Un officier vint et lut la sentence, d'une voix étranglée. Raousset tendit son chapeau au curé, et, faisant face aux soldats, il mit ses mains derrière son dos et fit deux pas en avant. Sans doute étaient-ce de jeunes recrues, jamais encore allées au feu – ou bien le vainqueur d'Hermosillo faisait-il toujours peur : le peloton recula. On entendit : « Allez, mes braves, faites votre devoir, et visez au cœur ! » L'officier, dans la confusion, ordonna le feu, et un grand cri monta de la foule : le comte était toujours debout. Les soldats, émus, l'avaient tous manqué. On cria grâce, c'était un signe du ciel, on courut au général Yanez, mais celui-ci commanda une nouvelle salve. Et Raousset-Boulbon, cette fois, s'écroula sur la grève.

Par une dernière faveur du général, Nicolas avait été autorisé à suivre l'exécution, encadré par deux soldats, depuis la terrasse d'un hôtel. Il le vit s'effondrer lentement. Et comme une balle, frappant un médaillon qu'il portait au cou, avait mis le feu à ses vêtements, on dut aller chercher deux seaux d'eau à la mer. Les deux gardes près de lui se signèrent, en marmonnant une prière – avant de le pousser vers l'escalier à coups de crosse dans les reins. La dernière image qu'il emporta, tandis qu'on le ramenait à la prison, fut celle de deux femmes en noir agenouillées côte à côte, près du comte gisant.

La lumière et la nuit, les deux parts de lui-même qu'il n'avait jamais pu réconcilier...

[illegible] Sur de la [illegible]
[illegible] encore au [illegible]
[illegible]
[illegible]
[illegible]
[illegible]
[illegible]
ciel, [illegible] général [illegible]
[illegible] Bourbon, [illegible]
[illegible]

Par une [illegible]
[illegible]
[illegible]
[illegible]
[illegible]
[illegible]
[illegible] Tessalie [illegible]
[illegible]
[illegible]
[illegible]

[illegible]
[illegible]

IV

Les Flibustiers de la Sonore

L'appel rauque d'un oiseau troglodyte s'élève d'un cactus candélabre, auquel répond, timide, une tourterelle triste. Un long frisson passe dans les paloverdes, *agite la toile des tentes – très loin, dans les ténèbres encore de la Sierra Pajaro, un coyote aboie. Des crépitements soudains annoncent que José ranime les braises de* mesquite. *Les chevaux, nerveux, s'ébrouent dans le corral. J'entends les pas du capitaine, sa toux brève : « Eh bien, les enfants, il est l'heure ! » Et tout me revient alors d'un coup, et me submerge, l'odeur âcre, entêtante, de la poudre, notre marche forcée à travers le désert, les vivres épuisés, et les grands bras dressés des géants* saguaros *sous le ciel immobile – comme si le temps, depuis, s'était figé, comme si j'étais resté là-bas, avec mes compagnons, sur la piste d'Arispe, comme si... Le canon tonne sur les hauteurs d'Hermosillo, les Yaquis nous poursuivent depuis le río San Miguel, Garnier, une dernière fois, me serre très fort le bras, fixe sa baïonnette : tout à l'heure, nous serons morts ou rois !*

J'ai dû me dresser en sursaut ou parler à voix haute, ma femme, près de moi, soupire : le voilà encore enfui dans ses chimères ! Je retiens mon souffle – comment lui dire ces années de ténèbres et de feu, l'or jeté à poignée sur les tables de monte, *les filles enlevées sur les côtes de Chine, du Pérou, du Chili, et vendues aux enchères sur le wharf de Clark's Point, San Francisco brûlant comme une torche sous les acclamations des fêtards ivres morts, et reconstruite le lendemain sur les cendres brûlantes, et tous ces malheureux qui mouraient par milliers, dans la Sierra lointaine, de faim, de froid, de maladie, fouillant toujours plus loin, à la recherche du* mother lode, *avec dans les yeux des rêves de terre promise : tant de misères, et tant de démesure ! Oui, comment lui dire le vent du désert, la course des chevaux, le « you you » des Indiens, et cette fièvre, aussi, cette fureur qui nous précipita, la tête embrasée de chimères, dans le Sonora inconnu ? Des montagnes d'or en plein royaume apache, divaguaient les soldats, un monde à conquérir, où tout recommencer ! Et nous, pauvres fous, si sûrs que l'univers entier tenait dans le creux de nos mains...*

De toute cette aventure je me suis, comme on dit, bien tiré. Combien d'entre nous, tombés sous les balles mexicaines ou bien scalpés par les Indiens, que nous abandonnâmes aux sables du Sonora ? Oui, je crois avoir eu de la chance. N'ai-je pas aujourd'hui une situation enviable, une femme attentive, des enfants adorables ? L'image même du bonheur, assure la rumeur, alentour. D'où me vient donc ce trouble, parfois ? Et cette tristesse de l'âme qui ne me quitte plus, devenue ma prison, et le sommeil plus rare – Lola Montes passant, comme une énigme, dans les rues de la ville, un cigare à la main, le marquis de Pindray brisant d'une seule balle l'épaule de Charles Duane, ces nuits qui n'en finissaient pas dans les camps de Murphys, de Jamestown, des Fourcades, lorsque les disciples de Fourier, de Lamennais, de Saint-Simon, rêvaient autour des feux du monde à venir, et puis ce matin de Guaymas... Oui, beaucoup trop d'images, et trop de nostalgie.

Dieu m'est témoin, pourtant, que j'aurai tout tenté ! Longtemps j'ai vécu, revenu du Mexique, dans une stupeur sans rêve : ne plus penser à rien, tout faire pour oublier – et pour cela, d'abord, s'abrutir de travail. Je me suis imposé tout ce temps une discipline de fer. Me voilà aujourd'hui commerçant estimé, membre de sociétés de bienfaisance, et l'on me dit de bon conseil. Mes amis me pressent d'accepter quelques responsabilités dans les affaires municipales : je sais le prix des choses. Et si je reste silencieux parfois, un peu absent, on aime à y voir un surcroît de sagesse : je sais le poids des mots. Je finirai vieillard morose et sentencieux.

Je regarde ma femme avec envie. D'où lui vient cette aisance à faire du monde sa demeure ? Ces gestes précis, mesurés, répétés chaque jour, le départ des enfants pour l'école, le rituel des repas, des réunions, des fêtes, des promenades, le sapin éclairé à

Noël, la hotte à remplir, les bibelots qui trouvent toujours exactement leur place – jusqu'à sa manière de bouger, d'occuper tout l'espace : se pourrait-il que ce soit cela la vraie vie, cette présence aux choses, cette plénitude sereine, au cœur d'un monde lisse, sans plus d'ailleurs, de faille ni de mystère ? Je me dis, le cœur navré, qu'elle aurait mérité meilleur mari que moi.

Pourtant, un soupçon parfois m'effleure. Sans doute sont-ils parfaits, tous ces amis, aimables et dévoués, habiles à répondre à chaque situation. Comme moi. Se pourrait-il que derrière ce ballet bien réglé, derrière ces sourires, il y ait des rêves meurtris, des appels de grands vents ? Ce pli au coin des lèvres, cette fatigue, fugitive, les traces encore d'une âme inconsolée, d'un cœur où passa, quelquefois, la tentation du large ? Nous ne vivons peut-être jamais ensemble que dans la solitude de nos naufrages.

Je me barricade, je me retranche. Comme s'il me fallait enfouir quelque secret inavouable. Oh ! pas à la société, à la police, à ma famille : nous ne fûmes pas des criminels – et ce serait si simple ! Non, et c'est bien pire : à moi-même. Comme s'il me fallait, pour survivre, me tenir à l'écart. De moi. Et d'un brasier obscur entrevu quelquefois...

Que reste-t-il d'un homme ? demandait le vieux trappeur qui mourut dans nos bras, un soir, sur la Mokelumne – oui, que reste-t-il d'un homme lorsque la misère, la sauvagerie du monde, l'immensité du désert l'ont dépouillé de tout ce qui le faisait être, souvenirs, croyances, coutumes, sentiments ? Lorsque le désert a tout ôté de lui, couche après couche ? Lorsqu'il n'y a plus de loi, plus de croyance, plus de respect de soi – plus rien que la fureur, aveugle, de survivre ? Le feu, par instants, éclairait son visage, tanné, raviné, déchiré, ses yeux fous, dans les ténèbres du chapparal, *derrière le mur de flammes rôdaient des présences invisibles, et lui s'obstinait, la voix cassée, bon Dieu, les gars, là-bas, d'où vous venez, vous aviez bien une famille, des voisins, un travail ? Et c'est ça qui vous donnait une idée de vous-mêmes ? Mais ici, quand tout a foutu le camp, qu'il ne reste plus rien, plus rien que... Il s'était redressé, inquiet, quêtant une parole. Autour de lui, pensifs, les hommes se perdaient dans leurs songes. Il y avait là les pires durs à cuire, des gaillards qui avaient pendu la belle Juanita, enceinte, à Downieville, des tricheurs qui avaient eu la main droite clouée sur les tables de jeu,* mais aussi de braves gens chassés par le malheur, et ce vieillard qui insistait, la voix de plus en plus faible, et pas un, non, pas un qui osait seulement lever la tête, affronter son regard. Il était mort, épouvanté, agrippé à mon bras, en demandant : « Pourquoi ? » Et encore aujourd'hui je ne sais que répondre. Sans doute n'ai-je pas eu l'âme assez trempée pour aller jusqu'au bout. Peut-être même ai-je trahi ma part de rêve et de jeunesse si, comme je le soupçonne, cette force obscure est aussi la source d'où procède toute vie. Il aurait mieux valu alors que je reste là-bas, avec mes compagnons, sur la plage de Guaymas, et que mon aventure se scelle en destinée. Mais non, la vie s'écoule autour de moi, les saisons se succèdent, les gens vieillissent – et je reste immobile, comme marqué au fer rouge. Ah ! vieillir à mon tour...

Et pourtant, non, nous ne fûmes pas des pirates ni des bandits de grand chemin ! Notre épopée, en son temps, défraya la chronique, la France et le Mexique échangèrent là-dessus bien des notes furieuses. Il y a de cela quelques années le théâtre de la Porte-Saint-Martin en fit même un spectacle : *Les Flibustiers de la Sonore* ! Et j'ai appris ainsi que son auteur, le si célèbre Gustave Aimard, en qui certains voyaient l'égal de Fenimore Cooper, avait été, sous son vrai nom, des nôtres. Mais des nôtres, vraiment, pour en faire un spectacle, quand nous avions rêvé d'escalader le ciel ? Je suis resté chez moi, chagrin, comme d'habitude.

De loin en loin, un rescapé vient frapper à ma porte. Comment m'a-t-il retrouvé ? Mystère. Tu étais le confident du capitaine, n'est-ce pas ? Alors je me suis dit... Quoi ? Le fier coureur de pistes que j'ai connu jadis, devenu ce bourgeois ? Il me tend ce qu'il a préservé de la tourmente, des lettres, des fragments de textes, quelques journaux gardés de San Francisco, *L'Écho du Pacifique*, le *Nacional* de Mexico, il me livre son histoire, embarrassé, puis il s'en va. Comme si, son devoir accompli, il voulait rester seul, lui aussi. Misanthropie ? Fidélité à ce que nous fûmes, il y a longtemps ? Je ne le retiens pas.

Et, dans ma solitude retrouvée, je jette sur le papier, en archiviste frileux, ce nouveau témoignage. J'écris, je découpe, je recompose patiemment les lambeaux de notre geste perdue. Ne suis-je pas le seul, aujourd'hui, à en posséder toute la trame ? Le seul capable de reparcourir, pas après pas, toutes les étapes de cette dérive qui devait nous conduire, à travers les camps de *chercheurs d'or, jusqu'aux marches du Mexique ? L'énigme, pourtant, reste pour moi entière. Peut-être ai-je mal écouté, ou mal lu, tel détail me manque, qui éclairerait l'ensemble et me délivrerait enfin de mes tourments. Et d'abord : quel fut cet homme, notre capitaine, comme surgi de nulle part, qui nous entraîna derrière lui, toujours plus loin, vers... Vers où ? Le savait-il, seulement ? Fut-il un dandy inconscient ? Un Cortes, un Pizarre ? Un comploteur médiocre ? Ou bien, pour chacun de nous, comme je le soupçonne aujourd'hui, un écho de lui-même ? Car je ne crois plus guère que ce fut la fièvre de l'or, ou un rêve de puissance, qui nous rassembla ainsi, venus d'un peu partout, mystiques et mécréants, seigneurs et pauvres hères. Se pourrait-il qu'il y ait ici-bas pour chaque homme, quelque part, une musique singulière, entendue de lui seul, qui l'appelle et le meut ? Quand je repense à cette marche forcée, en guenilles, sans souliers, à travers le désert, cinquante lieues en une semaine avec, au bout, Hermosillo à vaincre, il me semble entendre, de plus en plus fort, derrière la voix brève du capitaine nous pressant sans relâche, le cri désespéré du vieux trappeur mourant : que reste-t-il d'un homme au bout de tant d'épreuves – qu'est-ce, en fin de compte, qu'un homme ?*

Bien souvent, j'ai rêvé de tout abandonner, et que ces feuilles s'en aillent, avec mes souvenirs, empreintes sur le sable qu'emporte déjà le vent, et tout cela n'aurait été alors qu'un mauvais rêve, à peine un soupir dans l'insomnie du temps. Pourtant, je m'obstine, dernier témoin, dernier lecteur peut-être d'une histoire oubliée.

Pour ce besoin têtu, irraisonné, contre tout ce qui nous broie ici-bas, nous rabaisse, de porter témoignage, fût-ce pour moi seul.

Pour cette raison, qui me ramène parfois vers le rivage, pour regarder la mer – et l'horizon, au loin.

Après tout, il se pourrait bien que nous soyons, aussi, des êtres illuminés.

Note de l'auteur

Les Flibustiers de la Sonore n'est pas un roman historique. Si je tiens à le préciser, ce n'est pas tant pour sacrifier à ce qui semble devenir une mode que par nécessité. Sans doute le prétexte l'est-il, historique – cette extraordinaire aventure des quarante-huitards français devenus chercheurs d'or, qui continue de me fasciner après tant d'années –, et il me paraissait être la moindre des choses, s'agissant aussi de recréer un monde, que de veiller à l'exactitude des détails : oui, l'Eldorado était ainsi, Jeremy Thomas fut bien l'inventeur du Tom and Jerry, les madames françaises eurent l'idée du fameux bal masqué, Galloping Cow, The Roaring Gimlet firent les beaux soirs de Portsmouth Square, etc. J'ai même eu tendance, parfois, à atténuer la réalité, quand elle devenait trop énorme, s'agissant par exemple de ce que fut la vie crapuleuse de ce qui allait devenir la Barbary Coast. La plupart des personnages évoqués ici ont existé : Jules de France joua les bonnes d'enfant avant d'écrire *Monsieur Gogo en Californie*, le marquis de Pindray, le comte de Raousset-Boulbon furent de l'aventure de la Sonore. Pourquoi alors toutes ces précautions ?

Tout simplement parce que le temps du roman n'est pas celui de l'Histoire. Si le fictif n'est certes pas le faux, il n'est pas non plus le vrai – disons, pour aller vite, que la « vérité » du roman est d'un autre ordre que celle de l'enquête historique.

L'historien s'attache à l'exactitude de ce qu'il appelle les faits, parfois de manière illusoire, tant il sait, ou devrait savoir, que l'on ne pose jamais au passé que les questions du présent, pour donner à ce dernier un peu plus de profondeur, et que dans la masse indistincte, proprement infinie, des documents à sa disposition, le choix qu'il opère relève toujours d'une visée qui lui appartient en propre, à lui, historien (de là, que les grandes synthèses historiques, trop souvent péremptoires, changent tous les dix ans : notre présent a changé, et avec lui le passé), mais il n'empêche : de le savoir n'exclut pas, bien au contraire, la patiente recension des faits.

Le romancier, lui, cherche autre chose. Quoi ? C'est toute la question. Autre chose. Ce « quelque chose d'autre », peut-être, que traquent ici tant de personnages. L'un d'eux, dans l'enthousiasme d'une action collective, évoque cette sensation d'un surgissement, dans le cours ordinaire du temps, d'une autre temporalité, que l'on pourrait dire verticale. Cette lame de fond qui nous emporte, et nous transforme à jamais, nous « arrache à nous-même » et dont on dit alors qu'elle fait l'Histoire avec un grand H ou qu'elle est la marque des grands événements, parce que nous mesurons qu'elle est à la fois fondatrice de l'« être ensemble » et révélatrice, en nous, d'une dimension de transcendance : voilà qui me paraît relever plus spécifiquement du roman. Écrire, c'est toujours peu ou prou parier sur l'éternité, et cette dimension d'éternité en nous : qu'il est, dans tout texte, dans toute œuvre, « quelque chose » qui ne se réduit pas à ses contextes et peut continuer de bouleverser par-delà les siècles – que nous ne sommes pas seulement le produit de nos contextes. La « mise en œuvre » de cette puissance de transfiguration : voilà qui au moins sépare le romancier de l'historien.

L'événement, en somme, non les faits : autrement dit, ces moments où il nous semble qu'une forme s'est imposée au cours indifférencié de l'existence, quand s'unissent, s'épousent, s'affrontent, la courbe du destin et celle d'une liberté humaine, comme si se disait là, en un éclair, quelque chose qui vaut pour l'existence tout entière. L'événement, donc, non les faits.

C'est ce que j'aurais appris ici, si je ne le savais déjà. Car l'événement impose sa loi, telle scène en implique une autre, nécessairement, qui vous conduit où vous ne songiez pas, les personnages s'obstinent à prendre leur autonomie, et l'auteur comprend vite qu'il lui faut choisir : ou l'histoire, ou le roman.

Aussi, que les historiens ne s'étonnent pas des libertés que je me permets avec la chronologie ou avec les faits : je le sais bien, que Raousset-Boulbon monta deux expéditions en Sonore, que cette aventure courut en réalité sur deux années, que certains de mes personnages n'en furent pas, ou seulement de l'une des deux. Mais... Mais c'est juste une histoire que je voulais vous raconter ici, comme en racontaient au coin du feu les soldats revenus d'aventures prodigieuses, en mentant d'autant plus effrontément qu'ils avaient le sentiment, ce faisant, de dire une vérité autre, et à leurs yeux la seule qui importait, de ce qu'ils avaient vécu. Une légende, en somme. Et tant mieux si celle-ci éveille en l'Histoire quelques échos, suggère ce qui lui donne sens : puisqu'il est entendu que le fictif n'est pas le faux.

Bref, de ce roman j'ai envie de dire qu'il est le plus vrai qu'il m'a été possible, mais que c'est un roman, dans la libre organisation des événements. Où l'auteur, comme ses personnages, tente, sinon d'explorer, du moins de faire vibrer, comme un écho dans les lointains, l'énigme qu'il croit fondatrice, de ce que Jakob Boehme nommait « l'Être sombre dans le mystère de sa fureur ». Et que, pour nous changer un peu des pensées édifiantes qui semblent de nouveau pointer leur vilain nez, se télescopent en cette histoire – et manifestent leur contradictoire unité – la révolution (de 1848, de 1968... toutes les révolutions) et la passion de l'or, ne fut pas le moindre de mes stimulants.

Tout cela pour suggérer *aussi* que l'Histoire reste à faire de ces quarante-huitards devenus chercheurs d'or. Et qu'elle me semble d'autant plus nécessaire qu'elle apporterait une dimension nouvelle à la réflexion sur les révolutions de 1848 en Europe. Toute révolution est mue, peu ou prou, par une utopie, le rêve d'un ailleurs, d'un autre monde possible. Continuer d'ignorer que cette part de rêve, refusée par la vieille Europe, trouva à se déployer dans la ruée vers l'or et contribua à fonder la Californie me paraît proprement inconcevable. Je tiens évidemment ma documentation à la disposition de ceux qui voudraient se lancer dans l'aventure. Et faire qu'ainsi entrent un peu plus en résonance l'Histoire et la légende.

Bibliographie

Ce serait alourdir inutilement ce livre que de lui ajouter une bibliographie exhaustive. Parmi les ouvrages qui m'ont été précieux je dois cependant citer quelques titres.

Deux « bibles » tout d'abord :
French Activities in California, an Archival Calendar-Guide, par le professeur Abraham P. Nasatir (Stanford University Press, 1945). Pratiquement toutes les archives françaises, américaines et mexicaines recensées et résumées !
California Gold Camps d'Erwin G. Gudds (University of California Press, 1975). Un annuaire exhaustif de tous les camps de chercheurs d'or.

Deux grandes synthèses historiques, datées, mais très riches : *History of California 1848-1859* par Hubert Bancroft (San Francisco, 1888), et *History of California* par Theodore Hittel (vol. III) pour ses détails sur la vie dans les mines (San Francisco, 1897).

Sur la vie quotidienne, les faits divers, la vie « secrète » de la ville, bref, tout ce qui fait le piment de l'existence, si souvent négligé par les historiens trop soucieux de vues générales : *The Annals of San Francisco* de Frank Soulé, John H. Gihon, James Nisbet (San Francisco, 1964, reprint de l'édition de 1854) ; *The Barbary Coast* de Herbert Asbury (New York, 1933) ; *The Madams of San Francisco* de Curt Gendry (Sansalito, 1964) ; *The Theater of The Golden Era in California* de George M. MacMinn (Idaho, 1941).

Les archives municipales des villes de la Sierra Nevada (Angels Camp, Nevada City, Grass Valley, Marysville, Jackson, Placerville, San Andreas) m'ont été précieuses. Les travaux des érudits locaux sont souvent négligés, à tort : ils sont une mine de renseignements.

Sur les mystiques chercheurs d'or, *A Quaker Forty-Niner* de C.E. Pancoast (Philadelphie, 1930) est un document exceptionnel. *In Search of God's Gold* de W. Taylor (San Francisco, 1950) propose une synthèse très éclairante.

Sur Raousset-Boulbon (et sur Pindray), quelques acteurs de l'époque ont laissé des témoignages précieux, bien que très sujets à caution. La thèse de Rufus K. Wyllys, *The French in Sonora* (Berkeley, 1932), hélas restée inédite, a remis bien des choses en perspective. Citons également : Henry de La Madelène, *Le Comte de Raousset-Boulbon, sa vie et ses aventures* (Paris, 1859) ; A. de La Chapelle, *Le Comte de Raousset-Boulbon et l'Expédition de la Sonore : correspondance, souvenirs et œuvres inédites*, avec un choix de lettres de Raousset-Boulbon (Paris, 1859) ; Ernest Vigneaux, *Souvenirs d'un prisonnier de guerre au Mexique* (Paris, 1852) ; D. Pigné-Dupuytren, *Récit de l'expédition en Sonora en 1854* ; S. Lapeyrouse, *Misères oubliées : le roman d'un chercheur d'or (Californie, 1850-1853)* (Paris, 1886) ; Charles de Lambertie, *Le Drame de la Sonore* (Paris, 1856).

Gustave Aimard, que l'on appela un temps le Fenimore Cooper français, fut également de l'expédition de Raousset-Boulbon. Outre la pièce *Les Flibustiers de la Sonore* que j'évoque dans les dernières pages, il écrivit une série de romans « inspirés » par cette aventure, qu'on peut lire comme des curiosités : *Le Grand Chef des Aucas*, *Le Chercheur de pistes*, *Les Pirates des Prairies*, *La Loi de Lynch*, *La Grande Flibuste*, *La Fièvre d'Or*, *Curumilla*, *Valentin Guillois*, *Les Bois brûlés*.

Parmi les journaux de chercheurs d'or français les plus remarquables, citons celui d'Ernest de Massey (partiellement édité en anglais dans la *California Historical Society Quarterly Review*) et celui de Bénard de Russailh, *Journal de voyage en Californie* (Paris, 1980).

Les correspondances consulaires de Dillon et Moerenhout (ministère des Affaires étrangères, Box Monterey pour Moerenhout) m'ont été également précieuses.

Sur la justice des Vigilants, le livre de George R. Stewart, *Committee of Vigilance : Revolution in San Francisco, 1851* (San Francisco, 1964) fait utilement le point.

Sur la vie des *rancheros* californiens, l'ouvrage de Robert Glass Cleland, *The Cattle on a Thousand Hills, Southern California, 1850-1880* (San Marino, 1975) peut être dit de référence.

Les lecteurs de Cendrars s'étonneront peut-être du portrait que je fais du Suisse Sutter : il est cependant fidèle à ce que nous savons aujourd'hui de lui. *Fool's Gold* de Richard Dillon (1967) est sur ce point éclairant.

Sur Sam Brannan enfin, deux livres qui ne prennent hélas en compte que quelques facettes du personnage : *Sam Brannan and the Golden Fleece* de Reva Scott (New York, 1954) et *Sam Brannan and the California Mormons* de Paul Bailey (Los Angeles, 1943)

Je tiens par-dessus tout à remercier le personnel de la Bancroft Library, pour sa constante disponibilité, ainsi que Juliette Joste, dont la lecture attentive me fut si précieuse. J'ai maudit assez souvent Raphaël Sorin quand il me pressait de lui livrer ce roman pour lui dire ici toute ma gratitude d'être parvenu à ses fins.
J'ai bien conscience, en arrêtant là, de manquer à tous mes devoirs envers des personnes qui m'ont apporté leur concours, au fil de ces dernières années, et de négliger injustement des dizaines d'ouvrages qui me furent utiles.
Si je réussis à publier un jour un choix des documents parmi les plus remarquables que j'ai pu rassembler, pour aider à reconstituer l'histoire des Français de Californie, j'en profiterai pour donner une bibliographie plus complète.

Pour l'anecdote, ajoutons qu'Alexandre Dumas écrivit deux ouvrages sur la ruée vers l'or, dont le mieux qu'on puisse dire est qu'ils n'ajoutent rien à sa gloire littéraire : *Journal de*

Mme Giovanni (1854) et *Un Gil Blas en Californie* (1852). Quelques détails de ce dernier livre donnent à penser qu'il a simplement brodé autour d'un journal de chercheur d'or tombé entre ses mains. Alexandre Dumas fils rédigea la brochure publicitaire de la Loterie des Lingots d'or (*Histoire de la Loterie*, 1851).

Je terminerai en évoquant deux livres écrits au XXe siècle sur l'épopée de Raousset-Boulbon, qui se donnent comme des documents, hélas à ce point bourrés d'inexactitudes que l'on se demande si leurs auteurs lurent seulement les documents disponibles à l'époque : *Un conquistador moderne, le comte de Raousset-Boulbon* par Jacques Dyssord (Paris, 1943) et *La Grande Aventure : l'épopée du comte de Raousset-Boulbon au Mexique (1850-1854)* par Maurice Soulié (Paris, 1926).

Table

Cet ouvrage a été imprimé par la
SOCIÉTÉ NOUVELLE FIRMIN-DIDOT
Mesnil-sur-l'Estrée
pour le compte des Éditions Flammarion
en septembre 1998

Imprimé en France
Dépôt légal : octobre 1998
N° d'édition : FF752901 – N° d'impression : 43772